S

图书在版编目（CIP）数据

文艺复兴时期英国戏剧选 Ⅰ／（英）克里斯托弗·马洛，（英）托马斯·基德，（英）托马斯·米德尔顿著；朱世达译 . --北京：作家出版社，2021.10

ISBN 978 - 7 - 5212 - 1510 - 6

Ⅰ . ①文…　Ⅱ . ①克…　②托…　③托…　④朱…　Ⅲ . ①剧本 - 作品集 - 英国 - 中世纪　Ⅳ . ①I561.33

中国版本图书馆 CIP 数据核字（2021）第 169501 号

文艺复兴时期英国戏剧选 Ⅰ

作　　　者：（英）克里斯托弗·马洛　（英）托马斯·基德
　　　　　　（英）托马斯·米德尔顿
译　　　者：朱世达
责　　　编：赵　超
特约编辑：赵文文
装帧设计：卿　松
出版发行：作家出版社有限公司
社　　　址：北京农展馆南里 10 号　　　邮　　　编：100125
电话传真：86 - 10 - 65067186（发行中心及邮购部）
　　　　　　86 - 10 - 65004079（总编室）
E - mail: zuojia@zuojia. net. cn
http: // www. zuojiachubanshe. com
印　　　刷：河北鹏润印刷有限公司
成品尺寸：142 × 210
字　　　数：303 千
印　　　张：21.375
版　　　次：2021 年 10 月第 1 版
印　　　次：2021 年 10 月第 1 次印刷
ISBN 978 - 7 - 5212 - 1510 - 6
定　　　价：98.00 元

目 录

前　言

　　英国戏剧在文艺复兴的伊丽莎白和詹姆斯一世时期得到了空前的蓬勃发展，出现了以莎士比亚为代表的一大批才华出众的戏剧家。莎士比亚的作品在我国已经有多位翻译家做了翻译。但和他同时代或者稍后的戏剧家的作品的译介在我国仍然不尽如人意。现在，托马斯·基德的《西班牙悲剧》、托马斯·米德尔顿的《复仇者的悲剧》、克里斯托弗的《浮士德博士的悲剧》（第一版与第二版）、《马耳他岛的犹太人》和《爱德华二世》能结集出版，真是一件令人欣慰的事。

　　托马斯·基德的《西班牙悲剧》和莎士比亚的《哈姆雷特》一起被认为是伊丽莎白时代最著名的戏剧作品。

　　《西班牙悲剧》描写了数起暴力谋杀事件和一个拟人的复仇之神，开创了一种新的戏剧种类，即复仇剧，或者叫复仇悲剧，对莎士比亚、本·琼森和克里斯托弗·马洛都产生了深刻的影响。批评家认为，基德很可能写过一部《哈姆雷特》，后来失传了。英国诗人 T.S. 艾略特在他的《哈姆雷特和他的问题》（Hamlet and His Problems, 1921）中说，莎士比亚的《哈姆雷特》应该是一些先行者较为粗糙的范本的一个顶层结果，其在剧情构思和语言上汲取了《西班牙悲剧》不少营养；他认为，托马斯·基德是一位不同凡响的剧作家，莎士比亚在写作《哈姆雷特》时可能参照（revisit）了《西班牙悲剧》文本。同时，在莎士比亚在世时，在德国演出的早期《哈姆雷特》的译文文本留有《西班牙悲剧》的影响的明显痕迹。

这部戏剧以 1582 年西班牙与葡萄牙战争作为背景，沿袭了塞内加的以鬼魂作为剧情线索的写剧手法。和塞内加的戏剧一样，该剧设置了一个鬼魂，淋漓尽致地表现了一个典型的复仇主题。《西班牙悲剧》继承了塞内加的戏剧传统，另外它又有自己的新的戏剧创造。比如，塞内加的戏剧的暴力都发生在戏外，而《西班牙悲剧》的暴力都发生在戏台上，都暴露在观众的眼前。基德的创新就在于，他的鬼魂成为剧情拓展的一部分，而塞内加的《堤厄斯忒斯》（Thyestes）中的鬼魂在序幕后便离去了。塞内加的鬼魂不牵涉进剧情本身，不提供戏剧主要线索和关于结局的信息。而《西班牙悲剧》中的鬼魂对发展中的剧情和任务做评价。基德的戏中戏真的表现了死亡，不是仅仅演戏而已，不是"过不了多久他们又活蹦乱跳，／第二天活着又给观众演出"。安德利安的鬼魂和复仇之神一唱一和，与《堤厄斯忒斯》相似。鬼魂所描写的地狱，以及剧尾所呼吁的惩罚与《堤厄斯忒斯》、《阿伽门农》（Agamemnon）和《淮德拉》（Phaedra）相像。西埃洛尼莫在第三幕第十三场的独白中引用了塞内加的《阿伽门农》："通向犯罪的最保险的通道总是犯罪。"老叟那部分戏明显地取自塞内加的灵感。

在 17 世纪早期，像《西班牙悲剧》和《泰特斯·安德洛尼克斯》都被算作"老派的戏剧"。《西班牙悲剧》中的戏剧写作元素和《哈姆雷特》十分相似，它们有许多诗句类似的地方。在《西班牙悲剧》中，基德用独创的"naked bed"写了西埃洛尼莫的一句台词：

什么喊声把我从裸睡的床上叫起？
我的激跳的心充满了战栗和恐惧，
而从来还没有任何危险曾经吓倒过它。

　　而莎士比亚在《李尔王》中，运用了同样的独创的匪夷所思的语言"go to thy cold bed and warm thee"写了爱德伽的一段"疯话"：

　　到你那冰冷的床上去暖和暖和吧。（3：4）

　　这一诗句同样出现在《驯悍记》的序幕斯赖的对白中。显然，基德和莎士比亚的作品不可避免地纠缠在一起。

　　《西班牙悲剧》和《哈姆雷特》都是运用"假疯"的表象，以马基雅维利式的秘密设套行事的手法，达到谋杀敌人的目的。《西班牙悲剧》中戏中戏手法莎士比亚在《哈姆雷特》中继续运用，用来追索出一件谋杀案，并运用鬼魂来复仇。它是戏中戏的先驱，虽然它与《哈姆雷特》中的戏中戏有所不同，它包括现实生活中的问题（霍拉希尔的被谋杀），在情节动作方面包括西埃洛尼莫在谋杀洛伦佐、巴尔萨扎和贝尔英匹丽亚以及自杀之间犹豫不决和矛盾的解决。《西班牙悲剧》戏中戏的人物讲意大利语、希腊语和拉丁语。

　　《西班牙悲剧》拥有它自己的将整个故事串联在一起的手法（the framing device），由复仇之神和安德里安合作为戏剧情节的设计者和导演。这种手法并不新鲜，在乔治·皮尔（George Peele）的《老妻子们的故事》（Old Wives' Tale）和莎士比亚的《驯悍记》（Taming of the Shrew）都有使用。它的独特之处就在于在串联戏剧故事情节的过程中复仇之神起着叙事者的角色。整个一连串的复仇的最初的动机来源于安德里安。安德里安出身寒门，与高贵的贝尔英匹丽亚恋爱，他是被诱骗进死亡的陷阱的。贝尔英匹丽亚在调情和情欲的戏份上的进攻型的表现，即使现代戏剧也望尘莫及。她水性杨花，铁面得无以复加，居然能安然谋杀自己的情人。她的形象正与正统的"女性忠诚"的思想相对立。

　　《复仇者的悲剧》在 1607 年出版时，没有刊登剧作家的名字。长期以来，人们都把它归属于西里尔·图纳（Cyril Tourneur）的创作，直到大卫·莱克（David Lake）1975 年发表的《米德尔顿戏剧的准则》（剑桥大学出版社）、麦克唐纳德·P. 杰克逊 1979 年发表的《米德尔顿和莎士比亚：关于归属的研究》，以及 2007 年牛津大学版的《米德尔顿和早期的校勘文化》的出版使大多数研究家相信这部戏是米德尔顿的创作。同时，这些研究证明米德尔顿和莎士比亚合作创作了《雅典的泰门》，改编和修改了《麦克白》和《一报还一报》。牛津大学劳里·麦夸尔和爱玛·史密斯教授的研究指出，莎士比亚的《终成眷属》极可能是莎士比亚与米德尔顿合作的作品。托马斯·米德尔顿被誉为"另一个莎士比亚"，英国诗人 T.S. 艾略特认为，米德尔顿仅次于莎士比亚。

　　《复仇者的悲剧》在《哈姆雷特》发表五年后出版。它生动描述了意大利宫廷的骄奢淫逸和勾心斗角，它的愤世嫉俗和讽喻性是詹姆斯一世时期剧作家的一个鲜明的特点。戏剧以韦恩迪奇（在意大利语中是复仇的意思）对原先的情人的骷髅的一场独白开场，揭示了主人公内心错综复杂的心理活动和最原始的为父复仇的动机。而韦恩迪奇作为复仇者仅仅是戏剧中众多的复仇者中的一个。公爵夫人和公爵的私生子之间的私通被认为是对公爵和公爵的儿子们的一种报复。公爵夫人的儿子们阴谋谋害公爵前妻所生之子和合法继承人卢苏里奥索，同时他们之间又为了争夺公爵爵位而发生了厮杀。各色人物关系纵横交错，利害各不相同。复仇者聪明非凡，善于临机应变，纵横捭阖，这本来应该是喜剧人物的特点，在这部戏里却赋予了悲剧人物，他终因自己嘴巴不牢，泄露了天机，酿成一个悲剧；曲折的每每出乎意料的剧情构成了这部戏的超凡戏剧性（theatricality）。在剧情转折的当儿，本来应该是令人恐怖的一幕，然而军官提拎来给埃姆比迪奥索和苏佩瓦吉奥的是一个错杀的头颅，演变成大笑一场。在假面舞会上，第二场出场的谋杀者们却发现他们图谋谋杀的人都已经被杀，无须他们花费吹灰之力，令人啼笑皆非。戏谑和嘲弄颠覆了严肃的道德主题这种戏剧性每每强调到极致的基本原则，使戏份几乎演变成一场漫画式的闹剧，使它成为一部名副其实的"黑色喜剧"，在现代的戏剧批评家看来，它仍具有一种超现实主义的力量。

克里斯托弗·马洛与莎士比亚同年出生，是伊丽莎白时期最重要的悲剧戏剧家之一。他写的戏剧对莎士比亚有极深刻的影响。仅从主题的选择上也可见一斑，你可以对《安东尼与克利奥帕特拉》与《迦太基女王狄多》，《威尼斯商人》与《马耳他岛的犹太人》，《理查三世》与《爱德华二世》做一番比较。在《皆大欢喜》中莎士比亚直接引用马洛的《希罗与勒安得耳》中的诗句："死亡的牧人，现在我终于明白你的话的真谛：'谁个情人不是一见钟情？'"

马洛的《浮士德博士的悲剧》应该是第一部将德国浮士德传奇戏剧化的作品。作为文艺复兴道德剧的《浮士德博士的悲剧》被认为是伊丽莎白时代伟大的悲剧之一。它有两个版本，1604 年出版的四开本，通常称作 A 版，即第一版，1616 年出版 B 版，即第二版。现在批评家一般认为第一版更加具有权威性，更贴近马洛的原作。但第二版给我们提供了一个生动的样板，在伊丽莎白时期在马洛逝世后伟大的悲剧是如何通过演出实践而演进的。第一版和第二版都应该作为独立的戏剧作品加以欣赏。

浮士德博学多才，才气横溢，但他渐渐得意忘形，骄傲自满，自以为是，追求一个充满福祉、欢乐、权力、荣誉和全能的世界，要"所有在宇宙静止的两极之间运动的事物都要受我的统领"。于是，他沉湎于该诅咒的魔术之中，为了权力、声誉、经验和知识将自己的灵魂出卖给魔鬼路济弗尔。好天使劝说他忏悔，废除他对魔鬼路济弗尔所做的誓言。浮士德的最大的错误就是对自己的救赎全然不晓。魔鬼靡非陀匪勒斯对他直言："哦，浮士德，别再问这些微不足道的问题了吧，它们着实让我的脆弱的灵魂惊悚不已！"路济弗尔给他展演了七宗罪，这些实际上都是对他的一种警告，这七宗罪他都有份，但他仍然懵懂无知。到最后，山穷水尽时他才醒悟过来，但为时已晚矣，最终被罚入地狱。马洛发出了著名的感叹：

> 本来可以长成擎天巨枝的树杈被拦腰砍断了，
> 曾经在这位学者心中滋生的阿波罗月桂
> 焚烧殆尽了。
> 浮士德走了。他堕入地狱，
> 他的噩梦般的命运可以告诫智者，
> 催使他们对悖逆天理的作为做一番思考，
> 它们蛊惑稚嫩的才子，使其深陷其中，
> 做出超乎天意所允许的事儿来。

马洛大约在 1589—1591 年创作了《马耳他岛的犹太人》。正如在序幕中说的，这部戏"演示一位生活在马耳他、富有而著名的犹太人的故事"。它揭示犹太人巴辣巴在他所有计谋中暴露了一个彻头彻尾马基雅维利的形象。马基雅维利认为"宗教不过是小儿游戏而已，世上并没有原罪，而只有懵懂无知"。马基雅维利作为一个愤世嫉俗的教师爷实际上统领了整部戏剧，统领了巴辣巴所有的阴谋。

马耳他岛的巴辣巴通过他的商业而获得巨额财富，超过该岛的总和。马耳他岛总督富南兹因为要向土耳其纳贡，没收了他的全部财产。由此产生了他对总督富南兹的嫉恨，他要向富南兹报仇。

地中海的马耳他处于西班牙和土耳其两个强大的王国、基督教和伊斯兰教争夺的前沿。巴辣巴这个"由不同于凡人的更为坚实的材料制成的"犹太人就生活在这种争斗的夹缝之中。他的马基雅维利式的态度就是，"让他们打吧，相互征服和厮杀，这样，他们就不会打扰我，我的女儿和我的财产"。不管局势怎么变化，他要弄清生命攸关之所在，小心翼翼地保住既得的利益。他的信条就是，"没有人比我自己更是我的朋友了"。他要是乐意，会像卑躬屈膝的狗一样摇尾乞怜，

　　　　当人们骂我癞皮狗，
　　　　我却抛一个飞吻，耸一耸肩了事①，
　　　　像赤足的托钵修士一样低声下气。

　　他以阴谋诡计让信仰基督教的总督富南兹的儿子和马提阿斯因为同时热恋巴辣巴的女儿阿碧噶尔而拔剑相向。当阿碧噶尔因为痛苦而皈依基督教，进了修女院，巴辣巴就用计谋毒死了所有的修女，包括他的女儿。他继而毒死了两位聆听过阿碧噶尔的忏悔、熟知他的奸计内情的修士和他自己的仆役。在一场设计谋杀土耳其王子卡利玛斯的计谋中，他反遭毒计，即使这时，他仍然诅咒道，"如果我逃过了这次奸计，我就会给你们所有的人带来毁灭"。他不得不说，

　　　　死亡，生命！飞吧，灵魂！舌头呀，诅咒你的富有，
　　死去吧！

　　莎士比亚1596年发表了《威尼斯商人》，虽然情节完全不一样，但是两部戏剧的场景、主题和人物都有可以比较的地方。据认为，马洛的《马耳他岛的犹太人》对莎士比亚创作《威尼斯商人》有极大的影响。马洛将这部戏剧置于远离英国本土的马耳他，在戏剧的描述中，不同寻常地对一个在虚伪的基督教社会中遭受压迫的犹太外国人寄予了同情，莎士比亚嗣后同样在他的《威尼斯商人》中也给予了这种同情。这种同情感由于对犹太人主角种种恶行的描写而

① 此说引发了莎士比亚《威尼斯商人》第一幕第三场中夏洛克的"我总是忍气吞声，耸耸肩膀"。——译注（本书所有注释均为译者注）

变得异常复杂了。

据认为，马洛的《爱德华二世》影响了莎士比亚创作《理查三世》。马洛一般将他戏剧的背景置于远离英国的中东、东欧、罗马或者地中海，唯有《爱德华二世》背景置于英国本土，和莎士比亚的《亨利六世》《约翰王》和《理查三世》一样，描述了英国历史上最弱的、最臭名昭著的国王。在莎士比亚的戏剧中，他一般会安排一位尊贵的人物用典雅的语言申述对于神圣王权的信念和王座按程序继位的重要性，而马洛对争王权的双方都不给予道德上的认可，对现任国王和争王权的叛逆者双方都加以鞭挞，揭露他们在性事和私欲上为历史所不齿的阴暗面。

戏剧《爱德华二世》一开头就通过加弗斯顿的独白交代了他和爱德华国王之间的关系。他表白了"当世界处于敌对之中，我则愿在他的怀抱里沉沦"。他的真实目的是要"按我所愿蛊惑多愁善感的国王"。加弗斯顿为了自己不可告人的目的玩弄国王的同性恋倾向。而为这样一个虚伪的人，如果需要的话，爱德华国王却敢冒天下之大不韪和王公贵爵为敌，以致失去整个王国。他在感情上太脆弱了，认为加弗斯顿的爱跟他的一样是无私奉献的，他无法分辨加弗斯顿的真正动机。

反叛的贵族首领小莫蒂默虽然不是主要角色，但他在整个戏剧中起了关键的作用。他是一个典型的马洛笔下的骗子，聪明反被聪明误。他的野心表面上似乎是针对一个腐败的国王，冠冕堂皇。爱德华的腐败也给他留下了足够的借口。他完全有理由看不起弄臣加弗斯顿：

> 一个出身如此低微的人
> 仰仗君王的偏袒而变得如此骄横，
> 用王国国库里的金银沉湎酒色。

　　加弗斯顿自然成为王侯贵族的众矢之的。卑鄙的加弗斯顿也给莫蒂默起事反叛提供了一个很好的合法的依据。莫蒂默对被遗弃的王后的关切渐渐演变成一场性爱，王后参与了他的推翻王朝的阴谋。他们的爱情揭示了这场阴谋中最黑暗、最虚伪的一面。被打入冷宫的王后在凶手行将离开去执行使命时，她还装模作样地卸下戒指，说：

> 请代我向陛下致以谦卑的问候，
> 告诉他我徒劳无益地设法
> 减轻他的痛苦，让他获得自由；
> 请将这带给他以表示我的爱。

　　她装得就像真的一样。莫蒂默也以虚与委蛇的手法骗得了贵爵们的赞赏，得到了摄政王的高位。欺诈和阴险是这些反叛者的共同特性。马洛描述的这幅阴暗、恐怖的争夺王权的场景生动地揭示了人的野心和欲望令人生畏的一面。

　　2013 年 8 月，《纽约时报》报道了美国得克萨斯大学教授道格拉斯·勃鲁斯特（Douglas Bruster）通过研究不列颠图书馆保存的莎士比亚的手稿证明，1602 年出版的《西班牙悲剧》第四个版本 Q4 新增的五个段落三百二十五行诗句很大可能是莎士比亚的手笔。最早提出这一异议的是英国诗人塞缪尔·泰勒·柯勒律治，他在 1833 年就指出，基德死后加于《西班牙悲剧》的那所谓"新增的段落"有可能是莎士比亚的贡献。美国内华达大学教授埃里克·拉斯姆森（Eric Rasmussen）和英国皇家莎士比亚剧团出版的《莎士比亚全集》编辑乔纳森·贝特（Jonathan Bate）认为，虽然还没有绝对的证据证明这就是莎士比亚的贡献，但目前的研究成果使我们能够最接近证明这一点。拉斯姆森教授说，"我认为我们现在可以以一定的权威说，是的，这是莎士比亚的诗歌"。

这一消息使我处于极大的兴奋之中。我设法买到了牛津版的《西班牙悲剧》，便开始在家中翻译起来。谁知这一发而不可收，继而又翻译了其他诸篇。这既纯然是为了乐趣，实际上也是一个莎士比亚梦。当我还是复旦大学英国语言文学系二年级学生的时候，有一次，我到新教学大楼三楼一间教室前等着里面四年级班下课，我们下一节课将在那间教室里进行。我从门窗里向里窥望，只见林同济先生在黑板上书写着《哈姆雷特》里的一句诗句："O, what a noble mind is here overthrown"（好一个高贵人品就这样完了呀）[1]，我当时仿佛触了电似的，感到一种振奋，一种玄妙，莎士比亚的戏剧多么美！伊丽莎白时代的戏剧多么美！这一刻因此在我的心中存留了一辈子，那"高贵人品"成为我一生难以忘怀的一个形象。记得上世纪 80 年代改革开放初期，我有幸去美国洛杉矶。回国的行李里携带的只是用公家发的零花钱买的一部大部头的 A. L. Rowse 注解的《莎士比亚全集》。1987 年，我有可能作为富布莱特学者赴哈佛大学做研究。虽然我主要研究多斯·帕索斯，但仍然没有失去对莎士比亚的强烈兴趣。一次，我从校报上得知瓦尔特·凯塞尔（Walter Kaiser）要在豪顿图书馆开一个莎士比亚研究的课程，名额是十三个。我赶到比较文学系所在的博伊斯顿楼教授那儿，他告诉我名额已经满了。我说，是否可以加一个。他说，教室很小，不可能再加人。我还是希望力争一下，说我可以站着听课。他说，那也不可能。这只能留给我无限的遗憾了。

现在，我有了余暇，我得以有可能将英国文艺复兴时期与《哈姆雷特》齐名的、先于莎士比亚创作生涯的托马斯·基德的《西班牙悲剧》、托马斯·米德尔顿的《复仇者的悲剧》、克里斯托弗·马洛的《浮士德博士的悲剧》的两个版本，他的影响莎士比亚创作

---

[1] 我在这里引用的是林同济先生自己的译文。

《威尼斯商人》的《马耳他岛的犹太人》，以及历史剧《爱德华二世》翻译成中文，奉献在中国读者面前，无疑是还了一生的对于英国文学迷恋的心愿。

在翻译的过程中，我参考了 A.L.Rowse 的 "The Annotated Shakespeare"，David Crystal & Ben Crystal 的 "Shakespeare's Words"，Alexander Schmidt 两卷本的 "Shakespeare Lexicon and Quotation Dictionary"。

西班牙悲剧[①]

托马斯·基德 著

---

① 根据 Four Revenge Tragedies（Oxford World Classics）, ed. Katharine Elsaman Maus, Oxford University Press, 1995 译出。

剧中人物

安德里安鬼魂，西班牙宫廷朝臣

复仇之神

西班牙国王

堂·西普里安，卡斯蒂尔公爵，国王之弟

洛伦佐，公爵的儿子

贝尔英匹丽亚，洛伦佐的妹妹

西埃洛尼莫，西班牙骑士将军

伊莎贝拉，西埃洛尼莫的妻子

霍拉希尔，西埃洛尼莫与伊莎贝拉的儿子

葡萄牙总督

巴尔萨扎，总督的儿子

堂·佩德罗，总督之弟

亚历桑德罗和维洛普，葡萄牙贵族

西班牙将军

代理执政官

巴佐尔托，老叟

三个公民

葡萄牙使臣

两个葡萄牙人

佩德利加诺，贝尔英匹丽亚的仆人

克里斯多菲尔，贝尔英匹丽亚的监护人

洛伦佐的随从

塞贝莱恩，巴尔萨扎的仆人

伊莎贝拉的使女

信使

刽子手

第一场哑剧中的三个国王，三个骑士，和一个鼓手

第二场哑剧中的婚姻之神和两个持火把者

在西埃洛尼莫的戏剧中：

索利曼，土耳其苏丹（巴尔萨扎）

伊拉斯托，洛兹骑士（洛伦佐）

显贵（西埃洛尼莫）

帕西达（贝尔英匹丽亚）

在后续添加的段落中：

巴扎多，画家

佩德罗和雅克斯，西埃洛尼莫的仆人

大军，葡萄牙贵族，西班牙贵族，持戟者，

军官，三个巡夜人，号手，仆人

第一幕

第一场

安德里安鬼魂及复仇之神上

鬼魂　当永恒的灵魂
　　　还囚禁在淫荡的肉身，
　　　灵与肉相互沉醉消融时，
　　　我是西班牙宫廷的朝臣。
　　　我叫堂·安德里安；出身
　　　并不低贱，但相当卑微，
　　　只是在年轻时交上好运。
　　　峥嵘岁月，
　　　忠于职守，爱情眷顾于我，
　　　我私下占有了高贵的姑娘，
　　　甜蜜的芳名贝尔英匹丽亚。
　　　然而，在收获夏日的欢乐时，
　　　死亡之神扼杀了幸运的蓓蕾于严冬，
　　　生生将我与情人拆开。
　　　在与葡萄牙的纷争中
　　　骁勇将我送进了危险的虎口，
　　　生命终于堕入了死亡之冢。

我被杀，灵魂堕入不尽滚滚的冥河，
那粗鲁的冥界船夫①，那唯一的船夫，说，
因为我没有举行得体的葬礼，
不能跻身于乘客之列。
当太阳神在西蒂斯②的膝盖上安睡三夜，
堂·霍拉希尔，骑士将军的儿子
用海水将他的双轮战车的火熄灭，
我的葬礼后事才算告成。
这冥界船夫心满意足，
将我摆渡到泥泞的彼岸，
通向凶险的阿佛那斯湖③的恶浪：
我用甜蜜的话语哄弄那地狱看门犬④，
通过了危机四伏的前门。
不远处，在人头攒动的灵魂中
端坐着三位法官——
米诺斯、埃阿科斯和拉达曼堤斯，
我急不可待趋前问候，
希冀为我的游荡的灵魂求得一张通行证。
米诺斯从瓮中抽出一张张镂刻的签，
签上描述着我在尘世的作为。
"这位骑士为爱情而生，"他说，
"为爱情而死，
为了爱，他去挑战战争之运，
丧失了爱情和生命。"
"那么，"埃阿科斯说，"就发配他

---

① 原文为卡戎（Charon），根据希腊神话，是渡亡魂过冥河去阴间的神。
② 西蒂斯（Thetis）：海神（Nereus）的女儿之一。
③ 原文为 Avernus，意大利那不勒斯附近的死火山口形成的一个小湖，据古代神话，是地狱的入口。
④ 原文为 Cereberus，刻耳柏洛斯。

去风月场跟爱人们散步，

将无限的时光

在绿色爱神木和柏树①树荫下游荡。"

"不，不，"拉达曼堤斯说，"将一个武士

流放到情人们中至为不妥。

他死于战争，应该驱遣到战场，

在那儿，受伤的赫克托耳②忍受着永恒的痛苦，

阿喀琉斯③的密耳弥多涅人④在平原逡巡。"

米诺斯，三位法官中最为平和温谦，

做出决定，弭除了分歧：

"将他发配到冥王⑤那儿去，

由冥王陛下来决定他的厄运。"

我的通行证就这样立即签发。

在羁往冥王宫殿的路上，

我经过可怕的、永远张着黑幕的暗夜，

所见，一千张嘴也无法说完，

一千支笔也无法书尽，一千个不朽的灵魂也难以想象。

有三条路：

右手是通向风月场和战场现成的路，

情人们和血腥的武士的乐园，

他们都禁锢在冥王的管区。

左手的路，陡直而下，令人毛骨悚然，

直通冥府的渊薮，

血腥的复仇女神⑥挥舞着钢鞭，

---

① 爱神木象征爱情，柏树象征死亡。

② 赫克托耳：特洛伊王的长子，特洛伊战争中的英雄，被阿喀琉斯杀死。

③ 阿喀琉斯：出生后被其母亲握脚踵倒提在冥河水中浸过，因此除未浸到水的脚踵以外，浑身刀枪不入。

④ 指跟随国王阿喀琉斯参加特洛伊战争的人。

⑤ 即普路托，冥王。

⑥ 即 Furies，在希腊和罗马神话中的复仇三女神。

可怜的伊克西翁①被绑在永不停息的车轮上；
高利贷者被熔化的金子呛死，
丑陋的蛇紧紧箍住淫男浪女，
谋杀凶手为永远无法弥合的伤口呻吟不已，
做伪证的人在滚烫的铅水中煮沸，
所有的污秽的罪孽都受到折磨、惩罚。
在这两条路之间，我走中间的一条，
将我引导到旖旎的乐土②的草地，
巍峨的塔楼，
黄铜的墙，金刚石的门。
见到冥王和王后③，
谦卑地跪下，奉递上通行证；
美丽的王后微微一笑，
请求陛下给予她决定我命运的生杀之权。
冥王欣然应允，用甜蜜一吻了结。
然后，复仇之神，她在你的耳边细语，
请你导引我穿过角门④，
清寂的夜晚
梦幻发轫于此。
她一说完，我们便来到这里，
我浑然不知，一切尽发生在俄顷之间。

复仇之神　安德里安，你来到了这儿，
你将看见杀死你的元凶
堂·巴尔萨扎，葡萄牙王子，
被贝尔英匹丽亚夺去性命。

---

① 伊克西翁：拉庇泰王，因追求天后赫拉，被主神宙斯缚在永远旋转的车轮上受罚。

② 希腊神话中，英雄和好人死后居住的地方。

③ 即普罗塞尔皮娜（Proserpine），朱庇特和刻瑞斯（Ceres）之女，为冥王劫走，强娶为后。

④ 根据古罗马诗人维吉尔的《埃涅阿斯纪》第六部，过了这门，便开始做预言的梦。

让我们端坐在这儿，静观这连台的好戏，

对这连环的悲剧做一番述评。

复仇之神和安德里安坐下

第二场

西班牙国王与扈从、卡斯蒂尔、西埃洛尼莫上

国王　现在，将军大人，战事进行得怎么样？

将军　好极了，国王陛下，只是一些士兵

在战争中牺牲了性命。

国王　是什么让你如此喜形于色，

匆匆前来觐见？

说吧，爱将，难道命运让我们赢得了胜利？

将军　是胜利，陛下，只有些许损失。

国王　那么，葡萄牙人将向我们称臣纳贡？

将军　纳贡，他们将由此宣誓效忠。

国王　感谢上苍和上苍的指引者，

正是上苍的威权才迎来如此的公正。

卡斯蒂尔　哦，顺应上帝的意志，

上苍为您而战，

阴谋与您作对的敌手终于

下跪向您屈服：

胜利是公正的姐妹。①

国王　感谢亲爱的贤弟卡斯蒂尔。

---

① 此话原文为拉丁文：O multum dilecte Deo, tibi militat aether, / Et conjuratae curvato poplite gentes / Succumbunt: recti soror est victoria iuris。伊丽莎白时代的戏剧家往往喜欢在台词中使用外国语引语，特别是拉丁语。这是一种时尚。

爱将，请简要地叙述一番

战场的状况和你的胜利，

在你既往的荣耀之上

再添新的辉煌，

骑士风度给你带来福气，

我将赐予更多的褒赏和更崇高的尊严。

将军　　西班牙和葡萄牙唇齿相依，

边界相连，

两军以令人骄傲的战阵相遇；

他们都装备精良，都充满希望和恐惧，

都以望风披靡的气概叫人胆战心惊，

都高擎着各色纹章图案的旗帜，

都让喇叭、战鼓和笛发出快乐的笙乐，

都发出震天的可怕的呐喊，

在谷地、山峦、河流上回响，

上天为此而惊骇不已。

我们的士兵组成方阵行进，

战阵四边配以猛烈的火器，

在两军短兵相接、捉对肉搏之前，

我从后方

调遣一个最强大的火器方阵：

敌方运用另一翼来应对。

同时，我们的火炮从两翼开火，

军官们勇猛冲锋陷阵。

堂·佩德罗，敌方精锐骑兵的上校，

和他的掌旗官奋勇冲破了

我们的营垒；

但是，堂·卢加洛，这英姿勃发的英雄，

率领我们的火枪手

直面对阵堂·佩德罗，

阻止了他那险恶的、势不可挡的进犯冲杀。

双方进行小规模的激烈的鏖战，

进而短兵相接，肉搏相向，

猛烈的枪火犹如愤怒的大海，

震耳欲聋呼啸着，就像不断奔腾的波涛，

飞向巨大的石头的城堡，

张开大口吞噬邻近的土地。

女战神贝娄娜①在各处发怒，

密集的暴风雨般的枪弹犹如冬季的冰雹，

摇曳的长矛遮蔽了动荡不安的天空。

脚顶着脚，长矛冲向长矛；

火枪瞄准火枪，人对着人。②

在各翼军官倒地，

有的士兵手脚被砍，有的一命呜呼：

这儿躺着一具没脑袋的尸骸，

那儿草地上抛撒着流血的腿和胳膊。

撕扯出肚肠的马儿，杂陈在武器间，

在紫色平原之上横尸遍野。

这一场鏖战，持续三个多时辰之久，

无法决一雌雄。

直到堂·安德里安和勇猛无比的长矛轻骑兵

在冲锋中打开一个巨大的缺口，

敌人在恐慌之中溃退；

但是，巴尔萨扎，葡萄牙年轻的王子，

带来了驰援大军，鼓励将士守住阵脚。

于是，酣战又开始了，

在那场冲突中，安德里安，

这骁勇善战的武士，敌不过巴尔萨扎，

---

① 罗马神话中的女战神，是战神玛尔斯之妻或之妹。

② 此两句诗原文为拉丁文：Pede pes et cuspide cuspis；/ Arma sonant armis，vir petiturque viro。

被杀了。
当房酋王子占尽上风时，出言不逊，
对我们极尽侮辱之能事，
友情和勇气激励在一起，
驱使霍拉希尔，我们骑士将军的儿子，
冲向王子，与之孤身搏杀，
两人厮杀不久，
王子被径直掳下马来，
不得不屈辱当了阶下囚。
当王子被逮，所有的人狼奔豕突，
我们的马枪骑兵疾蹄追杀，
当太阳在西方下山，
我们的号手获令吹起收兵的号声。

国王　谢谢，了不起的大将军，谢谢这些好消息；
为了日后更多的好消息，
请接受这一颈饰，为了你的君王，戴上它。
　　授予他璎珞
现在请告诉我，你是否达成了和平协议？

将军　没有完全的和平，陛下，只是有条件的和平，
如果作为臣服之礼按时进贡，
陛下的将士将忍住愤怒，按兵不动；
总督已经签字和平，
　　向国王递上呈文
郑重宣誓，在有生之年，
他将俯首称臣。

国王　这些言辞、行为，太适合你的人格了。
现在，骑士将军，跟你的君王一起欢乐吧，
因为正是你的儿子俘获了这场战斗的俘虏。

西埃洛尼莫　但愿他长寿服侍陛下，

如果他不能这样，就让他衰亡吧。

远处响起喇叭的礼乐

国王　无论你，还是他，都会死于安乐。——
　　　这号角声意味着什么？

将军　这是告诉我，陛下的勇士
　　　从这场战争中涅槃，
　　　现在奏凯班师向陛下走来，
　　　接受国王陛下的检阅；
　　　这正是我离程前命令的。
　　　他们将显示，
　　　除了三百多将士，
　　　悉数安全凯旋，缴获了敌军的武器装备，
　　　变得更为坚不可摧。

将士上场；巴尔萨扎由洛伦佐和霍拉希尔押解

国王　多么令人兴奋的景象！我早就盼望在这儿见到他们。

将士通过

　　　我贤侄押解的
　　　是那好战的葡萄牙王子吗？

将军　正是葡萄牙王子，陛下。

国王　在另一边钳制他的手臂，
　　　作为俘获这战俘的同僚的
　　　是谁？

西埃洛尼莫　那是我的儿子，仁慈的君王，
　　　自从他的稚嫩的童年，
　　　我的爱心从来没有停止过期望他有出息，
　　　他从来也没有像今天那样，
　　　让他的父亲的眼睛感觉如此愉悦，
　　　让他的心充满了如此无穷的快乐。

国王　去，让他们再沿城墙行进一次，
　　　　这样，我可以让队伍停下来，
　　　　跟勇敢的俘虏和那两个押解的人交谈一番。
　　　　助手下
　　　　西埃洛尼莫，让我感到欣慰的是，
　　　　在我们的胜利中，因为你出色的儿子的勋绩，
　　　　你也有一份功劳。
　　　　大军再次上
　　　　把那年轻的葡萄牙王子叫到这儿来。
　　　　其他人继续行进；但是，在解散之前，
　　　　我将给每一个士兵奖赏
　　　　两枚金币，每一位军官，十枚，
　　　　这是我的慷慨迓迎。
　　　　除了巴尔萨扎、洛伦佐、霍拉希尔，大军下
　　　　欢迎，堂·巴尔萨扎。欢迎，贤侄。
　　　　还有，霍拉希尔，也欢迎你。
　　　　年轻的王子，虽然令尊顽固不化，
　　　　拒绝兑现他所欠的贡品，
　　　　他遭受我们的严惩，
　　　　完全是罪有应得，
　　　　但你应该明白西班牙是讲信义的。

巴尔萨扎　我父亲对和平的侵害
　　　　已经被战争的结果排除；
　　　　牌一旦打出去，再诘问为何已毫无意义。
　　　　他的士兵被灭，大大削弱了他的王国；
　　　　他的旗帜被夺，那是他大名上的污点；
　　　　他的儿子遭难，那是他心头上的痛楚：
　　　　这些惩罚足够撇清他最近的犯事。

国王　是的，巴尔萨扎，如果他遵守停火协议，
　　　　我们将拥有更为巩固的和平，

取代这些战争。
在这期间，你将活着，虽然并不自由，
但是你会蠲除任何屈辱的枷锁之苦；
我听说你拥有崇高的美德，
现在亲见你举止优雅雍容。

巴尔萨扎　我将刻苦自励，
　　　　　不负您的美誉。

国王　因为他们的掣肘让我生疑——
　　　请告诉我，这两人中，
　　　是谁俘获你的？

洛伦佐　是我，陛下。

霍拉希尔　是我，君王。

洛伦佐　这只手首先拽住了他战马的缰绳。

霍拉希尔　我的长矛首先把他从马上撩了下来。

洛伦佐　我首先一把夺过他的武器，并占有了它。

霍拉希尔　是我首先迫使他放下武器。

国王　看在君权的分上，放开他的手吧。
　　　洛伦佐和霍拉希尔放开他的手
　　　啊，高贵的王子，你到底是向谁投降的？

巴尔萨扎　向这人①投降，是出于礼貌，
　　　　　向那人②臣服，是迫于威势。
　　　　　这人说话和颜悦色，那人给我苦恼；
　　　　　这人给予生的希望，那人以死相胁；
　　　　　这人赢得我的爱戴，那人仅仅压服，
　　　　　说句实话，我向两人俯首投降。

---

① 指洛伦佐。
② 指霍拉希尔。

西埃洛尼莫　我知道陛下公正而英明，
　　　　　　但也可能在这场争执中偏心。
　　　　　　为本性所驱使，也是遵循军事的法统，
　　　　　　我的三寸不烂之舌
　　　　　　要为年轻的霍拉希尔的权利伸张。
　　　　　　猎狮的好猎手，
　　　　　　何须伪装；
　　　　　　兔子用胡须逗弄的
　　　　　　只是一头死狮而已。

　　国王　安心吧，爱将，你不会被亏待。
　　　　　看在你的面上，
　　　　　你的儿子应得的补偿也绝不会少。
　　　　　你们两人服从我的决定吗？

　洛伦佐　没有比陛下的赏赐更让我期盼的了。

霍拉希尔　我也是，尽管我放弃我应得的那一份。

　　国王　根据我的判断，你们结束争论吧：
　　　　　你们两人都有功，赏赉是应有之义。
　　　　　贤侄，你俘获他的武器和战马，
　　　　　那武器和战马便归于你名下；
　　　　　霍拉希尔，你首先迫使他投降，
　　　　　那他的赎金便是你的勇猛的赏金。
　　　　　如果你们两人应允的话，请给个钱数。
　　　　　不过，贤侄，你将看守王子，
　　　　　因为你的家宅对这位客人最为适宜：
　　　　　霍拉希尔的房子对于他的庞大扈从过于狭小。
　　　　　你的财富超过他①的金银，
　　　　　公正地按功论赏，
　　　　　将王子的甲胄给予他。

----

① 指霍拉希尔。

堂·巴尔萨扎，对这样的决定你有何想法？

巴尔萨扎 好极了，陛下，只是想恳求您
　　　　允许堂·霍拉希尔跟我们相伴，
　　　　他是一位威风凛凛的骑士，
　　　　我敬仰他，爱他。

国王 霍拉希尔，别辜负一个如此爱你的人。
　　　现在，让我给士兵分发奖赏，
　　　并盛宴宴请我们友好的客人。
　　　下

第三场

葡萄牙总督、亚历桑德罗、维洛普以及扈从上

总督 派遣钦使赍往西班牙了吗？

亚历桑德罗 他已启程两天，陛下。

总督 他带上臣服之礼了吗？

亚历桑德罗 带上了，英明的大人。

总督 那就让我在不安和期待中休息一会儿，
　　　用内心的唏嘘来慰藉我的痛苦吧，
　　　最最深沉的忧虑不会见之于眼泪。
　　　为什么我要端坐在这御座上呢？
　　　这更适合一个无穷无尽呻吟的不幸的人。
　　　跪下
　　　然而，这已经高于我的命运、
　　　好于我的国家所应该得到的一切。
　　　趴在地上
　　　是的，是的，这大地，忧郁的象征呀，

看中了这个被命运判定永劫受难的人。

让我俯伏在这儿吧，这最最底层的地方。

那躺在地上的人不可能再往下坠落，

命运已无所不用其极来伤害我；

已无计可施了。①

卸下他的王冠

是的，命运有可能会褫夺去我的王冠；

我现在自愿将它脱下；即使命运做最严酷的事，

那她也不能夺走我的黑色的丧袍。

哦，不，她只妒忌愉悦：

这就是可鄙的机遇的蠢行！

命运瞎眼，看不见我的功劳；

命运聋聩，听不见我的悲叹。

即使她能听见，她也是发疯般地固执，

不会怜悯我的凄惨。

即使设想她会同情我，那又怎样？

你能从她，一个脚踩在滚石上的人，

一个心就像风一样变化无常的人那儿

指望得到什么呢？

我为什么哭泣，无须赔偿的希望在哪儿呢？

哦，是的，抱怨让我的痛苦减轻了许多，

我最近的野心玷污了我的信用，

失信引发了血腥的战争，

血腥的战争耗尽了我的财力，

随着财力的耗尽，我的人民也流尽了鲜血，

随着人民流尽鲜血，我丧失了我的快乐和最爱，

我最爱的宝贝独子。

哦，为什么我不自己亲身上疆场呢？

---

① 此三句诗句原文为拉丁文：Qui iacet in terra, non habet unde cadat. / In me consumpsit vires fortuna nocendo; / Nil superest ut iam possit obesse magis。

这场战争是我的事业；我可以为我的欢乐和最爱而死。

我已进入成熟的岁月，而他还年轻而稚嫩；

我的死亡是自然的天理，而他的死有违常理。

亚历桑德罗 毫无疑问，陛下，王子还活着。

总督 活着！啊，在哪儿？

亚历桑德罗 在西班牙，由于战争的厄运，他成了俘虏。

总督 那么，为了他父亲的错误，

他们定然已把他杀死。

亚历桑德罗 那是违反战争习惯法的。

总督 他们阴谋复仇，从不会介意法律。

亚历桑德罗 巨额的赎金

将会使他免于残酷复仇的厄运。

总督 不，如果他还活着，

消息应该很快就到达。

亚历桑德罗 好消息总是比坏消息来得慢。

总督 别再提消息的事儿，他定然已死。

维洛普 （跪下）君王，请恕宥给您带来坏消息的人，

我将向您禀报王子的命运。

总督 说吧，不管情况怎么样，我都将犒劳你。

我的耳朵准备倾听不幸；

我的心业已变硬，准备接受厄运的降临。

啊，起身，把你的故事全数说来听听。

维洛普 请听听我亲眼看见的真实情形吧。

当两军对垒，

堂·巴尔萨扎，处于密密麻麻的万军阵中，

创立辉煌的勋名，赢得了众口赞誉。

我看见他徒手

与敌方将军大人对斗；

这时，亚历桑德罗装作挚友，

佯装瞄着敌方将军

却对准王子的后背开枪。

堂·巴尔萨扎应声倒下；

他一倒毙，我们便全军溃退；

如果他活着，我们肯定会大获全胜。

亚历桑德罗　哦，居心不良的胡说！哦，背信弃义的无赖！

总督　　　闭嘴！——现在，维洛普，告诉我，

我儿子的尸骸在哪儿呢？

维洛普　　我看见他们将他拖进西班牙营帐之中。

总督　　　啊，啊，夜晚的梦魇就是这么告诉我的。

你这虚伪的、残忍的、不知感恩的、奸诈的畜生，

巴尔萨扎在什么地方得罪了你，

你竟然如此将他出卖？

难道西班牙的黄金迷惑了你的眼睛，

使你看不见我的奖赏？

或许，因为你是特尔塞拉岛的勋爵①，

离王冠才一步之遥，

如果我的嗣子和我被杀；

那么，野心会折断你的脖子。

啊，就是这个驱使你叫他流血。

脱下王冠，又戴上它

但是，我现在要戴上它，直到叫你流血。

亚历桑德罗　启禀尊贵的王上，请允许我说。

总督　　　让他滚开，看见他犹如看见地狱；

---

① 亚速尔群岛中最大的岛，属于葡萄牙。

把他抓起来，直到我决定他的死期。
如果巴尔萨扎死了，他也别想活成。

扈从们和亚历桑德罗下

维洛普，跟随我去领奖赏。

总督下

维洛普　我用一个恶意的虚假的故事
　　　　诓骗了国王，出卖了我的敌人，
　　　　希望以此恶行而获得犒劳。

下

第四场

霍拉希尔和贝尔英匹丽亚上

贝尔英匹丽亚　霍拉希尔先生，此时此地
　　　　我请求给你讲述
　　　　堂·安德里安是怎么死的，
　　　　他在世时，是我花环中最甜蜜的花，
　　　　而随着他的死，却埋葬了我所有的欢乐。

霍拉希尔　看在对他的爱和对你的尊崇的分上，
　　　　我不会拒绝这沉重的令人悲伤的请求；
　　　　但眼泪和叹息恐怕会
　　　　阻碍我这样做。
　　　　两军一旦交恶，
　　　　你那高贵的骑士冲进最密集的敌阵，
　　　　为了光荣和伟大，
　　　　与年轻的堂·巴尔萨扎白刃相遇。
　　　　他们对峙，相持不下，
　　　　心气高昂，呐喊声震天，
　　　　势均力敌，招数都危险至极。

愤怒的复仇女神，那邪恶的神，

妒忌安德里安的荣誉和高贵，

要结束他的生命，摧毁他的荣誉和高贵。

复仇女神穿上甲胄，

就像站在骄傲的帕加马①城头上的帕拉斯②

调遣来一批戟兵，

刺破他的马肚，将他撂倒在地。

年轻的堂·巴尔萨扎

心中充溢了极端的愤怒，

趁安德里安立足未稳，

继戟兵之后向他直奔而来，

要了安德里安的命。

也许太迟，我义愤填膺，

带领人马冲向王子，

把他从戟兵那儿抓了出来，

叫他做了俘虏。

贝尔英匹丽亚　我真希望你杀死

那杀死我所爱的那个人。

堂·安德里安的尸体丢失了？

霍拉希尔　没有丢失，那正是我勉力而为的，

我没有退却，定要把他夺回。

我抬起他，抱在我的怀中，

带到我的私人营帐，

把他放下，用眼泪洗涤

他的身体，

像一个朋友，太息而又惆怅。

然而，朋友的悲哀、唏嘘，

---

① 古希腊城市。

② 帕拉斯即智慧女神雅典娜，根据维吉尔的《埃涅阿斯纪》第二部，特洛伊陷落时，雅典娜全副武装出现在帕加马一座城堡的城头。

或者眼泪，
都不能从苍白的死亡的手中
将他夺回。
我已尽力而为：
我看见他的葬礼得到应有的礼遇。
我从他的死亡的手臂上卸下
这条丝巾，
围上它，纪念我的朋友吧。

贝尔英匹丽亚　我知道这条丝巾，他居然还保存着它。
只要他活着，他就会保存它，
为了贝尔英匹丽亚围过它：
因为那是我们分手时我的定情物。
而现在，你为了他，也为了我，
围着它；
因为在他死后，你最有资格围它。
因为你对于他的生死的恩典，
请相信我，只要贝尔英匹丽亚活着，
她就将是堂·霍拉希尔的
挚友。

霍拉希尔　小姐，堂·霍拉希尔将不遗余力
做贝尔英匹丽亚谦卑的
仆人。
但现在，如果你允许的话，
请原谅我去追杀王子；
这是公爵，你的父亲，给我的命令。
下

贝尔英匹丽亚　啊，走吧，霍拉希尔，
让我一个人在这儿待着吧；
因为孤独最为适合我现在
百无聊赖的心境。

然而，为安德里安之死哭泣还有什么意义，
既然霍拉希尔已成为我的情人？
如果他不是那样爱安德里安，
他就不可能存在于贝尔英匹丽亚的
思绪之中。
但是，在替我的爱人之死复仇之前，
爱情怎么可能在我的胸中寻找到位置呢？
是的，二度的爱将继续我的复仇。
我将爱霍拉希尔，我的安德里安的挚友，
我将更加憎恨那杀死他的王子；
那堂·巴尔萨扎，那个扼杀我的爱的人，
现今掌控在我的手中讨饶，
在我的义愤的威严之下，
他将为他的谋杀之举抱憾终生。
这么多人无视战争的礼仪，
对付一个孤单的勇猛的骑士，
这除了胆怯的谋杀之外，
还能是什么呢？
洛伦佐和巴尔萨扎上

洛伦佐　　　妹妹，干吗如此忧郁地在独步？

贝尔英匹丽亚　我想单独待一会儿。

洛伦佐　　　王子现在来拜访你了。

贝尔英匹丽亚　难道这说明他已是自由之身了吗？

巴尔萨扎　　不，小姐，我只是乐于臣服于你。

贝尔英匹丽亚　所谓的监禁或许只是虚幻的想象而已吧。

巴尔萨扎　　啊，我的虚幻的想象把我的自由囚禁。

贝尔英匹丽亚　那么，用想象再一次让你自己自由吧。

巴尔萨扎　　如果想象完全控制了我的心，怎么办？

贝尔英匹丽亚　那就支付你所欠的，把它赎回来吧。

巴尔萨扎　如果它从它所囚禁的地方回来，我就会死。

贝尔英匹丽亚　一个没有心魂的人，竟然还活着？真是奇迹！

巴尔萨扎　是的，小姐，爱情可以创造这样的奇迹。

洛伦佐　啊，啊，我的上帝，别再绕着圈子说话了，
用简单明了的话语向她表白你的爱吧。

贝尔英匹丽亚　如果没治，抱怨又有什么用呢？

巴尔萨扎　是的，我抱怨，就必须跟仁慈的你抱怨，
在你的明智的答语中包含有疗治之法，
我所有的思绪都遵循着你完美的德行，
在你的脸上，我看到了美的荫庇之所，
你那晶莹清澈的胸膛正可寄托我的心灵。

贝尔英匹丽亚　啊，我的上帝，这不过是些陈词滥调，
只能略施小计让我摆脱这地方。
她在下场时丢下她的手套①，霍拉希尔正上场
将手套捡了起来

霍拉希尔　小姐，你的手套。

贝尔英匹丽亚　谢谢，了不起的霍拉希尔；
既然劳驾你将它捡了起来，就留下吧。
贝尔英匹丽亚下

巴尔萨扎　霍拉希尔先生完全沉浸在幸福中了。

霍拉希尔　我获得了比我应得的或者希望获得的
要多得多的恩典。

---

① 文艺复兴时期，贵妇人的手套一般都十分华美地镶嵌着珠宝，并绣上精美的图案，是很贵重的物品，往往作为一位妇人对男子的定情物。这才引起巴尔萨扎和霍拉希尔的反应。

洛伦佐　大人，别为过往已逝的岁月悲哀痛惜；
　　　　你知道女人每每是水性杨花；
　　　　这点儿阴霾只须一点儿风便可以吹散殆尽。
　　　　把这交给我吧，我将亲自将这阴霾横扫一空。
　　　　同时，让我们筹划一下怎么嬉戏、怎么寻欢作乐
　　　　度过这段时光。

霍拉希尔　贵爵们，国王将直接来到这儿，
　　　　宴请葡萄牙钦使；
　　　　我来到之前一切就准备好了。

巴尔萨扎　我们待在这儿侍候国王再合适不过了，
　　　　欢迎我们的钦使，
　　　　并了解一番父王和国家的状况。
　　　　扈从们上，送上宴席，吹号手、国王、
　　　　卡斯蒂尔公爵、贵族们、使臣上

国王　　瞧，钦使贤卿，西班牙是如何款待
　　　　它的囚犯巴尔萨扎，总督的儿子。
　　　　我更喜欢仁慈，而不是战争。

使臣　　我们的国王悲伤不已，葡萄牙在恸哭，
　　　　他们以为堂·巴尔萨扎被杀。

巴尔萨扎　（*旁白*）我是被杀了，被美人儿的专横杀了！
　　　　（*对使臣*）你瞧，大人，巴尔萨扎是怎么被杀的：
　　　　我和卡斯蒂尔公爵的儿子嬉戏，
　　　　每时每刻都沉浸在皇宫的歌舞升平之中，
　　　　享受国王陛下的恩典。

国王　　先别说祝词，留待宴席之后吧；
　　　　来，跟我坐在一起，体验一下我的好客吧。
　　　　国王、巴尔萨扎、卡斯蒂尔公爵、洛伦佐、使臣、
　　　　贵族们端坐在宴席上
　　　　请坐下，年轻的王子，你是我们的第二位贵客。

贤弟，请坐，贤侄，就座吧。

霍拉希尔先生，请为我斟酒①，

你完全值得获得这一殊荣。

现在，贵爵们，请用膳；西班牙就是葡萄牙，

葡萄牙就是西班牙；我们是挚友；

贡品献上了，我们享用我们的权力。

老西埃洛尼莫，我的爱将，在哪儿？

他答应我们，为了欢迎我们的贵客，

给宴会献上隆重的欢娱节目。

西埃洛尼莫、一个鼓手、三个骑士同上，每人各举着
饰有纹章的盾；他召来三个国王；三个骑士将他们的
王冠拿下，逮捕了他们

西埃洛尼莫，这假面剧愉悦我们的眼睛，

但我真不知这神秘剧说的是什么。

西埃洛尼莫　　那第一个举着盾的骑士

他拿来盾给国王看

是英格兰的罗伯特，格洛斯特伯爵②，

当斯蒂芬国王③统治英格兰时④，

率领十万大军

来到葡萄牙，因为赢得了战争，

逼迫国王，仅仅只是一个摩尔人，

接受英格兰君王的桎梏。

国王　　葡萄牙贵爵，你可以看出，这剧

---

① 以霍拉希尔的出身，这显然是国王给予他的一种垂爱，使他与巴尔萨扎以及洛伦佐明显地区别开来。

② 罗伯特，格洛斯特伯爵（1100—1147）：英格兰国王亨利一世私生子。

③ 斯蒂芬国王（1092—1154）：英格兰布卢瓦王朝国王。

④ 西埃洛尼莫的假面剧表现不符合历史事实的英格兰战胜西班牙和葡萄牙的战事，主要是为了迎合伦敦观众的趣味。在 16 世纪的后半期，英格兰与西班牙敌对，在 1588 年打败西班牙舰队，爱国的英格兰人引以为自豪。

让你们的国王和你感到
慰藉，
还缓解你们最近的
忧虑。
啊，西埃洛尼莫，下一个是什么？

西埃洛尼莫　第二个举着盾的骑士
　　　　　　他做如前的动作
是英格兰肯特郡伯爵埃德蒙①
当英格兰理查王拥有王冠的时候，
他也来到葡萄牙，摧毁了里斯本的城墙，
在战斗中抓捕了葡萄牙国王。
为了这一盖世战绩，以及以后同样显赫的功勋，
他被授予约克郡公爵头衔。

国王　这是另一个特殊的事件，
表明当葡萄牙置于小英格兰的桎梏之下时，
葡萄牙可能屈尊敷衍我们的权威。
现在，西埃洛尼莫，最后一个是什么？

西埃洛尼莫　这第三个，也是最后一个，
在这剧中却绝不是一个次要的角色，
　　　　　　他做如前的动作
他也是一个勇猛的英格兰人，
英勇的冈特的约翰，兰开斯特公爵②
正如他的盾饰所显示的那样。
他率领一支威武之师来到西班牙，
俘虏了卡斯蒂尔的国王。

使臣　这对于我们的总督是一个启示
西班牙即使胜利也不会侮辱轻慢，

---

① 即伍德斯托克的埃德蒙，第一代肯特郡伯爵（1301—1330）。
② 冈特的约翰（1340—1399）：英格兰国王爱德华三世的儿子。

因为英格兰勇士也曾经征服了西班牙，
让他们俯首跪在英格兰之前。

国王　从霍拉希尔手中拿过酒杯来
西埃洛尼莫，我为你这一假面剧干杯，
它使钦臣和我都无上愉悦：
请为我干一杯吧，西埃洛尼莫，如果你爱国王的话。
国王将酒杯递给西埃洛尼莫，西埃洛尼莫一饮而尽
（对使臣）钦使大人，恐怕我们花了太长的时间
在说话和娱乐，
而却冷落了我们的菜肴；
请品尝我们最好的佳馔。
让我们进去吧，这正是派遣你来的目的；
我想我们的联席会议已经准备就绪。
众人下

第五场

安德里安鬼魂和复仇之神

鬼魂　我们来自深层地下，
难道就为了来见宴请那造成我死亡的人吗？
这寻欢作乐刺痛我的心灵！
除了结盟、爱情和欢宴，一无所有！

复仇之神　镇静，安德里安；在我们离开这儿之前，
我要将他们的友情变为残忍的恶意，
爱情变为不共戴天的仇恨，白昼变成黑夜，
希望变为绝望，和平变为战争，
欢乐变为痛苦，祝福变为忧愁。

第二幕

第一场

洛伦佐和巴尔萨扎上

洛伦佐　殿下，虽然贝尔英匹丽亚显得如此羞涩，
　　　　让理智控制你的激情吧。
　　　　让狂野的公牛套上牛轭，
　　　　所有凶悍的野鹰迟早会俯冲掠食，
　　　　微不足道的楔子可以拦腰砍断最坚硬的橡树，
　　　　最柔和的细流也会滴穿坚石，
　　　　她迟早会变得矜持、傲慢，
　　　　后悔接受了你的令她烦恼的友情。

巴尔萨扎　不，她比野兽、禽鸟、树木或者石墙
　　　　更为狂野，更为残酷。
　　　　我有什么理由玷污贝尔英匹丽亚的芳名？
　　　　是我，而不是她，该受到责难。
　　　　我的容貌没能使她愉悦。
　　　　我的言语粗鲁，引不起她的快乐。
　　　　我寄去的情书、情诗粗糙而低俗，

犹如潘^①和马西亚斯^②的鹅毛笔所书。

我的礼物过于低廉，

因为微不足道，一切勤力全部落空。

也许她会爱我的勇敢：

啊，勇敢因被俘而化为乌有。

也许她爱我可以让她的父亲心满意足：

啊，她的理智左右着他的愿望。

啊，也许她爱我因为我是她哥哥的朋友：

啊，她的希望寄托在其他的地方。

啊，也许她爱我是想抬高她的地位：

啊，也许她希望得到其他的贵胄佳偶。

也许她爱我是因为我是她的爱的奴隶：

啊，恐怕她压根儿不会爱。

洛伦佐　殿下，看在我的分上，丢掉这些胡思乱想吧，

请相信我，我将为你找到补救的办法。

有一些原因使你没有得到爱；

首先必须厘清，然后排除它们。

要是我妹妹正热恋着一位骑士，

会怎么样？

巴尔萨扎　那我的夏季的丽日会变成严酷的冬夜。

洛伦佐　我已经想好计谋

在这一可疑的问题上来试探一下。

殿下，请让我控制你一回；

不管你听见或看见什么，

别拦阻。

我将使用威逼或者亲善的办法

---

① 潘：古希腊神，人身羊足、头上有角的畜牧神，爱好音乐。

② 马西亚斯：古希腊神，善吹笛。潘与马西亚斯向艺术之神阿波罗挑战。他们代表粗
　俗的艺术趣味。

将这一问题弄个一清二楚。

喂，佩德利加诺！

佩德利加诺 （舞台后）先生！

洛伦佐 快到这儿来！[①]

佩德利加诺上

佩德利加诺 老爷有什么吩咐？

洛伦佐 啊，佩德利加诺，一件十分重要的事；

无须啰唆絮叨，

情况是这样的：

我父亲因为你在安德里安的爱情中传递书信

大发雷霆，

你也因此而受到惩罚，

而我

在父亲的盛怒面前保护了你；

你明白，

这事情还刚过去不久。

我总是设法阻止对你施以惩罚；

你也明白自从那之后

我是如何对你恩惠有加。

现在，除了这些恩惠之外，

我还要再增加奖赏，

不是连篇空话，而是实在的金币、

土地和拥有崇高头衔的生活，

如果你满足了我的正当的要求。

跟我说实话，把我当作你的永恒的朋友。

佩德利加诺 不管老爷大人要求什么，

我的义不容辞的责任便是说真话，

如果我可能这样做的话。

---

① 原文为意大利文：Vien qui presto。

洛伦佐　那么，佩德利加诺，我的要求是：
　　　　谁爱上了我的妹妹贝尔英匹丽亚？
　　　　她对我是无限信任的。
　　　　说，老兄，这样既可以赢得友谊，
　　　　又可以得到犒赏。
　　　　我是说，安德里安死后，
　　　　她爱上谁了？

佩德利加诺　啊，老爷，自从堂·安德里安死后，
　　　　她就不如从前那么相信我了，
　　　　不知道她到底在不在爱。

洛伦佐　不，如果你跟我敷衍了事，你就是我的敌人。
　　　　拔出短剑
　　　　那么，我就要用恐怖，而不是友谊
　　　　达到目的。
　　　　随着你的死
　　　　将埋葬烂在你心里的话：
　　　　你将因为更加珍重她，而不是我，
　　　　去死。

佩德利加诺　哦，且慢，老爷！

洛伦佐　你说实话，我将奖励你，
　　　　不管发生什么，
　　　　我都将保护你，
　　　　并且不管你说什么，
　　　　我都将密不透风。
　　　　如果你再耍花腔，
　　　　我就要你死。

佩德利加诺　如果说贝尔英匹丽亚在谈情说爱的话——

洛伦佐　什么，你这贱骨头！如果如果的什么？
　　　　要杀他

佩德利加诺　（跪下）哦，且慢，老爷！她爱上了霍拉希尔。
　　　　　　巴尔萨扎吃惊地往后退一步

　　洛伦佐　什么，堂·霍拉希尔，骑士将军的儿子？

佩德利加诺　正是他，老爷。

　　洛伦佐　现在告诉我，他怎么成为她的情人的，
　　　　　　你说实话，就会发现我非常仁慈而慷慨。
　　　　　　起身吧，说实话，不要有任何畏惧。

佩德利加诺　她给他寄情书，我亲自读过，
　　　　　　信中情意绵绵，
　　　　　　比起巴尔萨扎王子来，她更爱他。

　　洛伦佐　凭着这把剑的十字形柄起誓，你所说
　　　　　　是真，
　　　　　　并且不会披露。

佩德利加诺　我对创造我们所有人的上帝发誓，
　　　　　　绝对做到这两点。

　　洛伦佐　但愿你的誓言是真诚的，这是你的奖赏。
　　　　　　给佩德利加诺金子
　　　　　　如果我发现你造假、虚伪，
　　　　　　这把你在其上起誓的剑
　　　　　　将结果你的性命。

佩德利加诺　我所说绝对真实，就我而言，
　　　　　　我将对贝尔英匹丽亚秘而不宣。
　　　　　　另外，老爷的慷慨
　　　　　　值得我鞠躬尽瘁，直至死亡之日。

　　洛伦佐　那你就全力为我做这件事吧：
　　　　　　注意情人在何时何地幽会，
　　　　　　用秘密的方法告知我。

佩德利加诺　遵命，老爷。

洛伦佐　你将会发现我异常慷慨。
你知道，我比她更有可能
提升你的社会地位；
识时务，别误了我的事。
去侍候她，就像你惯常做的，
别让你的缺席引起她的疑心。
佩德利加诺下
啊，就这样，tam armis quam ingenio[①]：
如果花言巧语说不通，那就用暴力；
但是，黄金比两者都更有力。
巴尔萨扎王子怎么看这一计谋？

巴尔萨扎　又好又不好；这让我且喜又忧。
高兴的是我知道了我的情敌，
悲哀的是我热恋着的她恐怕会怨恨我；
高兴的是我知道了我要跟谁复仇；
悲哀的是如果我复仇，她将会躲开我。
然而，我要么复仇，要么死，
爱情被拒令我烦躁不安。
我相信，霍拉希尔注定是我的克星！
起先，他挥舞短剑，
用那把短剑，疯狂地挑起了战争，
他给我造成了致命的剑伤。
因为剑伤，他迫使我失利，
因而我成了他的俘虏。
他的嘴现在充斥讨好卖乖的话，
讨好卖乖的话里暗藏着甜蜜的动机，
甜蜜的动机涂上了奸猾的粘鸟的胶，
那黏胶滋润贝尔英匹丽亚的耳朵，

---

① 拉丁文：意为"翻译如下"。

从她的耳朵一直钻进她的芳心，
在她的芳心里占据了本来我应该占据的一隅。
他用暴力伤害了我的身体，
现在用狡黠的手段捕获了我的灵魂；
在他的坠落中，我要听命于命运之神，
要么我完蛋，要么我赢得爱情。

洛伦佐　让我们走吧，殿下；再待在这儿耽搁你的复仇。
跟随我去赢得你的爱情吧：
除掉他，你就会得到她的垂爱。
下

第二场

霍拉希尔和贝尔英匹丽亚上

霍拉希尔　现在，小姐，由于你的爱，
我们之间的暗烟变成了明火，
用相视和话语表达我们的思念
（这两条快乐的源泉，没有比这更快乐的了），
在这爱情的美好的诱惑之中，
你为什么显得如此心思萎靡？
佩德利加诺秘密将王子和洛伦佐
安置在上一层戏台上

贝尔英匹丽亚　亲密的朋友，
我的心就像一艘在大海上行驶的帆船：
它盼望避风港，在那儿悠闲游弋，
修补暴风雨造成的损伤，
紧靠海岸高唱欢乐的歌，
那是痛苦之后的欢愉，烦恼之后的祝福。
你的爱情就是这避风港，

我的心，

抛却了恐惧和期盼，

每时每刻都期望在那里找到安宁，

弥补业已丢失的欢乐，

安坐在那儿，吟唱丘比特的歌，

那最甜蜜的祝福是爱和欲望的巅峰。

巴尔萨扎　（在高台上）哦，睡去吧，我的眼睛，

别瞧我的爱被亵渎；

聋去吧，我的耳朵，

别听我的抱怨；

死去吧，我的心；另一个人在享用本该属于你的爱。

洛伦佐　（在高台上）静静地观察，我的眼睛，

看着这爱被活活拆开；

静静地听，我的耳朵，

听他们相互抱怨；

活下去，我的心；

为愚蠢的霍拉希尔的失恋而欢乐吧。

贝尔英匹丽亚　为什么霍拉希尔一直傻站着缄默无言？

霍拉希尔　我说的越少，思考的便越多。

贝尔英匹丽亚　你在思考什么？

霍拉希尔　在思考过去的危险，未来的快乐。

巴尔萨扎　在思考过去的快乐，未来的危险。

贝尔英匹丽亚　你所谓的危险和快乐是指什么呢？

霍拉希尔　战争的危险和爱情的快乐。

洛伦佐　死亡的危险，没一点儿快乐。

贝尔英匹丽亚　让危险消逝吧，你所谓的战争就是和我的战争[①]，

---

① 在文艺复兴时期的爱情诗歌中，爱情往往被描写为战争。

这种战争并不打破和平的纽带。

跟我说说甜甜的蜜语吧，我也将用蜜糖的话语回报，

向我投来柔情的一瞥吧，我也将用含情的秋波回眸；

给我写情意绵绵的诗句吧，我也将用意兴浓浓的赋句对答；

亲吻我吧，我也将用一掬亲吻报答：

这就是我们的战争的和平，或者说和平的战争。

霍拉希尔　　那么，高贵的小姐，请谕示

这场战争的对决将在什么地方开场。

巴尔萨扎　　野心勃勃的贱民①，竟敢如此胆大妄为！

贝尔英匹丽亚　那就选你父亲闲适的凉亭

作为开场之所，

在那儿我们海誓山盟：

庭院太暴露，凉亭万分隐蔽。

当昏星升起，

召唤痛苦的羁旅者回家时，

我们幽会。

在那儿，除了无碍的鸟儿，

谁也听不见我们；

温柔的夜莺

也许会唱着歌儿，

让我们不知不觉昏昏欲睡，

她胸口刺着一根荆棘②，

鸣啼着我们的欢乐和销魂的调情，

直至一刻变成漫漫的一年。

---

① 在这里，巴尔萨扎瞧不起霍拉希尔比自己低下的出身，认为他不配爱贝尔英匹丽亚。

② 也许贝尔英匹丽亚并没有意识到，她的形象已是一个不祥的象征。根据希腊神话，雅典公主菲洛梅拉变成一只夜莺，夜莺在自己的胸口刺上一根荆棘，以不忘自己的歌所申诉的不幸遭遇。

霍拉希尔　然而，甜人儿和尊贵的情人，

　　　　　让我们回到你父亲的视线之下吧；

　　　　　我们的欢乐定将遇到阴险的怀疑。

洛伦佐　啊，危险携带着妒忌和仇恨，

　　　　将把你的灵魂送进永恒的黑夜。

　　　　下

第三场

西班牙国王、葡萄牙使臣、卡斯蒂尔公爵及扈从们上

国王　卡斯蒂尔兄弟，你的女儿贝尔英匹丽亚

　　　对王子的求爱说什么来着？

卡斯蒂尔　虽然作为姑娘她忸怩作态、

　　　　　遮遮掩掩她对王子的爱，

　　　　　但我毫不怀疑她终究会允诺。

　　　　　即使她顽固不化——她不会这样的——

　　　　　在情事上，她会听从我的劝说，

　　　　　那就是要么爱他，要么背弃我的爱。

国王　那么，葡萄牙钦使大人，

　　　请奏明你们的国王，

　　　核准这场姻缘，

　　　以巩固我们最近缔结的同盟；

　　　我不知道还有什么略胜一筹的办法

　　　使我们成为友邦。

　　　她的嫁妆将丰富而慷慨：

　　　她是我的贤弟堂·西普里安的郡主和半个嗣承人，

　　　将分享他的一半土地，

　　　除此之外，

作为伯父，我将给她的婚事一份祝福的礼物；
如果如期缔结鸳盟，
你们纳贡的义务将被取消；
如果和巴尔萨扎生个公子，
他将在我身后拥有这王国。

使臣　如果我的谏劝有效的话，
我将向我们的君王建议
并加以嘉纳。

国王　那就做吧，钦使大人，如果他应允的话，
我希望他能在婚庆之日莅临，
他的临幸将使我们无上荣耀；
行期由他决断。

使臣　陛下还有什么别的吩咐？

国王　请代向总督问好，再见。
巴尔萨扎王子在哪儿？为什么不来作别？

使臣　已经道别了，了不起的陛下。

国王　在你的其他必须做的事务中，
王子的赎金一项决不能忘；
那不是给我的，而是奖励给那个俘虏他的人；
他的冲锋陷阵值得犒赏。
那个勇士就是霍拉希尔，骑士将军的儿子。

使臣　赔偿事务已经谈妥，
将以最快速度奉上兑现。

国王　再一次说再见，钦使大人。

使臣　再见，卡斯蒂尔亲王大人，以及所有的人。
使臣下

国王　现在，贤弟，你必须劳心费神，

让她回心转意，不再固执。
乳臭未干的姑娘必须要有亲属管教。
王子十分可爱，热恋着她；
假若她怠慢他，拒绝他的爱，
她就要损害自己的地位和我们的利益。
我在这里用我们朝廷所可能提供的
最大的乐趣款待王子，
你也努力去赢得你女儿的心：
假若她拒绝，这一切都会付诸东流。
众人下

第四场

霍拉希尔、贝尔英匹丽亚、佩德利加诺同上

霍拉希尔　　舞动着黑色翅膀的夜来临，
　　　　　　遮掩了太阳的光明，
　　　　　　在黑暗中才能享受那男女的极乐，
　　　　　　来吧，贝尔英匹丽亚，让我们前往那凉亭，
　　　　　　在安宁中度过温馨的时光。

贝尔英匹丽亚　我跟随你，我的情人，我不会拒绝，
　　　　　　虽然我的懦弱左右了我的灵魂。

霍拉希尔　　啊，难道你怀疑佩德利加诺的忠诚吗？
贝尔英匹丽亚　没，他就像我的化身一样可信。
　　　　　　去吧，佩德利加诺，在门外面守着，
　　　　　　如果有人走近就告诉我们。

佩德利加诺　（旁白）与其放哨，我要去将堂·洛伦佐带到这儿来，
　　　　　　我可以得到更多的黄金。
　　　　　　佩德利加诺下

霍拉希尔　我的情人，你这是什么意思？

贝尔英匹丽亚　我自己也不明白，
　　　　　　　但我的心预感会有厄运。

霍拉希尔　亲爱的，别这样说；美好的命运是我们的朋友。
　　　　　天空赶走了白昼为了让我们寻欢。
　　　　　你瞧，星星闭上了闪烁的光辉，
　　　　　月亮也含羞掩面，为了让我们纵情作乐。

贝尔英匹丽亚　就听你的吧，我要克服我的惊悸。
　　　　　　　在你的爱情和劝说中消解我的战栗。
　　　　　　　我不再恐惧，我的思绪之中充满了情意。
　　　　　　　我们为什么不坐下？作乐需要宁静安适。

霍拉希尔　你在这浓荫覆盖的凉亭里坐得越久，
　　　　　花神就会给它装饰更多的花朵。

贝尔英匹丽亚　啊，如果花神在这儿偷窥霍拉希尔，
　　　　　　　她那妒忌的眼睛会呵责我挨得太近。

霍拉希尔　留神听，小姐，
　　　　　鸟儿如何在清夜一遍又一遍唱它们的歌，
　　　　　因为贝尔英匹丽亚就坐在它们附近
　　　　　而感到无比快乐。

贝尔英匹丽亚　不，丘比特①假扮成一只夜莺，
　　　　　　　为霍拉希尔的吟诵配上甜蜜的乐音。

霍拉希尔　丘比特一吟唱，维纳斯②就不远了；
　　　　　啊，你就是维纳斯，或者一颗更明亮的星星。

贝尔英匹丽亚　如果我是维纳斯，那你定然是玛尔斯③
　　　　　　　玛尔斯威风凌厉之所，必然会有战事崛起。

---

① 罗马神话中的爱神。

② 罗马神话中美的女神，丘比特的母亲。同时也是金星名。

③ 罗马神话中的战神，维纳斯的情人。同时也是火星名。

霍拉希尔　那我们就来开始我们的战争吧：伸出你的手，
　　　　　和我的粗糙的手较量。

贝尔英匹丽亚　伸出你的脚来经受我踢出的脚。

霍拉希尔　首先，我的容颜将与你的花容月貌相对。

贝尔英匹丽亚　请防护好你自己：我向你丢来一吻。

霍拉希尔　那我就回吻一场。

贝尔英匹丽亚　不，为了赢得这战事的荣光，
　　　　　　我的手臂将环绕你身，奴役你，叫你屈膝缴枪。

霍拉希尔　不，我的手臂更加硕大、强劲：
　　　　　藤蔓环绕的榆树最终会倾颓倒下。

贝尔英匹丽亚　哦，放开我吧；在我的充满不安的眼睛里，
　　　　　　你有可能看到点燃的欲火。①

霍拉希尔　哦，请等一等，我将和你共同经历那沉醉的高潮；
　　　　　那样，你将温情顺从，但又征服了我。

贝尔英匹丽亚　谁在那儿，佩德利加诺？我们被出卖了！
　　　　　　洛伦佐、巴尔萨扎、塞贝莱恩、化装的佩德利加诺上

洛伦佐　殿下，让她走开，把她带走。
　　　　巴尔萨扎制住贝尔英匹丽亚
　　　　（对霍拉希尔）哦，先生，挣扎吧；你的勇气已经暴
　　　　露无遗了。②
　　　　赶快处置，爷们。

霍拉希尔　啊，你们要谋杀我吗？
　　　　　佩德利加诺和塞贝莱恩在凉亭将他吊死

---

① 原文为 die，在文艺复兴的时代里，这意味着"经历性高潮"。在这儿，这一词具有
　特别不祥的意味。
② 原文为 tried，指霍拉希尔在战场上以及与贝尔英匹丽亚的性事暴露无遗。

洛伦佐　啊，就这样，就这样！这就是爱情的果实。[①]
　　　　他们给霍拉希尔刺上一刀[②]

贝尔英匹丽亚　哦，救他一命，让我为他而死！
　　　　哦，救他一命，哥哥；救他一命，巴尔萨扎！
　　　　我爱霍拉希尔，但是，他不爱我。

巴尔萨扎　但是巴尔萨扎爱贝尔英匹丽亚。

洛伦佐　虽然他的一生野心勃勃，无比傲慢，
　　　　如今他吊在高高的地方，死了。

贝尔英匹丽亚　谋杀！谋杀！救命，西埃洛尼莫，救命！

洛伦佐　来人，让她闭嘴；把她带走。
　　　　众下，留下霍拉希尔的尸体吊在树上
　　　　西埃洛尼莫穿着衬衫式长睡衣上

西埃洛尼莫　什么喊声把我从裸睡的床上叫起？[③]
　　　　我的激跳的心充满了战栗和恐惧，
　　　　而从来还没有任何危险曾经吓倒过它。
　　　　谁在喊叫西埃洛尼莫？说吧，我在这儿。
　　　　我现在没有在睡觉，所以这不是梦。
　　　　不，不，有个女人在喊救命，
　　　　她就是在这花园里喊叫的，
　　　　我必须把她从花园里救出来。
　　　　看见尸体
　　　　等一等，这是一幅什么样谋杀的情景？
　　　　一名男子吊在那儿，而所有的谋杀凶手都逃之夭夭，
　　　　而且是在我的凉亭里，把这赃栽在我的头上！
　　　　这凉亭是为取乐而建，不是为了死亡。

---

① 爱情的果实为双关语，因为霍拉希尔被吊死在树上。

② 吊着会死得缓慢，故又刺了一刀。

③ 请比较莎士比亚《李尔王》第三幕第四场爱德伽的台词："到你那冰冷的床上去暖和暖和吧。"

他砍断绞索让他下来
他穿的衣服我常常见到过——
天呀，这是霍拉希尔，我亲爱的儿子！
哦，不，他曾是我的儿子！
哦，那是你把我从床上呼叫来的吗？
哦，说呀，如果你还能说话的话！
我是你父亲。谁杀了我的儿子？
是哪个野蛮的魔鬼，没有人性的人，
在这里吮吸饱了你无辜的鲜血，
把你的血迹斑斑的尸体抛撒在这儿，
让我在这黑暗的、死亡般的浓荫之下，
用倾盆的眼泪来洗涤你的身子？
啊，天呀，你为什么要用黑夜来掩盖罪恶呢？
在大白天，这样黑暗的罪行是不能得逞的。
啊，大地呀，你为什么不及时吞噬
罪恶地亵渎这神圣凉亭的人？
哦，可怜的霍拉希尔，你做错了什么，
在勃勃生命刚萌发时，便夭折了？
哦，该死的屠夫，不管你是谁，
你怎么能够扼杀美德和高尚的品性？
啊，我，我丧失了我的快乐，多么时运倒霉呀，
我失去了我的霍拉希尔，我的亲爱的孩子！

　　伊莎贝拉上

伊莎贝拉　我丈夫走开令我心跳不已。
　　　　——西埃洛尼莫！

西埃洛尼莫　在这儿，伊莎贝拉，来替我哀伤恸哭吧，
　　　　我已无法叹息，眼泪也已流尽。

伊莎贝拉　怎样的一个痛苦的时世呀——我的儿子，霍拉希尔，
　　　　哦，造成这没完没了的悲伤的凶手在哪儿？

西埃洛尼莫　找到那凶手会让我觉得宽慰，
　　　　　　复了仇我的心会找到安慰。

伊莎贝拉　　凶手逃走了吗？我的儿子也走开了？
　　　　　　哦，畅流吧，眼泪，倾盆的眼泪；
　　　　　　哀叹吧，叹息，掀起一场永恒的风暴吧；
　　　　　　暴烈、肆虐正符合我们可诅咒的伤悲。

西埃洛尼莫　甜蜜的、可爱的玫瑰，还没盛开怒放就夭折，
　　　　　　英俊、高贵的儿子，不是被征服，而是被出卖，
　　　　　　我现在只好亲吻你，哽咽在喉，
　　　　　　那带眼泪的话语。

伊莎贝拉　　我要让他的双眼闭上，
　　　　　　这双眼睛曾经是我唯一的欢乐。

西埃洛尼莫　你看见这条沾着鲜血的丝巾①了吗？
　　　　　　在我复仇之前，它将一直带在我的身上。
　　　　　　你看见那还在流血的伤口了吗？
　　　　　　在我复仇之前，我将不会掩埋它们。
　　　　　　然后，我将在我的痛苦之中偷闲；
　　　　　　直到我的断肠耗尽。

伊莎贝拉　　上天是公正的，谋杀是无法掩盖的。
　　　　　　时间是真理和权力的主宰，
　　　　　　时间会将这场诓骗天下大白。

西埃洛尼莫　在这期间，善良的伊莎贝拉，不要再悲伤，
　　　　　　至少一时将悲伤化小，化了；
　　　　　　我们很快就会想出计谋，
　　　　　　把到底是谁干的弄个水落石出。
　　　　　　来吧，伊莎贝拉，让我们把他抬起来。
　　　　　　　西埃洛尼莫和伊莎贝拉将他抬起

---

① 这丝巾很可能就是贝尔英匹丽亚赠送给安德里安的那条丝巾。

把他从这可诅咒的地方抬进去。
我将要吟诵他的赞美诗，虽然
歌吟并不适合这场景。
哦，为我掺和这些可爱的春天带来的草药，
用药膏来疗治我的苦恼；
西埃洛尼莫将胸口挺在剑口上
要不给我
能让我忘却经年往事的花草。
我自己将到广袤的世界采集
太阳带给光明的世界的药草。
我将痛饮那女巫炮制的毒药，
或她那具有隐蔽魔力
所炼制的草药。
我心中所有的情感已经死亡。
难道我将永远见不到你的脸庞，我的儿子，
永恒的黑暗将永远笼罩在你的身上了吗？
我将和你一同死亡：
我要越过这生与死的边疆。
哦，不，不！我不想如此快地死去，
无法替你的死亡复仇。[①]
他将短剑扔掉，在伊莎贝拉的陪伴下舁尸而下

---

① 此处从"哦，为我掺和——"始，整个一大段诗句为拉丁文。其中包括古罗马诗人
维吉尔的长诗《埃涅阿斯纪》和罗马诗人提布卢斯的诗歌中的诗句：O aliquis mihi
quas pulchrum ver educat herbas, / Misceat, et nostro detur medicina dolori; / Aut, si qui
faciunt annorum oblivia, succos / Praebeat; ipse metam magnum quaecunque per orbem/
Gramina Sol pulchras effert in luminis oras; / Ipse bibam quicquid meditatur saga veneni, /
Quicquid et herbarum vi caeca nenia nectit: / Omnia perpetiar, lethum quoque, dum semel
omnis / Noster in extincto moriatur pectore sensus. / Ergo tuos oculos nunquam, mea vita,
videbo, / Et tua perpetuus sepelivit lumina somnus? / Emoriar tecum: sic, sic iuvat ire sub
umbras. / At tamen absistam properato cedere letho, / Ne mortem vindicta tuam tam nulla
sequatur.

第五场

安德里安鬼魂和复仇之神

鬼魂　　你把我带到这儿来是为了增加我的痛苦吗？
　　　　我指望巴尔萨扎遭遇死神，
　　　　结果我的朋友霍拉希尔被杀；
　　　　他们侮慢风姿绰约的贝尔英匹丽亚，
　　　　在她身上我倾注了所有的爱，
　　　　而她也狂热地爱过我。

复仇之神　当玉米还青涩的时候，你却谈论起收成。
　　　　这要等每一株玉米抽穗：
　　　　玉米成熟，镰刀才会开镰。
　　　　请耐心；在我领你离开这里之前，
　　　　我要让你看巴尔萨扎遇到大麻烦。

第三幕

第一场

葡萄牙总督、贵族们、维洛普上

总督　做国王真是大不幸呀，
　　　会有如此多的不可救药的忧惧！
　　　我处于庙堂之高，
　　　每每酷热无比，
　　　受机会之轮掣肘：
　　　从来没有享过福，
　　　因为帝王既生疑又惧怕造反。
　　　当命运之神在国王的事务中播弄，
　　　不要随乱风而飘摇，
　　　国王令人生畏，然而，畏惧也会变成一种爱，
　　　而对国王的恐惧或者爱戴都会滋生谄媚阿谀。
　　　贵爵们，请看看你们的国王吧，
　　　仇恨褫夺了他的最亲爱的儿子，
　　　继承王位宗室的唯一的嗣子。

贵族　我没有想到亚历桑德罗的心
　　　怀有如此歹毒的仇恨；
　　　现在我看出来言行不是一回事，

真是知面不知心。

维洛普　不，老爷，您要是能看到
他的那些虚情假意的爱，
他容貌上的种种丑态；
当他在军营中陪伴巴尔萨扎，
你会觉得亚历桑德罗对王子的居心
比每时每刻都环绕地球转的太阳
还要更加诡秘多变。

总督　别再说了，维洛普；你已经说得够多的了，
你的话给寡人的伤口撒盐。
我也不再与时世无谓周旋，
判亚历桑德罗死刑当机立断。——
你们去抓捕那叛徒，
正如宣判的那样，他得死。

　　　　几位贵族下，亚历桑德罗随一位贵族和持戟的士兵上

贵族　在这种无望的处境中，只能忍耐。

亚历桑德罗　但是在无望的处境中，我该怎么忍耐呢？
这不会让我愤世嫉俗而慨然离开这个
是非颠倒的时世。

贵族　你往最好的方面去希望。

亚历桑德罗　上苍是我的希望，
而大地却病入膏肓，
不能让我相信世界上的任何人。

总督　干吗还待着？带上那狗胆包天的魔鬼，
让他为那该诅咒的罪行殉葬。

亚历桑德罗　我并不惧怕死亡，
（贵族不能屈服于奴性的恐惧）
哦，国王陛下，难道我愿意这么充满愤懑地活着吗？

但是，这，哦，这让我的煎熬的灵魂痛苦，
我去死，然而还背着一个罪名，
正如上苍了解我的内心隐秘的思想，
我是完全无辜的呀。

总督　别再说了，听见了吗？上刑！快！
把他绑起来，在火中烧，
他们把他拴在木桩上，
那预示着为他的灵魂准备的
冥界火河的永不泯灭的烈焰。

亚历桑德罗　为我的无辜的死亡将要向你报仇，
向你，维洛普，报仇，你的行为如此恶毒，
你，为了你的荣华富贵，诬告了我。

维洛普　不，亚历桑德罗，如果你威胁我，
我将帮衬着送你到地狱火河去，
在那里你说的话，连同你的行为都将灰飞烟灭，
你这恶言中伤的叛徒，魔鬼般的杀人犯！
使臣上
（使臣）住手，且慢！
请陛下刀下留人，
且盯住维洛普。

总督　钦使贤卿，
是什么让你如此突然紧急上朝？

使臣　已经知道，君王殿下，巴尔萨扎确切活着。

总督　你说什么？寡人的嗣子巴尔萨扎活着？

使臣　君王殿下的嗣子，巴尔萨扎王子，活着；
并在西班牙朝廷受到高贵的礼遇；
西班牙谦卑地替他向殿下致以问候。
我的扈从们都亲眼目睹，

这里是国王致礼的信札，

给他信函

它们令人愉悦地证实王子殿下的安全。

总督瞧一眼信函，并阅读

总督　　"您的儿子活着，贵方贡品收讫，

和平已经实现，寡人深感满意。

其他事项正如建议的那样，

也已按我们的荣誉和贵方的利益解决。"

使臣　　这些是殿下的其他信函。

他给总督递上更多的信函

总督　　（对维洛普）该诅咒的奸人，编造出这些

损害高贵的亚历桑德罗生命和荣誉的

谎言！来，大人，将他松绑。

（对亚历桑德罗）让他来给你松开这死命的绳索，

作为对你的痛苦的报复。

他们给亚历桑德罗松绑

亚历桑德罗　　令人敬畏的殿下，按你的仁慈的本性

在听到这一该死的行为的报告时

不可能做更为宽容的事；

然而，我们可以看到我们的无辜

却拯救了，维洛普，你试图用虚假军情

行将残杀的无望生命。

总督　　说，虚伪的维洛普，你为什么要背信弃义出卖

亚历桑德罗大人的生命？

你知道他品行中没有任何瑕疵，

便选定寡人最亲爱的儿子被杀，

以引起我的怀疑？

亚历桑德罗　　说，无情无义的维洛普，对君王说！

亚历桑德罗在什么地方得罪了你？

维洛普　一想到如此下贱的蠢行便心如刀割，
　　　　我的负罪、不安的灵魂愿接受您的处决；
　　　　我并不是想造成亚历桑德罗的伤害，
　　　　而是想望犒赏，向往高升，
　　　　便无耻地拿他的生命来做儿戏。

总督　这恶行，无赖，必须要用你的死来抵偿；
　　　这里为你所说的
　　　杀死我儿子的凶手所设计的刑罚
　　　并不轻，
　　　而是最严厉、残酷的刑具，
　　　正适合于你。
　　　亚历桑德罗似乎欲求情
　　　不要求情。走吧，将这逆贼带下去。
　　　维洛普被卫士押下
　　　亚历桑德罗，让我用
　　　公示你忠诚的方式
　　　给你以无上的荣耀。
　　　为了执行
　　　伟大的君王，强大的西班牙国王
　　　在诏敕中所列的条款，
　　　我将和我的顾问们仔细加以斟酌。
　　　来吧，亚历桑德罗，跟我在一起吧。
　　　下

第二场

西埃洛尼莫上

西埃洛尼莫　哦，眼睛，不，不是眼睛，只是奔泪的泉口；
　　　　　　哦，生命，不，不是生命，只是走肉；

哦，人世，不，不是人世，只是谬误，

迷惑啊，充斥谋杀和歹行的念头；

哦，神圣的上天！如果这邪恶，

如果这不人道，这野蛮，

如果这十恶不赦，

对我儿子，已不复在世的我儿子的谋杀，

不被揭露，不受报复，而逃之夭夭，

如果你不公正地处置

仰仗你判决的案件，

怎么能说你是公正的呢？

黑夜呀，我断肠呻吟的莫逆，

用凄惨的梦幻弄醒我烦恼的灵魂，

用我的痛苦不堪的儿子的伤口

时时提醒我他的死亡。

丑陋的妖魔从地狱跳出来

指引我来到从未有人来到的小道，

用激烈的火一般的思想

震慑我的心灵。

我的悲哀洞见晦暝的黎明

早早以我的梦幻破晓，

驱使我去索寻那谋杀凶手。

眼睛，生命，人世，上天，地狱，夜晚，白天，

看见，索寻，显示，差遣，意味，可能——

　一封信从空中坠下

是什么？一封信？呸，不是！

一封写给西埃洛尼莫的信！

　红墨水

（朗读）"因为没有墨水，请接受这封用鲜血书写的信。

我的不幸的哥哥将你我隔绝；

对巴尔萨扎和他复仇吧：

正是他们谋杀了你的儿子。

西埃洛尼莫，替霍拉希尔的死复仇吧，
祈望你过得比贝尔英匹丽亚更美好。"
这出乎意料的奇迹意味着什么呢？
我的儿子被洛伦佐和王子所杀！
是什么让洛伦佐下毒手呢？
是什么感动了你，贝尔英匹丽亚，
让你谴责亲哥哥是谋杀凶手呢？
西埃洛尼莫，小心；你有可能被骗，
设下圈套要把你套牢。
清醒些吧，别太轻信。
这是要把你拉进危险的深渊，
这样，洛伦佐可以控告你：
在你做了蠢事之后，他会
让你的生存成为问题，让你的名字染上仇恨。
亲呀，我的可爱的亲，
我理应要替他的死复仇；
但危险不是你的目的，西埃洛尼莫，
活着去干要干的事。
我要收集详尽的证据；
去卡斯蒂尔公爵府邸附近聆听，
可能的话，与贝尔英匹丽亚见上一面，
再打听，不要暴露任何事情。

佩德利加诺上

来，佩德利加诺！

佩德利加诺　啊，西埃洛尼莫！

西埃洛尼莫　你家小姐在哪儿？

佩德利加诺　我不知道，我家小王爷来了。

洛伦佐上

洛伦佐　嗨，那是谁？西埃洛尼莫？

西埃洛尼莫　　正是，小王爷。

佩德利加诺　　他询问我家小姐贝尔英匹丽亚。

洛伦佐　　你要干什么，西埃洛尼莫？我父亲公爵
　　　　　因为一些丑事让她远离这儿；
　　　　　如果有什么事，我可以转告，
　　　　　告诉我，西埃洛尼莫，我会让她知晓。

西埃洛尼莫　　不，不，小王爷，谢谢你，没有必要。
　　　　　我要问她一件事，然而也太迟，
　　　　　她的丑事让我大大的不幸。

洛伦佐　　怎么会这样，西埃洛尼莫？告诉我。

西埃洛尼莫　　哦，不，小王爷，我不敢；绝不能说。
　　　　　我谦卑地感谢你，小王爷。

洛伦佐　　那好吧，再见。

西埃洛尼莫　　（旁白）我不忍心、也无法用嘴说出。
　　　　　　西埃洛尼莫下

洛伦佐　　到这儿来，佩德利加诺，你看见这个了？

佩德利加诺　　老爷，我看见了，同时，我也心存疑惑。

洛伦佐　　恐怕是那该死的塞贝莱恩
　　　　　透露了霍拉希尔的死。

佩德利加诺　　老爷，他不可能。这事儿最近才发生，
　　　　　他一直跟我待在一块儿。

洛伦佐　　即使他没有，他的本性也会这样做，
　　　　　因为惧怕或者阿谀奉承
　　　　　都可能使他变得虚情假意。
　　　　　我了解他的脾性，我真后悔
　　　　　在这计谋中我使用了他。
　　　　　但是，佩德利加诺，我们得防止事态恶化，

你是我的贴心心腹，
收下这个，这会让你更加心满意足，
给佩德利加诺更多的金子
听我说，你这么来干：
今晚，你必须（我请求你下决心）
在圣卢伊奇公园跟塞贝莱恩会面，
你知道那儿离这儿不远，就在公爵府邸的后面——
找好有利位置，一下子结果了他，
我们活，他就必须死。

佩德利加诺　怎么叫塞贝莱恩到那儿去呢？

洛伦佐　这由我来干，我将差人叫他
跟王子和我见面，在那儿，你就干你的行当。

佩德利加诺　就这样，小王爷，就这样；
我会带上武器在那儿等他。

洛伦佐　我总是想，做事都得有回报，
你会为此而升迁。[①] 你懂的。

佩德利加诺下
Che le Ieron！[②]
小听差上

听差　小王爷？

洛伦佐　先生，去找塞贝莱恩，
请他今晚
在圣卢伊奇公园
见王子和我，小伙计。

---

① 洛伦佐在此可能指社会地位的提升，也可能暗指断头台。

② 此句本身毫无意义。这可能是排字者的误读。Ier 是 Hieronimo 西埃洛尼莫这一姓名
在当时流行的缩写，排字者有可能将 Hieron 误读为 Le Ieron 了。也可能是听差的
名字。

听差　我就去，老爷。

洛伦佐　但是，先生，时间是八点钟。
　　　　叫他别迟到。

听差　我赶紧去，老爷。
　　　听差下

洛伦佐　为了确保你的共谋万无一失，
　　　　在所有的紧要事中，我首先要设下夜更，
　　　　按照国王的指令，
　　　　严密把守佩德利加诺
　　　　今晚将谋杀倒霉的塞贝莱恩的地方。
　　　　我们必须努力避免造成误会，
　　　　我们必须保证不要发生不幸，
　　　　我们必须排除一个又一个缺陷。
　　　　西埃洛尼莫关于贝尔英匹丽亚狡猾的问询
　　　　引起狐疑，
　　　　这一狐疑挑起下一步错误的走棋。
　　　　至于我，我知道我自己内心的欠缺，
　　　　他们也是这样；但是我已经补偿他们。
　　　　他们为了金钱让灵魂经受危难，
　　　　为了拯救我的生命，他们就要舍命去冒险；
　　　　最好让这些卑下的伙计去死，
　　　　也不要因为他们活着而戕害我们的好运。
　　　　更不要他们活着，却让我担忧他们的忠诚：
　　　　我只相信我自己，我是我自己的朋友；
　　　　他们一定得去死——
　　　　这就是奴隶的命。
　　　　下

第三场

佩德利加诺持手枪上

佩德利加诺　现在，佩德利加诺，握紧你的枪，
　　　　　　就这样往前走，命运！又一次眷顾于我；
　　　　　　让我的跃跃欲试的精神成功吧，
　　　　　　让我瞄准我的目标吧。
　　　　　　这意味着金子，奖赏的金子；
　　　　　　我此行去冒险，绝不是在做梦，
　　　　　　佩德利加诺已经身不由己。
　　　　　　那些不愿昧着良心，
　　　　　　而又过着紧巴巴日子的人，
　　　　　　不值得命运眷顾，活该倒霉，
　　　　　　而当我这辈飞黄腾达，
　　　　　　他们只能苦恋金钱，不得不过贫困的时日。
　　　　　　至于对被捕的惧怕，
　　　　　　如果必要，高贵的小王爷
　　　　　　会给我做挡箭牌。
　　　　　　再说，这地方会排除一切怀疑。
　　　　　　现在，我就在这儿隐藏起来。
　　　　　　巡夜人上

第一个巡夜人　我真纳闷干吗
　　　　　　把我们专门派遣在这儿巡逻。

第二个巡夜人　这是以国王名义下的圣旨。

第三个巡夜人　我们从来不曾在离国王兄弟
　　　　　　公爵府邸如此近的地方巡逻过。

第二个巡夜人　就这么着吧，靠近一点儿，前面有动静。
　　　　　　巡夜人们躲了起来，塞贝莱恩上

塞贝莱恩　在这里，塞贝莱恩，静静立一会儿；
　　　　　这是堂·洛伦佐的小听差说的，
　　　　　你将要按他的指令和他会面的地方。
　　　　　如果有闲情逸致，这是一个多幽静的地儿，
　　　　　我琢磨这角落会有人埋伏着。

佩德利加诺　鸟儿来了，我必须逮住它。
　　　　　佩德利加诺，拿出男子汉的勇气来！
　　　　　要么现在就下手，要么永远不。

塞贝莱恩　我琢磨小王爷耽搁很长时间了，
　　　　　要不他怎么会这么晚才差人来找我？

佩德利加诺　嗨，塞贝莱恩，吃我一枪。
　　　　　佩德利加诺对准塞贝莱恩开枪，
　　　　　塞贝莱恩倒下
　　　　　他倒在这儿了，我兑现了我的诺言。

第一个巡夜人　瞧，先生们，这是手枪打的！

第二个巡夜人　有人被杀了，抓住凶手！

佩德利加诺　看在地狱冤魂痛苦的分上，
　　　　　谁敢碰我一下，我就给他做临终圣礼。
　　　　　佩德利加诺和巡夜人搏斗，巡夜人制服了他

第三个巡夜人　先生，坦承吧，这绝对是一场临终圣礼：
　　　　　你为什么要杀死这人？

佩德利加诺　为什么？因为他这么晚还在外面踯躅。

第三个巡夜人　啊，先生，这么晚，你最好还是躺在你的床上，
　　　　　不要干这等蠢事。

第二个巡夜人　啊，带这凶手到将军那儿去！

第一个巡夜人　带他到西埃洛尼莫那儿去！帮我一把
　　　　　把这被谋杀的尸体也带走。

佩德利加诺　西埃洛尼莫？把我带到你们愿意带的人那儿去吧。
　　　　　　不管他是谁，我会回答他和你们提的问题。
　　　　　　把你们最严酷的手段都使出来吧，我瞧不起你们所有
　　　　　　的人。
　　　　　　众人下

第四场

　　　　洛伦佐和巴尔萨扎上

巴尔萨扎　啊，小王爷，你怎么起得这么早？

洛伦佐　生怕躲不过灾殃。

巴尔萨扎　没有预见的倒霉事儿是什么呢？

洛伦佐　最少预感到的最大的不幸，殿下，
　　　　最少预见的伤害将最大地加害于我们。

巴尔萨扎　啊，请告诉我，堂·洛伦佐，告诉我，汉子，
　　　　　如果那关系到我和你的荣誉的事。

洛伦佐　既不是关联你的或者我的荣誉，殿下，
　　　　而是关联我们的荣誉；
　　　　因为我怀疑——这疑惑相当根深蒂固——
　　　　在弄死堂·霍拉希尔的勾当中，
　　　　卑鄙的同伙把我们出卖给了西埃洛尼莫。

巴尔萨扎　被出卖了，洛伦佐？呸，这不可能。

洛伦佐　负罪的良知，对以前罪愆的疚恨，
　　　　使我的判断不会轻易出错。
　　　　它让我相信——它劝我不要怀疑——
　　　　一切都已向西埃洛尼莫披露。
　　　　由此，我得出这么个结论——

听差上

小听差来了。情况怎么样？你带来什么消息？

听差　殿下，塞贝莱恩被杀。

巴尔萨扎　谁？塞贝莱恩，我的仆人？

听差　是殿下的仆人，大人。

洛伦佐　说，听差，谁谋杀了他？

听差　那个已遭拘捕的人。

洛伦佐　谁？

听差　佩德利加诺。

巴尔萨扎　塞贝莱恩，那个爱主如命的人被杀？
损人利己的小人，谋害朋友的凶手！

洛伦佐　佩德利加诺谋杀了塞贝莱恩？
殿下，我请求你劳神
去向国王陛下抱怨，
加紧对他的复仇。
他们的争吵造成了更大的怀疑的迷雾。

巴尔萨扎　相信我，堂·洛伦佐，他得死，
陛下将很难拒绝我的请求。
同时，我也将赶快与将军会谈，
他必须为此该死的行为而死。

巴尔萨扎下

洛伦佐　啊，一切都顺遂我的计谋，
聪明之士充裕应对。
我设下圈套，他来实施。
我布下陷阱，他剔除累赘的枝丫，
并留意别让鸟儿坏了事儿。
野心勃勃的阴谋诡计的男人，

在最亲密的朋友看来，
一定看上去像掠夺成性的恶棍。
他要去杀的人，正是我设法干掉的人，
无人知晓这是我的计谋。
如果一个人存有秘密，
在我看来，他绝不能将秘密泄露给别人，
给任何一个人。

一个信使带着一封信上

伙计！

听差　老爷。

洛伦佐　这是谁？

信使　我有一封信给老爷。

洛伦佐　从哪儿来的？

信使　从被监禁的佩德利加诺那儿。

洛伦佐　他被监禁起来了？

信使　是的，高贵的小王爷。

洛伦佐　他跟我们有什么干系？他给我们写信，
让王侄大人助犯难中的他一臂之力。
告诉他我已收到他的信件，了解了他的心思；
让他放心，我将尽力而为。
伙计，走吧；我的听差将接着就来。

信使下

做这一切易如反掌，再动动脑筋吧。
听差，将这钱包给佩德利加诺；
你知道监狱在哪儿；偷偷地将这钱包给他，
小心别让任何人看见。
叫他保持快乐的心情，但要保守住秘密；
今天要开将军会议，

他的开释没有任何问题。
告诉他，免罪文书已经签发，
叫他千万放心。
即使他在上断头台阶梯最后那一刻——
我也将竭尽全力搭救——
你要一直陪伴着他。
给他看这盒子；告诉他，他的赦免就藏在这盒子里。
但是千万别打开它，如果你还想活下去的话；
他明智的话，自己心知肚明就行：
在堂·洛伦佐在世之时，他将永远不会匮乏金钱。
走吧！

听差　我就去，老爷，我跑着去。

洛伦佐　先生，这事要干得干脆利落。
　　　　听差下
现在命悬一线，
洛伦佐的困惑要么现在就了结，要么永远不。
只有一件事还没有干，
那就是去见刽子手。
为了什么？我不相信虚妄的言辞
那充斥虚情假意，
只怕当事人私下嘀咕
将我们的话语吹到敌对的耳里，
那些人正虎视眈眈
等待着爬上高位。
没人知晓我想要什么；
我懂，那就够了。[①]
下

---

① 这两句原文为意大利语：E quell che oglio io, nessun lo sa, /Intendo io: quell mi bastera。

第五场

听差拿着盒子上

听差 我的主子禁止我打开这盒子瞧个究竟，如果他没有事
先警告我的话，我倒不会打开它，我没有那么多的闲
散时光；像我们这类男孩子，就像女人一样不可信
赖：你越不让他们干，他们越想干；我现在就是这
样。(打开盒子)天哪，什么也没有，一只空盒子！
如果这不是一桩泄密的罪孽的话，我会觉得这无疑是
一出绅士闹的恶作剧。我必须去找佩德利加诺，告诉
他，他的赦免令就放在这盒子里；不，如果我看到的
不是相反，我定然会这样做的。当我想到他被空头的
赦免蒙骗，将如何摆出一副神气藐视那断头台，嘲弄
来看断头热闹的人，对那刽子手评头品足，我不禁会
忍不住暗自发笑。我要忍受并捧哏他所出的每一个洋
相，我会用手指着这个盒子，在一边说，"接着嘲笑
吧，这儿藏着你的特许证"。难道这不是一场怪怪的
笑剧吗？一个人到死还给自己开玩笑，这本身难道不
是一个乱七八糟的笑话吗？啊，可怜的佩德利加诺，
我真有点儿为你感到遗憾；如果我要跟你一块儿吊
死，我都哭不出来。

下

第六场

西埃洛尼莫和代理执政官上

西埃洛尼莫 我们必须辛劳解脱他人的困苦，
却不知道如何缓解我们自己的愁苦，

> 我们必须公正地对待别人，而我们却
> 无法公正地甄别我们的冤屈。
> 难道我永远无法看到那一天，
> 我有可能，依界上天的公正，
> 知晓我儿子的死因，
> 以抚慰我的断肠吗？
> 这使我筋疲力尽，蹉跎我的岁月：
> 只能是我对所有的人公正，
> 而神灵、人们却对我不公正。

代理执政官　高贵的西埃洛尼莫，你的部属请求你
　　　　　　亲自审理、惩罚这违反法律的人。

西埃洛尼莫　现在我的职责是来判他的死刑，
　　　　　　这个在世时是我最亲密的人。
　　　　　　来吧：我们就是为此而来，让我们开庭吧，
　　　　　　正是在这儿①躺过催促我去报仇雪恨的人。
　　　　　　军官们、听差和佩德利加诺上，
　　　　　　佩德利加诺被绑着，手中拿着一封信

代理执政官　把犯人带上来，法庭审判即将开始。

佩德利加诺　老天哪，伙计，时候到了；
　　　　　　我又重新给老爷写信，
　　　　　　一个更为隐秘的事儿会让他进退维谷，
　　　　　　只怕老爷已经把我忘得一干二净。
　　　　　　不过他对我印象是很深刻的呀——
　　　　　　啊，啊，来吧，什么时候去那绞架？

西埃洛尼莫　走上前来，你这魔鬼，杀人犯，
　　　　　　在这里，为了公众的视听，
　　　　　　坦诚说出你干的蠢事，忏悔你的罪行；

---

① 在西埃洛尼莫心中，他可能铭记着正是在这里他系上那条沾着鲜血的丝巾，他发誓，"在我复仇之前，它将一直戴在我的身上"。

絞杀你的绞架正竖立在那儿待命。

佩德利加诺　真是干脆利索。啊，将军大人，

我坦承——我不再惧怕死亡——

我就是那个杀死塞贝莱恩的人。

但是，先生，你认为这绞架就是

我将使你满意的地方吗？

代理执政官　是的，佩德利加诺。

佩德利加诺　我现在并不这么认为。

西埃洛尼莫　安静，你这厚颜无耻的家伙，你将会看到：

我作为法官尽职端坐在这儿，血债要用

血来还，法律必须得到伸张。

虽然我儿子的血债无法得到昭雪，

但我要让别人的血债得到补偿。

拉走，罪恶已得到证实，昭然若揭，

按照我们的法律，他将被处死。

剑子手上

剑子手　来吧，先生，准备好了吗？

佩德利加诺　准备干吗，我的好心的、公事公办的小厮？

剑子手　走向绞刑架。

佩德利加诺　哦，先生，你未免太鲁莽：你是否太高兴给我套上绞
索，好赚上我的这一套行头。① 所以，我应该脱掉这
一套行头，穿上那一套绞索行头。但是，剑子手，我
看出你的窍门儿，我不想不得到好处就换行头。就这
么着。

剑子手　来吧，先生。

佩德利加诺　那我必须爬上这绞架梯子？

————

① 当时的习俗，剑子手能得到被处以绞刑的人的衣服作为外快。

刽子手　　没赎救的办法了。

佩德利加诺　（爬上绞架）好吧，但是还有让我爬下来的时候。

刽子手　　（手握绞索）这倒是一个赎救的办法。

佩德利加诺　怎么？推下梯子去？

刽子手　　是的，是这样。来吧，准备好了吗？我看了结了吧，先生；一天就这么结束了。

佩德利加诺　怎么？难道你按时辰绞死人的吗？要那样的话，我也许有可能打破你的老规矩。

刽子手　　千真万确，你说得有道理；我就想要打断你的年轻的脖子。

佩德利加诺　你还跟我开玩笑吗，刽子手？祈请上帝不要让我活下来，打断你那混蛋的脑袋！

刽子手　　啊，先生，你比那绞架整整矮那么一截，我真希望你在我执事的年月里永远不要再长高。

佩德利加诺　先生，你瞧见那个手中拿着一个盒子的男孩吗？

刽子手　　什么，就是那个用手指指着盒子的吗？

佩德利加诺　是的，就是那家伙。

刽子手　　我不认识他，他是干吗的？

佩德利加诺　难道你不想活着将他的紧身上衣给你做一件紧身背心？

刽子手　　是的，在年复一年的美好岁月中，绞死许多比你或者他更加正直的人们。

佩德利加诺　你认为他盒子里装的是什么？

刽子手　　说真的，我不知道，我也不去操心；我想你最好还是留意一下你的灵魂的安宁吧。

佩德利加诺　啊，刽子手先生，我觉得对身体有益的东西必然对灵
　　　　　　魂也有益；在那盒子里很可能装着对身体和灵魂都有
　　　　　　益的香料。

　　刽子手　啊，你是在我的办公地点显得最快乐的一个人！

佩德利加诺　你的流氓职业成了一份办公活儿，那你的歹徒办公室
　　　　　　也得取个名儿吧？

　　刽子手　是的，人们将看到你给它取个贼名。

佩德利加诺　我请求在这儿的善良的人们跟我一起祈祷吧。

　　刽子手　是的，啊，先生，这是一个很好的建议。爷们儿，你们
　　　　　　瞧这儿有一个多么好的人。

佩德利加诺　不，不，现在我只为自己祈祷，别的时候再请他们
　　　　　　吧；我现在并没有什么需要。

西埃洛尼莫　我从未见过如此厚颜无耻的恶棍！
　　　　　　哦，魔鬼般的时代呀，谋杀被看得如此轻巧，
　　　　　　应该供奉在天际的灵魂
　　　　　　却只取悦被明令禁止的东西，
　　　　　　在充斥荆棘的路上彷徨徘徊，
　　　　　　将自己与幸福隔绝。
　　　　　　谋杀！哦，血腥的魔鬼！上帝不许
　　　　　　如此滔天的罪行逍遥而不受惩罚。
　　　　　　赶快，执行处决！
　　　　　　这让我想起你，我的儿子。
　　　　　　西埃洛尼莫下，刽子手准备绞死佩德利加诺

佩德利加诺　不，悠着点儿，不用着急。

代理执政官　啊，你为什么还待在那儿？难道你还有活命的希望吗？

佩德利加诺　啊，是的！

　　刽子手　怎么回事？

佩德利加诺　啊，傻瓜，我有国王赦免的圣旨。

刽子手　就凭站在那儿的你？[1] 你就跟这个一块儿完蛋吧。

他把绞刑架梯子推开

代理执政官　刽子手，将他搬开这儿，
但不要下葬。
别让大地因此而被窒息，或者被感染上
上苍都蔑弃、人们还无知的歹毒。

第七场

西埃洛尼莫上

西埃洛尼莫　我该到哪儿去公开地吐出我的，
连大地都无法承载的怨恨？
到哪儿去呼出我的充斥空中的
无尽的悼念我儿子的呐喊？
狂暴的风，
携带着我的悲伤的话语，
撼动了枯槁的树，
让绿色的草场上的鲜花萎枯，
将山谷灌满我眼泪的春潮，
撞开骄横的地狱之墓。
然而，我的痛苦的灵魂仍然受着煎熬，
不断地呻吟、嗟叹，惶恐不安，
装上了翅膀，在空中翱翔，
敲打着最明亮的天际的窗户，
哀求公正和复仇：
但是，它们在如此至高无上的苍穹，

---

[1]　刽子手跟西埃洛尼莫开玩笑，指"你站在岌岌可危的绞刑架梯子上，还说这个呢"。

隔着宝石堆砌的双重厚墙，
我发现那儿无可穿越；它们
无视我的痛苦，不听我把话讲。

刽子手拿着一封信上

刽子手 哦，将军大人，愿上帝保佑你，先生！那人，先生，那佩德加特[1]，先生——那人真逗，特会说笑话——

西埃洛尼莫 啊，他怎么了？

刽子手 哦，将军大人，绞死他，错了；正相反，这家伙身膺一个正当的使命。先生，这是他的赦免令；[2] 我恳请您注意，先生，我们杀错了。

西埃洛尼莫 我向你保证我会注意，把信给我。

刽子手 您会保护我免受绞刑之苦吗？

西埃洛尼莫 是的，是的。

刽子手 我感谢您，将军大人。

刽子手下

西埃洛尼莫 这事儿跟我更加攸关，
我要抚慰我的痛苦，
不再忧伤，好好读一下这封信。
"小王爷大人，正如我目前困难处境所要求的，
给您写信，
请您竭力设法营救我：
如果您怠慢、疏忽的话，我的生命就无望，
如果我死，我就要揭露一切。
正如您知道的，我是为了您杀他，
是和您以及王子串通一气的；
为了奖赏和对未来的允诺，

---

[1] 不识字的刽子手将佩德利加诺的名字发音发错了。

[2] 不识字的刽子手误把佩德利加诺写给洛伦佐的信当成官方文件了。

我还参与了谋杀堂·霍拉希尔。"

他参与谋杀了我的霍拉希尔?

你,洛伦佐,巴尔萨扎和你,

——我儿子,我儿子因为你而得到如此丰厚的报偿——

是这该诅咒的悲剧中的戏子吗?

我听见什么?我的眼睛看见什么?

哦,神圣的上苍,如此邪恶的、令人憎厌的,

如此密不透风地掩盖着的丑行,

就此可以得到报复,得到揭露了吗?

我现在看清当时我绝不敢怀疑的——

贝尔英匹丽亚的信不是伪造的,

她也没有装模作样,虽然他们错待了

她,我,霍拉希尔,和他们自己。

我现在可以将她的信和这封信

在所有的细节上比较:直到现在

我从未发现——我由衷地看出——

他们干了上苍绝不会任之逍遥的事。

哦,虚伪的洛伦佐,这就是你那阿谀奉承的丑态吗?

难道你就是这样没有辜负我儿子吗?

巴尔萨扎,你毁了自己的灵魂和我,

难道这就是他救了你而得到的赎金吗?

哀哉,造成这些迫不得已的战争的原因!

哀哉,你的卑劣的囚徒生活!

哀哉,你的出身,你的身体,和你的灵魂,

你的可诅咒的父亲,和被征服的你!

他对你显示了恻隐的那该死的一天

和那该死的地方!

当除了血之外已没有什么可以抚慰我的断肠时,

我干吗还要在这儿说废话呢?

我要到国王陛下那儿去申诉,

在我的萎靡的腿上绑上坚硬的石头,

在朝廷上大声呼吁公正，

要么通过吁请获得公正，

要么用我的复仇的威胁把他们弄得鸡犬不宁。

下

第八场

伊莎贝拉和使女上

伊莎贝拉 你说这药草能治眼睛，

这能治头痛？

啊，它们都不能治疗这心。

不，没有什么药能治疗我的病。

她疯狂奔起来

霍拉希尔，哦，霍拉希尔在哪里？

使女 好夫人，你不要惊吓成这个样子，

为您的儿子而发泄如此的愤慨。

他正安眠在伊甸园里。

伊莎贝拉 啊，难道我没有给过你长外衣①和玩具，

难道我没有给你买过口哨和鞭柄，

现在因为它们的粗鄙而报复我吗？

使女 夫人，您说的这些玩笑话折磨我的灵魂。

伊莎贝拉 我的灵魂？可怜的灵魂，你说着

你都不了解的东西——我的灵魂长着银翅，

让我飞翔到天空不胜寒的最高处。

到天上去！是的，我的霍拉希尔正坐在那儿，

背后翱翔着喷吐火焰的天使，

为他的新愈的伤口而翩翩起舞，

---

① 伊莎贝拉在这里回忆她给霍拉希尔七岁前买的长外衣和其他玩具，包括鞭柄。

吟哦抒情之曲，高唱天籁之音，

稀有的和声赋予他的无辜以荣光，

我们时代的楷模死了，是的，死了。

请告诉我，我到哪儿去寻索这些人，

这些谋杀霍拉希尔的人？我到哪儿

去追踪这些杀害我儿子的人？

下

第九场

贝尔英匹丽亚坐在窗牖前（上一层舞台）

贝尔英匹丽亚　这些针对我的粗暴轻慢意味着什么？

为什么把我与朝廷隔绝？

没有任何消息！难道我不应该知晓

我这些隐秘的、可疑的缺陷的原因吗？

该诅咒的哥哥，奸诈的谋杀凶手，

是什么让你的心灵变得如此扭曲，

让我成为殉道者？

西埃洛尼莫，我为什么要书写出你的痛苦，

你为何蹉跎时日迟迟没有复仇？

安德里安，哦，安德里安①，你看到

你的朋友霍拉希尔如此爱上了我，

他为了我被无辜地谋杀！

啊，不管你喜欢还是不喜欢，我须控制自己，

要有耐心，随遇而安吧，

我盼望，上苍会让我自由。

克里斯多菲尔上

---

① 正如观众看到的，而贝尔英匹丽亚却不可能意识到，安德里安就在同一个阳台上，
仅一步之遥。

克里斯多菲尔　算了吧，贝尔英匹丽亚小姐，这不可能。
　　　　　　下

第十场

洛伦佐、巴尔萨扎、听差上

洛伦佐　伙计，别再多唠叨；话说到火候便可戛然而止。
　　　你肯定你见到他已死亡？

听差　如果不是的话，老爷，我就不活了。

洛伦佐　够了。
　　　至于他的结局，
　　　让上帝去了解吧，他现在正在会见上帝。
　　　现在，请拿着我的戒指，将戒指送给克里斯多菲尔，
　　　请他将我的妹妹释放，
　　　并将他直接带到这儿来。
　　　听差下
　　　我做这一切都是为了方策，
　　　将谋杀的事儿抹平，绝对保密，
　　　这秘密，就像一场瞬息的轰动，随即销声匿迹。
　　　我将要释放我的温文尔雅的妹妹。

巴尔萨扎　早该如此，洛伦佐，公爵大人，
　　　　你知道，昨晚问起她来。

洛伦佐　啊，殿下，我希望你听说
　　　为什么把她禁锢起来的充足理由。
　　　归根结底只是一个。殿下，你爱她？

巴尔萨扎　是的。

洛伦佐　既然你爱她，你就得小心行事；机灵点儿，

　　　　　　　　开释所有的疑问，支持我说的一切，
　　　　　　　　要是她跟我们闹上别扭——
　　　　　　　　作为她的心上人儿，要把一切隐藏——
　　　　　　　　温情脉脉地跟她打情骂俏：在装腔作势的嬉笑怒骂之下
　　　　　　　　隐藏一切，要不就会带来一场混乱。
　　　　　　　　她来了。
　　　　　　　　贝尔英匹丽亚上
　　　　　　　　妹妹——

贝尔英匹丽亚　　妹妹？不！
　　　　　　　　你不是哥哥，而是敌人，
　　　　　　　　否则你不会如此对待你的妹妹：
　　　　　　　　起先，你拔出你的剑吓唬我，
　　　　　　　　使我的情人处于危险的境地；
　　　　　　　　然后，你的一帮打手们，
　　　　　　　　就像一阵狂风，
　　　　　　　　将我禁锢起来，人迹罕至，
　　　　　　　　我也没有可能倾吐我的冤屈。
　　　　　　　　是什么疯狂的愤怒使你丧失了理智？
　　　　　　　　或者说，我在什么地方得罪了你？

　　洛伦佐　　　镇静，贝尔英匹丽亚，
　　　　　　　　我并没有诋毁你；
　　　　　　　　只是出于也许有点儿过分的谨慎，
　　　　　　　　我倾力保护你的和我的荣誉。

贝尔英匹丽亚　　我的荣誉！啊，洛伦佐，
　　　　　　　　我怎么玷污了我的声誉，
　　　　　　　　需要你来拯救？

　　洛伦佐　　　国王陛下和我父亲决意
　　　　　　　　和老西埃洛尼莫商讨有关
　　　　　　　　总督决定放弃财产和政权方面的事务。

贝尔英匹丽亚　　这和我的声誉有何相干？

巴尔萨扎　　耐心点儿，贝尔英匹丽亚；往下听。

洛伦佐　　他们把我当作最信得过的人
作为信使去通知他，他们是如此一致：
而当我在王子的陪伴下一路走来时，
不料在凉亭
发现贝尔英匹丽亚和霍拉希尔在一起——

贝尔英匹丽亚　　那又怎么样？

洛伦佐　　啊，我仍然记得你为了安德里安
而忍受的那陈年的耻辱，
你和出身如此卑下的人厮混，
看来这耻辱还要再延续下去，
于是，我便思忖还不如（这是我知道的最便捷的办法了）
把霍拉希尔从我父亲的路上除掉。

巴尔萨扎　　而且，偷偷地将你移到别处，
不要让国王陛下在那儿看见你。

贝尔英匹丽亚　　做出这等下流事，殿下？你目睹了这一切，
他说的都是真的？
你，温文尔雅的哥哥，为了我，你计谋了这一切，
而你，殿下，给他当枪使？
真是一个杰作，太了不起了！
那你为什么要把我禁锢？

洛伦佐　　是因为你的忧郁，妹妹，自从得到你的第一个情人
堂·安德里安的死讯，
我父亲更加愤怒不已。

巴尔萨扎　　对于你来说，既然饱受羞辱，
还不如销声匿迹，让他的愤怒逐渐消散。

贝尔英匹丽亚　　我为什么没有见到他发火？

洛伦佐　　要是他发火，不就是火上浇油吗？
　　　　　因为安德里安的死，你已暴烈得像埃特纳火山①。

贝尔英匹丽亚　难道父亲没有询问过我吗？

洛伦佐　　他询问过，妹妹，我为你找到了托词。
　　　　　他在她耳中窃窃私语
　　　　　但是，贝尔英匹丽亚，瞧一眼这优雅斯文的王子，
　　　　　瞧一眼你的爱，这年轻的巴尔萨扎，
　　　　　他的激情因你的存在而与日炽烈，
　　　　　在他那悒郁的眼睛里，你可以看到
　　　　　他以爱报答你的恨，以狂热追求报应你的矜持。

贝尔英匹丽亚　哥哥，我，我不知道，自从我最后见到你以来
　　　　　是什么经历——
　　　　　那对于我来说是太世俗、太阴险，简直无与伦比——
　　　　　你变成一位演说家；
　　　　　王子思考的是更加高尚的事情。

巴尔萨扎　你有倾国倾城的绝色；
　　　　　你的美发是阿里阿德涅的线团②，
　　　　　在那里囚禁着我的自由；
　　　　　你那冰清玉洁的前额是我的悲哀的地图，
　　　　　在那里，我找不到赖以寄托希望的天堂。

贝尔英匹丽亚　去爱，去惧怕，这两者一起，殿下，
　　　　　在我的思想中是比整日操心女人的心计
　　　　　更加重要。

巴尔萨扎　我爱。

贝尔英匹丽亚　爱谁？

---

① 意大利西西里岛上的活火山。

② 在希腊神话中，阿里阿德涅是国王米诺斯之女，给情人忒修斯一个线团，帮助他走出迷宫。在这里，巴尔萨扎说的线团是一种禁锢的象征，而不是自由的象征。

巴尔萨扎　贝尔英匹丽亚。

贝尔英匹丽亚　我惧怕。

巴尔萨扎　怕谁?

贝尔英匹丽亚　贝尔英匹丽亚。

洛伦佐　你惧怕你自己吗?

贝尔英匹丽亚　是的,哥哥。

洛伦佐　怎么回事?

贝尔英匹丽亚　就像那些爱的时候^①却不情愿,但又惧怕失恋的人
们。

巴尔萨扎　那么,美人儿,让巴尔萨扎做你的保护人吧。

贝尔英匹丽亚　不,巴尔萨扎跟我一样惧怕:
我惧怕将恐慌和令人战栗的恐惧搅混在一起
——那是愚蠢的背叛的徒然的结果。^②

贝尔英匹丽亚下

洛伦佐　不,如果你如此狡辩,
我们就将在法庭上见。

巴尔萨扎　在她那天造地设的北极星般的^③容貌引导下,
行走着可怜的、心情压抑的巴尔萨扎,
犹如一个流浪者踯躅在山之巅,
心中犹豫到底能否走完
他的朝圣之路。

下

---

① 据 1618 年的版本,此处 what 应为 when,这样就更通顺了。

② 原文为拉丁文:Et tremulo metui pavidum iunxere timorem———/ Est vanum stolidae
proditionis opus.

③ 与上面"阿里阿德涅的线团"一样,"北极星"本来应该是一种积极的比喻,然而
在巴尔萨扎的境遇中却都成了消极的犹豫的形象了。

第十一场

两位葡萄牙人上，西埃洛尼莫遇见他们

第一位葡萄牙人　借光，先生。

西埃洛尼莫　请便吧；不，我请求你们走开，
如果你们不让我独自待着，我就离开。

第二位葡萄牙人　请问到公爵大人那儿的另一条路在哪儿？

西埃洛尼莫　我旁边的那条路。

第一位葡萄牙人　我们的意思是他的府邸。

西埃洛尼莫　啊，就在附近；你瞧见的就是那府邸。

第二位葡萄牙人　你能告诉我们他儿子在哪儿吗？

西埃洛尼莫　谁？是洛伦佐大人吗？

第一位葡萄牙人　正是，先生。

西埃洛尼莫从一个门走进去，从另一个门走出来

西埃洛尼莫　哦，忍耐吧！
对于我们来说，说些其他的事儿还更合适些，
如果你们死搅蛮缠要知道
去他那儿的路，在什么地方能找到他，
那么，请听，我将解决你们的疑惑。
在你们的左边有一条小道，
那小道源自负疚的良知，
通向怀疑和恐惧的森林，
阴暗而险恶，
在那儿，你们将遇见忧郁的思想，
倘若你们顺应那恶毒的情绪，
那将你们引向绝望和死亡；

> 你们瞧那永恒黑夜笼罩着的
> 广袤的山谷里的石崖，
> 在俗世不义的煽动下，
> 燃烧起污秽的、令人憎厌的火焰。
> 在不远处，谋杀凶手们建造起了
> 一座供他们灵魂栖息的华屋，
> 你们将看见洛伦佐
> 在朱庇特砌建的一座炽热异常的烧锅里
> 浸泡在沸腾的铅液和无辜者的鲜血之中。

第一位葡萄牙人　哈，哈，哈！

西埃洛尼莫　哈，哈，哈！啊，哈，哈，哈！再见，好极了，
哈，哈，哈！

西埃洛尼莫下

第二位葡萄牙人　毫无疑问，这人疯得非常厉害了，
要不年迈让他变得昏聩。
走吧，让我们去寻找公爵大人。
下

第十二场

西埃洛尼莫一只手拿着短剑，另一只手拿着绳子上

西埃洛尼莫　现在，先生，我也许能觐见到国王；
国王会接见我，乐意聆听我的上诉。
啊，这些侍卫用繁琐枝节就可以搪塞我，
难道这不是非常奇怪、非常少见的吗？
不会吧；我看他们改变了态度，便不再说什么。
西埃洛尼莫，往前走吧。
山谷里奔流着鲜血，

耸立着喷火的高塔；在铸钢和铜的座位上

端坐着法官，

牙齿咬着火把，

照耀着一座湖，那儿是地狱。

去吧，西埃洛尼莫，到他那儿去：

他会在霍拉希尔死亡的案子上为你主持公道。

走这条路，你就将直接面对他；

而这样干，你就将断气没有了声息：

使这个，还是使那个？[①] ——冷静点儿，决不！

如果我自缢或者自尽，那么，

谁来为霍拉希尔报仇雪恨？

不！不！呸，决不！请恕宥我，我两样都不需要。

他扔掉短剑和绳索

我要走这条路，从这条路会走来国王：

他重又将它们捡了起来

就在这儿，我要拿它们向他扔去，就那么简单；

巴尔萨扎，你将须和我了结清楚，

而你，洛伦佐！国王在这儿——不，站住；

在这儿，是的，在这儿，狩猎的网正在撒开。

国王、使臣、卡斯蒂尔、洛伦佐上

国王　现在，使臣，请告诉我总督说了什么。

　　　他收到我给他的条款了吗？

西埃洛尼莫　公正！哦，给西埃洛尼莫以公正！

洛伦佐　退避！难道你没看见国王正忙着吗？

西埃洛尼莫　哦，他忙着吗？

国王　是谁打断了我的事务？

西埃洛尼莫　不是我。西埃洛尼莫，当心！小心，要小心！

---

① 西埃洛尼莫企图自杀，询问自己，是用短剑自刎还是用绳子自缢。

使臣　万众敬仰的国王
　　　　他收到并阅读了
　　　　国王陛下提议的条款和您的重敦盟好的建议；
　　　　他听说儿子受到王子般的款待，
　　　　欣喜异常，
　　　　他曾经为儿子的死而悲恸欲绝，
　　　　为了使国王陛下得到进一步的满足，
　　　　以回报国王陛下的垂爱，他谦卑地向您禀报：
　　　　首先，他的儿子与
　　　　您的侄女贝尔英匹丽亚的婚姻，
　　　　令他的灵魂快乐，
　　　　甚于祭天的没药和熏香。
　　　　他将亲自莅临
　　　　这庄严的婚礼大典，
　　　　并在西班牙朝廷缔结
　　　　西班牙和葡萄牙君主之间牢不可破的、
　　　　体现国王陛下垂爱和永远结盟的盟约。
　　　　他将王位传给巴尔萨扎，
　　　　贝尔英匹丽亚就成王后。

国王　贤弟，你怎么想和总督家的联姻？

卡斯蒂尔　毫无疑问，陛下，
　　　　与他为友无上荣耀，
　　　　巴尔萨扎怀着如此令人惊异的激情；
　　　　他不耻赐宠爱于我女儿，
　　　　我太感谢他的恩典了。

使臣　最后一件事，令人敬畏的国王，殿下送来——
　　　　虽然不是为了让他的儿子回归——
　　　　应该给堂·霍拉希尔的赎金。

西埃洛尼莫　霍拉希尔！谁呼唤霍拉希尔？

国王　太守信用了，感谢君王大人。
　　　就在这儿把赎金给霍拉希尔。

西埃洛尼莫　公正！哦，公正，公正，贤明的国王！

国王　那是谁？西埃洛尼莫！

西埃洛尼莫　公正，哦，公正！哦，我的儿子，我的儿子！
　　　我的儿子，不是任何赎金可以救赎的！

洛伦佐　西埃洛尼莫，你丧失理智。

西埃洛尼莫　去你的，洛伦佐，别拦我；
　　　你夺走了我所有的幸福。
　　　把我的儿子还我！你不能用赎金把他赎回。
　　　去你的！我要刺破大地的肚子，
　　　他用短剑刺地
　　　摆渡到极乐世界去，
　　　将我的儿子带到这儿来，
　　　将他的致命的伤口让你们瞧瞧。
　　　从我身边走开！
　　　我要用短剑挖掘到地下，
　　　我放弃我的将军的头衔：
　　　我要在地狱里抓住这些恶魔，
　　　为此而对你们所有的人复仇。

国王　他在哭诉什么？
　　　难道没有人让他克制他的愤懑吗？

西埃洛尼莫　不，镇静点儿！你无须太过动情：
　　　如果被魔鬼拖曳着，你不干也得干。①
　　　西埃洛尼莫下

国王　西埃洛尼莫遭到什么事儿了？

---

① "needs must he go that the devil drives"，英国古代谚语，莎士比亚在《皆大欢喜》中
　也用此谚语。魔鬼在此处指洛伦佐、阻拦他觐见国王的人和他自己的疯癫。

我从来没有见过他如此作践自己。

洛伦佐　仁慈的国王陛下，
　　　　他以年轻的儿子霍拉希尔而自傲，
　　　　贪婪年轻的王子巴尔萨扎的赎金，
　　　　而变得精神恍惚、疯疯癫癫。

　国王　听着，贤侄，我为此而感到遗憾；
　　　　这正是为父的对儿子的爱。
　　　　——贤弟，将这金子，
　　　　王子的赎金去给他；让他得到他应得的一份。
　　　　霍拉希尔已不再需要黄金，
　　　　而西埃洛尼莫却正需要。

洛伦佐　如果他如此无望的恍惚，
　　　　有必要褫夺他的公职，
　　　　换上一个更有能力的人。

　国王　这不更增加他的忧郁吗？
　　　　最好还是先等一等再从长计议，
　　　　不要匆忙褫夺他的公职。
　　　　贤弟，现在议论一下钦使的事儿，
　　　　他将见证
　　　　巴尔萨扎和贝尔英匹丽亚合卺，
　　　　我们定下吉日，
　　　　举行大礼，
　　　　并请总督大人莅临。

　使臣　国王陛下让君王大人欣喜异常，
　　　　君王大人正静候信息。

　国王　那么，就听你的消息了，钦使大人。
　　　　众下

第十三场

西埃洛尼莫拿一本书上

西埃洛尼莫 （朗读）"上主说：复仇是我的事，我必报复。"[1]
啊，上苍会报复每一个罪孽，
不会忍受谋杀凶手逍遥法外。
等一等，西埃洛尼莫，遵从上苍的意志吧：
凡人是不能规定上苍时间表的。
（重又朗读）通向犯罪的最保险的通道总是犯罪。[2]
击中要害，打中给你带来冤屈的人；
邪恶和罪恶紧密相连，
而死亡是报仇的最坏的结果。
向往过宁静生活的人，
最终会草率地了结一生。
（重又朗读）Fata si miseros iuvant, habes salutem;
Fata si vitam negant, habes sepulchrum[3]：
如果命运消解了你的悲哀，
这说明你健全，有福了；
如果命运拒绝给予你生命，西埃洛尼莫，
那你就只能拥有荒冢一座。
如果这两样你都没能拥有，
那么，请宽慰吧：
上苍将让那些死无葬身之地的人
得以掩埋。
总之，我要替他的死复仇！

---

[1] 原文为拉丁文：Vindicta mihi。引自《圣经·新约·罗马书》12:19。

[2] 原文为拉丁文：Per scelus semper tutum est sceleribus iter。引自古罗马哲学家塞内加（前4—65）的悲剧《阿伽门农》。

[3] 拉丁文。西埃洛尼莫在下面六行诗中，翻译并解释了其含义。

怎么做呢？不要像世俗智慧的人那样，

做出罪孽一目了然，无可规避，

而是用秘密的、决然的手段，

最好再裹上一层亲情的外衣。

聪明的人会秘密而安全地

利用天赐的良机。

然而，在绝境中不会有机会，

即使有，也不适合复仇。

所以，我要在惶惶不安之中

稳坐钓鱼台，

在混沌中寻觅宁静，

装得对他们的秽行浑然不知，

我的天真会让他们误以为

我会浑浑噩噩

让一切悄然过去；

但浑浑噩噩——我知道，他们也知道——

对制服邪恶毫无用处。①

我也不能威慑他们，

这些人，就像平原上冬日的暴风雨，

以他们的天潢贵胄身份将我压倒。

不，不，西埃洛尼莫，因此，你必须要用

你的眼睛去细心观察，让你的舌头

说出比心中想的更加温和的话语，

让你的心具有忍耐的力量，

让你的手不要轻举妄动，

让你的帽子总是在向人敬礼，

让你的膝盖屈辱跪下，

最终，你将知道何时、何地，以何种方式复仇。

里面传来嘈杂声

① 原文为拉丁文：Remedium malorum iners est。

怎么回事，什么喧闹声？你们发出怎么样的喧闹声？

一个仆人上

仆人　来了一些可怜的请愿者，
胡搅蛮缠，如果你愿意的话，先生，
你可以将他们的诉状呈送国王。

西埃洛尼莫　有好几个诉状吗？
啊，让他们进来，让我见见他们。

三个公民和一位老叟上

第一位公民　让我对你们直说吧：在西班牙，
在学术和法律界
没有一个人像他那样肯费心，或劳一半的神
去追求公平。

西埃洛尼莫　走近一点儿，你们这些人如此打扰我。
（*旁白*）现在，我必须摆出一副严峻的面孔；
在我当将军前当镇长时，
我就习惯于这样处理案子。——
说吧，先生们，怎么回事？

第二位公民　先生，诉状一件。

西埃洛尼莫　是关于殴打的事儿吗？

第一位公民　我的是关于债务的。

西埃洛尼莫　你的先搁一下。

第二位公民　不，先生，我的需要法庭特别的令状。

第三位公民　我的需要法庭发一个令状在租赁到期之前赶走租户。

西埃洛尼莫　别着急，先生们，你们决意
希望我同时处理几个诉状吗？

第一位公民　是的，先生，这是我的申诉。

第二位公民　这是我的合同。

第三位公民　这是我的租赁合同。

　　　　　　他们递上公函

西埃洛尼莫　为什么你这个傻乎乎的人闷闷地站在那儿，
　　　　　　眼神忧郁，双手伸向天空？
　　　　　　到这儿来，老人家，让我听听你的申诉。

　　　老叟　哦，高贵的先生，我的沉冤，无人知晓，
　　　　　　但会感动铁石心肠的密耳弥多涅人①，
　　　　　　我的悲悯的泪水会熔化科西嘉岛上的岩石。

西埃洛尼莫　说吧，老人家，告诉我你的诉状是什么？

　　　老叟　不，先生，我能将我的痛苦
　　　　　　诉之于我的最悲怨的文字吗？
　　　　　　如果可以的话，正如你看见的，
　　　　　　我可以用墨水在纸上宣泄我丧失亲人的痛苦吗？

西埃洛尼莫　这是什么？
　　　　　　"唐·巴佐尔托谦卑地恳求调查儿子被谋杀的案情。"

　　　老叟　是的，先生。

西埃洛尼莫　不，先生，那是我的儿子被谋杀：
　　　　　　哦，我的儿子，我的儿子，哦，我的儿子霍拉希尔！
　　　　　　不管是我的儿子，还是你的儿子，巴佐尔托，了然了吧。
　　　　　　拿我的手帕擦干眼泪吧，
　　　　　　我已凄苦委顿如此，在你的不幸中，我看见了
　　　　　　我的行将就木的自己的活生生的画像。
　　　　　　他抽出一条沾满鲜血的丝巾
　　　　　　哦，不，不是这个！霍拉希尔，这是你的；
　　　　　　当我让它沾上你的最宝贵的鲜血，
　　　　　　那是你的灵魂和我之间纽带的象征，

---

① 希腊神话，密耳弥多涅人跟随其王阿喀琉斯参加特洛伊战争。

象征着我应该为你的死而报仇。

啊，拿上这个，这个——什么，我的钱袋？

是的，是这个，还有那个，所有这些都是你的了。[①]

因为我们同病相怜。

第一位公民　　哦，瞧西埃洛尼莫多么慈悲！

第二位公民　　如此儒雅，一位绅士。

西埃洛尼莫　　瞧呀，瞧呀，哦，瞧瞧你的耻辱，西埃洛尼莫，

瞧这儿一位父亲对儿子的活生生的爱吧！

瞧他对儿子的死所表露出来的

痛苦和悲哀吧！

如果爱在卑下的人中是如此强烈，

如果爱在智力低下的人中能催生如此悲情，

如果爱在地位低微的人中能表露如此力量，

西埃洛尼莫，狂风和潮汐

掀翻波浪滔天的大海，颠覆波涛澎湃的激流，

而暗流在浪涛底下涌动。

难道你，西埃洛尼莫，怠慢了为你的霍拉希尔复仇，

不感到羞耻吗？

在这世界找不到公正，

我就下地狱去，怀着这样的激情，

去敲打冥王宫廷的阴惨惨的门，

正像大力神[②]曾经所做的那样，

用武力掳取

复仇三女神和上刑的女巫

去惩罚堂·洛伦佐之流。

生怕三头恶犬

---

① 西埃洛尼莫可能给老叟一些钱和随身的物件。

② 原文为阿尔喀德斯，即希腊和罗马神话中的大力神赫拉克勒斯。赫拉克勒斯必须完成国王布置的十二项差使，最后一项便是用武力冲进地狱，将看守地狱大门的三头狗刻耳柏洛斯制服。

挡住我前往泥泞的河岸，
你就假扮成色雷士①诗人。
来吧，老人家，就权当我的奥菲斯②，
如果你弹不出竖琴的妙音，
那你就将你内心的哀歌发出声来，
直到我们获得冥王后的准许，
去为我的儿子的死复仇。
到那时，我要将他们撕裂，
用利牙将他们的四肢扯成片片碎块。
撕纸

第一位公民　　哦，先生，那是我的诉状！

第二位公民　　别撕我的合同！
　　　　　　　西埃洛尼莫上，公民在后面追赶

第二位公民　　别撕我的合同！

第三位公民　　啊，那是我的租约！我花了十镑钱，
　　　　　　　而你，老爷，却撕掉了。

西埃洛尼莫　　不可能，我从没有损毁过它。
　　　　　　　你给我瞧瞧从那纸上滴落下来的血！
　　　　　　　我怎么可能砍杀它呢？
　　　　　　　呸，不；跑过来吧，如果你们能够的话，追赶我吧。
　　　　　　　除老叟外，全下。他一直等到西埃洛尼莫再次上，
　　　　　　　西埃洛尼莫瞧着他的脸，说道

西埃洛尼莫　　你，霍拉希尔，从那深处，
　　　　　　　来到这大地的表面寻求公正吗？
　　　　　　　来告诉你父亲你还没有复仇吗？
　　　　　　　从伊莎贝拉的眼睛里挤出更多的泪水吗？

---

① 色雷士指自爱琴海至多瑙河的巴尔干半岛东南部地区。

② 希腊神话中的能谱曲、弹唱的音乐之神，善弹竖琴，弹琴时，猛兽俯首，顽石点头。

因为经年的痛苦，她已经眼瞎。
回去吧，我的儿子，去向埃阿科斯倾诉吧，
这儿全无公正可言；温良恭谨的儿子，回去吧，
公正已经从地球上流放：
西埃洛尼莫将与你做伴。
让你母亲向铁面无私的拉达曼堤斯去哭诉
呼吁对谋杀凶手报复问罪。

老叟　啊，老爷，从什么地方蹦出这么凄苦不堪的言辞？

西埃洛尼莫　让我瞧一瞧我的霍拉希尔。
亲爱的孩子，在死亡阴暗的牢笼里，
你变成了这般模样！
难道阴间的王后对你的青春没有一点儿怜悯，
反而妒忌你那美好的玫瑰色的春天，
用萧索的冬天让你萎缩凋敝至此？
霍拉希尔，你比你的父亲还要苍老。
啊，无情的命运，运道竟然如此嬗变！

老叟　啊，高贵的将军大人，我不是你的年轻的儿子。

西埃洛尼莫　什么，不是我的儿子？那你就是一个复仇女神，
从黑夜虚无的王国而来，
召唤我赍往觐见
严谨的米诺斯和铁面无私的拉达曼堤斯，
责难西埃洛尼莫懈怠，
未能替霍拉希尔的死复仇。

老叟　我是一个痛不欲生的人，并不是一个鬼魂，
来只是为了我的被谋杀的儿子。

西埃洛尼莫　是的，我现在知道你了，你说了你儿子的名字：
你是我的痛苦的活生生的写照；
在你的脸上我可以看到我的悲凄。
你眼睛里噙含着泪水，脸颊憔悴，

前额显得不安，嘟哝的嘴唇
嗫嚅断断续续、悲伤的话语，
唏嘘声声中透出颓唐和委顿；
所有这些痛苦都是因你的儿子而生：
来吧，老人家，你去见见伊莎贝拉；
依偎在我的手臂上吧。你靠着我，我靠着你，
你，我，和她将吟唱一支歌，
三个声部合唱在一起，全按不谐和音对位[①]——
别奢谈和弦了，让我们走吧；
霍拉希尔就是因不和而被一根绳子勒死的[②]。

众下

第十四场

（从一边）西班牙国王、卡斯蒂尔、洛伦佐、巴尔萨扎
和贝尔英匹丽亚及扈从上；（从另一边）总督、堂·佩
德罗及扈从上

国王　去，贤弟，那是卡斯蒂尔公爵的事务；
　　　以我的名义向总督致意。

卡斯蒂尔　是。

总督　去，堂·佩德罗，为了你贤侄，
　　　去向卡斯蒂尔公爵致礼。

佩德罗　是。

国王　去见见这些葡萄牙人，
　　　早先他们也曾像我们现在这样威风：

---

① 16 世纪时一种通常的作曲对位的结构。

② 原文用 dischord（不谐和音）、chord（和弦）和 cord（绳子）的发音相同，说了一句
　双关的俏皮话。

这些西印度群岛的国王们和首领们。
勇猛无比的总督，欢迎来到西班牙宫殿，
欢迎，所有总督的尊贵的爵爷！
我们心中十分清楚，你们为什么光临，
总督亲自远渡重洋。
凭这些，就足以让我们了解缘由，
你们向我们表示了非同寻常的爱。
是不是因为我的高贵的侄女
已经和巴尔萨扎盟誓约婚？
（我们觉得该是天下知晓的时候了）
按照我们之间的约定，
他们将在明天完婚。
为此，我们款待你，
和你的扈从们，为了他们的欢乐，也为了我们的和平。
请说，葡萄牙人，是不是这样？
如果是，请说是；如果不是，请直截了当地说出来。

总督　举世闻名的国王，我，来，并不是如您所想的那样，
携带一批满怀狐疑的扈从，一批举棋不定的官员，
而是一批深信您的条款和建议，
并让我深为满意的人。
请相信，陛下，我来出席
您的至亲的侄女昳丽的贝尔英匹丽亚和
我的巴尔萨扎的庄严的婚礼大典；
我的儿子，我能活着见到的我的儿子，
请拿去我的王冠，我把它赉赏给她和你；
我将去过孤独的生活，
在不断地祷告中
惊叹天意竟然如此不可思议地保全了你的性命。

国王　瞧，贤弟，瞧，他完全被亲情征服！
来吧，尊贵的总督，用你的极度的温情

来和你的朋友分享；
在一个更为私密的地方共享那高贵的情愫
会更为恰当。

总督　这儿，或者陛下认为合适的地方。
除卡斯蒂尔和洛伦佐以及他们的扈从们全下

卡斯蒂尔　不，你留下，洛伦佐，我要和你谈一下。
你见到国王们之间这种应酬了吗？

洛伦佐　看见了，父亲大人，非常高兴见到这种情谊。

卡斯蒂尔　你知道为什么会面吗？

洛伦佐　为了她，父亲大人，巴尔萨扎真心爱她，
会面是为了订下婚约。

卡斯蒂尔　她是你妹妹吗？

洛伦佐　谁，贝尔英匹丽亚？
是的，慈悲的父亲大人，我正是
盼望着这迎迓许门的一天的到来。

卡斯蒂尔　难道你不怕你的任何错失
会断送她的幸福吗？

洛伦佐　上天不允许我犯如此的错误。

卡斯蒂尔　那么，洛伦佐，你听我说。
人们怀疑，也有禀报说
你，洛伦佐，在西埃洛尼莫
向陛下的申冤中，
伤害他，阻挠他，竭力撤销他的上诉。

洛伦佐　那我，父亲大人——？

卡斯蒂尔　我告诉你，儿子，我亲自听说这个，
我感到悲哀的是我羞于为你
辩解，虽然你是我的儿子。

> 洛伦佐，你知道西埃洛尼莫在西班牙宫廷中
> 以他的美德赢得
> 普遍的爱戴和善意吗？
> 难道你没有看到我哥哥国王处心积虑为他着想，
> 万分担忧他的健康？
> 洛伦佐，如果你伤害了他的感情，
> 他前去国王面前控告你，
> 我们父子还有什么脸面可言？
> 或者说，听说西埃洛尼莫谴责你，
> 这在君王间
> 将是一个怎样的丑闻？
> 告诉我——指望你真实相告——
> 宫廷里的这些传言源于何处？

洛伦佐　父亲大人，我洛伦佐无力
　　　　阻止这些庸人的三寸不烂之舌，
　　　　千里之堤溃于蚁穴，
　　　　没有人可以让所有的人满意。

卡斯蒂尔　我亲眼看见你忙于阻止他
　　　　去向国王鸣冤叫屈。

洛伦佐　父亲大人，你亲眼见到他在国王面前
　　　　肆无忌惮，这太不成体统；
　　　　正是出于对他的痛苦的恻隐，
　　　　我用善意礼貌的话语劝阻，
　　　　对西埃洛尼莫毫无恶意
　　　　就像我对自己的灵魂毫无恶意一样，父亲大人。

卡斯蒂尔　我的儿子，那么，西埃洛尼莫错怪你了。

洛伦佐　仁慈的父亲，请相信我，他错怪了。
　　　　然而，相信他的儿子被谋杀，
　　　　精神恍惚若此，这是怎样的一个愚不可及的人？

啊，他多么容易犯错！
但是，为了让他和世人安心，
父亲大人，最好西埃洛尼莫和我和解，
如果他对我有任何芥蒂的话。

卡斯蒂尔　洛伦佐，你说得甚是，应该这样。
你们去一个人召唤西埃洛尼莫。
　　　一个仆人下，巴尔萨扎和贝尔英匹丽亚上

巴尔萨扎　来吧，贝尔英匹丽亚，巴尔萨扎激情飞扬，
既然上苍将你许配给我，
我的痛苦缓解，重又得到祝福，
愁云消散，忧郁不再，
代之以你灿烂明澈如水的眼睛，
在那儿寄托着我的希望和天赐的绝色。

贝尔英匹丽亚　我的容貌，大人，因我的爱而增辉，
我的爱，因为初始，还没有炽烈燃烧。

巴尔萨扎　刚刚点燃的火焰像晨阳一样燃烧。

贝尔英匹丽亚　但不要燃烧得太快，否则燃烧殆尽成一把灰。
我看见父亲大人。

巴尔萨扎　暂息一会儿，我的爱。
我要去向他致意。

卡斯蒂尔　欢迎，巴尔萨扎！
欢迎，骁勇无比的王子，卡斯蒂尔和平的保证！
欢迎，贝尔英匹丽亚！现在情况怎么样，姑娘？
你为什么见到我这样忧伤？
满足吧，我就很满意：
已不是安德里安活着的时候了；
我们已经忘却、宽宥了它，
如今你有幸获得更为幸福的爱情。

但是，巴尔萨扎，西埃洛尼莫来了；
我有话要跟他说。

西埃洛尼莫和一仆人上

西埃洛尼莫　公爵在哪儿？

仆人　在那儿。

西埃洛尼莫　原来这样。——
（旁白）你信不信，他们又想出了什么新的花招？
少说话！像羔羊一样驯顺！
我可以报复了吗？不，我不是那样的人。

卡斯蒂尔　欢迎，西埃洛尼莫。

洛伦佐　欢迎，西埃洛尼莫。

巴尔萨扎　欢迎，西埃洛尼莫。

西埃洛尼莫　贵爵们，为了霍拉希尔我感谢你们。

卡斯蒂尔　西埃洛尼莫，我找你来谈谈
是为了——

西埃洛尼莫　什么，就这个吗？
我要走了，非常感谢您。

欲走开

卡斯蒂尔　不，站住，西埃洛尼莫！——把他叫回来，儿子。

洛伦佐　西埃洛尼莫，我父亲想跟你说一句话。

西埃洛尼莫　跟我，先生？——为什么，小王爷，我想你已经说过了。

洛伦佐　不，（旁白）要是说过倒也好了！

卡斯蒂尔　西埃洛尼莫，我听说
你为你的儿子而哀恸不已，
因为你无法向国王申冤；

据说是他阻挠你上诉。

西埃洛尼莫　啊，难道那不是一件可悲的事吗，王爷大人？

卡斯蒂尔　西埃洛尼莫，我希望你的猜忌没有根据，
考虑到我对你的美意，
你会后悔你错用了你的美德
去怀疑我的儿子。

西埃洛尼莫　你的儿子洛伦佐！他，我的高贵的小王爷？
西班牙的希望，我的挚友？
要是他们胆敢这样，请允许我跟他们拼了，
拔出短剑
我要跟他面对面对质，给我再说一遍！
散布这些毁谤、这些流言蜚语的人，
既不爱我，又极其憎恨大人。
我怎能怀疑洛伦佐阻挠我上诉，
他如此爱我的儿子？
大人，说出这样的话我都感到羞耻。

洛伦佐　西埃洛尼莫，我从不跟你相悖。

西埃洛尼莫　尊贵的小王爷，我知道你从不。

卡斯蒂尔　别再提了；
为了让世人满意，
西埃洛尼莫，常到我好客的家来，
那是卡斯蒂尔公爵，古塞浦路斯人的故地；
只要你乐意，请随时找我和我儿子，随时到我家来。
但在这里，在巴尔萨扎和我的面前，
相互拥抱，成好朋友。

西埃洛尼莫　是的，天，大人，我们会的。
做朋友，他说了吗？瞧，我将和你们所有的人做朋友：
特别是和你，我的令人愉悦的大人；

> 为了各种理由，我们做朋友
> 是极其必要的——世人在怀疑
> 人们会琢磨我们没有想象到的是什么。

巴尔萨扎　啊，这一切以友好的方式结束，西埃洛尼莫。

洛伦佐　我希望：将一切宿怨旧恨忘却。

西埃洛尼莫　还有什么吗？要不是这样，就太耻辱了。

卡斯蒂尔　来吧，西埃洛尼莫，我请求：
　　　　　今天请允许我宴请你和你的随从们。

西埃洛尼莫　听命于大人。

除西埃洛尼莫之外，全下

　　　　　呸！去你的：
　　　　　对我表示出不同寻常的爱
　　　　　要么是已经背叛了我，要么是想背叛我。①

下

第十五场

安德里安鬼魂和复仇之神酣睡着

鬼魂　醒来，女巫师②，地狱看门犬，醒来！
　　　乞求冥王和温柔的冥皇后！
　　　去跟阿刻戎③和黑暗之神④斗！
　　　从来没有将卡戎摆渡过冥河和火河
　　　到那烈焰之湖去。
　　　正如可怜的安德里安所看到的

---

① 原文为意大利语：Chi mi fa piu carezza che non suole, /Tradito mi ha, o trader mi vuole。

② 原文为 Erichtho。

③ 原文为 Acheron。希腊神话中，为地狱的冥河，此处指主管冥河的神。

④ 原文为 Erebus，埃里柏斯，希腊神话中代表黑暗。

如此可怕阴惨的情景。
复仇之神，醒来！

复仇之神　醒来？为什么？

鬼魂　醒来，复仇之神；你错听了劝告
将你应该观察的时间都睡去了。

复仇之神　歇歇吧，别来打扰我。

鬼魂　醒来吧，复仇之神，如果爱——正如爱曾经有过的——
在地狱还有神力或者还管用的话。
西埃洛尼莫和洛伦佐已经结盟，
阻挡我们去复仇。
醒来，复仇之神，否则我们就太痛苦无奈了！

复仇之神　世俗的人只相信他们的想象。
别着急，安德里安；我虽然睡着，
但我在愤怒地追踪着他们的灵魂。
你应该感到安心，可怜的西埃洛尼莫
并没有忘怀他的儿子霍拉希尔。
复仇之神也没有死去，虽然他睡着一会儿；
在不安躁动之中，安详只是佯装，
而假寐是世人常用的诡计。
比方说，安德里安，看我怎样
睡着，并想象
人是怎样地屈服于命运之力。
哑剧开始（在哑剧演出的过程中，复仇之神解释哑剧
的寓言）

鬼魂　醒来，复仇之神，把这神秘的寓言揭示出来。

复仇之神　走在庆贺婚礼队伍前面的两个火把①
如日中的太阳，绚丽灿烂；

---

① 在古罗马婚礼中，火把象征欲念。

婚姻之神①疾步如飞，
穿着黑色的衣服②，外披一件深黄色的长袍③，
将人们驱散，让他们躺在血泊之中，
他不愿看到这场婚姻。

鬼魂　够了；我懂你的意思，
　　　感谢你和地狱的神灵们，
　　　他们受不了一个有情人的痛苦。
　　　休息一下吧；我将坐着看完这场戏。

复仇之神　别再争论了，你有你的诉求。
　　　（哑剧）下

---

① 即 Hymen，在希腊和罗马神话中的婚姻之神。

② 黑色，象征死亡。

③ 在古代罗马，在婚礼上穿深黄色的衣服，象征多子多孙。

第四幕

第一场

贝尔英匹丽亚和西埃洛尼莫上

贝尔英匹丽亚　难道这是你对霍拉希尔的爱吗？
　　　　　　　难道这是你佯装出来的慈悲吗？
　　　　　　　难道这是你不断流泪的结果吗？
　　　　　　　西埃洛尼莫，难道这是你用来困扰人们的
　　　　　　　激情、抗议，和深沉的悲怨吗？
　　　　　　　哦，狠心的父亲！哦，这骗人的世界！
　　　　　　　我的书信告知你，你自己也相信
　　　　　　　他被无辜地谋杀，
　　　　　　　然而，你却全然无视他丧失生命，
　　　　　　　从这场卑鄙和人们相互的仇恨中，
　　　　　　　你还有什么借口可以用来为你自己辩白？
　　　　　　　西埃洛尼莫，可耻啊，西埃洛尼莫，
　　　　　　　但愿对你儿子的这种无情
　　　　　　　在将来不要再发生：
　　　　　　　这些孩子的母亲太不幸了——
　　　　　　　魔鬼般的父亲如此迅速地忘却
　　　　　　　他们孩子的死亡，

他们曾经疼爱有加抚养长大的孩子，

如此轻易地就丧失了。

和你相比，我只是一个陌生人，

然而我如此爱他，我盼望他们统统死掉。

我不会不为他的死报仇，

虽然我表面上装得无动于衷：

在这儿，我对天地发誓，

如果你辜负对他应有的爱，

放弃一切，不再图谋复仇，

那我就将承当

将那些用残酷的手法杀死他的人们的灵魂

送到地狱去。

西埃洛尼莫　贝尔英匹丽亚报仇雪恨的誓言

有可能是装模作样吗？

啊，我看到上苍也允准我们的图谋，

所有的圣人们端坐在那儿也在

鼓励报复这些该诅咒的凶手。

郡主，是的，我也是这样觉得，

我看到过一封以你的名义写给我的信，

那封信说了霍拉希尔是怎么死的。

请恕宥我，哦，请恕宥，贝尔英匹丽亚，

由于恐惧和谨慎，我没有相信它；

但我也并不认为我不应该想出一个办法来，

而让他的死得不到完全的报复。

我在此发誓——请你赞同我的计划，

为我的决心保密——

我不久要将那些残忍谋杀我儿子的凶手

统统杀死。

贝尔英匹丽亚　西埃洛尼莫，我赞同，将为你保密，

一切会影响你的利益的计谋都不可能泄露，

　　　　　　　　我将与你一道去为霍拉希尔的死报仇。

西埃洛尼莫　　那就这样定了。不管我筹划什么，
　　　　　　　　我恳请你赞同并参与我的计划，
　　　　　　　　因为谋略已在我的脑海中孕育形成。
　　　　　　　　他们来了。
　　　　　　　　巴尔萨扎和洛伦佐上

　巴尔萨扎　　怎么样，西埃洛尼莫？
　　　　　　　　啊，在和贝尔英匹丽亚调情吗？

西埃洛尼莫　　是的，大人；
　　　　　　　　这调情的结果，我直告你吧，
　　　　　　　　她赢得了我的心，但你，大人，赢得了她的心。

　洛伦佐　　西埃洛尼莫，我们需要你的帮助，
　　　　　　　　要么现在，要么永远不。

西埃洛尼莫　　我的帮助？
　　　　　　　　啊，高贵的大人们，我不会辜负你们；
　　　　　　　　你们让我有事儿干——是的，我担保，说吧！

　巴尔萨扎　　在欢迎钦使的宴席上，
　　　　　　　　你筹备了一场演出让国王高兴至极，
　　　　　　　　你也为此窃喜不已。
　　　　　　　　你拥有如此丰富的剧目，
　　　　　　　　在燕尔新婚之乐中①
　　　　　　　　请也以一些相似的节目
　　　　　　　　或者类似的娱乐
　　　　　　　　让我的父亲尽兴，
　　　　　　　　让所有到场的人们快乐。

西埃洛尼莫　　就这个？

　巴尔萨扎　　是的，就这个。

---

① 　当时皇家或者贵族家庭的婚礼庆祝有可能持续一个星期。

西埃洛尼莫　啊，我会让你们满意的；不用多说了。

　　　　　　当我年轻的时候，我钟情、

　　　　　　醉心于诗歌，虽然毫无成就可言，

　　　　　　尽管写诗者毫无所得，

　　　　　　但却让大伙儿非常高兴。

　　洛伦佐　那你准备怎么做？

西埃洛尼莫　放心，尊贵的大人——你也太不耐烦了——

　　　　　　我曾经在托莱多学习，

　　　　　　写过一部悲剧。

　　　　　　在这儿，大人——

　　　　　　他给他们看一本书

　　　　　　这本书早已遗忘，前些天我找了出来。

　　　　　　我是否有幸能请大人

　　　　　　参加这部戏的演出——

　　　　　　我是说你们在戏里演一个角色——

　　　　　　我可以肯定那将使那场婚礼大典

　　　　　　显得绝对与众不同，

　　　　　　美妙而像真实的情境。

　　巴尔萨扎　什么，难道你要让我们演一出悲剧吗？[①]

西埃洛尼莫　啊，尼禄[②]并不认为这会贬低身份，

　　　　　　国王们和皇帝们也曾乐意

　　　　　　将他们的智慧写成戏剧。

　　洛伦佐　不，别生气，好心的西埃洛尼莫；

　　　　　　王子只是问一个问题而已。

----

① 贵族家庭的婚礼一般以演出喜剧来庆祝，而演员不是新婚的新人自己，而是阶层较低一些的人来演。故有此问。

② 尼禄（37—68）：罗马皇帝（54—68 年在位），以施行暴政著名，他主张在公共场合由奴隶演出戏剧。西埃洛尼莫在这里有可能暗喻巴尔萨扎，也可能暗喻将要发生的戏剧与暴力的结合。

巴尔萨扎　说真的，西埃洛尼莫，如果你是认真说的，
　　　　　我倒愿意演一个角色。

洛伦佐　我也愿意参与。

西埃洛尼莫　高贵的大人，你能否
　　　　　邀请你的妹妹贝尔英匹丽亚也演一个角色？
　　　　　没有一个女人，那算什么戏剧？

贝尔英匹丽亚　无须过多费神相邀，西埃洛尼莫；
　　　　　我定然要在你的戏里演一个角色的。

西埃洛尼莫　啊，这太好了。我禀告你们，大人们，
　　　　　曾经决定由能朗诵台词的
　　　　　雅士和学者们
　　　　　来演这出戏。

巴尔萨扎　而现在，
　　　　　要由能朗诵台词的
　　　　　王子们和朝臣们来演——
　　　　　正如我们国家的习俗要求的那样，
　　　　　你能否告诉我们这戏的剧情？

西埃洛尼莫　让我来描述一番吧。西班牙编年史
　　　　　记录了一位洛兹骑士①的故事：
　　　　　他与一位名叫帕西达的意大利姑娘
　　　　　订婚，最终结百年之好，
　　　　　新娘艳丽得让所有见到的人心驰神荡，
　　　　　特别俘获了索利曼，婚礼上最高贵的嘉宾
　　　　　的灵魂。
　　　　　索利曼使用了各色巧计想
　　　　　赢得帕西达的爱，但却不可得。
　　　　　他将自己的激情泄露给

---

① 洛兹骑士，十字军中建立的一种军事的和宗教的等级中的一员。

　　　　　　　　　　一个最亲密的显贵。
　　　　　　　　　　不料这显贵一直在追求她，
　　　　　　　　　　除非杀死她丈夫洛兹骑士，
　　　　　　　　　　他无法得到这女人，
　　　　　　　　　　他用计谋杀死了她丈夫。
　　　　　　　　　　她生发了强烈的仇恨，
　　　　　　　　　　为此杀了索利曼，
　　　　　　　　　　为了逃避显贵的淫威，
　　　　　　　　　　她一剑刺死自己，终成悲剧。

　　洛伦佐　　哦，太好了！

贝尔英匹丽亚　　但是，西埃洛尼莫，你说说
　　　　　　　最终那显贵怎么了？

西埃洛尼莫　　老天，他为自己的行为悔恨不已，
　　　　　　　跑到一座山之巅吊死了。

　巴尔萨扎　　我们各人各演什么角色呢？

西埃洛尼莫　　哦，大人们，毫无疑义，
　　　　　　　我答应你们，我来演谋杀者，
　　　　　　　这早已定了下来。

　巴尔萨扎　　我呢？

西埃洛尼莫　　伟大的土耳其皇帝索利曼。

　　洛伦佐　　我呢？

西埃洛尼莫　　洛兹骑士伊拉斯托。

贝尔英匹丽亚　　我呢？

西埃洛尼莫　　贞洁的专情的帕西达。
　　　　　　　大人们，这儿是一些简要的
　　　　　　　对各自角色的要求，
　　　　　　　各人视剧情加以发挥。

给巴尔萨扎一张纸

你必须戴一顶土耳其帽①，

蓄一绺黑八字须，佩带一把弯刃大刀，

给洛伦佐另一张纸

你长袍上须有十字架饰图，就像洛兹骑士那样；

给贝尔英匹丽亚另一张纸

你，小姐，必须穿戴得像

月亮女神②，女花神③，或者贞洁之神④，

由你决定装扮成哪样。

我将提供戏装，

总督支付的赎金

将用来资助这悲剧，

人们将美言传说，西埃洛尼莫

如此大方，如此慷慨。

巴尔萨扎　西埃洛尼莫，我想喜剧将更加适合那婚礼大典。

西埃洛尼莫　喜剧？

呸，喜剧只适合世俗庸人的趣味；

要呈现君王军队的威武英勇之气，

必须是一部庄严肃穆的悲剧⑤；

穿着用带子系紧的厚底靴的演员

演出的正统的希腊悲剧⑥

描述高贵的主题，而不是庸俗的世事

才适合国王的风范。

贵爵们，只有演出这剧

---

① 地中海东岸各国男人所戴通常为红色并饰有长黑缨的圆筒形无边毡帽。

② 即福柏，Phoebe，希腊神话中的月亮女神。

③ 即弗罗拉，Flora，罗马神话中的女花神。

④ 即 Huntress，罗马神话中的狄安娜，狩猎和贞洁女神。

⑤ 西埃洛尼莫关于喜剧与悲剧的言论源自亚里士多德，在文艺复兴期间非常流行。

⑥ 原文为拉丁语：Tragoedia cothurnata。

才适合燕尔初夜的狂欢。
这些意大利悲剧演员是如此聪明机灵
在一个时辰的演出中，
可以即兴演化出动人的情节来。

洛伦佐　悲剧也许是非常好的；我在巴黎
看到过悲剧演员演出即兴发挥的法国悲剧。①

西埃洛尼莫　在巴黎？天，记性真好！
我们还有一件必须做的事情。

巴尔萨扎　那是什么事，西埃洛尼莫？别落下任何事。

西埃洛尼莫　我们每个人必须用陌生的语言
来演自己的角色，
这样就有更多的情趣：
你，大人，说拉丁语，我说希腊语，
你说意大利语；我知道贝尔英匹丽亚会说法语，
她的法语高贵而典雅。

贝尔英匹丽亚　你是说让我使一点儿小聪明吗，西埃洛尼莫？

巴尔萨扎　这会造成混乱，
谁也听不懂我们说什么。

西埃洛尼莫　必须这样；结局将证明
这是一个多么好的发明；
我将发表一场演说，
另外还要演一段奇异而美妙的戏，
我将待在幕后，
向观众阐述悲剧的主题；
一切将在一场中终结，
谁也没兴趣看冗长的表演。

---

① 欧洲大陆的演员在所谓的"即兴喜剧"中以即兴发挥演技而著名。西埃洛尼莫和洛伦佐在这里同时表达这种即兴喜剧演技同样可以运用在悲剧演出中。

巴尔萨扎 （对洛伦佐旁白）你觉得怎样？

洛伦佐 （对巴尔萨扎旁白）啊，这样的话，大人：
我们必须得让他乐一下。

巴尔萨扎 好吧，西埃洛尼莫；尽快再见面吧。

西埃洛尼莫 你决定演这角色了？

洛伦佐 绝对没错。

　　　　　除了西埃洛尼莫，全下

西埃洛尼莫 啊，就这么定了；
我将要看到巴比伦的陷落，
这是在这一片混乱中的天罚。
倘若人们不喜欢这悲剧
那老西埃洛尼莫的运气就太糟。
　　　　下

第二场

　　　　伊莎贝拉拿着一把刀上

伊莎贝拉 别再跟我多废话！哦，罪恶滔天的杀戮！
既然虔诚或者怜悯
都未能让国王执掌公正
或者产生恻隐之心，
我就要在这谋杀我爱儿的地方
复仇。
　　　　她一刀砍向凉亭①
将这不祥的带来厄难的松树的

---

① 如果凉亭是一个花架，伊莎贝拉砍掉的可能是花架上的树叶，也可能砍掉的是一棵树。

枝丫，可恶的树枝砍去吧！
砍掉它们，伊莎贝拉；折断它们，
将冒出新芽的树根烧掉。
我将不留一根树根，一根树杈，一棵树，
一根树枝，一根分枝，一朵花，一片树叶，
不留，在这园子里不留一片草叶：
这该诅咒的给我带来痛苦的园子！
愿这园子永远不再开花结果，
土地荒芜，任何想让它葳蕤茂盛的人
不得好死！
东风①裹挟着充斥病菌的臭气，
吹拂这儿的植物和幼苗；
泥地里盘踞着毒蛇，
过路的行人，惧怕传染疾病，
躲得远远的，瞧着园子，说：
"那儿发生过谋杀，
伊莎贝拉的儿子死了。"
是的，他在这儿死的，在这儿我拥抱了他；
瞧，他的鬼魂用他那伤口在寻求为他报仇，
为他的死报仇。
西埃洛尼莫，赶快去见见你的儿子；
悲伤和绝望让我听见了
霍拉希尔对冥府判官②的哀号。
快，西埃洛尼莫，为你延宕
他们的死找个借口吧，
他们的仇恨和愤怒使他的呼吸窒息。
啊，不，你确确实实延宕了他们的死亡，
宽宥杀死你高贵儿子的凶手，

---

① 在西方的寓言里，东风是一种寒冷刺骨、带来疾病的风。
② 原文为拉达曼堤斯，冥府三判官之一。

现在只剩下我还在蠢蠢欲动——但毫无结果！
当我在诅咒这棵树，诅咒它永远不结果子，
我为了他的缘故是在诅咒我的子宫；
用这把刀，我要刺穿我的乳房，
这不幸的哺育过霍拉希尔的奶头。

她向自己刺去，在死亡的挣扎中下

第三场

*西埃洛尼莫上；他匆忙地拉开了大幕，将霍拉希尔的
尸体藏在其后。卡斯蒂尔公爵上*

卡斯蒂尔　　怎么样了，西埃洛尼莫，你费心收罗的
　　　　　　演员们在哪儿呢？

西埃洛尼莫　哦，先生，看在剧作者的分上，
　　　　　　一切都会顺顺当当。
　　　　　　高贵的公爵大人，我请求你赏光
　　　　　　将这戏文的本子递呈给国王：
　　　　　　给卡斯蒂尔一个本子
　　　　　　这就是我们将要演出的故事。

卡斯蒂尔　　我会的，西埃洛尼莫。

西埃洛尼莫　还有一件事，高贵的大人。

卡斯蒂尔　　什么事？

西埃洛尼莫　我请求你劳驾
　　　　　　当随行大臣们光临楼座坐好，
　　　　　　将钥匙扔下给我。

卡斯蒂尔　　我会的，西埃洛尼莫。
　　　　　　卡斯蒂尔下

西埃洛尼莫　　怎么，巴尔萨扎，你准备好了吗？
　　　　　　　为国王搬一把椅子和一只靠垫来
　　　　　　　　巴尔萨扎搬来一把椅子上
　　　　　　　好极了，巴尔萨扎！把戏牌挂起来①：
　　　　　　　戏剧场景在洛兹。怎么，你还没有挂上胡须？

　　巴尔萨扎　　挂了一半，另一半在我的手里呢。

西埃洛尼莫　　赶快，太丢脸了；怎么这么长时间？
　　　　　　　　巴尔萨扎下
　　　　　　　再好好想一想，西埃洛尼莫，
　　　　　　　琢磨一下你的智慧，再列数一下儿子被谋杀后
　　　　　　　所经历的种种冤屈，
　　　　　　　最后，但不是最不重要，伊莎贝拉，
　　　　　　　他的母亲，你的最亲爱的妻子，
　　　　　　　为他忧伤至极而自杀。
　　　　　　　你，西埃洛尼莫，必须昭雪奇冤——
　　　　　　　戏剧情节已安排了恐怖的报复场景。
　　　　　　　根据情节，西埃洛尼莫，去报仇吧，
　　　　　　　不要一切的虚妄，只要雪耻的行动！
　　　　　　　下

第四场

　　　　　　　　西班牙国王、总督、卡斯蒂尔公爵、堂·佩德罗以及
　　　　　　　随行人员上。他们就座观看戏剧

　　　　国王　　现在，总督，让我们来观看
　　　　　　　土耳其皇帝索利曼的悲剧，
　　　　　　　有你的公子，
　　　　　　　我的贤侄堂·洛伦佐和我的贤侄女

---

① 在文艺复兴时期，剧场会悬挂戏牌，说明戏剧的剧名以及发生的地点和时间。

欣然联袂演出。

总督　谁？贝尔英匹丽亚？

国王　是的，还有西埃洛尼莫，我的爱将，
　　　在他的请求下，他们屈尊饰演这戏。
　　　这是我们西班牙宫廷的娱乐。
　　　贤弟，你来当司仪①：
　　　这是他们要演出的戏剧的故事。
　　　他给他一本书
　　　先生们，这部由西埃洛尼莫创作的用多种语言演出的
　　　戏剧将主要用英语对话，这样更易为所有观众所理解。
　　　巴尔萨扎（作为索利曼）、贝尔英匹丽亚（作为帕西
　　　达）和西埃洛尼莫（作为显贵）上

巴尔萨扎　显贵大人，我们攻下了洛兹，愿上苍赐予荣誉，
　　　圣哉，穆罕默德，我们神圣的先知！
　　　愿你拥有一切索利曼能给予、你所期望的
　　　美德。
　　　你虏获美貌如仙的
　　　基督教少女帕西达，
　　　比你征服洛兹要功高千倍；
　　　这妩媚绝色的极乐之灯，
　　　一双眼睛就像金刚石般明亮，
　　　让骁勇的索利曼不得不臣服于她石榴裙下。

国王　瞧，总督，那是巴尔萨扎，你的嗣子，
　　　在饰演土耳其皇帝索利曼：
　　　他表现的调情的激情多么逼真！

总督　是的，贝尔英匹丽亚教他的。

卡斯蒂尔　那也因为他完全钟情于贝尔英匹丽亚。

---

① 管理戏文的人。

西埃洛尼莫　大地所能提供的任何快乐，陛下都能尽情享用。

　巴尔萨扎　没有帕西达的爱，大地所提供的一切快乐都苍白乏味。

西埃洛尼莫　那就让帕西达随大人随意调遣吧。

　巴尔萨扎　不用她来服侍我，而是我将服侍她：
　　　　　　我被她那眼神弄得失魂落魄，魂不守舍。
　　　　　　让我的朋友，比我的生命还更宝贵的洛兹骑士
　　　　　　伊拉斯托来，
　　　　　　他也许能劝说帕西达，我的爱宠。
　　　　　　洛伦佐作为伊拉斯托上

　　　国王　洛伦佐上场了：瞧一眼剧情，
　　　　　　告诉我，贤弟，他饰演什么角色？

贝尔英匹丽亚　啊，我的伊拉斯托，欢迎来到帕西达身边。

　　洛伦佐　使伊拉斯托万倍高兴的是你活着；
　　　　　　征服洛兹算什么，
　　　　　　使伊拉斯托欣喜万分的是
　　　　　　帕西达活着，她还活着。

　巴尔萨扎　*对西埃洛尼莫旁白*
　　　　　　啊，显贵大人，
　　　　　　这竟然成了伊拉斯托
　　　　　　和倾城倾国绝色娥眉，
　　　　　　我的灵魂的主宰贝尔英匹丽亚之间的
　　　　　　爱情。

西埃洛尼莫　（对巴尔萨扎的旁白）把伊拉斯托撺走吧，威严无比
　　　　　　的索利曼，
　　　　　　那样，帕西达很快就成您的了。

　巴尔萨扎　伊拉斯托是我的挚友；只要他活着，
　　　　　　帕西达将永远不会变心。

西埃洛尼莫　别让伊拉斯托活着伤伟大的索利曼的心。

　巴尔萨扎　在我们皇家的眼中，伊拉斯托是亲人。

西埃洛尼莫　如果他成了你的情敌，就叫他去死。

　巴尔萨扎　啊，让他去死：难道我要如此听命于爱情吗？
　　　　　　让伊拉斯托死，我会悲伤不已。

西埃洛尼莫　伊拉斯托，索利曼向你致意，
　　　　　　让我向你传达他陛下的意愿，
　　　　　　那就是，你活该如此下场。
　　　　　　　刺死他

贝尔英匹丽亚　啊，天！
　　　　　　伊拉斯托！看，索利曼，伊拉斯托被刺！

　巴尔萨扎　而索利曼却活着来安慰你。
　　　　　　国色天香的美丽之后，别让爱情之火熄灭，
　　　　　　你那温情脉脉的眼睛看一眼他的忧伤，
　　　　　　如果帕西达的艳丽没能减轻他的痛苦，
　　　　　　帕西达越妩媚，他的忧伤便越深沉。

贝尔英匹丽亚　独裁者，别枉然追求了，
　　　　　　我的耳朵厌恶听到你的苦苦哀求，
　　　　　　你的屠夫残酷而卑鄙，
　　　　　　杀死了我的伊拉斯托，一个无辜的骑士，
　　　　　　你以为你有权有势，
　　　　　　帕西达会依顺你的威权？
　　　　　　但是只要她能够，她就要报你，
　　　　　　卑鄙的王子，出卖之仇！
　　　　　　　刺死他
　　　　　　她也要这样对自己报仇。
　　　　　　　刺死自己

　　国王　说得好极了——老将军，这演得太勇敢了。

西埃洛尼莫　贝尔英匹丽亚饰演帕西达演得太好了。

总督　你是认真的吗，贝尔英匹丽亚，
　　　　你对待我儿子比这还要温情脉脉吗？

国王　接下来西埃洛尼莫会怎么演呢？

西埃洛尼莫　天，西埃洛尼莫接下来这么演：
　　　　在这里，我们中止多种语言的演出，
　　　　由我用世俗的英语来结束此剧。
　　　　你们也许认为——你们的想法是多么有害——
　　　　这一切全是虚构，
　　　　我们像悲剧演员那样来饰演，
　　　　为了剧情的需要，埃阿斯①
　　　　或者什么罗马贵族死去，
　　　　过不了多久他们又会活蹦乱跳，
　　　　第二天活着给观众演出。
　　　　不，君王们，你们要知道我是西埃洛尼莫，
　　　　儿子不幸，
　　　　一个毫无希望的父亲，
　　　　他在讲述最近发生的故事，
　　　　无暇顾及戏剧中的顾忌。
　　　　我看出你们的脸容迫切希望看到证据；
　　　　请看看逼我到这般田地的原因吧！
　　　　显现他的死亡的儿子
　　　　请看我的演出，请看这一幕！
　　　　这里躺着我的希望，在这里我的希望灰飞烟灭；
　　　　这里躺着我的心肝，在这里我的心肝被屠戮；
　　　　这里躺着我的宝贝，在这里我的宝贝丢失；
　　　　这里躺着我的祝福，在这里我的祝福被褫夺。

———————————

① 希腊神话中围攻特洛伊战斗中的英雄，其膂力和骁勇仅次于阿喀琉斯，当阿喀琉斯
　　的盔甲给予奥德修斯时，自杀身亡。

希望、心肝、宝贝、欢乐，和祝福，
都遁逃了，失去了，死亡了，是的，都随此消弭了。
从这些伤口吹出来清新的空气，让我获得新生；
他们谋杀了我，落得如此下场。
起因是爱，从爱蔓生出殊死的恨：
恨，洛伦佐和年轻的巴尔萨扎的恨，
爱，我儿子对贝尔英匹丽亚的爱，
然而，黑夜，这遮掩一切该诅咒的罪恶的夜幕，
漆黑的沉默让所有背叛者的罪愆悄没声儿，
使他们在我的花园中
得以裕然制服
我的儿子，我亲爱的霍拉希尔。
在那儿，在漆黑、黝黯的夜晚，
他们无情地杀死了我的孩子，
那苍白、暗淡、残酷的死亡呀。
他狂喊，我听见的——我觉得我听见的——
他那凄惨的号叫在空中回荡。
我以最快的速度赶到发声的现场，
发现儿子吊在一棵树上，
身上布满伤痕，正如你们看到的那样被杀，
请想一想，看到这情景，我该何等样悲伤？
你说，葡萄牙人，你的损失跟我一样：
如果你会为巴尔萨扎而痛哭，
那跟我为霍拉希尔而哭泣是一样的。
大人，你的归顺的儿子
胆大妄为，以为没人会知道，
指责我是一个疯子，
说什么"愿上帝拯救那疯癫的西埃洛尼莫！"——
你怎么可能容忍这戏剧的厄难呢？
请看这沾满鲜血的丝巾，
我哭泣着在霍拉希尔死亡的现场

在奔流的血河里沾的：

作为一个纪念物，瞧，我保留着，

从未让它离开过我的淌血的心，

让我牢记我的誓言，

哦，对这些可诅咒的杀人凶手报仇，

现在已经表演，我感到心满意足。

为此，我饰演显贵大人，

为了向洛伦佐报仇，

指定他担当

洛兹骑士的角色，

这样，我就能方便一刀捅死他。

总督，你的儿子，巴尔萨扎，

饰演索利曼，被演帕西达的

贝尔英匹丽亚所杀；

让她饰演那悲剧角色

就是为了让她杀死那叫她厌烦的索利曼。

可怜的贝尔英匹丽亚演错了她的角色：

虽然故事最终会叫她死，

我出于慈悲和关怀，

设计了另一个结尾；

然而，她对霍拉希尔太爱了，

而他们对霍拉希尔太恨了，

这促使她死心干了这一下子。

君王们，现在请看看西埃洛尼莫，

这悲剧的作者和演员，

在手掌中紧握着他最后的归宿；

正如前面的演员结局一样，

他也要决心结束他的角色。

先生们，我就这样结束我的戏剧；

毋庸多言，我已没有什么话可说了。

他奔前要上吊

国王　哦，小心，总督！住手，西埃洛尼莫！
　　　贤弟，我侄儿和你的儿子被杀！

总督　我们被出卖了！我的巴尔萨扎被杀！
　　　把门打开①；快来，将西埃洛尼莫阻止住！
　　　随从们破门而入，抓住西埃洛尼莫
　　　西埃洛尼莫，
　　　跟国王讲清楚这到底是怎么回事；
　　　我以我的荣誉担保你没事。

西埃洛尼莫　总督，我不会以我的生命来信赖你，
　　　我早已将我的生命付托给我的儿子。
　　　（与一个随从搏斗、挣扎）——可诅咒的混蛋！
　　　为什么还要阻止一个决心要死的人？

国王　说，叛徒！该死的、血腥的凶手，说！
　　　我已经抓住了你，我要让你说出来。
　　　你为什么要做出这等可怕的事儿来？

总督　你为什么要谋杀我的巴尔萨扎？

卡斯蒂尔　你为什么要这样杀死我的两个孩子？

西埃洛尼莫　哦，说得多好！
　　　我的儿子霍拉希尔和我
　　　就像你的，你的，你的儿子，跟你，大人，一样亲。
　　　我的无辜的儿子被洛伦佐所杀，
　　　我终于彻底地向
　　　洛伦佐和巴尔萨扎报了仇，
　　　愿上天对他们的灵魂给予
　　　比这更严酷的惩罚。

卡斯蒂尔　你的同谋是谁？

总督　你的女儿贝尔英匹丽亚，

---

① 西埃洛尼莫用卡斯蒂尔扔给他的钥匙将门已锁上。

是她的手杀死我的巴尔萨扎，
我看见她刺死他。

国王　你为什么缄默不语？

西埃洛尼莫　除了无害的沉默之外，国王还能
给予什么自由？请把这点自由给我吧。
我不能说，跟你讲这一点就足够了，
否则我就和盘托出了。

国王　把刑具拿来！像你这样的叛徒，
我要叫你开口。

西埃洛尼莫　是的，
你能像他的儿子谋杀
我可怜的儿子霍拉希尔那样，对我施刑；
但你永远不能让我披露
我宣誓要保密的东西。
因此，尽管你以威胁相加，
我因他们的死亡而高兴，因报了仇而欣慰，
先割去我的舌头，然后剜去我的心。
他咬去了舌头

国王　哦，一个混蛋的可怕的执着！
看，总督，他咬掉了他的舌头，
宁可不向我们揭露我们所想要的秘密。

卡斯蒂尔　你可以叫他写出来。

国王　如果他这也不能叫我们满意，
那我们将使用最残酷的刑具
来惩罚这混蛋。
西埃洛尼莫做手势要一把刀削铅笔

卡斯蒂尔　哦，他要一把刀削铅笔。

总督　将刀拿去，我劝你还是把一切老老实实写下来。

给西埃洛尼莫一把刀

国王 留神我兄弟！制住西埃洛尼莫！
西埃洛尼莫用这把刀刺死卡斯蒂尔和他自己

国王 什么时候听说过如此骇人听闻的暴行？
我的贤弟，王位的嗣承人，
我死后西班牙之所望！
抬走他的尸体，这样，我们可以悼念
亲爱的贤弟之死，
不管发生什么，将他安葬入土。
下一个，最后的一个，便是我了。

总督 你，堂·佩德罗，为我做同样的事：
抬走我的不幸被杀的儿子；
在一艘没人的船舰的主桅上
将我挂在他的身边，将他挂在哀伤的我旁边，
让季风和浪潮送我到
斯库拉①的充斥狗吠的狂野的海湾去，
或者到冥府的可恨的湖中去，
为我思念亲爱的巴尔萨扎而哭泣：
西班牙绝非葡萄牙人的避难之所。
号角吹奏死亡进行曲。西班牙国王哀悼走在他兄弟的
遗体之后，葡萄牙总督抱着他儿子的遗体，下

第五场

安德里安鬼魂和复仇之神

鬼魂 我的希望在他们的下场中结束，

---

① 意大利墨西拿海峡上的锡拉岩礁，其对面为卡律布狄斯大漩涡。在希腊神话中，斯
库拉是在锡拉岩礁上攫取船上水手的女妖。

鲜血和悲哀了结我的欲望：
霍拉希尔在他父亲的花园中被谋杀，
卑鄙的塞贝莱恩被佩德利加诺所杀，
虚伪的佩德利加诺被人用一种狡猾的手段吊死；
风华绝代的伊莎贝拉用自己的手错杀了自己，
贝尔英匹丽亚刺杀巴尔萨扎王子，
卡斯蒂尔公爵和他的奸诈的儿子
被老西埃洛尼莫所杀；
我的贝尔英匹丽亚就像
狄多①一样倒下，
有正义感的西埃洛尼莫自刎：
是的，这些场景让我的灵魂狂喜不已！
我现在祈求可爱的冥府的王后，
发一道王家的指令，
我可以和我的朋友们同乐，
而让我的敌人们承受正义的严酷的报复。
我将带领我的朋友霍拉希尔穿越这片土地，
那儿仍然进行着永不间歇的战争；
我将带领美丽的伊莎贝拉来到这出殡的行列，
人们因怜悯而哭泣，但从不痛苦；
我将带领我的贝尔英匹丽亚去看
贞女和如花的皇后们所享受的欢愉；
我将带领西埃洛尼莫去奥菲斯歌吟的地方，
给永恒的日子增添些甜蜜的欢乐。
啊，复仇之神，你告诉我，要么你什么也不说，
对其他人的深仇大恨我怎么报复？

复仇之神　　一巴掌把他们全打进地狱的最深处，
那里，只有复仇女神、幽灵和酷刑。

———————————

① 狄多，罗马神话中迦太基国的建国者和女王，拉丁史诗中说她落入埃涅阿斯的情网，
因埃涅阿斯和她分手而自杀。

鬼魂　　　亲爱的复仇之神，请按我的要求做：

　　　　　请审判我，让其他的人遭受末日的惶恐不安，

　　　　　将可怜的提堤俄斯①从巨鹰的啄食中解救出来，

　　　　　让堂·西普里安给他提供一间房间；

　　　　　将堂·洛伦佐缚在伊克西翁的车轮上，

　　　　　让情人的永无止尽的痛苦终止，

　　　　　（朱诺②每每忘却旧日的怨恨，给他以安宁）

　　　　　将巴尔萨扎吊在客迈拉③的脖子上，

　　　　　让他在那儿为他的鲜血淋漓的爱情而哭泣，

　　　　　羡煞我们在上面的欢乐；

　　　　　让塞贝莱恩去推滚西西弗斯④的那要命的石头，

　　　　　没完没了地去叹息吧。

　　　　　因为他的叛卖，将虚伪奸诈的佩德利加诺

　　　　　拖曳过冥府沸腾的火海，

　　　　　让他在那无尽的烈焰中渐渐死去，

　　　　　口中诅咒神灵和他们所有的神圣的英名吧。

复仇之神　　让我们赶紧下去会见你的朋友和敌人吧：

　　　　　让你的朋友们生活在宁静平和之中，

　　　　　而让敌人们在痛苦中煎熬吧；

　　　　　虽然死亡在这儿结束了他们的悲楚，

　　　　　我要在那儿重启他们无尽无休的悲剧。

　　　　　众下

（全剧终）

---

① 希腊神话中大地女神的儿子。

② 罗马神话中的天后，主神丘比特之妻，主司生育婚姻。

③ 希腊神话中，狮头、羊身、蛇尾的吐火的女妖。

④ 希腊神话中，希腊古时暴君，死后堕入地狱，被罚推石上山，但石在近山顶时又会
　滚下，于是重新再推，这样循环不止。

《西班牙悲剧》1602 年版增加的段落

第一段新增的段落[①]

伊莎贝拉	啊，天，西埃洛尼莫，亲爱的丈夫，说！
西埃洛尼莫	他晚上跟我们一起用膳，轻松而快乐， 说他要去访谒在公爵府邸的 巴尔萨扎：王子住在那儿。 他一般不会待得这么晚。 他也许在他的房间里，找人去瞧瞧。 罗德里格，来人！ 佩德罗和雅克斯拿着火把上
伊莎贝拉	啊，天，他在叫喊！亲爱的西埃洛尼莫！
西埃洛尼莫	是的，全西班牙都听见了。 人们是那么爱他； 那天，陛下对他那么慈爱 还向他敬了酒。所有的这些爱 表明他不可能短命。
伊莎贝拉	亲爱的西埃洛尼莫！

---

① 此段落插入第二幕第四场"暴烈、肆虐正符合我们可诅咒的伤悲"和"西埃洛尼莫
甜蜜的、可爱的玫瑰，还没盛开怒放就夭折"之间。

西埃洛尼莫	我纳闷这人怎么穿他的衣服！
	先生，先生，我要知道到底怎么回事——
	雅克斯，立即前往卡斯蒂尔公爵府邸，
	催促我的儿子霍拉希尔回家：
	我和他母亲今晚做了奇怪的梦。
	你听见了吗，先生？
雅克斯	听见了，先生。
西埃洛尼莫	那好，先生，去吧。
	佩德罗，到这儿来。你知道这是谁吗？
佩德罗	太熟悉了，先生。
西埃洛尼莫	太熟悉了！谁，这是谁？——安静点儿，伊莎贝拉！
	不，别不好意思，伙计。
佩德罗	这是霍拉希尔大人。
西埃洛尼莫	哈，哈。天！这真叫我笑得要命，
	还有人比我更加耽于梦幻的。
佩德罗	梦幻？
西埃洛尼莫	是的，
	在一个时辰之前，我可以发誓
	这是我的儿子霍拉希尔：
	跟他的衣服多么相像。
	哈，难道这不是确凿的证据吗？
伊莎贝拉	哦，上帝，但愿不是他！
西埃洛尼莫	不是，伊莎贝拉！难道你以为是他吗？
	难道你的温柔的心灵会想到
	这样一个残酷的罪戾①
	会发生在像我们的儿子

---

① 原文为 mischief，在文艺复兴时期，此词要比现代英语的含义严重得多。

那样纯洁而高尚的人身上吗？

别这么想了，我为此而感到羞耻。

伊莎贝拉 亲爱的西埃洛尼莫，

别让忧伤蒙蔽了你的眼睛，

脆弱的心只能有脆弱的想法。

西埃洛尼莫 这是一名男子，绝对的，吊在这儿，

一名青年，我记得的——让我将绳子割断。

就这么着看看是不是我的儿子！

你说话呀？你说话呀？——拿光来！给我一支蜡烛！

让我再看一眼。——哦，上帝！

困惑、罪戾、折磨、死亡，和地狱

请将你们所有的针刺扎向我冰冷的胸口，

时光因恐怖而凝结；快快将我杀死算了！

对我发发慈悲吧，你发难的黑夜，

让这谋杀发生在我身上吧；

用你无边的黑暗将我的充满痛苦的腰[1]勒紧，

别让我活着见到曙光，

让我想起我曾经有过一个儿子。

伊莎贝拉 哦，亲爱的霍拉希尔，哦，我的最亲爱的儿子！

西埃洛尼莫 多么奇怪，我在忧伤悲苦中迷失。

第二段新增的段落[2]

洛伦佐 怎么会这样，西埃洛尼莫？告诉我。

西埃洛尼莫 谁，你，大人？

我要把你的眷宠留着在更紧要的时刻使用；

---

① 原文为 waste of grief，与 waist 是双关语。

② 置换第三幕第二场（洛伦佐怎么会这样，西埃洛尼莫？告诉我）后的台词。

这仅仅是一场儿戏，大人，一场儿戏而已。

洛伦佐　都一样，西埃洛尼莫；跟我说说。

西埃洛尼莫　其实，小王爷，这只是玩玩而已。
我必须承认：我对阁下太怠惰、太迟钝、
太疏忽了。

洛伦佐　现在呢，西埃洛尼莫？

西埃洛尼莫　说真的，小王爷，这是一件无关紧要的事，
关于一个人的儿子被谋杀之类的事儿——
一件无关紧要的事儿，小王爷！

第三段新增的段落 [1]

第一位葡萄牙人　借光，先生。

西埃洛尼莫　这绝不如你想的，绝不如你想的，
绝不如你想的；你们都没有想到；
这拖鞋不是我的，是我的儿子霍拉希尔的。
我的儿子！儿子是什么？在几分钟内
一个在那个地方着床的东西；
一块心肝肉在幽暗中发育，沉甸甸压在那儿，
确实能使玲珑纤巧、婀娜多姿
我们称之为女人的人
稳稳当当。
在九个月的末尾，他爬出来见到阳光。
儿子身上有什么东西
能叫父亲宠爱、狂喜，或者发怒？
一生下来，他噘嘴，哭闹，长牙齿。

---

[1]　插入第三幕第十一场"第一位葡萄牙人　借光，先生"和"西埃洛尼莫　请便吧；
不，我请求你们走开"之间。

要儿子干吗？必须喂养他，

教他走路，说话。

为什么不能去爱一头牛犊呢？

或者将激情倾注在一个欢蹦乱跳的孩子身上，

就把它当作儿子？我想，一头小猪

或者一头漂亮、毛色光溜的小公马

完全能像一个儿子那样让一个男人心动。

因为不管是小猪或者小公马，在很短的时间内，

都会长大供人类好生享用；而一个儿子，

随着岁月的增长，他越长大彪悍，

他似乎就越粗野鲁莽，

把他的父母看成傻瓜，

以过分的蠢行搅乱他们的宁静，

让他们未老先衰。

这就是有一个儿子的结果！仔细想想，

这是怎样的一个损失？——哦，但是我的霍拉希尔

却全然没有这些贪得无厌的习气：

他爱他的可爱的父母，

他是我的慰藉，他母亲的欢愉，

我们家的顶梁柱：

我们所有的希望都寄托在他头上，

居然会有一个谋杀者嫉恨他嫉恨得要死。

当他将那不可一世的王子巴尔萨扎

从马上掳下时，

他还不到十九岁，

他宽阔的胸怀太高贵了，

对那骁勇但卑鄙的葡萄牙人

施以怜悯。

啊，上天有眼。

有复仇女神、冥府的判官

以及那叫作鞭子的东西，

他们有时确实会惩罚谋杀凶手；
凶手们从来就逃不脱，这也是一种慰藉。
是的，是的，是的，时光荏苒，
岁月在悄悄地流逝，流逝，终有一天，暴力爆发
就像裹在火球里的霹雳，
把他们所有的人毁灭。

第四段新增的段落 ①

佩德罗和雅克斯高擎火把上

雅克斯　我纳闷，佩德罗，为什么主人
　　　　在半夜三更还要我们高擎火把，
　　　　当人们、鸟儿和野兽都在安睡，
　　　　只有图谋强奸和血腥谋杀的宵小才在那儿觊觎？

佩德罗　哦，雅克斯，你知道主人
　　　　自从他儿子死了精神恍惚，
　　　　当他应该安享天年，
　　　　心情平和怡然之时，
　　　　却像一个绝望的人，
　　　　为了儿子变疯，像一个孩子。
　　　　有时坐在餐桌旁，
　　　　自言自语仿佛霍拉希尔就坐在身旁；
　　　　然后勃然大怒，全身扑倒在地上，
　　　　号啕大哭："霍拉希尔，我的霍拉希尔在哪儿？"
　　　　极度的悲伤和心如刀割的苦凄，
　　　　使他没一点儿人气。
　　　　看，他来了。
　　　　西埃洛尼莫上

————————

① 插入第三幕第十一场和第十二场之间。

西埃洛尼莫　我探看墙上每一个裂缝，
　　　　　　寻访每一棵树，搜索每一丛灌木，
　　　　　　在每一丛矮树间敲打，在古老的土地上顿足，
　　　　　　钻到水里去，仰望天空，
　　　　　　却仍然看不到我的儿子霍拉希尔的踪影。——
　　　　　　啊，啊，谁在那儿？是鬼魂吗？是鬼魂吗？

　佩德罗　我们是伺候你的仆人，先生。

西埃洛尼莫　你们为什么在黑暗中高擎火把？

　佩德罗　你吩咐我们点亮火把，在这儿伺候你。

西埃洛尼莫　不，不，你们受骗了，不是我吩咐的——你们受骗了。
　　　　　　难道我这么疯癫，吩咐你们现在点亮火把？
　　　　　　到正午给我点亮火把，
　　　　　　太阳神正灿烂辉煌的时候；
　　　　　　到那时，给我点亮火把。

　佩德罗　那不白费劲儿吗？

西埃洛尼莫　那就让它白费劲儿吧；夜晚是杀人的妓女，
　　　　　　好隐蔽她那叛卖的行径；
　　　　　　天上皎洁的月亮女神①，
　　　　　　宽容在黑暗中所做的一切；
　　　　　　那些繁星，注视着圆月，
　　　　　　是月神袖口上的金箍，拖曳的裙裾上的金针；
　　　　　　那些强大而神圣的，
　　　　　　当最需要它们发光的时候，
　　　　　　却在黑暗中睡眠。

　佩德罗　别拿诱人的话儿亵渎神明，高贵的先生，
　　　　　　上苍是慈悲的，你的痛苦
　　　　　　和悲哀让你不知所云。

---

① 指希腊神话中的月亮、大地和冥界女神赫卡忒。

西埃洛尼莫	混蛋，你在骗人！你净说

西埃洛尼莫　混蛋，你在骗人！你净说
　　　　　我疯了：你骗人，我没有疯。
　　　　　我知道你叫佩德罗，而他叫雅克斯。
　　　　　我可以向你们证明；如果我疯了，我怎么能呢？
　　　　　我的儿子霍拉希尔被谋杀的那晚
　　　　　她在哪儿呢？她应该照耀她的月华，你去查一查历书。
　　　　　如果月亮高照的话，我儿子的脸庞上有高贵的气质，
　　　　　我知道——不，我确实知道——如果谋杀者看清他的脸，
　　　　　他手中的剑会掉落、嵌进地里去，
　　　　　如果他的体内流淌的只是鲜血和死亡。
　　　　　啊，当暴力无所畏惧、懵懂无知时，
　　　　　我们可以对暴力说什么呢？
　　　　　伊莎贝拉上

　伊莎贝拉　亲爱的西埃洛尼莫，到屋里去吧；
　　　　　哦，别再自寻烦恼。

西埃洛尼莫　是的，伊莎贝拉，我们没在这儿做什么；
　　　　　我没有哭泣——你问佩德罗，你问雅克斯——
　　　　　我没有哭泣，真的；我们在这儿很快乐，很快乐。

　伊莎贝拉　怎么回事？在这儿很快乐？很快乐？
　　　　　难道我的霍拉希尔不就是
　　　　　在这地方，在这棵树上，
　　　　　被谋杀死的吗？

西埃洛尼莫　是的——别说什么：让她哭个够吧。
　　　　　是这棵树；是我用一颗树籽种下的；
　　　　　炎热的西班牙对它并不适宜，
　　　　　幼苗就像人对酷热反应一样，
　　　　　开始枯萎凋零，我每天早晨两次
　　　　　用喷泉的水浇灌它，
　　　　　它终于渐渐长大，开花结出一茬茬果实，

高耸入云
却成一个绞刑架，吊死了我们的儿子；
这棵树结出它的果子，却吊死了我的后代——哦，歹
毒的树呀，歹毒的树！

有人在后台敲门

去看看谁在敲门。

佩德罗 是一位画家，先生。

西埃洛尼莫 请他进来，画些画聊以安慰，
因为所有的慰藉都是虚幻的，并不都真实存在。
让他进来。人从来不知道会发生什么：
是上帝的意志让我种上了那棵树！
主人一手培养的仆役也会不知感恩，
怨恨把他们带大的主人。

画家上

画家 上帝保佑你，先生。

西埃洛尼莫 为什么？啊，你这受人嘲弄的歹徒？
我怎样、在什么地方、用什么方式得到保佑？

伊莎贝拉 你想要什么，好人儿？

画家 公正，夫人。

西埃洛尼莫 哦，雄心勃勃的乞丐！
你能拥有世界上根本没有的东西吗？
啊，所有没有开采的矿床拿来放在一起
也买不到一丁点儿公正，那是无价之宝。
我告诉你，
上帝将所有的公正都捏在他的手中，
除了上帝手中的，世上没有公正。

画家 哦，
那只能由上帝来为我的被谋杀的儿子申冤雪恨了。

西埃洛尼莫　怎么，你的儿子被谋杀？

　　　画家　是的，先生；没有人像我那样心疼儿子了。

西埃洛尼莫　什么，没人像你那样？说得不对，
　　　　　　那是一个荒谬的谎言。我有一个儿子，
　　　　　　他的一根无关紧要的细发也比你们
　　　　　　一千个儿子宝贵；但他被谋杀了。

　　　画家　啊，先生，我只有他一个儿子。

西埃洛尼莫　我也只有一个，只有一个；但我的儿子
　　　　　　值一个军团。但毕竟只是一个而已。
　　　　　　佩德罗，雅克斯，进屋去吧；伊莎贝拉，你也去吧，
　　　　　　我和这位好人儿
　　　　　　要在这可诅咒的花园里巡视一番，
　　　　　　就像两头丧失幼崽的雄狮。
　　　　　　进屋去吧，我说。
　　　　　　伊莎贝拉、佩德罗、雅克斯下。他和画家坐下
　　　　　　啊，让我们好好谈一下。你儿子被谋杀了？

　　　画家　是的，先生。

西埃洛尼莫　我儿子也是。那是怎么回事？你有时会发疯吗？
　　　　　　你会见到幻象吗？

　　　画家　哦，大人，是的，先生。

西埃洛尼莫　你是画家吗？你能给我画一滴眼泪、一个伤口、一声
　　　　　　呻吟，或者一声叹息吗？能给我画一棵像这样的树
　　　　　　吗？

　　　画家　先生，我可以肯定你听说过我的画；我的名字叫巴
　　　　　　扎多。

西埃洛尼莫　巴扎多！上帝在上，多好的一个人！啊，先生，你明
　　　　　　白吗？我希望你给我画一幅无光油画放在我的长廊

里，将我画成年轻五岁——明白吗，先生，抹掉五年的岁月；将那些画像画得更加显现西班牙将军的光彩——我的妻子伊莎贝拉站在我的旁边，柔情脉脉地望着我的儿子霍拉希尔，画的主题应该是："上帝保佑你，我的儿子"，我的手像这样放在他的脑袋上，先生；明白吗？能画吗？

画家　完全能，先生。

西埃洛尼莫　不，我请求你将我突出出来，先生。然后，先生，我想请你画这棵树，就是这棵树。你能画悲哀的哭号吗？

画家　我能画一个哭号的人，先生。

西埃洛尼莫　不，应该是哭号本身；不过都一样。啊，先生，给我画一幅青年的画，身上刺满了歹徒的剑伤，吊在这棵树上。你能画一幅谋杀者的画吗？

画家　我答应你，先生；我有一整套全西班牙最臭名昭著的歹徒的画像。

西埃洛尼莫　哦，画得比这些歹徒更加险恶，更加丑陋；将你的画再拓展些，将他们的胡须画成犹大的红须①；让他们的眉毛凶恶地突出出来：不管怎么样，注意一下那一点。然后，先生，在一阵激烈的喧哗之后，画上穿衬衣的我，长袍夹在腋下，手中高擎着火把，殿后的便是我的短剑，就像这样——写上这样的话："什么喧哗？谁叫西埃洛尼莫？"
能做到吗？

画家　能做到，先生。

西埃洛尼莫　好吧，先生，那就画我吧；在画上，我穿越一条又一条花园小道，一脸恍惚，让我的竖起的根根怒发顶起

————————

① 出卖基督的犹大的胡须被认为是红色的。

睡帽。让云彩皱眉，让月儿阴惨，让星星无光，吹着狂风，丧钟敲响，猫头鹰尖啼，癫蛤蟆呱呱叫，这时辰叫人毛骨悚然，时钟敲响十二点。终于，先生，看见一个人吊着，在旋转，在旋转。正如你知道的，狂风会这么吹转一个人，而我迅疾出手就把绳子砍断。我亮着火把去看这人，发现那是我的儿子霍拉希尔。在那儿，你可以表现极端的悲情；极端的悲情。把我画成特洛伊的老普里阿摩斯①在喊道，"房子着火了，房子着火了，就像在我的头顶上燃烧着火把"！让我诅咒，让我痛骂，让我哭喊，让我发疯，让我又恢复常态，让我诅咒地狱，乞灵于上苍，最后让我昏睡过去——大概就这样吧。

画家　这就是结局？

西埃洛尼莫　哦，不，没有结局，结局是死亡和疯癫。由于我从来没有比发疯的时候更加清醒，我每每思忖，我是一个好人，我可以创造奇迹；但理智欺骗了我，只剩下折磨和地狱。最后，先生，让我去面对一个谋杀凶手：即使他像赫克托②一样英武强壮，我也能将他撕扯得粉身碎骨，到处抛撒。

他将画家推进后台，重又上场，手中拿着一本书

第五段新增段落③

卡斯蒂尔　你为什么要这样杀死我的两个孩子？

西埃洛尼莫　你肯定他们死了？

---

① 特洛伊最后一位国王，在位期间发生特洛伊战争。

② 特洛伊王普里阿摩斯的长子，特洛伊战争中的英雄。

③ 此新增段落置换第四幕第四场（卡斯蒂尔　你为什么要这样杀死我的两个孩子？）之后，同时吸收了基德原来的一些诗句。

卡斯蒂尔　是的，奴才，太肯定了。

西埃洛尼莫　怎么，你的儿子也死了？

总督　是的，都死了；没有一个活着。

西埃洛尼莫　不，我不管；来吧，让我们做朋友吧。
让我们把脑袋放在一起：
看，这儿的绳套可以把所有的脑袋都拴上。

总督　哦，这该死的魔鬼，他多么自信！

西埃洛尼莫　自信？啊，你在琢磨我的自信吗？
我告诉你，总督，今天我看到了复仇，
在俄顷之间我成了一个比任何西班牙国王
更加骄傲的君主。
如果我像星星那样有无数生命，
可以周游无数的天空，
我愿意将它们悉数奉献出来，是的，还加上我的灵魂，
但我倒很想看见你倒在这血泊之中。

卡斯蒂尔　说，你的同伙是谁？

总督　你的女儿贝尔英匹丽亚；
是她用手杀死我的巴尔萨扎；
我看见她刺死他。

西埃洛尼莫　哦，说得多好！
我的儿子霍拉希尔和我
就像你的，你的，你的儿子，跟你，大人，一样亲。
我的无辜的儿子被洛伦佐所杀，
我终于彻底地向
洛伦佐和巴尔萨扎报了仇，
愿上天对他们的灵魂给予
比这更严酷的惩罚。
我想，既然我对复仇已经如此熟悉，

我再嘲弄死亡也不为过了。

国王 什么，你嘲笑我们，奴才？上刑！

西埃洛尼莫 你上吧，上吧，上吧。同时我要折磨你们。
（对总督）你有一个儿子，就像我也有一个。你的儿子
本来应该和（对卡斯蒂尔）你的女儿
缔结秦晋之好。
哈，难道不是这样吗？你也有一个儿子；
他是我的君王的贤侄。他骄傲、
精明；如果他活着，他极有可能
戴上西班牙的王冠，我想这极有可能。
是我杀死了他；看，就是这只手。
是我刺穿了他的心脏——明白吗？这只手——
为了霍拉希尔，如果你认识他的话，一个青年，
他们在他父亲的花园里吊死了他；
他曾经迫使你的骁勇的儿子投降，
你的好骁勇的儿子却让他成了阶下囚。

总督 闭上吧，我的耳朵；我听不下去了。

国王 天，塌下来，将你的悲哀的废墟压在我们身上吧。

卡斯蒂尔 用你那漆黑的云将整个世界包裹起来吧。

西埃洛尼莫 现在欢呼我所做的一切。
但愿我的双手从此闲着！①
让我的身体分解吧：
先割去我的舌头，然后掏出我的心。

---

① 原文为拉丁文：Nunc inners cadat manus。

浮士德博士的悲剧[①]（第一版）

克里斯托弗·马洛 著

---

① 根据 Doctor Faustus and Other Plays, Christopher Marlowe, Oxford University Press, 2008 译出。

剧中人物

致辞者

约翰·浮士德博士

瓦格纳

好天使

坏天使

瓦尔兹

康内利厄斯

三位学者

魔鬼们

靡非陀匪勒斯

小丑罗宾

魔鬼

拉夫

路济弗尔[1]

别西卜[2]

七宗罪：傲慢、贪婪、暴怒、妒忌、饕餮、懒惰和淫荡

教皇

洛林枢机主教

---

[1] 原意为清晨之星，早期基督教著作中对堕落之前的撒旦的称呼。

[2] 基督教《圣经》中的鬼王。

托钵修士会修士多人

酒店老板

德国皇帝查尔斯五世

骑士

侍者多人

亚历山大大帝，鬼魂

亚历山大大帝的情人，鬼魂

马贩子

范霍尔特公爵

范霍尔特公爵夫人

特洛伊的海伦，鬼魂

老叟

序　幕

戏剧致辞者①上

致辞者　我们的诗神

　　　　不是驰骋在

　　　　战神宠幸迦太基人的

　　　　特拉西美诺②的战场上，

　　　　不是在世情颠倒的

　　　　国王们的宫廷里调情说爱，

　　　　也不是陶醉在傲慢的虚妄之中，

　　　　赋写他那超凡的圣诗。

　　　　为此，先生们：我们来演绎

　　　　浮士德的命运，无论是幸运还是背运。

　　　　我们期望你们深思熟虑地加以判断

　　　　给我们鼓掌，

　　　　为处于蒙昧期中的浮士德开释。

　　　　他在德国，一个称作罗德的小镇

　　　　诞生，父母出身低贱。

　　　　在青年时期他前往威登堡，

　　　　亲戚抚养他长大。

---

① 英语原文为 chorus，对此字翻译颇费思考。《莎士比亚词汇》中将其解释为 inter-preter，可译为致开场白者、阐释者、说教者。最后，译者决定取此译。

② 公元前 217 年迦太基人汉尼拔在特拉西美诺湖地区大败罗马军队。

他很快从修习神学得益，
富有成果的研学使大学增色。
不久，他超过所有喜爱辩论
神学的学者，
获得了博士称号；
他渐渐得意忘形，骄傲自满，
蜡制的翅膀超越了所能，[①] 力不从心，
消融一切的上苍注定了他的坠落。
他博学，才气横溢，
但醉心于淘气的作为，
于是便沉湎于该诅咒的魔术之中。
没有任何别的东西，
更为令其倾倒的了，
魔术成了他最重要的追求。
就是这样一个人，
正坐在他的书斋里。
下

---

① 在此，说教者将浮士德比喻为伊卡洛斯，伊卡洛斯用他父亲代达罗斯为他设计的蜡制翅膀飞翔，因为飞得离太阳太近，翅膀被熔化而坠落于爱琴海中。这一常常被引用的传说用来指称危险的愿望。詹姆斯·乔伊斯在《青年艺术家画像》中也有引用。

第一幕

第一场

浮士德走进书斋

浮士德　确定一下你的研究方向，浮士德，
在你所长的领域去深入探索一番吧。
毕业之后，做一个表面上的神学家，
熟谙每一样艺术的目的，
在亚里士多德的著作中去生，去死。
美妙的《分析篇》，正是你让我着迷！
（他读道）"Bene disserere est finis logices."[1]
善于辩论是逻辑学的终极目的吗？
这一学科不能提供更为伟大的奇迹了吗？
别再读了；你早已超越了。
更为深奥的学问才适合浮士德的才气。
向 "是死还是活" 告别吧。[2] 还是研究研究盖伦吧！[3]

---

[1]　拉丁文。系法国哲学家彼特·拉姆斯所言，并非出自亚里士多德。浮士德在下一行诗句中翻译了此句。

[2]　原文为拉丁文：On kai me on，"是死还是活"是希腊哲学探索的主要命题。

[3]　克劳迪乌斯·盖伦（129—199），古罗马医师，生理学家和哲学家。从动物解剖推论人体构造，用亚里士多德目的论阐述其功能。

既然"哲学家中止的地方，医学家接着干"①，

当名医生吧，浮士德。挣成堆的黄金，

因奇迹般的治愈而名垂青史。

（他读）"Summum bonum medicinae sanitas."②

医学的目的是身体的健康。

啊，浮士德，难道你还没有达到那个目的？

难道你平时的谈论还不足以成为警世格言吗？

难道整个欧洲不都在议论你的处方吗？

你让整座整座的城市逃避了瘟疫，

无数要命的病症得到了医治。

而你仍然还是浮士德，一个普通的人。

难道你不想设法让人们永生，

或者说，死了，让他们起死回生？③

这一职业将受到普遍尊敬。

医学，再见了。查士丁尼一世④在哪里？

（他读）"如果有什么物件要遗赠给两个继承人，

那么，一个人得到物件本身，

而另一个人则得到物件所值的钱。"⑤ 等等。

一个何等完美的关于微不足道的遗产的案例！

（他读）"父亲无权豁免儿子的继承权，除非——"⑥

这是法典所讨论的问题，

教会所依赖的普遍的教规。

查士丁尼的研究只是一个唯利是图的人的苦役，

他只看重浮表的糟粕——

对于我来说，那太奴性了，太不自由了。

---

① 原文为拉丁文：ubi desinit philosophus，ibi incipit medicus。

② 原文为拉丁文，浮士德在下一行诗句中翻译了此句。

③ 浮士德在梦想做像耶稣基督将拉撒路起死回生一样的奇迹。

④ 查士丁尼一世（483—565），拜占庭皇帝，主持编纂《查士丁尼法典》。

⑤ 原文为拉丁文：Si una eademque res legatur duobus，aalter rem，alter valorem rei.

⑥ 原文为拉丁文：Exhaereditare filium non potest pater nisi——。

总而言之，神学是最超凡的。

圣哲罗姆的《圣经》①，浮士德，好好读读吧。

（他读）"Stipendium peccati mors est." 哈！

"Stipendium"，等等。

罪恶的薪俸就是死亡。太严酷了。

（他读）"Si peccasse negamus，fallimur

Et nulla est in nobis veritas."②

如果我们说我们没有罪过，

我们欺骗自己，我们就失去真理了。

为什么我们必须都犯罪，

最终都死亡呢？③

啊，我们必须死亡，永恒地。

你把这原理称作什么呢？ Che será, será, ④

听天由命，顺其自然？神学，告别啦！

他拿起一本魔术的书

这些魔术师的晦涩的知识

和巫术的书，

这些传授天意的书，

这些直线啦、圆圈啦、符号啦、字母啦、字啦——

啊，正是浮士德最想要的。

哦，给坚忍不拔的工匠展示的

是一个充满福祉、欢乐、

权力、荣誉和全能的世界！

所有在宇宙静止的两极之间运动的事物

---

① 圣哲罗姆（347？—420），早期西方教会教父，通俗拉丁文《圣经》的译者。

② 马洛在此引用拉丁语，但不是标准的拉丁语。在下一诗句中，浮士德做了翻译。

③ 浮士德在此随意引用和意译通俗版《圣经》中《罗马书》3:23 和《约翰一书》1:8 所言。《约翰一书》1:8 是这样说的：如果我们说我们没有罪过，就是欺骗自己，真理也不在我们内。他故意忽略《圣经》中关于脱离罪过可以获得自由和天主恩赐的话。

④ 马洛在此引用拉丁语，但不是标准的拉丁语。在下一诗句中，浮士德做了翻译。

都要受我的统领。皇帝们、国王们，

在他们的领地必须服从命令，

他们不再能呼风唤雨了；

但是，任何在魔术中出类拔萃的人，

将超越人类的思想。

一个高超的魔术师就是一个伟大的神。

啊，浮士德，竭尽全力当一个神吧。

瓦格纳！

瓦格纳上

请去问候我最亲密的朋友

德国人瓦尔兹和康内利厄斯。

恳请他们光临鄙舍。

瓦格纳　是，老爷。

瓦格纳下

浮士德　和他们讨论和磋商

比我独自冥思苦想要有裨益得多，

我孤军奋战从来就没有这么快的成果。

好天使和坏天使上

好天使　哦，浮士德，抛开那本该死的书

别瞧它，以防它蛊惑了你的灵魂，

天主将他的愤怒全倾注在你的头上！

请读一读《圣经》吧。那书纯然是对上帝的亵渎。[①]

坏天使　继续研读那闻名遐迩的学问吧，浮士德，

它涵盖了自然所有的精髓和宝藏。

就像那在天上的朱庇特，你是大地上

自然之力的主宰和统帅。

天使们下

浮士德　我心中充斥了这一想法！

---

① 指"那本该死的书"。

我将呼唤精灵们去拿我所想要的一切，
给我解释一切含糊不清的现象，
去做一切我希冀的胆大妄为的事吗？
我将要它们飞到印度去淘金，
把大海彻底搜索一遍去寻觅东方的明珠，
在新世界的所有角落探寻
鲜美的水果和上等的点心。
我将要它们给我读奇异的哲学，
告诉我外国国王的秘闻。
我要它们将整个德国围之于铜墙，
让湍急的莱茵河环绕风景优美的威登堡。[①]
我要让它们使大学充斥丝绸，
学生们漂漂亮亮地穿戴着锦罗。
我将要用它们带来的钱币征召士兵[②]，
将帕马亲王从我们的土地上驱逐出去[③]，
成为统治所有行省的唯一的国王；
是的，我将要我的唯命是从的精灵们
发明比攻打安特卫普大桥的纵火船
更加奇异的战争武器。[④]
来吧，德国人瓦尔兹和康内利厄斯，
让我从你们的智慧中得到祝福！

瓦尔兹和康内利厄斯上

瓦尔兹，亲爱的瓦尔兹，还有康内利厄斯，
你们的话终于征服了我，
我要实践种种魔术和魔法。
不过，这并不尽然是因为你们的劝说，

---

① 莱茵河流经德国西南符腾堡地区，与威登堡相距甚远，这表明浮士德对名字往往混
淆不清。

② 指精灵们。

③ 帕马亲王，Prince of Parma，1579—1592 统治荷兰的西班牙总督。

④ 1585 年，荷兰人用纵火船的方法攻打帕马部队占守的安特卫普大桥。

还因为是我自己的幻觉，

我不再去想其他的事物，

只是一门心思琢磨魔法。

哲学太冗长而艰晦；

法律和医学只需平庸的智慧；

神学是这三样学问中最卑俗的，

令人厌腻、严峻、可鄙而又邪恶。

正是魔术，魔术让我着迷。

我的富有教养的朋友们，在这一事业中帮助我吧，

我用我的精确的诡辩和推论

让德国教会的牧师们狼狈不堪，

威登堡大学风华正茂的青年们

麇集而至来聆听我的辩论，

犹如地狱的精灵们汇集在一起

聆听来地狱访问的富有魅力的穆赛欧斯①，

我像阿格里帕②一样狡猾，

他唤醒死者的灵魂令整个欧洲敬重他。

瓦尔兹　浮士德，这些书籍，你的智慧和我们的经验

将令所有的国家把我们当成圣者。

正如美洲印第安人听从西班牙老爷一样，

自然力所代表的每一个神③

都永远会听命于我们三个人。

如果我们愿意的话，

它们会像狮子一样保护我们，

像高举长矛的德国轻骑兵，

或者像拉普兰④巨人，行走在我们身边；

---

① 古希腊文学家和诗人。

② 康内利厄斯·阿格里帕（1485—1535），著名魔术师。

③ 即大地、水、空气和火。

④ 斯堪的纳维亚最北端地区。

　　　　　　有时像女人，或者未婚的少女，

　　　　　　在她们倾国倾城的眉宇间

　　　　　　深藏比爱神雪白的乳房还要娇艳的美色。

　　　　　　如果博学的浮士德执意的话，

　　　　　　它们将从威尼斯掳来巨大的财富，

　　　　　　从亚美利加运来金羊毛①，

　　　　　　每年充实老菲利普②的宝库。

浮士德　　瓦尔兹，在这一方面，跟你一样，

　　　　　　我主意已定。不要再有异议了。

康内利厄斯　魔术所展现的奇迹

　　　　　　将会使你不用再学任何其他的学问。

　　　　　　魔术师对占星术极有素养，

　　　　　　又掌握各种深奥的语言，深谙炼金术，

　　　　　　了解所有魔术所要求的原理。

　　　　　　别怀疑，浮士德，钻研

　　　　　　并耽读关于这一神秘学问的书，

　　　　　　次数要远远超过阅读德尔斐神谕。③

　　　　　　精灵们告诉我，它们能汲干大海

　　　　　　获得所有外国沉船的宝藏——

　　　　　　是的，我们先人在地球宏大的深处

　　　　　　埋藏的所有财宝。

　　　　　　告诉我，浮士德，我们三个向往什么？

浮士德　　什么也不向往，康内利厄斯。

　　　　　　哦，这让我的灵魂无限振奋！

　　　　　　喂，给我演示几个魔幻的段子，

　　　　　　我也好在浓密的树林中去念咒，

---

① 源自古希腊神话，指人人都希望获得的珍贵宝物。

② 指西班牙国王菲利普二世。

③ 古希腊德尔斐阿波罗神庙的神谕，常对问题做模棱两可的回答。

痛痛快快地享受一番这乐趣。

瓦尔兹　　快去找一处孤立的树林，
　　　　　带上智慧的培根和阿尔巴努斯的书①，
　　　　　《希伯来诗篇》和《新约》；
　　　　　以及我们将在会面结束前
　　　　　告诉你的必不可少的书。

康内利厄斯　瓦尔兹，首先让他了解术语，
　　　　　然后，学习所有其他的仪式，
　　　　　浮士德以其聪敏机智自会融会贯通。

瓦尔兹　　首先，我将教你基本的技巧，
　　　　　你会青出于蓝而胜于蓝。

浮士德　　来和我一起吃饭吧，餐后，
　　　　　我将设法了解所有的奥妙之处，
　　　　　在睡前我要试一下我到底能做到何种程度。
　　　　　今晚，我要口念一番魔咒，即使我得死。
　　　　　全下

第二场

两位学者上

第一位学者　我在琢磨浮士德到底怎么啦，他曾经让我们的大学因
　　　　　他的"我就此证明"而久负盛名。

第二位学者　我们很快就可以明白，瞧，他的当差来了。
　　　　　瓦格纳手中拿着酒瓶上

第一位学者　你好，伙计，你的主人在哪儿？

瓦格纳　　天晓得。

---

① 指罗杰·培根和彼埃特罗·德巴诺，13世纪魔术家。

第二位学者　啊，你不知道？

瓦格纳　是的，我知道，说"天晓得"不符逻辑。①

第一位学者　啊，伙计！别再开玩笑啦，告诉我们他在哪儿。

瓦格纳　既然还没有假设我知道答案，你们怎么能够指望从我这儿得到答案呢？对于你们这种有硕士身份的人来说，这显然是不符合逻辑的。②承认你们的错误吧，好好听来。

第二位学者　啊，你不是说你知道吗？

瓦格纳　你有什么见证来证明？

第一位学者　是的，伙计，我听见你说的。

瓦格纳　关于我的诚实的名声，你们可以问任何认识我的人。

第二位学者　啊，你不愿告诉我们。

瓦格纳　我愿意，先生，我将告诉你们。如果你们不是傻瓜的话，你们永远不会问我这样一个问题。难道他不是一个"自然体"③吗？难道他不是可以移动的吗？你们怎么能问我这样一个问题呢？不过，我本性是沉静的，不会轻易动火，生性有点淫荡——我是说，喜欢谈情说爱——你们最好还是不要走到离厨房四十英尺之内，否则，我毫不怀疑我会看到你们两人倒霉。④既然我用唇枪舌剑战胜了你们，我就装模作样像一个严格遵守教规的清教徒一样，开始对你们这样说吧：诚然，我的亲爱的兄弟，我的主人在里面和瓦尔兹以及康内利厄斯一起用膳，正如这瓶酒可以告诉你们

---

① 瓦格纳试图模仿学者辩论的模式。

② 瓦格纳为更进一步地模仿学者辩论。

③ 这是依据亚里士多德的思想，人能运动，所以可能在任何地方。

④ 原文为 place of execution（屠场），在此可指提供食品的餐室，或者绞刑架。瓦格纳开玩笑地说，这两个家伙压根儿不配走近浮士德用膳的地方。

的——如果它能说话的话——它印证了你们的猜想。
愿主保佑你们，佑护你们，将你们保护在他的羽翼
下，我亲爱的兄弟，我亲爱的兄弟。

瓦格纳下

第一位学者　不，我担心他为那该死的魔术着迷了，那两个人为此
臭名昭著。

第二位学者　如果他只是一个陌生人，不是我的朋友，我也会为他
担忧。啊，让我们去找校长，看看凭着他的权威，是
否能叫他改邪归正。

第一位学者　哦，我看什么也挽回不了他了。

第二位学者　不过让我们尝试一下吧。

同下

第三场

浮士德上场念咒召唤神灵

浮士德　地球的阴影，
要看一眼猎户星座下毛毛雨的美景，
从南极跳跃到太空，
用它那漆黑的影子使苍穹为之黯淡，
浮士德，开始念咒吧，
因为你又祷告又供奉祭品，
看看魔鬼会不会听从你的意志。
在这圆圈中书写着耶和华的名字，
可以倒着或者回旋地阅读，
有圣人简写的名字，
天空所有附属部分的图，
符号文字和漫游的星球，

这个圆圈可以让精灵们复活。

别怕，浮士德，执意为之，

尽魔术之所能而为之吧。

地狱诸神，对我发发慈悲吧！让耶和华的三重精神坚强无比！向你欢呼，火之神、空气之神、水之神、大地之神！路济弗尔，你东方的王子，别西卜，你燃烧的地狱之王，还有冥府之神①，我们请求你，让靡非陀匪勒斯现身，并升腾到世界上来。为什么延迟？看在耶和华、欣嫩子谷②和我泼洒的圣水的分上，看在我现在画的十字的分上，看在我们所做的祷告的分上，让靡非陀匪勒斯在我们的召唤之下复活到世界上来！③

浮士德泼洒圣水，并画十字

魔鬼靡非陀匪勒斯上

我要求你重新走来，把模样儿换一换。

你这样侍奉我，太丑陋了。

走吧，回来换成一副老方济各会托钵修士的打扮；

那神圣的样子才最适合一个魔鬼。

魔鬼靡非陀匪勒斯下

我看出来在我的神圣的话语中

有一种摄人的力量。

谁还会不乐意精通魔法？

靡非陀匪勒斯变得如此圆通，

顺从而谦卑！

---

① 原文为 Demogorgon。

② 犹太人认为的地狱。

③ 整段原文为拉丁文：Sint mihi dei Acherontis propitii! Valeat numen triplex Jehovae! Ignei, aerii, aquatici, terreni, spiritus, salvete! Orientis princeps Lucifer, Beelzebub, inferni ardentis monarcha, et Demogorgon, propitiamus vos, ut appareat et surgat Mephistopheles. Quid tu moraris? Per Jehovam, Gehennam, et consecratam aquam nunc spargo, signumque crucis quod nunc facio, et per vota nostra, ipse nunc surgat nobis dicatus Mephistopheles!

> 这就是魔法和我的魔力的魅力。
> 现在，浮士德，你是桂冠魔法师，
> 完全能支使了不起的靡非陀匪勒斯。
> 靡非陀匪勒斯，回来时要打扮成一位托钵修士！[①]
>
> 靡非陀匪勒斯（穿戴得像一个托钵修士）上

靡非陀匪勒斯　浮士德，你现在要我干什么？

浮士德　我要求你在我有生之年侍候我，
做任何浮士德命令你做的事，
不管是让月球从它的轨道上掉落下来，
还是叫大海将整个世界淹没。

靡非陀匪勒斯　我是魔王路济弗尔的仆人，
没有他的许可，我不能跟随你。
我们不能做超越他的命令的事。

浮士德　是不是他叫你到我这儿来的？

靡非陀匪勒斯　不，我是自己决定到这儿来的。

浮士德　难道不是我的魔法符咒把你唤醒的吗？说。

靡非陀匪勒斯　是的，我来是因为你的魔法，
但这并没有给予你对我有无与伦比的威权。[②]
当我们听见有人诋毁上帝，
弃绝《圣经》和救世主基督，
我们便赶紧飞将出来，
希冀攫取他那荣耀的灵魂，
我们一般不会到来，除非这人
陷进被天谴的危险之中。
所以，让念咒应验最简便的路
便是坚决唾弃三位一体论，

---

① 原文为拉丁文：Quin redis, Mephistopheles, fratris imagine。

② 原文为拉丁文：per accidens。

忠贞不渝地为地狱之王祷告。

浮士德　浮士德已经
　　　　这么做了，遵从这样一个信条：
　　　　除了别西卜没有别的头儿，
　　　　浮士德全身心归属于他。
　　　　"天谴"这一词吓不了他，
　　　　因为他否认地狱①和极乐世界②之间的区别。
　　　　他的阴魂和古老的哲学家③永远在一起！
　　　　权把这些凡人灵魂的虚荣琐事抛在一边，
　　　　请告诉我你的上司路济弗尔是何等神仙？

靡非陀匪勒斯　所有神灵的最高摄政王和统帅。

浮士德　路济弗尔曾经不是一位天使吗？

靡非陀匪勒斯　是的，浮士德，他是上帝最为垂爱的一个天使。

浮士德　那他怎么又成了魔王了呢？

靡非陀匪勒斯　哦，因为他骄傲和目空一切，
　　　　　　　上帝把他从天堂驱逐了出去。

浮士德　你们和路济弗尔在一起的是些什么精灵？

靡非陀匪勒斯　是些和路济弗尔一起堕落的不幸的精灵，
　　　　　　　它们和路济弗尔一起谋划反对上帝，
　　　　　　　跟路济弗尔一起永远被天罚了。

浮士德　天罚你们到哪儿呢？

靡非陀匪勒斯　到地狱。

---

① 指基督教所阐述的地狱。

② 原文为 Elysium，指希腊神话中的英雄和好人死后所居住的异教的极乐世界。由于
　否认了基督教的地狱和异教的极乐世界之间的区别，浮士德谴责了对人死后所谓的
　惩罚。

③ 指柏拉图、亚里士多德等哲学家。

浮士德　那你怎么从地狱里出来的呢？

靡非陀匪勒斯　啊，这就是地狱，我并没有离开地狱。

你惊异像我这样亲自觐见过上帝、

尝到过天上永恒欢乐的人，

被剥夺了永恒的祝福，

竟然没有在无数座地狱中受煎熬吗？

哦，浮士德，别再问这些微不足道的问题了吧，

它们着实让我的脆弱的灵魂惊悚不已！

浮士德　啊，难道了不起的靡非陀匪勒斯

还因为被剥夺了天上的幸福而耿耿于怀吗？

学一学浮士德的男子汉的坚毅之气吧，

鄙视那些你永远也不会再得到的幸福吧。

将这些信息传递给路济弗尔：

由于浮士德激烈的反对朱庇特的思想，

已招致永恒的死亡，

他声言将他的灵魂归属于路济弗尔，

这样，路济弗尔将赐予他二十四年的时间，

让他过骄奢淫逸的生活，

让你服侍我，

给予我想要的一切，

告诉我想问的一切，

杀死我的敌人，援助我的朋友，

永远服从我的意志。

回到强大的路济弗尔那儿去，

夜半到我的书斋来，

告诉我你的主子的想法。

靡非陀匪勒斯　好的，浮士德。

靡非陀匪勒斯下

浮士德　如果我拥有像星星一样多的灵魂，

我会将它们悉数奉献给靡非陀匪勒斯。
依靠他，我将成为世界之皇，
在缥缈的空中架设一座桥梁，
和一队人马一起跨过大海；
我要将非洲海岸的山脉串接起来，
让那块大陆和西班牙相连，
这两项奇迹将有助于巩固我的皇位。
皇帝和德国的任何君主没有我的准许
将不能存活。
既然我已经获得我所希冀的一切，
我将要深入研究魔术
直到靡非陀匪勒斯再次回来。
下

第四场

瓦格纳和小丑（罗宾）上

瓦格纳 嗨，小子，到这儿来。

罗宾 怎么，"小子"？什么话，"小子"！我倒希望你能见到拥有像我的短须美髯一样的无数的小子。"小子"，嗯？

瓦格纳 告诉我，先生，你有收入吗？

罗宾 啊，还有支出呢，不瞒你说。

瓦格纳 啊，可怜的奴隶，瞧瞧贫穷如何活生生地嘲弄人！歹徒一无所有，没有工作，饥肠辘辘，我知道他会因一块羊肩肉，即使是生的，而将灵魂出卖给魔鬼。

罗宾 怎么？为了一块生羊肩肉，我将我的灵魂出卖给魔鬼？不，不是这样，我的好朋友。天，如果我需要的话，我付这么多钱，我会让羊肉烤得香香的，还要有上好的浇头。

瓦格纳　嗯，你愿意服侍我吗？如果你愿意的话，我将让你成为我的学生。①

罗宾　怎么，学吟诗作赋吗？

瓦格纳　不，先生，学使棍儿。

罗宾　怎么，怎么，恶棍儿？（旁白）啊，我琢磨他老子只给他遗传了一根棍儿。（对瓦格纳）你听见了吗？我很抱歉让你成了个光棍儿。

瓦格纳　先生，我说"使棍儿"。

罗宾　哎哟，哎哟，"使棍儿"。啊，如果我成了你的学生的话，我大概就只有挨棍儿的份儿了。

瓦格纳　你会的，不管你是和我还是和别人在一起。不过，先生，你最好还是别再开玩笑了，给我当七年学徒吧，要不然我让好多人用棍子揍你，把你打个稀巴烂。

罗宾　是吗，先生？你省省吧。我挨的棍棒够多的了。哎呀，我挨棍儿就像家常便饭呀。

瓦格纳　啊，你明白吗，先生？（给钱）拿着吧，拿着这些荷兰盾吧。

罗宾　荷兰豆？它们是什么？

瓦格纳　啊，是法国克朗。

罗宾　哎呀，要不是法国克朗的令人震慑的名声，还不如拥有英国硬币呢。拿了钱，我该干什么呢？

瓦格纳　啊，先生，你有一小时准备的时间，然后，魔鬼随时随地都会来把你带走。

---

① 原文为拉丁文：Qui mihi discipus.

罗宾　不，不，把你的钱拿回去吧。
　　　　他试图还钱

瓦格纳　说实在的，我不能要它们。

罗宾　说实在的，你拿回去吧。

瓦格纳　（对观众）你们证明我给他钱了。

罗宾　你们证明我把钱还给他了。

瓦格纳　得，我要叫两个魔鬼来将你带到地狱去——巴里奥尔
　　　　和贝尔克尔！

罗宾　让你的巴里奥尔和贝尔克尔到这儿来，我要把他们一
　　　　拳击倒。自从他们当了魔鬼，还从来没有受到这么重
　　　　的打击。比方说，要是我杀死了他们中的一个，人们
　　　　会怎么说？"瞧见那儿那个穿宽马裤的长腿家伙吗？他
　　　　杀死了一个魔鬼。"那全教区都会称我为"刽子手"。
　　　　两个魔鬼上，罗宾哭号着在台上乱跑

瓦格纳　巴里奥尔和贝尔克尔！精灵走开！
　　　　魔鬼下

罗宾　怎么，它们走了？该诅咒的！它们有令人讨厌的长尾
　　　　巴。两个魔鬼一雄一雌。我告诉你怎么辨别它们：那
　　　　公的长角，雌的长偶蹄，就是分趾蹄。①

瓦格纳　得，伙计，跟我来。

罗宾　但是，你得明白，要是我服侍你的话，你会教我如何
　　　　让巴里奥尔和贝尔克尔之流复活吗？

瓦格纳　我会教你让你自己变成任何东西，变成一只狗啦，一
　　　　只猫啦，一只老鼠啦，一只耗子啦，任什么东西。

罗宾　怎么？一个基督徒变成一只狗、一只猫、一只老鼠、

---

① 也指女性阴部。

一只耗子？不，不，先生，要是你要把我变成什么东西的话，请让我变成一只类似小小的、漂亮的、欢蹦乱跳的跳蚤，这样，我可以蹦跳到任何地方。哦，我要到小妞儿衬裙开口的地方去挠痒痒。我真想待在她们身上！

瓦格纳　得，伙计，来吧。

罗宾　但是，你还记得吗？

瓦格纳　怎么啦？——不就是巴里奥尔和贝尔克尔吗？

罗宾　哦，上帝，我请求，伙计，让巴里奥尔和贝尔克尔睡觉吧。

瓦格纳　小鬼，叫我瓦格纳大人，将你的左眼正好紧盯在我的右脚跟上，仿佛你紧跟着我的似的。①

　　　　瓦格纳下

罗宾　上帝饶恕我，他说大话。得，我跟着他，服侍他，就这么简单。

　　　　下

_____

① 原文为拉丁文：quasi vestigiis nostris insistere。

第二幕

第一场

浮士德走进他的书斋

浮士德　现在，浮士德，你必然会被天罚进地狱，
　　　　而得不到拯救。
　　　　老想到上帝，或者上苍又有什么用？
　　　　让这些虚荣的幻想和绝望见鬼去吧！
　　　　对上帝绝望了，只相信别西卜。
　　　　不要往回走。不，浮士德，下定决心。
　　　　你为什么要动摇？哦，有声音在我耳中回响：
　　　　"放弃这魔法，再次皈依上帝吧！"
　　　　是的，浮士德将再次皈依上帝。
　　　　皈依上帝？上帝并不爱你。
　　　　你服膺的神是你自己的胃口，
　　　　在饱腹之欲中寄托着别西卜的爱。
　　　　我要为他建立一座祭台和一座教堂，
　　　　祭献新生婴儿温热的鲜血。
　　　　好天使和坏天使上

好天使　亲爱的浮士德，远离那该诅咒的魔法吧。

浮士德　歉疚、祷告、忏悔——那又怎么样？

好天使　哦，那是让你上天国的手段。

坏天使　那纯粹是幻想，疯狂的结果而已，
　　　　那让那些如此信仰的人们变得愚蠢。

好天使　亲爱的浮士德，请想一想天堂和天上的一切。

坏天使　不，浮士德，想一想荣誉和财富。
　　　　天使们下

浮士德　财富？
　　　　啊，我会当上埃姆登①
　　　　的市长，
　　　　当靡非陀匪勒斯站在我旁边，
　　　　哪一个神能伤害你，浮士德？你是安全的；
　　　　别再怀疑了。来吧，靡非陀匪勒斯，
　　　　带来魔王路济弗尔那儿的好消息。
　　　　不是半夜了吗？来吧，靡非陀匪勒斯，
　　　　Veni, veni, Mephistophile！②
　　　　靡非陀匪勒斯上
　　　　告诉我，你的魔王主子怎么说？

靡非陀匪勒斯　他说在浮士德有生之年我将服侍他，
　　　　他将用他的灵魂购买我的服务。

浮士德　浮士德已经斗胆答应了你。

靡非陀匪勒斯　但是，浮士德，你必须庄严立据，
　　　　用你的鲜血写下一份字据，
　　　　魔王路济弗尔需要这样的一份保证。
　　　　要不，我就回地狱去。

浮士德　别走，靡非陀匪勒斯，告诉我，我的灵魂对你的主子
　　　　有什么用？

---

① 德国北海港口城市。
② 拉丁文，即上一句的翻译。

靡非陀匪勒斯　开拓他的王国。

浮士德　就是为此，他如此蛊惑我们吗？

靡非陀匪勒斯　对于苦难者来说，有处于忧愁中的人做伴侣是一种慰藉。①

浮士德　你们折磨别人的魔鬼自己感到痛苦吗？

靡非陀匪勒斯　跟人类灵魂一样会经受巨大的痛苦。
告诉我，浮士德，我能得到你的灵魂吗？
我将做你的奴隶，侍候你，
将给予你自己都没有料想到的服务。

浮士德　是的，靡非陀匪勒斯，我把灵魂给你。

靡非陀匪勒斯　那么，在你的手臂上毅然割上一刀，
将你的灵魂捆绑起来，有朝一日，
伟大的路济弗尔可以将它据为己有，
这样，你就会像路济弗尔一样伟大了。

浮士德　割臂
啊，靡非陀匪勒斯，为了对你的爱
我割我的手臂，用我的鲜血
来保证使我的灵魂为伟大的路济弗尔，
天王和永恒的黑夜的摄政王所有。
请看这儿，鲜血从我的手臂上往下流淌，
让鲜血成就我的愿望吧。

靡非陀匪勒斯　但是，浮士德，你必须写下字据。

浮士德　是的，我会的。（他写）但是，靡非陀匪勒斯，
我的鲜血已经凝结，我无法再书写了。

靡非陀匪勒斯　我马上去取火来将血化开。
靡非陀匪勒斯下

---

① 原文为拉丁文：Solamen miseris socios habuisse doloris。

浮士德　鲜血凝结预兆什么呢？
　　　　难道它不愿我写这份字据吗？
　　　　它为什么不再流动，让我无法再写呢？
　　　　"浮士德将他的灵魂献给你"——啊，它戛然停止了！
　　　　为什么你不应该呢？难道你的灵魂不是你的吗？
　　　　在此再次写下："浮士德将他的灵魂献给你。"
　　　　靡非陀匪勒斯拿着铁栅上，铁栅上是煤块

靡非陀匪勒斯　拿火来了。浮士德到这儿来，将你的血放在火上烤一
　　　　　　　下。

浮士德　好极了。血开始再次流淌了。
　　　　我立刻就将字据写就。
　　　　他写

靡非陀匪勒斯　旁白
　　　　　　　哦，为了获得他的灵魂，我什么不能干呢？

浮士德　完成了。[①] 字据写就了。
　　　　浮士德将灵魂付托给路济弗尔了。
　　　　在我的手臂上写着什么？
　　　　"飞吧，人！"[②] 我飞到哪儿去呢？
　　　　如果飞到天主那儿去，他会把我甩到地狱去。——
　　　　我懵懂无知了；这儿什么也没有写。——
　　　　我瞧着它空无一字。在这儿写着
　　　　"飞吧，人！"但浮士德不想飞离。

靡非陀匪勒斯　旁白
　　　　　　　我去给他带点儿什么来，让他乐乐。
　　　　　　　靡非陀匪勒斯下，与几个魔鬼重又上，给

---

① 原文为拉丁文：Consummatum est。耶稣被钉在十字架上最后说："完成了。"就低下
　头，交付了灵魂。见《新约·约翰福音》19:30。
② 原文为拉丁文：Homo, fuge！ 其义来自《新约·提摩太前书》6:11，"你，天主的
　人哪！你要躲避这些事"。告诫浮士德应躲避这危险的事。

浮士德克朗银币和贵重物品，跳舞，然后离去

浮士德 说，靡非陀匪勒斯。这演出说明什么？

靡非陀匪勒斯 不说明什么，浮士德，只是想让你乐一乐，
让你瞧一瞧魔术可以做到什么。

浮士德 只要我愿意，我能唤醒这些精灵吗？

靡非陀匪勒斯 是的，你能做比这更加不可思议的事。

浮士德 那就值得一千颗灵魂为此而献身。
靡非陀匪勒斯，请接受这份书函，
一份出卖灵与肉的字据——
不过，条件是你必须执行
我们之间签署的条款。

靡非陀匪勒斯 浮士德，我以地府和路济弗尔的名义，
将履行我们之间的一切诺言。

浮士德 那就请聆听我念这份协议。
"在下列条件约束下：
第一，浮士德可以在形式和实质上成为一名精灵；
第二，靡非陀匪勒斯将是他的仆役，听从他的一切调
遣；
第三，靡非陀匪勒斯将为他而工作，给他拿来他所需
要的一切；
第四，他将隐形待在他的寝室或者房子里；
最后，他将以他喜欢的任何形式或者形象在任何时候
出现在上述的约翰·浮士德面前，
我，威登堡的约翰·浮士德博士，按照此文件，将他
的肉体和灵魂都奉献给予东方的王子路济弗尔和他的
大臣靡非陀匪勒斯，并在二十四年上述条款完整地得
到履行之后进一步赋予他们全权获取或携带上述的约
翰·浮士德的身体、灵魂、肉体、鲜血或者私人财产

到他们所在的任何住处。

约翰·浮士德立

麾非陀匪勒斯　说，浮士德，你就把这视作你的字据吗？

浮士德　（交上契约）是的，拿着吧，魔鬼保佑你去享用我的灵魂吧。①

麾非陀匪勒斯　现在，浮士德，你可以提出你的要求。

浮士德　首先，我想问你关于地狱的问题。
告诉我人们称之为地狱的地方在哪里？

麾非陀匪勒斯　在天空下。

浮士德　啊，到底在什么地方？

麾非陀匪勒斯　在月亮下，
我们受折磨，永久禁闭在那儿。
地狱没有边界，没有界线，
在同一个地方，我们所在的地方就是地狱，
地狱所在的地方就是我们所在的地方。
一句话，当世界消融，
每一个生物都将被纯化，
除天空以外的所有的地方都是地狱。

浮士德　听着，我认为地狱不过是一个寓言而已。

麾非陀匪勒斯　啊，你还这么想，经验会让你改变想法的。

浮士德　啊，难道你认为浮士德会因此而遭到天谴吗？

麾非陀匪勒斯　是的，必然会这样，因为这儿的字据，
你已经把你的灵魂奉献给路济弗尔了。

浮士德　是的，还有身体。那会怎么样呢？
难道你认为，因为浮士德如此喜欢想入非非，

———————————

① 浮士德在此调侃。

死后会遭受痛苦吗？

呸，这些只是细枝末节，老女人们的闲言碎语罢了。

靡非陀匪勒斯　但是，浮士德，我就是一个相反的例子，

因为我是受到天罚，被打入地狱的。

　　浮士德　怎么回事？这就是地狱吗？如果这是地狱，我宁可在这儿遭到天谴。什么？散步啦，争论啦，等等？但是，撇开这些不论，让我拥有一个妻子吧，德国最漂亮的少女，因为我放浪、淫荡，没有一个妻子活不了。

靡非陀匪勒斯　什么？一个妻子？我请求你，浮士德，不要谈妻子的事儿。

　　浮士德　不，亲爱的靡非陀匪勒斯，给我召一个女人来吧，我想要一个妻子。

靡非陀匪勒斯　好吧，你将会有一个妻子。坐在那儿，直到我回来。以魔鬼的名义，我将给你带来一个妻子。

　　　　靡非陀匪勒斯下，后又上，带来一个穿着像女人的魔鬼和烟花

靡非陀匪勒斯　告诉我，浮士德，你喜欢你的妻子吗？

　　浮士德　该死，这纯粹是一个骚婊子！

靡非陀匪勒斯　唉，浮士德，婚姻只不过是一种礼节性的工具而已。如果你爱我的话，就别再想结婚了。

　　　　女妖怪下

我给你挑选几个最美丽妖艳的交际花，

每天早晨带她们到你的床前。

有眼缘的，便是你的心上人儿，

她像帕涅罗珀①一样贞洁，

————————————

① 希腊神话中的帕涅罗珀，奥德赛的忠实妻子，丈夫远征离家后拒绝无数求婚者，二十年后等到丈夫归来。

像舍巴①一样智慧，或者，像路济弗尔堕落前
一样聪明。

献上一部书

拿住，把这本书拿去。好好地读一遍。

这些重复的线条会带来金子；

这地上的圆圈

会带来旋风、暴风雨、惊雷和闪电。

对自己虔诚地说上三遍这个，

全副武装的兵士会出现在你的面前，

准备执行你希望他们执行的任务。

浮士德　谢谢，靡非陀匪勒斯。最好我能拥有一本书，在这本书中我可以看到所有的咒语和魔法，用这些咒语和魔法我可以随时召唤精灵。

靡非陀匪勒斯　咒语和魔法就在这本书里。（翻书）

浮士德　我现在希望有一本书，在这本书中我可以看到所有的符号和宇宙的行星，我可以了解它们运动的轨迹和排列的位置。

靡非陀匪勒斯　书就在这儿。（翻书）

浮士德　不，我还要一本书——那就全了——在这本书中我可以看到在地球上生长的所有的植物、禾草和树木。

靡非陀匪勒斯　你想要的知识都在这些书里。（翻书）

浮士德　哦，你骗人。

靡非陀匪勒斯　唉，我向你保证。（翻书）

众人下

---

① 即《旧约·列王纪上》10∶1 中的舍巴女王。

第二场

马夫罗宾手拿一本书上

罗宾　哦，太神奇了！我偷了浮士德博士一本讲魔法的书，不瞒你说，我就想为自己的目的去探索那些圆圈儿①。现在，我就能叫我们教区的妞儿们赤身裸体在我面前跳舞，让我寻欢作乐，这样用魔法的手段，我就能比我一生所感觉和看到的还要多得多。

拉夫上，叫喊罗宾

拉夫　罗宾，请过来跟我一起走吧。有一位绅士等着买他的马，他找人把他的东西擦一擦，弄弄干净；他却因此跟我的情人闹上了别扭，她差我来找你。劳驾你跟我去走一趟吧。

罗宾　最好躲着点儿吧，躲着点儿吧，否则你会筋疲力尽，你会完蛋，拉夫！②最好躲着点儿吧，我正在读一部妙不可言的书。

拉夫　喂，你要那部书干什么？你不识字。

罗宾　是的，我不识字，但我的老板和情人会发现我能读书——宽额头就代表是男的，那私处就代表是女的。她注定是要被我搞的，否则，我的魔法就失效了。

拉夫　啊，罗宾，那是部什么书？

罗宾　什么书？啊，一部无与伦比的地狱魔鬼发明的关于魔法的书。

拉夫　你能用这部书变戏法吗？

---

① 在这儿，圆圈儿有两层含义，一方面表示圆圈，另一方面则表示性对象。

② 罗宾在这儿说的"筋疲力尽""完蛋"，都带有性暗示的意味。

罗宾 根据这部书，我能轻易变出各种各样的东西：首先，
我能让你在欧洲任何一家酒吧喝得酩酊大醉，不花一
分钱。那是我的魔法技术之一。

拉夫 我们旅馆的老板帕逊说那没有什么了不起。

罗宾 是这样的，拉夫；还有，拉夫，如果你为我们的厨娘
南·斯皮特神魂颠倒的话，那就将她召唤出来，绑上，
供你享用，想享用多少次就享用多少次，而且最好是
在半夜。

拉夫 哦，了不起的罗宾！我将能得到斯皮特，专供我享
用？如果那样的话，我将用豆面马面包在你的魔鬼有
生之年喂他，不要钱。

罗宾 别再多啰唆了，亲爱的拉夫。让我们去将我们的靴子
弄干净，这些脏靴子正拿在我们的手里哪，然后，以
魔鬼的名义，变我们的戏法。

下

第三场

浮士德进入书斋，靡非陀匪勒斯上

浮士德 当我仰望天空，我就会忏悔，
而且诅咒你，狡猾的靡非陀匪勒斯，
因为你剥夺了我的这种乐趣。

靡非陀匪勒斯 为什么，浮士德，
你认为天空是一种如此光辉的东西？
我告诉你，它没有你一半的美丽，
或者说，没有在地球上呼吸的任何人一半的美丽。

浮士德 你怎么证明这一点？

靡非陀匪勒斯　那是为人而创造的；因此，人更为优秀。

浮士德　如果它是为人而创造的，那就是为我而创造的。
我要谴责这魔法，我要忏悔。
好天使和坏天使上

好天使　浮士德，忏悔吧，上帝将怜悯你。

坏天使　你是一个精灵。上帝不可能怜悯你。

浮士德　谁在我的耳朵边嗡嗡叫嚷说我是一个精灵？
即使我是一个精灵，上帝也会垂怜于我；
是的，如果我忏悔，上帝会怜悯我。

坏天使　啊，浮士德永远不会忏悔。
天使们下

浮士德　我的心已经如此冥顽，我不可能再忏悔了。
我已经很少提到救赎、信仰，或者天堂，
耳中常常回响令人恐惧的骇世之言：
"浮士德，你受天谴进地狱去！"随后，利剑和大刀、
毒药、手枪、套索，和涂了毒药的钢剑
摆放在面前让我自尽；
要不是温柔乡的愉悦征服了深深的绝望，
我早就自杀了。
难道我没有叫盲者荷马为我吟唱
亚力山大的爱情和俄诺涅之死吗？[①]
难道那个用抒情的七弦竖琴的销魂的旋律
建成底比斯的城墙的神[②]没有
和我的靡非陀匪勒斯谱出美妙的音乐吗？
为什么我要死，或者卑怯地绝望呢？
我断定浮士德永远不会忏悔。

---

①　亚历山大，即帕里斯，特洛伊王子，初娶山林水泽中女神俄诺涅，后因爱海伦而将
其抛弃。

②　根据希腊神话，安菲翁以七弦竖琴的魔力建成古希腊底斯城邦的围墙。

来吧，靡非陀匪勒斯，让我们再争论一番吧，
辩一辩神圣的占星术。
告诉我，在月亮之外是否还有天体？
是否所有的天体都包含在一个球体中，
而地球就是这球体的中心？

靡非陀匪勒斯　正如自然力①相互关联一样，
星球的运转轨迹相互串联在一起；
浮士德，它们都在一个轮轴上面运动，
它的边端就称之为世界的远极。
土星、火星，或者木星并不是凭空臆想的，
确是在恒星体系中运行的行星。

浮士德　告诉我，从时空概念②来看的话，
它们是否都只有一种运动模式？

靡非陀匪勒斯　它们都一起在二十四小时内从东向西在世界的天极上
运动，但是，它们在黄道带轴上的运转轨迹却是不一
样的。

浮士德　呸，这些细枝末节连瓦格纳都知道。
难道靡非陀匪勒斯没有更深奥的知识了吗？
谁不知道行星的双重运行轨迹？
围绕地球转一周在一天内完成，
而在它们通过恒星体系的轨迹上，土星则需三十年绕
一周，
木星十二年，火星四年，太阳、金星和水星一年，月
亮二十四天。呸，这些是大学一年级学生都知道的知
识。告诉我，每一颗行星都有特别的天使的影响力吗？

靡非陀匪勒斯　是的。

---

① 指地球、水、火和空气。

② 原文为拉丁文：situ et tempore。

浮士德　一共有多少天体，或者行星？

靡非陀匪勒斯　一共九个，七颗行星，恒星天穹，和最外面的原动力天空。

浮士德　好吧，请在这个问题上帮我解答一下：为什么在天空中运转的天体，处于相反的位置，处于相对位置，相互遮蔽，不是每年例行地发生，却是有些年多一些，而有些年少一些呢？

靡非陀匪勒斯　就总体而言，是因为它们不相等地运转。①

浮士德　好极了，我得到了回答。告诉我谁创造了世界。

靡非陀匪勒斯　我不告诉你。

浮士德　亲爱的靡非陀匪勒斯，告诉我。

靡非陀匪勒斯　不要勉强我，我不会告诉你。

浮士德　混蛋，难道我没有合约规定你必须告诉我所有的事情？

靡非陀匪勒斯　是的，那没有违背我们王国的王法，但是这个问题违背了。

想一想地狱吧，浮士德，你是被判入地狱的人。

浮士德　想一想上帝，浮士德，上帝创造了世界。

靡非陀匪勒斯　记住我刚才说的话。

靡非陀匪勒斯下

浮士德　啊，滚吧，该诅咒的魔鬼，滚回可怕的地狱去吧！

是你摧残了痛苦的浮士德的灵魂。

现在太迟了吗？

好天使和坏天使上

坏天使　太迟了。

---

① 原文为拉丁文：Per inaequalem motum respectu totius.

好天使　如果浮士德能忏悔的话，永远不会太迟。

坏天使　如果你忏悔，魔鬼们会把你撕成齑粉。

好天使　忏悔吧，它们永远奈何你不得。
　　　　天使们下

浮士德　啊，基督，我的救世主，
　　　　请救救痛苦的浮士德的灵魂吧！
　　　　路济弗尔、别西卜和靡非陀匪勒斯上

路济弗尔　基督不能救赎你的灵魂，因为他是公正的。
　　　　除了我，没人会对你感兴趣。

浮士德　哦，你是谁，你瞧上去是如此可怖？

路济弗尔　我是路济弗尔。
　　　　这是我的地狱亲王伴侣。

浮士德　哦，他们来拿你的灵魂啦！

路济弗尔　我们来告诉你，你实实在在地伤害了我们。
　　　　你违背了你的誓言，说起了基督，
　　　　你不应该想起上帝。想魔鬼吧，
　　　　以及比魔鬼更坏的东西。

浮士德　我从此不会再这么想了。请饶恕我，
　　　　浮士德发誓永远将不再仰望天空，
　　　　永远不再提及上帝，或者向上帝祷告，
　　　　把他的《圣经》烧掉，杀掉他的神父们，
　　　　让我的精灵们摧毁他的教堂。

路济弗尔　就这么做吧，我们将大大地奖赏你。
　　　　浮士德，我们来自地狱，给你带来余兴节目。请坐，你
　　　　将会看到所有的七宗罪按它们的样子出现在你面前。

浮士德　那情景对我，将像天堂对刚被创造出来的亚当一样令
　　　　人愉悦。

路济弗尔　别提天堂和创世，只关注这场演出。只谈论魔鬼，不
　　　　　谈其他任何东西。——上场！

　　　　　浮士德坐下，七宗罪上

　　　　　现在，浮士德，你可以询问它们的名字和脾性。

　浮士德　第一个，你是谁？

　　傲慢　我是傲慢。我不屑有父母。我喜欢当奥维德的跳蚤①：
　　　　　我就可能跳到少女身上任何地方。我有时候可以像一
　　　　　顶佩鲁基假发悬在她的蛾眉之上，或者像羽毛扇子亲
　　　　　吻她的嘴唇。事实上，我就是这么干的。我不做什
　　　　　么？啊，这儿有一股什么怪味儿！除非这地上喷上香
　　　　　水，铺上花毯，否则，我不再说一句话。

　浮士德　第二位，你是谁？

　　贪婪　我是贪婪，诞生于一个老守财奴的破旧的皮袋里；要
　　　　　是如我愿的话，我希望这栋房子和房子里的所有的人
　　　　　都变成金子，这样，我就可以将你们锁在我的胸中。
　　　　　哦，我的至爱的金子！

　浮士德　第三位，你是谁？

　　暴怒　我是暴怒。我既没有父亲，也没有母亲。当我还不足
　　　　　半小时大时，我从狮子的口中跳将出来，从那以后，
　　　　　我就拿着这把双刃长剑满世界跑，没有对手的时候，
　　　　　我就将自己伤害。我诞生于地狱，瞧着吧，你们中有
　　　　　些人将会是我的父亲。

　浮士德　第四位，你是谁？

　　妒忌　我是妒忌，一个烟囱清扫工和一个采牡蛎的女人生下
　　　　　了我。我不识字，所以我希望所有的书都被烧光。我
　　　　　瘦骨伶仃，看见别人吃东西就妒忌。哦，我多么希望

①　这是一首拉丁诗，诗人赞美跳蚤可以跳到任何地方，暗喻甚至可以跳到女性的私
　处。这首诗被错误地认为是奥维德的诗作。

全世界来上一次大饥荒，把所有的人都饿死，就只剩下我一个人！那时候，你就会看到我会是何等样的胖硕。难道你就该坐着，而我却站着吗？离开你那把椅子吧，该死的！

浮士德　滚蛋吧，妒忌成性的混蛋！——第五位，你是谁？

饕餮　谁，我吗，先生？我是饕餮。我的父母都死了，没给我留下一分现钱，却给我留下一套光秃秃的膳宿公寓，公寓每天提供三十顿膳食和十份饮料——小意思，远不够满足我的口腹。哦，我来自一个皇族家庭。我祖父是火腿，祖母是一大桶红酒。腌鲱鱼和圣马丁节牛肉是我的教父。哦，我的教母，她是一个快乐的贵妇人，在每一座小镇或者城市中人们都热爱她；她的名字叫马洁丽·玛奇夫人牌啤酒。现在，浮士德，你已经听说了我的传承，你会请我吃晚饭吗？

浮士德　不，我乐意看见你被吊死。你会吃光我所有的食品。

饕餮　但愿魔鬼掐死你！

浮士德　掐死你自己吧，饕餮！——第六位，你是谁？

懒惰　我是懒惰。我生在阳光明媚的岸边，我一直躺在那儿，你把我从那儿召唤过来，让我受到了极大的伤害。让饕餮和淫荡再把我送回那儿去吧。即使给我一座金山，我也不置一词了。

浮士德　那第七位，最后的一位，你是谁，淫荡夫人？

淫荡　谁，我吗，先生？我喜欢劲头十足的冲动，而不喜欢萎靡不振，我的名字的第一个字就是一个淫字。

路济弗尔　滚开，滚回地狱去，滚回地狱去！
七宗罪下
现在，浮士德，你喜欢这个吗？

浮士德　哦，这让我的灵魂受益匪浅！

路济弗尔　啊，浮士德，在地狱里还有各种各样的乐趣。

浮士德　哦，让我去见见地狱，然后再回来，我将会多么幸福！

路济弗尔　你会的。我将在半夜来叫你。（给他一本书）同时，拿上这本书。仔细读一读，你将会变成你应该变成的样子。

浮士德　（接书）感激不尽，伟大的路济弗尔。我将珍惜这本书就像珍惜我的生命。

路济弗尔　再见，浮士德，记住魔鬼。

浮士德　再见，伟大的路济弗尔。来吧，靡非陀匪勒斯。
　　　　全下（浮士德和靡非陀匪勒斯走一道门，路济弗尔和别西卜走另一道门）

第三幕
（开场独白）

瓦格纳单独上

瓦格纳　知识渊博的浮士德，
　　　　为了了解镌刻在朱庇特天书上的
　　　　天文学的奥秘，
　　　　端坐在他那光彩夺目的马车上，
　　　　依靠套轭的魔鬼的力量，
　　　　爬上奥林匹斯山巅。
　　　　他现在出去周游，考察世界地图的正确性，
　　　　正如我猜测的，他首先抵达罗马，
　　　　觐见教皇，亲眼见识教廷的礼仪，
　　　　参加圣彼得节的庆祝活动，
　　　　这节日直到今天仍然非常隆重。
　　　　瓦格纳下

第一场

浮士德和靡非陀匪勒斯上

浮士德　我的好靡非陀匪勒斯，我们

愉快地穿过了庄严的特里尔镇[①]，

那儿空气清新，群山环绕，

石墙和深深的护城湖包围，

不管哪位亲王也莫想能征服它；

我们从巴黎出发，穿越法国疆土，

来到美因河和莱茵河的交汇处，

河流的堤岸上生长着葳蕤的丛丛葡萄。

然后，我们前往那不勒斯，肥沃的坎帕尼亚，

美轮美奂、华丽的建筑令人目不暇接，

街道笔直，铺设着最精致的石砖，

将镇划分成四个相等的小区，

我们拜谒渊博的维吉尔[②]金碧辉煌的陵墓，

他一夜之间在岩石中

开凿了一条一英里长的墓道。

从那儿，前往威尼斯、帕多瓦，和其他的胜地，

那儿耸立着一座宏伟的庙堂[③]，

它那高耸的尖顶直指天上的星星。

浮士德就是这样度过他的时光。

告诉我，这是一个怎样的休息之所？

正如我曾经要求过的，

你引导我到了罗马围城里面了吗？

靡非陀匪勒斯　浮士德，是的。我已经让主教的私人寓所为我们所用，

这样，我们就不会处于无人照顾的境地了。

　　浮士德　我希望主教会欢迎我们。

靡非陀匪勒斯　啊，这没有问题，老兄。我们肯定会得到他的竭诚欢

迎的。

现在，我的浮士德，你能看到

---

① 德国西部古城。

② 维吉尔，Publius Vergilius Maro（前 70—19），罗马诗人。

③ 即圣马可教堂。

罗马拥有什么可以使你愉悦，
可以了解到这城屹立于七山之上，
七山支撑着罗马的基础。
台伯河流经全城，
蜿蜒将罗马切割成两半，
曲折的河上架设着四座雄伟的桥梁，
由此罗马两地来往自由穿梭。
在称之为圣天使桥上，
屹立着坚不可摧的城堡，
城堡城墙里囤放着军械，
尤利乌斯·恺撒从非洲带来的
以镌刻的铜皮包裹的双管火炮——
数量和一年的天数相等——
置于大门和方尖塔之旁。

浮士德　现在，以地狱王国律法的名义，
以斯迪克斯河、阿契隆河和永恒燃烧的
富勒格松湖的名义[1]，我宣誓
我希冀看到辉煌的罗马的
纪念碑和市容。
喂，让我去吧！

靡非陀匪勒斯　不，浮士德，等一等。我知道你很想觐见主教
参加圣彼得节的庆祝活动，
你将会看见秃头托钵修士会修士，
他们最大能耐[2]就是会疯狂欢呼。

浮士德　啊，到时候，我也能提供一些乐子，
和修士们的嬉闹一起，让我们快乐一阵。
然后，对我施行魔法，让我隐形，

---

① 根据希腊神话，即 Styx，Acheron，Phlegethon，地狱中五大冥河之三条河。

② 原文为拉丁文：summum bonum。

在罗马，没人能看见我，而我做我想做的任何事情。

靡非陀匪勒斯　（将一件大袍穿在浮士德身上）浮士德，你现在可以做任何你想做的事情，而不被瞧见。

吹响喇叭信号。教皇、洛林枢机主教和托钵修士会修士们一起来到宴席

教皇　我的洛林枢机主教，你能靠近一点儿吗？

浮士德　开始吃，要是你们不吃得饱饱的，魔鬼就要掐死你们。

教皇　怎么回事，是谁在那儿说话？修士们，去瞧个究竟。

有些修士试图看个究竟

修士　没有人，圣座。

教皇　（呈献一盘菜肴）大人，这儿是一盘米兰主教送呈的佳肴。

浮士德　谢谢你，先生。（拿走盘子里的菜肴）

教皇　怎么回事？谁从我这儿拿走了肉？请瞧一瞧怎么回事儿。

有些修士试图看个究竟

大人，这盘菜肴是佛罗伦萨枢机主教送呈的。

浮士德　（拿走菜肴）你说得太对了。我要拿走。

教皇　怎么又没了？——我的大人，为你们得到上帝的恩典而干杯。

浮士德　（拿走酒杯）我保证你会得到上帝的恩典。

洛林枢机主教　我的大人，很可能是最近从炼狱里出来的鬼魂，来祈求陛下的赦免了。

教皇　有可能。修士们，请准备一首安灵曲，来去除这个鬼魂的愤怒。我的大人，
请用。

教皇画十字

浮士德　怎么，你在自己身上画十字?

得，我劝你，别再用这一套伎俩了。

教皇再次画十字

啊，又来了一次。请注意还要来第三次。

我给你一个警告。

教皇再次画十字，浮士德给了他一个耳光，所有的人，除了浮士德和靡非陀匪勒斯，全逃逸。

来吧，靡非陀匪勒斯，我们该干什么呢?

靡非陀匪勒斯　我不知道。我们将被咒逐教会。

浮士德　怎么咒? 铃、书，和蜡烛，蜡烛、书，和铃，

前后倒置，诅咒浮士德到地狱去。

不久，你就会听到一头猪吧唧，一头小牛哞哞，一头驴昂昂，

因为那是圣彼得节。

所有修士上，吟唱安灵曲

修士　来吧，兄弟们，让我们专心致志地做我们的事。

修士们吟唱这句

诅咒那从餐桌上偷走圣座的肉的人。

愿上帝诅咒他![1]

诅咒那打圣座耳光的人。

愿上帝诅咒他!

诅咒那击打桑德罗脑袋的人。

愿上帝诅咒他!

诅咒那扰乱圣座安灵曲的人。

愿上帝诅咒他!

诅咒那拿走圣座葡萄酒的人。

愿上帝诅咒他!

---

[1]　原文为拉丁文：maledicat Dominus。

愿所有的圣者诅咒他①。阿门。

*浮士德和靡非陀匪勒斯揍修士们，将烟花扔向他们，
同时下*

第二场

罗宾拿着一本魔法书和拉夫拿着一个银高脚酒杯上

罗宾 来吧，拉夫，难道我没有告诉过你，浮士德博士的这
部书将让我们变成富人？看这征兆！② 对于两个贫穷
的马夫来说，这确实是一桩不小的好事儿。只要魔法
持续，我们的马将可以吃得非常丰盛。

酒店老板上

拉夫 罗宾，酒店老板来了。

罗宾 嘘，我将用些神秘兮兮的东西哄骗他。——跑堂的，
我希望所有的账都结清了。愿上帝保佑你。走吧，拉
夫。

他们正想离开

酒店老板 （对罗宾）且慢，先生，有句话要跟你说一下。你离
开前必须将那只银高脚酒杯的钱付清。

罗宾 我？一只高脚酒杯？拉夫，我？一只高脚酒杯？我看
不起你，你是个什么玩意儿。我，一只高脚酒杯？搜
我身吧。

酒店老板 我也正想这么干，先生，没想到你倒先说了。

酒店老板搜罗宾

罗宾 你现在怎么说？

---

① 原文为拉丁文：Et omnes santi。

② 原文为拉丁文：Ecce signum，源自《圣经·旧约·以赛亚书》7：14。

酒店老板　我必须跟你的朋友说些话——你，先生。

拉夫　我，先生？我，先生？尽管搜身吧。

他将高脚酒杯扔给罗宾；然后，酒店老板搜拉夫的身

现在，先生，你该因为诬告一个正直的人而感到羞耻了。

酒店老板　不过，你们两人中准有一人身上带着高脚酒杯。

罗宾　你胡说，跑堂的，高脚酒杯就在我面前。先生，你，我来教你怎么控告一个正直的人。站开。为了一只高脚酒杯，我要抽你。你最好站到一边去，我要以别西卜的名义，控告你。

他将高脚酒杯扔给拉夫

接住高脚酒杯，拉夫。

酒店老板　你这是什么意思，先生？

罗宾　我将告诉你我是什么意思。（*他读*）

"拨拉博拉波拉！"不，我逗你呢，老板。接着高脚酒杯，拉夫。"拨拉博拉波拉，靡非陀匪勒斯！"

靡非陀匪勒斯上，酒店老板跑着下

靡非陀匪勒斯　在地狱之王令人恐怖的注视下，
即使极有权势的人也会恐惧地跪下，
在他的祭台上躺着成千的灵魂，
这些歹徒的魔咒叫我多烦恼！
我从君士坦丁堡来，
却只为了这些该死的奴隶的快乐。

罗宾　怎么，从君士坦丁堡来？你真走了不少路。你愿意从你的钱袋里拿出六分钱支付你的晚餐，然后走开了事吗？

靡非陀匪勒斯　得，歹徒们，因为你们的放肆无礼，我要将你（对罗宾）变成一只猴，将

　　　你（对拉夫）变成一条狗。就这样，走开吧！

　　　他们改变了样子，靡非陀匪勒斯下

罗宾　怎么，变成了一只猴子？太有意思了。我可以跟男孩
　　　们闹一闹了；我会得到许多核桃和苹果。

拉夫　我成一条狗了。

罗宾　事实上，你的脑袋永远离不开那燕麦粥盆。

第四幕　戏剧致辞者

戏剧致辞者上

致辞者　当浮士德欣然参观了
　　　　最稀有的事物和皇家宫廷后，
　　　　他结束了旅行，回到了家，
　　　　那些因为他的远行而感到痛苦的人们——
　　　　我是说他的朋友们和最亲近的伙伴，
　　　　为他的安全归来而感到高兴。
　　　　当他们讨论所发生的事情时，
　　　　谈到了他在世界和空中的冒险，
　　　　他们提出了关于占星术的问题，
　　　　浮士德以其博学——做了解答，
　　　　人们无不惊叹他的智慧。
　　　　他的名声在世界远扬。
　　　　在称羡者中有一位皇帝，
　　　　卡洛斯五世①在他的宫殿，
　　　　宴请浮士德，贵族们陪席。
　　　　他在那儿怎么施行他的魔法，
　　　　我姑且不说，你们将亲眼观赏。
　　　　下

---

① 即查尔斯五世（1500—1558），神圣罗马皇帝。

第一场

皇帝、浮士德、靡非陀匪勒斯和一位骑士上

皇帝　浮士德博士法师，我听说了关于你的魔术水准的非常
　　　诡谲的传说——你的稀有的魔术效果，在罗马帝国，
　　　甚至全世界没有人能与你匹敌。人们说，你有一位随
　　　从的精灵，这精灵能够完成你要求的任何事情。我因
　　　此请求：你能让我见识一下你的魔术，让我亲眼所见
　　　证实我的听闻。在此，我以我的皇冠的名义向你保
　　　证，不管你做什么，你绝对不会被歧视或者受到伤害。

骑士　（旁白）他倒真像一个变戏法的。

浮士德　仁慈的君王，虽然我必须坦率地承认，我比人们传说
　　　的相差甚远，与陛下的荣耀极其不相匹配，我仍然在
　　　爱和责任的驱使下，将欣然做任何陛下要求做的事。

皇帝　那么，浮士德博士，请听清我将要说的。
　　　我有时独然孤居一室，
　　　心中不免思绪万千，
　　　每每遥想祖先的荣耀——
　　　他们以无畏的精神建立起丰功伟绩，
　　　攫取了巨大的财富，征服了如此多的王国，
　　　而继承了皇位的我们，或者那些将继承皇位的贵胄们，
　　　恐怕永远达不到那崇高声誉和无与伦比的权威的顶点。
　　　在这些先王中巍然屹立着亚历山大大帝，
　　　全世界精英眼中称羡的英雄，
　　　他的光荣的业绩，
　　　用它那普照大地的光辉，
　　　照耀着全世界。
　　　当我听见人们如此称颂他时，

> 我的心灵不禁感到痛苦，
> 因为我从未见过他。
> 因此，如果你能够通过你的魔法，
> 将这举世闻名的征服者
> 从地下空洞的墓室
> 召唤来，
> 同时带上他的妩媚的情人，
> 两人都要保持生前
> 原来的体态、模样和衣着，
> 那你将满足我的欲望，
> 也使我有理由在有生之年赞颂你。

浮士德　我的仁慈的大人，我将竭尽全力运用
　　　　我的魔法和我的精灵的威力，
　　　　完成你的嘱托。

骑士　（*旁白*）其实，什么也没有。

浮士德　禀告陛下，我没有能力在你的眼前变出这两个业已死亡的贵胄的活生生的身体，他们的肉体早已变成尘土了。

骑士　（*旁白*）啊，天，博士法师，你说了真话，也算是你的一份德行了。

浮士德　不过，精灵们能够变成活生生的亚历山大和他的情妇，以他们生前在最豪华的宫殿里生活最惬意的样子呈现在陛下的眼前——我毫不怀疑，这将可以充分地满足陛下。

皇帝　进行吧，博士法师。让我马上见到他们。

骑士　听见了吗，博士法师？你将亚历山大和他的情人带到皇帝面前来？

浮士德　怎么啦，先生？

骑士　事实上，这跟让狄安娜①把我变成牡鹿一样不可信。

浮士德　不，先生，当亚克托安②死亡时，他给你留下了鹿角。
　　　　（旁白对靡非陀匪勒斯）靡非陀匪勒斯，走开！
　　　　靡非陀匪勒斯下

骑士　不，在你施魔法之前，我也要走开。
　　　骑士下

浮士德　（旁白）你这么不断打断我，我很快就会跟你算
　　　　账。——啊，它们来了，仁慈的陛下。
　　　　靡非陀匪勒斯携带着亚历山大和他的情妇上

皇帝　博士法师，我听说这位贵妇活着的时候在她的脖子上
　　　有一个肉赘或者一颗黑痣。我怎么知道这是不是真的？

浮士德　陛下可以斗胆前去瞧一下。
　　　　皇帝前去审视一番，亚历山大和他的情妇下

皇帝　他们肯定不是精灵，而是这两位死亡的贵胄的实实在
　　　在的身体。

浮士德　是否可以劳驾陛下请那位骑士来一下？他刚才一直跟
　　　　我不对付。

皇帝　去把他传唤来。
　　　一个随从去传唤骑士。骑士上，头上长着两只角
　　　怎么样，骑士先生？啊，我曾经揣想你是一个光棍，
　　　而现在我看你必定是有妻子的人，妻子不仅让你当了
　　　乌龟，还让你戴上了鹿角。③用手摸一摸你的脑袋。

骑士　（对浮士德）你这该死的流氓和可恶的狗，
　　　在魔鬼的石窟里长大，
　　　你竟敢侮辱一个正派的绅士？

---

① 希腊和罗马神话中的月亮和狩猎女神。

② 根据希腊神话，猎人亚克托安因偷窥狄安娜洗澡，使她愤而将他变成牡鹿。

③ 西方一般认为脑袋上长鹿角意味着他妻子与人私通。

歹徒，我说，收起你那一套吧。

浮士德　哦，别着急，先生。欲速则不达。

你还记得吗，在与皇帝的交谈中，你是怎么给我制造麻烦的？

我想，我已经为此报复了你。

皇帝　令人尊敬的博士法师，我请求你把他解套了吧。他已经做了充分的忏悔了。

浮士德　仁慈的陛下，与其说浮士德是为了他在陛下面前对我的伤害，还不如说，我是为了让陛下从他报复这伤害人的骑士身上获得快乐；既然我已经达到了目的，我十分乐意让他免除这鹿角之苦。——再则，先生，以后别再说学者的坏话。（对靡非陀匪勒斯旁白）靡非陀匪勒斯，把他变回去吧。（鹿角被去除）现在，陛下，我已经完成了我的责任，我该离去了。

皇帝　再见，博士法师。然而，在你离去前，

你应该得到我的一份优厚的奖赏。

　　　　皇帝、骑士、随从下

浮士德　现在，靡非陀匪勒斯，时间以它那宁静而不事声张的步伐行进着，

走着一条骚动不安的路径，

让我的寿数一天天地缩短，生命的精力逐渐地消融，

我需要做最后的拼搏了。

因此，亲爱的靡非陀匪勒斯，让我们赶快前往

威登堡。

靡非陀匪勒斯　啊，你是骑马去，还是走去？

浮士德　不，经过这旖旎的、令人愉悦的绿草地，我再步行。

　　　　马贩子上

马贩子　我一整天都在寻找一个叫浮士他的人。啊，瞧他在这

儿。——愿上帝保佑你，博士法师。

浮士德　啊，马贩子！幸会。

马贩子　（送上钱）听见没有，先生？我带来四十块钱买你的马。

浮士德　我不能卖得这么低价。如果你喜欢它，你付五十块钱，拿走。

马贩子　啊，先生，我没有再多的钱了。（对靡非陀匪勒斯）我请求你帮我说说情。

靡非陀匪勒斯　（对浮士德）我请求你让他买上这匹马吧。他是一个老实人，虽然没有老婆和孩子，可花费也不小。

浮士德　得，好吧，拿钱来。（他收下钱）我的仆役会将马给你送去。但是，在你得到这匹马之前，我得告诉你一件事情：在任何情况下，不要骑马涉水。

马贩子　为什么，先生，难道它不是什么事儿都能干的吗？

浮士德　哦，是的，它什么事儿都能干。但不能骑着它进水里去。骑着它越过篱笆啦、壕沟啦，等等你喜欢的事儿，但不能进水里去。

马贩子　行，先生。（旁白）我现在是一个笃定发财的人啦。我当然不会将马四十块钱就脱手。如果它的那个，那个，那个精液充沛的话，我就可以把它当个种马过上好日子。瞧，它的屁股多么圆润光溜。（对浮士德）好吧，再见，先生。你的仆役将给我送来？但请听我说一句，先生：如果我的马病了，或者烦躁不安，我将把它的尿液带来，你会告诉我是怎么回事吧？

浮士德　滚吧，混蛋！怎么，你把我当成是一个兽医吗？
马贩子下
你是谁，浮士德，难道你不是一个注定要死的人吗？

越来越接近命定的最后的结局了。

绝望确实给我的思绪涂上了一层忧郁的色彩。

扰乱宁静的睡眠。

唉！基督在十字架上还答应凶犯上天堂呢[①]；

休息吧，浮士德，在宁静中思考一番。

浮士德在他的椅子里入睡。马贩子上，全身湿透，哭号着

马贩子　啊，啊，浮士他"博士"，真是的！天啊，罗帕斯医生[②]可从来不是这样的一位博士！他让我破了产，让我损失了四十块钱。我再也见不到我的钱了。我真笨，没听他的话，他不让我将马骑到水里去。而我，以为我的马有神奇的对于我还是未知的能力，骑着它到郊外的深水池塘里去了。我刚到池塘的中心，马便消失不见了，我坐在一捆稻草上，差一点儿淹死了。我要去找这博士，要回我的四十块钱，要不我的损失太大了。哦，那不是他的颐指气使的仆役吗？——听见没有？你，你这个变戏法的，你的主人在哪儿？

靡非陀匪勒斯　啊，先生，你想干什么？你不能跟他说话。

马贩子　但我要跟他说话。

靡非陀匪勒斯　啊，他睡着了，睡得很香。别的时间再来吧。

马贩子　我现在就要跟他说话，要不我就要打碎架在他耳朵上的眼镜。

靡非陀匪勒斯　我跟你说他已经八天没有睡觉了。

马贩子　即使他最近八个星期没有睡觉，我也要跟他说话。

靡非陀匪勒斯　你瞧，他睡着了。

---

① 见《新约·路加福音》23：43。

② 罗帕斯是一位葡萄牙犹太裔医生，他为伊丽莎白女王治病，1594 年因所谓的针对伊丽莎白女王的阴谋而被处决。

马贩子　啊，他在这儿。——上帝保佑你，博士法师。博士法师，博士法师浮士他！四十块钱，四十块钱买一捆稻草！

靡非陀匪勒斯　啊，你瞧他听不见你说话。

马贩子　（在他耳边大声嚷嚷）呵，呵，呵，呵！你还不醒来吗？在我离开之前，我要叫你醒来。
马贩子拉他的大腿，把他的大腿拉走了
啊，糟糕了。我该怎么办呢？

浮士德　哦，我的腿！救命呀，靡非陀匪勒斯，把警察叫来！我的腿！我的腿！

靡非陀匪勒斯　（一把抓住马贩子）来，坏蛋，到警察那儿去。

马贩子　哦，大人，先生，放我走吧。我再给你四十块钱。

靡非陀匪勒斯　钱在哪儿？

马贩子　我现在身上没有钱。到我的客栈，我把钱给你。

靡非陀匪勒斯　走吧，快。
马贩子奔跑着下

浮士德　怎么，他走了？谢天谢地！浮士德又有了他的腿，这马贩子，我用一捆稻草赚了他四十块钱。得，这套把戏又赚了他四十块钱。
瓦格纳上
怎么样，瓦格纳，带来什么消息？

瓦格纳　先生，万霍尔特①的公爵热切地盼望和你叙叙。

浮士德　万霍尔特的公爵！他可是一位尊贵的绅士，跟他我可不能吝啬我的变戏法的本领。来，靡非陀匪勒斯，让我们到他那儿去。
下

_____

① 德国中部的公国，离威登堡不远。

第二场

浮士德和靡非陀匪勒斯上，万霍尔特公爵和怀孕的公
爵夫人上。公爵开场

公　爵　请相信我，博士法师，这一场戏谑让我感到非常愉快。

浮士德　尊贵的公爵殿下，我很高兴它让你感到如此愉悦。——
　　　　但是，有可能，夫人，你并不喜欢这个。我听说大肚
　　　　子的女人喜欢珍馐佳肴什么的。夫人，告诉我你喜欢
　　　　什么，你会得到它的。

公爵夫人　谢谢，好心的博士法师。我注意到你想让我欢心的善
　　　　良的用意，那我就不会在你面前掩饰我想要什么。如
　　　　果现在是夏天就好了，但现在正是一月，严冬季节，
　　　　我最想吃的东西就是熟葡萄。

浮士德　啊，夫人，那只是小事一桩。（*对靡非陀匪勒斯旁白*）
　　　　靡非陀匪勒斯，走!
　　　　靡非陀匪勒斯下
　　　　这不是一件太难得到的东西，你要是喜欢它的话，你
　　　　应该得到它。
　　　　靡非陀匪勒斯拿着葡萄上
　　　　葡萄在这儿，夫人。夫人尝一尝，味道怎么样?
　　　　公爵夫人尝葡萄

公　爵　请相信我，博士法师，这比其他的戏法更让我感到迷
　　　　惑，在这严酷的隆冬，在一月，你怎么能得到这些葡
　　　　萄的?

浮士德　公爵殿下，一年将全世界分为两个区域，当我们这里
　　　　是冬天的时候，在另一个区域，比如印度啦、赛伯岛
　　　　啦，更远的东方诸国，却是夏天；靠着我所拥有的一
　　　　个疾飞的精灵，我就可以将这些葡萄带到这儿来，正

如你看到的。夫人，葡萄的味道怎么样？好吃吗？

公爵夫人　请相信我，博士法师，这是我一生中尝到的最甜美的
葡萄了。

浮士德　我很高兴你喜欢葡萄，夫人。

公爵　来，夫人，让我们进去，
为了他对你显示的极大的善意，
你必须好好地犒赏这位渊博的学者。

公爵夫人　我会的，大人，在我的有生之年，
你将会看到我的不尽的感激之意的。

浮士德　鄙人不胜感谢公爵夫人殿下的盛情。

公爵　来吧，博士法师，跟随我们去领你的犒赏吧。
下

第五幕

第一场

瓦格纳单独上

瓦格纳　我思忖我的主人感到他行将就木，
　　　　把他所有的财物都给了我。
　　　　然而，我想如果死亡很近的话，
　　　　他也不会在学生中
　　　　如此大宴宾客，狂饮，狼吞虎咽，
　　　　就像他现在所做的那样，
　　　　在晚餐席上如此寻欢作乐，
　　　　瓦格纳一辈子也没见过。
　　　　瞧，他们来了。很可能他们的宴席结束了。

瓦格纳下，浮士德跟两三位学者以及靡非陀匪勒斯上

第一位学者　浮士德博士法师，我们在关于美女——谁是世界上最
　　　　美丽的女子——的讨论中，认为希腊的海伦是自古以
　　　　来最美丽的女子。既然我们已经做出了这样的选择，
　　　　博士法师，你能否让我们消遣一下，瞧一眼希腊的无
　　　　与伦比的全世界都惊叹其绝世美貌的女子，那我们对
　　　　你就感激不尽了。

浮士德　先生们，

因为我明白你们的友谊绝不是装腔作势，

浮士德一贯不会拒绝

那些与他友善的人们的要求，

你们将会一睹希腊国色天香的佳人，

这跟帕里斯爵爷带着她横渡大海

将战利品带回到富裕的达达尼亚[①]时，

在绰约风姿与高贵雍容方面毫不逊色。

请安静，说话将是非常危险的。

响起音乐声，海伦在靡非陀匪勒斯的带领下从舞台上
走过

第二位学者　我的智慧太匮乏了，以致无法赞颂

其众人一致称羡的绰约风姿于万一。

第三位学者　难怪愤怒的希腊人

用十年的战争追求媾和这样一个绝世的蛾眉，

她的妩媚无人能与之匹敌。

第一位学者　既然我们已经一睹自然娇艳的美色，

举世无双的杰作，

老叟上

让我们走吧；为这一辉煌的戏法，

愿浮士德幸福又幸运。

浮士德　先生们，再见。我也同样祝愿你们。

学者们下

老叟　啊，浮士德博士，但愿我能

引导你迈向那生活，

沿着那芬芳的路，达到你的目的地，

去天国永恒地休息！

伤心吧，流血吧，将鲜血拌和着眼泪——

你深深地忏悔，

---

① 即特洛伊。

那是为最卑鄙和最可厌的污浊而流的眼泪，
那臭味腐蚀着
那孕育着如此可怖的罪恶的灵魂，
没有任何的怜悯可以驱散你的负疚，
怜惜啊，只有你的至亲的救世主，
会用他的血来涤洗你的罪愆。

浮士德　你在哪儿，浮士德？混蛋，你干了什么？
你该死呀，浮士德，该死！没希望了，去死吧！
地狱呼唤着你，大声地呼唤着你，
说，"浮士德，来！你的大限时日到了"。
靡非陀匪勒斯给他一把匕首
浮士德将跟你清算。
浮士德正想将匕首刺向自己

老叟　啊，且慢，好浮士德，且慢走这绝望的一步！
我看见一个天使正在你的头上飞翔，
手中拿着一个装满天恩的小瓶，
她将天恩洒向你的灵魂。
祈求怜悯吧，别绝望。

浮士德　啊，我的亲爱的朋友，我感觉你的话语
慰藉了我的灵魂。
请让我单独待一会儿，让我想一想我的罪愆。

老叟　我走，亲爱的浮士德，但心怀疑虑，
生怕你的无望的灵魂被毁。
老叟下

浮士德　该诅咒的浮士德，宽恕在哪里？
我忏悔过了，但我仍然绝望。
地狱竭力要征服我的思想，
我该怎么逃避这死亡的陷阱呢？

靡非陀匪勒斯　你这个叛徒，浮士德，因为你拒绝服从我的君王，

我现在逮捕你的灵魂。

回归吧，否则我要将你的肉体撕成碎片。

浮士德　亲爱的靡非陀匪勒斯，请祈求你的君王

宽恕我的不义的想法，

我要再次用我的鲜血证实

我曾经对路济弗尔做过的誓言。

靡非陀匪勒斯　赶快这么做吧，用一颗虔诚的心，

别让你陷进更危险的境地。

浮士德割腕，用鲜血书写

浮士德　折磨呀，亲爱的靡非陀匪勒斯，那个卑鄙的老叟

竟敢劝说我叛离路济弗尔，

那是跟地狱里最严酷的折磨一样的折磨呀。

靡非陀匪勒斯　他的信仰是伟大的。我不能触及他的灵魂。

但我将尽可能设法损伤

他的微不足道的肉体。

浮士德　有一件事，我的忠诚的仆役，助我一臂之力吧，

请阻断我内心的欲望：

我可能燃起对我的情人，

我最近见到的那国色天香的海伦的痴迷热狂，

她的软玉温香的一抱会完全

消除劝说我叛离誓言的意念，

让我忠于对路济弗尔做出的保证。

靡非陀匪勒斯　浮士德，这个，或者任何其他的欲念，

将在一眨眼间变现出来。

海伦由靡非陀匪勒斯带领下上

浮士德　这是策动千艘帆船下海，

焚烧了伊利昂①高耸入云的教堂尖塔的那张美脸吗？

_____

① 即特洛伊。

妩媚的海伦，吻我一下吧，让我永生。

他们亲吻

她的嘴唇吸走了我的灵魂。瞧，灵魂在飞翔！

来吧，海伦，来吧，把灵魂还给我。

他们又亲吻

我就长驻在这美唇上了，那是天堂呀，

海伦以外的东西都是不值一提。

老叟上

我将是帕里斯，为了对你的爱，

威登堡，而不是特洛伊，将被洗劫一空，

我将和孱弱的海伦的丈夫①搏斗，

将你的战旗竖立在我的羽毛冠上。

是的，我将使阿喀琉斯的脚踵受伤，

然后，荣归来亲吻海伦。

哦，你披着千星的彩衣

比薄暮的氤氲还要美丽。

你比燃烧的朱庇特还要辉煌，

即使在不幸的塞默勒②看来，

朱庇特在放荡的阿瑞托莎③天蓝色喷泉池中的

倒影

比天王还要

可爱；

只有你才配成为我的情人。

浮士德、海伦以及靡非陀匪勒斯上

老叟　该诅咒的浮士德，可怜的人，

① 即梅内莱厄斯，斯巴达国王。

② 按照希腊神话，朱庇特爱上了塞默勒，塞默勒请求朱庇特以最为光辉的样子来见她，朱庇特来了，却以闪电把塞默勒烧死。

③ 按照希腊神话，阿瑞托莎，即 Arethusa，山林仙女。阿瑞托莎逃避河神阿尔斐俄斯的追求，被月神和狩猎女神阿尔忒弥斯化为喷泉水。戏剧家在此将她处理为朱庇特的情人之一。

你的灵魂弃绝上天的恩惠，

逃离上帝的审判席！

天使们上，她们和靡非陀匪勒斯一起威胁老叟

撒旦以他的傲慢来探查我。

正如在这一熔炉中，上帝将考验我的信仰，

我的信仰，邪恶的地狱，将战胜你。

野心勃勃的恶魔们，瞧着吧，上天将如何

为你们的挫败而狂笑不已，

为你们的可悲的情状而开怀大笑！

因此，地狱！我从此飞向我的上帝。

众下

第二场

浮士德和学者们上

浮士德　啊，先生们！

第一位学者　什么使浮士德痛苦？

浮士德　啊，我亲爱的朋友！如果我和你生活在一起，我就会生活得太太平平，但现在我永恒地死亡了。瞧，难道不是他来了吗？难道不是他来了吗？

学者们在他们之间私下谈话

第二位学者　浮士德是什么意思？

第三位学者　看来很可能他因为太孤独了，而害上了什么病。

第一位学者　如果是这样的话，我们应该去找大夫来给他治病。（对浮士德）只是过度饮食而已。别怕，老兄。

浮士德　那是摧毁了灵与肉的过度的重罪。

第二位学者　浮士德，抬头望一下天空。记住上帝的慈悲是无边无

际的。

浮士德　但是，浮士德的罪孽将永远不可能得到宽恕。那引诱夏娃的蛇有可能被饶恕，但浮士德不会。啊，先生们，请耐心地听我说，别听见我的话而颤抖。虽然当我回忆起三十年前我在这儿当学生时的情景，我的心会怦然跳动，但是，哦，我但愿从没有来到威登堡，从来就没有读过书！我所创造的奇迹，所有的德国人都能看得见，是的，甚至所有全世界的人，为此，浮士德丧失了德国和世界，是的，甚至上天——上天，上帝的居所，被祝福的人们的场所，快乐的王国——而要永远待在地狱里了。地狱，啊，永远幽闭在地狱里！亲爱的朋友们，浮士德永远地待在地狱里，将会变成什么样的人呢？

第三位学者　浮士德，祈求上帝保佑吧。

浮士德　祈求浮士德背弃的上帝保佑？祈求浮士德亵渎的上帝的保佑？啊，我的上帝，我想哭泣，但魔鬼不让眼泪流出来。因此，奔涌而出的是鲜血，而不是眼泪，是的，是生命本身和灵魂。哦，魔鬼不让我说话！我要举起我的双手，但是，瞧，他们抓住了我的手，他们抓住了我的手。

学者众人　谁，浮士德？

浮士德　路济弗尔和靡非陀匪勒斯。啊，先生们！为了我的魔法，我给了他们我的灵魂。

学者众人　但愿上帝不许这样的事情发生！

浮士德　上帝是不允许这样的，但浮士德已经做了。为了虚有的二十四年的快乐，浮士德丧失了永恒的愉悦和幸福。我用自己的鲜血给他们写了一份契约。日期已经过了，他来认领我的时间将来到了。

第一位学者　为什么浮士德以前没有告诉我们这个？否则的话，牧师们可以为你祈祷。

浮士德　我常常想这么做的，但如果我敢于提到上帝，那魔鬼就威胁要把我撕成碎片，如果我一旦听命于上帝，那魔鬼就要取走我的肉体和灵魂。现在一切都太晚了。先生们，快离开吧，免得你们和我一起毁灭。

第二位学者　哦，我们该做什么可以拯救浮士德呢？

浮士德　别顾及我了，你们快自保，走开吧。

第三位学者　上帝将给予我力量，我要和浮士德待在一起。

第一位学者　（对第三位学者）别冒不必要的危险了，亲爱的朋友，让我们到隔壁的房间里去为他祷告吧。

浮士德　啊，为我祷告，为我祷告！不管你们听到什么声音，别到我这儿来，因为没有什么可以拯救我的了。

第二位学者　你祷告吧，我们将祈求上帝宽恕你。

浮士德　先生们，再见。如果我能活到清晨，我会来找你们的；如果我没有来找你们，那就意味着浮士德被打入地狱了。

学者众人　浮士德，再见。
　　　　　　学者们下。时钟敲打十一点钟

浮士德　啊，浮士德，
　　　　你只有一个钟点可以活命，
　　　　然后就要被永恒地罚进地狱中去了。
　　　　请停下来，你永远在运动的天体，
　　　　这样，时间就停止，夜半将永远不会来到！
　　　　哦，太阳，美丽的自然的眼睛，冉冉升起来，升起来，让白天永恒长驻吧；或者，让这一小时延长成一年，一月，一星期，一天，这样，浮士德就有充裕的时间忏悔，拯救他的灵魂！

跑得慢一点，再慢一点，你黑夜之马！[①]

行星仍然在运行；时间在飞逝；自鸣钟终究会敲点；

魔鬼会来到，浮士德被天罚进地狱必定无疑了。

哦，我要跳将起来，奔向我的上帝！谁在扯我的后腿？

瞧，瞧基督的鲜血在天际滴落下来！

一滴血，哦，半滴血，就足以拯救我的灵魂。啊，我的救世主！

别因为我亵渎了我的救世主而撕裂我的灵魂！

然而，我会祈求他的保佑吗？哦，放我一马吧，路济弗尔！

它在哪儿？它遁逃了；看见上帝在那儿

伸着他的手臂，皱着愁眉！

山脉和高地，来吧，来吧，全压在我身上吧，

别让我看见上帝的愤怒！

不！不！

我还不如自己钻进大地里去。

大地，裂开一个口子！哦，不！大地不会容我。

你们，处于我的星象的星星们，

你们决定我被罚进地狱，

把浮士德就像轻雾一样吸进

那暴风雨的云翳中去吧，

当乌云打雷闪电，

它就有可能把我的残肢喷吐而出，将我的灵魂解放出来，

让我的灵魂上升到天上去。

自鸣钟敲打

啊，半个小时过去了！

---

① 原文为拉丁文：O lente，lente currite noctis equi。该诗句摘自奥维德的《爱情三论》第一卷第十三章。

很快就要半夜了。

哦，上帝，

即使你不对我的灵魂施以怜悯，

那看在用鲜血救赎了我的基督面上，

让我的终日不停的痛苦终止吧。

让浮士德在地狱生活千年、

万年，最终获得拯救。

哦，对于被天罚的灵魂来说，

没有极限是有限的。

为什么你这个人不要灵魂呢？

或者说，为什么你会拥有这么个不朽的灵魂呢？

啊，毕达哥拉斯的灵魂轮回说①，那是真的吗？

这个灵魂应该从我这儿飞走，我就可以变成

一只凶猛的野兽。

所有的野兽都是快乐的，因为，当它们死亡时，

它们的灵魂都融进了自然之中；

然而，我的灵魂还必须活着在地狱里受煎熬。

生我的父母应该受到诅咒！

不，浮士德，诅咒你自己吧。诅咒路济弗尔，

他剥夺了你在天上享福的权利。

自鸣钟敲打十二下

哦，钟敲打了，钟敲打了！现在，肉体消融到空气中

去了，

哦，路济弗尔将你活生生地送到地狱去。

雷鸣和闪电

哦，灵魂，变成小小的水滴，

汇流进汪洋大海中去，消失得无影无踪！

我的上帝，我的上帝，别这么严厉地瞧着我！

路济弗尔、靡非陀匪勒斯和其他魔鬼上

---

① 毕达哥拉斯（前580？—前500？），古希腊哲学家、数学家。

大小毒蛇们，让我喘一口气吧！

丑恶的地狱，别裂开口子。别来，路济弗尔！

我将要烧掉我的书籍。啊，靡非陀匪勒斯！

魔鬼们和他一起下

尾　声

戏剧致辞者上

致辞者　本来可以长成擎天巨枝的树杈被拦腰砍断了，
曾经在这位学者心中滋生的阿波罗月桂
焚烧殆尽了。
浮士德走了。他堕入地狱，
他的噩梦般的命运可以告诫智者，
催使他们对悖逆天理的作为做一番思考，
它们蛊惑稚嫩的才子，使其深陷其中，
做出超乎天意所允许的事儿来。
下
夜半钟声结束了一天；作者在此结束他的戏剧①

---

① 原文为拉丁文：Terminat hora diem; terminat author opus。

浮士德博士的悲剧[①]（第二版）[②]

克里斯托弗·马洛 著

---

① 根据 Doctor Faustus and Other Plays，Christopher Marlowe，Oxford University Press，
2008 译出。

② 为了便于读者阅读，在《浮士德博士的悲剧》（第二版）中，仍保留在第一版
中已经做过的注解。

剧中人物

致辞者

约翰·浮士德博士

瓦格纳

好天使

坏天使

瓦尔兹

康内利厄斯

三位学者

路济弗尔

魔鬼们

靡非陀匪勒斯

小丑罗宾

一女妖

迪克

别西卜

七宗罪：傲慢、贪婪、妒忌、暴怒、饕餮、懒惰和淫荡

安德里安教皇

雷蒙德，匈牙利国王

布鲁诺，对立教皇

法兰西枢机主教

帕多瓦枢机主教

兰斯大主教

洛林主教

僧侣们

托钵修士会修士多人

酒店老板

马蒂诺

弗雷德里克

军官数人

绅士数人

本沃利奥

德意志皇帝查尔斯五世

萨克森公爵

精灵：亚历山大大帝、大帝的情人、大流士

魔鬼：贝里莫斯、阿基隆、阿西塔罗斯

士兵数人

马贩子

赶大车者

老板娘

范霍尔特公爵

范霍尔特公爵夫人

一仆役

特洛伊的海伦，鬼魂

老叟

两个丘比特

序　幕

戏剧致辞者上

致辞者　　我们的诗神

不是驰骋在

战神宠幸迦太基人的

特拉西美诺①的战场上，

不是在世情颠倒的

国王们的宫廷上调情说爱，

也不是陶醉在傲慢的虚妄之中，

赋写他那超凡的圣诗。

为此，先生们：我们来演绎

浮士德的命运，无论是幸运还是背运。

我们期望你们深思熟虑地加以判断，

给我们鼓掌，

为处于蒙昧期中的浮士德开释。

他在德意志，一个称作罗德的小镇

诞生，父母出身低贱。

在青年时期他前往威登堡，

亲戚抚养他长大。

他很快从修习神学得益，

---

① 公元前 217 年，迦太基人汉尼拔在特拉西美诺湖地区大败罗马军队。

富有成果的研学使大学增色。
不久，他超过所有喜爱辩论
神学的学者，
获得了博士称号；
他渐渐得意忘形，骄傲自满，
蜡制的翅膀超越了所能①，力不从心，
消融一切的上苍注定了他的堕落。
他博学，才气横溢，
但醉心于淘气的作为，
于是便沉湎于该诅咒的魔术之中。
没有任何别的东西，
更令其倾倒的了，
魔术成了他最重要的追求。
就是这样一个人，
正坐在他的书斋里。
下

---

① 在此，致辞者将浮士德比喻为伊卡洛斯，伊卡洛斯用他父亲代达罗斯为他设计的蜡制翅膀飞翔，因为飞得离太阳太近，翅膀被熔化而坠落于爱琴海中。这一常常被引用的传说用来指称危险的愿望。詹姆斯·乔伊斯在《青年艺术家画像》中也有引用。

第一幕

第一场

浮士德走进书斋

浮士德　将你的一般研究告一段落，浮士德，
　　　　在你所长的领域去深入探索一番吧。
　　　　毕业之后，做一个表面上的神学家，
　　　　熟谙每一样艺术的目的，
　　　　在亚里士多德的著作中去生，去死。
　　　　美妙的《分析篇》，正是你让我着迷！
　　　　（他读道）"Bene disserere est finis logices."①
　　　　善于辩论是逻辑学的终极目的吗？
　　　　这一学科不能提供更为伟大的奇迹了吗？
　　　　别再读了；你早已超越了。
　　　　更为深奥的学问才适合浮士德的才气。
　　　　向"是死还是活"告别吧。②还是研究研究盖伦吧！③

---

① 拉丁文。系法国哲学家彼特·拉姆斯所言，并非出自亚里士多德。浮士德在下一行
　诗句中翻译了此句。
② 原文为拉丁文：On kai me on，"是死还是活"是希腊哲学探索的主要命题。
③ 克劳迪乌斯·盖伦（129—199），古罗马医师，生理学家和哲学家。从动物解剖推
　论人体构造，用亚里士多德目的论阐述其功能。

当名医生吧，浮士德。挣成堆的黄金，

因奇迹般的治愈而名垂青史。

（他读）"Summum bonum medicinae sanitas."[1]

医学的目的是身体的健康。

啊，浮士德，难道你还没有达到那个目的？

难道整个欧洲不都在议论你的处方吗？

你让整座整座的城市逃避了瘟疫，

无数要命的病症得到了医治。

而你仍然还是浮士德，一个凡人。

难道你不想设法让人们永生，

或者说，死了，让他们起死回生？[2]

这一职业将受到普遍尊敬。

医学，再见了。查士丁尼一世[3]在哪里？

（他读）"如果有什么物件要遗赠给两个继承人，

那么，一个人得到物件本身，

而另一个人则得到物件所值的钱。"[4] 等等。

一个何等完美的关于微不足道的遗产的案例！

（他读）"父亲无权豁免儿子的继承权，除非——"[5]

这是法典所讨论的问题，

教会所依赖的普遍的教规。

查士丁尼的研究只是一个唯利是图的人的苦役，

他只看重浮表的糟粕——

对于我来说，那太奴性了，太不自由了。

总而言之，神学是最超凡的。

圣哲罗姆的《圣经》[6]，浮士德，好好读读吧。

---

① 原文为拉丁文，浮士德在下一行诗句中翻译了此句。

② 浮士德在梦想做像耶稣基督将拉撒路起死回生一样的奇迹。

③ 查士丁尼一世（483—565），拜占庭皇帝，主持编纂《查士丁尼法典》。

④ 原文为拉丁文：Si una eademque res legatur duobus, aalter rem, alter valorem rei.

⑤ 原文为拉丁文：Exhaereditare filium non potest pater nisi——。

⑥ 圣哲罗姆（347? —420），早期西方教会教父，通俗拉丁文《圣经》的译者。

（他读）"Stipendium peccati mors est." 哈！

"Stipendium"，等等。

罪恶的薪俸就是死亡。太严酷了。

（他读）"Si peccasse negamus，fallimur

Et nulla est in nobis veritas."①

如果我们说我们没有罪过，

我们欺骗自己，我们就失去真理了。

为什么我们必须都犯罪，

最终都死亡呢？②

啊，我们必须死亡，永恒地。

你把这原理称作什么呢？ Che será, será,③

听天由命，顺其自然？神学，告别啦！

他拿起一本魔术的书

这些魔术师的晦涩的知识

和巫术的书，

这些传授天意的书，

这些直线啦，圆圈啦，符号啦，字母啦，字啦——

啊，正是浮士德最想要的。

哦，给坚忍不拔的工匠展示的

是一个充满福祉、欢乐、

权力、荣誉和全能的世界！

所有在宇宙静止的两极之间运动的事物

都要受我的统领。皇帝们，国王们，

在他们的领地必须服从命令，

但是，任何在魔术中出类拔萃的人，

---

① 马洛在此引用拉丁语，但不是标准的拉丁语。在下一诗句中，浮士德做了翻译。

② 浮士德在此随意引用和意译通俗版《圣经》中《罗马书》3：23 和《约翰一书》1：8 所言。《约翰一书》1：8 是这样说的：如果我们说我们没有罪过，就是欺骗自己，真理也不在我们内。他故意忽略《圣经》中关于脱离罪过可以获得自由和天主恩赐的话。

③ 马洛在此引用拉丁语，但不是标准的拉丁语。在下一诗句中，浮士德做了翻译。

　　　　　　将超越人类的思想。

　　　　　　一个高超的魔术师就是半个神。

　　　　　　让我绞尽脑汁，学会用魔术去召唤神灵。

　　　　　　瓦格纳！

　　　　　　瓦格纳上

　　　　　　请去问候我最亲密的朋友

　　　　　　德意志人瓦尔兹和康内利厄斯。

　　　　　　恳请他们光临敝舍。

瓦格纳　　是，老爷。

　　　　　　瓦格纳下

浮士德　　和他们讨论和磋商

　　　　　　比我独自冥思苦想要有裨益得多，

　　　　　　孤军奋战从来就没有这么快的成果。

　　　　　　好天使和坏天使上

好天使　　哦，浮士德，抛开那本该死的书

　　　　　　别瞧它，以防它蛊惑了你的灵魂，

　　　　　　天主将他的愤怒全倾注在你的头上！

　　　　　　请读一读《圣经》吧。那书纯然是对上帝的亵渎。①

坏天使　　继续研读那闻名遐迩的学问吧，浮士德，

　　　　　　它涵盖了自然所有的精髓和宝藏。

　　　　　　就像那在天上的朱庇特，你是大地上

　　　　　　自然之力的主宰和统帅。

　　　　　　天使们下

浮士德　　我心中充斥了这一想法！

　　　　　　我将呼唤精灵们去拿我所想要的一切，

　　　　　　给我解释一切含糊不清的现象，

　　　　　　去做一切我希冀的胆大妄为的事吗？

　　　　　　我将要它们飞到印度去淘金，

———————

① 　指"那本该死的书"。

把大海彻底搜索一遍去寻觅东方的明珠，
在新世界的所有角落探寻
鲜美的水果和上等的点心。
我将要它们给我读奇异的哲学，
告诉我外国国王的秘闻。
我要它们将整个德意志围之于铜墙，
让湍急的莱茵河环绕风景优美的威登堡。[①]
我要让它们使大学充斥丝绸，
学生们漂漂亮亮地穿戴着锦罗。
我将要用它们带来的钱币征召士兵[②]，
将帕马亲王从我们的土地上驱逐出去[③]，
成为统治所有行省的唯一的国王；
是的，我将要我的唯命是从的精灵们
发明比攻打安特卫普大桥的纵火船
更加奇异的战争武器。[④]
来吧，德意志人瓦尔兹和康内利厄斯，
让我从你们的智慧中得到祝福！
瓦尔兹和康内利厄斯上
瓦尔兹，亲爱的瓦尔兹，还有康内利厄斯，
你们的话终于征服了我，
我要实践种种魔术和魔法。
哲学太冗长而艰晦；
法律和医学只需平庸的智慧；
正是魔术，魔术让我着迷。
我的富有教养的朋友们，在这一事业中帮助我吧，
我用我的精确的诡辩和推论

---

① 莱茵河流经德意志西南符腾堡地区，与威登堡相距甚远，这表明浮士德对名字往往
混淆不清。

② 指精灵们。

③ 帕马亲王，Prince of Parma，1579—1592 统治荷兰的西班牙总督。

④ 1585 年，荷兰人用纵火船的方法攻打帕马部队占守的安特卫普大桥。

       让德意志教会的牧师们狼狈不堪，

       威登堡大学风华正茂的青年们

       麇集而至来聆听我的辩论，

       犹如地狱的精灵们汇集在一起

       聆听来地狱访问的富有魅力的穆赛欧斯[1]，

       我像阿格里帕[2]一样狡猾，

       他唤醒死者的灵魂令整个欧洲敬重他。

瓦尔兹 浮士德，这些书籍，你的智慧和我们的经验

       将令所有的国家把我们当成圣者。

       正如美洲印第安人听从西班牙老爷一样，

       自然力所代表的每一个神[3]

       都永远会听命于我们三个人。

       如果我们愿意的话，

       它们会像狮子一样保护我们，

       像高举长矛的德意志轻骑兵，

       或者像拉普兰[4]巨人，行走在我们身边；

       有时像女人，或者未婚的少女，

       在她们倾国倾城的眉宇间

       深藏比爱神雪白的乳房还要娇艳的美色。

       如果博学的浮士德执意的话，

       它们将从威尼斯掳来巨大的财富，

       从亚美利加运来金羊毛[5]，

       每年充实老菲利普[6]的宝库。

浮士德 瓦尔兹，在这一方面，跟你一样，

---

[1] 古希腊文学家和诗人。

[2] 康内利厄斯·阿格里帕（1485—1535），著名魔术师。

[3] 即大地、水、空气和火。

[4] 斯堪的纳维亚最北端地区。

[5] 源自古希腊神话，指人人都希望获得的珍贵宝物。

[6] 指西班牙国王菲利普二世。

我主意已定。不要再有异议了。

康内利厄斯　魔术所展现的奇迹
　　　　　将会使你不用再学任何其他的学问。
　　　　　魔术师对占星术极有素养，
　　　　　又掌握各种深奥的语言，深谙炼金术，
　　　　　了解所有魔术所要求的原理。
　　　　　别怀疑，浮士德，钻研
　　　　　并耽读关于这一神秘学问的书，
　　　　　次数要远远超过阅读德尔斐神谕①。
　　　　　精灵们告诉我，它们能汲干大海
　　　　　获得所有外国沉船的宝藏——
　　　　　是的，我们先人在地球宏大的深处
　　　　　埋藏的所有财宝。
　　　　　告诉我，浮士德，我们三个向往什么?

　　浮士德　什么也不向往，康内利厄斯。哦，这让我的灵魂无限
　　　　　振奋!
　　　　　喂，给我演示几个魔幻的段子，
　　　　　我也好在浓密的树林中去念咒，
　　　　　痛痛快快地享受一番这乐趣。

　　瓦尔兹　快去找一处孤立的树林，
　　　　　带上智慧的培根和阿尔巴努斯②的书，
　　　　　《希伯来诗篇》和《新约》;
　　　　　以及我们将在会面结束前
　　　　　告诉你的必不可少的书。

康内利厄斯　瓦尔兹，首先让他了解术语，
　　　　　然后，学习所有其他的仪式，
　　　　　浮士德以其聪敏机智自会融会贯通。

---

① 古希腊德尔斐阿波罗神庙的神谕，常对问题做模棱两可的回答。

② 指罗杰·培根和彼埃特罗·德巴诺，13世纪魔术家。

瓦尔兹　　首先，我将教你基本的技巧，
　　　　　你会青出于蓝而胜于蓝。

浮士德　　来和我一起吃饭吧，餐后，
　　　　　我将设法了解所有的奥妙之处，
　　　　　在睡前我要试一下我到底能做到何种程度。
　　　　　今晚，我要口念一番魔咒，即使我得死。
　　　　　全下

第二场

两位学者上

第一位学者　我在琢磨浮士德到底怎么啦，他曾经让我们的大学因
　　　　　　他的"我就此证明"而久负盛名。
　　　　　　瓦格纳手中拿着酒瓶上

第二位学者　我们很快就可以明白，瞧，他的当差来了。

第一位学者　你好，伙计，你的主人在哪儿？

瓦格纳　　　天晓得。

第二位学者　啊，你不知道？

瓦格纳　　　是的，我知道，说"天晓得"不符逻辑。①

第一位学者　得了，伙计！别再开玩笑啦，告诉我们他在哪儿。

瓦格纳　　　既然还没有假设我知道答案，你们怎么能够指望从我
　　　　　　这儿得到答案呢？对于你们这种有硕士身份的人来
　　　　　　说，这显然是不符合逻辑的。② 承认你们的错误吧，
　　　　　　好好听来。

----

① 瓦格纳试图模仿学者辩论的模式。
② 瓦格纳为更进一步地模仿学者辩论。

第二位学者　啊，你不是说你知道吗？

瓦格纳　你有什么见证来证明？

第一位学者　是的，伙计，我听见你说的。

瓦格纳　关于我的诚实的名声，你们可以问任何认识我的人。

第二位学者　啊，你不愿告诉我们。

瓦格纳　我愿意，先生，我将告诉你们。如果你们不是傻瓜的话，你们永远不会问我这样一个问题。难道他不是一个"自然体"[①]吗？难道他不是可以移动的吗？你们怎么能问我这样一个问题呢？不过，我本性是沉静的，不会轻易动火，生性有点淫荡——我是说，喜欢谈情说爱——你们最好还是不要走到离厨房四十英尺之内，否则，我毫不怀疑我会看到你们两人倒霉。[②]既然我用唇枪舌剑战胜了你们，我就装模作样像一个严格遵守教规的清教徒一样，开始对你们这样说吧：诚然，我的亲爱的兄弟，我的主人在里面和瓦尔兹以及康内利厄斯一起用膳，正如这瓶酒可以告诉你们的——如果它能说话的话——它印证了你们的猜想。愿主保佑你们，佑护你们，将你们保护在他的羽翼下，我亲爱的兄弟。

瓦格纳下

第一位学者　哦，浮士德，
我一直担心
你为那该死的魔术着迷了，
那是两个臭名昭著的人。

第二位学者　如果他只是一个陌生人，不是我的朋友，

---

① 这是依据亚里士多德的思想，人能运动，所以可能在任何地方。

② 原文为 place of execution（屠场），在此可指提供食品的餐室，或者绞刑架。瓦格纳开玩笑地说，这两个家伙压根儿不配走近浮士德用膳的地方。

我不会为他的灵魂所遇到的危险担忧。

啊，让我们去找校长。

看看凭着他的权威，是否能叫他改邪归正。

第一位学者　哦，我看什么也挽回不了他了。

第二位学者　不过让我们尝试一下吧。

同下

第三场

雷声轰鸣。路济弗尔和四个魔鬼（在舞台上方悬空走廊）上。浮士德对他们朗诵这段诗（他手中拿着一本书，并未意识到他们的存在）

浮士德　地球的阴影，

要看一眼猎户星座下毛毛雨的美景，

从南极跳跃到太空

用它那漆黑的影子使苍穹为之黯淡，

浮士德，开始念咒吧，

因为你又祷告又供奉祭品，

看看魔鬼会不会听从你的意志。

他画一个圈

在这圆圈中书写着耶和华的名字，

可以倒着或者回旋地阅读，

有圣人简写的名字，

天空所有附属部分的图，

符号文字和漫游的星球，

这个圆圈可以让精灵们复活。

别怕，浮士德，执意为之，

尽魔术之所能而为之吧。

隆隆雷声

地狱诸神，对我发发慈悲吧！让耶和华的三重精神坚
强无比！向你欢呼，火之神，空气之神，水之神①，
大地之神！路济弗尔，你东方的王子，别西卜，你燃
烧的地狱之王，还有冥府之神，我们请求你们，让靡
非陀匪勒斯现身，并升腾到世界上来。为什么延迟？
看在耶和华、欣嫩子谷②和我泼洒的圣水的分上，看
在我现在画的十字的分上，看在我们所做的祷告的分
上，让靡非陀匪勒斯在我们的召唤之下复活到世界上
来！③

浮士德泼洒圣水，并画十字

魔鬼（精灵打扮的靡非陀匪勒斯）上

我要求你重新走来，把模样儿换一换。

你这样侍奉我，太丑陋了。

走吧，回来换成一副老方济各会托钵修士的打扮；

那神圣的样子才最适合一个魔鬼。

魔鬼靡非陀匪勒斯下

我看出来在我的神圣的天语中

有一种摄人的力量。

谁还会不乐意精通魔法？

靡非陀匪勒斯变得如此圆通，

顺从而谦卑！

这就是魔法和我的魔力的魅力。

靡非陀匪勒斯（穿戴得像一个托钵修士）上

---

① 原文为 Demogorgon。

② 犹太人认为的地狱。

③ 整段原文为拉丁文：Sint mihi dei Acherontis propitii! Valeat numen triplex Jehovae!
Ignei, aerii, aquatici, terreni, spiritus, salvete! Orientis princeps Lucifer, Beelzebub,
inferni ardentis monarcha, et Demogorgon, propitiamus vos, ut appareat et surgat
Mephistopheles. Quid tu moraris? Per Jehovam, Gehennam, et consecratam aquam nunc
spargo, signumque crucis quod nunc facio, et per vota nostra, ipse nunc surgat nobis
dicatus Mephistopheles!

靡非陀匪勒斯	浮士德，你现在要我干什么？
浮士德	我要求你在我有生之年侍候我， 做任何浮士德命令你做的事， 不管是让月球从它的轨道上掉落下来， 还是叫大海将整个世界淹没。
靡非陀匪勒斯	我是魔王路济弗尔的仆人， 没有他的许可，我不能跟随你。 我们不能做超越他的命令的事。
浮士德	是不是他叫你到我这儿来的？
靡非陀匪勒斯	不，我是自己决定到这儿来的。
浮士德	难道不是我的魔法符咒把你唤醒的吗？说。
靡非陀匪勒斯	是的，我来是因为你的魔法， 但这并没有给予你对我有无与伦比的威权。[①] 当我们听见有人诋毁上帝， 弃绝《圣经》和救世主基督， 我们便赶紧飞将出来， 希冀攫取他那荣耀的灵魂， 我们一般不会到来，除非这人 陷进被天谴的危险之中。 所以，让念咒应验最简便的路 便是坚决唾弃上帝的一切， 忠贞不渝地为地狱之王祷告。
浮士德	浮士德已经 这么做了，遵从这样一个信条： 除了别西卜没有别的头儿， 浮士德全身心归属于他。 "天谴"这一词吓不了我，

---

① 原文为拉丁文：per accidens。

因为我否认地狱①和极乐世界②之间的区别。
我的阴魂和古老的哲学家③永远在一起！
权把这些凡人灵魂的虚荣琐事抛在一边，
请告诉我你的上司路济弗尔是何等神仙？

靡非陀匪勒斯　所有神灵的最高摄政王和统帅。

　　浮士德　路济弗尔曾经不是一位天使吗？

靡非陀匪勒斯　是的，浮士德，他是上帝最为垂爱的一个天使。

　　浮士德　那他怎么又成魔王了呢？

靡非陀匪勒斯　哦，因为他骄傲和目空一切，
　　　　　　　上帝把他从天堂驱逐了出去。

　　浮士德　你们和路济弗尔在一起的是些什么精灵？

靡非陀匪勒斯　是些和路济弗尔一起坠落的不幸的精灵，
　　　　　　　它们和路济弗尔一起谋划反对上帝，
　　　　　　　跟路济弗尔一起永远被天罚了。

　　浮士德　天罚你们到哪儿呢？

靡非陀匪勒斯　到地狱。

　　浮士德　那你怎么从地狱里出来的呢？

靡非陀匪勒斯　啊，这就是地狱，我并没有离开地狱。
　　　　　　　你惊异像我这样亲自觐见过上帝、
　　　　　　　尝到过天上永恒欢乐的人，
　　　　　　　被剥夺了永恒的祝福，
　　　　　　　竟然没有在无数座地狱中受煎熬吗？

---

① 指基督教所阐述的地狱。

② 原文为 Elysium，指希腊神话中的英雄和好人死后所居住的异教的极乐世界。由于否认了基督教的地狱和异教的极乐世界之间的区别，浮士德谴责了对人死后所谓的惩罚。

③ 指柏拉图、亚里士多德等哲学家。

哦，浮士德，别再问这些微不足道的问题了吧，

它们着实让我的脆弱的灵魂惊悚不已！

浮士德　啊，难道了不起的靡非陀匪勒斯

还因为被剥夺了天上的幸福而耿耿于怀吗？

学一学浮士德的男子汉的坚毅之气吧，

鄙视那些你永远也不会再得到的幸福吧。

将这些信息传递给路济弗尔：

由于浮士德激烈的反对朱庇特的思想，

已招致永恒的死亡，

他声言将他的灵魂归属于路济弗尔，

这样，路济弗尔将赐予他二十四年的时间，

让他过骄奢淫逸的生活，

让你服侍我，

给予我想要的一切，

告诉我想问的一切，

杀死我的敌人，援助我的朋友，

永远服从我的意志。

回到强大的路济弗尔那儿去，

夜半到我的书斋来，

告诉我你的主子的想法。

靡非陀匪勒斯　好的，浮士德。

靡非陀匪勒斯下

浮士德　如果我拥有像星星一样多的灵魂，

我会将它们悉数奉献给靡非陀匪勒斯。

依靠他，我将成为世界之皇，

在缥缈的空中架设一座桥梁

横跨过大海；和一队人马一起，

我要将非洲海岸的山脉串接起来，

让那块大陆和西班牙相连，

这两项奇迹将有助于巩固我的皇位。

皇帝和德意志的任何君主没有我的准许

将不能存活。

既然我已经获得我所希冀的一切，

我将要深入研究魔术

直到靡非陀匪勒斯再次回来。

（浮士德在下面，路济弗尔和其他魔鬼在上面）下

第四场

瓦格纳和小丑（罗宾）上

瓦格纳　嗨，小子，到这儿来。

罗宾　"小子"？哦，对我的人身是何等样的侮辱！天啊，
　　　"小子"！去你的！难道你见过许多蓄短须美髯的小子
　　　吗？

瓦格纳　先生，你有收入吗？

罗宾　是的，啊，还有支出呢，不瞒你说，先生。

瓦格纳　啊，可怜的奴隶，瞧瞧贫穷如何活生生地嘲弄人！我
　　　看出来这歹徒一无所有，没有工作，饥肠辘辘，我知
　　　道他会为一块羊肩肉，即使是血淋淋生的，而将灵魂
　　　出卖给魔鬼。

罗宾　并不尽然是这样。我告诉你吧，要是我付好价钱的
　　　话，我就要这羊肩肉烤得香香的，还要浇上好浇头。

瓦格纳　伙计，你愿意当我的仆役，服侍我吗？如果你愿意的
　　　话，我将让你成为我的学生。[①]

罗宾　怎么，学吟诗作赋吗？

---

① 原文为拉丁文：Qui mihi discipus。

瓦格纳　不，奴才，学种翠雀草。

罗宾　翠雀草？那是杀虫子的。我服侍你的话，很可能我身上就要长满虱子。

瓦格纳　啊，你迟早会全身长满虱子的，不管你服侍我还是不服侍我；因为，伙计，如果你不马上将你依附于我名下七年，我就将你身上的所有虱子都变成妖怪，让它们把你撕成碎片。

罗宾　别，先生，你省点儿神吧。不瞒你说，我身上已经长满了虱子，吃啊喝的，仿佛它们付了钱似的。

瓦格纳　（给钱）得，伙计，别再开玩笑了，拿着这些荷兰盾吧。

罗宾　是的，天啊，先生，我太感谢你了。

瓦格纳　你有一小时准备的时间，然后，魔鬼随时随地都会来把你带走。

罗宾　不，不，把你的钱拿回去吧。
　　　　他试图还钱

瓦格纳　说实在的，并不是我要你这么干。你给选定了。准备一下吧，我很快就要叫两个魔鬼来把你带走。——巴尼奥！贝尔克尔！

罗宾　贝尔克尔？让你的贝尔克尔到这儿来，我要把他一拳击倒。我不怕魔鬼。
　　　　两个魔鬼上

瓦格纳　（对罗宾）怎么样，伙计，你服侍我吗？

罗宾　是的，好瓦格纳。叫你的精灵们走开。

瓦格纳　精灵们，走开！
　　　　魔鬼们下
　　　　现在，伙计，跟着我。

　　罗宾　跟着你，先生。但是，听着，大人，你会教我魔术吗？

瓦格纳　是的，伙计，我会教你让你自己变成一只狗啦，一只猫啦，一只老鼠啦，一只耗子啦，任什么东西。

　　罗宾　变成一只狗、一只猫、一只老鼠、一只耗子？哦，天，瓦格纳！

瓦格纳　小鬼，叫我瓦格纳大人，将你的左眼正好紧盯在我的右脚跟上，仿佛你紧跟着我似的。①

　　罗宾　行，先生，我听你的。
　　　　　众下

---

①　原文为拉丁文：quasi vestigiis nostris insistere。

第二幕

第一场

浮士德走进他的书斋

浮士德　浮士德，你必然会被天罚进地狱了吗？
　　　　你得不到拯救了吗？
　　　　总想到上帝，或者上苍又有什么用？
　　　　让这些虚荣的幻想和绝望见鬼去吧！
　　　　对上帝绝望了，只相信别西卜。
　　　　不要往回走。不，浮士德，下定决心。
　　　　你为什么要动摇？哦，有声音在我耳中回响：
　　　　"放弃这魔法，再次皈依上帝吧！"
　　　　啊，上帝并不爱你。
　　　　你服膺的神是你自己的胃口，
　　　　在饱腹之欲中寄托着别西卜的爱。
　　　　我要为他建立一座祭台和一座教堂，
　　　　祭献新生婴儿温热的鲜血。
　　　　好天使和坏天使上

坏天使　浮士德，在那闻名遐迩的艺术中继续往前走。

好天使　亲爱的浮士德，远离那该诅咒的魔法吧。

浮士德　歉疚、祷告、忏悔——那又怎么样？

好天使　哦，那是让你上天国的手段。

坏天使　那纯粹是幻想，疯狂的结果而已，
　　　　那让那些如此信仰的人们变得愚蠢。

好天使　亲爱的浮士德，请想一想天堂和天上的一切。

坏天使　不，浮士德，想一想荣誉和财富。
　　　　天使们下

浮士德　财富？
　　　　啊，我会当上埃姆登①的市长，
　　　　当靡非陀匪勒斯站在我旁边，
　　　　哪一个神能伤害你，浮士德？你是安全的；
　　　　别再怀疑了。来吧，靡非陀匪勒斯，
　　　　带来魔王路济弗尔那儿的好消息。
　　　　不是半夜了吗？来吧，靡非陀匪勒斯，
　　　　Veni，veni，Mephistophile！②
　　　　靡非陀匪勒斯上
　　　　告诉我，你的魔王主子怎么说？

靡非陀匪勒斯　他说在浮士德有生之年我将服侍他，
　　　　他将用他的灵魂购买我的服务。

浮士德　浮士德已经斗胆答应了你。

靡非陀匪勒斯　但是，浮士德，你必须庄严立据，
　　　　用你的鲜血写下一份字据，
　　　　魔王路济弗尔需要这样的一份保证。
　　　　要不，我就回地狱去。

浮士德　别走，靡非陀匪勒斯，告诉我，我的灵魂对你的主子

———————

①　德国北海港口城市。

②　拉丁文，即上一句的翻译。

有什么用？

靡非陀匪勒斯　开拓他的王国。

浮士德　就是为此，他如此蛊惑我们吗？

靡非陀匪勒斯　对于苦难者来说，有处于忧愁中的人做伴侣是一种慰藉。①

浮士德　啊，你们折磨别人的魔鬼自己感到痛苦吗？

靡非陀匪勒斯　跟人类灵魂一样会经受巨大的痛苦。
告诉我，浮士德，我能得到你的灵魂吗？
我将做你的奴隶，侍候你，
将给予你自己都没有料想到的服务。

浮士德　是的，靡非陀匪勒斯，我把灵魂交给你。

靡非陀匪勒斯　那么，在你的手臂上毅然割上一刀，
将你的灵魂捆绑起来，有朝一日，
伟大的路济弗尔可以将它据为己有，
这样，你就会像路济弗尔一样伟大了。

浮士德　割臂
瞧，靡非陀匪勒斯，为了对你的爱
我割我的手臂，用我的鲜血
来保证使我的灵魂为伟大的路济弗尔——
天王和永恒的黑夜的摄政王所有。
请看这儿，鲜血从我的手臂上往下流淌，
让鲜血成就我的愿望吧。

靡非陀匪勒斯　但是，浮士德，你必须写下字据。

浮士德　是的，我会的。（他写）但是，靡非陀匪勒斯，
我的鲜血已经凝结，我无法再书写了。

靡非陀匪勒斯　我马上去取火来将血化开。

---

① 原文为拉丁文：Solamen miseris socios habuisse doloris。

靡非陀匪勒斯下

浮士德　　鲜血凝结预兆什么呢？

难道它不愿我写这份字据吗？

它为什么不再流动，让我无法再写呢？

"浮士德将他的灵魂献给你"——啊，它戛然停止了！

为什么你不应该呢？难道你的灵魂不是你的吗？

在此再次写下："浮士德将他的灵魂献给你。"

靡非陀匪勒斯拿着铁栅上，铁栅上是煤块

靡非陀匪勒斯　　拿火来了。浮士德到这儿来，将你的血放在火上烤一

下。

浮士德　　好极了。血开始再次流淌了。

我立刻就将字据写就。

他写

靡非陀匪勒斯　　（旁白）

哦，为了获得他的灵魂，我什么不能干呢？

浮士德　　完成了。[1] 字据写就了。

浮士德将灵魂付托给路济弗尔了。

在我的手臂上写着什么？

"飞吧，人！"[2] 我飞到哪儿去呢？

如果飞到天主那儿去，他会把我甩到地狱去。——

我懵懂无知了；这儿什么也没有写。——

我瞧着它空无一字。在这儿写着

"飞吧，人！"但浮士德不想飞离。

靡非陀匪勒斯　　（旁白）

我去给他带点儿什么来，让他乐乐。

---

① 原文为拉丁文：Consummatum est。耶稣被钉在十字架上最后说："完成了。"就低下头，交付了灵魂。见《新约·约翰福音》19：30。

② 原文为拉丁文：Homo, fuge! 其义来自《新约·提摩太前书》6：11，"你，天主的人哪！你要躲避这些事"。告诫浮士德应躲避这危险的事。

靡非陀匪勒斯下，与几个魔鬼重又上，给
浮士德克朗银币和贵重物品，跳舞，然后离去

浮士德　说，靡非陀匪勒斯。这演出说明什么？

靡非陀匪勒斯　不说明什么，浮士德，只是想让你乐一乐，
让你瞧一瞧魔术可以做到什么。

浮士德　要是我愿意，我能唤醒这些精灵吗？

靡非陀匪勒斯　是的，你能做比这更加不可思议的事。

浮士德　那就值得一千个灵魂为此而献身。
靡非陀匪勒斯，请接受这份书函，
一份出卖灵与肉的字据——
不过，条件是你必须执行
我们之间签署的条款。

靡非陀匪勒斯　浮士德，我以冥府和路济弗尔的名义，
将履行我们之间的一切诺言。

浮士德　那就请聆听我念这份协议。
“在下列条件约束下：
第一，浮士德可以在形式和实质上成为一名精灵；
第二，靡非陀匪勒斯将是他的仆役，听从他的一切调
遣；
第三，靡非陀匪勒斯将为他而工作，给他拿来他所需
要的一切；
第四，他将隐形待在他的寝室或者房子里；
最后，他将以他喜欢的任何形式或者形象在任何时候
出现在上述的约翰·浮士德面前：
我，威登堡的约翰·浮士德博士，按照此文件，将他
的肉体和灵魂都交付给东方的王子路济弗尔和他的大
臣靡非陀匪勒斯，并在二十四年上述条款完整地得到
履行之后进一步赋予他们全权获取或携带上述的约

翰·浮士德的身体、灵魂、肉体、鲜血或者私人财产
到他们所在的任何住处。

约翰·浮士德立

靡非陀匪勒斯　说，浮士德，你就把这视作你的字据吗？

浮士德　（交上契约）是的，拿着吧，魔鬼保佑你去享用我的
灵魂吧。①

靡非陀匪勒斯　现在，浮士德，你可以提出你的要求。

浮士德　首先，我想问你关于地狱的问题。
告诉我人们称之为地狱的地方在哪里。

靡非陀匪勒斯　在天空下。

浮士德　啊，所有的东西都在天空下。到底在什么地方？

靡非陀匪勒斯　在月亮下，
我们受折磨，永久禁闭在那儿。
地狱没有边界，没有界线，
这儿，我们所在的地方就是地狱，
地狱所在的地方就是我们所在的地方。
一句话，当世界消融，
每一个生物都将被纯化，
除天空以外的所有的地方将都是地狱。

浮士德　我认为地狱不过是一个寓言而已。

靡非陀匪勒斯　啊，你还这么想，经验会让你改变想法的。

浮士德　啊，难道你认为浮士德会因此而遭到天罚吗？

靡非陀匪勒斯　是的，必然会这样，因为这儿的字据写着，
你已经把你的灵魂交付给路济弗尔了。

浮士德　是的，还有身体。那会怎么样呢？

————————

① 浮士德在此调侃。

难道你认为，因为浮士德如此喜欢想入非非，

死后会遭受痛苦吗？

呸，这些只是细枝末节，老女人们的闲言碎语罢了。

摩非陀匪勒斯　但是，浮士德，我就是一个相反的例子，

因为我是受到天罚，被打入地狱的。

浮士德　怎么回事？这就是地狱吗？如果这是地狱，我宁可在
这儿遭到天罚。

什么？睡觉啦，吃饭啦，散步啦，争论啦？

但是，撇开这些不论，让我拥有一个妻子吧，德意志
最漂亮的少女，

因为我放浪，淫荡，没有一个妻子活不了。

摩非陀匪勒斯　好吧，你将会有一个妻子。

摩非陀匪勒斯召唤来一个女妖怪

浮士德　这是什么景象？

摩非陀匪勒斯　浮士德，你不是想要一个妻子吗？

浮士德　这纯粹是一个骚婊子！不，我不要妻子了。

摩非陀匪勒斯　唉，浮士德，婚姻只不过是一种礼节性的工具而已。

如果你爱我的话，就别再想结婚了。

女妖怪下

我给你挑选几个最美丽妖艳的交际花，

每天早晨带她们来到你的床前。

有眼缘的，便是你的心上人儿，

她像帕涅罗珀①一样贞洁，

像舍巴②一样智慧，或者，像路济弗尔堕落前

一样聪明。

---

① 希腊神话中的帕涅罗珀，奥德赛的忠贞妻子，丈夫远征离家后拒绝无数求婚者，20
年后等到丈夫归来。

② 即《旧约·列王纪上》10∶1 中的舍巴女王。

献上一部书

接住，把这本书拿去。好好地读一遍。

这些重复的线条会带来金子；

这地上的圆圈

会带来旋风、暴风雨、惊雷和闪电。

对自己虔诚地念上三遍这符咒，

全副武装的兵士会出现在你的面前，

准备执行你希望他们执行的任务。

浮士德　谢谢，靡非陀匪勒斯，谢谢你的这本叫人喜欢的书。

众人下

第二场

小丑罗宾拿着一本魔术书上

罗宾　（对后台呼喊）啊，迪克，照看一下马儿，我一会儿就来——我得到了浮士德博士一本魔术书，我们来试一试恶作剧吧。

迪克上

迪克　啊，罗宾，你必须去遛遛马了。

罗宾　我遛马？说实话，我瞧不起那活儿。我手头还有其他大事儿干呢。让马儿自己去遛吧。（他读）德，莫，戈根①

——离我远点儿，哦，你这个不识字的白丁马夫。

迪克　哎呀，你拿的是什么，一本书？你可是连一个字都不识的呀。

罗宾　你马上就会明白。（他画一个圈）离这圆圈远一点儿，

---

①　迪克想连贯地念"德莫戈根"，即 Demogorgon，冥府之神。

我告诉你，我一旦念咒，会把你送回马棚。

迪克　可能性很小！你还是别再干你那些蠢事儿了吧，如果酒店老板来到这儿，他就会叫你滚蛋。

罗宾　酒店老板叫我滚蛋？我告诉你怎么回事儿吧：如果酒店老板到这儿来，你从未见过，我会让他脑袋上装上一副鹿角，成一个王八。[①]

迪克　你无须做那个了，老板娘早已让他当王八，遭那份罪了。

罗宾　是的，如果人们信口开河都说出来的话，我们这些人早已在老板娘偷情这事儿上涉水很深了。

迪克　你真该死！我一直在想，你整天在她周围转来转去，不是没有情由的。我请你老实告诉我，那是一本魔法书吗？

罗宾　告诉我你想要我做什么，我就做。如果你向往裸体跳舞，脱去你的衣服，我马上就给你变出裸体舞伴来。如果你只想到小酒馆去逛逛，我会给你变出白葡萄酒啦，红葡萄酒啦，干红葡萄酒啦，萨克葡萄酒[②]啦，麝香葡萄酒啦，马姆齐葡萄酒[③]啦，希波克拉斯[④]酒啦，你尽管喝，只要你的肚子受得了，而且，我们不用付一分钱。

迪克　哦，太好了！让我们马上去吧，我现在想喝酒想得要命了。

罗宾　那让我们走吧。
　　　　众下

---

① 戴鹿角意指其妻子与他人偷情。

② 16—17 世纪西班牙和加那利群岛出产的葡萄酒。

③ 产于西班牙和希腊的一种烈性白葡萄酒。

④ 中世纪欧洲一种加香料的甜药酒。

第三场

浮士德进入书斋，靡非陀匪勒斯上

浮士德　　　　当我仰望天空，我就会忏悔，
　　　　　　　而且诅咒你，狡猾的靡非陀匪勒斯，
　　　　　　　因为你剥夺了我的这些乐趣。

靡非陀匪勒斯　那是你自作自受，浮士德。感谢你自己吧。
　　　　　　　你认为天空是一种如此光辉的东西吗？
　　　　　　　我告诉你，它没有你一半的美丽，
　　　　　　　或者说，没有在地球上呼吸的任何人一半的美丽。

浮士德　　　　你怎么证明这一点？

靡非陀匪勒斯　那是为人而创造的；因此，人更为优秀。

浮士德　　　　如果它是为人而创造的，那就是为我而创造的。
　　　　　　　我就要谴责这魔法，我要忏悔。
　　　　　　　好天使和坏天使上

好天使　　　　浮士德，忏悔吧，上帝将怜悯你。

坏天使　　　　你是一个精灵。上帝不可能怜悯你。

浮士德　　　　谁在我的耳朵边嗡嗡叫嚷说我是一个精灵？
　　　　　　　即使我是一个精灵，上帝也会垂怜于我；
　　　　　　　是的，如果我忏悔，上帝会怜悯我。

坏天使　　　　啊，浮士德永远不要忏悔。
　　　　　　　天使们下

浮士德　　　　我的心已经如此冥顽，我不可能再忏悔了。
　　　　　　　我已经很少提到救赎、信仰，或者天堂。
　　　　　　　利剑，毒药，绞索，和涂了毒药的钢剑
　　　　　　　摆放在面前让我自尽；

要不是温柔乡的愉悦征服了深深的绝望，
我早就自杀了。
难道我没有叫盲者荷马为我吟唱
亚力山大的爱情和俄诺涅之死吗？[1]
难道那个用抒情的七弦竖琴销魂的旋律
建成底比斯的城墙的神[2]没有
和我的靡非陀匪勒斯谱出美妙的音乐吗？
为什么我要死，或者卑怯地绝望呢？
我已下定决心，浮士德永远不会忏悔。
来吧，靡非陀匪勒斯，让我们再争论一番吧，
辩一辩神圣的占星术。
告诉我，在月亮之外是否还有天体？
是否所有的天体都包含在一个球体中，
而地球就是这球体的中心？

靡非陀匪勒斯　　正如自然力[3]相互关联一样，
天体之间也是相互关联的。
从月球到宇宙的最边际[4]，
星球的运转轨迹相互串联在一起；
它们都在一个轮轴上面运动，
轮轴的尖端就称之为世界的远极。
土星、火星，或者木星并不是凭空臆想的，
确是在运行的行星。

浮士德　　告诉我，从时空概念来看的话[5]，
它们是否都只有一种运动模式？

---

① 亚历山大，即帕里斯，特洛伊王子，初娶山林水泽中女神俄诺涅，后因爱海伦而将
　　其抛弃。
② 根据希腊神话，安菲翁以七弦竖琴的魔力建成古希腊底比斯城邦的围墙。
③ 指地球、水、火和空气。
④ 即所谓的托勒密宇宙。
⑤ 原文为拉丁文：situ et tempore。

靡非陀匪勒斯　它们都一起在二十四小时内从东向西在世界的天极上运动，但是，它们在黄道带轴上的运转轨迹却是不一样的。

浮士德　呸，这些细枝末节连瓦格纳都知道。
难道靡非陀匪勒斯没有更深奥的知识了吗？
谁不知道行星的双重运行轨迹？
围绕地球转一周在一天内完成，
而在它们通过恒星体系的轨迹上，土星则需三十年绕一周，
木星十二年，火星四年，太阳、金星和水星一年，月亮二十四天。呸，这些是大学一年级学生都知道的知识。告诉我，每一颗行星都有特别的天使的影响力吗？

靡非陀匪勒斯　是的。

浮士德　一共有多少天体，或者行星？

靡非陀匪勒斯　一共九个，七颗行星，恒星天穹，和最外面的原动力天空。

浮士德　难道没有燃烧的和晶体的星球吗？[①]

靡非陀匪勒斯　没有，浮士德，它们仅仅是寓言而已。

浮士德　请在这个问题上帮我解答一下：为什么行星的相向运动、相反运动、相互构成视位置、相互遮蔽不是同时发生，却是有些年多一些，而有些年少一些呢？

靡非陀匪勒斯　就总体而言，是因为它们不相等地运转。[②]

浮士德　好极了，我得到了回答。告诉我谁创造了世界。

---

① 原文为拉丁文：coelum igneum et crystallinum，这是文艺复兴时期对托勒密的天文学思想做的一个新的修正，假设宇宙中有燃烧的和晶体的星球。

② 原文为拉丁文：Per inaequalem motum respectu totius。

靡非陀匪勒斯　我不告诉你。

浮士德　亲爱的靡非陀匪勒斯，告诉我。

靡非陀匪勒斯　不要勉强我，浮士德。

浮士德　混蛋，难道我没有合约规定你必须告诉我所有的事情？

靡非陀匪勒斯　是的，那没有违背我们王国的王法，但是这个问题违背了。

浮士德，你是被天罚入地狱的人。想一想地狱吧。

浮士德　想一想上帝，浮士德，上帝创造了世界。

靡非陀匪勒斯　记住我刚才说的话。

靡非陀匪勒斯下

浮士德　啊，滚吧，该诅咒的魔鬼，滚回可怕的地狱去吧！

是你摧残了痛苦的浮士德的灵魂。

现在太迟了吗？

好天使和坏天使上

坏天使　太迟了。

好天使　如果浮士德将忏悔的话，永远不会太迟。②

坏天使　如果你忏悔，魔鬼们会把你撕成齑粉。

好天使　忏悔吧，它们永远奈何你不得。

天使们下

浮士德　啊，基督，我的救世主，我的救世主，

请救救痛苦的浮士德的灵魂吧！①

路济弗尔、别西卜和靡非陀匪勒斯上

---

① 在第一版中，此处是：can，即浮士德能忏悔，而在第二版中，此处是：will，即浮士德将忏悔，表明浮士德有寻求救赎的决心。

② 在第一版中，此处用"seek"，着重点放在由基督选择、决定是否拯救浮士德的灵魂，而在第二版中，此处用"help"，着重点放在浮士德祈求基督的救赎。

路济弗尔　基督不能救赎你的灵魂，因为他是公正的。
　　　　　除了我，没人会对你感兴趣。

浮士德　　哦，你是谁，你瞧上去是如此可怖？

路济弗尔　我是路济弗尔。
　　　　　这是我的地狱亲王伙伴。

浮士德　　哦，浮士德，他们来拿你的灵魂啦！

别西卜　　我们来告诉你，你实实在在地伤害了我们。

路济弗尔　你违背了你的誓言，向基督发出了呼吁。

别西卜　　你不应该想起上帝。

路济弗尔　想魔鬼吧。

别西卜　　以及比魔鬼更坏的东西。

浮士德　　我从此不会再这么想了。请饶恕我，浮士德发誓永远
　　　　　将不再仰望天空。

路济弗尔　你就做一个驯顺的仆役吧，我们将大大地奖赏你。

别西卜　　浮士德，我们来自地狱，亲自给你带来余兴节目。请
　　　　　坐，你将会看到所有的七宗罪按它们本来的样子出现
　　　　　在你面前。

浮士德　　那情景对我，将像天堂对刚被创造出来的亚当一样令
　　　　　人愉悦。

路济弗尔　别提天堂和创世，只关注这场演出。去，靡非陀匪勒
　　　　　斯，把它们带上场。
　　　　　（浮士德坐下，靡非陀匪勒斯带上七宗罪）七宗罪上

别西卜　　现在，浮士德，你可以询问它们的名字和脾性。

浮士德　　我会这样做的。——第一个，你是谁？

傲慢 我是傲慢。我不屑有父母。我喜欢当奥维德的跳蚤①：我就有可能跳到少女身上任何部位。我有时候可以像一顶佩鲁基假发悬在她的蛾眉之上；或者像一串项链挂在她的脖颈上；或者像羽毛扇子亲吻她，然后，变成一条绣花的女式无袖宽内衣，干我想干的事儿。啊，这儿有一股什么怪味儿！除非这地上喷上香水，铺上花毯，否则，我不再说一句话，即使给我一笔巨款。

浮士德 你真是一个傲慢的混蛋。第二位，你是谁？

贪婪 我是贪婪，诞生于一个老守财奴的破旧的皮袋里；要是如我愿的话，我希望这栋房子，你，和一切都变成金子，这样，我就可以将你们安安稳稳地锁在我的胸中。哦，我的至爱的金子！

浮士德 第三位，你是谁？

妒忌 我是妒忌，一个烟囱清扫工和一个采牡蛎的女人生下了我。我不识字，所以我希望所有的书都被烧光。我瘦骨伶仃，看见别人吃东西就妒忌。哦，我多么希望全世界来上一次大饥荒，把所有的人都饿死，就只剩下我一个人！那时候，你就会看到我会是何等样的胖硕。难道你就该坐着，而我却站着吗？离开你那把椅子吧，该死的！

浮士德 滚蛋吧，妒忌成性的混蛋！——第四位，你是谁？

暴怒 我是暴怒。我既没有父亲，也没有母亲。当我还不足一小时大时，我从狮子的口中跳将出来，从那以后，我就拿着这对双刃长剑满世界跑，没有对手的时候，我就将自己伤害。我诞生于地狱，瞧着吧，你们中有些人将会是我的父亲。

---

① 这是一首拉丁诗，诗人赞美跳蚤可以跳到任何地方，暗喻甚至可以跳到女性的私处。这首诗被错误地认为是奥维德的诗作。

浮士德　　第五位，你是谁？

饕餮　　我是饕餮。我的父母都死了，没给我留下一分现钱，却给我留下一套很小的膳宿公寓，公寓每天提供三十顿膳食和十份饮料——小意思，远不够满足我的口腹。哦，我来自一个皇族家庭。我父亲是火腿，母亲是一大桶红酒。腌鲱鱼和圣马丁节牛肉是我的教父。哦，我的教母，她是一个旧派的贵妇人；她的名字叫马洁丽·玛奇夫人牌啤酒。现在，浮士德，你已经听说了我的传承，你会请我吃晚饭吗？

浮士德　　不。

饕餮　　但愿魔鬼掐死你！

浮士德　　掐死你自己吧，饕餮！——第六位，你是谁？

懒惰　　哎哟，我是懒惰。我生在阳光明媚的岸边。哎哟，即使给我一笔巨款，我也不想再说一句话了。

浮士德　　那第七位，最后的一位，你是谁，淫荡夫人？

淫荡　　谁，我吗？我，先生？我喜欢嫩羊肉，一两嫩羊肉也比一斤煎鳕鱼干强。① 我的名字的第一个字就是一个淫字。

路济弗尔　　滚开，滚回地狱去，滚回地狱去！吹风笛的，把它们带下去！

七宗罪下

浮士德　　哦，这场戏让我的灵魂受益匪浅！

路济弗尔　　啊，浮士德，在地狱里还有各种各样的乐趣。

浮士德　　哦，让我去见见地狱，然后再安全地回来，我将会多么幸福！

---

① 这句话带有强烈的性暗示。

路济弗尔　浮士德，你会的。我将在半夜来叫你。（给他一本书）同时，读这本书。仔细读一读，你将会变成你应该变成的样子。

浮士德　（接书）感激不尽，伟大的路济弗尔。我将珍惜这本书就像珍惜我的生命。

路济弗尔　现在，浮士德，再见。

浮士德　再见，伟大的路济弗尔。来吧，靡非陀匪勒斯。
全下，各走各的门

第三幕

戏剧致辞者上

致辞者　知识渊博的浮士德，
　　　　为了了解镌刻在朱庇特高高的天书上的
　　　　天文学的奥秘，
　　　　爬上奥林匹斯山巅，
　　　　在山上，他端坐在那套轭的魔鬼拖曳的
　　　　光彩夺目的车辇上，
　　　　观察云彩、行星，和恒星，
　　　　南北回归线
　　　　和将天空划分为四等份的南北极，
　　　　从月牙的灿烂的光圈
　　　　到高处最边际的原动力；
　　　　在宇宙的轴所规定的凹陷的范围内
　　　　做圆形的运动；
　　　　他的魔鬼们迅疾地从东方飞奔到西方，
　　　　在八天之内便又将他带回家。
　　　　在筋疲力尽的观察之行之后，
　　　　他在他那静谧的屋子里休养他的筋骨，
　　　　但没待上许久，
　　　　他又骑上一个魔鬼的背，

魔鬼扇动翅膀飞离了太空，

他得以从宇宙考察

地球的海岸和王国，

我猜想，他将首先前往罗马，

觐见教皇，亲眼见识教廷的礼仪，

参加圣彼得节的庆祝活动，

这节日直到今天仍然非常隆重。

下

第一场

浮士德和靡非陀匪勒斯上

浮士德　我的好靡非陀匪勒斯，我们

愉快地穿过了庄严的特里尔镇[1]，

那儿空气清新，群山环绕，

石墙和深深的护城湖包围，

不管哪位亲王也莫想能征服它；

我们从巴黎出发，穿越法国疆土，

来到美因河和莱茵河的交汇处，

河流的堤岸上生长着葳蕤的丛丛葡萄。

然后，我们前往那不勒斯，肥沃的坎帕尼亚，

美轮美奂、华丽的建筑令人目不暇接，

街道笔直，铺设着最精致的石砖。

我们拜谒渊博的维吉尔[2]金碧辉煌的陵墓，

他一夜之间在岩石中

开凿了一条一英里长的墓道。

从那儿，前往威尼斯、帕多瓦，和东部的胜地，

---

①　德国西部古城。

②　维吉尔，Publius Vergilius Maro（前 70—19），罗马诗人。

在威尼斯耸立着一座宏伟的庙堂[1]，
它那高耸的尖顶直指天上的星星，
墙上铺砌着各色石头，
高高的屋顶装饰着奇异的金色。
浮士德就是这样度过他的时光。
告诉我，这是一个怎样的休息之所？
正如我曾经要求过的，
你引导我到了罗马围城里面了吗？

靡非陀匪勒斯　是的，我的浮士德。我们已在围城里面，
你将在主教雄伟的宫殿休息；
我已经选择主教的私人寓所为我们所用。

浮士德　我希望主教会欢迎我们。

靡非陀匪勒斯　都是朋友，我们会享受到他的烤鹿肉。
现在，我的浮士德，你能看到
罗马拥有什么可以使你愉悦，
可以了解到这屹立于七山之上的城市，
七山支撑着罗马的基石。
台伯河流经全城，
蜿蜒将罗马切割成两半，
曲折的河上架设着两座雄伟的桥梁，
由此罗马两地来往自由穿梭。
在称之为圣天使桥上，
屹立着坚不可摧的城堡，
城墙里囤放着军械，
双管铜铸的火炮——
数量和一年的天数相等——
置于尤利乌斯·恺撒从非洲带回来的
大门和高高的方尖塔之旁。

---

[1]　即圣马可教堂。

浮士德　　现在，以地狱王国律法的名义，
　　　　　以斯迪克斯河、阿契隆河和永恒燃烧的
　　　　　富勒格松湖的名义①，我宣誓
　　　　　我希冀看到辉煌的罗马的
　　　　　纪念碑和市容。
　　　　　喂，让我们去吧！

靡非陀匪勒斯　不，我的浮士德，等一等。我知道你很想觐见主教
　　　　　参加圣彼得节的欢庆，
　　　　　这节日至今仍然庄严非凡，
　　　　　仍然在罗马和意大利
　　　　　纪念主教的辉煌胜利。②

浮士德　　亲爱的靡非陀匪勒斯，你让我感到快乐，
　　　　　当我在地上时，所有让人快乐的东西
　　　　　都让我生厌。
　　　　　我二十四年的自由时光，
　　　　　要在淫逸和放荡中度过，
　　　　　让浮士德的英名，在我这丰满身子在世之时，
　　　　　传播到遥远的地方。

靡非陀匪勒斯　说得好极了，浮士德。来吧，站在我旁边，
　　　　　你马上就会看见它们前来。

浮士德　　不，且慢，我的温顺的靡非陀匪勒斯，
　　　　　答应我的要求，然后我就走。
　　　　　你知道，在八天期间
　　　　　我们考察了天空、地球和地狱。
　　　　　拖曳我们的精灵们飞得如此之高，
　　　　　往下探望，在我看来，地球大不过
　　　　　我的拳头。

――――――――――

①　根据希腊神话，即 Styx, Acheron, Phlegethon，地狱中五大冥河中之三条河。

②　指主教对德皇查尔斯的胜利，德皇企图任命布鲁诺为主教。

在那儿，我们看到了世界上的王国，
也看到了什么将使我的眼色生辉。
在这一场戏中，让我也当一个演员吧，
让傲慢的主教领略一番浮士德的戏法。

靡非陀匪勒斯　就按你的说法做吧，我的浮士德。但是，
先瞧一眼他们凯旋回师的一幕吧，
然后，你便可以做你最想做的事，
用你的魔术作弄主教，
或者对这隆重的礼仪嘲弄一番，
让他的僧侣们和寺院住持们显得像一群猴子，
像愚蠢的小丑一样手指着他的三重冕，
用祷告珠子敲打托钵修士们的脑袋
或者在枢机主教的脑袋上安上鹿角，
或者任什么你想得出的恶作剧，
我会将它们演出来。听，他们来了。
（他们站在一边）法兰西和帕多瓦枢机主教与洛林和
兰斯主教上，有的拿着主教权杖，有的拿着曲柄杖；
僧侣们和托钵修士们吟诵列队行进赞美诗。安德里安
教皇和匈牙利国王雷蒙德上，同时对立教皇布鲁诺戴
着镣铐上（教皇宝座和布鲁诺的皇冠被带上来）

教皇　把脚凳放下来。

雷蒙德　撒克逊·布鲁诺，跪下，
教皇陛下要踩在你的背脊上去坐上圣彼得宝座，
执掌教宗国。

布鲁诺　骄傲的路济弗尔，那教宗国是属于我的！
我输给了彼得，而不是你。
他在圣座前跪下

教皇　你将趴在我和彼得的面前，
在教皇的尊严面前屈尊匍匐。

> 请吹响喇叭，为圣彼得的继承者，
> 踩着布鲁诺的背脊，走上圣彼得宝座。
>
> *他走上宝座时，喇叭齐鸣*
>
> 神在他们用铁拳惩罚人之前，
> 蹑手蹑脚潜行，从不给任何警告，
> 我们的复仇不再沉睡，
> 要以死来惩罚不共戴天的对手。
> 法兰西和帕多瓦枢机主教大人，
> 前往我们神圣的教会法庭，
> 在教皇所颁布的法令中读一下
> 根据神圣的特伦托会议，
> 神圣的教会会议如何做出裁决，
> 无须枢机主教团选举和公推，
> 任命领导教宗政府的人。
> 去吧，尽快给我带来消息。

第一位枢机主教　我们就去，陛下。

枢机主教们下

教皇　雷蒙德大人——

安德里安教皇和雷蒙德私下交谈

浮士德　（*旁白*）驯顺的靡非陀匪勒斯，快去，
　　跟随枢机主教们到教会法庭去，
　　当他们在翻阅那些迷信的书籍时，
　　让他们变得慵懒、困乏，
　　睡得那么死，
　　我和你就可以装扮成他们的样子
　　和这位教皇，
　　这位骄傲的与皇帝对抗的人谈判，
　　恢复布鲁诺的自由，
　　尽管他拥有神圣的称呼，
　　并护送他到德意志去。

靡非陀匪勒斯　浮士德，我就去。

浮士德　赶快走吧，
　　　　要不教皇要诅咒浮士德来到罗马。
　　　　浮士德和靡非陀匪勒斯下

布鲁诺　安德里安教皇，让我得到一点儿公正对待吧。
　　　　我是被皇帝遴选当教皇的。

教皇　就为了那决定，我们将推翻皇帝，
　　　并诅咒那些顺从他的意志的人们。
　　　皇帝和你都将被开除教会，
　　　禁止享受教会的特权
　　　和教会人士所有的集会。
　　　在皇位上他变得太骄横，
　　　将脑袋昂于云彩之上，
　　　就像那直耸云霄的尖顶傲视教会。
　　　我们要摧毁他的睥睨一切的傲慢，
　　　就像我们的先辈亚历山大教皇
　　　让德皇弗雷德里克将他的脖子
　　　置于他的足下。①
　　　我们要将下面的金玉良言作为我们的赞颂：
　　　"彼得的继承者敢于将皇帝踩在脚下
　　　在可怕的蝰蛇的背上行走，
　　　将狮子和魔鬼踏死，
　　　毫无畏惧一脚踢开凶险的蛇怪②"，
　　　我们同样将镇压傲慢的分裂教会派，
　　　根据使徒的权威，

---

① 皇帝弗雷德里克·巴巴罗沙任命了一个对立的教皇维克多五世，最终不得不屈服，将脑袋置于亚历山大三世的脚下。

② 古代和中世纪传说中的怪物，由蛇从公鸡蛋中孵出，状如蜥蜴，有一只可怕的红眼睛，人触其气息和目光即死。

　　　　　　将他从帝王政府中清除出去。

布鲁诺　尤里乌斯教皇发誓忠于西吉斯蒙德皇帝①，

　　　　他和随后的罗马教皇

　　　　将视皇帝是他们合法的主宰。

　教皇　尤里乌斯教皇践踏了教会的权利，

　　　　所以，他的律令都不能成立。

　　　　难道世上所有的权力不都授予我们了吗？

　　　　因此，即使我们想犯错误，我们也不能犯错误。

　　　　瞧这条银带，在银带上缀着

　　　　七把金钥匙，用七个印章密封着，

　　　　象征着上天所赋予的七种权力，

　　　　约束或者放纵、禁闭、谴责，或者审判，

　　　　开启，或者密封，或者任什么我们愿意做的事。

　　　　于是，他和你，以及全世界都要趴下，

　　　　否则将受到我们可怕的诅咒

　　　　犹如地狱的痛苦将降临。

　　　　浮士德和靡非陀匪勒斯穿着枢机主教的法袍上

靡非陀匪勒斯　（对浮士德）

　　　　现在告诉我，浮士德，我们穿得像吗？

浮士德　（对靡非陀匪勒斯）像，靡非陀匪勒斯，还没有枢机
　　　　主教

　　　　像我们两个这么捉弄神圣的教皇呢。

　　　　当他们在教会法庭酣睡，

　　　　让我们向可尊敬的长老致敬。

雷蒙德　（对教皇）瞧，圣座，枢机主教们回来了。

　教皇　欢迎，一丝不苟的长老们。请即刻回答：

----

①　西吉斯蒙德（1368—1437），神圣罗马帝国皇帝。戏剧家在这里杜撰了历史，西吉斯
　　蒙德是 15 世纪初的皇帝，而尤里乌斯三世教皇则是 16 世纪中期的人物。

神圣的教会法庭
就赦免布鲁诺和皇帝最近阴谋
反对我们的宗主国和教皇的尊严，
是怎么裁定的？

浮士德　罗马教会最神圣的守护神，
神父和高级教士的教会会议决定：
布鲁诺和德意志皇帝
是异教邪说者①和分裂分子，
教会安宁的傲慢的扰乱者。
如果布鲁诺承认
没有德意志国王和朝廷的怂恿，
他谋求戴上三重冕，
谋害你，爬上圣彼得宝座，
法令谴责他的异端，
裁定把他在柴火堆上烧死。

教皇　这就够了。将他逮捕，
送到天使桥，
将他禁锢
在最坚固的桥头堡里。
明天，所有严肃的枢机主教
将聚集在教会法庭，
决定他的死活。
拿下他的三重冕，
将它安放在教会金库。
布鲁诺将他的教皇皇冠给了浮士德和靡非陀匪勒斯
我的好枢机主教们，
请接受教皇的祝福。

————————

① 原文为 Lollards，罗拉德派，14—15 世纪英国以 John Wycliffe 的信徒为核心的反对天主教会的一个基督教教派。

靡非陀匪勒斯　（旁白）太好了，太好了，魔鬼从来没有这样受到祝福！

浮士德　（旁白）走吧，亲爱的靡非陀匪勒斯，走吧。

　　　　枢机主教们将很快为此而遭罪。

　　　　浮士德，靡非陀匪勒斯和布鲁诺下

教皇　赶快去准备一场筵席，

　　　欢庆圣彼得节，

　　　和匈牙利国王雷蒙德陛下一起

　　　为我们最近的愉快的胜利而干杯。

　　　下

第二场

在喇叭声中摆上筵席。安放席位。仆役们下。浮士德
和靡非陀匪勒斯以他们本来的面目上

靡非陀匪勒斯　浮士德，来，准备好让你自个儿快乐一番吧。

　　　　趁酣睡的枢机主教还不可能前来

　　　　惩罚布鲁诺，将他

　　　　放在一匹骏马背上，疾蹄如飞，

　　　　飞越阿尔卑斯山到富饶的德国，

　　　　到那儿，向悲哀的皇帝致意。

浮士德　教皇将因为今天的怠惰而谴责他们，

　　　　他们的睡眠把布鲁诺和他的皇冠断送。

　　　　现在，浮士德，利用他们的蠢行来逗一逗，

　　　　也让我来乐一乐。

　　　　亲爱的靡非陀匪勒斯，让我变成隐形人吧，

　　　　谁也看不见我，

　　　　我可以做任何我喜欢做的事儿，不被任何人发觉。

摩菲陀匪勒斯　浮士德，你会的。请立刻跪下来，

　　　　　　　　浮士德跪下

　　　　　　　我将我的手安放在你的脑袋上，

　　　　　　　用这根魔杖让你变身。

　　　　　　　　给他一根腰带

　　　　　　　先围上这根腰带，在这儿的人

　　　　　　　谁都看不见你。

　　　　　　　七颗行星，黝黑的空间，

　　　　　　　冥府，复仇女神蛇样盘缠的头发，

　　　　　　　冥王蓝色的火焰，赫卡忒①的树，

　　　　　　　这符咒包裹着你，

　　　　　　　没有人能看见你的身体。

　　　　　　　　浮士德站起

　　　　　　　现在，浮士德，天啊，

　　　　　　　你做你想做的，没人会发现你。

　　　　浮士德　谢谢，摩菲陀匪勒斯。现在，修士们，请注意，

　　　　　　　浮士德要你们的秃脑袋流血。

摩菲陀匪勒斯　浮士德，别。枢机主教们来了。

　　　　　　　　教皇和所有的大人们：匈牙利国王雷蒙德，兰斯大主
　　　　　　　　教，等等，托钵修士们和仆役们上。法兰西和帕多瓦
　　　　　　　　枢机主教拿着一本书上

　　　　　教皇　欢迎，枢机主教大人们。来，请坐。

　　　　　　　　他们坐下

　　　　　　　修士们，照料一下吧，

　　　　　　　看看是否都准备好了，

　　　　　　　让一切都要符合这庄严节日的气氛。

第一位枢机主教　首先，圣座是否愿意

　　　　　　　先看一下神圣的教会会议

---

①　希腊神话中月亮、大地和冥界女神，后也被视作魔法和巫术女神。

关于布鲁诺和皇帝的裁决书？

教皇　有这个必要吗？难道我没有告诉你，
　　　明天我们将聚会在教会会议上，
　　　在那儿我们将决定对他的惩罚？
　　　你们给我带来传话，神圣会议
　　　已经谴责布鲁诺和那该诅咒的皇帝
　　　可厌的异端邪说和可鄙的分裂行为。
　　　而你们还要我再看那裁决书吗？

第一位枢机主教　这是您的严重的误会。您没有赋予我们那个使命。

雷蒙德　别否认了。我们都见证了
　　　布鲁诺刚从这儿押解到你们那儿，
　　　他那贵重的三重冕留了下来，
　　　放在了教会的金库。

两位枢机主教　天啊，我们没有看见。

教皇　主啊，除非你们立即将他们带上来，
　　　否则你们将死路一条。——
　　　将他们解往监狱。给他们上脚镣！——
　　　虚伪的教士，就凭这可憎的出卖，
　　　你们的灵魂也应下地狱受苦受难。
　　　随从们和枢机主教们下

浮士德　（旁白）把他们搞走了，浮士德，去赴宴吧。
　　　教皇还从来没有过这样一位逗乐的客人。

教皇　兰斯大主教大人，请跟我们坐在一块儿。

大主教　（坐下）衷心感谢圣座。

浮士德　开始吃，要是你们不吃得饱饱的，魔鬼就要掐死你
　　　们。

教皇　是谁在那儿说话？修士们，去瞧个究竟。

有些修士试图看个究竟
雷蒙德陛下，请用膳。我很感谢
米兰主教送来这么稀有的一份佳肴。

浮士德　（拿走盘子里的菜肴）谢谢你，先生。

教皇　怎么回事？谁从我这儿拿走了肉？
歹徒们，你们为什么不说话？——
我的好大主教，这盘最鲜美的菜肴
法国的一位枢机主教送呈的。

浮士德　（拿走菜肴）我也要吃那一份。

教皇　什么异端邪说分子在服侍教皇，
我遭到如此奇耻大辱？
给我拿酒来。
送上酒来

浮士德　（旁白）是的，快拿酒来吧，浮士德太想喝了。

教皇　雷蒙德陛下，我为尊贵的国王干杯。

浮士德　（拿走酒杯）我肯定会为您而干杯的，陛下。

教皇　我的酒也给拿走了？你们这些笨蛋，去瞧瞧，
是谁在这儿捣蛋？
按我们的神圣律令，你们都得死！
有些修士试图看个究竟
大人们，我请求你们在这个纷扰的宴席上保持耐心。

大主教　圣座，很可能是最近从炼狱里出来的鬼魂，来祈求陛
下的赦免了。

教皇　有可能。
去请我们的修士们吟唱一首安灵曲，
来去除这个不安的鬼魂的愤怒。
一人下。教皇画十字

浮士德　怎么，难道做每一件事都要在身上画十字吗？

　　　　教皇再次画十字

　　　　不，吃我一拳！

　　　　浮士德在教皇脑袋上击了一拳

　　教皇　哦，有人要杀我！救救我，我的大人们。

　　　　哦，来人，把我抬走。

　　　　这人的灵魂为此要永远受到惩罚！

　　　　教皇和随从们下

靡非陀匪勒斯　现在，浮士德，你现在怎么办？我可以告诉你，你将

　　　　会受到魔咒——

　　　　铃、书，和蜡烛的诅咒。

浮士德　铃、书和蜡烛；蜡烛、书和铃，

　　　　前后倒着念，诅咒浮士德到地狱去。

　　　　修士们为了吟唱安灵曲拿着铃、书和蜡烛上

第一位修士　来吧，兄弟们，让我们虔诚地来吟唱吧。

　　　　修士们吟唱

　　　　诅咒那从餐桌上偷走圣座的肉的人。

　　　　愿上帝诅咒他！①

　　　　诅咒那打圣座耳光的人

　　　　愿上帝诅咒他！

　　　　诅咒那击打修士桑德罗脑袋的人。

　　　　愿上帝诅咒他！

　　　　诅咒那扰乱我们的安灵曲的人。

　　　　愿上帝诅咒他！

　　　　诅咒那拿走圣座葡萄酒的人。

　　　　愿上帝诅咒他！

　　　　浮士德和靡非陀匪勒斯揍修士们，将烟花扔向他们，

　　　　同时下

---

① 原文为拉丁文：maledicat Dominus。

第三场

罗宾拿着一本魔法书和迪克拿着一个酒杯上

迪克　罗宾伙计，如果问起偷窃这酒杯的事儿，你最好让你的魔鬼应付一下，酒店老板当差的正紧紧尾随着咱们。

罗宾　没关系。让他来吧。他尾随咱们，我来用魔法捉弄他，我敢说，他一辈子还没有这样被捉弄过。让我瞧瞧这酒杯。

酒店老板上

迪克　（将酒杯给罗宾）给你。他来了。罗宾，就这一锤子，显摆显摆你的魔法吧。

酒店老板　哦，你们在这儿？我真高兴我终于找到你们了。你们真是一对好宝贝儿！对不起，你们从酒馆偷的酒杯在哪儿？

罗宾　什么，什么？我们偷了酒杯？请留神你说的话。我正告你，咱们可不是偷酒杯的人。

酒店老板　别赖，我知道你们偷了。让我来搜一搜。

罗宾　搜我的身？是的，别放过任何人。（将酒杯抛给迪克，对他说）接住酒杯，迪克。（对酒店老板）来，来，来搜我吧。

旅馆老板搜罗宾

酒店老板　（对迪克）来吧，伙计，让我来搜你。

迪克　是的，是的，搜吧，搜吧。（他将酒杯扔给罗宾，对他说）接住酒杯，罗宾。（对酒店老板）我不怕你搜身。告诉你吧，咱们还不屑于偷你的酒杯呢。

酒店老板搜迪克的身

酒店老板　别糊弄我，我肯定你们两人中准有一人身上带着酒杯。

罗宾　（挥舞酒杯）不，你说错了。酒杯不在我们身上，就在我面前呢。

酒店老板　你们真该死！我琢磨你们是恶作剧拿走了酒杯。喂，还是还给我吧。

罗宾　是的，太逗了。马上就给你。迪克，在我周围画一个圈儿，紧站在我背后，一动也不动。（迪克画一个圈儿）老板，你很快就会得到你的酒杯。别说话儿，迪克。拨拉博拉波拉，靡非陀匪勒斯！

　　　　靡非陀匪勒斯上，旅馆老板跑着下

靡非陀匪勒斯　统治地狱的亲王们，
　　　　这些歹徒的魔咒叫我多么烦恼！
　　　　他们把我从君士坦丁堡叫来，
　　　　却只为了这些该死的奴隶的戏闹。

罗宾　天啊，先生，你在路上一定吃了不少苦。你愿意从你的钱袋里拿出六便士银币支付晚餐上的羊肩肉，然后再回去吗？

迪克　啊，真心求你啦，先生，说真的，咱们叫你只是闹着玩儿的。

靡非陀匪勒斯　为了惩罚这该死的胡闹，
　　　　首先，（对迪克）把你变丑，
　　　　因为你的猴子般的胡闹，把你变成一只猴子。

　　　　迪克变样

罗宾　天啊，一只猴子！先生，我请求你让我带着它去到处耍耍猴戏。

靡非陀匪勒斯　行，你会的。把你变成一条狗，将猴子驮在背上。走，滚开吧！

　　　　罗宾变样

罗宾　一条狗？好极了。让厨娘们小心看好她们的粥锅，我
　　　很快就要到厨房去了。来吧，迪克，来吧。
　　　两个小丑下（罗宾驮着迪克）

靡非陀匪勒斯　乘着永恒燃烧的火焰，
　　　　　　我将长上翅膀，重又飞到
　　　　　　我的浮士德那儿，飞到大苏丹王的朝廷去。
　　　　　　下

第四幕

第一场

马蒂诺和弗雷德里克从不同的门上

马蒂诺　　啊，军官们，先生们！
　　　　　快来伺候皇帝。
　　　　　好弗雷德里克，请把房间撤空；
　　　　　陛下将来到大厅。
　　　　　回去，看一下皇座是否准备停当。

弗雷德里克　皇帝遴选的教皇布鲁诺
　　　　　骑在精灵背上匆匆从罗马赶来，
　　　　　现在在哪儿？
　　　　　难道圣座不来陪伴陛下吗？

马蒂诺　　哦，是的，和他一起来的还有德国魔术师，
　　　　　知识渊博的浮士德，威登堡大学的名士，
　　　　　世界魔术界的神奇人物；
　　　　　他将请伟大的查尔斯五世观赏
　　　　　所有高超的先师们的表演节目，
　　　　　他还将穿着皇家盛服和战场戎装的
　　　　　亚历山大大帝和他的妩媚的情人，
　　　　　带到陛下的面前。

弗雷德里克　本沃利奥在哪儿？

马蒂诺　我打赌他还在睡大觉呢。

他昨晚痛饮一杯又一杯葡萄美酒，

敬祝布鲁诺圣体康健，

今天一整天这懒鬼就赖在床上了。

弗雷德里克　明白，明白，他窗户打开了。让我们来喊他。

马蒂诺　喂，本沃利奥！

戴着睡帽的本沃利奥出现在上面的窗口，在扣纽扣

本沃利奥　你们两个捣什么鬼？

马蒂诺　说话声轻一点儿，否则魔鬼会听见你的；

浮士德最近来到朝廷，

紧跟在他后面有成千的小鬼

正等待着干博士要它们干的任何事情。

本沃利奥　干吗？

马蒂诺　来吧，离开你那睡房，你将看到

魔术师当着教皇①和皇上

变幻在德国从来还没有见过的

绝妙的戏法。

本沃利奥　难道教皇戏法还没有变够吗？

他近来干了够多的鬼事了；

如果他是真的喜欢他，

我倒盼望他跟着他再到罗马去。

弗雷德里克　说吧，你到底去不去看变戏法？

本沃利奥　我不去。

马蒂诺　那你愿意站在窗口看吗？

---

① 指布鲁诺。

本沃利奥　好的，最好在我再次睡着之前。

马蒂诺　皇上很快就要来看看
诡异的魔法到底能带来什么奇迹。

本沃利奥　好吧，你们去侍候皇上吧。我就待在这儿将脑袋伸出
窗外瞅热闹，人们常说，在晚上喝醉酒的人，第二天
早晨魔鬼也伤不到他。如果真如所言，我脑袋上就有
一种魔力控制魔鬼和魔术师。

　　　　弗雷德里克和马蒂诺下，本沃利奥留在他窗户前。喇
　　　　叭信号。德国查尔斯皇帝、布鲁诺、萨克森公爵、浮
　　　　士德、摩非陀匪勒斯、弗雷德里克、马蒂诺，以及扈
　　　　从上。皇帝端坐在御座里①

皇帝　人的精华，闻名遐迩的魔术师，
知识渊博的浮士德，欢迎你来到朝廷。
你将布鲁诺
从他的和我的公开的敌人那儿
解放出来，
这比你运用无与伦比的魔咒
让全世界臣服于你的脚下，
还要给你的艺术增添光彩。
永远爱查尔斯皇吧。
如果你最近用和平的方式救赎的
布鲁诺拥有了三重冕，
并不顾任何命运的捉弄，
坐上了圣彼得宝座，
那你的名字就将在全意大利远扬，
并受到德国皇帝的赞赏。

浮士德　这些赞扬的话语，查尔斯皇帝陛下，
将催使鄙人浮士德竭尽所有

————————————

①　御座很可能在此时被抬上舞台，查尔斯皇帝陛坐在御座里。

> 去爱戴和服侍德国皇帝，
> 将他的生命置于圣座布鲁诺的脚下。
> 为了证明我的忠诚，为了取悦于陛下，
> 博士甘愿运用魔术无边的威力，
> 让魔咒穿越
> 永恒燃烧的地狱黑暗的大门，
> 召唤躲藏在洞穴里的精灵们，
> 去策划陛下希望他们做的任何事情。

本沃利奥　（独白，在窗口）天啊，他在胡诌些什么。即使他说得那么天花乱坠，我也根本不相信他。他看上去就像一个变戏法的摆出一副教皇的架势对大街上卖菜的小贩说话一样。

皇帝　浮士德，正如你最近答应我的，
　　　我们将能看到那举世闻名的征服者
　　　亚历山大大帝和他的情人
　　　真正的清影和高贵的仪表，
　　　让我们有可能惊叹他们的不同凡响。

浮士德　陛下很快就会看到。——
　　　（对靡非陀匪勒斯）靡非陀匪勒斯，快去，
　　　吹响庄严的喇叭，
　　　在皇上面前
　　　显现亚历山大大帝和他的绝色妖媚的情人。

靡非陀匪勒斯　（对浮士德）浮士德，我就去。

　　　靡非陀匪勒斯下

本沃利奥　（在窗口）得，浮士德大师，如果你的魔鬼们不马上就来，你可让我又要睡着了。天啊，一想到我是一个怎样的傻瓜蛋呀，一直站在这儿，盼望看看魔术师怎么耍魔术，却什么也没有瞧见，真把肚子也气炸了。

浮士德　（旁白）如果我的魔法应验的话，我很快就会让你看到点儿什么。——

（对皇帝）陛下，我必须预先警告皇上，

当我的精灵显现

亚历山大大帝和他的情人时，

陛下不要问大帝任何问题，

让他们于寂静无声之中上来而又下去。

皇帝　　按浮士德所说做吧。我们耐心等待。

本沃利奥　（在窗口）是的，是的，我也在耐心等待。如果你能
将亚历山大和他的情人带到皇帝面前，我就是亚克托
安①，把自己变成一头牡鹿。

浮士德　　（旁白）我要当狄安娜，很快就要在你头上安上鹿角，
你这王八。

靡非陀匪勒斯上。喇叭吹响。亚历山大大帝从一个门
上，大流士②从另一门上。他们相遇；大流士被摔到
地上。亚历山大杀死他，拿走他的皇冠，正要出走
时，他的情人前来跟他见面。他拥抱她，将大流士的
皇冠戴在她的头上。他们回身时，向德国皇帝致礼，
德国皇帝走下他的御座，欲拥抱他们，浮士德一见这
样，便阻止了他。喇叭声戛然而止，音乐声随之响起

我仁慈的皇上，你忘了，

他们仅仅是幻影，并不是实在的人体。

皇帝　　哦，请原谅我。一见这位声名显赫的皇帝，

我被全然震慑，

我多么想把他们拥入我的怀抱。

浮士德，既然我不能跟他们说话，

为了满足我的向往，

---

① 按照希腊神话，亚克托安是一个猎人，因偷窥狄安娜洗澡，使她愤而将他变成一头
牡鹿。

② 即大流士三世，波斯帝国末代皇帝，被亚历山大大帝击败。

让我跟你提出这一点想法：
我听说
这位贵妇活着的时候
在她的脖子上有一个肉赘或者一颗黑痣。
我怎么知道这是不是真的？

浮士德　陛下可以斗胆前去瞧一下。

皇帝　（皇帝前去审视一番）浮士德，我看清楚了，
这一瞧比征服一个君主国
还要使我愉悦。

浮士德　（对精灵们）走吧，走开吧！
表演者全下
瞧，瞧，仁慈的皇上，那儿是一头怎样古怪的畜生，
将他的脑袋戳出窗外。
人们看见本沃利奥脑袋上长出鹿角

皇帝　哦，多么神奇的景象！瞧，萨克森公爵，
两只犄角如此奇怪地长在
年轻的本沃利奥的脑袋上。

萨克森　怎么，他是睡着了，还是死了？

浮士德　他睡着了，大人，但并不是在做他的鹿角的梦。

皇帝　这游戏太有趣了。我们来叫醒他。
喂，本沃利奥！

本沃利奥　你该死！让我睡一会儿。

皇帝　我并不是责怪你睡得太多，而是瞧你头上长出来了一
对鹿角。

萨克森　抬头瞧瞧，本沃利奥。是皇上在喊你呢。

本沃利奥　皇上？在哪儿？哦，天，我的脑袋！

皇帝　不，如果那犄角牢牢地长在那儿，那对你的脑袋也无

妨，因为那也足以让你自卫。

浮士德　怎么啦，骑士先生？啊，脑袋上长犄角啦？太糟糕了。呸，呸，还是把脑袋缩回去吧，太丢人啦。别让全世界的人嘲笑你。

本沃利奥　天啊，博士，你这是在捉弄人吗？

浮士德　哦，别这么说，先生，博士没什么能耐。
没什么本事，
没什么魔术可以奉献于大人们的，
或者在皇帝陛下面前呈现
威武无比的君王，好战的亚历山大大帝。
然而，一旦浮士德想略施小技，那你就必然会
像亚克托安一样，变成一头牡鹿。——
因此，陛下，为了使皇上快乐，
我将召唤来一群猎狗追猎他，
他的仆役们根本无法从
它们血淋淋的利爪中
夺回主子的尸体。
来啊，贝里莫斯，阿基隆，阿西塔罗斯！

本沃利奥　且慢，且慢！天啊，我琢磨他很快要唤来一群魔鬼。我的好陛下，请为我恳求一次吧。天啊，我压根儿受不了它们的折磨。

皇帝　善心的博士大师，
让我恳求你将他的鹿角除掉吧。
他已经忏悔了。

浮士德　仁慈的陛下，浮士德惩罚这位语出伤人的骑士，与其说是为了报复对我的伤害，还不如说是为了让陛下乐一乐；既然已经达到我的目的，我当然乐意除掉他的犄角。——靡非陀匪勒斯，把他变过来。（靡非陀匪勒斯除掉鹿角）从此，先生，跟学者说话时注意一

点儿。

本沃利奥　跟你说话小心点儿？天啊，如果学者都这样将犄角安
放在正派的男人头上制造出莫须有的乌龟来，那我将
永远不能相信这些一脸诚恳、穿褶边衣领服装的学
者。如果我没有为此而受到报复，我倒情愿变成一只
壳儿张开的、只喝咸海水的牡蛎。

　　　　　　本沃利奥从窗口消失

皇帝　来吧，浮士德，为酬谢你这一高超的绝技
在朕活着的年月里，
你将指挥整个德国，
沐浴在强大的查尔斯皇帝的抚爱之中。

　　　　　　众下

第二场

　　　　　　本沃利奥、马蒂诺、弗雷德里克、士兵们上

马蒂诺　不，亲爱的本沃利奥，让我们帮你消除
针对魔术师的想法吧。

本沃利奥　消除！你们要是这样驱策我，那你们就不算爱我。
难道我要忘怀这一莫大的污辱吗？
所有的仆役都在嘲弄我的遭际，
这些乡下小子幸灾乐祸互相传说：
"本沃利奥的脑袋今天装上了一对犄角。"
哦，但愿这些人的眼睛不要闭上，
直到我用短剑杀死那魔术师！
如果你们愿意在这一行动中帮助我，
那就拔出你们的短剑，永不回头。
如果不愿意，那就分手。本沃利奥决意为此而死，

但浮士德的死将洗清我的恶名。

弗雷德里克　不，我们将跟你在一起，不管发生什么，
　　　　　　如果博士来到这条路上，我们就杀死他。

本沃利奥　　那好，富有教养的弗雷德里克，你赶快到树林中去，
　　　　　　将仆役们和扈从们
　　　　　　隐蔽在树林后面伏击。
　　　　　　我估摸他这时快走近；
　　　　　　我看见他下跪亲吻皇上的手，
　　　　　　然后拿着丰厚的礼品告别。
　　　　　　士兵们，勇敢地厮杀。如果浮士德被杀，
　　　　　　财富归你们；胜利归我。

弗雷德里克　来吧，士兵们，跟随我到树林中去，
　　　　　　谁杀死他，谁就将拥有黄金和永不枯竭的爱。
　　　　　　弗雷德里克和士兵们下

本沃利奥　　我脑袋比长着犄角时要轻松多了，
　　　　　　但我的心比脑袋还要沉重，
　　　　　　一直在激跳，直到见到那魔术师死亡才会平息。

马蒂诺　　　我们躲在哪儿，本沃利奥？

本沃利奥　　我们就留在这儿等待第一轮进攻。
　　　　　　哦，但愿那该死的地狱之犬就在这儿，
　　　　　　你将很快目睹我洗清我的耻辱。
　　　　　　弗雷德里克上

弗雷德里克　走近了，走近了！魔术师就快来了，
　　　　　　穿着他的大袍，独自一个人走着。
　　　　　　准备好，把这卑鄙的家伙打翻在地。

本沃利奥　　把那关键的一击留给我吧。现在，短剑，刺下去！
　　　　　　他给我犄角，我则要他的脑袋。
　　　　　　浮士德拿着假头上

马蒂诺　瞧，瞧，他来了。

本沃利奥　别说话。这一击将结束一切。
让他的灵魂到地狱去！他必须死。
他刺向浮士德

浮士德　（倒下）哦！

弗雷德里克　你在哀号，博士大师？

本沃利奥　但愿他哀号而死！亲爱的弗雷德里克，瞧，
我很快就会结束他的痛苦。

马蒂诺　果断刺下去。
本沃利奥将浮士德的假脑袋击下
他的脑袋掉下来了！

本沃利奥　那魔鬼的脑袋。复仇女神们现在可以笑了。

弗雷德里克　难道就是这冷峻的脸，这可怕的皱眉，
叫地狱恶魔之王
在他的魔法之下，
也会瑟瑟发抖？

马蒂诺　难道就是这该死的脑袋，它在皇上面前
阴谋策划了
本沃利奥的羞辱？

本沃利奥　是的，是那脑袋，而现在这人躺在这儿了，
终于恶有恶报，罪有应得。

弗雷德里克　来吧，让我们筹划该做些什么，
在他的污黑的名字上再增添更多的耻辱。

本沃利奥　首先，为了洗清我的羞辱，
在他的脑袋上
我要钉上一对交叉的犄角，把它们悬挂在
他曾经嘲弄过我的窗口，

这样，全世界都可以看到我雪耻此仇。

马蒂诺 我们该怎么处置他的胡子？

本沃利奥 将他的胡子给扫烟囱的。我看哪，那至少要扫坏十把桦树枝扫把。

弗雷德里克 那他的眼睛呢？

本沃利奥 我们将挖掉他的眼睛，做封他嘴巴的纽扣，别让他的舌头受风寒。

马蒂诺 好极了。现在，先生们，既然我们已经分解了他，那我们怎么处置他的尸体呢？

浮士德站了起来

本沃利奥 天啊，这魔鬼又活了！

弗雷德里克 看在上帝的分上，把脑袋还给他！

浮士德 不，留着吧。浮士德将又会拥有脑袋和手，
是的，还有你们的心，以惩罚你们的这一恶行。
歹徒们，难道你们不知道
我只有二十四年的时间可以活在地球上吗？
即使你们用短剑刺杀了我的肉体，
把血肉和骨头剁成如烂泥一般，
但在刹那间一旦我的精神苏醒过来，
我只消吹一口气便可以吹出
一个没有受到任何伤害的人来。
啊，我干吗和我的仇人调情呢？
阿西塔罗斯，贝里莫斯，靡非陀匪勒斯！

靡非陀匪勒斯和其他魔鬼（贝里莫斯和阿西塔罗斯）上

在你们燃烧的背上驮上这些坏蛋，
飞到高空去，越高越好，
然后，把他们甩到最底层的地狱中去。

不，等一等。还是让全世界先看一看他们的痛苦，

然后，再让他们到地狱中去为他们的阴谋受罪。

去，贝里莫斯，把这卑鄙的小人

扔到泥浆湖中去。

对阿西塔罗斯

你去抓住那另一个；将他拖过树林，

让最尖锐的荆棘刺他，

而我的温和的靡非陀匪勒斯，

将这坏蛋带到陡峭的悬崖，

将他从石崖上滚下去，

跌断他的骨头，

就像他想肢解我一样。

从这儿飞走吧。立即执行我的指令。

弗雷德里克 可怜可怜我们吧，有教养的浮士德。救救我们的命吧。

浮士德 滚蛋！

弗雷德里克 他必须做魔鬼要他做的一切。

精灵们驮上骑士们下

伏击的士兵们上

第一位士兵 来吧，弟兄们。准备好；

赶紧去帮助那些高贵的绅士们。

我听见他们在跟魔术师说话呢。

第二位士兵 看好他从什么地方出现。散开，杀死这恶棍。

浮士德 什么人在这儿？他们伏击要我的命？

那么，浮士德，试试你的伎俩吧。卑鄙的歹徒，站住！

啊，我命令这些树移动，

耸立在我和你们之间，

护卫我不受你们仇恨的攻击。

为了对付你们微弱的攻势，

瞧，一支军队迅即赶到。

浮士德敲门，一个擂鼓的魔鬼上，在他之后，走上另一个高举着军旗的魔鬼，以及拿着各种各样武器的魔鬼；靡非陀匪勒斯拿着花炮上。他们向士兵进攻，并把他们赶走。浮士德下

第三场

弗雷德里克、本沃利奥和马蒂诺从不同的门进入，脑袋和脸上沾满鲜血和烂泥，他们脑袋上都长着犄角

马蒂诺　　嗬，本沃利奥，在哪儿呢？

本沃利奥　　在这儿。怎么啦，弗雷德里克，嗬！

弗雷德里克　　哦，救救我，好朋友。马蒂诺在哪儿？

马蒂诺　　在这儿，亲爱的弗雷德里克。
　　　　　　在一座烂泥洼地里险些淹死，
　　　　　　魔鬼们使劲儿拽我的脚往里拖。

弗雷德里克　　马蒂诺，瞧！你头上长着跟本沃利奥一样的犄角了。

马蒂诺　　哦，太丢人了。看上去怎么样，本沃利奥？

本沃利奥　　庇护我吧，上苍。难道我也要倒霉吗？

马蒂诺　　不，别怕，老兄。我们没有力量去除这犄角。

本沃利奥　　我的朋友们变成这样！哦，这地狱般的灾难！
　　　　　　你们的脑袋上都长了犄角。

弗雷德里克　　你说得没错。
　　　　　　但你瞧瞧自己吧。摸摸你的脑袋。

本沃利奥　　（摸脑袋）天啊，又长犄角了！

马蒂诺　　不，别恼怒，老兄，我们都无一幸免。

本沃利奥　　什么魔鬼在侍候这该死的魔术师？
　　　　　　尽管我们竭尽全力，遭的罪反而加倍。

弗雷德里克　我们还能做什么来遮丑？

本沃利奥　　如果我们追踪对他报仇，
　　　　　　他会在我们的巨大的犄角上
　　　　　　再安上长长的驴耳朵，
　　　　　　我们就成了全世界的笑柄。

马蒂诺　　　那我们怎么办呢，亲爱的本沃利奥？

本沃利奥　　树林边我有一座城堡，
　　　　　　在那儿，我们可以养精蓄锐，离群索居，
　　　　　　时间会改变我们这野兽般的模样。
　　　　　　既然这恼人的羞辱让我们身败名裂，
　　　　　　我们宁可死于痛苦，也不愿在羞辱中活着。
　　　　　　众下

第四场

浮士德、马贩子、靡非陀匪勒斯上

马贩子　　（送上钱）我恳求先生收下这四十块钱吧。

浮士德　　朋友，我这匹骏马不能卖这么低价。我并不一定要卖
　　　　　掉它，如果你喜欢它，你再加十块钱，拿走，因为我
　　　　　看你是真喜欢它。

马贩子　　我求你，先生，就这价儿吧。我是一个穷人，最近卖
　　　　　马肉赔了不少钱，这笔买卖可以让我重整旗鼓。

浮士德　　得，我也不想再跟你纠缠了。拿钱来。（他收下钱）
　　　　　现在，伙计，我必须告诉你，你可以骑着这匹马飞越
　　　　　篱笆和壕沟，别吝惜它。但是，你听好，在任何情况

下，不要骑马涉水。

马贩子　为什么，先生，不能涉水呢？难道它不是什么事儿都能干的吗？[①]

浮士德　哦，是的，它什么事儿都能干。但不能骑着它进水里去。骑着它越过篱笆啦、壕沟啦等等你喜欢的事儿，但不能进水里去。去请马夫将马牵来给你，记住我说的话。

马贩子　当然啦，先生。——哦，多么令人快乐的一天！我现在是一个笃定发大财的人啦。

　　　　马贩子下

浮士德　你是谁，浮士德，难道你不是一个注定要死的人吗？
　　　　越来越接近命定的最后的结局。
　　　　绝望确实给我的思绪涂上了一层忧郁的色彩。
　　　　扰乱宁静的睡眠。
　　　　唉！基督在十字架上还答应凶犯上天堂呢[②]；
　　　　休息吧，浮士德，在宁静中思考一番。
　　　　浮士德在他的椅子里入睡。马贩子上，全身湿透

马贩子　哦，这是怎样的一个哄骗人的博士！我骑着马到水里去，心想这马有神奇的隐蔽的功能，结果我胯下什么也没有了，幸好还有一些稻草救了我的命，否则就淹死了。得，我要去找这博士，要回我的四十块钱。嗨，博士先生，你这骗子！博士法师，醒醒吧，起来，把我的钱还给我，你的马变成了一捆稻草。博士法师！（他把他的腿拉掉了）啊，糟了！我该怎么办呢？我把他的腿拉掉了。

浮士德　哦，救命，救命！这歹徒想谋杀我。

---

①　原文为 drink of all waters，英语谚语，指"会做各种事儿"，但在这儿，waters 又与水相关，是双关语。

②　见《新约·路加福音》23：43。

马贩子 谋杀，还是不谋杀？他终究只有一条腿了，我还是赶
在他的前面，把腿扔进沟里去算了吧。

马贩子拿着他的大腿下

浮士德 抓住他，抓住他，抓住他！——哈，哈，哈！浮士德
又有了他的腿，这马贩子，我用一捆稻草赚了他四十
块钱。得，靠这套把戏又赚了他四十块钱。

瓦格纳上

怎么样，瓦格纳，带来什么消息？

瓦格纳 先生，万霍尔特①的公爵热切地盼望和你相聚，派遣
了他手下的人前来沿路照顾你。

浮士德 万霍尔特的公爵可是一位尊贵的人士，跟他我可不能
吝啬我的变戏法的本领。让我们到他那儿去。

众下

第五场

小丑罗宾、迪克、马贩子和一个赶大车者上

赶大车者 来，哥儿们，我带你们去喝欧洲最好的啤酒。——喂，
老板娘！——那些鸡在哪儿？

老板娘上

老板娘 啊，你们要什么？哎呀，老主顾，欢迎！

罗宾 （对迪克）迪克伙计，你明白我为什么在这儿就闷声
不响了吗？

迪克 （对罗宾）不明白，罗宾，为什么？

罗宾 （对迪克）我欠这儿十八便士。千万别说出来。瞧瞧

---

① 德意志中部的公国，离威登堡不远。

她是否忘了这茬儿了。

老板娘 （看见罗宾）那是谁呀，站在一边闷声不响？

罗宾 啊，老板娘，你好？我想我的欠账还在那儿吧。

老板娘 是的，当然啦，我思量你不着急付清吧。

迪克 啊，老板娘，我不是说给我们拿啤酒来吗？

老板娘 马上就送来。——快拿啤酒来，喂，快点！
老板娘下

迪克 来，哥儿们，在老板娘来之前，咱们干些什么？

赶大车者 天，伙计，我来告诉你们一个最有趣的魔术师如何在我身上施法的故事。你们知道浮士德博士吗？

马贩子 啊，那该死的杀千刀！咱们谁不知道他。他也在你身上施魔法了吗？

赶大车者 我来告诉你们他怎么在我身上施魔法的吧。那天，我赶着一车稻草到威登堡去，他遇见了我，问我如果他吃稻草，尽量吃，需要付我多少钱。伙计，我一想他不过充其量吃那么一点儿罢了，我让他放开肚子吃，付三法寻①得了。他给了我钱，便开始吃起来；我是一个基督教徒，而他不停地吃，直到把一车的稻草全部吃光。

众人 哦，太不可思议了！一车的稻草！

罗宾 是的，是的，那可能的，我还听说有人吃了一车的木头呢。

马贩子 伙计们，你们来听听他如何在我身上耍手腕、施魔法的。我昨天到他那儿去买一匹马，少于四十块钱他怎么也不肯卖给我。伙计，因为我知道那匹马能飞越篱

---

① 英国旧时值 1/4 便士的硬币。

笆啦、壕沟啦，从不会累的，我就付了钱。我买了他的马，浮士德博士对我说我可以白天黑夜骑它，不用让它休息。"但是，"他说，"在任何情况下你不能骑着它到水里去。"我心想他也许不想让我知道这马有一种神奇的力量，于是便骑着它到一条大河里去。当我骑到河中心时，我的马便消失了，我坐在一捆稻草上。

众人　啊，好奇妙的博士！

马贩子　你们再听下去看我为此怎么狠狠地收拾他。我到他的屋子，看见他正睡着呢。我在他耳边不断地呼喊，还是叫不醒他。既然这样，我就拽他的大腿，一个劲儿地拉，不料把他的腿拉下来了。他的腿现在还躺在我的马棚里呢。

罗宾　那博士现在只有一条腿啦？好极了，那是报应，他手下的一个魔鬼把我变成了猴子脸。

赶大车者　再拿啤酒来，老板娘！

罗宾　听着，咱们到另一房间再喝一会儿，然后去找博士。
　　　　众下

第六场

万霍尔特公爵和怀孕的公爵夫人、浮士德、靡非陀匪勒斯以及扈从们上。

公爵　谢谢你，博士法师，感谢这一场戏谑。我也不知道如何才能充分地酬谢你所创造的无与伦比的奇迹，在空中凭空建了一座美丽的城堡，这景象让我感到如此愉悦，在世界上没有任何别的东西可以让我感到更加快乐的了。

浮士德　尊贵的公爵殿下，由于浮士德的魔术给您带来快乐，您对我的魔术又给予如此崇高的评价，这本身就已极大地酬谢我了。——但是，有可能，夫人，您并不喜欢这个场景。因此，我恳求您告诉我您最想得到的是什么；只要是世界上有的，您准会得到它。我听说大肚子的女人喜欢珍馐佳肴什么的。

公爵夫人　是这样的，博士法师。我发现你是如此善良，那我就直言不讳地告诉你我想要什么。如果现在是夏天就好了，但现在正是一月，严冬季节，我最想吃的东西就是熟葡萄。

浮士德　那只是小事一桩。（对靡非陀匪勒斯旁白）靡非陀匪勒斯，走！

靡非陀匪勒斯下

夫人，我将做比这更加使您快乐的事。

靡非陀匪勒斯拿着葡萄上

葡萄在这儿，夫人。夫人尝一尝，它们的味道应该是不错的，禀告夫人，它们摘自一个遥远的国度。

公爵夫人尝葡萄

公爵　这比其他的戏法更让我感到迷惑，在这严酷的隆冬，当所有的树都变得光秃秃的，你怎么能得到这些葡萄呢？

浮士德　公爵殿下，一年将全世界分为两个区域，当我们这里是冬天的时候，在另一个区域，比如印度啦、赛伯岛啦，更远的东方诸国，却是夏天，在那儿，果子一年两熟；靠着我所拥有的一个疾飞的精灵，我就可以将这些葡萄带到这儿来，正如你看到的。

公爵夫人　请相信我，这是我一生中尝到的最甜美的葡萄了。

小丑们大声敲门

公爵　在门前如此鲁莽地骚扰的是什么人？

去平息他们的愤怒。将门打开。
询问一下他们想干什么。

他们又大声地敲门，并大声喊叫他们要与浮士德说话

仆人　（在舞台后喊道）啊，怎么啦，师傅们，怎么这么混乱！
你们干吗要打扰公爵？

迪克　（在舞台后）咱们不为什么。一点芝麻小事儿！

仆人　啊，无礼的粗汉子们，你们竟然如此大胆？

马贩子　（在舞台后）我倒希望，先生，咱们有足够的智慧比平常壮大一点儿胆子。

仆人　说得倒有道理。但你们到别处去壮胆，别在这儿打扰公爵。

公爵　（对仆人）他们想要什么？

仆人　他们都喊着要跟浮士德说话。

赶大车者　（在舞台后）是的，咱们要跟他说话。

公爵　是吗，先生？——将这些流氓送进监狱。

迪克　（在舞台后）送咱们进监狱？送咱们进监狱，还不如送他的老父亲进监狱呢。

浮士德　我恳求殿下让他们进来吧。
他们是闹着玩儿的好老百姓。

公爵　那就按你说的做吧，浮士德。让他们进来。

浮士德　感谢公爵殿下。
仆人打开大门。小丑罗宾、迪克、赶大车者和马贩子上
啊，怎么样呀，我的老朋友们？
说实在的，你们太过分了。走近一点儿；
我替你们请罪了。欢迎大家！

罗宾　不，先生，就为了咱们的钱，咱们也应该受到欢迎，咱们付喝酒的钱，不含糊。——啊，给咱们拿半打啤酒来，然后你去见鬼吧。

浮士德　不，你们听着，你们知道你们是在哪儿吗？

赶大车者　啊，老天，我知道。咱们在天空下。

仆人　是的，但是，你们这些无礼之徒，你们知道在什么地方吗？

马贩子　是的，是的，这地儿倒是一个喝酒的好地方。天，给咱们拿啤酒来，要不咱们要砸烂房子里的所有的酒桶，用酒瓶砸烂你们的脑袋。

浮士德　别这么横蛮。来，你们会有啤酒的。——
　　　　殿下，我请求您允许我分身一会儿，
　　　　我要试试我的本领，看能不能令殿下高兴。

公爵　请，善良的博士。请自便吧。
　　　我的仆役和整个朝廷都在你的调遣之下。

浮士德　我谦卑地感谢殿下。——拿啤酒来。

马贩子　啊，天，真是博士在那儿说话。说真的，我要举杯敬祝你的木腿健康。

浮士德　我的木腿？你是什么意思？

赶大车者　哈，哈，哈！听见他说什么来着了吗，迪克？他忘了他的腿了。

马贩子　是的，是的。他使腿的时间不多。

浮士德　不对，事实上，使木腿的时间不多。

赶大车者　我的好大人，阁下的记忆真是太糟糕了！你还记得你卖了一匹马给一个马贩子吗？

浮士德　是的，我记得卖了一匹马给一个人。

赶大车者　你还记得你告诉他不能骑马进水吗？

浮士德　是的，我记得很清晰。

赶大车者　那你一点儿也不记得木腿了吗？

浮士德　不记得了，确实不记得了。

赶大车者　那么，我请问你，你还记得如何行屈膝礼吗？

浮士德　（行屈膝礼）谢谢你，先生。

赶大车者　那不大像是屈膝礼。我请求你告诉我一件事。

浮士德　什么事？

赶大车者　你每天晚上上床睡觉时是一条腿还是两条腿？

浮士德　难道你以为我是太阳神雕像①，才问这样一个问题
　　　　吗？

赶大车者　不，真的，先生，我不想贬低你。但我真想知道那个。
　　　　　　老板娘拿着啤酒上

浮士德　实话告诉你吧，我是带着两条腿上床。

赶大车者　谢谢你。我对你的回答很满意。

浮士德　你为什么要问这样一个问题？

赶大车者　不为什么，先生。我只是想你上床一定还带有一条木
　　　　腿。

马贩子　啊，难道你不明白吗，先生？你睡着时，我不是拉断
　　　　了你的一条腿吗？

浮士德　但我醒来我又有了一条腿。瞧这儿，先生。
　　　　　他给他们瞧他的两条腿

众人　哦，太可怕了！这博士有三条腿吗？

---

① 希腊罗德岛上的太阳神巨像，双腿横跨罗德岛港。

赶大车者　你还记得吗，先生，你怎么欺骗我，吃了我一车的——
　　　　　　浮士德使魔法让他变成哑巴

　　迪克　你还记得你把我变成猴——
　　　　　　浮士德使魔法让他变成哑巴

　　马贩子　你这婊子养的变戏法的骗子，你还记得你怎么用一匹
　　　　　马骗我——
　　　　　　浮士德使魔法让他变成哑巴

　　罗宾　难道你忘了吗？你指望用哼哼唧唧的符咒占人便宜。
　　　　　你还记得那狗的父——
　　　　　　浮士德使魔法让他变成哑巴。小丑们下

　　老板娘　啤酒谁付钱？听见没有，博士法师，你把我的客人们
　　　　　都赶走了，谁来付啤——
　　　　　　浮士德使魔法让她变成哑巴。老板娘下

公爵夫人　（对公爵）殿下，
　　　　　我们见证了这位知识渊博的人。

　　公爵　是的，夫人，我们将竭尽所能
　　　　　用爱和善意来酬谢他。
　　　　　他的有趣的法术赶走所有忧伤的思想。
　　　　　　众下

第五幕

第一场

雷声隆隆，天上打着闪电。魔鬼们拿着盖着盖儿的菜肴上。靡非陀匪勒斯率领着他们进入浮士德的书斋。然后，瓦格纳上

瓦格纳　我思忖我的主人感到他行将就木，
　　　　把他所有的财物都给了我。
　　　　然而，我想如果死亡很临近的话，
　　　　他也不会在学生中
　　　　如此大宴宾客，如此狂饮，
　　　　就像他现在所做的那样，
　　　　在晚餐席上如此寻欢作乐
　　　　瓦格纳一辈子也没见过。
　　　　瞧，他们来了。很可能他们的宴席结束了。

瓦格纳下。浮士德跟两三位学者以及靡非陀匪勒斯上

第一位学者　浮士德博士法师，我们在关于美女——谁是世界上最美丽的女子——的讨论中，认为希腊的海伦是自古以来最美丽的女子。既然我们已经做出了这样的选择，博士法师，你能否让我们消遣一下，瞧一眼希腊的无与伦比的全世界都惊叹其绝世美貌的女子，那我们对你就感激不尽了。

浮士德　先生们，
　　　　因为我明白你们的友谊绝不是装腔作势，
　　　　浮士德一贯不会拒绝
　　　　那些与他友善的人们的要求，
　　　　你们将会一睹希腊国色天香的美女，
　　　　这跟帕里斯爵士带着她横渡大海
　　　　将战利品带回到富裕的达达尼亚①时，
　　　　在绰约风姿与高贵雍容方面毫不逊色。
　　　　请安静，说话将是非常危险的。
　　　　摩非陀匪勒斯走到门前。响起音乐声，摩非陀匪勒斯
　　　　领进海伦。她从舞台上走过

第二位学者　我的智慧太匮乏了，以致无法赞颂
　　　　　　其众人一致称羡的风韵于万一。

第三位学者　难怪愤怒的希腊人
　　　　　　用十年的战争追求媾和这样一个绝世的蛾眉，
　　　　　　她的妩媚无人能与之匹敌。

第一位学者　既然我们已经一睹自然娇艳的美色，
　　　　　　举世无双的杰作，
　　　　　　让我们走吧；为这一辉煌的戏法，
　　　　　　愿浮士德幸福又幸运。

浮士德　先生们，再见。我也同样祝愿你们。
　　　　学者们下。老叟上

老叟　啊，浮士德博士，但愿我能
　　　　引导你迈向那生活，
　　　　沿着那芬芳的路，到达你的目的地，
　　　　去天国永恒地休息！

---

① 即特洛伊。

伤心吧，流血吧，将鲜血拌和着眼泪——
你深深地忏悔，
那是为最卑鄙和最可厌的污浊而流的眼泪，
那臭味腐蚀着
那孕育着如此可怖的罪恶的灵魂，
没有任何的怜悯可以驱散你的负疚，
怜惜啊，只有你的至亲的救世主，
会用他的血来涤洗你的罪愆。

浮士德　你在哪儿，浮士德？混蛋，你干了什么？
你该死呀，浮士德，该死！没希望了，去死吧！
地狱呼唤着你，大声地呼唤着你，
说，"浮士德，来！你的大限时日到了。"
摩非陀匪勒斯给他一把匕首
浮士德将跟你清算。
浮士德正想将匕首刺向自己

老叟　啊，且慢，好浮士德，且慢走这绝望的一步！
我看见一个天使正在你的头上飞翔，
手中拿着一个装满天恩的小瓶，
她会将天恩洒向你的灵魂。
祈求怜悯吧，别绝望。

浮士德　啊，我的亲爱的朋友，我感觉你的话语
慰藉了我的灵魂。
请让我单独待一会儿，让我想一想我的罪愆。

老叟　我走，亲爱的浮士德，但心怀疑虑，
生怕你的无望的灵魂被毁。
老叟下

浮士德　该诅咒的浮士德，宽恕在哪里？
我忏悔过了，但我仍然绝望。
地狱竭力要征服我的思想，

我该怎么逃避这死亡的陷阱呢?

靡非陀匪勒斯　你这个叛徒,浮士德,因为你拒绝服从我的君王,
我现在逮捕你的灵魂。
回归吧,否则我要将你的肉体撕成碎片。

浮士德　我实在后悔曾经冒犯过他。
亲爱的靡非陀匪勒斯,请祈求你的君王
宽恕我的不义的想法,
我要再次用我的鲜血证实
我曾经对路济弗尔发过的誓言。

靡非陀匪勒斯　赶快这么做吧,用一颗虔诚的心,
别让你陷进更危险的境地。

　　浮士德割腕,用鲜血书写

浮士德　折磨呀,亲爱的靡非陀匪勒斯,那个卑鄙的老叟
竟敢劝说我叛离路济弗尔,
那是跟地狱里最严酷的折磨一样的折磨呀。

靡非陀匪勒斯　他的信仰是伟大的。我不能触及他的灵魂。
但我将尽可能设法损伤
他的微不足道的肉体。

浮士德　有一件事,我的忠诚的仆役,助我一臂之力吧,
请阻断我内心的欲望:
我可能燃起对我的情人,
我最近见到的那国色天香的海伦的痴迷热狂,
她的甜蜜酥软的一抱会完全
消除劝说我叛离誓言的意念,
让我忠于对路济弗尔做出的保证。

靡非陀匪勒斯　浮士德,这个,或者任何其他的欲念,
将在一眨眼间变现出来。

　　海伦又由靡非陀匪勒斯带领下上,在两个丘比特间

走过

浮士德 这是策动千艘帆船下海，

焚烧了伊利昂①高耸入云的教堂尖塔的那张美脸吗？

妩媚的海伦，吻我一下吧，让我永生。

他们亲吻

她的嘴唇吸走了我的灵魂。瞧，灵魂在飞翔！

啊，海伦，啊，把灵魂还给我。

他们又亲吻

我就长驻在这美唇上了，那是天堂呀，

海伦以外的东西都不值一提。

我将是帕里斯，为了对你的爱，

威登堡，而不是特洛伊，将被洗劫一空，

我将和孱弱的海伦的丈夫②搏斗，

将你的战旗竖立在我的羽毛冠上。

是的，我将使阿基里斯的脚踵受伤，

然后，光荣归来亲吻海伦。

哦，你披着千星的彩衣

比薄暮的氤氲还要美丽。

你比燃烧的朱庇特还要辉煌，

即使在不幸的塞默勒③看来，

朱庇特在放荡的山林仙女④天蓝色喷泉池中的

倒影

比天王还要

可爱；

---

① 即特洛伊。

② 即梅内莱厄斯，斯巴达国王。

③ 按照希腊神话，朱庇特爱上了塞默勒，塞默勒请求朱庇特以最为光辉的样子来见
她，朱庇特来了，却以闪电将塞默勒烧死。

④ 按照希腊神话，阿瑞托莎，即 Arethusa，山林仙女。阿瑞托莎逃避河神阿尔斐俄斯
的追求，被月神和狩猎女神阿尔忒弥斯化为喷泉水。戏剧家在此将她处理为朱庇特
的情人之一。

只有你才配成为我的情人。

众下

第二场

雷声。路济弗尔，别西卜，靡非陀匪勒斯上（在上一
层戏台）

路济弗尔 我们从冥王那儿升起
来看望冥府的子民，
那些因罪愆而打上地狱另类印记
的灵魂，
他们中最出类拔萃者，浮士德，我们来见你，
将把你永远罚入地狱，
正等待着获取你的灵魂。该是献出你的灵魂
的时候了。

靡非陀匪勒斯 在这阴郁的夜晚，
失魂落魄的浮士德将待在这间房间。

别西卜 我们也将待在这儿，
看看他将如何表现。

靡非陀匪勒斯 在这种极端的疯狂中，他该怎么表现呢？
一个生性天真的俗人，心血已经因痛苦而干枯；
他的良知害死了他，而他的头脑
充斥了平庸的幻想，
让魔鬼都觉得无法忍受。一切都付诸东流了。
他的快乐必然充斥痛苦。
他和他的仆役瓦格纳就要来到，
两人刚签下浮士德最后的遗嘱。
瞧，他们来了。

浮士德和瓦格纳上

浮士德 喂，瓦格纳。你看了我的遗嘱；
你觉得怎么样？

瓦格纳 先生，写得太绝妙了，
作为一个谦卑的仆役，
为了你的爱
我将奉献我的生命和永恒的忠诚。
学者们上

浮士德 多谢，瓦格纳。——先生们，欢迎。
瓦格纳下

第一位学者 啊，尊贵的浮士德，我觉得你的容貌变了。

浮士德 哦，先生们！

第二位学者 什么使浮士德痛苦？

浮士德 啊，我亲爱的室友！我和你生活在一起时，我生活得
太太平平，但现在我要永恒地死亡了。瞧，先生们，
难道不是他来了吗？难道不是他来了吗？

第一位学者 哦，我亲爱的浮士德，是什么造成这种惧怕？

第二位学者 难道我们所有的欢愉都变成忧郁了吗？

第三位学者 （对另外两位学者）他不习惯过于孤独的生活。

第二位学者 如果是这样的话，我们应该去找大夫来给他治病，浮
士德就会好的。

第三位学者 （对浮士德）那只是过度饮食而引起的，先生。别害
怕。

浮士德 那是摧毁了灵与肉的过度的重罪而引起的。

第二位学者 浮士德，抬头望一下天空。记住上帝的慈悲是无边无
际的。

浮士德　　但是，浮士德的罪孽将永远不可能得到宽恕。那引诱夏娃的蛇有可能被饶恕，但浮士德不会。啊，先生们，请耐心地听我说，别听见我的话而颤抖。虽然当我回忆起三十年前我在这儿当学生时的情景，我的心会怦然跳动，但是，哦，我但愿从没有来到威登堡，从来就没有读过书！我所创造的奇迹，所有的德意志人都能看得见，是的，甚至所有全世界的人，为此，浮士德丧失了德意志和世界，是的，甚至丧失了上天——上天，上帝的居所，被祝福的人们的场所，快乐的王国——而要永远待在地狱里了。地狱，啊，永远幽闭在地狱里！亲爱的朋友们，浮士德永远地待在地狱里，将会变成什么样的人呢？

第二位学者　浮士德，祈求上帝保佑吧。

浮士德　　祈求浮士德背弃的上帝保佑？祈求浮士德亵渎的上帝的保佑？啊，我的上帝，我想哭泣，但魔鬼不让眼泪流出来。因此，奔涌而出的是鲜血，而不是眼泪，是的，是生命本身和灵魂。哦，魔鬼不让我说话！我要举起我的双手，但是，瞧，他们抓住了我的手，他们抓住了我的手。

学者众人　谁，浮士德？

浮士德　　路济弗尔和靡非陀匪勒斯。啊，先生们！为了我的魔法，我给了他们我的灵魂。

学者众人　但愿上帝不许这样的事情发生！

浮士德　　上帝是不允许这样的，但浮士德已经做了。为了虚有的二十四年的快乐，浮士德丧失了永恒的愉悦和幸福。我用自己的鲜血给他们写了一份契约。日期已经过了，他来认领我的时间将来到了。

第一位学者　为什么浮士德以前没有告诉我们这个？否则的话，牧师们可以为你祈祷。

浮士德　我常常想这么做的，但如果我敢于提到上帝，那魔鬼
　　　　就威胁要把我撕成碎片，如果我一旦听命于上帝，那
　　　　魔鬼就要取走我的肉体和灵魂。现在一切都太晚了。
　　　　先生们，快离开吧，免得你们和我一起毁灭。

第二位学者　哦，我们该做什么可以拯救浮士德呢？

浮士德　别顾及我了，你们快自保，走开吧。

第三位学者　上帝将给予我力量，我要和浮士德待在一起。

第一位学者　（对第三位学者）别冒不必要的危险了，亲爱的朋友，
　　　　让我们到隔壁的房间里去为他祷告吧。

浮士德　啊，为我祷告，为我祷告！不管你们听到什么声音，
　　　　别到我这儿来，因为没有什么可以拯救我的了。

第二位学者　你祷告吧，我们将祈求上帝宽恕你。

浮士德　先生们，再见。如果我能活到清晨，
　　　　我会来找你们的；如果我没有来找你们，那就意味着
　　　　浮士德被打入地狱了。

学者众人　浮士德，再见。
　　　　学者们下

靡非陀匪勒斯　是的，浮士德，你已经没有希望得到上帝的宽恕了；
　　　　因此而绝望了吧。只想到地狱，
　　　　因为那才是你的居所，你的永留之地。

浮士德　哦，你这个蛊惑人的魔鬼，正是你的诱惑
　　　　夺走了我永恒的幸福。

靡非陀匪勒斯　我承认是这样，浮士德，并为此而窃喜。
　　　　正是我，在你前往天堂的路上，
　　　　阻断了你的前程。当你拿起那本书
　　　　以为那是《圣经》，我翻着书页，

引导着你的眼睛。

怎么，你哭泣了？太迟了。绝望了吧，再见！

在现世大笑的人定然会在地狱哭泣。

摩非陀匪勒斯下。好天使和坏天使从不同的门上

好天使　哦，浮士德，如果当初你倾听了我的话，

定然有无数的欢乐伴随着你。

然而，你爱的却是世俗的世界。

坏天使　你听了我的话，

在地狱还期望尘世的东西，

只能让你更加烦恼。

好天使　哦，你所有的财富、愉悦、招摇过市

给你带来什么呢？

坏天使　一场空，只给你带来更多的烦恼，

在地狱里希冀尘世的东西。

宝座降临，随之响起音乐

好天使　你已经丧失了天堂的幸福，

丧失了永无止境的快乐和祝福。

如果你当初热爱亲爱的上帝，

那地狱或者魔鬼会对你无计可施。

如果你一直坚持那条道路，浮士德，瞧，

你就会像那些辉煌的圣者一样

端坐在那宝座里无限荣耀，

并战胜地狱。但你已经丧失所有这一切。

现在，可怜的人，你的好天使也不得不离开你了。

地狱已经张开大口准备吞噬你了。

宝座上升。好天使下。地狱显现

坏天使　现在，浮士德，睁大眼睛，怀着恐惧瞧一瞧

那宏大的永不停息的刑室。

魔鬼们用烧烫的铁叉

抛扔天罚的灵魂；肉体在沸腾的铅水里煎熬。
在煤火上炙烤着活生生的被肢解的身体，
这些灵魂永远不得好死。这把熊熊燃烧的椅子
让那些被折磨得半死的灵魂稍事歇息。
那些被喂以燃烧的火焰的灵魂
都是饕餮之徒，他们只喜欢珍馐美食；
他们怡然大笑瞧着饥饿的可怜虫在大门口奄奄一息。
但是，这些都还只是九牛一毛。你还将会瞧见
成千上万的更多的可怖的图景。

浮士德　哦，够了，我的所见已经够让我痛苦不堪的了！

坏天使　不，你必须感受、尝尝所有这一切，
喜爱享受的必然要因享受而堕落。
我要离开你了，浮士德，
很快就会再见面；
到那时，你将会在困惑中倒下。
坏天使下。钟打响十一点

浮士德　啊，浮士德，
你只有一个钟点可以活命，
然后就要被永恒地罚进地狱中去。
请停下来，你永远在运动的天体，
这样，时间就停止，夜半将永远不会来到！
哦，太阳，美丽的自然的眼睛，冉冉升起来，升起
来，让白天
永恒长驻吧；或者，让这一小时延长成
一年，一月，一星期，一天，
这样，浮士德就有充裕的时间忏悔，拯救他的灵魂！
跑得慢一点，再慢一点，你黑夜之马！①

---

① 原文为拉丁文：O lente, lente currite noctis equi。该诗句摘自奥维德的《爱情三论》
第一卷第十三章。

行星仍然在运行；时间在飞逝；自鸣钟终究会敲点；
魔鬼会来到，浮士德被天罚进地狱必定无疑了。

哦，我要跳将起来，奔向我的上帝？谁在扯我的后腿？

瞧，瞧基督的鲜血在天际滴落下来！

一滴血，哦，半滴血，就足以拯救我的灵魂。啊，我的救世主！

别因为我亵渎了救世主而撕裂我的灵魂！

然而，我会祈求他的保佑吗？哦，放我一马吧，路济弗尔！

它在哪儿？它遁逃了；看见上帝在那儿
伸着他的手臂，皱着愁眉！

山脉和高原，来吧，来吧，全压在我身上吧，
别让我看见上帝的愤怒！

不！不！

我还不如自己钻进大地里去。

大地，裂开一个口子！哦，不！大地不会容我。

你们，处于我的星象的星星们，

你们决定我被罚进地狱，

把浮士德就像轻雾一样吸进

那暴风雨的云翳中去吧，

当乌云打雷闪电，

它就有可能把我的残肢喷吐而出，将我的灵魂解放出来，

让我的灵魂上升到天上去。

自鸣钟敲打

啊，半个小时过去了！

很快就要半夜了。

哦，上帝，

即使你不对我的灵魂施以怜悯，

那看在用鲜血救赎了我的基督面上，

让我的终日不停的痛苦终止吧。

让浮士德在地狱生活千年、

万年，最终获得拯救。

哦，对于被天罚的灵魂来说，

没有极限是有限的。

为什么你这个人不要灵魂呢？

或者说，为什么你会拥有这么个不朽的灵魂呢？

啊，毕达哥拉斯的灵魂轮回说①，那是真的吗？

这个灵魂应该从我这儿飞走，我就可以变成

一只凶猛的野兽。

所有的野兽都是快乐的，因为，当它们死亡时，

它们的灵魂都融进了自然之中；

然而，我的灵魂还必须活着在地狱里受煎熬。

生我的父母应该受到诅咒！

不，浮士德，诅咒你自己吧。诅咒路济弗尔，

他剥夺了你在天上享福的权利。

自鸣钟敲打十二下

哦，钟敲打了，钟敲打了！现在，肉体消融到空气中去了，

哦，路济弗尔会将你活生生地送到地狱去。

哦，灵魂，变成小小的水滴，

汇流进汪洋大海中去，消失得无影无踪！

雷鸣，魔鬼们上

哦，可怜我，上帝，别这么严厉地瞧着我！

大小毒蛇们，让我喘一口气吧！

丑恶的地狱，别裂开口子。别来，路济弗尔！

我要烧掉我的书籍。啊，靡非陀匪勒斯！

众下

---

① 毕达哥拉斯（前580？—前500？），古希腊哲学家、数学家。

第三场

学者们上

第一位学者　　来，先生们，让我们去访问浮士德，
自创世以来
从未见过如此可怖的夜晚。
从未听见过如此恐惧的嘶叫和呐喊。
祈求上帝，博士能避开这场危险。

第二位学者　　哦，救救我们，上帝！瞧，这儿是浮士德的四肢，
被死亡之手撕裂得粉碎。

第三位学者　　是浮士德服侍的魔鬼们干的。
在十二点钟和一点钟之间，
我听见他大声嘶喊，呼叫救命，
那时整栋房子着了火，
一片令人不寒而栗的恐怖。

第二位学者　　啊，先生们，浮士德的结局已然这样，
使每一个基督徒的心黯然神伤，
他以他的广博的知识
在德国学校中广受尊敬，
我们仍将埋葬他的被肢解的肌体；
所有的学生将穿上悼念的黑衣，
出席他隆重庄严的葬礼。

众下

尾　声

戏剧致辞者上

致辞者　本来可以长成擎天巨枝的树杈被拦腰砍断了，
　　　　曾经在这位学者心中滋生的阿波罗月桂
　　　　焚烧殆尽了。
　　　　浮士德走了。他堕入地狱，
　　　　他的噩梦般的命运可以告诫智者，
　　　　催使他们对悖逆天理的作为做一番思考，
　　　　它们蛊惑稚嫩的才子，使其深陷其中，
　　　　做出超乎天意所允许的事儿来。
　　　　下
　　　　夜半钟声结束了一天；作者在此结束他的戏剧①

（全剧终）

---

① 原文为拉丁文：Terminat hora diem; terminat author opus。

复仇者的悲剧[①]

托马斯·米德尔顿 著[②]

① 根据 Four Revenge Tragedies（Oxford World Classics）, ed. Katharine Eisaman Maus, Oxford University Press, 1995 译出。

② 此剧原先被认为是西里尔·图纳（Cyril Tourneur）的作品，现在一般都认为是托马斯·米德尔顿（Thomas Middleton）的创作。剧作 1606 年演出，1607 年出版。

剧中人物①

公爵

卢苏里奥索，公爵前妻所生之子，继承人

斯普里奥，公爵的私生子

埃姆比迪奥索，公爵夫人的长子

苏佩瓦吉奥，公爵夫人的次子

小弟，公爵夫人最小的儿子

安东尼奥和皮埃罗，公爵公国的贵族

韦恩迪奇，复仇者，有时装扮成皮奥托

希波里托，韦恩迪奇的兄弟，有时装扮成卡洛

东多罗，格拉迪阿娜和卡斯蒂扎的仆役

南兹奥和索迪铎，卢苏里奥索的仆役

法官们、贵族们、绅士们、军官们、狱卒、卫士和仆役们

公爵夫人

格拉迪阿娜，韦恩迪奇、希波里托和卡斯蒂扎的母亲

卡斯蒂扎，韦恩迪奇和希波里托的妹妹

---

① 戏剧人物的意大利文名字都有寓意：卢苏里奥索意为淫荡的；斯普里奥意为私生子；埃姆比迪奥索意为雄心勃勃；韦恩迪奇意为复仇者；皮奥托意为隐藏者；东多罗意为傻瓜；南兹奥意为笨蛋；索迪铎意为腐败；格拉迪阿娜意为优雅；卡斯蒂扎意为贞洁。

第一幕

第一场

韦恩迪奇拿着骷髅①上，然后，公爵、公爵夫人、卢
苏里奥索、斯普里奥上，扈从们尾随其后，高擎着火
炬穿场而过

韦恩迪奇　公爵——好色的君主！
　　　　　走开吧，你这一头银发的私通者；
　　　　　你，他的儿子，跟他一样的邪恶；
　　　　　你，他的杂种，诞生于成奸苟合，
　　　　　你，公爵夫人，你乐意跟任何魔鬼上床；
　　　　　四个与众不同的人物。
　　　　　——哦，这没有骨气的时代，
　　　　　空洞无物的脑袋里充斥该死的情欲，
　　　　　在干瘪的公爵衰朽的血管里，
　　　　　点燃的不是情炎，而是地狱的火，
　　　　　那干枯而委顿的好色之徒。
　　　　　哦，上帝！这个人
　　　　　已没有多少生气能活下去，
　　　　　却竟然还能像青春少年一样放浪不羁？

---

① 此为韦恩迪奇原情人格罗丽安娜的骷髅。

哦！一想到这，

我的受伤的心就充满仇恨。

（对骷髅）我的被毒死的情人

土灰色的脸，

沉思默念的对象，这死亡的骷髅，

曾经是我订婚的情人姣好的容貌，

当生命和美丽充溢

这些破损的缺口时，

当两颗眼望天际的宝石镶嵌

在那两个丑陋的洞里时——那张脸

那超越一切人工妆饰的

女人的容貌呀，

瞬间一瞥，

最正直的男人（假如真有这样的人，

一天得罪人七次）

也会破例

一天允许别人得罪他八次，

而不是七次。①

哦！她能够让高利贷者的儿子

在一掬香吻中弃绝所有遗产，

父亲在五十年间积敛的钱财

悉数奉赠殆尽，然而，他还是热脸贴冷屁股。

但是，哦，那该诅咒的公国！

当你的丰腴的身体还穿着华服，

老公爵毒死了你，

因为你不愿让你的圣洁

迎合他那震颤的淫欲；淫荡的老叟

行事倒像年轻人，凶悍、急迫、粗暴，

每每超越有限的精力。

----

① 见《圣经·新约·路加福音》17∶4。

哦，对一个发情、狡诈的老叟，要倍加小心呀：

"年岁，宛如黄金，犹如淫欲，贪婪不已。"

复仇，你是对谋杀的回报，通过谋杀，

你使自己成为悲剧的俘虏。

哦！我请求你，

为了对付那些你决意判决的人们，

留意每一天、每一小时、每一分钟的机会。

啊，谁又知道

那谋杀的血债还没有清偿？

快复仇吧，

复仇女神一直在寻找机会。快乐些，再快乐些；

进行吧，哦，你这使脑满肠肥的贵族们惧怕的人，

让他们昂贵的长丝绒变得陈旧，

就像这样光溜——歌筵、安逸和欢笑

能够造就伟人，因为伟大由于肥硕而更甚，

即使智慧的人也远远不及他们伟大。

希波里托上

希波里托 仍然在为死亡而唏嘘吗？

韦恩迪奇 兄弟，欢迎；

是什么风把你吹来？宫殿那儿怎么样？

希波里托 骄奢淫逸，花天酒地，兄弟；从来没有这样招摇过。

韦恩迪奇 唉，

你在跟我玩文字游戏。请告诉我，

那秃顶的机会女神①，

是否想到我们了？说吧，我们是否有机会？

你遭受的罪和我遭受的罪足够报一箭之仇了。

_____

① 在西方传统中，机会一般被描述为一个秃顶的女人，其前额有一绺头发，在靠近你的时候，你可以抓住那一绺头发，但当她离去时，因为光头，你就什么也抓不住了。

希波里托　也许有机会。

韦恩迪奇　怎么个也许？
　　　　　说说清楚。

希波里托　那你听我说。
　　　　　你知道我在宫廷里的地位。

韦恩迪奇　是的，在公爵的寝室服侍；
　　　　　你没有被辞退真是一个奇迹！

希波里托　事实上，我被排挤过，但我很幸运，
　　　　　我仍然抓着公爵夫人的衬裙呢——你懂的；
　　　　　她靠着这贵族的盾徽支撑着，永远不会落荒失败。
　　　　　情况是这样的：
　　　　　昨晚，就是今晚的前一天晚上，
　　　　　公爵的儿子——他寻乐子的事我都管着——
　　　　　小心翼翼地来找我。先旁敲侧击询问
　　　　　时间和外面流传的谣言；
　　　　　我有足够的智慧跟他周旋，给他提供
　　　　　没有风险的无关紧要的消息令他高兴。
　　　　　但他真正的意图
　　　　　原来是：纵容我私下里
　　　　　去找一个牢骚满腹的
　　　　　另类家伙，不是臭名昭著，
　　　　　就是继母再婚，被新郎排斥[①]；这种人
　　　　　找来干坏事最为理想——
　　　　　说白了吧，就是找一个皮条客。

韦恩迪奇　我听明白了，我知道他如此放浪，
　　　　　即使妻妾成群，
　　　　　仍然不会餍足，定然还会去拈花惹草。

---

① 不再婚的寡妇仍然掌控先夫的财产，对先夫的家属负有赡养义务；假如再婚，她就
　 不再承担这种赡养的义务。

我琢磨那骷髅假如做成一个女人，

该是多么丑陋，多么不匀称，

当他淫心勃起时，

也会仅此一次拒绝和她做爱；

但我完全认为

他不会拒绝除死人之外的任何艳遇，

虽然死女人比他垂涎的活女人还要丰腴。

他遇到的每一个脸蛋，都会死心塌地地迷恋。

希波里托　　兄弟，你对他的描述太惟妙惟肖了。

他不认识你，但是我敢打赌你了解他。

韦恩迪奇　　所以，我要装扮一次歹徒，

当一个真正的男子汉，一个老于世故的人；

实诚富不起来。

兄弟，我就来当那个另类家伙。

希波里托　　我正想推荐你去，兄弟。

韦恩迪奇　　得了，得了；

最细微的一点好处也会叫受冤的人感激涕零。

这就是所谓的机会了；机会女神一来，

我得紧紧抓住她前额那绺头发，

要不像那法兰西病①一样拔掉所有的头发。

我有一套行头正适合干那行当。

妈来了。

希波里托　　还有妹妹。

韦恩迪奇　　我们必须假装。

你知道女人是最容易收下贿赂的，

我敢拿我的灵魂对她们俩下个评价——

虽然她们有许多长处，但她们还是非常容易轻信，

———————————

① 英国人所谓的"法兰西病"即是梅毒。

　　　　　　　　大凡女人都是这样。

　　　　　　　　　　格拉迪阿娜和卡斯蒂扎上

格拉迪阿娜　　卡洛儿子，宫殿那儿有什么消息？

　希波里托　　天啊，妈，
　　　　　　　人们都在悄悄地传说，公爵夫人的小儿子
　　　　　　　强奸了安东尼奥勋爵的妻子。

格拉迪阿娜　　对那个信教的夫人下手！

　卡斯蒂扎　　王家子孙！魔鬼，他应该判死刑，
　　　　　　　难道意大利除了他之外就没有别的继承人了吗？

　韦恩迪奇　　妹妹，你倒是判得干脆；
　　　　　　　法律就是一个女神，我倒希望你就是法律。
　　　　　　　妈，我必须要离开你了。

格拉迪阿娜　　干吗离开？

　韦恩迪奇　　我想赶快去干一件事①。

　希波里托　　他很想去，夫人。

格拉迪阿娜　　也太快了！

　韦恩迪奇　　自从我尊贵的父亲下葬，
　　　　　　　我的生活就变得浑浑噩噩，甚至觉得
　　　　　　　生不如死。

格拉迪阿娜　　他是一位令人尊敬的绅士，
　　　　　　　心中一直惦记着他的财产。

　韦恩迪奇　　公爵总是不遗余力地侮辱他。

格拉迪阿娜　　不遗余力！

　韦恩迪奇　　太过分了，

---

① 原文为 travel，在文艺复兴时期的英语，travel 与 travail 是通用的。

当他的精神上扬的时候
常常通过羞辱来压抑他。我肯定地认为他死于
牢骚满腹，这贵族的通病。

格拉迪阿娜　绝对是这样。

韦恩迪奇　是这样吗？唉——你什么都知道，
你是他的半夜的知心人。

格拉迪阿娜　不。
他太聪明了，信不过跟我谈心。

韦恩迪奇　真那样吗，父亲，你果然太聪明了：
"妻子是用来上床和喂养的。"
走吧，妈妈，妹妹。你将带我去吗，兄弟？

希波里托　我将带你去。

韦恩迪奇　（旁白）我很快就要变成另一个人。
众人下

第二场

公爵、卢苏里奥索、公爵夫人、斯普里奥、埃姆比迪
奥索和苏佩瓦吉奥上；小弟因强奸罪由军官带上场；
两位法官上

公爵　夫人，这是你最年轻的儿子，我很遗憾，
他甚至强暴了名门望族，
玷污了我们的荣誉；
在公国的脸上泼上墨水，
我们死后，妒忌的魔鬼们将用这做材料
在坟墓里污损我们。
在我们生前够得上谋反的罪名，

在我们死后可能只是笑料而已；在下谁敢窃窃私语，
然而到那时噤若寒蝉的便会说话，甚至直言不讳
大声揭露我们的耻辱。

第一位法官 殿下说了银发岁月的肺腑之言，
充满了严肃的哲理；在坟墓上镌刻
谄媚不实之词，
而在人们的心中却充满怨言，
有什么用？掏空内脏的尸骸
已用蜡布包裹，我现在自由地说：
"大人物的错误终究要水落石出。"

公爵 是这样；我对此感到遗憾。我们的命运，
活着惴惴不安，死后被人赍恨。
我将他交于你们审判；给他以判决，贵卿们——
其罪愆是严重的——而我只能枯坐一隅哭泣。

公爵夫人 （跪下）仁慈的殿下，我请求你发发慈悲。
虽然他越轨远远超越他的年龄，
请把他当作你自己的孩子，正如我是你的妻子；
别称他为继子。恐怕
法律将很快降临到他的名字和他的身上；
对他的错误报以同情吧！

卢苏里奥索 好大人，
对于法官们来说，
他们没有切肤之痛，不会觉得痛苦和不悦；
一旦对过错报以同情，那过错就像是一个最妖媚风骚
的女人，
其唯一的长处就是勾人心魂，而美色一旦褪尽，
没有比这更加丑陋的了。

埃姆比迪奥索 我请求慈悲的殿下
显示温和恭谦之心；别让无情的法律

在审理我们兄弟的案件中铁面无私。

斯普里奥　　（旁白）他岿然不动，真希望他死掉算了。
　　　　　　假如私生子的诅咒会成事实的话，
　　　　　　但愿这宫廷所有的人都成尸首一堆。

公爵夫人　　不给予同情？难道我必须无子，
　　　　　　让一个女人所怀有的奇迹灰飞烟灭？难道我的双膝
　　　　　　是如此卑微，得不到尊重——

第一位法官　让犯人走上前来。
　　　　　　公爵的意思是对他的污秽的行为尽快
　　　　　　不偏不倚地判以死刑。
　　　　　　强奸！啊，那是淫荡中最荒唐的事，
　　　　　　比私通要恶劣得多。

小弟　　　　是这样的，先生。

第二位法官　更为糟糕的是
　　　　　　在勋爵安东尼奥妻子，
　　　　　　那位品德贤淑的夫人身上施暴。坦白吧，我的大人，
　　　　　　是什么催使你的？

小弟　　　　啊，那是肉欲，我的大人，
　　　　　　还有什么比一个女人更能诱惑男人的呢？

卢苏里奥索　哦，别嘲弄你的死亡了；别太迷信斧头
　　　　　　和剑。法律是一条聪明的毒蛇，
　　　　　　能很快用欺骗的手法要你的命。
　　　　　　婚姻使你成为了我的兄弟，
　　　　　　我还是爱你，别拿你的死亡来开玩笑。

小弟　　　　我感谢你，真的；善意的劝告，千真万确，
　　　　　　要是我有机会实践它们就好了。

第一位法官　夫人的名字已经插上了翅膀，
　　　　　　飞遍意大利，要是我们隐瞒事实，这审判本身

就将受到谴责，在人们的心目中变得臭名昭著。

小弟　好吧，木已成舟，假如再能重来一次，
　　　我将感到欣慰：她定然是一位女神，
　　　我没有权利看到她，再活下去。
　　　千真万确的是，我必须死；
　　　她的美丽注定是我的绞刑架。
　　　然而，我想我可以获得一个更轻些的判决——
　　　我的错误是嬉戏造成的，让我在嬉戏之中死亡吧。

第一位法官　宣判如下——

公爵夫人　哦，打住吧，别把你的话说出来。
　　　　　死亡太轻易地从一位法官的嘴里溜出来。
　　　　　请别太残忍了！

第一位法官　公爵夫人必须原谅我们，
　　　　　　这是公正的法律。

公爵夫人　法律
　　　　　应该比一个女人还要体贴入微。

斯普里奥　（旁白）现在，现在他要死了；把他们全赶走！

公爵夫人　（旁白）哦，要这么一个老迈而冷酷、
　　　　　拙于言辞、动作迟缓①的公爵
　　　　　有什么用！

第一位法官　决定判以死刑，不允挽回——

公爵夫人　哦！

第一位法官　明天一早——

公爵夫人　请上床，我的大人。

第一位法官　夫人太委屈你自己了。

---

①　指性行为。

埃姆比迪奥索　不，是你那舌头，
　　　　　　你拥有太多的权力，让我们太委屈了。

第一位法官　让那犯人——

公爵夫人　健健康康活下去。

第一位法官　上绞刑架——

公爵　且慢，且慢，我的贤卿！

斯普里奥　见鬼，
　　　　　是什么让老爸现在说话？

公爵　将延缓判决到下一个审判日。
　　　在此期间对他收监，实行严密监视。
　　　狱卒，把他带走。

埃姆比迪奥索　（对小弟）兄弟，这对你有利，
　　　　　　别害怕，我们将施计救你出来。

小弟　对埃姆比迪奥索和苏佩瓦吉奥
　　　兄弟，我将等着你们两个的信儿，
　　　在希望中等待。

苏佩瓦吉奥　再见，开心些。
　　　　　　一个狱卒押解小弟下

斯普里奥　（旁白）延缓啦，推迟啦——不，假如群愤逐渐平息，
　　　　　再施以对法官的吹捧和行贿，这死刑就算玩完。

公爵　贵卿们，关于此案，行使你们最大的权力吧；
　　　需要我们花更多的时间去严肃地研究案情。
　　　除了公爵夫人全下

公爵夫人　曾经听说过像我这样温和而宁静的
　　　　　续弦公爵夫人吗？有些人会串通
　　　　　顺从的医生们，那些生活散漫的人们，
　　　　　来策划他的死，

让他带着败坏的声誉到坟墓里去，

倒可以更方便地参与教堂的礼拜。①

有些续弦的夫人

会让她厌恶死了的公爵光吃饭睡觉。

老叟如小孩，此说太确切了——②

我的那老公紧闭其口。只要他一句话，

就能将我的最幼小、最亲爱的儿子

免除死刑或者长期监禁之苦，就可以让他一脚

踩在那荆棘丛生的法律之上，

即使尖刺也不得不在他面前弯腰。

然而现实并不是这样。

把婚姻忘掉吧，

我要去偷情让他气死；怨恨，正是怨恨呀驱使偷情；

那伤痕彻骨痛心，尽管不见血流。

斯普里奥上

前面走来我的心上人，

我老公的私生子，我的真爱；

我寄送许多情意缠绵的信，

并附上珠宝首饰；然而这胆小谨慎的男人，

却一副淡漠，一副冷然。

我送的耳坠叮当挂在他耳上，

公然嘲弄他老子的冷漠和恐惧。

他看见我了。

斯普里奥　夫人，您一个人？

我理应吻您的手。

公爵夫人　吻我的手，先生！说真的，我琢磨

你会害怕吻我的手，要是我的樱桃红唇在这儿。

---

① 高层的社会人士一般葬在教堂墓地里，公爵死后也会这样，故有此说。

② 请比较莎士比亚《李尔王》第一幕第三场高纳里尔语："年老的傻瓜正像小孩子一样。"

斯普里奥　　瞧，我不害怕，夫人。

　　　　　　　他吻她

公爵夫人　　真是奇迹，

　　　　　　礼数制造了无数傻瓜，

　　　　　　就像取悦一位平民女士（假如她情有独钟的话），

　　　　　　这是接近公爵夫人最简便的途径，

　　　　　　然而，男人由于生怕毁誉，对传统苍白的敬意，

　　　　　　徒然的恐惧，自己给自己

　　　　　　设置了障碍。你对我怎么看？

斯普里奥　　夫人，对你的看法，我一直以责任、

　　　　　　尊重和——

公爵夫人　　呸，我是说对我的爱。

斯普里奥　　我倒希望那是一种爱，但那是比

　　　　　　淫荡还要卑鄙的一种名义。你是我父亲的妻子，

　　　　　　夫人完全可以猜得出我该怎么称呼你。

公爵夫人　　唉，你是他的儿子，但不名正言顺；

　　　　　　他是不是生下了你还是一个疑问。

斯普里奥　　是这样；我是一个不确定的人，由一个不确定的女人
　　　　　　而生。也许他马棚里的马倌生下了我——你明白，我
　　　　　　也不知道。也许他骑马技术精妙绝伦[①]，可能是一个
　　　　　　令人望而生畏的人，天啊！他多么令人不可思议地高
　　　　　　大，他有足够的高度去偷窥半掩着的度假者的窗户。
　　　　　　人们希望他下马步行，他在凉棚下面做极其漂亮的表
　　　　　　演，当他骑马时，他的帽子则会碰上商店的招牌，打
　　　　　　掉理发店门上做广告用的盛刮胡须水的碗。

公爵夫人　　不，你一骑上马儿，就永远别想下马了。

---

① 带有性的暗示。

斯普里奥　是的，我是一个乞丐。[1]

公爵夫人　这更表明你伟大。对于我们的爱情，
　　　　　让它牢固地扎根在我们的理念和心灵中，
　　　　　公爵是你的父亲，这是毫无疑问的，
　　　　　他爽了一回；则对你的伤害更大。
　　　　　他既然把你这颗宝石镌刻出来，
　　　　　当他年迈衰老，臣服于年岁，
　　　　　必然会从公国戒指的底座掉落进坟墓，
　　　　　而你就应该替补镶嵌进那宝石底座里。
　　　　　还有什么比这更令人屈辱的呢？你能平心静气地
　　　　　想这一切吗？

斯普里奥　不，一想到这就会发疯。

公爵夫人　谁不会报复这样的一个父亲，
　　　　　甚至是用最极端的方式？我应该感谢那罪愆，
　　　　　它可以给予他最大的伤害，利用这罪愆吧。
　　　　　哦，这是怎样的一种痛苦呀，一个人
　　　　　只能在世活一次，却作为私生子活着，
　　　　　这子宫的诅咒，自然之蟊贼，
　　　　　逆第七条戒律而生[2]，
　　　　　在怀孕时已经受到
　　　　　那公正的永恒的法律的谴责。

斯普里奥　哦，对于我父亲，我是一个淫荡的魔鬼。

公爵夫人　难道这不会让耐心变成疯狂，让人暴跳如雷吗？
　　　　　除了太监，谁不犯罪，让他的床
　　　　　在不诚实的一瞬间睡上了另一个人？

斯普里奥　（旁白）啊，我的出生就种下了复仇的种子。

---

①　斯普里奥在此引用谚语："把乞丐放上马背，他就会飞奔"，此处含有性的暗讽。

②　即私通。

我要向所有的人报仇。仇恨由此产生；
我要声言道德败坏的乱伦不过是轻微的罪愆。

公爵夫人　仍然冷若冰霜！难道一个公爵夫人的求爱毫无反响
吗？

斯普里奥　夫人，我羞赧得要死，说出我要干什么的话。

公爵夫人　飞，那就让甜蜜的快乐飞翔起来吧。
　　　　　吻他
先尝一下这脉脉温情的
滋味，再见！

斯普里奥　哦，这乱伦的一吻打开了地狱的门。

公爵夫人　事实上，现在，老公爵，我的报仇将达到高潮：
我要让你的脑袋上戴上绿帽。
　　　　　公爵夫人下

斯普里奥　公爵，你确实害了我，由于你的行为，
通奸成了我的天性。
据说，在一场饕餮盛宴之后，
我被怀上了；当周遭都在觥筹交错，
女人们的脸颊露现殷红的酒色，
说话含糊不清，乖戾放荡，
说些甜蜜沉醉的话语，
富有刺激性的杯中物
成了我最初的父亲。他们爬起，
又欢天喜地地倒下去，倒凤颠鸾，
在这细声耳语和隐退规避的时刻，
卑鄙的皮条客在楼梯口放哨，
甜言蜜语之中偷偷种下了我。哦，谴责
宴席的罪孽，沉醉的通奸。
谴责声在我的心胸弥漫。
我完全有理由报仇雪恨；

诞生于轻率的欢饮和淫荡的欲壑。
继母，我会顺应你的欲望；
我喜欢你的恶作剧，但我恨你
和你的三个虎仔，
你的儿子们。
混乱，死亡，和毁誉——
他们的座右铭。
我的兄弟，公爵的独生嗣子，
他的出生在坊间流传得
更加离奇，他也许是别的男人所生
（女人自己的话是不可信的），
我将竭尽平生之力向他报仇，我痛恨所有的人。
公爵，在你的头上，我要给你安上绿帽。
一个私生子就应该是勾引别人妻子的人，
因为他是勾引别人妻子的人的私货。
　下

第三场

韦恩迪奇和希波里托上，韦恩迪奇装扮成皮奥托，服
侍卢苏里奥索

韦恩迪奇　怎么，兄弟？我化装得怎么样？

希波里托　好像变了一个人，
　　　　　这世界上，没有人知道他从哪儿来。

韦恩迪奇　事实将证明我是勇敢的，这宫廷之子。
　　　　　让羞怯见鬼去吧。厚颜无耻，
　　　　　你这宫殿的女神，女人中的精髓哟，
　　　　　有权势的洒着香水的人们所追求的人哟，
　　　　　将我的前额变成无所畏惧的大理石，

眼睛变成沉静的蓝宝石吧；改变我的容貌，
假如我不得不脸红，那让我在内心羞赧吧，
这个下流时代也许看不出
我脸容上流露出来的稚拙和羞怯，
旧时的少女，矜持的羞赧
永远都不会让她为了华丽的衣服
而出卖自己。
今日的少女更加聪慧，也更少廉耻；
除了皮条客女神之外，我很少听说还有别的女神。

希波里托 不，兄弟，你太刚愎自用了，天啊，
公爵的儿子来了；注意你的脸容。
卢苏里奥索上

韦恩迪奇 别让我露馅儿。

希波里托 小王爷——

卢苏里奥索 希波里托？（对韦恩迪奇）请暂时离开我们，回避一
下。
韦恩迪奇走到一边

希波里托 小王爷，我进行了长时间搜索，小心的问询，
和狡黠的探询，挑选了那个家伙，
我想他可以胜任许多重要的使命。
他对于我们的时代十分了解。
假如时代
有这么浓密的头发的话，
我就会把他当作时代的化身了，
对现行的社会习俗也了如指掌。

卢苏里奥索 太好了。
我很感谢你，可是话语不过是伟人的空白支票而已。
虽然黄金不会说话，它却表达了最真切的感谢。
给希波里托金钱

希波里托　太荣幸了，你是一个多么慷慨的人，小王爷。

卢苏里奥索　那就让我和他单独待一会儿吧。

　　　　　希波里托下

　　　　　对韦恩迪奇

　　　　　欢迎，别站得离我太远，我们应该好好认识一下。

　　　　　哎，跟我在一起胆子大一点儿；把你的手给我。

韦恩迪奇　太高兴见到你了。

　　　　　拥抱卢苏里奥索

　　　　　灵猫香味儿？

　　　　　我们什么时候生活在一起？

卢苏里奥索　（旁白）怎的一个出奇的无赖！

　　　　　鼓励他跟我热乎点儿？天啊，这家伙已经像

　　　　　发热一样热乎，

　　　　　想跟我握手就跟我握手。（对韦恩迪奇）朋友，在私

　　　　　下里，

　　　　　我可以忘却我的身份，但在其他地方，

　　　　　请你尊重我点儿。

韦恩迪奇　哦，好极了，先生——我太粗鲁了。

卢苏里奥索　干什么的？

韦恩迪奇　正骨者。

卢苏里奥索　正骨者？

韦恩迪奇　一个拉皮条的，小王爷；把两个人拉在一块儿。

卢苏里奥索　太巧了！

　　　　　适合我，适合我，好像是专门为我训练的。

　　　　　那你是不是为好多坏事当过中间人？

韦恩迪奇　不少，先生；我目睹了成千的少女失去贞操，甚至还

　　　　　要更多一些。我亲眼看见继承的财产挥霍殆尽，遗下

的财产都拿来供养私生子，无边的田野最终留给继承
人的只是一撮尘土，只够去吸干法律文书所盖的印章
上的墨水。

卢苏里奥索　（旁白）好一个歹徒！说真的，我太喜欢他了！
他仿佛是为我量身定制。（对韦恩迪奇）你太了解
人们生疏的淫荡到底是怎么回事。

韦恩迪奇　哦，醉酒后的淫荡！毫无节制的淫荡！
醉酒后的性交制造了如许多的酒鬼，
有些父亲不惧（酒后上床），
从母亲那儿溜下来，
去拥抱儿媳妇的酥胸；
有些叔叔们和他们的侄女儿私通，
兄弟和兄弟的妻子们乱搞。哦，乱伦的时光！
在那些时日，姐妹以外的亲人，
都是男人猎取的肉；清早，
当他们起床，穿戴整齐，戴上面具，
除了那永恒的眼睛之外，谁能看出这个，
谁能透过那外表看穿一切？是的，假如任何东西
应该受到谴责，那就是夜半的十二点钟；
那十二点永远不可能消失：
那是犹大们的时间，
真诚的救赎被出卖给罪愆了。

卢苏里奥索　事实上，是这样。让我们换一个话题吧。
在我们的血肉里就存在着犯错，即使地狱之门大开；
女人们知道路济弗尔的堕落①，但仍然以他为骄傲。
现在，伙计，假如你守口如瓶，且又灵巧，
对社会生活了如指掌，
那我就要赐你一个需要小心谨慎的活儿，

---

① 明亮之星，早晨之星，撒旦在堕落之前的称呼。

        你会获得无数的金钱，

        让残疾的乞丐们匍匐在你的面前。

韦恩迪奇　小王爷，

        守口如瓶？我从来就不是像娘儿们那样絮聒的人，

        我像我父亲。为什么男人们沉默寡言，

        把主意藏在心里？我告诉你，

        假如你在晚上向一个女人泄露秘密，

        第二天早晨医生会在你的尿里发现。

        小王爷——

卢苏里奥索　那你就成我的密友知己，

        我录用你了。

        给钱

韦恩迪奇　印度魔鬼[①]

        将很快钻进除高利贷者之外的任何人身内：

        他预见了那个便先录用了这魔鬼。

卢苏里奥索　请听我说：我陷于淫欲太深了，

        要么游下去，要么淹死。我所有的欲念

        都投向离宫廷不远的一位少女，

        我通过信使给她寄了

        不少蜡封的信，信中充斥我的纯洁的激情，

        并附上将能使她不用男人帮忙

        就狂喜不已的首饰；所有这一切

        她，这傻姑娘，退回不收，而信使

        得到的回应也只是蛾眉紧锁。

韦恩迪奇　这可能吗？

        不管她是谁，这是一头稀缺的凤凰。

        假如你的愿望若此，她又如此抵触，

        小王爷，我真想去报仇，将她娶过来。

---

① 指西印度群岛盛产金与银。

卢苏里奥索　唉，她的世族地位和财产
　　　　　　都太微不足道——出身卑微倒也好。
　　　　　　我是一个可以保护她们的人，
　　　　　　婚姻是美好的，但拥有一个情人更美好。
　　　　　　偷偷地溜上床——那是一种真正的快乐；
　　　　　　还有什么比单调的夜复一夜更令人厌恶的呢？

韦恩迪奇　一个极好的想法。

卢苏里奥索　那么，
　　　　　　我将跟你推心置腹，
　　　　　　我看你对我们置身于其中的
　　　　　　奢靡的时代富有经验。
　　　　　　用你那三寸不烂之舌
　　　　　　在她的耳边嘀咕，打消她所有的矜持，
　　　　　　看看这小娘儿们的魂灵儿，她的荣誉——
　　　　　　她称之为贞操的东西值多少钱，
　　　　　　把钱支付给她；贞洁
　　　　　　宛然一笔放在一边闲着的钱，
　　　　　　花了也无伤大雅，
　　　　　　放在那儿也帮不了大忙。

韦恩迪奇　说真的，你描述得太精确了，小王爷，
　　　　　　把那位少女的名字说给我听，我可以随之
　　　　　　想出许多妙计来；我将绞尽脑汁，
　　　　　　直到把话说尽，跪拜做最后的忏悔。我将——

卢苏里奥索　非常感谢，我将拔擢你。她的名字是：
　　　　　　新孀的寡妇格拉迪阿娜夫人的女儿。

韦恩迪奇　（旁白）哦，我的妹妹，我的妹妹！

卢苏里奥索　你干吗走到一边去？

韦恩迪奇　小王爷，我在思索怎么开场，

就像这样，"哦，女士"——等等各种各样的奸计；
她的发夹可以成为吸引男人的东西。①

卢苏里奥索　是的，或者摇晃她的头发。

韦恩迪奇　不，那就要把你勾引进她的身子里去了，小王爷。

卢苏里奥索　勾引进她的身子里去了？啊，那倒求之不得了。你认
识那姑娘吗？

韦恩迪奇　哦，只是一面之缘。

卢苏里奥索　是她的哥哥
把你推荐给我的。

韦恩迪奇　小王爷，我想是的；
我想我在什么地方见到过他——

卢苏里奥索　我请求你让你的心
跟他的心就像跟少女一样贴近。

韦恩迪奇　哦，天啊，好大人。

卢苏里奥索　我们也许会嘲笑他身上那纯真、那愚蠢。

韦恩迪奇　哈，哈，哈！

卢苏里奥索　他被当作了一个微妙的工具
招引来一个微妙的家伙——

韦恩迪奇　那就是我，我的大人。

卢苏里奥索　那就是你——去怂恿、劝说他的妹妹。

韦恩迪奇　真是一个全新的奸计！

卢苏里奥索　经过周密筹划。

韦恩迪奇　谦恭有礼地执行。（旁白）好一个洒香水的高雅无赖。

卢苏里奥索　我是这么考虑的：

---

① 带有性暗示。

假如她仍然是处女，不为所动，
应该去尝试一下母亲，带着礼物——
正像我给你的——去见母亲。

韦恩迪奇　哦，呸，呸！本末倒置了，我的大人。区区礼物怎么
能让一位母亲给自己的女儿当皮条客！

卢苏里奥索　不，我看你在女人细微情感方面不过是初出茅庐。
哎呀，没什么特别的：皮条客的名义
与时代是如此紧密相连，如今
它已征服了母亲四分之三的情感。

韦恩迪奇　是这样吗，小王爷？
那让我单枪匹马去征服那剩下的四分之一。

卢苏里奥索　啊，说得好极了。来，我将给你提供你之所需，但
是，首先，你必须宣誓在所有事务中信守真诚。

韦恩迪奇　真诚？

卢苏里奥索　只是发个誓而已。

韦恩迪奇　发个誓？我希望大人对我的忠诚不要有丝毫的怀疑。

卢苏里奥索　但是考虑到我的脾性，我喜欢发誓。

韦恩迪奇　因为你喜欢，天啊，那我就发誓吧。

卢苏里奥索　啊，够了。
不久你就会变得更有教养一些。

韦恩迪奇　那太好了，小王爷。

卢苏里奥索　服侍我！
卢苏里奥索下

韦恩迪奇　哦！
现在让我发泄一下吧，我已经吃下贵族的毒药。
我们成了奇异的同伙人，兄弟：无辜的歹徒。

你听到这个不会疾愤，是吗？

事实上，你会的。让我发誓去加害我妹妹！

拔出他的短剑

短剑，我敢于对你许下一个诺言：

你将杀死这个嗣君；那将是你的荣誉。

现在，我胸中的怒火已经得到控制，

这样的装扮将证明不是最愚蠢的计策

来测试一下这两个人的信念。

另一个人，比方说一个流氓，

也许可能起同样的作用，

也许可能获得非常有效的结果，

是的，很可能完全征服她们。因此，我，

虽然沉痛而伤心，将运用同一个样式，

忘却我的本性，

仿佛我和她们没有任何亲属的关系；

去测试一下她们——我敢于将自己救赎的机会

全都押在她们的德行之上。

下

第四场

愤懑的安东尼奥（他妻子被公爵夫人最小的儿子强暴）上；他向几位贵族大人（包括皮埃罗）和希波里托显示妻子的尸骸

安东尼奥　走近一点儿，大人们，亲眼看一看这悲惨的情景，

一位美丽、俊秀的女人被糟蹋，

被鲁莽地毁了。暴虐的强奸

演出了一场极端残忍的戏。瞧，大人们，

这一瞥扫尽我身上的男子气概。

皮埃罗　　　那位德高望重的夫人！

安东尼奥　　妻子们的镜鉴！

希波里托　　许多女人膜拜的红晕，那是贞女的标志，它将羞愧浮
　　　　　　现于面颊，让苍白的恣意的罪人面露羞色。

安东尼奥　　她死了！
　　　　　　她的荣誉先喝了毒酒，然后，她的生命，
　　　　　　和荣誉聚于一屋，喝了她的荣誉的毒酒。

皮埃罗　　　哦！如许多人的悲哀！

安东尼奥　　我以前没有注意到这个——
　　　　　　她将祷告书枕于面颊下；
　　　　　　这是她的富有成效的镇静剂；另一本祷告书
　　　　　　置于她的右手下，有一页打了折，
　　　　　　指向下列的词句：
　　　　　　"与其在耻辱中求生，还不如以高风亮节而死。"①
　　　　　　这太合乎她的为人品格了。

希波里托　　我的大人，既然你邀请我们和你共同分担忧愁，
　　　　　　那就让我们尝尽你的痛苦，这样，减轻你的悲愁
　　　　　　也将是对你和对我们的慰藉；
　　　　　　我们也有痛苦，但我们的痛苦是无言的——
　　　　　　轻微的痛苦说出来；深沉的痛苦闷在心里。②

安东尼奥　　对极了，我的大人。
　　　　　　请听我说，我要用精悍的句子
　　　　　　来描述我深沉的痛苦。
　　　　　　上一个狂欢的夜晚，
　　　　　　当火炬将夜空映照成白昼，
　　　　　　在宫廷，有些廷臣在假面舞会上

---

① 原文为拉丁文：Melius virtute mori, quam per dedcus vivere。

② 原文为拉丁文：Curae leves loquuntur, majores stupent。

戴上了品貌要姣好得多的面具

（舞会上弥漫着欺骗和谄媚），在他们中，

公爵夫人最小的儿子（那个荣誉的蠹虫）

来到一个房间；怀着疯狂的淫欲来蚕食

我的爱，在所有的女士中，

单单挑出了我那亲爱的女人，她活着一直清心寡欲

就像她现在死了一样

（对此，那公爵夫人的龟儿子太了解了）；

当狂欢达到高潮，

音乐声最为响亮，侍臣们忙得不可开交，

女士们最为疯狂地在欢声笑语——哦，这阴险的时刻，

真是难以启齿！——

他的脸比面具还要厚颜无耻，

在一群依赖性犯罪而生的皮条客中

蹂躏她，

填饱他那欲壑难填的淫欲之鹰。

哦，想到的只有死！她，名誉被毁，

为了身后更为崇高的名声，

与其含辱而生，不如饮毒而死。

希波里托　一个令人惊叹的女人，具有少有的了断的决心；

她由此而使她成为一个女中之后。

皮埃罗　我的大人，罪犯判了什么刑？

安东尼奥　事实上什么也没有判，我的大人；随着案件冷却，判

决也就推迟了。

皮埃罗　延缓了强奸死刑判决？

安东尼奥　哦，你必须明白谁应该去死，

公爵夫人的儿子。她似乎成了一个拯救者：

"这个时代的审判完全是偏袒在起作用。"

希波里托　不，走上前来，你这个清廉的军官，

他拔出他的剑

我把你们紧紧地团结在一起，像钢铁一样；
请你们共同发誓，并信守誓言，
而其他的一切就只是锈斑，让剑刃蒙羞。
给我的誓言以力量吧，假如在下一次会审时，
审判以贿赂的黄金来量刑，吝惜这毒蛇的血，
那么，那么，就在他们的座席之前，
让他的灵魂出窍，他早就在天上
被判定有罪了。

全体　我们宣誓，并将实践誓言。

安东尼奥　仁慈的先生们，我在我的愤怒之中感谢你们。

希波里托　如此美丽的一个女人的毁灭
没有以毁灭者的血来抵偿，
这真是太遗憾了。

皮埃罗　她的葬礼将非常隆重，因为她的名字
值得一座珍珠装饰的墓穴。安东尼奥大人，
暂时遮蔽一下你的眼睛，不要再凝视你的夫人了吧；
当我们对复仇更为了然于胸，
我们的痛苦和你的痛苦终有一日将提请到法庭。

安东尼奥　那对我是一种慰藉，先生们，我最为享受
这一幸福的甘露，
这终将称之为一种奇迹：
以我这老迈之躯，还拥有一个如此贞洁的妻子。
同下

第二幕

第一场

卡斯蒂扎上

卡斯蒂扎　少女要经受多少严重的蛊惑，
　　　　　她唯一的财富则是那坚定的道德观念，
　　　　　她除了荣誉美名没有别的继承，
　　　　　这使她在财产上两手空空。
　　　　　少女们和她们的荣誉宛然贫困的开拓者；
　　　　　假如罪人不富有，那罪人就要少得多。
　　　　　为什么美德没有进账呢？得，
　　　　　我知道这理由，因为这将使地狱成穷光蛋的天下。
　　　　　东多罗上
　　　　　怎么样，东多罗？

东多罗　麦当娜，有一个，正如人们说的，一个嫩肉，我是根
　　　　据他的胡须选中的，他跟你嘴对嘴正对劲儿。

卡斯蒂扎　那是怎么回事？

东多罗　跟你在一起时，把牙齿露给你看呗。

卡斯蒂扎　我不懂你的意思。

东多罗　啊，那就是跟你说话，麦当娜！

卡斯蒂扎　啊，那就直截了当地说，你这个疯子，别绕着弯儿说
　　　　　那些脏话；假如他不是用普通人说的话儿说话，他怎
　　　　　么能跟我沟通呢？

东多罗　哈，哈，他就像两先令硬币一样普通。在我的行当中
　　　　我要设法让自己显得高雅一些；给上等人当跟班的人
　　　　是不屑使用下人使用的粗俗俚语的。

卡斯蒂扎　就按你的想法去干吧，先生；直接到他那儿去。
　　　　　东多罗下
　　　　　我希望从我哥哥那儿得到快乐的消息，
　　　　　他最近去旅游了，他是我的最爱。
　　　　　他来了。
　　　　　化装的韦恩迪奇上

韦恩迪奇　夫人，向妇女致以最崇高的敬意——
　　　　　细腻的肌肤，时新的服饰。
　　　　　给她一封信

卡斯蒂扎　哦，她们将感谢你，先生。
　　　　　这信是从哪儿来的？

韦恩迪奇　哦，来自一位亲密的高贵的朋友，
　　　　　一位有权势的朋友！

卡斯蒂扎　谁？

韦恩迪奇　公爵的儿子！

卡斯蒂扎　吃我一巴掌！
　　　　　揍了韦恩迪奇一记耳光
　　　　　我发誓我将让我的手掌充斥仇恨，
　　　　　全然不顾少女礼仪的束缚，
　　　　　对下一个以那样卑鄙的身份出现的家伙，
　　　　　他的罪恶的中间人照打不误。把我在你脸上
　　　　　刻画下的仇恨的印记，

趁它还仍然殷红带给他吧，
我将为此而酬劳你；
告诉他我需要一个高贵的名誉，
而他和妓女则将分享羞耻的名声。
再见！把我的仇恨转送给他。

格斯蒂扎下

韦恩迪奇　这是我脸上受到的最甜蜜的一击，
迄今为止最完美的印记；
我将永远热爱这一耳光，而这脸颊
将自此占有特殊的地位。
哦！我难以直抒我的胸臆！最为坚定的妹妹，
在这中间你显示了贞操品性；
许多人获有贞操的名声，但实际上子虚乌有。
你在我的心中永远都有一个美誉。
污言秽语不可能玷污你；
但为了践行我的誓言，
正如我已经决定的，我还要
对我母亲施以重围，虽然我知道
妖妇的饶舌是不可能迷惑她的。

格拉迪阿娜上

天啊，她果真来了；幸好我有伪装。
——夫人，下午好。

格拉迪阿娜　欢迎你，先生！

韦恩迪奇　意大利嗣君，未来有权势的人——
公爵的儿子向你致以问候。

格拉迪阿娜　我感到莫大的荣幸，
他在心中把我置以如此崇高的地位。

韦恩迪奇　你应该感到光荣，夫人：
这个人在任何时候都可能成为公爵；

> 王冠在任何时候都可能是他的。
> 人们都以能使他快乐为荣，
> 不惜用任何东西。

格拉迪阿娜　是的，除了他们的体面。

　韦恩迪奇　呸，人们也不惜损坏一点声誉的，
　　　　　告诉你吧，这中间的差异是很少被注意到的。
　　　　　我会睁一只眼、闭一只眼，视而不见。

格拉迪阿娜　天啊，我可不会。

　韦恩迪奇　老天，我希望我会；我知道你也会的，
　　　　　假如你有那种欲望，而且你将那种欲望传给了你女儿。
　　　　　对于她，确实是这样的，命运之轮又转向她了；
　　　　　那个与此有关的男人，也许在早晨之前
　　　　　（他那白发苍苍的父亲只能在一边发霉）
　　　　　早就看中你的女儿了。

格拉迪阿娜　看中？

　韦恩迪奇　不，你听我说：
　　　　　他想要她，以后一直想要的。
　　　　　因此，放聪明一些——我这么说是作为你的一个朋友，
　　　　　这个朋友比跟他更加要好。夫人，我知道你很穷困，
　　　　　天啊，世上贫穷的女人太多了。
　　　　　为什么你还要让这再增加呢？这让人睥睨！
　　　　　过富裕的生活，对世界有一个正确的了解，
　　　　　那跟你女儿做伴的贞操——那愚蠢的乡下姑娘的习气，
　　　　　叫它滚蛋吧。

格拉迪阿娜　哦，呸，去你的，即使集全世界财富于一身
　　　　　也不能唆使母亲去做如此不合人情的事。

　韦恩迪奇　不，一千金币①却可以；

---

① 每枚值十先令，硬币上镌刻圣迈克尔与撒旦搏斗的形象。

男人没有权力，金币却可以让你有权力。
世界已经沦落到如此卑贱的罪恶之中，
四十金币可以造成八十个魔鬼。
世上还有傻瓜蛋，我看，还有傻瓜蛋。
假如我的女儿被
公爵的儿子如此想望、如此眷恋，
我还愿意穷困、卑贱、被有钱人瞧不起，
远离宫殿，眼巴巴看着别人家的女儿
靠着宫廷的力量而飞黄腾达吗？
不，我要靠她的胸脯提高我的社会地位，
让她的传情美目成为我的租户；我要依靠
她的粉颊赚来一年的花销，依靠她的红唇
乘坐马车；她身上所有的部位
都应该让情人们列长队等候照应，而我
则拥有享受不尽的快乐。
生育她时，你为她含辛茹苦；
让她报答你吧，即使只是部分地偿还。
你把她养育成人，她应该让你实现你的梦想。

格拉迪阿娜　　哦，天啊！这将我完全折服。

韦恩迪奇　　（*旁白*）我希望没有，但看来已经见效！

格拉迪阿娜　　（*旁白*）这刺激对我太强烈了，男人懂得我们女人，
我们是如此孱弱，片言只语就足以把我们颠覆。
他极大地动摇了我，当他的口舌一嘲讽起我的窘迫，
我的美德便退避三舍。

韦恩迪奇　　（*旁白*）我一开始便让她踌躇万分，我也就不再转弯
抹角！
我担心她由此而丧失母性，不过我还是要冒一下险：
"那女人不是女人，谁也进不去。"——
你在想什么，夫人？说出来，难道你更聪明吗？

发迹对你意味着什么？它意味着：
女儿的堕落使母亲的脑袋抬了起来。
是不是这样，夫人？我发誓在许多情况下，
是这样的；呸，这时代谁也不怕。
"学坏没什么羞耻，它太普遍了。"

格拉迪阿娜　是的，那正是赖以自慰的想法。

韦恩迪奇　赖以自慰的想法！
我到最后才做最紧要的事；这些金钱
能劝说你忘却上帝吗？
　　给她钱

格拉迪阿娜　是的，正是这些钱——

韦恩迪奇　（旁白）哦！

格拉迪阿娜　——使女人忘情；这些钱是
支配我们感情的手段，使女人
不会为母性而经受长期的煎熬，
而且看到你舒适、光亮的一面：
我一想到要为你做的事就脸红。

韦恩迪奇　（旁白）哦，受苦受难的上苍，在这一刻，
你用无形的手指①将我的双眸
转向内心，对自己视而不见。

格拉迪阿娜　瞧，先生。

韦恩迪奇　嗬。

格拉迪阿娜　让这点小意思感谢你的辛苦吧。
　　给他小费

韦恩迪奇　哦，你真是一位仁慈的夫人。

格拉迪阿娜　我要看看我怎么来劝说她。

———————————

① 上帝之手指。

韦恩迪奇　你说的话会管用的。

格拉迪阿娜　假如她还要保留贞操的话，那她就不是我的女儿。

韦恩迪奇　（旁白）说的比心想的还要明白。

格拉迪阿娜　卡斯蒂扎，我的闺女！
　　　　　　卡斯蒂扎上

卡斯蒂扎　妈？

韦恩迪奇　哦，她就在那儿；去跟她会面。——
　　　　　　（旁白）天上的士兵，护卫她的心吧；
　　　　　　那边的母亲邪恶缠身，要把她拉走。

卡斯蒂扎　夫人，怎么让那边的恶徒
　　　　　　跟你站在一起？

格拉迪阿娜　为什么？

卡斯蒂扎　他最近给我捎来
　　　　　　公爵儿子写的污言秽语的信，
　　　　　　挑逗我去做不体面的事儿。

格拉迪阿娜　不体面的事儿？你这一本正经的傻瓜，
　　　　　　想保持贞操，因为你想这样，
　　　　　　没有任何理由，只是你的意志所为。
　　　　　　名声很好，受到褒奖，
　　　　　　但是请问，这是谁之为？卑鄙的人们，无知的人们；
　　　　　　更为优秀的人士，我敢肯定，是不屑为之的。
　　　　　　除了根据优秀人士的行为，
　　　　　　还有什么法则让我们来规划人生呢？
　　　　　　哦，失去的就永远不可能再得到，
　　　　　　你要是知道这一点就好了。
　　　　　　对所有的少女有一个冷冰冰的诅咒，
　　　　　　当别人拥抱生活，她们却拥抱死亡。

贞操是被锁上的天堂。①

你不可能来而不付钱，

而男人被责成保管那钥匙。

你还要拒绝发迹、财富和公爵的儿子吗？

卡斯蒂扎　我请求你宽恕，夫人，我误解你了；

请问你看见我母亲吗？你走的是哪条路？

求求上帝，我没有失掉她。

韦恩迪奇　（旁白）被彻底地抛弃了。

格拉迪阿娜　你对我如此倨傲，对他也非常蔑视吗？

难道你不认识我吗？

卡斯蒂扎　啊，你就是她吗？

世界变化得如此之快，一个面貌变成另一个面貌，

聪明的孩子终于了解她母亲了！②

韦恩迪奇　（旁白）说得真太对了。

格拉迪阿娜　为你的这派胡言，

我真想向你的脸上扇耳光，但是我会忘掉它。

来吧，抛开这些孩子气的使性，

正视你所处的境遇吧。命运来眷顾你了；

啊，难道你还想当一个处女吗？

假如大家都惧怕淹死

而眼睁睁看着惊涛拍岸，

那黄金就会变得稀少，商人们就要变穷。③

卡斯蒂扎　一个多么乖巧的说法；

我现在想，

---

① 在文艺复兴时期的英国，在俚语中，paradise 意为阴道，而 key 则意为阴茎。

② 此句来源英语谚语："It is a wise child that knows his father." 莎士比亚在《威尼斯商人》中运用了类似的说法："只有聪明的父亲才会知道自己的孩子。"

③ 指大家都惧怕出海，黄金的进口就要减少。

　　　　　　　出自你的口中，它也就不再具有箴言的力量；
　　　　　　　假如出自他的口中，也许会好一些。

韦恩迪奇　（旁白）事实上，出自两人的口中都很糟糕，
　　　　　　　认真说来，我比他们也好不了多少。
　　　　　　　（对卡斯蒂扎）我看，夫人，你自己母亲的话儿
　　　　　　　听不进去，没有任何权威。
　　　　　　　你主张贞洁；什么是贞洁？
　　　　　　　那只是老天的乞丐；
　　　　　　　什么样的女人会如此愚蠢
　　　　　　　想保持她的贞洁，但连饭也吃不饱？不，
　　　　　　　时代变得更加聪明，对美德也更少关怀。
　　　　　　　一个穷迫的少女期望
　　　　　　　打破那处女膜，靠朋友们谋生。
　　　　　　　你是多么有福！你独自享用那幸福。
　　　　　　　别人失身于千人，而你只须服侍一人，
　　　　　　　他有足够的财力让你的额头
　　　　　　　缀满首饰，全世界将为之惊愕，
　　　　　　　前来宫廷请愿的人们
　　　　　　　将因你的靓影而震惊不已。

格拉迪阿娜　哦，要是我正当风姿绰约之年
　　　　　　　我会因此而欣喜若狂。

卡斯蒂扎　是的，失去你的体面。

韦恩迪奇　天啊，跟我们大人殿下打交道
　　　　　　　怎么可能失去体面呢？
　　　　　　　他会以他的头衔增加你更多的荣光——
　　　　　　　你母亲将告诉你怎么回事。

格拉迪阿娜　我会的。

韦恩迪奇　请想一想在宫廷里的快乐：
　　　　　　　闲情逸致和地位；刺激食欲的肉食，

    满得要漫溢出菜碟，

    即使现在还让人兴奋不已；

    在户外由火炬照亮筵席，伴随着音乐和娱乐；

    扈从们光着脑袋，他们从未有幸

    戴上自己的帽子，而让鹿角装在上面[1]；

    九辆马车在等着——快，快，快![2]

卡斯蒂扎　是的，到魔鬼那儿去。

韦恩迪奇　（旁白）是的，到魔鬼那儿去。——（大声地）我担保，
是到公爵那儿去。

格拉迪阿娜　是的，到公爵那儿去！女儿，你一旦到了那儿，你就会
不屑再想到魔鬼了。

韦恩迪奇　（旁白）真的，在那儿大部分人都跟他一样非常傲慢。——
（大声地）谁愿意枯坐在一间被遗弃的房间里，

    将自己瞬息即逝的美丽仅跟画像打交道，

    那跟老叟一样毫无用处？那些

    姿色和命运都不如她的人们，

    拥有一百公顷的土地，

    然而丰茂的草场都渐渐被割块出卖，

    只为了购买宫廷时兴的兜包[3]。哦，

    当农夫的儿子同意，并再次聚会决意

    洗手不干，而来到宫廷当绅士，

    这是女人所能得到的最大的祝福了；

    公国由此欣欣向荣。

    土地用杆[4]来丈量，这样劳力大大节省；

---

[1]　指妻子红杏出墙的丈夫。

[2]　当时社会上把马车当作是做爱的好去处。

[3]　兜包，15 和 16 世纪时一种宫廷流行的胸部饰物。

[4]　杆（rod），长度单位，等于 5.5 码，或者 16.5 英尺。在文艺复兴时期的英语俚语中，
rod 意为阴茎。

　　　　　裁缝们骑马来到乡下，用码①来丈量。
　　　　　葳蕤的树木，田野树冠上旖旎的华发，
　　　　　被修整得宛然华丽的头饰——还有许多没有说；
　　　　　除了贞操一切都在繁茂生长；她冰冷地躺在那儿。
　　　　　不，我要再挨近你一些吗？请记住这一点：
　　　　　为什么贞洁的女人是如此之少，难道那不是导致
　　　　　更为贫穷的品性吗？那受到最美的赞誉，最受追捧——
　　　　　然而，在交易中，在时髦的社会中最不受抬举——
　　　　　那不是贞洁，请相信我说的。
　　　　　请注意它那低下的令人泄气的代价：
　　　　　"丢失一颗珍珠，到处寻觅，不肯释怀；
　　　　　贞操一旦失去，谁还会发疯去寻找它呢？"

格拉迪阿娜　真是这样，他说得对极了。

　卡斯蒂扎　欺骗！我要向你们两人挑战。
　　　　　我的燃烧的耳朵忍受了你们的一派胡言；
　　　　　你们的三寸不烂之舌让我的脸发烧。
　　　　　妈，离开那个歹毒的女人！

格拉迪阿娜　她在哪儿？

　卡斯蒂扎　你没看见她吗？她跟你太亲密了。
　　　　　（对韦恩迪奇）你这歹徒，让你在你的歹行中灭亡！
　　　　　老天，
　　　　　请从此让母亲成为一种病症②，
　　　　　首先从我这儿开始；但我已经超越你了。
　　　　　卡斯蒂扎下

　韦恩迪奇　（旁白）哦，天使们，将你们的翅膀拍打苍天吧，
　　　　　给予这位贞女以响彻云霄的鼓掌！

－－－－－－－－－－

① 　一码（yard）等于三英尺。在当时俚语中，yard 也有阴茎之意。

② 　指女人一种歇斯底里的病症，据说是从子宫开始的。

格拉迪阿娜　执拗，蔑视一切，愚蠢至极！——请把这回应带去：
假如我的大人的乐趣这么指引他，他将得到
最诚挚的欢迎。我将使我的女儿改变主意。
女人跟女人单独办事一切都会迎刃而解。

韦恩迪奇　我会把这告诉他。

　　　　　格拉迪阿娜下

哦，比在地上爬行的畜生
更野蛮、更怪异！
为什么老天不变得漆黑一片？
为什么老天不对世界眉头紧锁？
为什么大地不地动山摇，
掀翻地上所有的罪恶？哦，
假如不是为了黄金和女人，
世上本就没有罚入地狱之罪；
地狱也就失去点燃其火焰的活力，
宛然庄园没有生火的大厨房。
但是，早在开天辟地之前就注定
黄金和女人是猎取男人的钓饵。

　　　　下

第二场

　　　　　卢苏里奥索偕同希波里托上

卢苏里奥索　我对你的判断倍加赞赏。
你对人有很好的了解，
那是研究人的最高深的学养。
我知道这在学校从未学到过的信条：
世界分为恶棍和傻瓜。

希波里托　（旁白）称你为恶棍，但，是在背后。

卢苏里奥索　我很感谢你，你给我找到了一个
　　　　　　言辞乖巧的人，各种品性融汇于一身，
　　　　　　头脑非常成熟。

　希波里托　确实是，大人。
　　　　　　（旁白）我希望能找到复仇的机会。哦，恶棍，
　　　　　　让我当上这么一个尴尬的仆役！但是——
　　　　　　　　化装的韦恩迪奇上

卢苏里奥索　天啊，他来了。

　希波里托　（旁白）我是不是该离开了。

卢苏里奥索　你走开吧。

　希波里托　（旁白）难道我的想法不对吗？
　　　　　　我必须走开，但是，兄弟，你必须待在这儿。
　　　　　　天！我们简直成了新式的皮条客了！
　　　　　　　　希波里托下

卢苏里奥索　我们现在一对一。有第三者在场很危险，
　　　　　　特别是她的哥哥；嗨，放开告诉我，
　　　　　　我的寻欢有戏吗？

　韦恩迪奇　哦，小王爷！

卢苏里奥索　回答我，让我快乐快乐；你才干出众吗？
　　　　　　你能花言巧语让她忘却救赎，
　　　　　　把地狱涂上一层蜂蜜吗？她是一个温顺随意的女人吗？

　韦恩迪奇　她什么都好，就是缺乏欲望。

卢苏里奥索　那她就一钱不值，
　　　　　　我的性趣大减。

　韦恩迪奇　我说的话
　　　　　　有可能让一个还算贞洁的女人走上歧途。
　　　　　　现今相当好的女人

　　　　　　也会被银子腐蚀变成娼妓。
　　　　　　有多少姑娘因依恋安逸
　　　　　　而沦落风尘；我敢于
　　　　　　以我的生命作为担保，
　　　　　　只须说一半的话儿，就把一位清教徒的妻子放平。
　　　　　　她保守而品行端正——然而，现今
　　　　　　这也成了疑问。哦，母亲，母亲！

卢苏里奥索　　直到这一刻，
　　　　　　我从不认为女性是一个奇迹。
　　　　　　从母亲那儿能得到什么结果？

韦恩迪奇　　（旁白）在我羞辱那个生我的女人之前，
　　　　　　我现在必须昧着良心，说假话。
　　　　　　我将保持真诚，因为你不会活得很长，
　　　　　　去传说我母亲的坏话：
　　　　　　对于一个行将就木的人，耻辱就不是耻辱了。——
　　　　　　小王爷。

卢苏里奥索　　那是谁？

韦恩迪奇　　没有别人，是我，小王爷。

卢苏里奥索　　你急匆匆想说什么？

韦恩迪奇　　给你以慰藉。

卢苏里奥索　　那就好。

韦恩迪奇　　这少女脾性拘谨，不喜欢尝试
　　　　　　陌生的事物，我干了什么？
　　　　　　给母亲踢马刺，还是黄金的马刺
　　　　　　转眼间便催使她慢跑起来。

卢苏里奥索　　是不是可能
　　　　　　母亲在女儿之前就被罚入地狱呢？

韦恩迪奇　　哦，那是社会风俗，小王爷；你知道，就母亲的年龄
　　　　　　而言，
　　　　　　她必须走在前面。

卢苏里奥索　　你说得对极了！你所说的慰藉从何而来？

韦恩迪奇　　从一个极好的地方，小王爷。这不近人情的母亲
　　　　　　以她的三寸不烂之舌如此猛烈攻讦她的体面，
　　　　　　这可怜的无辜的姑娘不得不保持缄默。
　　　　　　这少女，宛然一支尚未点燃的红烛，
　　　　　　冰冷而贞洁，只有她母亲的气息
　　　　　　还能在她脸颊上吹拂起火焰。姑娘拂袖而去，
　　　　　　而这位好心的老式夫人，一边气急败坏，一边甩给我
　　　　　　带有很大希望的言辞——这些我都深深地印在心中：
　　　　　　"他将得到最诚挚的欢迎——"

卢苏里奥索　　嗯，我感谢她。

韦恩迪奇　　"假如我的大人的乐趣这么指引他——"

卢苏里奥索　　那确是很快就要办的事儿。

韦恩迪奇　　"我将使我的女儿改变主意——"

卢苏里奥索　　她聪明多了，我为此要嘉奖她。

韦恩迪奇　　"女人跟女人单独办事一切都会迎刃而解。"

卢苏里奥索　　根据这种情况，她们能办成。给予她们应有的报偿，
　　　　　　男人跟她们是没法比的。

韦恩迪奇　　没法比，是这样的；一个女人一个小时所编织的小玩
　　　　　　意儿，男人花二十七年也解不完。

卢苏里奥索　　现在我感觉很愉快；我希望她们率性自由。
　　　　　　你是一个难得的人；说真的，我喜欢你。
　　　　　　放聪明一点，凭这赚你的钱：单腿跪下！
　　　　　　你野心想干个什么职位？

韦恩迪奇　职位，小王爷？天啊，假如我有什么向往的话，我要的职位从来就不应该是跪着求来的。

卢苏里奥索　那你就什么也得不到。

韦恩迪奇　是的，小王爷，我可能找一个别的职位；不，还是养一匹马，把它当我的情人。

卢苏里奥索　拜托了，别跟我说这些混账话了。

韦恩迪奇　哎呀，我就是想要这个，小王爷：在屏风后面为安排性幽会收钱，在半夜十二点钟让那些妞儿扑通一声扑倒到那铺草垫的地板上。

卢苏里奥索　你是一个疯狂的、聪明的混蛋。难道你不想在这事儿上赚大钱吗？

韦恩迪奇　哦，这是说不定的事儿，小王爷；我思量这已经耽搁很久了！

卢苏里奥索　得，今晚我要去找她，
到今晚，我已经思念她整整一年。再见。听着，
你会得到提升的。

韦恩迪奇　小王爷，您太仁慈了。
卢苏里奥索下，韦恩迪奇将手安放在短剑上
哦，我现在要刺向他的后背吗？不！
短剑，你从来不在背后伤人。
我要面对面刺他。他死的时候要面对着我。
你的血管里流淌着淫荡，这剑就是要将那淫荡之血放尽：
假如乞丐不能杀死大人物，那大人物就都是神了。
宽恕我吧，苍天，妄称我母亲奸诈。
哦，别缩短我在世的寿数[①]；
我不可能赞誉她；恐怕

---

① 见《旧约·出埃及记》20：12："应孝敬你的父亲和你的母亲，好使你在上天你的天主赐给你的地方，延年益寿。"

她的伶俐的口齿已让我的妹妹卖身。
我是一个不对
这淫荡的嗣子，公爵的儿子做伪誓的混蛋；
律师们，商人们，牧师们，所有的人
都认为功利性的假誓是细小的罪愆。
做伪誓将变得非常困难，但我要捍卫她的名声，
保证她那洞门安全而不受侵犯。

　　希波里托上

希波里托　兄弟，情况怎么样？我想从你那儿
　　　　　得到消息，我也有消息告诉你。

韦恩迪奇　怎么，一场恶作剧吗？

希波里托　一场真正的恶作剧：
　　　　　这奸诈的老公爵被痛痛快快作弄了一番。
　　　　　他的私生子那玩意儿①让他戴上了绿帽子！

韦恩迪奇　他的私生子？

希波里托　请相信我吧：他和公爵夫人
　　　　　在夜晚穿着睡衣相会；楼梯口的皮条客
　　　　　亲眼看见。

韦恩迪奇　哦，丑恶而深深的罪愆呀！
　　　　　当公爵睡着的时候，纵容巨大的罪恶。

　　　　　斯普里奥带着两个仆役上

　　　　　瞧，瞧，斯普里奥来了。

希波里托　该死的色鬼！

韦恩迪奇　衣服不系扣子，两个皮条客打手跟随着他。

　　　　　斯普里奥分别和两个仆役谈话

　　　　　哦，奸诈阴险的耳语；耳朵里传播着地狱之声。
　　　　　请等一等，让我们来瞧一瞧他会干什么。

_____

① 原文为 pen，在当时俚语中意为阴茎。

韦恩迪奇和希波里托躲到一边

斯普里奥　哦，你们肯定吗？

　　仆役　大人，准没错儿，这是一个
　　　　　对公爵儿子荒淫生活非常熟知的人说的：
　　　　　他准备这一刻偷偷溜到
　　　　　希波里托妹妹那儿，她的贞操
　　　　　已经被她母亲出卖给他了。

斯普里奥　啊，甜蜜的言语，更加甜蜜的时刻啊！听我说，兄弟，
　　　　　我要在最短的时间里让你失去嗣君的地位，
　　　　　犹如我在匆忙倥偬之中出生一样；
　　　　　我要在你寻欢作乐之时让你倒霉。多么宝贵的行动！
　　　　　在你淫乐之后，哦，就该是流血的时候了。
　　　　　来吧，让我们轻手轻脚地走开吧。
　　　　　斯普里奥和他的仆役们下

韦恩迪奇　瞧，那儿，那儿，那台阶，到公爵夫人那儿了。
　　　　　这是他们第二次幽会，又一次给公爵
　　　　　以新的荣誉，让他又戴上了绿帽子。
　　　　　黑夜，你看似葬礼上的挽幛，
　　　　　一清早就要被撕裂开，你挂在那儿，
　　　　　称誉那些根本就不配称誉的罪愆。
　　　　　现在正是满世界在床上高潮迭起的时候，
　　　　　到处都在耍花招；在日落时还是贞洁的少女
　　　　　现在可能已上了妓女的花名册。
　　　　　穿着卖弄风骚的透明衣衫的女人
　　　　　让嫖客从河边后门①来到家里；女人
　　　　　狡猾得很，在门上装上皮质的铰链，
　　　　　不让发出嘎吱嘎吱的响声。戴绿帽的丈夫，
　　　　　啊，飞快，飞快，飞快，飞快地制造了出来！

――――――――――

① 指伦敦泰晤士河边的住宅，后门对着河流。

> 小心谨慎的站街女在深夜拉客①
> 这足够维系她们和皮条客们在白日的生存。

希波里托　你说得真酣畅不已，兄弟。

韦恩迪奇　呸，我还是很浅薄的，
　　　　　用词太简约、太拘谨。要我告诉你吗？
　　　　　要是将夜晚进行的每一项欺诈都和盘托出，
　　　　　很少有人会不脸红。

希波里托　我相信你说的。

韦恩迪奇　谁来了？
　　　　　卢苏里奥索上
　　　　　公爵的儿子这么晚还在活动？兄弟，躲起来，
　　　　　你将会目睹连台好戏。
　　　　　希波里托躲到一边
　　　　　——我的好小王爷。

卢苏里奥索　皮奥托！啊，正是我想要找的人！来，
　　　　　我觉得这正是
　　　　　尝尝那嫩妞儿鲜的时光。

韦恩迪奇　（*旁白*）老天啊！

希波里托　（*旁白*）该死的混蛋。

韦恩迪奇　（*旁白*）我没有别的办法，只有把他杀了。

卢苏里奥索　来吧，只有你和我。

韦恩迪奇　小王爷，小王爷！

卢苏里奥索　你干吗这么惊吓我？

韦恩迪奇　我几乎忘了——那杂种！

卢苏里奥索　他怎么啦？

---

① 原文为英语俚语 spin thread，指性活动。

韦恩迪奇　今晚，就在这个时辰——就在这一刻——

卢苏里奥索　怎么，怎么？

韦恩迪奇　他正压在公爵夫人的身上——

卢苏里奥索　多么可怕的话！

韦恩迪奇　就像一剂猛烈的毒药，钻进
　　　　　你父亲公爵的心。

卢苏里奥索　哦！

韦恩迪奇　他让皇家戴上绿帽子。

卢苏里奥索　一个多么卑鄙的贼！

韦恩迪奇　这是私通的结果。

卢苏里奥索　我气坏了。

韦恩迪奇　他小心翼翼地走到那一步——

卢苏里奥索　那一步！

韦恩迪奇　每一步他都让他的奴仆们缄默不语。

卢苏里奥索　他的奴仆们？我要叫他们倒霉！

韦恩迪奇　善待他们吧，善待吧。

卢苏里奥索　公爵夫人的房门无法阻拦我。
　　　　　　卢苏里奥索和韦恩迪奇下

希波里托　太好了，太叫人高兴了，太神速了！宫廷火药桶，
　　　　　到半夜野火就会烧起来。在这不顾一切的疾愤中，
　　　　　他有可能在暴力中伤及自己。
　　　　　让我跟着看可能的好戏吧。
　　　　　下

第三场

卢苏里奥索和韦恩迪奇再次上场；公爵和夫人在床上

卢苏里奥索　这混蛋在哪儿？

韦恩迪奇　轻声点儿，小王爷，你有可能在他们热乎正酣的时候
　　　　　逮住他们。

卢苏里奥索　我什么也不管！

韦恩迪奇　哦，当他们叠合在一起时杀掉他们，
　　　　　该有多么荣耀。轻声点儿，小王爷。

卢苏里奥索　滚开，我现在怒气冲天；我要，我要
　　　　　将他们的眼睛打开，然后用我的短剑
　　　　　再叫它们永远闭上。
　　　　　卢苏里奥索拔出短剑
　　　　　——混蛋！淫妇！

公爵　贴身侍卫，保护我们！

公爵夫人　谋反，谋反！

公爵　哦，别在我睡觉时要我的命；我犯有巨大的罪愆。
　　　　有些天，不，有些月份，我亲爱的儿子，
　　　　我做了令人唏嘘和忏悔的事，
　　　　把它们了结清楚，不要留待死后不明不白。
　　　　然后，哦，你再在天堂或者这儿把我杀死。

卢苏里奥索　我惊呆得要死。

公爵　不，歹徒，逆贼，
　　　　再没有更邪恶的词来形容你了，趁我盛怒未消之时，
　　　　我要把你抓起来，把你的脑袋交给

律师们去处置。^① 卫士！

> 卫士们上，抓住卢苏里奥索。贵族们、希波里托、埃
> 姆比迪奥索和苏佩瓦吉奥上

第一位贵族 殿下的宁静怎么给打扰了？

公爵 这孩子，本应该在我之后继承公爵爵位，
却迫不及待要在我生前攫取，在勃勃野心
驱使下，杀气腾腾地冲进房来，
企图在床上就把我废黜。

第二位贵族 职责和天然的忠诚靠边站！

公爵夫人 他称他父亲混蛋，称我淫妇，
这词我说出来都嫌玷污我的嘴唇。

埃姆比迪奥索 那做得太不光彩了，兄弟。

卢苏里奥索 我受骗了——
我知道已没有任何借口请求宽恕。

韦恩迪奇 （对希波里托）眼下最好规避一下，
他对妹妹荣誉险恶的进犯
出乎意料地被粉碎了。

希波里托 （对韦恩迪奇）你简直想不到
他父亲会睡在这儿。

韦恩迪奇 （对希波里托旁白）哦，我真没有想到。
失败得这么惨——真不想说出那可怕的词——
要是他真杀死了公爵，那我们的短剑也就闲着没事了

> 韦恩迪奇和希波里托蹑手蹑脚地下

公爵 别生气了，公爵夫人，他得死。

> 公爵夫人下

卢苏里奥索 这皮条客小鬼到哪儿去了？溜掉了，

---

① 当时叛国罪是要斩首的。

对这场闹剧他有罪。

斯普里奥和他的两个仆役上

斯普里奥　你们这些混蛋，骗子！

你们长着恶棍的下巴、无赖的舌头；你们说谎，

我将罚你们一天只吃一顿饭。

第一个仆役　哦，好老爷！

斯普里奥　嘿，你永远不得吃晚饭。

第二个仆役　哦，我求你了，先生！

斯普里奥　让我的短剑

闲得太长，总刺不着他。

第一个仆役　说真的，老爷，

他想在那儿见面。

斯普里奥　老天，他在那儿！

哈，这儿有什么消息？难道时序乱套了，

半夜变成了中午？上朝了？

卫士怎么这么粗鲁地反扣他的手臂？

卢苏里奥索　（*旁白*）这杂种在这儿？

把我到这儿来的意图和盘说出来吧——

殿下，父亲，请听我说。

公爵　把他带走。

卢苏里奥索　我忠心耿耿，应该得到原谅——

公爵　原谅？把这混蛋关进监狱里去！

死刑耽搁不了太久。

斯普里奥　（*旁白*）太好了，什么也不会泄露了。

卢苏里奥索　弟兄们，我的释放的希望

就寄托在你们三寸不烂之舌上了；

请为我去游说。

埃姆比迪奥索　那是我们的职责；
请对我们放心好了。

苏佩瓦吉奥　我们将不遗余力去为你说情。

卢苏里奥索　我一辈子将感谢你们。
卢苏里奥索和卫士们下

埃姆比迪奥索　（旁白）不，你的死亡
我们求之不得。

斯普里奥　（旁白）他走了；我要跟在他后面，
去了解他到底冒犯了什么，这似乎是
他所有错误的一部分，但当然是虚与委蛇。
斯普里奥下

埃姆比迪奥索　（对苏佩瓦吉奥）现在，兄弟，让我们将爱恨
如此微妙地交织在一起，在游说时，
尽一份力救他性命，尽三分力要他死。
最聪明的律师说得最少，得的黄金最多。

苏佩瓦吉奥　（对埃姆比迪奥索）你开始吧；我将紧跟在你后面，兄弟。

公爵　一个儿子不顺从，难道就可以拿短剑来挥舞吗？
那是极限了；他不能再往前走一步。

埃姆比迪奥索　仁慈的殿下，请怜悯吧——

公爵　怜悯，儿子们？

埃姆比迪奥索　不，我们不愿让您过于为难。
我们明白冒犯不可原谅，
邪恶、奸诈、不近情理。

苏佩瓦吉奥　对于一个儿子来说，哦，太可怕了！

埃姆比迪奥索　然而，殿下，

您用柔韧的手抚弄法律桀骜不驯的脑袋，
让它服帖地躺下来。

公爵　　　　我的手永远不会那样做。

埃姆比迪奥索　那就随您的意了，殿下。

苏佩瓦吉奥　我们必须承认，
有的父亲怀有如此
不共戴天之恨，愿意看到
在他面前执行死刑，
而拒绝任何对错误的偏袒、求情。

埃姆比迪奥索　但是，殿下，
您宽恕
那永远无脸请求宽恕的罪戾，
有可能创造所有时代都望尘莫及的奇迹。

公爵　　　　（旁白）这是什么样甜蜜的话语？

埃姆比迪奥索　原谅他，我的好大人；他是你亲生的儿子，
我必须说，他这样做确实是一种耻辱。

苏佩瓦吉奥　他是嗣君；这里牵涉到真正的命题：
不认父亲，
何以继承之有？
请发慈悲吧——

公爵　　　　（旁白）不及他们母亲的一丁点儿智慧；
我倒要试探一下他们的爱和恨。

埃姆比迪奥索　请发慈悲吧——虽然——

公爵　　　　你们游说成功了。
我的愤怒，宛如燃烧的红烛，已经烧尽。
我知道那不过是一些光怪陆离的感情在作祟。
去吧，把他释放了吧。

苏佩瓦吉奥 （对埃姆比迪奥索）天啊，现在怎么办，兄弟？

埃姆比迪奥索 君王息怒解气，
真是太好了。

公爵 怎么，去释放他呀。

苏佩瓦吉奥 哦，我的好大人，我知道他罪孽太深重，
太激起群怒；太不人道，
根据大多数人的想法，应该处死。

公爵 说得也合情理。
这儿是官印：核准死刑。
把这传至法官；他许多天之后
就得死。快去。

埃姆比迪奥索 尽快吧。
我们希望他的负担不会太沉重；
殿下已经在前延迟了执刑。
埃姆比迪奥索和苏佩瓦吉奥下

公爵 阴险的仇恨①遮盖上了一层薄薄的破纸，
就像深红色织布置于亚麻布之下一目了然。
他们从母系出发的野心
异常危险，就安全而言，必须被清洗。
我要遏制他们险恶的仇恨；显然
他们将怒气全错洒在我嗣子身上，
以期爬在他身上晋升。
他将立即得到释放。
贵族们上

第一位贵族 早安，公爵殿下。

公爵 欢迎，贵爵们。

---

① 原文为 envy，在伊丽莎白时代的英语中，此词跟 mischief 一样要比现代英语的含义
严重得多。

贵族们跪下

第二位贵族　我们的膝盖将永远
　　　　　使腿失去其功能，
　　　　　除非公爵殿下以父亲的眼光
　　　　　投向儿子捉摸不定的命运，
　　　　　以怜悯的美德给予他
　　　　　即使普通人也会感觉快乐的东西：自由。

　　公爵　（旁白）他们的爱和荣誉多么认真地在央求
　　　　　我正要恳请他们去央求的东西：
　　　　　（对贵族们）起身，贵爵们，你们的膝盖为他的释放
　　　　　盖了核准的大印。
　　　　　我完全宽恕他。

第一位贵族　我们亏欠对你的感谢，他亏欠对你的职责。
　　　　　贵族们下

　　公爵　法官忽略罪愆是再合适不过的，
　　　　　他自己可能犯有更大的罪恶，尚且还活着。
　　　　　我有可能宽宥一个不顺从的小错，
　　　　　那就是可以饶恕的私通，
　　　　　在年轻岁月我也曾沉湎于女色。
　　　　　我毒死了许多美女佳丽，
　　　　　因为她们拒绝了我，让我咬牙切齿。
　　　　　纵情女色的年龄看似一个魔鬼：
　　　　　我头发花白，而罪愆仍然年轻。
　　　　　下

第三幕

第一场

埃姆比迪奥索和苏佩瓦吉奥上

苏佩瓦吉奥　兄弟，让我改变一次你的看法；
我说最好赶快让他
死掉拉倒。假如官印
到了法官的手中，啊，那他的死刑
就会延缓到下一次听证会啦、开庭日啦、
陪审团啦什么的。忠诚可以买卖，
如今的誓言不过是黄金的遮羞布罢了。

埃姆比迪奥索　对，说得太对了！

苏佩瓦吉奥　那就让我们越过法官，
直接找执法军官。只当是理解错了
父王公爵所说的"许多天之后"的意思，
快刀斩乱麻，
今晨就把他杀了。

埃姆比迪奥索　好极了！
那我就是储君——离公爵爵位仅一步之遥。

苏佩瓦吉奥　（旁白，握住短剑）不，

　　　　　　　　一旦他出局，这剑
　　　　　　　　将很快就刺穿你的膀胱。

埃姆比迪奥索　　可祝福的时刻！
　　　　　　　　他被赶走之后，我们就要略施小计
　　　　　　　　把因强奸罪而监禁的小弟
　　　　　　　　从监狱中救出来：夫人已经死了，
　　　　　　　　人们很快就会淡忘。

苏佩瓦吉奥　　　我们要安安全全地来做这事儿，毫发无损；
　　　　　　　　公爵夫人的儿子们不屑流血。

埃姆比迪奥索　　是这样，说真的。啊，让我们不再耽搁。
　　　　　　　　我要到军官们那儿去；你先走，
　　　　　　　　笼络一番刽子手。

苏佩瓦吉奥　　　让我单个儿来对付他。

埃姆比迪奥索　　好极了；再见——
　　　　　　　　　苏佩瓦吉奥下
　　　　　　　　我现在是下一个储君了；你掉脑袋——
　　　　　　　　在脖子上那么来上一刀，仁慈的兄弟，
　　　　　　　　我就晋升到那荣耀的宝座。
　　　　　　　　一颗脑袋落地，让另一颗脑袋荣升。
　　　　　　　　下

第二场

　　　　　　　　卢苏里奥索从监狱出来，随贵族们上

卢苏里奥索　　　贵爵们，
　　　　　　　　我蒙恩于你们的爱，
　　　　　　　　哦，我的释放。

第一位贵族　　这仅仅是我们的职责。
　　　　　　　公爵殿下对你寄予厚望。

卢苏里奥索　　一旦我继位公爵，我将感谢你们。
　　　　　　　哦，自由，你这甜蜜的天上的女神！
　　　　　　　把监狱称之为地狱实在太吹捧它了。
　　　　　　　同下

第三场

埃姆比迪奥索和苏佩瓦吉奥随军官们上

埃姆比迪奥索　军官们，这儿是公爵的官印，给你们的令状，
　　　　　　　命令你们立即处死我们的兄弟，公爵的儿子。
　　　　　　　我们感到遗憾处于这样不通人情的地位，
　　　　　　　做这样一件更适合于敌人、而不是兄弟的
　　　　　　　不仁慈的事。

苏佩瓦吉奥　　但你们知道
　　　　　　　公爵的命令必须执行。

第一位军官　　必须，大人。就今天早晨，
　　　　　　　如此突然？

埃姆比迪奥索　是的，老天。可怜的、仁慈的灵魂呀，
　　　　　　　他必须趁早吃早餐；刽子手
　　　　　　　准备好执行他的令人胆怯的使命。

第二位军官　　已经吃早餐了？

苏佩瓦吉奥　　已经吃了，说实在的。哦，先生，一斧头下去要干脆
　　　　　　　利索，越少挣扎死得越快。

第一位军官　　真的，说得极是，大人；我们告辞了。
　　　　　　　我们的办事机构雷厉风行，一分钟也不会

耽搁。

埃姆比迪奥索　你们显示了你们是优秀的人，正直的军官。
请尽量私密地处死他；
给予他这点便利吧，看热闹的市民
会干扰他祷告，
引发他诅咒和詈骂，死时还不知悔改。
你们能劳驾这么做吗？

第一位军官　会，大人。

埃姆比迪奥索　啊，我们十分感谢你；假如我继承公爵爵位[1]，
我将会提升你。

第二位军官　感谢王子大人。

苏佩瓦吉奥　带我们到断头台去吧，我们已经泪流满面。

第一位军官　我们也会哭泣，你们做最后的问候吧。
　　　军官们下

埃姆比迪奥索　多么傻的军官！

苏佩瓦吉奥　一切进行得如此顺利！

埃姆比迪奥索　多么叫人高兴！来，兄弟，在下一个时辰之前，
他的脑袋将放在断头台垫木之上了。
　　　同下

第四场

　　　小弟进入囚室

小弟　狱卒！
　　　狱卒上

---

[1]　埃姆比迪奥索在此用了所谓 "royal we"，俨然已是公爵了。

狱卒　老爷。

小弟　我哥哥们那儿最近没有消息吗？难道他们把我忘了吗？

狱卒　老爷，信使刚来，带了一封他们给你的信。
　　　把信给他

小弟　除了来信安慰没有别的吗？假如他们遵守诺言的话，我盼望从监狱释放出去。请让我一个人待一会儿。
　　　狱卒下
　　　现在，你们到底说了些什么？请说出来吧。（读信）"小弟，请乐观些。"天啊，信一开头就像一个婊子，让你乐起来。"你在监狱不会待太长时间了。"我琢磨，当然不会三十五年啦，像欠账破产的囚徒那样。"我们谋划了一个牌戏般的奸计把你从监狱里救出来。"牌戏般的奸计！去你的牌戏般的奸计，要花多长时间来打这个牌呀。"所以，请安心等待，快乐起来，等着它突然降临吧。"快乐起来！去它的快乐！车裂之刑的快乐！我快疯了。（泪水滴落在信纸上）真奇怪一个男子汉为了一个女人受整整一个月的牢狱之灾？好吧，瞧瞧兄长们怎么突然实现他们的诺言吧。我当然盼望实施一个计谋啦。我在监狱里不会待太长时间了。
　　　狱卒上
　　　怎么样，有什么消息吗？

狱卒　坏消息，老爷，我被解除监禁你的职务。

小弟　混蛋，你称这是坏消息？我感谢你们，兄弟们。

狱卒　老爷，事态将证明：军官们前来，要求我将你移交给他们。
　　　四位军官上

小弟　呃，军官？什么？为什么？

第一位军官　请原谅我们，老爷，我们必须
　　　　　　履行职责。这是我们的律令，公爵的
　　　　　　官印；你受苦了。

小弟　受苦？
　　　假如你们走了，我得受苦；你们不再来，
　　　我得受苦。你们怎么会让我受苦呢？

第二位军官　老爷，这些话语最好在虔祷中说。
　　　　　　你所拥有的时间不多了；准备好去死吧。

小弟　当然不会这样。

第三位军官　绝对是这样，老爷。

小弟　我告诉你不是这样，我父亲公爵已经
　　　延缓我的死刑到下一次庭审，我每一分钟、
　　　每一小时都在盼望释放，我兄长们正在实施一项计谋。

第一位军官　计谋，老爷？假如从这找到慰藉的希望，
　　　　　　那就像一个没有生育能力的女人一样的徒劳。
　　　　　　你兄长们就是这不幸的消息的信使，
　　　　　　给带来这威权无比的判你死刑的象征。

小弟　我的兄长们？不，不！

第二位军官　绝对是这样的，老爷。

小弟　我兄长们给带来判我死刑的律令？
　　　这何等样奇怪！

第三位军官　不能再耽搁了。

小弟　我想见他们，把他们叫来。我的兄长们？
　　　他们会当面否定。

第一位军官　老爷，

他们已经仁至义尽了，至少在朝廷上，

而这最为严厉的律令是在他们不在时做出的。

当痛苦在他们眼睛里游移时，他们看上去充满兄弟

之谊，

痛苦万分；但公爵

必须要有他的快乐。

小弟　他的快乐!

第一位军官　他们最后的话我记得是：

"带我们到断头台去吧，我们已经泪流满面。"

小弟　去他们的眼泪吧! 我要眼泪有什么用?

我比那些旱鸭子恨航海更恨他们。这儿有一封信，

他们刚书写的，墨迹还没有干——

我撕碎它，会不会把自己也撕成碎片儿了。

他捡起碎纸片

瞧，你们这些婊子养的，慰藉的话语：

"你在监狱不会待太长时间了。"

第一位军官　那说得也对，先生，因为你就要上绞刑架了。

小弟　一个邓斯·司各脱①式写信的混蛋，满纸混账话! 你瞧这儿，先生："我们谋划了一个牌戏般的奸计把你从监狱里救出来。"他这么说。

第二位军官　那也是真的，先生，你知道，这牌戏般的奸计指普利麦罗纸牌戏，各牌手一般持四张纸牌，而对我们来说，就是四位军官。

小弟　糟糕得多、糟糕得多的交易。

第一位军官　时间快到了，

刽子手在等着；

把你的眼睛抬向苍天吧。

---

① 邓斯·司各脱，Duns Scotus，（1265—1308），苏格兰经院哲学家。

小弟	我感谢你们，真的；
	多好的、多漂亮的、多天衣无缝的
	智慧！
	当他在背后策划宰我脑袋时，
	如你们所说，我抬头凝视苍天。
	是的，这是计谋。
第三位军官	你拖延的时间太长了。
小弟	等一等，你们这些法律最卑鄙的仆人；既然我必须
	因兄弟们违约而死，
	哦，让我倾吐诅咒的毒液
	洒向他们的灵魂。
第一位军官	来吧，没时间诅咒了。
小弟	难道我必须在没有征象的情况下放血吗？
	好吧——
	我的错误是甜情蜜意的游戏，
	谁都会沉湎其中；
	我为它而死，
	而每一个女人都乐此不疲。
	同下

第五场

化装的韦恩迪奇和希波里托上，希波里托手持一把火
炬和一只香炉

韦恩迪奇	哦，甜蜜，愉快，幸福，陶醉！
希波里托	啊，怎么回事，兄弟？
韦恩迪奇	哦，这足以

让一个人跳起来，将脑袋碰到那
银色的天花板上去。

希波里托　请告诉我，
　　　　　为什么我一点儿也不知晓？你曾经发誓
　　　　　让我分享你的每一个悲剧思想。

韦恩迪奇　天啊，我想我是和你分享的；
　　　　　我现在要把这事跟你分享。
　　　　　老公爵
　　　　　看到我外表和内心如一（和喜欢吹嘘秘密、
　　　　　肚子里藏不了一丁点儿东西的人比较），
　　　　　出高价雇用我
　　　　　给他在一个合适的躲开宫廷视线的地点，
　　　　　一个黝黯、不知廉耻的角落，
　　　　　找一个女人给他玩，
　　　　　那儿他的先父们也曾经纵情声色，
　　　　　名人们曾经得寻欢时且寻欢；
　　　　　我（仍然伪装）痛快地
　　　　　答应了他；
　　　　　我希望这厚颜无耻的大人
　　　　　在这不见阳光、
　　　　　中午如同黑夜的小屋里
　　　　　跟她会面；
　　　　　会使他伤心的是，那杂种和公爵夫人也约定
　　　　　在这男巫和魔鬼相会的魔圈中幽会，
　　　　　那最为刺痛他自尊的场景
　　　　　在我们让他遭受重创之前
　　　　　首先会先让他瞎了眼。

希波里托　是的，会的；这种巧合真是太可怕了。
　　　　　我看不出在这计谋中
　　　　　你怎么可能没有我，兄弟。

韦恩迪奇　是的，只是太高兴了把这茬儿忘了。

希波里托　那么，那女人在哪儿呢？

韦恩迪奇　说到那词，

我也是太高兴把它给忘了：我还没有想好。

我心中充斥了幸福的想望。

我要选择诱人勾魂的嘴唇，明亮含水的眼睛，

那才是他想要的女人。

你将见证这一切，兄弟。

准备好吧，立正把帽脱下。

　　　韦恩迪奇下

希波里托　说真的，我纳闷这女人该是谁呢？

我再想，其实

用一个女人去服侍公爵，同时也服侍他所有的人

并没有什么稀奇。

到处是道德低下的乱交：

遮遮掩掩但经常发生的性犯罪

比公开知晓的名目繁多的犯罪要多得多。

我立正脱帽是

对公爵情妇忠诚的表示——她来了。

　　　韦恩迪奇随着她的情人的骷髅上，骷髅戴着面具

韦恩迪奇　（对骷髅）夫人，公爵殿下很快就会过来。——

保密？没问题，夫人。夫人将可以得到

值三件绒长裙价的钱。——知道了？

很少有女人会答应那价钱！——丢脸？

你不过是一张可怜的空壳而已；

你要好好侍候他。

我要把你那只干事儿的手留着，我要把你的面具卸掉！

　　　韦恩迪奇卸掉面具

希波里托　天，兄弟，兄弟！

韦恩迪奇　你受骗了吧？呸，一个女人，
　　　　　这么玩迷藏，能骗过更加聪明的男人。
　　　　　难道我没有给这放荡的老女人
　　　　　涂脂抹粉吗？老年和骷髅
　　　　　在性事中相吻。瞧这眼睛[①]，
　　　　　足以能诱惑一个大人物——为上帝服务；
　　　　　那微启的樱唇，毫不掩饰其蛊惑的魅力；
　　　　　这张小嘴会叫诅咒者瑟瑟发抖，
　　　　　让醉汉把牙齿咬得嘎嘎发响，捱紧牙齿，
　　　　　让咒骂随着口水从牙缝里挤出来。
　　　　　这脸颊保留着她的红晕，任凭微风儿吹拂。
　　　　　喷吐泉水的水柱呀，
　　　　　倾盆的雨水呀，
　　　　　我们都不怕；
　　　　　寒冷抑或炽热，
　　　　　对我们全然一样。
　　　　　难道他不荒唐吗，
　　　　　把命运全押在她们的脸蛋上，
　　　　　除风雨之外，她们不怕任何神明。[②]

希波里托　兄弟，你说得对极了。
　　　　　这就是活着时千般婀娜、万种风情的那个姑娘吗？

韦恩迪奇　同样的那个人。
　　　　　现在我可能要责备自己，
　　　　　过于沉湎于她的绝代美色，但她的死
　　　　　将不同寻常地得到报复雪耻。
　　　　　桑蚕吐出一抹黄色的丝织茧
　　　　　是为了你吗？
　　　　　它会为了你而自我毁灭吗？

---

① 以下诗句让人想起《哈姆雷特》第五幕第一场关于郁利克骷髅的诗句。

② 在这儿，"她们"指乔装打扮的骷髅。

贵爵们将财产变卖以维系贵妇人的华饰，

难道仅仅是为了那可怜的一刹那

魔幻般的快乐吗？

为什么那边的家伙

要佯装贵族高尚的仪态①，

让自己成为法庭宣判的囚犯呢，

或者把这样的女人打扮得更为妖艳②，

饲养良马和雇用仆役，

让他们为了她而筋疲力尽？

我们都是疯子，而那些

我们认为是疯子的人们却不是；我们错怪他们了：

是我们在精神上疯癫了，

而他们则只是穿衣像疯子。

希波里托　是这样，说句老实话，我们穿衣也像疯子。

韦恩迪奇　难道每一个矜持、虚荣的女人

都为此而要在脸上涂脂抹粉吗？

她的造物主会有一种罪恶感，

当许多婴儿忍饥挨饿，

就因为她为了秀色可餐的外表

用牛奶洗澡—— 一切就为了这个吗？

现在谁要价一晚二十镑，并提供

音乐、香水和甜食的享受？

一切都偷偷摸摸；

你居然还想保持贞操！

要是能让你

看看那些狂欢，自我放纵的筵席，

---

① 此处原文可以理解为"highways"，指公路强盗变换公路标志以利抢劫；也可以理解为"high ways of aristocracy"，佯装贵族高尚的仪态，追逐荣誉和女人，最终成为负债者进监狱。译者取后一种说法，觉得更为符合原文的意思。

② 指骷髅。

肮脏的窑子就好了；
诚然，这会吓坏罪人，
让他胆怯却步，使狂欢者
退出那迷狂的舞蹈，
用空空如也的餐盘让美食家大失所望。
在这儿，一个蔑视一切、野心勃勃的女人
也许会有一个深刻的反省。
瞧呀，女人们，
你们用虚假的华表去迷惑男人，但骗不了蛆虫。
现在讲一讲我的悲剧。请注意，兄弟，
我编造这一切并不是仅仅为了演出和
毫无用处的布景；不，它将是
它自己悲剧中的一个角色。这一骷髅，
它的情人公爵用这毒药——这大地致命的诅咒——
毒死了它，它将要用同样的方式
报仇，让公爵亲吻它的酥软的嘴唇而死。
他将悄没声儿地死；
一旦毒药无效，紧跟着将是利剑。

希波里托　兄弟，我为你的坚定不渝的复仇鼓掌，
你的创新的恶意为常人所不可思议。

韦恩迪奇　*将毒药放进骷髅的嘴里*
就这样，放上了：来吧，公爵，欢迎；
我让她在这儿等着你。
兄弟，我不同意你的说法，
我觉得她的模样跟戴假发的老淑女
一样优雅雍容。
（对骷髅）怕难为情，把脸遮上吧；你需要按上一张
面具。
韦恩迪奇又将面具放回骷髅的脸上
当万般旖旎时，戴面具是无谓的虚荣；

　　　　一旦绰约风姿不再，
　　　　戴面具的骷髅就更适合坟墓，
　　　　而不是公开的演示了。

希波里托　我完全同意你的看法。
　　　　幕后有嘈杂声
　　　　听，公爵来了。

韦恩迪奇　静一点儿，让我们看看是什么人陪伴他来，
　　　　他怎么摆脱他们；你知道，
　　　　他是希望独自一个人的。兄弟，你拿着
　　　　这骷髅女人躲到一边去。

希波里托　好吧。
　　　　希波里托拿着骷髅和火炬隐退到后台

韦恩迪奇　就这样，就这样——
　　　　九年的复仇就在这一刻！
　　　　公爵和绅士们上；韦恩迪奇不为观众所见

　　公爵　你们离我而去吧，以你们的生命
　　　　领受如下的旨意：假如公爵夫人，
　　　　或者哪位绅士找我，告知他们，
　　　　我独自骑马玩儿去了。

韦恩迪奇　（*旁白*）哦，太幸福了！

　　公爵　你们可以跟极少数绅士通报；
　　　　给不在朝廷的绅士可以通报得详细一点。

第一位绅士　公爵殿下，我们将按你的意志和乐趣执行。
　　　　绅士们下

韦恩迪奇　（*旁白*）"独自骑马玩儿去了！"
　　　　他倒真卖力让计谋顺利实施。
　　　　趋前
　　　　公爵殿下。

公爵　皮奥托，做得好极了。把她带来了吗？是位什么样的
　　　女人？

韦恩迪奇　说真的，大人，一个乡下女人，大多数的乡下女人会
　　　很害羞，但是，在初吻之后，殿下，一切就正常了。
　　　殿下知道现在你该干什么。她脸蛋有一点儿严肃，
　　　但——

公爵　我就喜欢那样的脸蛋。把她带来。

韦恩迪奇　（旁白）开打！

公爵　最严肃的容貌多少掩饰最大的缺陷；
　　　让我去犯隐藏在神圣外衣下的罪愆吧。

韦恩迪奇　（对希波里托旁白）兄弟，把火炬拿来；点上香。
　　　希波里托拿着火炬上；点燃香炉。韦恩迪奇走上前
　　　来，拿着骷髅

公爵　作为公爵，可以闻到何等甜蜜的芬芳？
　　　年龄应该不成问题。
　　　床笫之乐应该在香烟缭绕之中享用。——
　　　夫人，遇见如此甜蜜的一个你。我来自朝廷。
　　　我必须要主动、大胆一些。
　　　亲吻骷髅
　　　哦！这是什么！哦！

韦恩迪奇　王室的混蛋！白发的魔鬼！

公爵　哦！

韦恩迪奇　兄弟，
　　　将火炬放在这儿，他的受惊的眼球
　　　会往这黑洞里看。公爵，你知道
　　　那儿可怕的面具吗？看个仔细；那是
　　　格罗丽安娜的骷髅，你最近把她毒死。

公爵　哦，它要毒死我。

韦恩迪奇　到现在才知道吗？

公爵　你们两个是什么人？

韦恩迪奇　一共三个歹徒。
这一堆白骨完完全全报了仇。

公爵　哦，希波里托，快喊有人谋反！

希波里托　是的，我的好大人：谋反罪，谋反罪，谋反罪！
用脚踩他

公爵　我被出卖了。

韦恩迪奇　哎呀，可怜的淫棍，落到歹徒的手里了，
沉湎于淫荡的公爵比他的奴才还要卑鄙。

公爵　我的牙齿腐烂掉了。

韦恩迪奇　还有剩下的吗？

希波里托　我相信即使剩下，也极少了。

韦恩迪奇　喂肥了自己去给蛆虫受用。[1]

公爵　哦，我的舌头！

韦恩迪奇　你的舌头？它会教导你亲嘴时抿着嘴唇，
别像淌馋口水的荷兰人。你还有眼睛：
瞧，魔鬼，你把我变成一个怎样的女人，
我的曾经订婚的妻子。

公爵　那是你吗，混蛋？
不，然而——

韦恩迪奇　是我，是韦恩迪奇，是我。

希波里托　听听这个安慰你一下吧：

---

[1] 参见莎士比亚《哈姆雷特》第四幕第三场。

　　　　　　　我们的大人和父亲，
　　　　　　　由于你的虐待病入膏肓
　　　　　　　在郁闷中去世；愿你也这么去死吧。

　　公爵　　哦！

韦恩迪奇　　他是有舌头的，但死的时候却无言。
　　　　　　　呸，这才刚开始；我现在开始要
　　　　　　　直戳你的灵魂的痛处。我要让
　　　　　　　你的精神痛苦万分；永远得不到歇息，
　　　　　　　就像一个病入膏肓的人在心中折腾。
　　　　　　　听我说，公爵：
　　　　　　　你是一个臭名远扬的、高层的、有权势的乌龟。

　　公爵　　哦！

韦恩迪奇　　你的私生子，你的私生子将当你的面骑马狩猎。

　　公爵　　万死犹轻！

韦恩迪奇　　不，让你更加伤心的是，
　　　　　　　在这房子里他们相约要拥抱在一起；
　　　　　　　你的眼睛将目睹乱伦的嘴唇相吻。

　　公爵　　在这附近有地狱吗，混蛋？

韦恩迪奇　　混蛋！
　　　　　　　不，老天是公正的，嘲弄是嘲弄的酬答；
　　　　　　　我从来不曾晓得有不戴绿帽子的私通者。

希波里托　　在临死之前迟早会得到报偿。
　　　　　　　舞台后面传来音乐

韦恩迪奇　　听，音乐；
　　　　　　　他们的筵席已经准备好，他们来了——

　　公爵　　哦，杀了我吧，我不想看这一幕。

韦恩迪奇　　为了避开看见那场景，你不会拿整个公国来换吧。

公爵　谋反者，谋杀者！

韦恩迪奇　怎么，你的舌头还没有完全烂掉？
那我们来制造一个静默的场面吧。兄弟，把火炬灭了。
希波里托把火炬灭了

公爵　谋反，谋杀！

韦恩迪奇　不，说真的，我们要让你住嘴。——用你的短剑
割掉他的舌头，我用我的挖出
他的心；他一喘息，就死。
我们不怕报复所造成的伤害，即使是死亡。兄弟，
他一眨眼，看不下去这令人厌恶的场景，
我们就用另外两只手撕破他的眼睑，
让他的眼睛犹如彗星在血泊中闪闪发光①；
当坏人流血，那这悲剧就是正义的。

希波里托　嘘，兄弟，音乐声传来我们的耳朵；他们来了。
斯普里奥上，与公爵夫人相会。扈从们举着火把。斯
普里奥和公爵夫人亲吻

斯普里奥　难道那一香吻，
不是一种罪愆的体验吗，
即使它是甜蜜的？

公爵夫人　啊，正唯其是罪愆，它才是一种甜蜜的快乐。

斯普里奥　倒真是这样，命运既给予了甜蜜又给予了苦涩，
对我们最好的，对老天则是最坏的。

公爵夫人　得了，来吧；正是想起你那存疑的公爵父亲
阻碍了你享受天堂之福的路。
我心存芥蒂，就凭那烛光，
忘掉他吧，否则，我要把他毒死。

---

① 彗星被认为是灾难的征兆。

斯普里奥　夫人，你说的事儿从来就没有生命。

　　　　　我因出身如此忌恨他，

　　　　　假如他抱着我在他床上亲吻我，

　　　　　我会在私通之上加上谋杀，

　　　　　用我的剑将他的余年报销。

公爵夫人　啊，现在你在交际；让我们进去赴宴吧。

　　　　　音乐再响一点！享乐是盛宴的贵客。

　　　　　　斯普里奥、公爵夫人、扈从们下，后台响起音乐

　　公爵　我受不了——

　　　　　　韦恩迪奇刺死公爵

韦恩迪奇　小溪变成了血河。

希波里托　真该感谢那响亮的音乐声。

韦恩迪奇　那音乐诚然是我们的朋友。

　　　　　公爵流血而死，那音乐奏起庄严的曲调。

　　　　　公国需要一个君王，虽然不知道谁来继承；

　　　　　有谁一旦觊觎这王位，就一剑叫他呜呼。

　　　　　　同下

第六场

　　　　　　埃姆比迪奥索和苏佩瓦吉奥上

埃姆比迪奥索　难道他[1]不是被少有的手段处决的吗？

　　　　　　　我们现在是公爵的继承人了。

　苏佩瓦吉奥　是的，你应该感谢我的锦囊妙计。

埃姆比迪奥索　感谢你的妙计？为什么？

---

[1]　指卢苏里奥索。

苏佩瓦吉奥　　啊，难道避开法官，
　　　　　　那不是我的主意，兄弟？难道我没有
　　　　　　耍一点小聪明，谋划他死亡的模式，
　　　　　　建议你突然去找军官们，
　　　　　　实行决然的处决？

埃姆比迪奥索　天，我也想到了那个主意。

苏佩瓦吉奥　　你也想到了那个主意！呸，别用冠冕堂皇的虚妄
　　　　　　来装饰你的思想了吧；我知道你并没有想到那个主意。

埃姆比迪奥索　先生，我跟你说我脑袋里想到了。

苏佩瓦吉奥　　是的，但从来没有走出你的脑袋。

埃姆比迪奥索　你倒想沾这个光，是你的智慧
　　　　　　让他一步步走向断头台。

苏佩瓦吉奥　　既然那是我的智慧，
　　　　　　我要公之于众，不管你阻挠与否。

埃姆比迪奥索　我觉得你过于胆大妄为了；你应该明白点儿，
　　　　　　兄弟，下一个实际的公爵就该是我了。

苏佩瓦吉奥　　（旁白）是的，你这么容易就当上公爵了，
　　　　　　老实告诉你吧，永远不会那么一蹴而就。

埃姆比迪奥索　行啦，这会儿，他已经是冰冷的僵尸了；既然
　　　　　　我们两人都雄心勃勃，让我们和睦相处，
　　　　　　共同分享这份荣光吧。

苏佩瓦吉奥　　这我倒可以接受。

埃姆比迪奥索　今晚小弟要出狱，
　　　　　　我有一计。

苏佩瓦吉奥　　敢情你有花招，说来听听？

埃姆比迪奥索　我们可以用花言巧语把他引出来。

苏佩瓦吉奥　请告诉我什么花言巧语？

埃姆比迪奥索　不，先生，直到事情做成你才会知道。
　　　　　　要不，你又要发誓那是你的主意了。
　　　　　　一位军官上，手中拿着一颗用布包着的头颅

苏佩瓦吉奥　怎么这样！他是谁？

埃姆比迪奥索　一个军官而已。

苏佩瓦吉奥　你倒想得好。

埃姆比迪奥索　怎么回事，我的朋友？

　　　　军官　大人们，请原谅，我被指派
　　　　　　做这个谁也不愿干的差事
　　　　　　拿这个流血的头颅给你们。
　　　　　　将包裹的头颅给苏佩瓦吉奥

苏佩瓦吉奥　（对埃姆比迪奥索旁白）哈，哈，好极了。

埃姆比迪奥索　（对苏佩瓦吉奥旁白）一切都按我们策划的进行。
　　　　　　兄弟，你可以哭泣，你想到这个了吗？
　　　　　　这有利于掩饰我们的骗局。假设你想起哪一个女人，
　　　　　　那会让你哭得像真的一样。

苏佩瓦吉奥　（对埃姆比迪奥索旁白）我想到了，
　　　　　　现在该你表演了。

埃姆比迪奥索　（大声地）悲伤在心中奔涌，
　　　　　　泪珠淹没了话语；
　　　　　　说出来的话儿也带泪声，
　　　　　　宛如潺潺的水流声；
　　　　　　声响如此洪亮，
　　　　　　你就很难细细分辨情愫的抑扬顿挫。

苏佩瓦吉奥　请告诉我他是怎么死的？

　　　　军官　哦，充满了愤怒。

苏佩瓦吉奥　他死得慷慨，我们很高兴听说这个。

军官　在该祷告时，他却咒骂不断。

苏佩瓦吉奥　那就是说他祷告了，宝贝儿，
　　　　　虽然你们认为他没有。

军官　大人们，
　　　即使在他生命的最后一刻，饶恕的话儿也说了，
　　　他把你们两个来詈骂。

苏佩瓦吉奥　他咒骂我们？天啊，好人。

埃姆比迪奥索　这并不在我们的权限之内，那是公爵的刚愎自用。——
　　　　　　（旁白）在两边都掩盖得太妙了，多好的运气呀，
　　　　　　哦，幸福的机缘！
　　　　　　　卢苏里奥索上

卢苏里奥索　大人们——

两人　哦！

卢苏里奥索　为什么你们要避开我，兄弟们？
　　　　　你们可以走得近一些；
　　　　　监狱的臭气把我遗弃。
　　　　　我感谢你们——仁慈的大人们，我自由了。

埃姆比迪奥索　活着！

苏佩瓦吉奥　还鲜蹦活跳！

埃姆比迪奥索　放出来了？
　　　　　　我们简直无法形容我们的喜悦之情。

卢苏里奥索　我非常感谢你们。

苏佩瓦吉奥　说真的，我们在公爵殿下面前没有少说规劝的话。

埃姆比迪奥索　我知晓你的释放，兄弟，
　　　　　　对于我们来说，这一点儿也没有什么突然。

苏佩瓦吉奥　　哦，我们多么高兴。

卢苏里奥索　　最仁义的兄弟们，
　　　　　　　在我的美好记忆中，我将记住这个。
　　　　　　　　卢苏里奥索下

埃姆比迪奥索　哦，死亡和复仇！

苏佩瓦吉奥　　地狱和折磨！

埃姆比迪奥索　混蛋，你来糊弄我们吗？

军官　　糊弄你们，大人们？

苏佩瓦吉奥　　是的，坏蛋，头颅在哪儿？

军官　　喔，在这儿，大人。
　　　　他释放后，两位大人传来
　　　　公爵关于判你们的兄弟杀头的律令。

埃姆比迪奥索　是的，我们的兄弟，公爵的儿子。

军官　　公爵的儿子，
　　　　大人，在你们来之前被释放了。

埃姆比迪奥索　到底那是谁的脑袋？

军官　　你们传令要杀头的那个人，
　　　　你们的兄弟的脑袋。

埃姆比迪奥索　我们兄弟的脑袋？哦，气愤！

苏佩瓦吉奥　　灾难！

埃姆比迪奥索　混乱！

苏佩瓦吉奥　　黑暗！

埃姆比迪奥索　魔鬼！

苏佩瓦吉奥　　发生如此的厄运？

埃姆比迪奥索　如此的该死？

苏佩瓦吉奥　　（挥舞头颅）混蛋，我要拿这头颅砸向你的脑袋。

军官　　哦，我的好大人！

苏佩瓦吉奥　　魔鬼附到了你的身上！

军官下

埃姆比迪奥索　　哦，太致命了！

苏佩瓦吉奥　　哦，对我们的血统是一个多么不祥的征兆。

埃姆比迪奥索　　我们掩盖了吗？

苏佩瓦吉奥　　难道我们没有为你而掩盖吗？

埃姆比迪奥索　　难道我们没有为你而狂笑，而癫狂吗？

苏佩瓦吉奥　　传来律令要你的脑袋？

埃姆比迪奥索　　拿你的脑袋开玩笑？

苏佩瓦吉奥　　多么好的锦囊妙计，多么好的计谋。

埃姆比迪奥索　　它们遭到了挫折！这些计谋很少有成功的。我现在明白在死亡这件事上没有什么确定无疑的事儿，死亡就是死亡。

得了，别再多费唇舌；说真的，要复仇。

喂，拨开乌云，兄弟；考虑一下报仇和

深深的仇恨。伙计，坐稳当①，

我们要把所有的人都拉下马，你最终也要下台。

拿着头颅同下

---

① 这是对卢苏里奥索说的。

第四幕

第一场

卢苏里奥索和希波里托上

卢苏里奥索 希波里托。

希波里托 小王爷，有什么事要叫我干的？

卢苏里奥索 我请你让我一个人待一会儿。

希波里托 （旁白）这是怎么回事？来了，又要一个人待着？

卢苏里奥索 希波里托。

希波里托 小王爷，我随时准备听候吩咐。

卢苏里奥索 天啊，你怎么到这儿来的？

希波里托 大人真是有幽默感：
他叫我来，又叫我走；一定有什么事儿
刺伤大人的心了。

卢苏里奥索 走近些，再走近些。
我认为你干得并不好；我对你好生气。

希波里托 跟我生气，小王爷？为此，我也对自己生气。

卢苏里奥索 你更喜欢一个漂亮家伙，而不是我；

　　　　　　那倒也是一个聪明的选择，是的；我想，
　　　　　　他曾经是一个歹徒，一个混蛋，
　　　　　　对我来说，是一个混蛋。

希波里托　我选的是最好的，小王爷。
　　　　　　要是他忽略了你，引起你的不满，
　　　　　　我感到十分悲伤。

卢苏里奥索　忽略？是故意为之！
　　　　　　你评判一下：
　　　　　　煞有介事说起一件不可能的事，
　　　　　　简直不可思议，更羞于言说，
　　　　　　在我继母和私生子之间，哦，
　　　　　　那乱伦的私情。

希波里托　是这样的，小王爷。

卢苏里奥索　我忠于我父亲的荣誉，
　　　　　　拿起了兵器，在狂怒之中，
　　　　　　在那合法的婚床上犯下了谋反的罪行，
　　　　　　我的剑险些割伤我父亲的胸口，
　　　　　　为此我差一点儿送命。

希波里托　天啊，真抱歉。
　　　　　　韦恩迪奇上
　　　　　　（旁白）老天，正说着，
　　　　　　我兄弟到来必然带来杂音：
　　　　　　不和谐的音乐。

韦恩迪奇　尊敬的小王爷。

卢苏里奥索　滚开，敢情你抛弃了我；从此我不认识你。

韦恩迪奇　不认识我，大人？小王爷阁下你别无选择。

卢苏里奥索　滚开吧，听见吗；你是一个虚伪的混蛋。

韦恩迪奇　哎呀，认识还是一件较为容易做到的事，小王爷。

卢苏里奥索　呸，我对一个词太赍恨，
　　　　　　要把你送进监狱，
　　　　　　给你戴上这铁镣。

韦恩迪奇　（旁白）妈呀！
　　　　　劫数可以让一个女人沉默。
　　　　　放走了那杂种，然后又是他，风向变了；
　　　　　现在该我兄弟待着，而我赶紧走开。
　　　　　韦恩迪奇下

卢苏里奥索　他让我生气。

希波里托　说真的，他有错。

卢苏里奥索　但我要从挫败中振奋。有人最近告诉我，
　　　　　　我也不知道是否属实，说你有一个兄弟。

希波里托　谁，我？是的，好大人，我有一个兄弟。

卢苏里奥索　为什么在朝廷上从来没有看见过他？干什么的？
　　　　　　他怎么打发他的时光？

希波里托　老实说，他整天诅咒命运，
　　　　　他认为，是命运让他受穷；
　　　　　待在家里，心中充满了期望和愤懑。

卢苏里奥索　他是一个苗子，愤懑和期望
　　　　　　是造就一个歹徒的最好的土壤。
　　　　　　希波里托，希望他能到我这儿来。
　　　　　　假如他有任何东西适合我的脾性，
　　　　　　看在你的面上，我会拔擢他，改善
　　　　　　他的多舛的命运；我们完全有能力
　　　　　　在乡村小屋上构筑大厦。

希波里托　是这样的，小王爷。他将服侍阁下，

但他是一个很悒郁的人。

卢苏里奥索　哎呀，那更好；带他到朝廷来。

希波里托　太好了，很快就把他带来。
（旁白）他扔掉的，又捡回来了。
兄弟，你不能再伪装；
你真实的面目，我将介绍给他：
真是奇怪，他干的一切就是自暴自弃。
　　希波里托下

卢苏里奥索　这家伙来挺好；他将杀掉
那个惹我生气、
把事情闹成谋反罪的奴才。我对他
推心置腹；他必须得死。
那知道大人物秘密、而又不可靠的，
就永远不可能看见自己的胡须变白。
是的，他将杀掉他。我将雇用你，兄弟：
奴才就像铁钉一个挤掉另一个。
他属于忧郁的类型，为
贫困和不满所扰，期盼宠幸拔擢，
正好使他的动机变得更加紧迫。
　　贵族们上

第一位贵族　祝阁下日子过得美满幸福。

卢苏里奥索　仁慈的贵族们，我也同样祝福你们。

第二位贵族　你看见公爵殿下吗？

卢苏里奥索　我父亲君王
不在朝廷吗？

第一位贵族　他肯定不在朝廷，
我们不知道欢乐把他带到哪儿去了，
我们也没有听说任何信息。

公爵的绅士们上

卢苏里奥索 　来人是最能回答这个问题的了。
　　　　　　你们看见我父亲君王吗？

第一位绅士 　正午前两小时之后就没有见到他，阁下。
　　　　　　从那之后他独自去骑马玩儿了。

卢苏里奥索 　哦，他去骑马了。

第一位贵族 　独自去骑马，太令人惊奇了。

第二位贵族 　朝廷没有人知道这事儿。

卢苏里奥索 　君王殿下年老冲动了；说我父亲公爵
　　　　　　有点儿刚愎自用，或者说有点儿纵情率性，
　　　　　　也不为罪过。在我们似乎是小节，
　　　　　　而在他就是德行了。

第一位绅士 　这是真理，大人。
　　　　　　同下

第二场

韦恩迪奇和希波里托上，韦恩迪奇卸去了化装

希波里托 　好啦，好啦，一切如愿；你又是你自己了。

韦恩迪奇 　那个大混蛋怎么让我换装了。

希波里托 　他憎厌那个最近化装的你，
　　　　　　却着意恢复本来面貌的你。

韦恩迪奇 　这真是最奇异的错失。但是，兄弟，
　　　　　　天呀，你觉得他要派我什么用场？

希波里托 　不，你必须原谅我，我不知道。
　　　　　　他有活儿给你，但详情

只有他和他的魔鬼秘书知道。

韦恩迪奇　得，我必须顺着他的心意说话，
　　　　　不管是什么色彩，只盼望
　　　　　我的愿望积累起来压死他。①

希波里托　说真的，兄弟，他自己就是这么做的。

韦恩迪奇　现在公爵已死，整个公国埋在土中。
　　　　　因为他的驾崩尚无人知，用他的名义，
　　　　　仍然统治着臣民。啊，你，他的儿子，
　　　　　也活不长；你不可能由他的死而发迹。
　　　　　为了杀你，我应该向你表示敬意：
　　　　　因为在人们的心目中，
　　　　　你是一个和蔼的孩子，只会因痛苦而死。

希波里托　你弯弯绕得太妙了，但让我们谈谈现在。
　　　　　你怎么在仪态上
　　　　　和服饰上迥然不同，让一切欺瞒成为可能?
　　　　　你只要有一个小小的差错，我们就永远完蛋。
　　　　　这还不是小心谋划中最重要的方面;
　　　　　你必须改变人们熟稔的腔调——这才是最紧要的。

韦恩迪奇　啊，我将显出一副忧郁的样子，
　　　　　绷紧喉咙发出低沉的嗓音，
　　　　　就像一件乐器将快乐的曲调演奏成悲怆。

希波里托　这正是我想说的;
　　　　　我把你描述为一个对现实不满的人。

韦恩迪奇　我要改变自己，然后——
　　　　　卢苏里奥索上

希波里托　天啊，他来了;
　　　　　你想到这个了吗?

_____

①　在文艺复兴时期，审问犯人时，在犯人胸口不断加压重物，直至死亡。

韦恩迪奇　向他致意，别担心我。

卢苏里奥索　希波里托。

希波里托　小王爷阁下。

卢苏里奥索　那边的那个人是谁？

希波里托　那是韦恩迪奇，我的牢骚满腹的兄弟。
　　　　　按照你的旨意，我带他到朝廷来。

卢苏里奥索　那是你兄弟？见鬼，太有风度了。
　　　　　我琢磨他怎么离开朝廷这么长时间！
　　　　　走近一些。

希波里托　兄弟，这位是卢苏里奥索勋爵，公爵的儿子。

卢苏里奥索　更走近一些。欢迎；再走近一些。
　　　　　韦恩迪奇脱帽，双膝跪下，
　　　　　希波里托站着走开

韦恩迪奇　您混得怎么样？上帝保佑你晚安。①

卢苏里奥索　我感谢你。
　　　　　在宫廷用这么粗俗、熟稔的话打招呼
　　　　　太奇特了；我们都热切地相互问候：
　　　　　在问候中一旦提到上帝，我们就用
　　　　　机智的、胆大妄为的表述方式，
　　　　　像他那样的打招呼无法忍受——天啊！
　　　　　告诉我，是什么让你这么忧郁？

韦恩迪奇　哎呀，打官司。

卢苏里奥索　啊，那也会让人忧郁吗？

韦恩迪奇　是的，要看好久墨水写的诉状和整天跟律师的黑硬麻
　　　　　布包打交道。我在一位君王年号第四十二纪年上诉，

———————

① 韦恩迪奇故意说乡间土话和乡间的问候。

第六十三纪年撤诉。①

卢苏里奥索　怎么，打了二十三年官司？②

韦恩迪奇　我认识有些人打了五十五年官司，就为了家畜和猪。

卢苏里奥索　这些人还能活命吗？
为律师的话儿这么烦恼？

韦恩迪奇　对有些人，这等于是吃饭，小王爷。

现在有些老叟，如此醉心于矫揉造作的法律词汇（有堆积如山的要调查的案子），他们平时一谈起来就满嘴野蛮的拉丁文。他们祷告也用法律套话，以至于他们的罪愆也可以用一纸再审令状而被免予起诉，而他们的灵魂因一纸调取案卷令状③而升到了天上。

卢苏里奥索　这对我来说太不可思议了；
然而所有的人都有这种倾向：
心向往之，舌头也就跟着去了。
你是怎么想的，伙计？

韦恩迪奇　怎么想的？哎，请想想一个富豪躺在那儿要死了，一个贫穷的补鞋匠为他敲响召唤教友来祷告的钟声；他不能离开这个世界，瞧着那巨大的箱子放在他面前；当他躺着已说不出话来，想想他怎么自然而然地指向那些盒子；当他已经失忆——正如流言蜚语猜想的那样——却想到了丧失财产和借据。不，当所有的人都能听见他在喉咙里嘟嘟囔囔个不停，他正忙着威胁他的佃户。这让我思索了七年左右的时光。我为此想到了画一幅图画：我自己来画，事实上，那形象就在那

---

① 这君王年号纪年即使对于一个长寿的君王也几乎是不可能的。纪年用拉丁语表述。

② 由此显示卢苏里奥索的算术和拉丁语水平都很差。

③ 原文为 sasarara，这是英语对拉丁文 certiorari 的一种讹误。

个呇兒①，我将奉献于阁下。你将会不由自主地喜欢它，当然大人是不会为画给我什么东西的。

卢苏里奥索　不，你看错我了。
我是有名的慷慨大方之人。
让我们来欣赏欣赏你的想法。

韦恩迪奇　画作的想法，大人？

卢苏里奥索　是的，画作的想法。

韦恩迪奇　天啊，想法是这样—— 一个放高利贷的父亲，在地狱的沸水里煎熬，他的继承人儿子和一个婊子在他身上狂欢起舞。

希波里托　（旁白）他击中他的要害了。

卢苏里奥索　这想法说真的很漂亮。但就我而言，我永远不可能喜欢它。

韦恩迪奇　不喜欢？哎呀，我可以肯定你会喜欢那婊子的形象。

希波里托　（旁白）是的，假如那婊子从画中出来的话，他肯定会爱上她。

韦恩迪奇　至于那继承人儿子，他会成年轻的寻欢作乐的人的偶像，因为我将画他穿着金丝针织的马裤。

卢苏里奥索　你把我的意思理解错了，
你不能那么画。我的想法是：
你画一个放高利贷的父亲
在地狱沸水里煎熬，
我们有钱人绝不会喜欢它。

韦恩迪奇　哦，真是那样的，我祈请您原谅。我知道这理由，他们中一些人即使被罚进地狱，也不愿在画作中受天谴。

---

① 故意说土话。

卢苏里奥索　（旁白）这极其难以对付的忧郁！他有智慧
　　　　　　去谋杀任何人，让我来给他手段。
　　　　　　（对韦恩迪奇）我想你缺钱吧？

　韦恩迪奇　金钱！哈，哈，
　　　　　　我向往得太久了，这正是我成被人嘲笑的对象；
　　　　　　我几乎忘了银色是什么样的颜色了。

卢苏里奥索　（旁白）这正中我下怀。

　韦恩迪奇　我从惧怕我发火的人们那里
　　　　　　得到华美的衣服，我逼迫
　　　　　　那些无法摆脱我的人养活我。

卢苏里奥索　拿点儿去过日子吧。
　　　　　　他给他黄金

　韦恩迪奇　哦，我看见了什么！

卢苏里奥索　现在感觉怎么样，老兄？

　韦恩迪奇　简直要看瞎眼了：
　　　　　　这不同寻常的闪闪金光太令人自豪；
　　　　　　只有当太阳躲进云翳，我才敢瞧上一眼。

卢苏里奥索　（旁白）我想我将从他的忧郁中得到乐趣。——
　　　　　　你现在感觉怎么样？

　韦恩迪奇　好多了。

卢苏里奥索　假如你真正按照我的旨意去干，
　　　　　　你会感觉更好。现在你们两人都在，
　　　　　　我要向你们复仇的利剑
　　　　　　揭露这样一个私密而贴身的混蛋，
　　　　　　这种人闻所未闻，
　　　　　　他给你们带来耻辱，也伤害了我。

　希波里托　给我们带来耻辱，大人？

卢苏里奥索　　是的，希波里托。
　　　　　　　我直到现在一直保守在这儿①，否则你们一见他
　　　　　　　定然会火冒三丈。

韦恩迪奇　　　我真想知道
　　　　　　　谁是这混蛋？

卢苏里奥索　　（对希波里托）你认识他——那混账皮条客
　　　　　　　皮奥托，我曾经警告他
　　　　　　　要给他戴上镣铐，终身监禁。

韦恩迪奇　　　（旁白）这就是我。

希波里托　　　是他，小王爷？

卢苏里奥索　　让我告诉你；
　　　　　　　你最初将他介绍给我。

韦恩迪奇　　　是吗，兄弟？

希波里托　　　是真的。

卢苏里奥索　　这忘恩负义的混蛋，
　　　　　　　为了报答对他的恩情，劝说我，
　　　　　　　正如你看到的，一个喜欢寻欢作乐的人，
　　　　　　　用首饰去收买你们的处女妹妹。

希波里托　　　哦，混蛋！

韦恩迪奇　　　干这种事，他必须得死。

卢苏里奥索　　我根本没有想伤害任何处女，
　　　　　　　特别知道她守身如玉，
　　　　　　　她那私处②，那很少被触碰的部分，
　　　　　　　我简直受不了他。

---

① "这儿"，卢苏里奥索可能指心口或者脑袋。

② 原文为 eye，在俚语中指女性的私处。

韦恩迪奇　　你受不了他，大人？
　　　　　　那你真是太正直、太奇妙了。

卢苏里奥索　我皱起威严的眉头，把他支使开了。

韦恩迪奇　　支使开了，混蛋！

卢苏里奥索　为了了对我施以报复，他
　　　　　　私自试图去动摇你们的妹妹，
　　　　　　而我的灵魂对她的冰清玉洁
　　　　　　一直推崇备至；劝说不成，
　　　　　　（就像干一件绝望的傻事）
　　　　　　一时冲动，他又去游说你们的母亲，
　　　　　　她似乎是一个胆小的人，
　　　　　　稍一挽劝，就应允了。

韦恩迪奇　　真是太胆小了。

卢苏里奥索　他以她们的美貌而自豪（至少他是这么想的），
　　　　　　前来给我报告，仿佛这是极好的消息；但是，我，天
　　　　　　啊，
　　　　　　请宽恕我——

韦恩迪奇　　你干了什么，大人？

卢苏里奥索　我怒气冲天，一把把他推开，
　　　　　　践踏他的喉咙，一脚把他踢开，让他伤痕累累，
　　　　　　说实话，我太残忍了。

希波里托　　真是高贵的举动！

韦恩迪奇　　（旁白）苍天有耳朵吗？难道所有的雷电都白搭了？
卢苏里奥索　假如我在一件小事中这么缺乏耐心，
　　　　　　你们会怎么样？

韦恩迪奇　　气疯了，他活不过月亮由缺变圆。

卢苏里奥索　他就在宫殿附近。希波里托，把他引诱过来，让你兄

弟可以近身就把他干掉。

希波里托　天啊，没有这个必要，小王爷；我可以带他去找。

卢苏里奥索　为了让我解恨，去把他引诱到这儿来；我要亲自看见
　　　　　　他流血。

希波里托　（对韦恩迪奇）现在怎么办，兄弟？

韦恩迪奇　（对希波里托）不，不能任性；你必须去做，兄弟！

希波里托　（旁白）听我说，这是不可能做的事，
　　　　　　去把他带到这儿来，而他已经在这儿了。
　　　　　　希波里托下

卢苏里奥索　你的名字？我忘了。

韦恩迪奇　韦恩迪奇，小王爷。

卢苏里奥索　一个好名字。

韦恩迪奇　是的，意思是复仇者。

卢苏里奥索　它表明勇气；你应该非常勇敢，对你的敌人格杀勿论。

韦恩迪奇　我希望如此，小王爷。

卢苏里奥索　这个混蛋就是一个。

韦恩迪奇　我要叫他死。

卢苏里奥索　我会褒奖你。
　　　　　　你为我效劳得好，我将拔擢你到最好的位置。
　　　　　　希波里托上

韦恩迪奇　多谢了。

卢苏里奥索　希波里托，那混蛋皮条客在哪儿？

希波里托　大人阁下
　　　　　　想看一眼令人憎恶、讨嫌的他。
　　　　　　但他现在的状态不适宜看，大人；

　　　　　　　他身上发作了最要命的毛病——
　　　　　　　该死的穷鬼的嗜好，醉酒。

卢苏里奥索　　那他就是双料的混蛋。

韦恩迪奇　　　（*旁白*）绝顶智慧，
　　　　　　　临时应对得如此完美。

卢苏里奥索　　怎么，你们两人
　　　　　　　下定决心了？我要亲眼看见他死。

韦恩迪奇　　　要不让我们死吧。

卢苏里奥索　　你可以带领
　　　　　　　你兄弟去看一看他的模样。

希波里托　　　我就去。

卢苏里奥索　　靠这升迁，你永远不会落败。

韦恩迪奇　　　阁下的仆役。

卢苏里奥索　　（*旁白*）这一切按智慧施行。
　　　　　　　深谋远虑的奸计把这些人都变成傻瓜：
　　　　　　　当奴才知晓太多，他就必须死亡。
　　　　　　　卢苏里奥索下

韦恩迪奇　　　哦，你全能的耐心！我纳闷
　　　　　　　这么个厚颜无耻、狡诈的家伙
　　　　　　　怎么没有站着就把他劈成两半，
　　　　　　　或者刮起一股阴风让他去见魔王！
　　　　　　　怎么还没有响起雷声，霹雳正积聚在云端
　　　　　　　为了更致命的打击吗？
　　　　　　　雷声滚滚
　　　　　　　打雷了！

希波里托　　　兄弟，我们走投无路了。

韦恩迪奇　　　但是，我找到了办法。

　　　　　　　　它肯定能行；感谢，感谢任何
　　　　　　　　掺入我的创意中的精神。

希波里托　什么办法？

韦恩迪奇　它十分周到而有效；你也将参与其中。
　　　　　　　　我受雇用谋杀我自己。

希波里托　正是这样。

韦恩迪奇　请注意听我说。
　　　　　　　　老公爵已经死亡，但还没有处置；
　　　　　　　　人们已经开始在找他，你知道
　　　　　　　　掩盖得再好的谋杀终究也会暴露出来——

希波里托　说得太对了。

韦恩迪奇　对这个奸计你怎么看？
　　　　　　　　假如将公爵的尸骸加以化装——

希波里托　化装成你的形象。

韦恩迪奇　你脑子太灵了，你猜对了。

希波里托　我太喜欢这个想法了。

韦恩迪奇　正如你说过的，他酒醉醺醺然，
　　　　　　　　全身依靠在手肘上，仿佛熟睡了过去，
　　　　　　　　这种懒汉最能引起人们的兴趣。

希波里托　挺好的，但是还有一点疑问：
　　　　　　　　我们——公爵的儿子认为该杀掉那个皮条客的我们——
　　　　　　　　当他知晓真相后，
　　　　　　　　会认定我们是杀掉公爵的罪魁祸首。

韦恩迪奇　两种情况都不可能发生——哦，谢天谢地——
　　　　　　　　计划制订得非常圆满和周密：
　　　　　　　　让他化装穿上我穿的衣裳，看上去就是我，那就是他称
　　　　　　　　之为皮条客的人，他确实杀了公爵，并穿着他自己的衣

服逃亡，他乔装打扮不让抓到他。

希波里托　想得周到些，再周到些。

韦恩迪奇　不，别怀疑计划的万无一失；
　　　　　我保证它像真的一样。

希波里托　那让我们干起来吧。

韦恩迪奇　顺便说一下，我想到了这个，兄弟，
　　　　　让我们去将母亲身上的邪魔驱赶走吧。
　　　　　同下

第三场

公爵夫人和斯普里奥手挽手上场，他对她做出一副下
流的样子。在他们身后，苏佩瓦吉奥手持一把双刃长
剑奔跑着上；埃姆比迪奥索阻止他

斯普里奥　夫人，把手拿下去吧，别让别人看见了，
　　　　　你的手会引起怀疑。

公爵夫人　谁敢怀疑这个拥抱或者那些亲吻？
　　　　　难道我们不可以纵情欢乐吗？

斯普里奥　你可以。
　　　　　斯普里奥和公爵夫人下

埃姆比迪奥索　老天，兄弟，别。

苏佩瓦吉奥　难道眼睁睁让这杂种羞辱我们吗？

埃姆比迪奥索　别，别，兄弟！
　　　　　　有比这更适宜的时机。

苏佩瓦吉奥　我正好现在看见了。

埃姆比迪奥索　看见的机会太多了。

苏佩瓦吉奥　眼见实为信。
　　　　　　她越高贵，却变得越卑鄙了。

埃姆比迪奥索　她沉湎于淫荡，那是有权有势的
　　　　　　耽于奢华生活的女人的错失——哦，死亡！
　　　　　　难道她必须选择这么一个地位不等的罪人，
　　　　　　把一切搞得更加混乱不堪？

苏佩瓦吉奥　一个杂种，公爵的私生子！
　　　　　　耻辱加上耻辱！

埃姆比迪奥索　哦，我们的羞耻！
　　　　　　女人们大多细腰婀娜曲线玲珑，
　　　　　　但她们的欲望却强烈得让你无法想象。

苏佩瓦吉奥　喂，别待在这儿；让我们追上去阻止；
　　　　　　要不他们犯了罪我们忏悔也来不及。
　　　　　　同下

第四场①

　　　　　　韦恩迪奇和希波里托手中持剑带着格拉迪阿娜上，一
　　　　　　人押着一边肩膀，另一人押着另一边肩膀

韦恩迪奇　哦，你，什么污秽的名字都可以称呼你！

格拉迪阿娜　儿子们，你们是什么意思？怎么，难道你们想谋杀我
　　　　　　吗？

韦恩迪奇　奸诈的不近人情的母亲！

希波里托　女人中的妖魔！

格拉迪阿娜　哦，难道儿子们变成魔鬼了吗？救命！

---

① 请与《哈姆雷特》第三幕第四场做比较。

韦恩迪奇　喊救命也是白搭。

格拉迪阿娜　难道你们变得如此野蛮，用短剑对着
　　　　　你们曾经吮吸奶汁的乳头吗？

韦恩迪奇　那乳汁
　　　　　已经变得酸涩，有毒了。

格拉迪阿娜　别因此而短寿，难道我不是你们的母亲吗？

韦恩迪奇　你用欺骗篡夺了那个称号，
　　　　　现在在你的躯壳里藏着的是一个皮条客。

格拉迪阿娜　皮条客！哦，这个名字比地狱还要难听！

希波里托　你很清楚你干的事儿，你理应被这么称呼。

格拉迪阿娜　我憎厌这称呼。

韦恩迪奇　啊，苍天的上主呀，
　　　　　一个女人在临死的时候还要掩盖一切吗？

格拉迪阿娜　掩盖？

韦恩迪奇　难道公爵的儿子没有指使
　　　　　一个追求物质享受的家伙到你这儿，
　　　　　将你身上一切美好的东西都腐蚀殆尽？
　　　　　让你野蛮地忘却了自己，
　　　　　将我们的妹妹送给他蹂躏？

格拉迪阿娜　谁，我？
　　　　　那太可怕了！我拒绝了那个人
　　　　　任何这样的企图。任何纯洁的人
　　　　　不愿被这种毁谤糟蹋。
　　　　　好儿子，别信那个。

韦恩迪奇　哦，我真怀疑
　　　　　我是不是我自己。
　　　　　等一等，让我再瞧一眼这脸蛋。

当母亲没有了廉耻，谁还应该得救呢？

希波里托　这真让人绝望。

韦恩迪奇　我就是这个人。
　　　　　来拒绝我吧！让我们来瞧瞧，不要装腔作势。

格拉迪阿娜　哦，我的灵魂，要进地狱了！

韦恩迪奇　公爵的儿子让我化了装
　　　　　来试探你，发现你是个坏料，
　　　　　像所有的无赖都会做的那样。

格拉迪阿娜　哦，不，
　　　　　　只有你的舌头会如此诋毁我。

韦恩迪奇　哦，在指责中如此敏捷应对，如此快速地改变腔调，
　　　　　没有一个魔鬼能如此利索地点燃火焰。
　　　　　我为一个词①而困惑。

格拉迪阿娜　哦，儿子们，原谅我！我将证明我说的是实话；
　　　　　　你们应该理解我，我给你们跪下。
　　　　　　　格拉迪阿娜跪下，哭泣

韦恩迪奇　一个母亲操纵自己女儿魅力之所向！

希波里托　确实是这样的，兄弟；虽然许多母亲这样做，
　　　　　但这离人性多么遥远。

韦恩迪奇　不，你②一旦心软流泪，那就将你插进剑鞘。
　　　　　　将剑插进剑鞘里
　　　　　湿泪会让铁羞涩而变红。
　　　　　兄弟，天下雨了；
　　　　　雨水会损坏你的利剑；
　　　　　把它插进剑鞘吧。

---

① 指 bawd，皮条客。
② "你"，指利剑。

希波里托　（将他的剑放在一边）插进去了。

韦恩迪奇　事实上，这是一场适时的雨；带来甘霖；
　　　　　她灵魂中的果园和草场
　　　　　干涸得太久。下吧，你可祝福的甘露。
　　　　　起身吧，母亲。说真的，这场雨让你显得高大了。

格拉迪阿娜　哦，你，苍天，
　　　　　把这块感染的疮疤从我的灵魂上揭走吧；
　　　　　我要用无数串的泪水来清洗它。
　　　　　让我的眼泪饱含盐分①，使我可以得到恩典！
　　　　　哭泣是女人的本性；
　　　　　但是真诚的哭泣却是上天赐予的礼物。

韦恩迪奇　不，我要亲吻你。吻她，兄弟！
　　　　　将她和我们的灵魂结合在一起吧，在那儿没有淫欲，
　　　　　同时敬重她，爱她。

希波里托　就这样吧。

韦恩迪奇　真诚的女人是如此稀少，
　　　　　珍惜这些人很有必要。
　　　　　哦，你们这些轻易被人操纵的女人呀，
　　　　　既然麻风已经离开了你们，请想象一下，
　　　　　当初它怎样顽固地显现在你们的额头上。
　　　　　所有脸蛋有几分姿色的母亲，
　　　　　会戴上面具对你掩盖其真实的面孔。
　　　　　一听到你臭名远扬的名字，
　　　　　贫血的少女就会羞耻地脸红。

希波里托　然后，妹妹被金钱腐蚀，成了妓女。

韦恩迪奇　接着便是沸腾的铅水。②

---

① 《圣经》中将盐作为一种正义的象征。

② 另一种惩罚的方式。

   公爵儿子最宠幸的嫔妃!
   死气沉沉的生活,穿银镂玉衣的荡妇,
   一长串伺候的仆役,而她的灵魂也拖曳在泥土里。
   最宠幸的——

希波里托 宠幸却异常的凄惨;
   有钱却永恒的痛苦。

韦恩迪奇 哦,那常见的疯狂!
   只需冷冷然问一下那飞黄腾达的婊子:
   她会给世界以赠予,让她的名声飞扬。
   你也许会说,"仅仅是私下里
   委身公爵的儿子"。她起先委身一次,
   然后上千次,而成了妓女:
   "在一处破冰,整个冰层就碎裂了。"

格拉迪阿娜 说得多么在理!

希波里托 哦,兄弟,你把我们的事儿忘了。

韦恩迪奇 记着呢。欢乐是看不见的精灵。
   我认为当人忘却自己的时候,他是最幸福的。
   再见,曾经干涸的草场洒上了圣洁的水①;
   曾经铅沉的心灵插上了翅膀。

格拉迪阿娜 我告诉你们:我认识的人中没有人
   像你们那样
   曾经雄辩地为恶棍辩解,继而又有力地驳斥恶棍。

韦恩迪奇 你让我们为此感到自豪。

希波里托 请以所有的美德向我们的妹妹问候。

韦恩迪奇 是的,为了对上天的爱,问候那真正的少女。

格拉迪阿娜 用我的最美好的话语。

---

① 指悔恨的泪水。

韦恩迪奇　　哎，那才是一个母亲该说的话。
　　　　　　韦恩迪奇和希波里托下

格拉迪阿娜　我正寻思愤怒是怎样蛊惑了我！
　　　　　　我感觉美好的思想开始进入我的灵魂。
　　　　　　哦，以怎样的胆量我可以正视她，
　　　　　　她的荣誉我曾经如此亵渎！
　　　　　　卡斯蒂扎上
　　　　　　她来了。

卡斯蒂扎　　母亲，你如此奇怪地作弄我，
　　　　　　假如我的发迹能让你的饶舌
　　　　　　安静下来，我就兴高采烈了。

格拉迪阿娜　为什么兴高采烈？

卡斯蒂扎　　按你的愿望做：
　　　　　　将我的酥胸出卖给公爵的儿子，
　　　　　　让我自己陷入风尘的围城。

格拉迪阿娜　我希望你不要那样。

卡斯蒂扎　　希望我不要那样？
　　　　　　那可不是你希望改善你物质处境的想法。

格拉迪阿娜　说得对，但现在不希望了。

卡斯蒂扎　　别自欺欺人了；
　　　　　　我和你一样硬下心，犹如大理石一样坚硬。
　　　　　　你想干什么？难道你还对我不称心如意吗？
　　　　　　你不会希望我
　　　　　　比我所愿意的还要放荡不羁？

格拉迪阿娜　请别这样穷追猛打好吗？

卡斯蒂扎　　你多少次以祝福的名义向我进攻
　　　　　　让我成为一个被诅咒的女人？当你知道

你的祝福无力让我放荡，
你就诅咒我；然后来更厉害的一手。
母亲的诅咒太沉重：那诅咒
让儿子们像太阳在风暴中黯然沉没①，
女儿们失去指引寻路的灯光。

格拉迪阿娜　好孩子，亲爱的女儿，假如在你身上
还有天火精神的火苗，
哦，那让我呼气将它吹成熊熊烈火。
别为女人刚愎自用的傻事生气。
我刚从那糟糕的病症中苏醒过来，
那病症侵袭了太多的母亲；亲亲，原谅我吧，
别让我再生病。当我说那些
狡诈之言尚且有效，那当我说
公正和善良，那效力就是无数倍的了！

卡斯蒂扎　我真纳闷你所指到底是什么。
我几乎还没跪着祷告完，
就被你的造作的说教打乱，当作大事，
去读三小时规劝德行的书，
这样才得以解开绕在我身上的黑蛇，
难道那不是你吗？

格拉迪阿娜　回忆以前的事，索然无味，令人生厌。
我现在真正是你们的母亲了。

卡斯蒂扎　呸，太晚了。

格拉迪阿娜　再好好想一想，你都不明白你说的是什么。

卡斯蒂扎　不明白？"拒绝发迹、富和公爵的儿子吗？"

格拉迪阿娜　哦，是的，我说了这些话，而它们现在对我来说是
毒药。

———————————

① 因为在英语中，儿子与太阳发音是一样的，这里原来是双关语。

这会造成什么呢？

发迹？诚然，无耻会把你甩得老高。

至于财富——谁见过妓女富有，

能够在她们罪愆的收入之上

建起收容她们私生子的孤儿院？

公爵的儿子？哦，年轻妩媚的交际花

定然会变成老迈衰朽的乞丐。

假如你知晓婊子们所体验的愁苦，

而且你也失去贞操，

你真会希望你没有出生到这个世界上来。

卡斯蒂扎　哦，母亲，让我拥抱你的颈项，

亲吻你，直到我的灵魂融化在你的嘴唇上。

我说这一切只是为了试探你呀。

格拉迪阿娜　哦，说了真话！

卡斯蒂扎　实际上，我并没有[①]；

如簧之舌也无法改变我的纯真。

当少女们坚守贞操，男人的话语就苍白而没有力量；

处女的荣誉宛然水晶的塔，

虽然孱弱，但有精灵守卫；

只要她不卑鄙地屈从，罪愆就无法乘虚而入。

格拉迪阿娜　哦，可祝福的孩子！信念和你的出生拯救了我。

在数千的女儿中，最该被祝福的是你呀，

你是少女的典范，而我是母亲的楷模。

同下

---

① 言下之意是：当我说我准备让自己成为一个浪荡女，我并没有说真话。

第五幕

第一场

韦恩迪奇和希波里托上，拿着化装成韦恩迪奇的公爵的骷髅，他们把骷髅安排成睡眠状

韦恩迪奇　就这样，就这样，他前倾得正合适；当心别弄醒他，兄弟。

希波里托　我向你保证，以我的生命向你的生命保证。

韦恩迪奇　那是一场极好的赌博，因为我必须杀掉我自己。兄弟，那就是我；他为我坐在那儿；你注意到没有？我必须站在这儿，然后赶快跑到那儿去。我必须坐着被杀，站着杀掉我自己。我可以这样来回练三次；这跟在米迦勒开庭季①送八次汇报书②一样。

希波里托　足够你感觉的了。

韦恩迪奇　但，伙计，公爵的儿子是单个儿来吗？

希波里托　不，这太糟糕了。他生性脆弱，不敢单个儿出来。他会带来一大帮肉蝇，在晚饭前嗡嗡，为他的外出而营

---

① 在英国每年有四个开庭季，即 Hilary, Easter, Trinity, and Michaelmas（米迦勒）。

② 汇报书是执令官对令状执行结果向法院的汇报，在米迦勒开庭季（11 月 2 日至 25 日）需上交八次这样的汇报书。

营乱叫。

韦恩迪奇 啊，复仇的蝇拍将把它们击得粉身碎骨！这是最有利的时机，最合适的时光，让他尝尝我的复仇的厉害，让他看看他公爵父亲的尸骨，他死得多么蹊跷，就像一个阴谋家，在混乱中，神不知鬼不觉，在终场胸口被刺上一刀——哦，要是丧失这样一个极好的机会，我会发疯。

希波里托 不，哎呀，请你知足吧；再没有相似的时机了。难道以后还会出现同样有利的机会吗？

韦恩迪奇 也许会，假如能化装得同样这么逼真。

希波里托 喂，为了避免被怀疑，让我们离开这房间，去迎接公爵的儿子吧。

韦恩迪奇 放松些，我准备去应对任何境况。天啊，走近些；他来了。

卢苏里奥索上

希波里托 尊贵的小王爷！

卢苏里奥索 哦，天！你们两人都在！

韦恩迪奇 也刚来，小王爷，王子殿下进来时刚到。我们得到报告他应该在这儿附近，但是在一种可厌的状态中。

希波里托 殿下是私密来的吗？

卢苏里奥索 相当私密，只有几个随从跟着一块儿到这儿来。

希波里托 （旁白）这几个人也是死路一条。

卢苏里奥索 等一等，那混蛋在那儿。

韦恩迪奇 天啊，那混蛋果真在那儿，小王爷。（旁白）这真是一个好孩子，叫父王混蛋。

卢苏里奥索 是的，是那个混蛋，那该死的混蛋。轻声点儿，走路也要蹑手蹑脚。

韦恩迪奇　哎呀，我向你保证，小王爷，我们会凝神屏息。

卢苏里奥索　那就好。——卑鄙的流氓，你就要睡死过去。——（旁白）在睡眠中杀掉他，这是奸计，假如他醒来，他会将一切都泄露出来。

韦恩迪奇　但是，小王爷——

卢苏里奥索　哈，你说什么？

韦恩迪奇　我们在他醉酒的状态中杀死他吗？

卢苏里奥索　是的，这是上策。

韦恩迪奇　唉，那他永远不可能再清醒了。

卢苏里奥索　没关系，让他滚进地狱里去吧。

韦恩迪奇　但是，他身上含有这么多的酒精，我怕他会把地狱的火全扑灭。

卢苏里奥索　你真是一头快乐的畜生。

韦恩迪奇　（旁白）那就没什么可以温暖你的双手了，因为他醉酒而死，掉进地狱就像一桶水浇在地狱的火焰上，嘎吱，嘎吱。

卢苏里奥索　喂，准备好！从剑鞘拔出你们的利剑，想想你们所受到的侮辱。这混蛋伤害了你们。

韦恩迪奇　说真的，他伤害了我们！——（旁白）但他付出了很大的代价了。

卢苏里奥索　就把他当敌人干。

韦恩迪奇　你不会让我们找上麻烦吧，大人？

卢苏里奥索　呸，难道你以为我是一个一钱不值的勋爵吗？快。

韦恩迪奇　杀，杀，杀！

> 韦恩迪奇和希波里托向尸骸刺去，尸骸倒地
> 啪，他躺在那儿了。

卢苏里奥索　干得干脆利索。
　　　　　走近尸骸
　　　　　啊，哦，歹徒们，谋杀者们，
　　　　　这是老公爵，我的父亲！

韦恩迪奇　那真是大笑话。

卢苏里奥索　怎么，已经僵硬、冰冷？
　　　　　哦，原谅我直呼你的名字；
　　　　　这不是你自己干的。那混蛋皮奥托，
　　　　　你想杀掉的那个人，谋杀了他，
　　　　　让他这样乔装打扮。

希波里托　这不是不可能。

韦恩迪奇　哦，流氓！难道他不感到羞耻，
　　　　　将公爵穿着这么油腻的紧身背心？

卢苏里奥索　他已经僵硬而冰冷，谁知道多长时间了？

韦恩迪奇　（*旁白*）天啊，我知道。

卢苏里奥索　不要说起任何我们打算做的事儿。

韦恩迪奇　哦，小王爷。

希波里托　我不得不祈请大人殿下考虑一下，眼下我们没有任何
　　　　　理由再唠叨不休。

卢苏里奥索　你说得对极了。我马上就召集
　　　　　所有贵族、私生子、公爵夫人等到宫中来，
　　　　　我们怎么奇迹般地发现他已死亡，
　　　　　那糟糕的混蛋穿着他的衣饰逃亡。

韦恩迪奇　那是还我们清白的最好的办法，小王爷；让我们不再

受到怀疑。

卢苏里奥索　嗬，南齐奥，索迪铎，所有的人！

　　　　　　南齐奥、索迪铎和所有的他的仆役上

第一个仆役　大人。

第二个仆役　大人。

卢苏里奥索　请你们见证一场奇异的场景。

　　　　　　我们选择了那个悲哀的房间私下会面，

　　　　　　却发现我父亲公爵躺在血泊之中。

第一个仆役　公爵殿下！——快跑，南齐奥，

　　　　　　用手势去惊动整个朝廷。

　　　　　　南齐奥下

韦恩迪奇　（*旁白*）这是深谋远虑的复仇者的智慧

　　　　　　所能做到的最好的了：

　　　　　　当谋杀发现，谋杀者是最不被怀疑的人。

　　　　　　我们站在最安全的地方，像一个旁观者冷眼

　　　　　　审视他的尸骸。

卢苏里奥索　我父王，被一个恶毒的混蛋

　　　　　　卑鄙地放血。

希波里托　（*对韦恩迪奇旁白*）听着，

　　　　　　他又称你为混蛋了。

韦恩迪奇　（*对希波里托旁白*）他是一个失败者。他能这么说。[1]

卢苏里奥索　哦，这是什么景象！

　　　　　　瞧那儿，瞧见了吗，他嘴唇被毒饵啃了。

韦恩迪奇　怎么啦，他的嘴唇？天啊，是这样。

卢苏里奥索　哦，歹徒！哦，流氓！哦，混蛋！哦，恶棍！

---

[1] 源自英国的谚语："The losers have leave to speak"（失败者有资格说话）。

希波里托　（旁白）哦，好奸计；他①在用同样的骂语回击他。
　　　　　　两位贵族、卫士、绅士、埃姆比迪奥索和苏佩瓦吉
　　　　　　奥上

第一位贵族　在哪儿？

第二位贵族　哪儿？

埃姆比迪奥索　在哪一个屋顶上面悬挂着这一颗闪耀着
　　　　　　死亡之光的不祥的彗星？

卢苏里奥索　瞧，瞧，大人们；
　　　　　　我父亲公爵被仆役所杀，
　　　　　　他惯于化了装逃亡。
　　　　　　公爵夫人和斯普里奥上

公爵夫人　殿下，丈夫！

第二位贵族　尊敬的殿下！

第一位贵族　我曾经看见一个穿着这衣服的仆役经常伺候他。

韦恩迪奇　（旁白）那贵族长期在乡下，他不会说谎。②

苏佩瓦吉奥　对埃姆比迪奥索旁白
　　　　　　有其母必有其子，我们也掩盖吧。
　　　　　　我很高兴他消失了；我就是这么盼望的，你呢？

埃姆比迪奥索　（对苏佩瓦吉奥旁白）是的，相信我说的话吧。

斯普里奥　（旁白）我，他的众多的罪愆之一，作为他的儿子，
　　　　　　对命运致以最衷心的祝贺。
　　　　　　我将奋力在新的河流里搏击。

卢苏里奥索　那两个对我们说
　　　　　　大人独自去骑马的人在哪儿？

――――――――――

① "他"指公爵，公爵在第二幕第三场曾经骂过他"歹徒、逆贼"。

② 与宫廷相比，乡下的人习惯上要朴实一些。

第一位绅士　哦，原谅我们，大人们；他用我们的生命担保
　　　　　　下的旨意，假如宫廷有人找他，
　　　　　　就这么说。他没到哪儿去骑马，
　　　　　　我们就把他留给那个家伙①。

韦恩迪奇　　（旁白）证实了。

卢苏里奥索　哦，上天，那错误的旨意导致他的死亡。
　　　　　　无耻的乞丐们！你敢于当我们的面
　　　　　　还说那虚假的话吗？把他直接带去
　　　　　　处决。

第一位绅士　大人！

卢苏里奥索　别求饶。
　　　　　　在这个问题上，原谅就等于是半个谋杀！

韦恩迪奇　　（旁白）判决得很好。

卢苏里奥索　走吧，赶紧去执行。
　　　　　　　第一位绅士被卫士带下

韦恩迪奇　　（旁白）你不能保持沉默吗？瞧，坦白带来了什么！
　　　　　　当人们因为说真话而被吊死，谁还不愿说谎话？

希波里托　　（对韦恩迪奇旁白）兄弟，我们的复仇进展得多么顺利。

韦恩迪奇　　（对希波里托旁白）哎，比一般智慧的人
　　　　　　所能理解的要顺畅得多。

卢苏里奥索　大人，派遣飞骑的信使
　　　　　　到所有的驿站，去逮捕这歹徒。

韦恩迪奇　　（旁白）飞骑的信使，哈，哈。

第一位贵族　嗣君大人，考虑到我们的职责，我们冒昧进言。
　　　　　　你父王突然驾崩；

----

① 指皮奥托。

你应该继承他所有的尊号。

卢苏里奥索　继承？我还没有空闲的时间，大人；
　　　　　　我还有无穷的悲哀要倾诉。——
　　　　　　（旁白）欢迎，甜蜜的尊号！——大人们，跟我多谈谈
　　　　　　关于墓穴和大帝遗骨埋葬的轶事；
　　　　　　那正是我之所思。

韦恩迪奇　（旁白）人们从这个看出
　　　　　风将怎么吹①：
　　　　　廷臣们巧舌如簧，阿谀奉承；
　　　　　他们吹捧公爵，公爵吹捧自己。

第二位贵族　殿下，你的微笑使我们倍感慰藉。

卢苏里奥索　啊，我带着泪花微笑，就像四月的太阳。

第一位贵族　你现在是我的先王的荣耀。

卢苏里奥索　我的先王的荣耀！
　　　　　　我看你将会是这样。

第一位贵族　这是你天生之所有。

卢苏里奥索　上天的恩典赐予我这德行。

韦恩迪奇　（旁白）他倒为自己祈祷得挺好。

第二位贵族　（对公爵夫人）夫人，
　　　　　　所有的痛苦转一圈便成欢乐。
　　　　　　毫无疑问时间会将谋杀者
　　　　　　大白于天下。

韦恩迪奇　（旁白）他真是一头傻驴。

---

① 原文为 "How foreign markets go"，对于 "foreign"，有诸多的解释。有的认为，它来
　自英语谚语 "You may know by the market men how the markets go"；有的认为，它应
　该是 "You may know how the wind's blowing"，译者取后者。

第一位贵族　同时
　　　　　　让我们考虑一下葬礼，
　　　　　　公爵的尸骸已经变得冰冷——
　　　　　　还是让我们记住我们新的幸福，
　　　　　　那幸福就依附于他的嗣子身上。大人们，绅士们，
　　　　　　请为宫廷狂欢做准备。

　韦恩迪奇　（旁白）宫廷狂欢！

第二位贵族　时间经历了好几次变迁；
　　　　　　痛苦加深了欢乐，欢宴驱散了哀悼。

卢苏里奥索　那来吧，大人们，向你们表示我的爱意。
　　　　　　（旁白）人们怀疑公爵夫人堕落；
　　　　　　我当上公爵，她就得被放逐。
　　　　　　　卢苏里奥索、贵族们、公爵夫人、索迪铎和仆役们下

　希波里托　（对韦恩迪奇旁白）宫廷狂欢！

　韦恩迪奇　（对希波里托旁白）是的，是那个词；我们的复仇计
　　　　　　划仍然进展顺利；
　　　　　　再拨动一根弦，我们就可以抵达智慧的巅峰。
　　　　　　　韦恩迪奇和希波里托下

　斯普里奥　（旁白）啊，对准那最美丽的目标①！
　　　　　　公爵在苟合上我的时候，如此说。
　　　　　　假如我没有射中他②的心脏，
　　　　　　那就任何别的部位也好；私生子也不愿排除在外。
　　　　　　　斯普里奥下

苏佩瓦吉奥　兄弟，你注意到斯普里奥吗？

埃姆比迪奥索　注意到了，我真为他感到羞耻。

---

① 原文为"mark"，在英语俚语中它意为女性私处。
② 此处"他"指目标为新公爵卢苏里奥索。

苏佩瓦吉奥　他得死，他的头发不会再长长了。在这宫廷狂欢的时
　　　　　刻，阴谋最容易得手。你看见那儿的新月吗？它将比
　　　　　新公爵存在更长的时日；这只手将结果他的性命，然
　　　　　后，我们就君临天下了。
　　　　　一张面具就是谋反的执照——谋反就依据它；
　　　　　戴上面盔，那是谋杀者最好的脸蛋。
　　　　　苏佩瓦吉奥下

埃姆比迪奥索　是这样吗？那好极了；
　　　　　仁慈的兄弟，你以为到那时你就是新公爵了吗？
　　　　　我要公平竞争：倒下一个，那儿还有另一个。
　　　　　下

第二场

韦恩迪奇和希波里托随皮埃罗及其他大人上

韦恩迪奇　大人们，奏起音乐吧，
　　　　　将旧时的悲伤放逐到其他国家去，
　　　　　那太软弱、太胆怯了，
　　　　　不敢给不满以致命的打击。
　　　　　让隐蔽的火苗蹿升成大火哟，成闪电哟，
　　　　　让这堕落的罪恶累累的公爵公国毁灭；
　　　　　激励你们的灵魂，让它们再次振奋起来吧。

皮埃罗　怎么？

第一位大人　哪条路？

第三位大人　哪条路都行；罪愆太深重，
　　　　　我们不能以公正的名义复太多的仇。

韦恩迪奇　你们将会复足够的仇。就要举行宫廷狂欢了，
　　　　　那些压迫你们的贵族

正忙着筹备蒙面舞会，
决心使它成为一次欢快的娱乐；
蒙面舞会的服装追趋逐耆——
一定会使大家兴高采烈：我们仿制
所有的衣裳，颜色、剪裁、样式，
所有的细节都要面面俱到。
我们首先按照舞会的秩序进场，
在第一、第二舞曲演奏时，我们有时间
威武地拔出我们的利剑，
当他们沉湎在欢乐的甜蜜之中，
舞兴正酣之时，我们就要叫他们刺刀见红。

皮埃罗　他们要流很多血！

第三位大人　在其他假面舞蹈者来之前——

韦恩迪奇　我们就走了，一切干好就走。

皮埃罗　那公爵的卫士呢？

韦恩迪奇　别担心那个，
他们一个个都会喝得酩酊大醉。

希波里托　在这阴谋中有五百绅士参与，
他们会起来响应，不会闲着站在一边。

皮埃罗　哦，让我们好好拥抱你们！

韦恩迪奇　啊，大人们，
准备好行动；其他时候再去饶舌吧。
同下

第三场

在一场哑剧中，卢苏里奥索在三位贵族主持下行加冕

礼；随后响起响亮的音乐；一张摆满菜肴的桌子搬上
场；卢苏里奥索和贵族们重新出现赴宴。一颗明亮的
彗星①显现

第一位贵族　愿和谐的时光和精美的快乐
　　　　　　充斥您的为王的岁月。

卢苏里奥索　大人们，我感谢你们，虽然我知道
　　　　　　这也是你们的职责所然。

第二位贵族　那微笑让我们所有的人快乐。

第三位贵族　（旁白）公爵殿下在皱眉。

第二位贵族　（旁白）但我们必须说他在微笑。

第一位贵族　（旁白）我认为我们必须这样说。

卢苏里奥索　（旁白）那堕落的、放浪的公爵夫人已被放逐；
　　　　　　那杂种将活不了；在这场狂欢之后，
　　　　　　我要举行一场特殊的狂欢；他和他的继兄弟们
　　　　　　在第一笔特别津贴②来到之前就得结束生命。
　　　　　　假如在王朝刚启动之时就大开杀戒，
　　　　　　那就太不明智了。

第一位贵族　公爵殿下，请准备寻欢作乐；
　　　　　　面具就在手边。

卢苏里奥索　我们正在作乐。
　　　　　　（对星星）见鬼！你是谁，如此惊吓我？
　　　　　　你这致命的星星，你要威胁我的生命。
　　　　　　（对贵族们）一颗明亮的星！

第一位贵族　一颗明亮的星？哦，在哪儿，殿下？

卢苏里奥索　你瞧吧。

①　彗星被认为是不吉祥的。
②　议会给王室的津贴。

第二位贵族　看见了，看见了，一颗奇妙的可怕的星星！

卢苏里奥索　我不乐意看见那如蓬乱头发的火焰，
　　　　　　那颗有尾巴的、摇曳燃烧的彗星。
　　　　　　难道我不是公爵吗？
　　　　　　它现在不该让我受惊；要是它出现在
　　　　　　加冕礼之前，它倒会让我惊吓。
　　　　　　不过，那些既有实际知识，
　　　　　　又有学问的人们说，
　　　　　　当星星拥有尾巴，它们威胁到大人物的脑袋。
　　　　　　是这样吗？大人们，你们是饱学之士。

第一位贵族　它有可能让公爵殿下感到喜欢，
　　　　　　它显示愤怒。

卢苏里奥索　它不让殿下感到喜欢。

第二位贵族　可以这样找到自慰，殿下：许多次，
　　　　　　当它现形最清晰的时候，它威胁的是最远处的目标。

卢苏里奥索　说真的，我也这么认为。

第一位贵族　而且，殿下，
　　　　　　你是在万民拥戴的情况下
　　　　　　荣耀上位；至于百年的事，
　　　　　　我希望它将在六十年之后发生。

卢苏里奥索　是这样的。难道不过六十年吗？

第一位贵族　我希望八十年，殿下。

第二位贵族　我希望一百年。

第三位贵族　我的希望，殿下，你将永远不死。

卢苏里奥索　把你的手给我，其他的人我一概拒绝。
　　　　　　这么期望最适合一个公爵的身份。
　　　　　　你坐在我身边。请坐下，贵卿们；

我们现在准备观看娱乐；让他们开始吧。

（对星星）你区区一颗星星，我们很快就要把你忘掉！

第三位贵族　我听见他们来了，殿下。

复仇者们：韦恩迪奇、希波里托和两位大人戴着面具上

卢苏里奥索　啊，好极了。——

（旁白）兄弟们，杂种，你们在地狱的边沿跳舞。

复仇者们跳舞；最后拔出他们的利剑，这四个人杀死在宴会桌上坐着的四个人。天开始打雷

韦恩迪奇　听，雷声！①

你这咆哮的呐喊着，你知道给你的提示吗？

公爵的呻吟就是唤起霹雳的暗语。

希波里托　所以，大人们，你们得到足够的报应了。

韦恩迪奇　喂，让我们走吧，别再耽搁了。

希波里托　快跟着！走！

复仇者们，除了韦恩迪奇同下

韦恩迪奇　当淫荡的人死亡，没有自然的神明发怒，

上天却对这场悲剧印象深刻，

发出隆隆雷声，怒不可遏了。

韦恩迪奇下

卢苏里奥索　哎哟，哎哟。

蒙面的其他蓄意谋杀者：埃姆比迪奥索、苏佩瓦吉奥、斯普里奥和第四个人舞蹈着上。卢苏里奥索恢复了一点说话的能力，呻吟着——喊道，"来一个卫士，谋反"。听到这声音，他们都吃惊地停止了舞步，转向餐桌，他们发现他们全都被杀死

斯普里奥　那是谁的呻吟声？

---

① 戏剧中以雷声作为上帝的声音，源自《圣经》。

卢苏里奥索　　谋反，来一个卫士。

埃姆比迪奥索　　怎么这样？全被谋杀了！

苏佩瓦吉奥　　被谋杀了！

第四个人　　还有他的贵族们！

埃姆比迪奥索　　这省了我们不少事儿，
我本来想杀掉他的。天啊，这怎么搞的？

苏佩瓦吉奥　　我宣布，我做定了公爵。

埃姆比迪奥索　　你是公爵！兄弟呀，你说谎了。
　　　　　　　　一刀刺向苏佩瓦吉奥

斯普里奥　　混蛋，你也吃我一刀！
　　　　　　　　一刀刺向埃姆比迪奥索

第四个人　　卑鄙的恶棍，你杀死我的大人和主子？
　　　　　　　　*一刀杀死斯普里奥，韦恩迪奇、希波里托和两个大
　　　　　　　　人上*

韦恩迪奇　　手枪！谋反！谋杀！保护我的大人公爵殿下！
　　　　　　　　安东尼奥和卫士们上

希波里托　　抓住这逆贼。
　　　　　　　　他们抓住第四个人

卢苏里奥索　　哦。

韦恩迪奇　　哎呀，公爵被谋杀了。

希波里托　　还有贵族们。

韦恩迪奇　　医生！医生！（旁白）天啊，他活得这么长？

安东尼奥　　一部可怜的悲剧！它能唤醒
一个老叟布满血丝的眼睛。

卢苏里奥索　　哦。

韦恩迪奇　瞧我的公爵殿下！（旁白）一场复仇掐死了他。
　　　　　（对第四个人）坦白吧，你这杀戮成性、邪恶的人，
　　　　　你杀死了所有这些人吗？

第四个人　我只杀了那杂种。

韦恩迪奇　那公爵是怎么被杀的？

第四个人　我们来他就被杀了。

卢苏里奥索　哦，歹徒。

韦恩迪奇　听着。

卢苏里奥索　哦，那些戴面具的人企图谋杀我。

韦恩迪奇　啊，真是这样，先生。
　　　　　哦，厚颜无耻！你现在坦白了吗？

第四个人　天啊，全是假的！

安东尼奥　把那个阴险的魔鬼带走，
　　　　　他手上沾着一个王子的血。

第四个人　天啊，这是谎言！

安东尼奥　将他处决。
　　　　　卫士押着第四个人下

韦恩迪奇　（旁白）新作料！不，我简直无法表达自己。——
　　　　　我的公爵殿下情况怎么样？

卢苏里奥索　向所有的人告别，
　　　　　爬得最高跌得最惨。
　　　　　我的舌头不管用了。

韦恩迪奇　空气，先生们，空气！
　　　　　其他人往后退。韦恩迪奇对卢苏里奥索耳语
　　　　　现在你也别再唠叨了，是韦恩迪奇谋杀你的。——

卢苏里奥索　哦。

韦恩迪奇　　（耳语道）还谋杀你父亲——

卢苏里奥索　哦。

韦恩迪奇　　（耳语道）我就是那个混蛋。
　　　　　　别告诉任何人。
　　　　　　卢苏里奥索死亡
　　　　　　（大声地）就这样，就这样，公爵驾崩了。

安东尼奥　　那是一只致命的手杀死了他；
　　　　　　而其他人，野心勃勃企图在他之后
　　　　　　君临整个公国，也就这样全完了。

韦恩迪奇　　我的大人不会这样。

希波里托　　（对安东尼奥）意大利的希望
　　　　　　现在寄托在可尊敬的您的身上。

韦恩迪奇　　您的银发将开创一个新的白银时代，
　　　　　　拥有更多真诚的人。

安东尼奥　　担子沉重，将折寿减年，
　　　　　　我能否这样来统治，
　　　　　　让上天呵护那冠冕。

韦恩迪奇　　您的美丽的妻子被强暴
　　　　　　造成了一连串的死亡。

安东尼奥　　至高无上的法律是公正的。
　　　　　　在所有的案件中最让我百思不得其解的是，
　　　　　　老公爵是怎么被谋杀的。

韦恩迪奇　　哦，大人。

安东尼奥　　相当诡异，从未听说过类似的案件。

希波里托　　那是出于好意而为的，大人。

韦恩迪奇　　为了大人阁下的好处。我们冒昧

把一切披露出来。那是相当智慧地执行的一个谋划，
假如我们能这么说的话；是我们两个人谋杀了他。

安东尼奥　你们两个？

韦恩迪奇　事实上，没有别人，大人；这是执行得天衣无缝的一
个计划。

安东尼奥　把这两个歹徒抓起来。
　　　　　卫士们抓住了他们

韦恩迪奇　怎么！抓我们俩？

安东尼奥　尽快将他们处决。

韦恩迪奇　天啊！难道这不是为了你的好处吗，大人？

安东尼奥　我的好处？让那些好处见鬼去吧。谋杀了这么一个老
叟！
你们谋杀了他，也会谋杀我。

韦恩迪奇　就这么个结果吗？

希波里托　天啊，兄弟，是你造成的。

韦恩迪奇　难道我们也要像公爵的儿子一样陨落吗？
你不懂；难道我们不是报仇了吗？
还有哪怕一个敌人留下来吗？
是该死的时候了，当我们成为自己的敌人。
当谋杀者隐蔽他们的行为，
这一诅咒就将他们包裹了起来：
假如谁也不揭露他们，他们揭露自己。
这一谋杀有可能永远在黄铜墓碑上沉睡，
对于我们来说，在这世界上不过死去了一头笨驴。
现在，我记起来了：这个皮奥托
曾经说过一个无赖式的箴言：
毫无疑问，他说，时间

会让谋杀者将自己交出来。

他死，太好了；他是一个预言家。——

现在，大人，既然我们已经完蛋，

这罪行是我们干的，所有其他的人都可以忽略不计；

假如我们愿意的话，我们可以叫贵族掉脑袋，

沦落到比乞丐好不了多少的地步；但是我们不愿

像一个胆小鬼那样流血而死。我们已经报够了仇，

事实上，我们完成了我们之所愿：

母亲回归，妹妹保持了贞洁，

我们死在了一窝公爵后面——再见。

卫士们押着韦恩迪奇和希波里托下

安东尼奥　这谋杀这么微妙地被掩盖！把这些

悲惨而死的尸骸抬下去；这是一个沉重的时刻。

祈求上天，但愿他们的热血将洗刷掉所有的谋反。

同下

（全剧终）

马耳他岛的犹太人[①]

克里斯托弗·马洛 著

---

① 根据 Doctor Faustus and Other Plays，Christopher Marlowe，Oxford University Press，2008 译出。

剧中人物

马基雅维利

巴辣巴

两位商人

三位犹太人

富南兹，马耳他总督

马耳他骑士数人

军官数人

卡拉品

显贵大人数人

卡利玛斯

阿碧噶尔，巴辣巴的女儿

托钵修士会修士贾科莫

托钵修士会修士巴纳丁

安·阿贝斯

两位修女

马提阿斯

罗多维克，富南兹的儿子

马丁·达尔·布斯科

伊萨摩尔

奴隶数人

卡特琳，马提阿斯母亲

贝拉米拉

皮里亚－伯扎

侍从数人

仆役数人

土耳其禁卫军士兵

信使

木匠数人

谨献给我的高贵的朋友，格雷律师学院的 托马斯·哈蒙大师和其他人士的书信①

我将这部由才华如此横溢出众的马洛大师所创作、由无与伦比的演员艾伦大师饰演犹太人的戏剧向朝廷做了介绍，并推荐给斗鸡场剧院演出该剧，虽然演出已经较为迟晚了。我为这个戏剧版本增加了序幕和尾声，现在重新印刷发行。如果这个新版本不附加一封谨献给您的羽翰，那我就要感到十分遗憾了，因为（在我长期以来所熟知的人士之中），没有人比您更能发现缺陷，或者给予应得的评价。先生，您一直以您的谦恭有礼的指教和笔润，使我的作品增添不少光彩。我希望这次不会因为是我推荐而受到比历次较为不利的回应，没有人比您对我更有特别的影响力了。我没有比这更好的赠予您的新年礼物了。请将它作为那不可亵渎的持续的感恩而接受它，我将永远将这种恩情铭记于心，正如一贯的那样，我将永远忠诚于您。

托马斯·海伍德②

在宫廷朗诵的序幕

国王和王后陛下，我们如此冒昧
（在诸多流行的戏剧中）

---

① 这是托马斯·海伍德为 1633 年的四开本版写的献词。该剧首演于 1592 年 2 月，托马斯·海伍德在 1632 年为此剧的重演撰写了序幕和尾声。

② 托马斯·海伍德（1575—1641），英国著名剧作家，演员。

向你们演示这部撰写于多年前，
兀傲于其他戏剧之上的戏，
祈请陛下们见谅。我们演示
一位生活在马耳他、
富有而著名的犹太人的故事。你们将
在他所有计谋中看到
一个彻头彻尾马基雅维利[1]的形象；
那是他的性格。历经无数次酷评的他
终于有幸来到陛下们面前。请赐予他恩典吧；
你们将赋予演出以无上的荣光，
并使此剧声名远扬。

在斗鸡场剧院朗诵的序幕

我们无从知道这剧将受到怎样的对待；
《马耳他岛的犹太人》是由我们时代
最才华横溢的诗人所赋作，
曾由最声情并茂的演员饰演。
他[2]因《希罗与勒安得耳》而获得
永恒的名声；这个饰演犹太人的人[3]
曾饰演《帖木儿大帝》等剧目，
得到无与伦比的赞誉，无愧跻身于
（如果我们不因此而贬损别人）
多变的海神[4]和如簧巧舌罗西乌斯[5]之列，

---

[1]　马基雅维利（1469—1527），意大利政治思想家，著有《君主论》。

[2]　指克里斯托弗·马洛。

[3]　指特鲁利街戏院区海军上将剧团名演员爱德华·艾伦。

[4]　海神，普罗透斯，能随心所欲改变自己的面貌。

[5]　罗西乌斯（前126—前62），罗马著名喜剧演员。

他激情吟诵任何诗文，纵横捭阖千变万化；
这诚然不是着意贬低那
如今在饰演犹太人的他[1]，
他也没有勃勃野心以图超越，至少与之并驾齐驱，
自知本身条件平庸。他所期待的是，
在朋友们的帮助下，
力图拿出他最好的才智，如果没有人否认的话，
他毕竟仔细研究过这角色，并决意演得出色。

---

[1] 指理查德·帕金斯，斗鸡场剧院另一位演员。

序　幕

马基雅维利上

马基雅维利　人们都以为马基雅维利已死，
　　　　　　然而他的灵魂却能飞越阿尔卑斯山，
　　　　　　正如吉斯①死了，从法兰西来到这儿，
　　　　　　浏览这片土地②，和朋友们一起畅游玩耍。
　　　　　　对于有些人，我的名字也许不祥，
　　　　　　而爱我的人着意让我避免毒舌，
　　　　　　让他们知道我就是马基雅维利吧，
　　　　　　我行我素，不把毁谤放在心上。
　　　　　　我钦羡最嫉恨我的人。
　　　　　　虽然有些人公开诋毁我的书，
　　　　　　但他们读它们，由此爬上了彼得圣椅③，
　　　　　　一旦把我抛开，
　　　　　　便会遭到接受我思想的信徒的戕害。
　　　　　　我认为宗教不过是小儿游戏而已，
　　　　　　世上并没有原罪，而只有懵懂无知。

---

① 亨利·吉斯（1550—1588），法国宗教战争中天主教派和天主教贵族神圣联盟的领
　袖，参与策划圣巴托罗缪大屠杀，后遭国王亨利三世密谋刺杀。
② 指英格兰，虽然戏剧的背景是马耳他。
③ 指教皇的圣椅。

空中飞过的鸟儿竟然还会断案！①

我羞于听说这种蠢话②。

许多人会议论君王称号的合法性；

恺撒有什么权力攫取帝国的宝座？

权势会成就国王，但只有法才使权力更为稳固，

正如德拉古③的法典，字字都是用淋淋鲜血写就。

就这样，一座坚固的城堡比

博学要性命攸关得多——

这是法拉利斯④遵循的准则，

他从未因为贵族领袖们妒忌的胡诌

而咆哮如雷过。我宁可被妒忌

也不愿被凡人怜悯！

我到底要到哪儿去呢？我来到不列颠，

不是来讲课，

而是来奉献一出犹太人的悲剧，

他喜不自胜地望着那装满金钱的口袋，

这些金钱都是按照我的准则赚来。

我只希望：给予他应得的关怀，

不要因为他赞赏我，

而不给他捧场。

下

① 来源于一个故事，说一群白鹤帮助找到谋杀古希腊诗人伊比库斯（Ibycus）的凶手。

② 指关于谋杀和野心是罪恶的说法。

③ 德拉古，公元前 7 世纪雅典立法者。

④ 公元前 6 世纪西西里岛的暴君。

第一幕

第一场

巴辣巴①走进他的账房间，面前一大堆黄金

巴辣巴　风险投资

扣除三分之一波斯船舶的成本，

获利如此之丰。

萨谟奈人②和胡兹人③

买我的西班牙橄榄油和希腊葡萄酒，

我这就将他们微不足道的银币装入钱袋。

真是的，数这些破烂玩意儿多么麻烦！

阿拉伯人要阔气多了，他们用楔形黄金

支付他们贩运的货物，

一天就可以轻易赚到

足够过一辈子的金条。

从未摸过银币的穷光蛋小子

看到这些金币都会以为是奇迹；

---

① 巴辣巴的名字来源于《圣经·新约·马太福音》27：15–26，犹太人请求比拉多释放巴辣巴，而不是基督。

② 古代居住在意大利中部操奥斯卡语的部落人。

③ 胡兹是《圣经》中提及的土地。见《圣经·旧约·约伯记》1：1。

那拥有钢条护卫的金库的人，
一生都在不厌其烦用手指数钱，
到老年他就不愿再这么劳苦了，
为了一英镑让自己劳累得要死。
我宁可当印度矿藏主，
用最纯的金锭交易；
富有的摩尔人在印度的山峦中
毫无节制地攫取财富，
在他家中，珍珠堆积得犹如卵石一般，
不花分文取得，成袋成袋地卖出——
火红花纹的蛋白石、蓝宝石、紫晶石、
橘红色宝石、硬黄玉、青草色祖母绿、
漂亮的红宝石，闪闪发光，
稀世珍宝，价值连城，
一颗，公正地估一下价，
仅仅一克拉，
就足以在危难之中，
赎回被俘的伟大的国王。
我的财富就寄存于这些宝石之中；
我认为具有判断力的人
在做买卖时和凡人很不相同，
随着财富日益增长，他们将无尽的钱财
就置于一间小房间之中。
但现在，风在往哪儿吹？
翡翠鸟的喙指向哪一个角落？
哈，指向东方？是的。瞧，风标指向哪儿？
东南方向。啊，我希望
我送往埃及和邻近岛屿的船只
已经抵达尼罗河蜿蜒的河岸；
我的发自亚历山大港的大商船队，
满载调料和丝绸，正张满风帆

平安沿克里特岛海岸行驶，
途经地中海，往马耳他岛驶来。
谁？
第一位商人上
现在怎么样？

第一位商人　巴辣巴，
你的商船正安全地在马耳他航道航行；
所有运输其他货物的商人
都已安全抵达，他们要我来询问
你是否会亲临海关替他们过关？

巴辣巴　你说，船舶装满了货物，都安安全全？

第一位商人　是的。

巴辣巴　啊，你去请它们靠岸
带上入关的单子便得了。
我希望我们在海关的信用
足以豁免我亲临现场的麻烦。
给他们派送去六十头骆驼、三十头骡子、
二十辆大车把货运回来。
难道你不是我船上的船长，
你的信用还不足以通关吗？

第一位商人　这关税超过了
城里许多商人财产的总和，
我的信用已不足以令其信服，先生。

巴辣巴　去跟他们说，是马耳他岛犹太人派遣你来的，老兄，
哼，他们有谁不知道巴辣巴的大名？

第一位商人　我这就去。
他正要离去

巴辣巴　等一等，终究有些船抵达了——

　　　　　　伙计，你是我哪艘船上的船长？

第一位商人　斯佩蓝扎号，先生。

　　巴辣巴　难道你没有看见
　　　　　　我在亚历山大港的大商船队吗？
　　　　　　你从埃及或者说从开罗出发，
　　　　　　沿尼罗河顺流而下
　　　　　　直驶向地中海河口
　　　　　　定然是要驶过亚历山大港的。

第一位商人　我既没有看见，也没有询问过，
　　　　　　我只听有些船员说：
　　　　　　你怎么敢于将如此多的财富
　　　　　　托付给这么一艘疯狂的船只，云云。

　　巴辣巴　废话！他们是老手！我了解这艘船，知道它的性能。
　　　　　　去，去干你的事儿；将你的船卸货，
　　　　　　请代理人将海运提单给我拿来。
　　　　　　第一位商人下
　　　　　　不过我还是很担心我的大商船队。
　　　　　　第二位商人上

第二位商人　你的发自亚历山大港的大商船队，
　　　　　　据知，巴辣巴，满载着财富和大量
　　　　　　波斯丝绸、黄金和东方珍珠，
　　　　　　确实航行在马耳他航道上。

　　巴辣巴　你们从埃及驶出，
　　　　　　看不见别的船舶的可能性有多大？

第二位商人　先生，我们没有看见它们。

　　巴辣巴　很可能它们为了
　　　　　　装载橄榄油或什么别的货物
　　　　　　绕路走了克里特岛沿岸。

你们抵达得这么快，
没有给予它们帮助或护卫。

第二位商人　先生，一支西班牙舰队，
在离马耳他岛三海里之前一直护送着我们。
驱赶土耳其大木船队。

巴辣巴　哦，显然它们在驶往西西里去。好吧，去
请商人们和我的船员卸货上岸，
将船货处置完毕。

第二位商人　我这就去。
第二位商人下

巴辣巴　财富从陆地和海上滚滚而来，
我们在所有的方面都得到了充实。
这是给予犹太人的祝福，
寄托着古老的亚巴郎的幸福。[①]
上天除了将富足扔向凡人，
将大地为他们而打开，
让大海臣服，让幸运的海风
推进他们满载货物的风帆，
还能再做什么呢？
谁因我的洪福而嫉恨我？
换言之，谁因财富而受到顶礼膜拜？
我，一个犹太人，宁可被嫉恨，
也不愿像一个穷基督徒那样被怜悯；
我在他们的信仰中
除了恶意、虚伪和骄纵之外
看不到果实[②]，
我认为这不符合他们声言的基督信仰。

---

① 见《圣经·旧约·创世记》15：14-21，17：8。

② 请比较《圣经·新约·马太福音》7：20"你们可凭他们的果实辨别他们"之说。

幸亏有个倒霉的人还有良知，

因为良知他在乞求之中讨生活。

他们说我们是一个分散而居的民族；

对此我说不好，但我们聚敛了

比那些盲从信仰的人多得多的财富。

希腊伟大的犹太人基里亚·加林姆、

贝尔塞斯的奥比德、葡萄牙的农斯、

马耳他岛的我，有些在意大利，

许多在法兰西，每一个人都无比富有——

是的，比任何一个基督徒富有得多。

我必须承认

我们不可能通过继承成为国王。

那不是我们的错。唉，我们人数有限，

而王冠不是由继承，

就是通过暴力而得；我常常听说，

暴力是不可能持久的。

给我们歌舞升平吧；封基督教徒为国王，

他们对封邑的领土如饥似渴。

我没有欠账，也没有众多子孙，

只有一个女儿，我爱她，

犹如阿伽门农爱他的依菲琴尼亚[①]；

我所有的一切都是她的。谁来了？

三个犹太人上，相互在说话

第一个犹太人　呸，别跟我说这是国家政策。

第二个犹太人　那让咱们去见见巴辣巴，

在这类事务中他总有很睿智的看法；

他就在这儿。

---

① 阿伽门农，迈锡尼王，在特洛伊战争中任希腊联军统帅，为了赢得阿尔忒弥斯的欢心，使他的舰队顺风驶行而牺牲女儿。这个比喻对于巴辣巴的女儿阿碧噶尔是一种不祥的预示。

巴辣巴　啊，怎么样，同胞们？
　　　　干吗这么扎堆到我这儿来？
　　　　犹太人发生什么事儿了？

第一个犹太人　好斗的土耳其大木船队，巴辣巴，
　　　　　　抵达咱们这儿，正停泊在港口；
　　　　　　总督们正端坐在参议院大厅
　　　　　　宴请他们和他们的使馆官员。

巴辣巴　啊，让他们来吧，这样就不会打仗，
　　　　即使开战，我们也要征服他们。
　　　　（旁白）不，让他们打吧，相互征服和厮杀，
　　　　这样，他们就不会打扰我，我的女儿和我的财产。

第一个犹太人　如果他们在缔结一个联盟，
　　　　　　相互之间就会不再恶声相向。

第二个犹太人　我担心他们的来往会影响咱们所有的人。

巴辣巴　天真的老兄们，你以为他们有多少人？
　　　　结盟的双方还有必要坐在一起商谈和平的条约吗？
　　　　土耳其人和马耳他岛的人结了盟约。
　　　　哎，哎，这其中还有别的奥秘。

第一个犹太人　啊，巴辣巴，他们来到底是为和平还是为战争？

巴辣巴　幸运的是，既不为战争，也不为和平，只是为了能
　　　　通过亚得里亚海前往威尼斯，
　　　　他们曾经多次想征服威尼斯，
　　　　但从未实现他们的战略。

第三个犹太人　说得太有水平了，很可能是这样。

第二个犹太人　在参议院要开一次大会，
　　　　　　马耳他岛所有的犹太人都必须到会。

巴辣巴　哼。马耳他岛所有的犹太人都必须到会？
　　　　是的，很可能。那么，让每一个人

乔装打扮，到那儿去展现一番时髦。

如果有任何事情会影响我们的福祉，

我肯定会注意到的——（旁白）特别是有关我的福祉。

第一个犹太人　我知道你会的。得，兄弟们，让咱们走吧。

第二个犹太人　让咱们走吧。再见，好巴辣巴。

巴辣巴　请走好。再见，扎勒斯，再见，特曼特。

三个犹太人下

巴辣巴，现在来把这奥秘探个究竟。

用尽你的智慧，绞尽你的脑汁。

这些蠢蛋把整个事情颠倒。

马耳他一直向土耳其进贡，

进贡数——我想都有政府清单——

土耳其人想将它大大增加，

马耳他集所有的财力都无法承担，

土耳其人据此可能会顺势

拿下这城。是的，他们一直在这么觊觎。

不管局势怎么变化，我要弄清生命攸关之所在，

适时阻断颓势，

小心翼翼地保住既得的利益。

没有人比我自己更是我的朋友了。[1]

啊，让他们来吧，让他们拿下这城吧。

下

第二场

马耳他总督[2]富南兹、骑士数人、军官数人上，

---

[1]　原文为拉丁文：Ego mihimet sum simper proximus。

[2]　在此前，马洛在提到马耳他总督时用的是复数，在这儿，他开始使用单数了。也许他是忘了此前曾经用过复数。

卡拉品和其他土耳其显贵大人以及卡利玛斯迎上前来

富南兹　显贵大人们，你们对我们还有什么要求？

卡拉品　马耳他的骑士们应该知道我们来自罗德岛，
　　　　来自塞浦路斯、克里特岛和其他
　　　　地中海岛屿。

富南兹　塞浦路斯、克里特岛或其他岛屿
　　　　与我们，与马耳他有什么干系？你们对我们还有什么
　　　　要求？

卡利玛斯　有十年的贡品没有送呈。

富南兹　唉，大人，这数量太巨大了。
　　　　我希望殿下能考虑这一点。

卡利玛斯　我也希望，尊严的总督，在我的权限之内
　　　　我能给予你通融，但这是我父亲①定下的，
　　　　我不敢违抗，不，我不敢闹着玩儿。

富南兹　请允许我们退席商量一番，伟大的塞利姆·卡利玛斯。
　　　　富南兹和骑士们私下商量

卡利玛斯　对显贵大人们
　　　　离远一点儿，让骑士们去商定，
　　　　请传话将我们的大木船挂上风帆，
　　　　我们不会在这儿耽搁太久。
　　　　（对富南兹）总督，你们怎么决定？

富南兹　我们决定：
　　　　既然你们的条件仍然非常苛刻，
　　　　你们必须获取十年逾期的朝贡，
　　　　我们要求给予充分的时间
　　　　从马耳他岛的居民中征收。

———————————

①　即土耳其国王。

卡拉品　这超出了我们使团的职权。

卡利玛斯　啊，卡拉品，有一点儿礼貌！
应该了解他们需要多长时间；也许不会太长，
用和平的方式
比用蛮横无理的方式获得
更符合为王之道。——
你需要多长时间，总督？

富南兹　一个月。

卡利玛斯　那就一个月，但你必须遵守诺言。
现在让我们的船队回到大海上去，
在海上静待你所需的时限，
我们将派遣使者来取钱。
再见，伟大的总督，勇敢的马耳他骑士们。

富南兹　祝卡利玛斯福星高照！
卡利玛斯、卡拉品和其他显贵大人们下
请一个军官去把马耳他的犹太人叫来。
一个军官走到门口
不是叫他们今天到这儿来吗？

军官　是的，大人，他们来了。
巴辣巴和三个犹太人上

第一位骑士　你决定了吗，跟他们谈什么？

富南兹　决定了，让我来应对他们吧；犹太人，走近点儿。
土耳其皇帝派来王子
伟大的塞利姆·卡利玛斯
追讨十年欠下的朝贡。
你们知道这事儿和我们有关。

巴辣巴　好大人，你还是保守你的秘密吧，
大人让他们得了不就行了嘛。

富南兹　轻声点儿，巴辣巴，事情没那么简单，
　　　　我们估算了一下十年的朝贡数，
　　　　由于连年战争，国库被抢掠殆尽，
　　　　这完全超出了我们的能力；
　　　　因此，我们寻求你们的帮助。

巴辣巴　唉，大人，我们又不是士兵；
　　　　在这与伟大的君王的战争中
　　　　我们又能帮什么忙呢？

第一位骑士　呸，犹太人，我们知道你不是士兵；
　　　　你是一个商人，一个有钱人，
　　　　我们寻求的，巴辣巴，是你的金钱。

巴辣巴　大人，我的钱？

富南兹　你的钱和其他人的钱，
　　　　说得简单一点，钱必须在你们这些人中征收。

第一位犹太人　唉，大人，我们大部分人穷得很！

富南兹　那就让有钱人帮你们付吧。

巴辣巴　那外来户也要付你的那个税吗？

第二位骑士　难道外来户不在我们这儿赚钱吗？
　　　　让他们跟我们一样为朝贡贡献一份。

巴辣巴　怎么个贡献法？是平均分吗？

富南兹　不，犹太人，按异教徒征收。
　　　　我们承受了你们这些令人憎厌的人们
　　　　所造成的痛苦，
　　　　那些受上帝谴责的人们，
　　　　这些税款和摊派就落在你们的头上，
　　　　我们就是这么决定的。——
　　　　请读一下我们的律令。

军官　（读）"第一条，向土耳其朝贡的钱将在犹太人中征
　　　　收，每一名犹太人将上缴财产的一半作为征集税额。"

巴辣巴　什么，财产的一半数额？（旁白）我希望你说的不是
　　　　我的财产。

富南兹　读下去。

军官　（读）"第二条，拒绝缴纳税款者将立即转换信仰基督
　　　　教，成基督徒。"

巴辣巴　怎么，基督徒？（旁白）哼，这干的算什么事儿？

军官　（读）"最后一条，拒绝改变信仰者将被没收全部财
　　　　产。"

三位犹太人　哦，大人，我们上缴一半财产！

巴辣巴　哦，你们这些趋炎附势的坏蛋，压根儿就不配当犹
　　　　太人！
　　　　难道你们就这么卑躬屈膝
　　　　让你们的财产听任他们如此专横宰割吗？

富南兹　啊，巴辣巴，你愿意当一个基督徒吗？

巴辣巴　不，总督，我不会改变信仰。

富南兹　那就交出你的一半财产。

巴辣巴　啊，你们知道这一招意味着什么吗？
　　　　我的一半财产是整个城市的资产。
　　　　总督，那不是容易得来的，
　　　　我也不会轻易拱手相让。

富南兹　先生，一半财产是我们律令的罚款数。
　　　　要么缴纳一半财产，要么全数没收。

巴辣巴　我的上帝！① 等一等，你拿去一半财产吧。

---

① 原文为拉丁文：Corpuo di Dio。此语出自巴辣巴之口，有讽喻味儿。

让我跟我的弟兄们一样顺从你们的法律吧。

富南兹　不行啦，犹太人，你亵渎了法律。

　　　　现在没法反悔了。

　　　　军官在富南兹的暗示下下

巴辣巴　那你们就来偷窃我的财产吗？

　　　　难道你们的法律是基于偷窃之上的吗？

富南兹　不，犹太人，我们特别要征收你的财产，

　　　　为了不让大多数人破产；

　　　　为大多数人福祉一人受损[①]

　　　　比为一人福祉大多数人遭殃要好。

　　　　不过，巴辣巴，你在马耳他挣了你的家产，

　　　　我们不会驱逐你；

　　　　还在这儿生活吧，如果你还能赚钱的话。

巴辣巴　基督徒们，一双白手

　　　　我怎么还能赚钱呢？

第一位骑士　从一双白手赚上一点儿，

　　　　从一点儿赚上更多。

　　　　如果说最初诅咒降落在你们脑袋上[②]，

　　　　让你们受穷，并受到全世界的蔑视，

　　　　那不是我们的错，而是你们与生俱来的罪恶。

巴辣巴　什么？拿出你们的《新约》来为你们辩护吗？

　　　　别跟我说教我不了解的东西。

　　　　有些犹太人狡猾，正如所有的基督徒；

　　　　但，如果说我继承的这一支脉

　　　　整体上因为罪恶而被遗弃，

　　　　难道我要因为他们的过失而受到审判吗？

---

① 见《圣经·新约·约翰福音》11：50："叫一个人替百姓死，以免全民族灭亡：这对你们多么有利。"

② 见《圣经·新约·马太福音》27：25："他的血归在我们和我们的子孙身上。"

行事正义的人将活；
你们谁能指控我不是这样呢？

富南兹　别说了，卑鄙的巴辣巴，
你这样为自己解脱不感到羞耻，
仿佛我们不知道你的底细？
如果你依靠你的正义，
你耐着性儿，财富会慢慢增长。
过多的财富是妒忌的结果，
妒忌，哦，那是一个可怕的罪愆。

巴辣巴　是的，但偷窃是一个更坏的罪愆。呸，别想方设法从
我这儿拿走财富①，
因为那是偷窃；你们如此肆无忌惮地抢劫，
无疑是要逼迫我去偷窃，去图谋获取更多。

第一位骑士　庄严的总督，别再听他的胡言乱语。
把他的房子变成修女院吧，
他的房子可以住下许多圣女。

富南兹　就这么着吧。
军官们上
军官们，完成了吗？

一位军官　是的，总督大人，我们没收了巴辣巴的货物
和财产，估价超过
全马耳他的财富。
其他犹太人的财产没收一半。

富南兹　妥善处置财产变现的问题。

巴辣巴　这么说，大人，你该满意了吧？
你攫取了我的货物，我的金钱，我的财富，
我的船舶，我的商店，以及我享用的一切；

---

① 巴辣巴引用《圣经·旧约·出埃及记》20：15，不可偷盗。

拥有了这一切，你不能再要求更多的了，
除非你那铁石心肠
泯灭了你那冷血心胸里一切的怜悯，
驱使你来要我的命。

富南兹　不，巴辣巴，我们和我们的职责
绝不会允许我们的手染上鲜血。

巴辣巴　啊，我觉得劫夺可怜人的生命
所造成的伤害
还远不如使他们悲惨的起因。
你得到了我的财富，我一生的辛劳，
老年的慰藉，孩子们的希望；
因此，你只能在你所声言的善行
和你所做之间做一个虚假的区分。

富南兹　知足了吧，巴辣巴。你已经得到了公正。

巴辣巴　你的严酷的公正让我受到极端的不公。
看在魔鬼的面上，让你那公正见鬼去吧！

富南兹　来，让我们进去吧，整理一下向土耳其朝贡的
货物和金钱。

第一位骑士　是有必要好好地处置一下；
如果我们违约，那就会把我们的同盟断送，
与政策有关的道理就这么简单。
富南兹、骑士们和军官们下

巴辣巴　是的，政策！那是他们的职业。
但并不如他们说的那么简单。
埃及的灾疫，和上天的诅咒，
大地的荒芜，和所有人的仇恨，
全倾泻在他们的身上吧，你这伟大的原动力！
我跪在这儿，击打大地，

我诅咒，愿他们的灵魂经受永恒的煎熬
和地狱的火严酷的刑罚，
犹如我在痛苦中所经受的惨状。

第一位犹太人　哦，忍耐吧，可敬的巴辣巴。

巴辣巴　哦，愚蠢的兄弟们，活着见到这样的日子！
你们为什么对我的痛苦如此无动于衷？
你们为什么见到对我的虐待不痛哭流涕呢？
我为什么在这痛苦中不想一死百了呢？

第一位犹太人　啊，巴辣巴，我们自己都很难
对付这强加于我们头上的酷政。
你也看到他们拿走了我们一半的财产。

巴辣巴　你们为什么顺应他们的暴敛？
你们是众人，而我只是孤单一人，
他们只从我一个人身上拿走全部财产。

第一位犹太人　但，巴辣巴兄弟，请记住约伯。

巴辣巴　你告诉我约伯干什么？我知道关于他的财富
是这么写的：他拥有七千头羊，
三千头骆驼，两百头耕牛，
和五百头母驴①；这些畜生
当时作价都很低贱，
而我，在家的财富，和在大木船队
以及其他刚从埃及驶抵的船只的财富，
足足可以购买约伯所有的畜生和约伯本人，
还可以有富余剩下安乐生活一辈子；
所以不是约伯，而是我，应该诅咒这时日，
诅咒你的要命的生日，被遗弃的巴辣巴啊，
但愿永恒的黑夜，

---

① 见《圣经·旧约·约伯记》1:1。

> 黑暗的云包裹我的肉体，
> 将这些极端的愁苦遮掩起来，不让你看见。①
> 只有我在操劳一生，
> 继承虚荣的日月和失落的时间②，
> 而给予我的只是愁苦的长夜。

第二位犹太人　好巴辣巴，耐心些吧。

巴辣巴　是的，是的；
　　　　请你让我一个人在痛苦③中待一会儿，你们
　　　　这些从未拥有过财富、安于赤贫的人们。
　　　　至少给予他自由悼念一番
　　　　那个在战场身处敌人包围的人，
　　　　眼见士兵被杀戮，自己被解除武装，
　　　　没有任何回天之术。
　　　　是的，让我为这突袭的命运而怆然悲哭吧；
　　　　我是在极度的精神的痛苦之中这么呼号。
　　　　巨大的伤害不会轻易忘却。

第一位犹太人　走吧，让他在悲伤中单独待着吧，
　　　　　　　劝说只会徒增他的梦呓。

第二位犹太人　那就走吧。说实话，看到一个人受到如此的打击
　　　　　　　真是一种痛苦。
　　　　　　　再见，巴辣巴。

　　　　　　　三位犹太人哭泣着下

巴辣巴　啊，再见。
　　　　看见了吗，这些鄙贱小人的简单头脑，
　　　　他们自己缺乏智慧，
　　　　还把我看成是一块愚钝的泥块，

---

① 巴辣巴和约伯一样但愿诞生的那日成为黑暗，他觉得他比约伯更为愁苦。

② 见《圣经·旧约·传道书》1:1："虚而又虚，万事皆虚。"

③ 原文为 patience，其最初的拉丁词根"patior"意为"我痛苦"。

遇水一冲便成沙粒。
不，巴辣巴生来就该幸运伴随，
是由不同于凡人的更为坚实的材料制成的，
凡人只以眼前的利益来权衡利弊。
一个怀有雄心浩然的人会深谋远虑，
为将来的时日做好策划，
因为不知哪一天倒霉会来。
犹太人的女儿阿碧噶尔哭泣着上
我美丽的女儿到哪儿去？
哦，是什么让我的宝贝女儿悒郁悲伤？——
啊，女儿，不要为一点儿损失而哭泣。
你父亲为你准备了足够的财富。

阿碧噶尔　我不是为我而哭泣，而是为年迈的巴辣巴，
父亲，阿碧噶尔为你而悲怆。
我将不再挥洒这无用的眼泪，
伤害驱使我
呐喊着冤枉前往参议院，
斥责所有的参议员，
撕扯我的头发让他们感到良心谴责，
改正对我父亲的冤情。

巴辣巴　不，阿碧噶尔，无法挽回的事情
是不可能用喊冤来纠正的。
沉默吧，女儿，痛苦培育坦然，
虽然眼下失利，
但时间终究会给予我们扭转乾坤的机会。
同时，我的女儿，别以为我粗枝大叶
对此厄运毫无准备，
不对你和我未雨绸缪。
一万枚葡萄牙金币，再加上价值连城的珍珠，
精美的昂贵的首饰，无数的玛瑙宝石，

　　　　　　因为惧怕这类的灾殃，
　　　　　　我早已严密收藏妥帖。

阿碧噶尔　在哪儿，父亲？

　巴辣巴　在我的房子里，我的女儿。

阿碧噶尔　但巴辣巴永远不可能再见到它们了，
　　　　　　因为他们已经没收了这栋房子和财物。

　巴辣巴　我相信，他们会给予我一个
　　　　　　进我房子的机会。

阿碧噶尔　不太可能，
　　　　　　当我被赶出家门时，总督正将修女们安置
　　　　　　进去；他们想将你的房子
　　　　　　变成一所修女院，除了他们教派的人
　　　　　　谁也别想进去，男人一般不准进入。

　巴辣巴　我的金子呀，我的金子呀，我所有的财富都丧失殆尽了！
　　　　　　偏心的上苍，难道我该承受这样的劫难吗？
　　　　　　厄运的星辰，你为什么这样与我违逆，
　　　　　　让我在贫困中绝望，
　　　　　　你以为我将在悲戚中失去耐心，
　　　　　　我会发疯上吊，
　　　　　　在地球上如一缕青烟飘忽消逝，
　　　　　　不留一丝记忆的痕迹？
　　　　　　不，我要活下去，我也不怨恨我的人生；
　　　　　　既然你将我扔向大海，
　　　　　　淹死或者逃生，全凭我自己，
　　　　　　我要困狮犹斗振奋精神，让自己苏醒过来。
　　　　　　女儿，听我说！你从基督徒迫害这一角度
　　　　　　来审视我的灾祸。
　　　　　　听我的话，在极端的困境之中，
　　　　　　可以运用任何狡猾的奸计。

阿碧噶尔　父亲，不管做什么，去狠狠地伤害那些
　　　　　如此明目张胆地欺负我们的人。
　　　　　阿碧噶尔有什么不敢为的？

　巴辣巴　啊，是的。
　　　　　你告诉我他们将房子改成了
　　　　　一座修女院，而且修女已经进驻。

阿碧噶尔　是的。

　巴辣巴　阿碧噶尔，我的女儿，
　　　　　去请求修女院院长让你加入修女院。

阿碧噶尔　怎么请求？作为一个修女？

　巴辣巴　是的，女儿，其实宗教
　　　　　有许多掩人耳目乖巧的事儿。

阿碧噶尔　是的，但是，父亲，他们会怀疑我。

　巴辣巴　让他们怀疑好了，
　　　　　但你是如此虔诚地遵循宗教的条例，
　　　　　他们会以为你是出于对宗教的热忱。
　　　　　彬彬有礼地跟她们说话，话语中含有友善之情，
　　　　　让他们觉得你的罪孽过于深重，
　　　　　必须进修女院修道才能赎罪。

阿碧噶尔　那么，父亲，我如果那么做的话，
　　　　　必须掩盖我真实的思想。

　巴辣巴　当然啊，
　　　　　从头到尾掩盖真实的思想
　　　　　并不比正人君子偶尔欺骗要卑鄙；
　　　　　做虚假的伪誓
　　　　　比内心闷声不响、虚与委蛇的伪君子要好得多。

阿碧噶尔　那么，父亲，如果我被允许加入修女院，

接下去该干什么呢？

巴辣巴　接下去就这么干：
去找我在顶楼卧室地板下面
为你藏匿的金子和首饰。
有人来了。要狡猾，阿碧噶尔。

阿碧噶尔　那好，父亲，跟我一块儿去吧。

巴辣巴　不，阿碧噶尔，在这事中，
我没有必要被人瞧见，
因为我还要假装为此而捶胸顿足。
保守好秘密，我的女儿，这有关获取我的金子的大事。
巴辣巴站在一边。两位托钵修士会修士贾科莫和巴纳
丁，以及修女院院长和两位修女上

贾科莫修士　修女们，
我们差不多快到新修女院了。

修女院院长　这太好了。我们喜欢不太张扬的地方。
三十个寒暑，
我们在众多的地方辗转流浪。

贾科莫修士　夫人，这新修女院的房子
和水源将使你感觉称心如意。

修女院院长　但愿这样。谁来了？

阿碧噶尔　（走上前去）庄严的院长，和你们，聆听幸运少女忏
悔的神父们，
请怜悯一个痛苦欲绝的姑娘的处境吧！

修女院院长　你是谁，姑娘？

阿碧噶尔　一个不幸的犹太人，马耳他岛的犹太人，
可怜的巴辣巴绝望的女儿，
他曾经拥有一栋精美的房子，

　　　　　　现今有人将它改成一所修女院了。

修女院院长　姑娘，那你说你要我们做什么？

　阿碧噶尔　我生怕我父亲因此而受到打击，

　　　　　　做出像没有信仰的犹太人那样无法无天的事儿，

　　　　　　我愿意让我的余生在忏悔中度过，

　　　　　　在你们的修女院里当一名修女，

　　　　　　为我的痛苦的灵魂赎罪。

贾科莫修士　（对巴纳丁）毫无疑问，兄弟，这出自宗教精神。

巴纳丁修士　（对贾科莫）是的，也是一种动人的精神[①]，

　　　　　　兄弟。来，

　　　　　　让我们请求院长让她入修女院吧。

修女院院长　好吧，我们同意你来当一名修女。

　阿碧噶尔　首先，让我作为一名新来的修女，学会

　　　　　　将我的孤独的生活适应你们严格的戒律，

　　　　　　请让我住在我想住的地方。

　　　　　　我毫不怀疑，你们神圣的信条

　　　　　　和我的苦修将相得益彰。

　　巴辣巴　（旁白）我希望和我庋藏的珍宝相得益彰。

修女院院长　来吧，姑娘，跟我来。

　　巴辣巴　（走上前去）啊，怎么样，阿碧噶尔？你在

　　　　　　这些令人憎恨的基督徒中要干什么？

贾科莫修士　别阻止她，你这个没有信仰的人，

　　　　　　她已经泯灭了心中世俗的东西。

　　巴辣巴　怎么泯灭了心中世俗的东西？

----

① 　原文为 moving spirit，它可以解释为为宗教狂热所感动的灵魂，也可以解释为一种春
　　情的萌动。两位修士的讲话充斥了性暗示。

贾科莫修士　她已经被批准加入修女的行列。

巴辣巴　万劫不复的孩子，为父的耻辱，
　　　　你要在这些令人憎恨的恶魔中干什么？
　　　　我要求你远离
　　　　这些魔鬼和他们的异端邪说。

阿碧噶尔　父亲，请给我——

巴辣巴　不，回去，阿碧噶尔！
　　　　（对她耳语）记住首饰和黄金；
　　　　宝物箱盖上画着这个。（做十字状）
　　　　（大声地）滚开，你这该诅咒的东西，别让你父亲看
　　　　见你！

贾科莫修士　巴辣巴，虽然你不信基督教，
　　　　你看不见你的苦难，
　　　　就不要让你的女儿在精神上做一个盲者了。

巴辣巴　盲者，修士？我根本就不信你的说教。
　　　　（对阿碧噶尔旁白）
　　　　宝物箱盖上画着这个。（做十字状）
　　　　（大声地）我目睹她这样还不如死。——
　　　　难道你在我的痛苦中要遗弃我吗，
　　　　我被诱入歧途的女儿？（对她旁白）去吧，别忘了。
　　　　（大声地）难道犹太人就该这么轻信吗？
　　　　（对她旁白）明天早晨我将在门口。
　　　　（大声地）不，别走近我！你将受到天谴，
　　　　忘掉我，别再见我，走吧。
　　　　（对她旁白）再见。记住明天早晨。
　　　　（大声地）滚吧，滚吧，你这畜生！
　　　　阿碧噶尔、修女院院长、修士们和修女们从一个门
　　　　下，巴辣巴从另一个门下，马提阿斯上

马提阿斯　（独白）

> 这是谁？美丽的阿碧噶尔，富有的犹太人的女儿，
> 成了一名修女？她父亲遽然倾家荡产
> 让她变得卑微，不得不就此了结。
> 唉，她更适宜于鸾颠凤倒，
> 而不是整天疲于祈祷。
> 她更配床笫之欢，
> 拥在狂热的情人的怀里，
> 而不是夜半起床去做庄严的教礼。
> 　　罗多维克上

罗多维克　啊，怎么回事，唐·马提阿斯闷闷不乐？

马提阿斯　听我说，高贵的罗多维克，我看见了
　　　　　我认为我所见到过的
　　　　　最奇怪的景象。

罗多维克　请告诉我怎么回事？

马提阿斯　一个美丽的少女，还不到十四岁，
　　　　　维纳斯花园中最甜美的鲜花，
　　　　　从肥沃的土地上被撷采，
　　　　　莫名其妙地变成了一位修女。

罗多维克　告诉我，她是谁？

马提阿斯　啊，富有的犹太人的女儿。

罗多维克　什么，巴辣巴，就是财富最近被没收的那个？
　　　　　她很妩媚动人吗？

马提阿斯　无与伦比的绝色佳人，
　　　　　如果你见到她，那美色
　　　　　即使被一堵铜墙隔绝
　　　　　也会让你春心萌动，
　　　　　至少也得到你的怜爱。

罗多维克　如果真如你所说的那么漂亮，

我们最好前去一瞥容芳。
怎么样，我们去吗？

马提阿斯　我一定奉陪，先生；没有别的招儿了。

罗多维克　（旁白）我一定要去，也许会造成麻烦。[①]
再见，马提阿斯。

马提阿斯　再见，罗多维克。
两人分别下

---

① 这又是一个性暗示。

第二幕

第一场

巴辣巴拿着一盏灯火上①

巴辣巴　犹如那预示不祥之兆的暝鸦，
　　　　用她那空洞的喙
　　　　在寂静的深夜
　　　　敲响那死亡的丧钟，
　　　　扇动她那阴森可怖的翅膀
　　　　到处散布恶兆，
　　　　可怜的巴辣巴呀，烦恼而又痛苦，
　　　　诅咒着走向这些基督徒。
　　　　倥偬时光瞬息即逝的快乐
　　　　已经远离而去，让我在绝望中深深喟叹，
　　　　过往的财富已不复存在，
　　　　只剩下一片空白的记忆——
　　　　犹如一个战士的伤疤，
　　　　对于他的残破之躯也提供不了多少慰藉。
　　　　哦，你，上主高擎着火柱，带领

---

① 巴辣巴举着一盏灯火表明天黑，按照戏剧想象，他当时是在他的房子外面。而阿碧
　噶尔出现在舞台上方，表明她在房子的楼上。

以色列的子民们穿越过黑暗，
请照亮亚伯拉罕的子孙们吧①，今晚引领
阿碧噶尔的手！
愿白天从此坠入永恒的黑暗。
直到我得到阿碧噶尔的回应，
睡眠也无法禁闭我警觉的眼睛，
纷乱的思绪也无法宁静。
阿碧噶尔手拿黄金和首饰在舞台上方上，她和巴辣巴
起初互相没看见

阿碧噶尔　我现在非常幸运找到机会
去寻觅我父亲指定的地板。
啊，瞧这儿，我神不知鬼不觉地找到
我父亲隐藏的
黄金、珍珠，和首饰！

巴辣巴　现在我记起老女人们，
在我有钱的时候告诉过我冬日的故事，
说起在黑夜精灵和鬼怪会
降临在厍藏奇珍异宝的地方。
我觉得我就是他们其中的一个，
当我生活在这儿的时候，我拥有我灵魂的唯一希望，
我死亡后，我的灵魂还要在这儿漫步。

阿碧噶尔　但愿我父亲福星高照
能亲临这儿！
但他还没有这么幸运；不过，当我们最后分手时，
他说他早晨要来找我。
香甜的睡眠呀，他的身子睡在哪儿，
请派遣睡梦之神②让他梦见

———————————

① 见《圣经·旧约·出埃及记》13：18–22。

② 即 Morpheus，希腊神话中的睡梦之神。

　　　　　　　一个金色的梦，惊醒之后

　　　　　　　前来接受我找到的宝藏。

巴辣巴　　我的羊群对所有的人都有用，但对我无益。[①]

　　　　　　　既然这么悲伤地坐在这儿，还不如往前走吧。

　　　　　　　等一等，东方闪亮的是一颗什么星？[②]

　　　　　　　我生命中的北极星，如果阿碧噶尔——

　　　　　　　谁在那儿？

阿碧噶尔　谁？

巴辣巴　　轻声点儿，阿碧噶尔，是我。

阿碧噶尔　那么，父亲，请接受你的幸福吧。

巴辣巴　　你得到了？

阿碧噶尔　接着。（扔下布袋）接到了吗？

　　　　　　　还有很多，很多，很多。

巴辣巴　　哦，我的姑娘，

　　　　　　　我的金子，我的幸运，我的快乐啊，

　　　　　　　给我的灵魂以力量吧，让我的敌人死绝吧！

　　　　　　　欢迎，我的幸福的最初的征兆！

　　　　　　　哦，阿碧噶尔，阿碧噶尔，我让你到这儿来的！

　　　　　　　我的愿望完全得到了实现。

　　　　　　　但我要设法让你自由。

　　　　　　　哦，姑娘，哦，金子，哦，美，哦，我的幸福！（拥

　　　　　　　抱布袋）[③]

阿碧噶尔　父亲，快到夜半，

---

① 原文为拉丁文：Bueno para todos mi Ganado no era。

② 这句可与莎士比亚的《罗密欧与朱丽叶》中的罗密欧的"轻声，那边窗子里亮起来的是什么？"（2：2）比较一下，这使人联想起巴辣巴和罗密欧一样看见了走廊上的烛光。

③ 巴辣巴对金子和女儿的混杂的感情预示了莎士比亚的《威尼斯商人》中的夏洛克。

修女们这时要醒来，

为免得怀疑，我们快分手。

巴辣巴　再见，我的欢乐，请握一下我的手指尖儿，

那是一个从灵魂里送过来的吻。①

他飞吻。阿碧噶尔在舞台上方下

现在，福玻斯②，将白日的眼睑启开吧，

唤醒清晨的云雀，而不再是乌鸦了，

我可以乘上云雀的翅膀翱翔天空，

就像云雀为它的雏鸟鸣啭，

我将为我的钱袋而歌唱，

（吟唱道）啊，金钱的美妙的快乐呀。③

下

第二场

富南兹、马丁·达尔·布斯科、骑士们和军官们上

富南兹　长官④，现在告诉我们你的船开往何处，

你的停泊在我们航道上的船来自何方，

为什么你们没有我们的同意就上岸。

达尔·布斯科　马耳他的总督，我们就是开往贵处；

我的船，飞龙号，是一艘西班牙船，

我也是西班牙人。达尔·布斯科是我的名字，

天主教国王麾下的海军中将。

---

① 这犹如在莎士比亚的《罗密欧与朱丽叶》第二幕第二场中的罗密欧与楼上朱丽叶会
面时的情景。

② 希腊神话中的太阳神和诗歌音乐之神。

③ 原文为拉丁文：Hermoso placer de los dineros。

④ 原文为 captain，实为高级军官，此处为海军中将。

第一位骑士　（对富南兹）他说的是实话，总督大人，请以贵礼接
　　　　　　　待他。

达尔·布斯科　船员是希腊人、土耳其人和非洲摩尔人。
　　　　　　　最近在科西嘉海岸，
　　　　　　　因为我们没有向土耳其船队降旗致礼，
　　　　　　　他们晃晃悠悠的战舰在船尾追赶我们；
　　　　　　　正巧起了风，
　　　　　　　我们戗风而行，调向，顺势开炮，
　　　　　　　有些击中起火，更多的给击沉大海，
　　　　　　　一艘船成了我们的战利品。
　　　　　　　船长给打死，船员成为我们的奴隶，
　　　　　　　这些奴隶我们想在马耳他卖掉。

　　富南兹　马丁·达尔·布斯科，我听说过你，
　　　　　　欢迎你来到马耳他，来到我们中间。
　　　　　　然而，关于土耳其人要在这儿出卖，
　　　　　　因为土耳其是我们的朝贡国，
　　　　　　我们不敢贸然做出承诺。

第一位骑士　达尔·布斯科，正是出于对我们的爱和尊重，
　　　　　　你劝说我们的总督反抗土耳其。
　　　　　　我们之间的停战只是在等待接收黄金，
　　　　　　一旦我们未能朝贡所需的数目，我们之间就要开战。

达尔·布斯科　难道马耳他骑士和土耳其结盟，
　　　　　　　仅仅只是为了一点儿卑微的黄金吗？
　　　　　　　大人，请记住，基督徒的罗德岛
　　　　　　　——你们就是从那儿来的——
　　　　　　　最近沦陷，这是欧洲的耻辱，
　　　　　　　你们才在这儿建立了政府，
　　　　　　　和不共戴天的土耳其人处于敌对之中。

　　富南兹　长官，我们知道这一点，但我们的力量太弱。

达尔·布斯科　卡利玛斯要的总数是多少？

富南兹　十万克朗。

达尔·布斯科　我们国王陛下对此岛拥有所有权，
他有意尽快将他们赶出去；
因此，请听我的，把这些金子截留。
我将给国王陛下呈书，请求援助，
在我看见你们自由之前请跟我站在一起。

富南兹　按此条件，你可以出卖你的土耳其奴隶。
去，军官们，将奴隶们带到市场上来。
军官们下
布斯科，你将是马耳他的将军；
我们和我们剽悍的骑士将跟随你
和这些野蛮的、不信基督的土耳其人争斗。

达尔·布斯科　所以，你们将继承罗德岛基督徒的精神；
当邪恶的土耳其军队围困罗德岛时，
守城的军队人数很少，
他们血战到底，没一个人存活下来，
将这不幸的消息传至基督教世界。

富南兹　我们也要苦战到底，来，让我们走吧。
傲慢无礼的卡利玛斯，我们将给你送去的不是金子，
而是枪炮的硝烟和烈焰。
随你到哪儿去索要贡品吧，我们下决心不给；
荣誉是用鲜血，而不是黄金，争取来的。
众下

第三场

军官们带着伊萨摩尔和其他奴隶上

第一位军官　这是市场。让他们站在这儿。
　　　　　　别担心他们滞销，很快就能卖掉。

第二位军官　每一个人的价钱写在背上，
　　　　　　一定要卖到价位，否则就不卖。
　　　　　　巴辣巴上

第一位军官　犹太人来了。要不是他的财富被没收，
　　　　　　他就会用现钱把他们全买下来。

　　巴辣巴　（旁白）尽管面对这些吃猪肉的基督徒——
　　　　　　他们从不行割礼，绝不是上帝的选民，
　　　　　　这些可怜的卑微之徒，
　　　　　　在提图斯①和苇斯巴芎②征服我们之前
　　　　　　不过只是无名之辈——
　　　　　　而我却仍然跟过去一样富有。
　　　　　　他们奢望我的女儿变成一个修女。
　　　　　　然而，她现在安然住在我购买的房子里，
　　　　　　其豪华和美轮美奂堪与总督的宅邸相媲美；
　　　　　　我居住在马耳他，
　　　　　　如果不拥有富南兹的权威和他的庇护——
　　　　　　啊，还有他儿子的情谊，日子会过得异常艰辛。
　　　　　　我不是勒未人③，不是会轻易忘怀伤痕的人。

---

① 提图斯（39—81），古罗马皇帝。
② 苇斯巴芎（9—79），古罗马皇帝。提图斯之父。父子镇压犹太人起义，夷平耶路撒冷（70）。
③ 见《旧约·约书亚记》13：27，以色列人按照上主的吩咐，给予勒未人避难的城池，躲避报血仇者。

> 我们犹太人，要是乐意，
> 会像卑躬屈膝的狗一样摇尾乞怜，
> 当我们微笑的时候，我们会咬人；
> 而我们的容貌
> 难道不跟羔羊一样无辜和天真无邪吗？
> 我在佛罗伦萨[①]就学会了，当人们骂我癞皮狗，
> 我却抛一个飞吻，耸一耸肩了事[②]，
> 像赤足的托钵修士一样低声下气，
> 而心中却在诅咒，愿他们饿死在街头，
> 愿他们沦落到犹太教堂，
> 当募捐的盆来到我的跟前，
> 我要往里吐一口痰就算我的募捐。
> 唐·罗多维克，总督的儿子来了，
> 就为他的有钱有势的老爸的缘故，我才爱他。

罗多维克上，起先没有看见巴辣巴

罗多维克 我听说那有钱的犹太佬会走这条路。
我要设法找到他，取得他的欢心，
这样，我就能一瞥阿碧噶尔的芳容，
唐·马提阿斯跟我说她的姿色美妙绝伦。

巴辣巴 （*旁白*）与其像一头乳鸽，我还不如更像一条毒蛇——
也就是说，与其像一个傻瓜，还不如更像一个恶棍。

罗多维克 犹太人从那儿走过来了。为了漂亮的阿碧噶尔，上。

巴辣巴 （*旁白*）啊，啊，你竟然还那么有把握，她定然会听
从你的摆布。

罗多维克 巴辣巴，你知道我是总督的儿子。

巴辣巴 我还盼望你是他的老子呢，先生；这是我想诅咒你的

---

① 在文艺复兴时期，佛罗伦萨被认为是马基雅维利和一切阴谋的老巢。
② 此说引发了莎士比亚《威尼斯商人》第一幕第三场中夏洛克的"我总是忍气吞声，耸耸肩膀"。

唯一的咒语。① （旁白）这家伙的脸瞧上去活像刚燎
烧去毛的猪。

巴辣巴转身避开罗多维克

罗多维克　巴辣巴，你上哪儿去？

巴辣巴　不上哪儿去。我们的习惯就是，
　　　　当我们跟像你那样的非犹太人讲话后，
　　　　我们要面对空中将晦气洗涤干净；
　　　　因为神的应许是属于我们的。

罗多维克　得了，巴辣巴，你能帮我得到一颗宝石吗？

巴辣巴　哦，先生，你父亲已经把我的宝石都拿去了，
　　　　不过我还为你留着一颗。②
　　　　（旁白）我是指我的女儿——但是，在他得到她之前，
　　　　我会在一堆柴薪上面将她祭烧。③
　　　　为他，我准备了毒药
　　　　和麻风。

罗多维克　没有衬箔，这宝石色泽如何？

巴辣巴　我所说的宝石从来无须光鲜的衬箔来辅佐。
　　　　（旁白）不过他一碰它，它就会失色。
　　　　（对他）罗多维克老爷，这宝石色泽灿烂，美轮美奂。

罗多维克　这宝石是方形的还是琢磨成有棱有形的？请告诉我。

巴辣巴　有棱有形的，高贵的先生。——（旁白）但不是供你
　　　　把玩的。

罗多维克　那我更喜欢了。

巴辣巴　我也是。

---

① 巴辣巴在此引用《旧约》的典故，父亲的罪孽将会落到子孙身上。

② 此处带有性暗示。

③ 这使人想起阿伽门农和阿尔忒弥斯的故事。

罗多维克　在夜晚它怎么生色夺目？

巴辣巴　　强过月亮的光芒。

　　　　　（旁白）你在晚上比在白天会更喜欢它。

罗多维克　什么价？

巴辣巴　　（旁白）如果你要了它，就要你的命。

　　　　　（对他）哦，大人，我们无须讨价还价；到我家来，

　　　　　我把它给予大人——（旁白）我要报仇。

罗多维克　不，巴辣巴，我要先将价格定下来。

巴辣巴　　尊贵的先生，

　　　　　当它还在我手中的时候，

　　　　　你父亲早就将它的价格定下来了，

　　　　　出于慈悲和基督教的怜悯心，

　　　　　他给我带来圣洁的宗教，

　　　　　仿佛在《教理问答》里一样，

　　　　　提醒我犯有不可饶恕的罪愆，

　　　　　不管我是否愿意，

　　　　　夺走了我的所有，将我扫地出门，

　　　　　将我的房子变成独身修女的修道院。

罗多维克　毫无疑问你的灵魂将由此而获益。

巴辣巴　　是的，但是，大人，获益之日遥遥无期；

　　　　　我知道这些修女和

　　　　　神圣的托钵修士会修士，拿了辛苦钱，

　　　　　他们的祷告真是奇妙——（旁白）实际上对任何人都

　　　　　没有用处。

　　　　　（对他）既然她们没闲着，仍然干着，

　　　　　很可能到时候会有所收获——①

　　　　　我是说在浑圆成熟之中。

――――――――――

①　暗指怀孕。

罗多维克　好巴辣巴，别再旁敲侧击讽刺我们神圣的修女们吧。

巴辣巴　不，我是以炽热的热忱这么做的，
（旁白）我就盼望不久一把火将那房子烧掉；
因为虽然她们在生育繁殖，
我对那修女院却有话要说。
（对他）至于那宝石，先生，我告诉过你，
到家里来，我们不会因为价格而争执，
即使因为你的尊贵的父亲的缘故。
（旁白）争执会很激烈，我要看见你死。
（对他）我现在必须离开去买一个奴隶。

罗多维克　啊，巴辣巴，我陪你去。

巴辣巴　那就走吧，市场到了。
　　　　他们审视奴隶
这奴隶的价格是多少？二百克朗？土耳其人值这么多
钱吗？

第一位军官　先生，这就是他的价格。

巴辣巴　你要价这么高，他能偷什么？
也许他有偷窃钱包的新技巧。
如果他有的话，他就值三百银币，
要是把他买下，他就能偷来市府的图章，
一生可以免于绞刑之苦。
对于贼来说，审判之日生命攸关，
很少有人，可以说没有人能逃过绞刑。

罗多维克　（审视另一个奴隶）你给这摩尔人才定价二百银币？

第一位军官　不会再多要了，大人。

巴辣巴　为什么这个土耳其人比摩尔人要价高？

第一位军官　因为他年轻，技能也多一些。

巴辣巴　（对土耳其奴隶）什么，你有点金石？如果你有的话，
　　　　　你会用那石头砸破我的脑袋；
　　　　　不过我会原谅你。

第一个奴隶　不，先生，我会理发和剃须。

巴辣巴　让我瞧瞧，伙计。难道你是一个老剃须师傅吗？

第一个奴隶　啊，先生，我是一个年轻人。

巴辣巴　年轻人？我要把你买下来，要是你干得好，我就让你
　　　　　跟个风流妞儿结婚。

第一个奴隶　我会尽力为您效劳，先生。

巴辣巴　跟我使坏。也许你趁给我刮胡子的时候，割破我的喉
　　　　　咙，好抢走我的财产。
　　　　　告诉我，你身体好吗？

第一个奴隶　是的，还算好。

巴辣巴　这就更糟糕了；我得找一个病病歪歪的，只吃很少的
　　　　　食物。要维持你那肥硕的下巴，一天十四磅牛肉都不
　　　　　够。——让我瞧瞧瘦一点儿的。

第一位军官　（指着伊萨摩尔）这个瘦一些。怎么样？

巴辣巴　（对伊萨摩尔）你是在哪儿出生？

伊萨摩尔　在色雷斯。在阿拉伯半岛长大。

巴辣巴　太好了。正合我意。——
　　　　　一百克朗？我要了；这是钱。
　　　　　他给钱

第一位军官　给他做个记号，先生，把他带到这儿来。

巴辣巴　（*旁白*）是的，给他做个记号，你是最合我意的，就
　　　　　是这个人，
　　　　　通过我的指教将可以干许多坏事。

（对罗多维克）大人，再见。（对伊萨摩尔）来，伙
计，你是我的了。
（对罗多维克）至于那宝石，将是你的了。
我祈求，先生，到我家里就不要客气；
你可以支配我所有的一切。
马提阿斯和他的母亲卡特琳上

马提阿斯　（旁白）什么使这犹太人和罗多维克变得这么亲密？
恐怕是由于美丽的阿碧噶尔的缘故。
罗多维克下

巴辣巴　对伊萨摩尔
从那儿走过来唐·马提阿斯；让我们停下来瞧瞧。
他爱我的女儿，她也跟他热络，
我发誓要挫败他们的期望，
报总督之仇。
卡特琳和马提阿斯审视奴隶

卡特琳　这摩尔人最合适，是不是？说呀，儿子。

马提阿斯　不，这个更好一些，妈。好好瞧瞧这个。
当卡特琳做买下一个奴隶的交易时，巴辣巴走近马提
阿斯

巴辣巴　对马提阿斯
在你母亲面前
装作不认识我，
免得她对唾手可得的婚姻起疑。
你把她送回家之后，到我家来。
就把我当父亲吧。儿子，再见。

马提阿斯　对巴辣巴
为什么你跟唐·罗多维克说话？

巴辣巴　对马提阿斯

呸，伙计，我们谈论宝石，不是谈论阿碧噶尔。

卡特琳 （做完交易）
告诉我，马提阿斯，那不是那个犹太人吗？

巴辣巴 大声对马提阿斯说，仿佛继续在交谈
至于对《马加比书》①的评论文章，
我有一份，先生，你可以去拿。

马提阿斯 对卡特琳
是的，夫人，我和他说话，
谈的是关于借一两本书的事儿。

卡特琳 别跟他说话，他是被上主遗弃的人。
（对军官）伙计，这是钱。——啊，让我们走吧。

马提阿斯 犹太伙计，记住那本书。

巴辣巴 天啊，我会记住的，先生。
马提阿斯、卡特琳和一个奴隶下

第一位军官 啊，赚了点儿。让我们走吧。
军官们和剩下的奴隶们下。巴辣巴和伊萨摩尔留下

巴辣巴 现在让我询问一下你的名字，以及
你的出身、家境和职业。

伊萨摩尔 说真的，老爷，我出身卑微，我的名字叫伊萨摩尔，
我的职业随你怎么说都行。

巴辣巴 你没有手艺？那你听我说，
我教你一些你值得记住的东西。
首先，拒绝萌生这些感情：
怜悯、爱、徒然的希望、莫名的恐惧。
不要为任何事所感动；不要同情任何人，
当基督徒们哀号时，你独自在狞笑。

① 天主教《圣经·旧约》及新教次经中二卷之一。

伊萨摩尔　哦，好极了，老爷，我为此崇尚你的鹰钩鼻！

巴辣巴　至于我，我夜晚在外面游荡，
　　　　杀死在城墙下呻吟的病人；
　　　　我有时到处闲逛，往井里下毒；
　　　　时不时的，可怜那些基督徒小贼，
　　　　被偷去几个克朗泰然处之，
　　　　每每当我在走廊里散步时，
　　　　就能看见他们被绑在我的门旁。
　　　　年轻时，我学习医学，
　　　　刚开业时给意大利人治病；
　　　　我通过葬礼让牧师发财，
　　　　总是让教堂司事忙着
　　　　挖坟和敲丧钟。
　　　　然后，我成了一名工程师，
　　　　在法德战争中，
　　　　以帮助查尔斯五世为名，
　　　　使着法儿杀戮朋友和敌人。
　　　　从那之后，我放高利贷、
　　　　敲诈勒索、哄骗、造假，
　　　　变着捐客的法儿，
　　　　在一年之中，用破产者的钱塞满了我的口袋，
　　　　让慈善机构挤满了幼小的孤儿，
　　　　每个月让个什么人发疯，
　　　　什么人痛不欲生上吊，
　　　　胸前挂着一长条纸儿，
　　　　诉说我怎么取消回赎折磨他。
　　　　你瞧我怎么通过让人们遭殃而得到祝福：
　　　　我的财富足以买下这整个的城池。
　　　　现在告诉我你怎么打发时光？

伊萨摩尔　说真的，老爷，

　　　　　我焚烧基督徒村子，

　　　　　给阉人戴上手铐，捆绑划桨的奴隶。

　　　　　我曾经在客栈当一个马夫，

　　　　　在晚间，我偷偷溜到客人的房间里去，

　　　　　把他们的喉咙割断。

　　　　　有一次在耶路撒冷，在朝圣者跪在那儿的地方，

　　　　　我在大理石地面上撒粉末，

　　　　　让朝圣者的膝盖发疼，

　　　　　看着他们一瘸一拐

　　　　　撑着木棍走向基督教圣殿，

　　　　　我捧腹大笑了好一阵。

巴辣巴　啊，这倒有意思。把我当作

　　　　你的哥们吧，我们俩都是歹徒。

　　　　我们都行过割礼，都痛恨基督徒。

　　　　只要你忠诚，不在暗地里使坏，你就不会短缺黄金。

　　　　靠边站，唐·罗多维克走过来了。

　　　　　伊萨摩尔靠边站，罗多维克上

罗多维克　哦，巴辣巴，幸会。

　　　　　你跟我说的宝石在哪儿?

巴辣巴　我为您准备着呢，大人；请跟我一块儿走进去。——

　　　　喂，阿碧噶尔! 啊，快开门。

　　　　　阿碧噶尔拿着信件上

阿碧噶尔　马上就来，父亲，这儿有几封

　　　　　寄自霍尔木兹的信，信就放在家里。

巴辣巴　把信给我。女儿，听见吗?

　　　　以千般的殷勤

　　　　好好招待罗多维克，总督的儿子——

　　　　（对她旁白）只要你保持处女的头脑，

　　　　你可以尽量利用他，

只把他当作一个非利士人①。

对他虚与委蛇，诅咒他、反抗他、赌咒爱他；

他绝不是亚伯拉罕的种。

（大声地）我有点儿忙，先生；请原谅我。

阿碧噶尔，请代我欢迎他。

阿碧噶尔　看在你的和他的分上，欢迎他到这儿来。

巴辣巴　女儿，还有一句话。（对她旁白）吻他，和他
甜言蜜语，

像一个狡猾的犹太人，

在你撤出之前就仿佛你们已经私订终身。

阿碧噶尔　（对巴辣巴）哦，父亲，我爱着唐·马提阿斯！

巴辣巴　（对她）我知道；但是，听我说，跟他做爱。

干吧，必须得这样。

（大声地）啊，这绝对是我的代理人的笔迹。

你们进去吧，我要琢磨一下这账单。

罗多维克和阿碧噶尔下

事情就这么定了，罗多维克命运的骰子就这么扔出

去了。

代理人告诉我一个商人遁逃，

他欠我一百桶葡萄酒。

我称过，就有这么多。（他用手指噼啪打了一个榧子）

我有够多的财富了。

眼下他准亲吻过阿碧噶尔，

她发誓爱他，他也发誓爱她。

天上肯定要掉馅饼给犹太人②

他和唐·马提阿斯也肯定要死。

---

① 非利士人，对犹太人不友好的巴勒斯坦人。

② 原意为吗哪，基督教《圣经》故事中所说，古以色列人经过荒野时所得的天赐
食物。

他父亲是我的不共戴天的死敌。

马提阿斯上

唐·马提阿斯到哪儿去？请等一下。

马提阿斯　除了到美丽的阿碧噶尔那儿去，还能去哪儿呢？

巴辣巴　你知道，上天做证，
我要把女儿嫁给你。

马提阿斯　是的，巴辣巴，否则你就太亏欠我了。

巴辣巴　（假装哭泣）哦，上天不许有这样的想法！
请原谅我哭了起来。总督的儿子
不管我愿意不愿意，强行要得到阿碧噶尔。
他给她送信、手镯、首饰和戒指。

马提阿斯　她收下它们了吗？

巴辣巴　她？不，马提阿斯，不，将它们悉数全退了回去，
当他来访，她将自己关在房间里；
他通过钥匙孔跟她说话，
而她则跑到窗户前，往外瞧
看看你是否来家，把他赶出门去。

马提阿斯　哦，惯于欺骗的罗多维克！

巴辣巴　当我回家时，他就从我身边溜进去，
我可以肯定他现在正跟阿碧噶尔厮混在一起。

马提阿斯　（拔出剑）我要给他点颜色看看。

巴辣巴　看在马耳他的面上，别。把你的剑插回剑鞘去吧。
如果你爱我，请不要在我的家中争吵。
你偷偷地到我家来，仿佛没有看见他。
在他离开前我会给他警告，
他根本没有可能获得阿碧噶尔。
躲开吧，他们来了。

> 罗多维克和阿碧噶尔上，阿碧噶尔佯装对罗多维克心
> 怀情意。马提阿斯站在一边

马提阿斯　怎么，手牵着手？我真受不了。

巴辣巴　马提阿斯，如果你爱我，请不要说话。

马提阿斯　得，就这么着吧。再找机会。
> 马提阿斯下

罗多维克　巴辣巴，那不是寡妇的儿子吗？

巴辣巴　是的，请提防着点儿，他发誓要你的命。

罗多维克　我的命？怎么啦，难道这卑贱的农民的儿子疯了吗？

巴辣巴　不，不；幸亏他惧怕失去一样东西，
　　　　这你永远连做梦也想不到的：
　　　　那就是在这儿的我的女儿，一个微不足道的傻姑娘。

罗多维克　那她爱唐·马提阿斯吗？

巴辣巴　难道她的微笑没有告诉你吗？

阿碧噶尔　（旁白）他①赢得了我的芳心，我微笑是迫不得已的。

罗多维克　巴辣巴，你知道，我很长时间以来一直热恋着你的女
　　　　儿。

巴辣巴　她也是，当她还是一个小姑娘的时候，她就爱上你了。

罗多维克　我已经无法掩饰我的情欲了。

巴辣巴　我也无法控制对你的抚爱了。

罗多维克　这是你的宝石。告诉我，我能拥有它吗？

巴辣巴　拥有它，并戴上它吧。它还是洁白无瑕的。
　　　　哦，但是我知道，大人
　　　　不屑娶犹太人的女儿；

---

① 指马提阿斯。

我会给她许多镌刻十字架的金币，
和刻有基督教铭文的戒指。

罗多维克　我追求的不是你的财富，而是她，
但我热切地盼望你会同意。

巴辣巴　你得到了我的祝福；让我跟她说话。
巴辣巴在一旁跟阿碧噶尔说话
这该隐①的后代，这耶布斯人②，
他从未尝过逾越节羔羊，
也永远见不到迦南的土地，
他也不是即将来到的我们的弥赛亚，
一定得让这出身高贵的小子——我是说罗多维克——
幻想破灭。让他赢得你的承诺，
但当唐·马提阿斯来到时，将你的心奉献与他。

阿碧噶尔　怎么，难道我要跟罗多维克订婚吗？

巴辣巴　欺瞒一个基督徒不算罪过，
因为这是他们自己奉行的原则，
不信教的人无所谓信仰，
而非犹太人全都是不信教的人；
就是这个理，所以，女儿，你无须惧怕。
（对罗多维克）我已经哀求过她，她会承应。

罗多维克　那么，温情的阿碧噶尔，对我说出婚约的誓言吧。

阿碧噶尔　（旁白）父亲依然这样恳求，我别无选择。
（大声地）只有死亡才会将我和我的情人分离。

罗多维克　我已经拥有我灵魂苦苦追求的东西。

巴辣巴　（旁白）我还没有，我希望我也会拥有。

---

① 亚当和夏娃的长子，杀其弟弟亚伯。

② 耶布斯人是迦南人的一支。达味将耶布斯人赶出耶路撒冷。见《圣经·旧约·撒母耳记下》第5章。在英国当时流行称耶稣会教士为耶布斯人。

阿碧噶尔　（旁白）哦，不幸的阿碧噶尔，你干了什么呀？

罗多维克　为什么你的脸色一刹那间便变了？

阿碧噶尔　我不知道；再见，我必须走了。

　巴辣巴　（对罗多维克）留住她；

　　　　　（旁白，故意让阿碧噶尔听见）但别让她再说一句话。

罗多维克　陡然间闭嘴？太突然了。

　巴辣巴　哦，别太在意。那是希伯来人的虚饰，

　　　　　刚订婚的少女会哭上一阵。

　　　　　别打扰她，亲爱的罗多维克，走开吧。

　　　　　她是你的妻子，你是我的继承人了。

罗多维克　哦，那是你们的习俗吗？那我就释然了。

　　　　　与其让我的美丽的阿碧噶尔对我皱眉，

　　　　　还不如让灿烂的天空暗淡，

　　　　　让自然界的美丽被阴云遮蔽。

　　　　　马提阿斯上

　　　　　那歹徒来了。他会对我报复情仇。

　巴辣巴　轻声点儿，罗多维克。我已经

　　　　　在你和阿碧噶尔的情事上做得够多的了。

罗多维克　得，让他走开。

　　　　　罗多维克下

　巴辣巴　（对马提阿斯）啊，要不是我，你走进门来时，

　　　　　你早已被刺死了；别再说这事了。

　　　　　在这儿不要争吵，也不要拔剑相向。

马提阿斯　我太难受了，巴辣巴，老跟在他屁股后面。

　巴辣巴　不。如果发生任何伤害的事件，

　　　　　把我弄成你的帮凶，

　　　　　我也难受。

当你们下次遇见的时候，再报仇吧。

马提阿斯　为此，我要把他的心挖出来。

巴辣巴　就这么干吧。瞧，我把阿碧噶尔给你领来了。
　　　　　巴辣巴让他们的手握在一起

马提阿斯　马提阿斯还能得到什么更高贵的礼物呢？
　　　　　难道罗多维克要剥夺我的如此美丽的爱吗？
　　　　　阿碧噶尔比我的生命要宝贵千百倍。

巴辣巴　我担忧为了阻挠你的爱情，
　　　　他到你母亲那儿去告状了；去追他吧。

马提阿斯　怎么，他到我母亲那儿去了？

巴辣巴　要是你相信我，你就等着瞧你母亲过来吧。

马提阿斯　我不能等，如果我母亲果真过来，
　　　　　看见我准备迎娶一个犹太姑娘，
　　　　　她定然会气绝身亡。
　　　　　马提阿斯下

阿碧噶尔　我哭成这个样子，简直没法跟他道别。
　　　　　父亲，你为什么把他们两人搞得恶声相向？

巴辣巴　跟你有什么相干？

阿碧噶尔　我要让他们重新和好如初。

巴辣巴　让他们重新和好如初？
　　　　难道在马耳他犹太人还不够，
　　　　你必须去向一个基督徒献媚吗？

阿碧噶尔　我将要嫁给唐·马提阿斯，他是我的所爱。

巴辣巴　是的，你将嫁给他。（对伊萨摩尔）把她带进屋子里
　　　　去。

伊萨摩尔　是的，我把她带进屋子里去。

他将阿碧噶尔推搡进屋子里去

巴辣巴　　现在告诉我，伊萨摩尔，你对此有什么看法？

伊萨摩尔　说真的，老爷，我觉得
　　　　　你以此要了两条人命。是不是这样？

巴辣巴　　说得极是，而且要非常圆滑地来要。

伊萨摩尔　哦，老爷，我也可以插上一手！

巴辣巴　　好的，你可以；你先去做这件事。
　　　　　给他一封信
　　　　　拿上这个，直接给马提阿斯送去，
　　　　　告诉他这信是罗多维克叫送的。

伊萨摩尔　这信沾了毒药了，是吗？

巴辣巴　　不，不；但它可能有这样的效力。
　　　　　这是一封假装由罗多维克挑起的挑战信。

伊萨摩尔　别过虑；我将设法让他怒火万丈，
　　　　　真以为那是来自罗多维克的挑衅。

巴辣巴　　你的主动性真让我欣喜万分，
　　　　　但不要急躁；要狡猾行事。

伊萨摩尔　一旦我在这事儿中得手，以后就放手用我吧。

巴辣巴　　走吧。
　　　　　伊萨摩尔下
　　　　　我将前往罗多维克的家去，
　　　　　像一个狡猾的人编些谎言，
　　　　　让他们两人成情敌冤家。
　　　　　下

第三幕

第一场

高级妓女贝拉米拉上

贝拉米拉　自从此城被包围，我的生意冷清；
　　　　　当年仅仅一夜时光，
　　　　　便可将一百金币轻易收入囊中；
　　　　　而如今我不得不闲着，无人光顾。
　　　　　但我知道我仍然妩媚动人，姿色尚存。
　　　　　来自威尼斯和帕多瓦的商人们，
　　　　　极其聪明的绅士们，
　　　　　我是说那些博学而任性的学者，
　　　　　都会纷至沓来；
　　　　　而现在，除了皮里亚－伯扎，没人来访，
　　　　　他也只是偶尔光临。
　　　　　瞧，他来了。
　　　　　皮里亚－伯扎上

皮里亚－伯扎　耐着点儿性子，你这婊子；给你一点儿零花的钱。
　　　　　他从一个麻袋拿钱给她

贝拉米拉　这是银币，看不上。

皮里亚-伯扎　是的，那犹太人有金子，
　　　　　　我要赶紧把那金子拿到手，否则就难办了。

贝拉米拉　告诉我，你是怎么知道的？

皮里亚-伯扎　实说吧，一次我走在花园的一条偏僻小巷，碰巧抬眼
　　　　　　看了一眼那犹太人的账房间，看见好几麻袋钱，于
　　　　　　是，我晚上穿上了爬墙的脚钩爬了进去，正当我在琢
　　　　　　磨拿装金币的那只麻袋时，屋子里响起了一阵嘈杂
　　　　　　声，我抓起了这一麻袋钱，便逃了出来。这是犹太人
　　　　　　的仆役。
　　　　　　伊萨摩尔上

贝拉米拉　将麻袋藏起来。

皮里亚-伯扎　瞧你瞄他的眼神，让我们走吧。天呀，怎么这么瞅
　　　　　　他！你会把秘密全泄露。
　　　　　　贝拉米拉和皮里亚-伯扎下

伊萨摩尔　哦，这漂亮的脸蛋我还从未见过！从她的衣着我就知
　　　　　　道她是个娼妇。我要不要用犹太人的一百克朗把她买
　　　　　　下来当妾？
　　　　　　得，我已经将那挑战信送到，
　　　　　　两人将会面，决战个你死我活。好一场英武好斗的
　　　　　　游戏！
　　　　　　下

第二场

　　　　　　马提阿斯上

马提阿斯　就是这地儿。阿碧噶尔将看到
　　　　　　马提阿斯到底怎么为她神魂颠倒。
　　　　　　罗多维克读着信，上，开始没有看见马提阿斯

罗多维克　怎么，这混蛋在信中竟然敢使用这么卑鄙的语言？

马提阿斯　（对罗多维克）是我写的，有胆量就来报仇吧。

　　　　　他们开始决斗。巴辣巴在舞台上方上

巴辣巴　哦，斗得多么凶猛！但他们都没有击中要害。
　　　　啊，罗多维克！啊，马提阿斯！就这么结束了。

　　　　　两人倒地而亡

　　　　两人都证明自己是骁勇的人。

舞台后面
传来声音　将他们两人分开，将他们两人分开！

巴辣巴　是的，他们死了，将他们分开吧。永别了，永别了。

　　　　　巴拉巴下。富南兹、卡特琳和随从们上

富南兹　这多惨呀！我的罗多维克被杀了！
　　　　我的臂膀成了你的墓穴。

　　　　　富南兹和卡特琳抚摸他们死亡的儿子的尸体

卡特琳　这是谁？我的儿子马提阿斯被杀了！

富南兹　哦，罗多维克，要是你被土耳其人所杀，
　　　　可怜的富南兹还可以为你报仇。

卡特琳　你儿子杀死了我的儿子，我要为他的死报仇。

富南兹　瞧，卡特琳，你儿子在我儿子身上留下如许伤口。

卡特琳　哦，别再让我伤心！我已经够悲惨的了。

富南兹　哦，要是我的叹息能变成活命的呼吸，
　　　　要是我的眼泪能变成奔流的鲜血，那就让他活过来吧！

卡特琳　是谁让他们成为冤家对头？

富南兹　我无从知晓，这是让我最为揪心的事儿。

卡特琳　我儿子爱你的儿子。

富南兹　罗多维克也爱他。

卡特琳　把那把杀死我儿子的剑给我，
　　　　我要用它来结束我的生命。

富南兹　不，夫人，请等一等。那剑是我儿子的，
　　　　应该让富南兹去死。

卡特琳　且慢。让我们了解一下他们死亡的缘由，
　　　　这样，我们可以为他们的死报仇。

富南兹　把他们抱起来，让他们入土，
　　　　埋葬在神圣的墓石下，
　　　　在祭台上我将每日祭献
　　　　我的唏嘘和眼泪，
　　　　让我的祈祷穿越公正的天穹，
　　　　上苍将揭示我们痛苦的原因，
　　　　强行分离了他们团结的心。
　　　　啊，卡特琳，我们的损失相当；
　　　　让我们分担这痛彻心扉的悲伤吧。
　　　　他们抬着尸体下

第三场

伊萨摩尔上

伊萨摩尔　啊，一步步误导两人，最终让他们反目成仇，
　　　　　你曾见过如此缜密地谋划、
　　　　　如此完美地执行的恶行吗？
　　　　　阿碧噶尔上

阿碧噶尔　啊，伊萨摩尔，你为什么如此大笑不止？

伊萨摩尔　哦，小姐，哈，哈，哈！

阿碧噶尔　啊，是什么逗你大笑？

伊萨摩尔　哦，是我的老爷！

阿碧噶尔　哈！

伊萨摩尔　哦，小姐，我老爷是绅士中最勇敢和最严肃的无赖，秘而不宣，巧妙行事，长着一只像瓶子一样大鼻子的恶棍。

阿碧噶尔　说什么恶棍，你为什么如此污蔑我父亲？

伊萨摩尔　哦，我老爷能想出最大胆的计策。

阿碧噶尔　在哪一方面？

伊萨摩尔　啊，你不知道吗？

阿碧噶尔　啊，不知道。

伊萨摩尔　你不知道马提阿斯和唐·罗多维克的灾殃吗？

阿碧噶尔　不知道，怎么回事？

伊萨摩尔　啊，这魔鬼杜撰了一份挑战书，我老爷写的，我送的，先送给罗多维克，噢，不，先送给马提阿斯。
然后，两人见面，正如人们知晓的那样，
就这样，唉，两人一同完蛋。

阿碧噶尔　是我父亲促成了他们的死亡吗？

伊萨摩尔　我是伊萨摩尔吗？

阿碧噶尔　是的。

伊萨摩尔　我肯定是你父亲写的挑战书，我送的。

阿碧噶尔　那好，伊萨摩尔，让我请求你：
前往那新办的修女院，去找
圣雅克教派任何一位托钵修士
请他来跟我说话。

伊萨摩尔　我请问，小姐，你能回答我一个问题吗？

阿碧噶尔　　请，伙计，什么问题？

伊萨摩尔　　一个有关情感方面的问题：这些修女会不会时不时地
　　　　　　跟托钵修士们调情？

阿碧噶尔　　去你的吧，你这粗鲁的流氓，这就是你的问题吗？快
　　　　　　去吧。

伊萨摩尔　　我当然就去啦，小姐。
　　　　　　伊萨摩尔下

阿碧噶尔　　残忍的父亲，无情的巴辣巴，
　　　　　　难道这就是你所追求的计策，
　　　　　　让我对他们分别显示爱意，
　　　　　　然后凭借对我的爱，让他们互相残杀？
　　　　　　因为他父亲你憎恨罗多维克，
　　　　　　但马提阿斯却从未冒犯过你。
　　　　　　你采取极端的报复手段，
　　　　　　只因为父亲剥夺了你的财产，
　　　　　　你拿他的儿子出气，
　　　　　　仅此不够，还要搭上马提阿斯，
　　　　　　这无异于将我谋杀。
　　　　　　但我知道世上鲜有爱，
　　　　　　寡有对犹太人的怜悯，对土耳其人的信任。
　　　　　　这该诅咒的伊萨摩尔和修士来了。
　　　　　　伊萨摩尔和修士贾科莫上

修士贾科莫　万福，圣母！[①]

伊萨摩尔　　怎么，你像一个僧侣一样在行礼吗？

阿碧噶尔　　欢迎，严肃的修士。伊萨摩尔，你走吧。
　　　　　　伊萨摩尔下
　　　　　　你知道，神圣的修士，我斗胆请求你一件事。

———————————

① 　原文为拉丁文：Virgo, salve！

修士贾科莫　什么事?

　阿碧噶尔　请让我进修女院当一名修女。

修士贾科莫　啊,阿碧噶尔,我不久之前
　　　　　　还为你进修女院费尽口舌,
　　　　　　你并不喜欢那种修女生活。

　阿碧噶尔　我那时的思想脆弱而飘忽不定,
　　　　　　醉心于世俗的享乐。
　　　　　　而如今痛苦酿造的经验之酒
　　　　　　使我对事物有不同的看法。
　　　　　　我的负罪的灵魂,啊,在信奉异教的致命的深渊
　　　　　　彷徨流连得太久,
　　　　　　离奉献永恒生命的圣子太远。

修士贾科莫　谁教导你这些道理的?

　阿碧噶尔　女修道院院长,
　　　　　　我听从了她的劝诫。
　　　　　　哦,贾科莫,让我当一名修女吧,
　　　　　　尽管我非常不配。

修士贾科莫　阿碧噶尔,我会的,但希望不要再变卦,
　　　　　　那对你的灵魂是巨大的负担。

　阿碧噶尔　那是我父亲的错。

修士贾科莫　你父亲的错?怎么回事?

　阿碧噶尔　不,请原谅我不回答你的问题。(旁白)哦,巴辣巴,
　　　　　　虽然你在我看来几乎一钱不值,
　　　　　　但我不会泄露你的秘密。

修士贾科莫　啊,我们走吧?

　阿碧噶尔　我正等着你呢。
　　　　　　众下

第四场

巴辣巴上，读着一封信

巴辣巴　怎么，阿碧噶尔又去当修女了吗？
　　　　虚伪而又残忍！怎么，你背弃了你父亲，
　　　　在我全然无知和无法控制的情况下，
　　　　你又去了那修女院？
　　　　她在这里是这么写的，还希望我忏悔。
　　　　忏悔？卑鄙！这说明什么呢？
　　　　恐怕她已经知晓——是这样的——我
　　　　在唐·马提阿斯和罗多维克的死亡中所耍的阴谋。
　　　　如果真是这样，该是警觉的时候了，
　　　　她和我的信仰歧异，
　　　　这表明她已经不再爱我了，
　　　　或者，天啊，憎恶我做的什么事儿。

伊萨摩尔上

　　　　谁来了？哦，伊萨摩尔，走近一点。
　　　　走近一点，我的爱，走近一点，离你主子近一点。
　　　　我的可信赖的仆役，不，我的另一个自我！
　　　　我现在除了你已丧失一切希望，
　　　　我的幸福建立在对你的期望上。
　　　　你什么时候见的阿碧噶尔？

伊萨摩尔　今天。

巴辣巴　还有谁？

伊萨摩尔　一位托钵修士会修士。

巴辣巴　一位托钵修士会修士？这虚伪的骗子，原来是他干的。

伊萨摩尔　怎么啦，老爷？

巴辣巴　啊，他让阿碧噶尔进了修女院。

伊萨摩尔　是这样的，她让我去找的他。

巴辣巴　哦，不幸的日子！
　　　　虚伪、轻信、变化无常的阿碧噶尔！
　　　　不过，让他们见鬼去吧；伊萨摩尔，从今
　　　　我将永远不会因她的耻辱而感到痛苦；
　　　　她将永远休想继承我的一个铜板，
　　　　休想得到我的祝福，永远不能进我的大门，
　　　　让她在我的歹毒的诅咒中死亡吧，
　　　　犹如该隐因杀弟而受到亚当的诅咒。

伊萨摩尔　哦，老爷！

巴辣巴　伊萨摩尔，别为她说情；我痛彻心扉，
　　　　她憎恨我的灵魂和我。
　　　　除非你顺应我的这个请求，
　　　　否则我会认为你也憎恨我。

伊萨摩尔　谁，我，老爷？啊，我要是那样的话，我一头撞到石头上去，或者纵身跳进大海里去淹死。哦，我愿为阁下你做任何事情。

巴辣巴　哦，忠贞不贰的伊萨摩尔，你不是仆役，而是我的朋友！
　　　　我现在就宣布你是我的唯一继承人。
　　　　我死后我的一切都是你的，
　　　　我活着时，你拥有我一半的财产；随意花吧。
　　　　拿着我的钥匙。我不久就会将钥匙给你。
　　　　去给你自己买几件衣服吧。你将永远不会缺钱。
　　　　只要你明白你要去做的事。
　　　　现在首先去将炉火上的汤罐拿来，
　　　　那是我们今晚的晚饭。

伊萨摩尔　（旁白）我发誓老爷饿了。
　　　　　（对他）我就去，老爷。
　　　　　伊萨摩尔下

　巴辣巴　所有的歹徒都眼馋财富，
　　　　　虽然他们永不会像期望的那样有钱。
　　　　　嘘。
　　　　　拿着汤罐的伊萨摩尔上

伊萨摩尔　老爷，汤罐拿来了。

　巴辣巴　太好了，伊萨摩尔。
　　　　　怎么，你还拿来了长柄勺？

伊萨摩尔　是的，老爷；正如谚语说的，和魔鬼用餐，长柄勺不
　　　　　可少。我给你拿来长柄勺。

　巴辣巴　好极了，伊萨摩尔，现在跟你，
　　　　　我如此爱着的你说句知心话儿，
　　　　　你愿不愿看到阿碧噶尔死，
　　　　　这样你就可以毫无障碍地获得继承。

伊萨摩尔　啊，老爷，难道你想用这锅肉汤毒死她吗？肉汤是养
　　　　　生的，会让她长得丰满，肥腴得连你都想不到。

　巴辣巴　是的，但是，伊萨摩尔，看见这个了吗？
　　　　　他拿出毒药
　　　　　这是我一次在意大利安科纳
　　　　　购买的一种稀有的粉末，
　　　　　它潜入身体的深部，感染器官，
　　　　　毒效要在服用四十小时之后
　　　　　才显现出来。

伊萨摩尔　你要怎样，老爷？

　巴辣巴　伊萨摩尔，听着：
　　　　　在马耳他有这么一个节日——叫作

圣雅各布之夜——听我说，人们每每
送施舍到修女院去。
你混在送施舍的人群中，将肉汤放在那儿。
接受施舍的门笼罩在幽暗之中，
在这里他们看不清施舍者，
也不会询问施舍者是谁。

伊萨摩尔　怎么会这样？

巴辣巴　因为那像是一种礼仪。
伊萨摩尔，你必须到那儿去放下你的肉汤锅。
请等一等，让我先放一些调味的作料。

伊萨摩尔　请放吧，让我帮你一手，老爷。请让我先尝一尝。

巴辣巴　尝吧。（伊萨摩尔尝一口）你觉得怎么样？

伊萨摩尔　说实话，老爷，我真不愿意让这一锅如此美味的肉汤
被糟蹋。

巴辣巴　（放毒药）别废话，伊萨摩尔，这比我们吃掉要有用
多了。
你日后肯定想喝多少肉汤就喝多少。
我的钱袋，我的金库，连我自己都是你的。

伊萨摩尔　好吧，老爷，我去。

巴辣巴　请等一等，让我将肉汤锅晃一晃。
他一边晃肉汤锅，一边口中念咒语
这就跟让亚历山大大帝沉醉而死的酒
一样的致命，
让这肉汤像毒死博尔吉亚教皇父亲的酒一样！①
一句话，愿九头蛇②的鲜血、毒液、

---

① 一般认为教皇亚历山大六世在 1503 年因误服他儿子席萨勒·博尔吉亚（1475—
1507）的毒酒而死。

② 根据希腊神话，割去九头蛇的任何一个头，会生出两个头，后为大力神所杀。

乌木的汁、科塞特斯河①的水汽、

斯蒂科斯冥河中所有的毒汁，

都从那阴间升腾出来，

喷吐出毒气，熏死她，

这个如此背离父亲的魔鬼！

伊萨摩尔　他赋予这锅肉汤如此的祝福！难道肉汤放过调料了

　　　　　吗？——我该拿这锅肉汤怎么办呢？

巴辣巴　　哦，我亲爱的伊萨摩尔，去执行使命吧，

　　　　　完成后赶紧回来，

　　　　　我还要叫你去做别的事儿。

伊萨摩尔　这药量足以毒死整整一马棚的佛兰德牝马！我要赶紧

　　　　　将肉汤锅送到修女院去。

巴辣巴　　还有马瘟。去吧！

伊萨摩尔　我走了。

　　　　　完事后，请付我工资。

　　　　　拿着肉汤锅的伊萨摩尔下

巴辣巴　　伊萨摩尔，我将报答你的是诅咒。

　　　　　下

第五场

*富南兹、马丁·达尔·布斯科、骑士们、显贵大人卡
拉品以及他的随员上*

富南兹　　欢迎，至尊的显贵大人们。卡利玛斯贵体近来无恙吧？

　　　　　是什么风将你们吹到马耳他来的？

卡拉品　　是在全世界都在刮的风：

---

① 为阴世五条河流之一。

对黄金的渴望。

富南兹　对黄金的渴望，高贵的先生们？
　　　　在西印度群岛可以找到黄金；
　　　　马耳他岛没有黄金矿藏。

卡拉品　对马耳他岛的你们，卡利玛斯是这么说的：
　　　　你请求宽限的时间已快到期，
　　　　你也曾信誓旦旦答应过，
　　　　我被派遣来接收进贡的钱。

富南兹　显贵大人，简言之，你将在这儿得不到进贡，
　　　　异教徒们不可能靠我们的进贡生活。
　　　　我们自己将夷平城墙，
　　　　让全岛荒芜，拆掉寺院，
　　　　将我们的财物运往西西里岛，
　　　　为扫荡一切的海水打开缺口，
　　　　汹涌澎湃的浪涛冲决海堤，
　　　　将全岛淹没殆尽。

卡拉品　好啊，总督，你背弃进贡的协议，
　　　　就等于撕毁了盟约，
　　　　别再奢谈什么夷平城墙；
　　　　你无须如此地劳神。
　　　　塞利姆·卡利玛斯将亲自驾到，
　　　　用铜弹就可以摧毁你的塔楼，
　　　　因为令人无法容忍的怠慢，
　　　　将傲慢的马耳他变成荒原一片。
　　　　再见。
　　　　卡拉品和他的随行人员下

富南兹　再见。
　　　　现在，马耳他人民，
　　　　准备恭迎卡利玛斯。

收起城堡的吊闸，让火炮上膛，
为了你们的利益拿起武器，
勇敢地去面对他们；
盟约既已撕毁，
要面对的只有战争，
没有比战争更受我们欢迎的了。

众下

第六场

两位修士贾科莫和巴纳丁上

修士贾科莫　哦，兄弟，兄弟，所有的修女都病了，
医生束手无策！她们要死了。

修士巴纳丁　院长差遣我来接受忏悔。
哦，这将是一场令人何等样痛心的忏悔呀！

修士贾科莫　美丽的玛利亚也差遣我。
我要到她的住处去，她就躺在这儿。

修士贾科莫下。阿碧噶尔上

修士巴纳丁　怎么，全死了，只剩阿碧噶尔了？

阿碧噶尔　我也将死去，我感觉死亡已经逼近。
那和我说话的修士在哪儿？

修士巴纳丁　哦，他去探望其他修女了。

阿碧噶尔　我差遣的是他，看见你来，
还以为那是我父亲魔鬼般的身影；首先必须确认，
在这个屋里，我是一个笃信宗教的人，
贞洁而虔敬，为我的罪愆而感到深深的痛苦。
但是，在我——

修士巴纳丁　怎么啦?

　　阿碧噶尔　我曾经深深地激怒了上天,
　　　　　　我对我的罪愆几乎感到绝望,
　　　　　　但有一样罪愆使我感到最为忐忑不安。
　　　　　　你知道马提阿斯和唐·罗多维克吗?

修士巴纳丁　知道。他们怎么啦?

　　阿碧噶尔　我父亲曾经将我许配给他们两人:
　　　　　　先是许配给我从未爱过的罗多维克。
　　　　　　马提阿斯让我觉得亲热,
　　　　　　因为他使我成了一名修女。

修士巴纳丁　原来是这样。那他们的结果呢?

　　阿碧噶尔　两人因为我的爱而相互妒忌,
　　　　　　由于我父亲的谋划,他的阴谋
　　　　　　大略就写在这纸上,两个求爱的风流才子相互残杀。
　　　　　　她给他瞧一张纸

修士巴纳丁　哦,可怖的歹行!

　　阿碧噶尔　为了我内心的平静,我向您忏悔。
　　　　　　别披露给别人,直到我父亲死亡。

修士巴纳丁　我知道忏悔绝对不能披露;
　　　　　　教规不允许,这样做的神父,
　　　　　　首先要逐出教会,
　　　　　　然后受到谴责,遭受火刑。

　　阿碧噶尔　我听说过,请靠近我一点。
　　　　　　死亡拽住了我的心。啊,温良的修士,
　　　　　　请让我父亲改信基督教,这样他才能得到拯救,
　　　　　　请您见证我死时是一名基督徒。
　　　　　　她死去

修士巴纳丁	是的，是一名基督徒，而且还是一位处女；
	这使我痛苦万分。
	但我必须走到那犹太人那儿去，谴责他，
	让他见到我惧怕。
	修士贾科莫上
修士贾科莫	哦，兄弟，所有的修女都死了！让我们把她们埋葬吧。
修士巴纳丁	先将这位修女埋葬，然后跟我一起去
	谴责那个犹太人。
修士贾科莫	为什么？他做了什么？
修士巴纳丁	他做了一件让我说出口就要浑身颤抖的事。
修士贾科莫	难道他将一个孩子钉上了十字架吗？[①]
修士巴纳丁	不是，比这还要恐怖。那是在一次忏悔中告诉给我
	听的；
	你知道要是我透露出来，那是要遭死刑的。
	啊，让我们走吧。
	抬着阿碧嘎尔的尸体众下

---

① 在文艺复兴时期的欧洲，盛行关于犹太人将小孩钉死在十字架上的传说。

第四幕

第一场

巴辣巴和伊萨摩尔上。幕后响起钟声

巴辣巴　　没有比基督教的丧钟更富有音乐性了。
　　　　　那钟声多么甜蜜，要不是修女们死了，
　　　　　在其他时候听上去像是白铁匠敲打破锅！
　　　　　我一直担心毒性不起作用，
　　　　　或者，虽然毒性发作，但不致命，
　　　　　她们照旧每年会挺起大肚子，活下去。
　　　　　现在她们全死了，没有一个幸免活下来。

伊萨摩尔　那太好了，老爷。但你认为它不会被揭露吗？

巴辣巴　　怎么可能呢，如果我们两人守口如瓶？

伊萨摩尔　至于我，你尽可放心。

巴辣巴　　如果我担心的话，我会割断你的喉咙。

伊萨摩尔　道义也不允许。
　　　　　附近有一所皇家修道院；
　　　　　好老爷，让我去毒死所有的神父吧。

巴辣巴　　你无须那样做，因为既然修女们都死了，他们会因痛苦而死。

伊萨摩尔　难道你不为女儿的死而感到悲恸欲绝吗？

巴辣巴　不，我只会因她活得太长而感到伤痛。
一个生来就是希伯来人，却成了基督徒！
吃我一拳，恶魔！[①]
两位修士贾科莫和巴纳丁上

伊萨摩尔　瞧，瞧，来了两个教会的蟊贼。

巴辣巴　他们没有来到，我就闻到味儿了。

伊萨摩尔　天啊，何等样的一个鼻子！啊，让我们走吧。
巴辣巴和伊萨摩尔正准备走开

修士巴纳丁　等一等，你这狡猾的犹太人！忏悔吧，听我说，等一等。

修士贾科莫　你犯罪了，必须遭到谴责。

巴辣巴　（对伊萨摩尔）我担心他们知道我们送那放了毒的肉汤了。

伊萨摩尔　（对巴辣巴）我也这么担心，老爷。跟他们彬彬有礼地说话。

修士巴纳丁　巴辣巴，你有——

修士贾科莫　是的，你有——

巴辣巴　对极了，我有钱。我还有什么？

修士巴纳丁　你是一个——

修士贾科莫　是的，你是一个——

巴辣巴　还用这么弯弯绕说话吗？我知道我是一个犹太人。

修士巴纳丁　你女儿——

---

① 原文为意大利俗文：Cazzo, diabole。

修士贾科莫　是的，你女儿——

　　巴辣巴　哦，别提起她了；我难过得要死。

修士巴纳丁　还记得——

修士贾科莫　还记得——

　　巴辣巴　我必须说我记得我曾经是一个放高利贷者。

修士巴纳丁　你犯了——

　　巴辣巴　私通罪？那是在另一个国家犯的；再说那姑娘也已经
　　　　　　死了。

修士巴纳丁　是的，但巴辣巴，还记得马提阿斯和罗多维克吗？

　　巴辣巴　怎么，他们怎么啦？

修士巴纳丁　有一封虚假杜撰的挑战信唆使他们两人会面决斗，难
　　　　　　道你不知道吗？

　　巴辣巴　对伊萨摩尔
　　　　　　她忏悔了，我们两人完蛋，
　　　　　　我的挚友！但我必须佯装不知。
　　　　　　（对他们）哦，神圣的修士们，我的罪愆的重担
　　　　　　压在我的灵魂之上。请求你们告诉我，
　　　　　　现在皈依基督还为时不晚吧？
　　　　　　我曾经狂热地信仰犹太教，
　　　　　　对穷人，这群贪求的可怜人们铁石心肠，
　　　　　　为了金钱出卖自己的灵魂。
　　　　　　我收百分之百的利息，
　　　　　　现在就财富而言，我可以与
　　　　　　马耳他岛所有的犹太人相匹敌。但是财富是什么？
　　　　　　我是一个犹太人，我迷失了。
　　　　　　我的忏悔能否救赎我的罪愆，
　　　　　　这样，我可以鞭笞自己至死——

伊萨摩尔 （旁白）希望我也能这样，但忏悔管个屁用？

巴辣巴 斋戒，祈祷，穿粗布衬衣，
跪着爬到耶路撒冷去。
整座整座地窖的葡萄酒和堆满小麦的粮囤，
放满调料和药品的仓库，
整箱整箱的黄金，既有金条也有金币，
还有我也不知道在我家中
有多重的来自东方的圆润的珍珠；
在亚历山大港有未售出的货物。
昨天有两艘船舶驶离本城；
它们值一万克朗之多。
在佛罗伦萨、威尼斯、安特卫普、伦敦、塞维利亚、
法兰克福、吕贝克、莫斯科等等城市，
都有人欠我的债；在大多数这些城市中，
金钱都存在银行里。
所有这些我都将捐赠给一家修道院，
我可以在那里接受洗礼，并生活于其间。

修士贾科莫 哦，好巴辣巴，到我们的修道院来吧！

修士巴纳丁 哦，不，好巴辣巴，到我们的修道院来吧！
巴辣巴，你知道——

巴辣巴 （对修士巴纳丁）我知道我罪孽深重，
你将使我改信基督教；你将拥有我所有的财富。

修士贾科莫 哦，巴辣巴，他们的规则过于严酷。

巴辣巴 （对修士贾科莫）我知道他们的规则太严酷，我到你
们修道院去。

修士贾科莫 他们不穿内衣，而且还要赤脚。

巴辣巴 （对修士贾科莫）我受不了那个；我决心
让你聆听我的告罪，并让你拥有所有的财产。

修士巴纳丁　好巴辣巴，到我那儿去吧。

巴辣巴　（对修士贾科莫）你瞧我已回答了他，他还赖在这儿。
　　　　把他干掉，你和我一起回家去。

修士贾科莫　（对巴辣巴）今晚我到你那儿去。

巴辣巴　（对修士贾科莫）今晚一点钟到我家来。

修士贾科莫　（对修士巴纳丁）你已经得到你的回应，该走了。

修士巴纳丁　啊，你自己走开吧。

修士贾科莫　我不会因为你而走开。

修士巴纳丁　不走开？那我就要强迫你走开，流氓。

修士贾科莫　你为什么叫我流氓？
　　　　　　修士们打了起来

伊萨摩尔　把他们分开，老爷，把他们分开。

巴辣巴　这是人性的弱点。弟兄们，满足了吧。
　　　　修士巴纳丁，你跟着伊萨摩尔走。
　　　　对修士巴纳丁
　　　　你知道我心中所思，让我单个儿来对付他。

修士贾科莫　为什么让他到你家去？让他滚开。

巴辣巴　（对修士贾科莫）我将给他一点儿东西，堵他的嘴。
　　　　伊萨摩尔和修士巴纳丁下
　　　　我还从来没有听说过像他那样
　　　　糟蹋多明我会的教规。
　　　　难道你以为我会相信他的话吗？
　　　　啊，兄弟，你让阿碧噶尔改信基督教，
　　　　我定然是要以慈爱报答的；
　　　　我会的。哦，贾科莫，别失信，准时来。

修士贾科莫　但是，巴辣巴，谁当你的忏悔神父？

你很快就要忏悔了。

巴辣巴　　天啊，那土耳其人将是我的忏悔神父中的一个。
　　　　　在修道院别说出去。

修士贾科莫　我向你保证，巴辣巴。
　　　　　贾科莫下

巴辣巴　　恐惧终于消失，我安全了，
　　　　　聆听她临终忏悔的人就在我家中。
　　　　　在贾科莫来到之前将他谋杀了，怎么样？
　　　　　我现在谋划了要他们两个人命的计策，
　　　　　无论是犹太人，还是基督徒，从未可以与之媲美。
　　　　　一个让我女儿改信基督教，因此他必须死，
　　　　　另一个知晓的太多，会要我的命，
　　　　　因此，他无论如何不能活下去。
　　　　　这两位智慧的人都以为
　　　　　我会放弃我的房子、货物和所有的财产，
　　　　　去斋戒，去受鞭笞？这些我一样也不想要。
　　　　　现在，修士巴纳丁，我来到你的面前。
　　　　　我将宴请你，给你提供住宿，用美好的言词赞颂你，
　　　　　在那之后，我和我的忠诚的土耳其人
　　　　　就会——必须而应该那样做。
　　　　　伊萨摩尔上
　　　　　伊萨摩尔，告诉我，修士睡着了吗？

伊萨摩尔　睡着了，我不知道因为什么，
　　　　　不管我怎么劝说，他拒绝脱衣，
　　　　　也不上床，而是和衣而睡。
　　　　　恐怕他对我们的用意起了疑心。

巴辣巴　　不，这是托钵修士会修士惯常的做法。
　　　　　即使他知道我们的用意，他能逃掉吗？

伊萨摩尔　不可能，谁也听不到他，他从来不大声叫喊。

巴辣巴　　　是啊，是这样的。这就是我为什么将他安顿在那儿。
　　　　　　其他房间都面朝大街。

伊萨摩尔　　你磨蹭什么呀，老爷。我们待在这儿干吗？
　　　　　　哦，我多么想瞧瞧他吊在那儿乱蹬！
　　　　　　后台幕布拉开，显示熟睡的修士巴纳丁

巴辣巴　　　来吧，伙计，
　　　　　　把你的腰带解下来，做成一个扎扎实实的套索。
　　　　　　他们将修士的绳腰带套在修士的脖子上
　　　　　　修士，醒醒！

修士巴纳丁　怎么，你们要勒死我？

伊萨摩尔　　是的，因为你听了忏悔。

巴辣巴　　　别怪我们，只怪那谚语，"说真话，活遭罪"——
　　　　　　抽紧！

修士巴纳丁　怎么，你们要我的命？

巴辣巴　　　抽紧，听我说！——你将得到我的财产。

伊萨摩尔　　是的，我们两人来勒绳带。——使劲儿勒。
　　　　　　他们勒紧他的脖子
　　　　　　干得真干脆利落，老爷。一点儿勒痕也没有留下。

巴辣巴　　　就这样让他留在那儿吗？把他抬起来。

伊萨摩尔　　不，老爷，让我来琢磨一下。对，让他靠在他的拐棍
　　　　　　上。
　　　　　　他将尸体竖起
　　　　　　太好了！他站在那儿就仿佛在乞讨烤火腿肉。

巴辣巴　　　谁不会认为修士活着？
　　　　　　现在是夜半什么时候，亲爱的伊萨摩尔？

伊萨摩尔　　快一点钟了。

巴辣巴　　　　那要不了多久贾科莫就会到来。

　　　　　　　　他们躲藏了起来。修士贾科莫上

修士贾科莫　　这是我将要

　　　　　　　　发财的时光。哦，幸福的时光，

　　　　　　　　我就要将一个异教徒变成基督徒，

　　　　　　　　将他的黄金搬进我们的金库！

　　　　　　　　轻声点儿，这不是巴纳丁吗？是他；

　　　　　　　　他知道我要走这条路，

　　　　　　　　故意站在这儿，对我怀着恶意，

　　　　　　　　企图阻挠我到犹太人那儿去。——

　　　　　　　　巴纳丁！

　　　　　　　　你怎么不说话？你以为我没有看见你。

　　　　　　　　让开吧，我求你了，让我走过去。

　　　　　　　　瞧，这拐棍竖在这儿就为了堵我。

　　　　　　　　你要愿意，在另外的时间堵我吧。

　　　　　　　　修士贾科莫一把抓住巴纳丁的拐棍，用拐棍击打他；

　　　　　　　　巴纳丁倒下。巴辣巴和伊萨摩尔从躲藏处走出来

巴辣巴　　　　啊，贾科莫，你干了什么好事？

修士贾科莫　　啊，我揍了他，他本来想揍我。

巴辣巴　　　　这是谁？巴纳丁？完蛋了，啊，他被杀了！

伊萨摩尔　　　是的，老爷，他被杀了。瞧，脑浆都流到鼻子上了。

修士贾科莫　　好好先生们，是我干的，但除了你们两人之外，谁也
　　　　　　　　不知道，让我逃走吧。

巴辣巴　　　　这样，你就可以让我的仆役和我跟你陪绑吗？

伊萨摩尔　　　不，让我们把他抓到执法官那儿去。

　　　　　　　　他们抓住修士贾科莫

修士贾科莫　　好巴辣巴，让我走吧。

巴辣巴　　　不，请原谅我，法律必须得到公正的伸张。
　　　　　　我将不得不做证，
　　　　　　这个巴纳丁跟我胡搅蛮缠，
　　　　　　要我改信基督教，我把他赶了出去，
　　　　　　他就待在那儿。为了兑现我的诺言，
　　　　　　将我的货物和财产都捐送给你的修道院，
　　　　　　我如此早就起身了，由于你来迟了，
　　　　　　我还想亲自到你们的修道院去跑一趟。

伊萨摩尔　　让他们见鬼去吧，老爷，
　　　　　　当神圣的修士们变成魔鬼，互相残杀，
　　　　　　你还想当一名基督徒吗？

巴辣巴　　　不，就凭这件事，我愿意仍然当一个犹太人。
　　　　　　上天保佑我！怎么，一个修士是一个谋杀者？
　　　　　　你看见过犹太人犯这类罪的吗？

伊萨摩尔　　是呀，土耳其人也不会干更糟的事。

巴辣巴　　　明天将举行听证会，你将前往。
　　　　　　来吧，伊萨摩尔，让我们把他送到那儿去。

修士贾科莫　无赖们，我是一个神职人员；别碰我。

巴辣巴　　　法律将会碰你；我们只是将你引到那儿去，我们。
　　　　　　天呀，我真要为你们的罪孽号哭不已。——
　　　　　　带上这个拐棍，它必须在听证会上显示出来；
　　　　　　法律需要细节来判决。
　　　　　　众下

第二场

高等妓女贝拉米拉和皮里亚-伯扎上

贝拉米拉　　皮里亚–伯扎，你和伊萨摩尔会面了吗？

皮里亚－伯扎　会面了。

　　贝拉米拉　你转交了我的信了吗？

皮里亚－伯扎　转交了。

　　贝拉米拉　你认为他会来吗？

皮里亚－伯扎　我想他会的，但我不敢肯定，因为当他在读这封信的时候，他看上去就像是另一个世界的人。

　　贝拉米拉　为什么会这样？

皮里亚－伯扎　这么一个低贱的奴隶竟然会受到像我这样伟岸的人的致敬，而且信又来自像你那样风情万种的女人。

　　贝拉米拉　他说什么？

皮里亚－伯扎　没说什么有意思的话；只是点了一下头，好像人们在这时会说，"是这样吗？"就这样我离开了他，窘迫、尴尬得要命。

　　贝拉米拉　你是在什么地方跟他会面的？

皮里亚－伯扎　在我活动的地盘，离这个绞刑架四十码光景，绞刑架那儿修士在背诵保命诗[1]，我听着，同时瞧着修士行将受绞刑的情景，我用一句古老的关于绞刑的谚语奉送给受绞刑者："今天是你，明天轮到我。"[2]我不久便离开了他，听任刽子手去处理他了。绞刑一结束，看见他来了。

　　　　　伊萨摩尔上

　　伊萨摩尔　（独白）我从未见过一个人像修士那样如此沉着地面对死亡。绞索还没下放到他脖子那儿，他就急于跳将起来去迎合它。当刽子手将大麻绞索套上脖子，他如此急切地吟诵祷告文，仿佛他还有另一场本堂布道要

---

①　通常为《圣经·诗篇》中的第 51 篇，因徒如能背出，可免于绞刑。

②　原文为拉丁文：Hodie tibi, cras mihi。

主持。得，随他去他该去的地方吧，我才不想匆匆跟
着他去呢。我现在想起来，在刑场遇见一个家伙，他
蓄着像乌鸦翅膀一般的八字须，手中拿着一把像火烘
炉的粗把手一样的匕首，他给了我一封来自贝拉米拉
夫人的信，他对我如此充满情意，仿佛要去舔干净我
的靴子一般；总之，我得去她的闺房。我也不知道是
为了什么。也许她发现我身上的东西比我自己发现的
还要多，她写信说，一见我，她就迷恋上我了，谁会
拒绝这样的爱呢？这就是她的闺房，她来了，但愿我
不在这儿。我真不配瞧她。

皮里亚－伯扎　（介绍伊萨摩尔）这就是你写信给他的那位先生。

伊萨摩尔　（旁白）"先生"！他嘲弄我。一个不名一文的穷土耳
其人怎么可能是一位绅士？

贝拉米拉　这就是那位英俊的年轻人吗，皮里亚？

伊萨摩尔　（旁白）又来了，"英俊的年轻人"！（对皮里亚－伯扎）
是你，先生，给"英俊的年轻人"带去一封信的吗？

皮里亚－伯扎　是我带信的，先生，信是这位夫人写的，她和我以及
这家庭中所有的人将尽力为你效劳。[①]

贝拉米拉　虽然女性的羞怯让我有所节制，但我还是无法自持。
欢迎，亲亲。
她亲吻他

伊萨摩尔　（旁白）难道我走错地方了吗？
他想走开

贝拉米拉　这么着急要到哪儿去？

伊萨摩尔　（旁白）我去偷点儿老爷的钱，把自己装扮得漂亮一
点。（大声说）请原谅，我要去监管一艘卸货的船。

―――――――――――――

① 此句含有淫秽的含义。

贝拉米拉　你怎么忍心就这么离开我？

皮里亚－伯扎　要是你知道她多么爱你就好了，先生！

伊萨摩尔　不，我不在乎她多么爱我。——亲爱的贝拉米拉，难道你不愿意我为了你赢得我老爷的一半财产吗？

皮里亚－伯扎　如果你想要的话，你能得到它，先生。

伊萨摩尔　如果他的财产都在台面上，我能得到，问题是他将财产像鹌鹑藏蛋似的都藏在台面下面。

皮里亚－伯扎　难道不能发现它们吗？

伊萨摩尔　绝不可能。

贝拉米拉　（对皮里亚－伯扎）我们拿这混蛋怎么办？

皮里亚－伯扎　（对贝拉米拉）
让我来对付他，跟他讲话和气些。
（对伊萨摩尔）你知道那犹太人的秘密，
那些秘密一旦揭露，他就要遭殃。

伊萨摩尔　是的，比方说——得啦，不说了，我要让他给我送来他一半的财产，也乐意让他就此逃脱了。给我笔和墨水！我要给他写信，我们将直接拿到钱。

皮里亚－伯扎　（拿来笔和墨水）至少得送来一百克朗。

伊萨摩尔　得十万克朗。（他写）"巴辣巴老爷——"

皮里亚－伯扎　别这么低声下气地写信，口气要硬一点儿。

伊萨摩尔　"巴辣巴先生，给我送一百克朗来。"

皮里亚－伯扎　至少得加二百克朗。

伊萨摩尔　"我要求你给传信者带来三百克朗，此信将作为你的凭单。如果你拒绝，一切后果自负。"

皮里亚－伯扎　告诉他你会将一切和盘托出。

伊萨摩尔　　"否则我将供出你所有的秘事。"去吧，尽快回来。

皮里亚－伯扎　让我来干吧。以其人之道还治其人之心。

　　　　　　　皮里亚－伯扎下

伊萨摩尔　　吊死他，这犹太人！

贝拉米拉　　现在，温情脉脉的伊萨摩尔，躺到我的膝盖上来吧。

　　　　　　当伊萨摩尔纵情享受她的拥抱时，对后台喊道

　　　　　　女佣在哪里？准备一场简便的宴席；

　　　　　　把那商人叫来，叫他给我送来绫罗绸缎。

　　　　　　难道让我的情人伊萨摩尔穿这样的破衣烂衫吗？

伊萨摩尔　　请那珠宝商也到这儿来。

贝拉米拉　　我没有丈夫，亲亲，我要嫁给你。

伊萨摩尔　　好吧，但我们必须离开这穷困之邦，

　　　　　　从这儿驶往希腊，可爱的希腊，

　　　　　　我将是你的伊阿宋，你将是我的金羊毛[①]；

　　　　　　在那儿草场上缀满美艳的鲜花，

　　　　　　漫山遍野覆盖着酒神巴克斯的葡萄园，

　　　　　　片片森林青翠欲滴，

　　　　　　我将是美少年阿多尼斯，而你将是爱情的皇后[②]，

　　　　　　草场，果园，和铺满樱草的小道呀，

　　　　　　生长着甜美的甘蔗，而不是莎草和芦苇。

　　　　　　你将在这些冥王的丛林中

　　　　　　和我生活在一起，我的爱。

贝拉米拉　　和温情脉脉的伊萨摩尔在一起，我什么地方不能去呢？

　　　　　　皮里亚－伯扎拿着钱袋上

---

① 根据希腊神话，伊阿宋率领阿尔戈英雄们赴海外觅取金羊毛，历尽艰险，后在美狄
　亚帮助下获得成功。

② 阿多尼斯是希腊神话中爱与美神阿佛洛狄特（相当于罗马神话中的维纳斯）所恋的
　美少年。

伊萨摩尔	怎么样？你拿到黄金了吗？
皮里亚－伯扎	拿到了。
	他献上钱
伊萨摩尔	痛快地得到的吗？这老母牛很痛快地献出它的奶的吗？
皮里亚－伯扎	读完信，他盯视着我，直跺脚，转过身去。我一把抓住他的胡须，这么瞧着他，告诉他，他最好拿钱出来；然后，他拥抱我起来。
伊萨摩尔	与其说这是爱，还不如说这是由于他害怕。
皮里亚－伯扎	然后，他像一个犹太人那样大笑起来，嘲弄了一番，跟我说，为了你的缘故，他爱我，并说，你是一个何等样忠诚的仆役呀。
伊萨摩尔	他这么说更证明他是一个坏蛋。难道这一身的破衣烂衫不说明问题吗？
皮里亚－伯扎	总之，他给了我十克朗小费。
伊萨摩尔	就十克朗？我要让他不名一文。给我纸。我要把他全部的黄金都要过来。
皮里亚－伯扎	（将纸递过去）写上五百克朗。
伊萨摩尔	（书写）"犹太先生，如果你还要命的话，给我送五百克朗来，另外给传信者一百克朗。"告诉他，我必须得到它们。
皮里亚－伯扎	我保证阁下将得到它们。
伊萨摩尔	如果他问起我为什么要这么多，告诉他我才不屑写上低于一百克朗的数字。
皮里亚－伯扎	你会成为一位富有的诗人，先生。我走了。
	皮里亚－伯扎下

伊萨摩尔　（将钱给贝拉米拉）请将钱收下。为了我去花吧。

贝拉米拉　我看重的不是你的钱，而是你本人。

　　　　　我是这么看重钱的。

　　　　　她将钱扔到地上

　　　　　我是这么看重你的。

　　　　　她亲吻他

伊萨摩尔　（*旁白*）又亲吻我了！她在我的嘴唇上发出亲吻的妙
　　　　　音。瞧她那瞅我的眼睛！像一颗闪烁的星星！

贝拉米拉　来吧，我的亲亲，让我们走进去一起睡觉吧。

伊萨摩尔　哦，愿一万个夜晚也不及这一晚销魂，愿我们在一起
　　　　　睡上七个年头才醒来！

贝拉米拉　来吧，你这热情的小鲜肉，先摆上一桌筵席，然后上
　　　　　床。

　　　　　众下

第三场

巴辣巴上，读伊萨摩尔的第一封信

巴辣巴　　"巴辣巴，给我送三百克朗来。"

　　　　　就"巴辣巴"，没有任何称呼？那狡诈的婊子！

　　　　　他不能这么称呼我。

　　　　　"要不我将一切坦白出来。"是的，这才是关键。

　　　　　如果我能抓到他，我要把他的喉咙掐断。

　　　　　他派遣来一个头发蓬乱、步履踉跄、目光呆滞的奴仆，

　　　　　说起话来，捋他的杂乱的胡须，

　　　　　在耳边将胡须绕来绕去，

　　　　　他的脸像为男人磨剑的磨刀石；

　　　　　手上全是砍伤的伤痕，有的手指几乎割断；

> 说起话来，像一头猪一样哼唧，样子
> 就像窑子里管事的爷们，
> 诈骗钱财——这种流氓
> 就像为一百名妓女拉皮条的皮条客。
> 而我必须通过他奉送上三百克朗！
> 啊，我只盼望伊萨摩尔别总待在那儿；
> 当他来到——哦，他竟然来了！
> *皮里亚－伯扎上*

皮里亚－伯扎　犹太佬，我必须得到更多的金子。

　　巴辣巴　怎么，缺斤少两了？

皮里亚－伯扎　不是，三百满足不了他。

　　巴辣巴　满足不了他，先生？

皮里亚－伯扎　满足不了，先生，因此我还要五百克朗。

　　巴辣巴　我想还不如——

皮里亚－伯扎　哦，说得好，先生，送上吧，这对你是最好的了；瞧，
　　　　　　信在这儿。
　　　　　　他送上伊萨摩尔的第二封信

　　巴辣巴　难道他亲自来不比转送好吗？请他来亲自拿上金子；
　　　　　　他所写下的你的小费，你可以直接得到。

皮里亚－伯扎　是的，包括其他的钱，否则——

　　巴辣巴　（*旁白*）我必须结果这混蛋的命。（*对他*）请你跟我一
　　　　　　起用餐吧，先生，（*旁白*）你将被最痛痛快快地毒死。

皮里亚－伯扎　不，感谢上帝。我能拿到这些克朗吗？

　　巴辣巴　我没法给你，我将钥匙掉了。

皮里亚－伯扎　哦，如果是那样的话，我可以把你的锁打开。

　　巴辣巴　或者爬上我的账房的窗户？你明白我的意思。

皮里亚-伯扎　我当然明白啦，所以别跟我废话什么账房。给我金
　　　　　　子！否则，犹太佬，我可以把你吊死。

巴辣巴　（旁白）我被出卖了。
　　　　（对他）我并不在意那五百克朗，
　　　　我没把那数目当回事儿。令我生气的是
　　　　那个知道我爱他犹如自己的人
　　　　竟然用这样口气给我写信。——啊，先生，
　　　　你知道吗，我并没有后嗣，只有伊萨摩尔
　　　　可以继承我的财产？

皮里亚-伯扎　说了许多废话，不给钱。给我克朗！

巴辣巴　请向他，以及你的我还尚未谋面的情人
　　　　致以谦卑的问候。

皮里亚-伯扎　说得明白点儿，我能拿到钱吗，先生？

巴辣巴　先生，钱在这儿。（他送上钱）
　　　　（旁白）哦，这么多金子离开了我！
　　　　（对他）钱在这儿，请拿吧，我只盼望
　　　　（旁白）能看见你被吊死。（对他）哦，爱让我窒息。
　　　　我从来没有像爱伊萨摩尔那样爱过男仆。

皮里亚-伯扎　我知道，先生。

巴辣巴　请告诉我，先生，在什么时候我可以在家中接待你？

皮里亚-伯扎　很快，破费了，先生。再见。
　　　　　　皮里亚-伯扎下

巴辣巴　不，你一旦来，你自己将吃苦头，混蛋。
　　　　有哪一个犹太人像我这样受折磨？
　　　　让一个破烂歹徒来要挟
　　　　三百克朗，然后又是五百克朗。
　　　　得，我必须想出办法来尽快
　　　　将他们一网除尽，因为这歹徒

将披露所有他知道的一切，而我将因此而死亡。

有了！

我将化装去看看这混蛋，

怎样用我的黄金花天酒地。

下

第四场

高级妓女贝拉米拉、伊萨摩尔、皮里亚－伯扎和仆役
上，拿着酒，不断地饮酒不止

贝拉米拉　　我想向你敬酒，亲亲，干杯吧。

伊萨摩尔　　你真这么说吗？干！你听见我说话吗？

　　　　　　他在她耳边细语[①]

贝拉米拉　　哎哟，会的。

伊萨摩尔　　有了这一承诺，我就干。向你举杯祝饮。

贝拉米拉　　不，我要你干掉，要不就干脆不要喝。

伊萨摩尔　　瞧。如果你爱我，不许留下一滴酒。

贝拉米拉　　爱你？——给我斟三杯酒！

伊萨摩尔　　为了你，我要干比三杯酒多几十倍的酒。

皮里亚－伯扎　说起话来像个无赖，干起杯来倒像一个酣战的骑士。

伊萨摩尔　　嗨，让酒像水一样流淌！男子汉终究是男子汉。

贝拉米拉　　这杯酒敬那犹太人。

伊萨摩尔　　哈，敬那犹太人！给我们送钱来，如果你明白怎么做
　　　　　　才对你最有利。

[①]　他很可能提议他们尽快上床。

皮里亚－伯扎　如果他不给你送钱来，你会怎么办？

　伊萨摩尔　怎么办？什么也不干。我知道我知道什么。他可是一个杀人害命的阴谋家。

　贝拉米拉　我从没想到他是如此勇猛的一个男人。

　伊萨摩尔　你可认识马提阿斯和总督的儿子？他和我两人把他们宰了，而他连手指都没有戳碰过他们一下。

皮里亚－伯扎　哦，多么勇猛！

　伊萨摩尔　我拿着放了毒药的肉汤毒死了修女们，他和我——将绳索套在一个修士的脖子上，勒紧呀！收紧呀！——勒死了他。

　贝拉米拉　就你们两个？

　伊萨摩尔　就我们两个；这种事闻所未闻，就我而言，也永远不会再听说了。

皮里亚－伯扎　（对贝拉米拉）我要将这些告诉总督。

　贝拉米拉　（对皮里亚－伯扎）看来应该这样，但首先让我们拥有更多的金子。
　　　　　　（对伊萨摩尔）来吧，温情脉脉的伊萨摩尔，躺到我的膝盖上来吧。

　伊萨摩尔　爱我少一点，爱我久一点。当我在你的甜蜜的膝间销魂，
　　　　　　奏响起音乐来吧。
　　　　　　巴辣巴化了装，帽子上插着一朵芬芳的鲜花，拿着一把诗琴上

　贝拉米拉　一位法国琴师！来，让我们听听你的琴声。

　　巴辣巴　我得首先调一下音，嘣，嘣。

　伊萨摩尔　你想喝酒吗，法国佬？让打嗝儿的醉鬼见鬼去吧！

巴辣巴 （接过酒杯）多谢，先生。

贝拉米拉 皮里亚－伯扎，你请这位琴师将他的帽子上的鲜花给我吧。

皮里亚－伯扎 伙计，你必须将你的鲜花给我的女主人。

伊萨摩尔 遵命，夫人。①
他奉献上他的芬芳的鲜花，他们全都嗅闻了

贝拉米拉 这鲜花闻上去，我的伊萨摩尔，多么甜蜜！

伊萨摩尔 就如同你喷吐出来的香气，我的心肝；紫罗兰也不及它芬芳。

皮里亚－伯扎 呸，我觉得它臭得像蜀葵。

巴辣巴 （旁白）就这样，我报了他们所有的仇。
那香味儿就意味着死亡，我放了毒了。

伊萨摩尔 演奏吧，琴师，要不我就会将你的肠子都捣鼓出来，做成油炸小肠吃。

巴辣巴 请原谅我②，琴音还没有调好。（他调音）现在音准了。

伊萨摩尔 给他一克朗，将我的酒杯斟满酒。

皮里亚－伯扎 （给钱）给你两个克朗。演奏吧。

巴辣巴 （旁白）这混蛋如此大方地将我的金子施舍给我！
他演奏诗琴

皮里亚－伯扎 我觉得他的手指真灵活。

巴辣巴 （旁白）你偷窃我的金子时手指也够灵活的。

皮里亚－伯扎 他演奏得多么利索！

巴辣巴 （旁白）你将我的金子扔出我的窗外时更是利索。

---

① 原文为法文。
② 原文为法文。

贝拉米拉　琴师，你在马耳他待很长时间了吗？

巴辣巴　二、三、四个月，夫人。

伊萨摩尔　你认识一个叫巴辣巴的犹太人吗？

巴辣巴　太术了①，先生。你不是他的仆人吧？

皮里亚－伯扎　他的仆人？

伊萨摩尔　我瞧不起这乡巴佬。就这么告诉他。

巴辣巴　（旁白）他已经看出破绽来了。

伊萨摩尔　那犹太人特怪：他就靠腌蚂蚱和酱蘑菇过日子。

巴辣巴　（旁白）这是怎样的一个混蛋！总督并不给他们吃像
我给的那些东西。

伊萨摩尔　自从他行了割礼，他从没换过一件干净的衬衣。

巴辣巴　（旁白）哦，混蛋！我一天换两次衬衣。

伊萨摩尔　他戴着犹大在接骨木树吊死时留下的一顶帽子。

巴辣巴　（旁白）那可是大可汗送给我的一件礼物。

皮里亚－伯扎　他是一个肥猪般的家伙。②
巴辣巴起步离开
哪儿去，琴师？

巴辣巴　请原谅我，先生③，我感觉不太舒服。
巴辣巴下

皮里亚－伯扎　再见，琴师。——再写一封给犹太佬的信。

贝拉米拉　亲亲，请你再写一封信，措辞严厉一些。

伊萨摩尔　不，我这次要口授了。（对皮里亚－伯扎）让他给你

---

① 法国人说英语有口音，原文为 Very mush。

② 犹太人最忌讳与猪联系在一起。

③ 原文为法文。

带一千克朗来，给他同样的暗示，说什么修女院的修
女们好喜欢那肉汤呀，修士巴纳丁和衣睡觉呀——说
一个就够吓死他的了。

皮里亚－伯扎　让我单个儿去面对他吧，我现在知道这事儿中的蹊
跷了。

伊萨摩尔　这话儿说得有点儿意思。

　　　皮里亚－伯扎下

来吧，让我们进去吧。

毁灭一个犹太人是善事，不是罪愆。

　　　众下

第五幕

第一场

总督富南兹、骑士们、马丁·达尔·布斯科和军官们上

富南兹　现在，先生们，拿起你们的武器，
　　　　去保卫马耳他。
　　　　马耳他呼吁你们横下一条心，
　　　　因为卡利玛斯长期在此觊觎，
　　　　他们决意攻陷这城，要不就死在城墙前。

第一位骑士　让他们死亡吧，我们永远不会退让。
　　　　高级妓女贝拉米拉和皮里亚－伯扎上

贝拉米拉　（对一位军官）哦，带我们去见总督吧。

富南兹　让她滚开！她是一个高级妓女。

贝拉米拉　不管我是什么人，总督，请听我说。
　　　　我给你带来信息，你儿子是被什么人杀害的：
　　　　不能怪罪马提阿斯，是那犹太人干的。

皮里亚－伯扎　这个犹太人，除了杀害了这两位老爷，还毒死了他自
　　　　己的女儿和修女们，勒死了一位修士，等等，罪孽
　　　　深重。

富南兹　有证据吗?

贝拉米拉　有确凿的证据，总督大人。他的仆役就住在我的家里，
　　　　　那是他的同伙；他愿意将一切和盘托出。

富南兹　那赶紧将他直接带到这儿来。
　　　　军官们下
　　　　我总是对那犹太人心存疑惑。
　　　　军官们推搡着犹太人巴辣巴和伊萨摩尔上

巴辣巴　我自己走，狗仔们，别推搡我。

伊萨摩尔　也别推搡我。我逃不掉，警官。哦，我的肚子!

巴辣巴　（旁白）再多那么点儿毒素就更有把握了。
　　　　我真该死!

富南兹　点上火，烧上铁块，把肢刑架拿上来。

第一位骑士　不，且慢，总督大人，他可能想坦白。

巴辣巴　坦白? 你们这是什么意思，老爷们，谁应该坦白?

富南兹　你和那个土耳其人。你杀害了我的儿子。

伊萨摩尔　负疚呀，总督大人，我坦白。你的儿子和马提阿斯都
　　　　和阿碧噶尔定了情；他伪造了一封挑战信。

巴辣巴　谁送的信?

伊萨摩尔　我送的，我坦白，但是是谁写的? 天呀，他勒死了巴
　　　　纳丁，毒死了修女们，和他自己的女儿。

富南兹　把他带走! 对于我，他就是死亡的化身。

巴辣巴　为了什么? 马耳他人，请听我说。
　　　　她是一个高级妓女，他是一个蟊贼，
　　　　他是我的奴隶。让我得到公正，
　　　　所有这一切都不能危害我的生命。

富南兹　再说一遍，把他带走! 你会得到法律公正的判决。

巴辣巴　鬼崽子们，你们干得再丑恶，我仍将安身立命于世。
　　　　愿他们的灵魂因他们的言语而受罚。
　　　　（旁白）我盼望那毒鲜花快点生效。
　　　　军官们押着巴辣巴、伊萨摩尔、贝拉米拉和皮里亚－
　　　　伯扎下。
　　　　卡特琳上

卡特琳　我的马提阿斯是被这犹太人谋杀的吗？
　　　　富南兹，是你的儿子杀死他的。

富南兹　耐心点儿，有教养的夫人；是他。
　　　　他伪造了那出言不逊的挑战书唆使他们俩决斗。

卡特琳　那犹太人在哪儿？那谋杀者在哪儿？

富南兹　在监狱里，等待法庭做出判决。
　　　　一位军官上

军官　　大人，高级妓女和她的男人死了；
　　　　土耳其人和犹太人巴辣巴也死了。

富南兹　死了？

军官　　死了，大人，他的尸体抬来了。
　　　　军官们抬着巴辣巴的尸体上

达尔·布斯科　他的猝然而死非常离奇。

富南兹　别对此再费狐疑了，先生，上天是公正的。
　　　　他们的死正如他们的生；别再去想他们了。
　　　　既然死了，把他们埋葬起来吧。
　　　　至于那犹太人的尸体，扔到城墙外去吧，
　　　　让秃鹫和野兽去吞噬。
　　　　军官们将尸体扔到一边
　　　　现在回去吧，务必让城防坚不可摧。
　　　　众下，只剩巴辣巴

巴辣巴　（站起身来）怎么，只剩我一个人啦？好极了，这催
　　　　眠的药浆！
　　　　我要对这座该诅咒的城市报复，
　　　　通过我让卡利玛斯攻陷进城。
　　　　我要协力杀死他们的孩子和妻子，
　　　　焚烧教堂，摧毁他们的家屋，
　　　　要回我的货物，重新占有我的土地。
　　　　但愿总督沦为奴隶，
　　　　去大木船上划桨，被鞭挞致死。
　　　　卡利玛斯、显贵大人们和土耳其人上

卡利玛斯　谁在那儿，一个间谍？

巴辣巴　是的，尊贵的大人，我可以找到一个
　　　　你可以一举突袭攻陷进城的地方。
　　　　我的名字叫巴辣巴，我是一个犹太人。

卡利玛斯　你就是那个犹太人，我们听说你的货物被变卖掉支付
　　　　　贡款？

巴辣巴　那正是我，大人；
　　　　从那以后，他们怂恿一个奴隶，我的仆役，
　　　　毁谤我犯了无数的歹行。
　　　　我被投入囹圄，但我逃了出来。

卡利玛斯　你越狱了吗？

巴辣巴　不是，不是，
　　　　我喝了罂粟和冷曼德拉草混合的汁液，
　　　　昏睡了过去，他们以为我已死亡，
　　　　把我从城墙上扔了过来，就这样，
　　　　犹太人到了这儿，听命于大人的调遣。

卡利玛斯　太好了。告诉我，巴辣巴，
　　　　　你能否，像你所说的那样，

　　　　　　　让马耳他成为我们的囊中之物？

巴辣巴　　别担心，大人；在这儿，在这有闸水道后面，
　　　　　　那岩石层是人工挖空，
　　　　　　让城里的河流和
　　　　　　下水道污水往城外排泄。
　　　　　　当你们在攻城墙时，
　　　　　　我带领五百士兵潜行穿过这下水道，
　　　　　　在城中心冒将出来，
　　　　　　打开城门让你们冲杀进来。
　　　　　　这样，这城就成了您的了。

卡利玛斯　如果这一切成真，我将任命你当总督。

巴辣巴　　如果没有成真，请让我死。

卡利玛斯　你已经以生命来担保。立即出发攻城。
　　　　　　众下

第二场

　　　　　　警报声。卡利玛斯、土耳其人和巴辣巴上，富南兹和
　　　　　　骑士们已成战俘

卡利玛斯　放下你们的架子吧，你们这些被俘的基督徒，
　　　　　　向征服你们的敌人跪下，祈求宽恕吧。
　　　　　　你对傲慢的西班牙还能有什么指望？
　　　　　　富南兹，说话呀。难道兑现你的承诺不比
　　　　　　受到如此突袭好吗？

富南兹　　我还能说什么呢？成了俘虏就只能屈从了。

卡利玛斯　是的，混蛋，你们必须屈从，在土耳其的牛轭下
　　　　　　你们将背负我们的愤怒呻吟不已。

巴辣巴，正如我以前答应你的，
根据你的功绩任命你为总督，
谨慎处置这些被俘的马耳他人吧。

巴辣巴　谢谢，大人。

富南兹　哦，怎样性命攸关的一天，身陷
这个叛徒、这个邪恶的犹太人之手！
还有比这更加残酷的来自上天的伤害吗？

卡利玛斯　这是我的命令；巴辣巴，为了保卫你的安全，
我调拨这些土耳其士兵给你；
善待他们，正如我们善待你。
现在，勇敢的显贵大人们，来吧，让我们漫步去看一下
这残壁断垣的城市和我们带来的破坏。
再见，勇敢的犹太人，再见，伟大的巴辣巴。

巴辣巴　愿好运总是跟随卡利玛斯！
卡利玛斯和显贵大人们下
现在，作为安全的第一步，
将总督和这些骑士，
他的妻妾和同伙送进监狱。

富南兹　哦，无赖，上天要对你报复！

巴辣巴　滚开，不想再见到他！别让他再打扰我。
土耳其士兵带走富南兹和骑士们。巴辣巴单独留了下来
由于你的计谋，你得到了
不算渺小的地域，不算微不足道的权威。
我现在是马耳他的总督。是真的，
但马耳他嫉恨我，因为嫉恨，
我的生命随时都有危险；当一个总督，
让你的生命处于他们的操控之下，
可怜的巴辣巴，有什么好处？
不，巴辣巴，必须仔细好生想一想；

既然你已走错一步得到了权威，
那就用坚决的手段勇敢地维系它，
至少失去它时也别亏本。[1]
处于权力中心的人，
如果既不交朋友又不充盈他的钱袋，
像伊索寓言中所说的蠢驴，
背负着面包和葡萄酒，
却舍弃它们去咀嚼奶蓟草的嫩芽。
巴辣巴将更加小心谨慎。
及时出手；良机瞬息即逝；
别与机会失之交臂；因为担心太迟，
每每追求太多，却无法得到它们。
（舞台外喊声）进来！
富南兹和一队土耳其卫士上

富南兹　我的大人？

巴辣巴　（旁白）啊，"大人"；当了阶下囚倒学乖了。
　　　　（对他）你还是总督。（对卫士）靠边站。
　　　　进屋等候去吧。
　　　　卫士下
　　　　我请你来是为了让你明白：
　　　　你已经看到你的生命和马耳他的福祉
　　　　都在我的掌控之中，巴辣巴按他的酌处权限
　　　　可以让这两样东西全都灰飞烟灭。
　　　　现在请告诉我，总督，简单明了地说，
　　　　你对于你的生命和马耳他的前途
　　　　是怎么看的？

富南兹　我是这么想的，巴辣巴：既然局势在你的掌控之中，
　　　　除了马耳他的毁灭，我看不出其他的前景，

---

① 巴辣巴说话的思想完全表明他是马基雅维利的信徒。

对你，除了极端的残酷之外，也不可能有别的指望；
我不惧怕死亡，我也不会来恭维、谄媚你。

巴辣巴　总督，平静一点说话；别这么火冒三丈。
并不是你的生命有可能给我带来什么。
你现在活着，就我而言，你还将活下去；
难道你不认为，
对于巴辣巴，摧毁马耳他
纯粹是一种蠢行吗？
正如你曾经说过的，在这个岛上，
在马耳他，我聚敛了财富，
在这座城里继续获得成功，
现在终于成了你们的总督，
你将会看到这是不能被遗忘的。
像我这样的人，他的友善的意图
只是在患难中才被认知，
我要振兴不可救药的马耳他。

富南兹　巴辣巴将救赎马耳他的损失吗？
巴辣巴将对基督徒友善吗？

巴辣巴　你将给我什么，总督，如果我粉碎了
土耳其人奴役你们的土地和你的锁链？
你将给我什么，
如果我给你抓来卡利玛斯，
给他的士兵一个突袭，
将士兵们关闭在城郊的一所房子里，
一把火将他们全部烧成灰烬？
你将给他什么，如果他做到了这一切？

富南兹　请去实行你所筹划的一切，
正如你所表白的，与我们真诚相处，
我将在公民中散发我的信函，以私人的名义募集

大量金钱，以作为对你的酬劳。

不，还有一点：干吧，你将仍然是总督。

巴辣巴　不，你来当，富南兹，放手干吧。

总督，我来增加你的职责。跟随我，

一起到城里去走一趟，见见你的朋友，

呸，别散发什么信了，自个儿亲自去，

让我瞧瞧你到底能募集多少钱。

这是我的手，这只手将解放马耳他。

让我们来筹划一下计谋：我将邀请年轻的卡利玛斯

赴一场庄严的筵席，

你将出席，按我指示你的谋略行事，

这不会伤害你的生命，

而我可以担保马耳他将从此成为自由之邦。

富南兹　这是我的手。

他们握手

请相信我，巴辣巴，

我定将出席筵席，按你的指示行事。

什么时候？

巴辣巴　总督，不久。

因为卡利玛斯在视察全城之后

将休假，乘船前往奥托曼。

富南兹　那我就去募集金钱，

晚上即将钱带来给你。

巴辣巴　去吧，别忘了。再见，富南兹。

富南兹下

到目前为止事情进行得十分顺畅。

两个人我谁也不爱，但却必须与之周旋，

通过我的谋略捞取金钱；

谁对我更有利可图

便是我的朋友。

这就是我们犹太人惯常过的生活，

这也是我们的理性，因为基督徒也做同样的事。

啊，谋略这样来实施：

首先，制服伟大的塞利姆的士兵，

然后，准备宴席，

很快一切就绪。

我的谋略不容任何会被敌人看穿的破绽。

我的秘密的计策将导致上演什么戏份，

我心中清楚，而他们将要用生命来目睹。

下

第三场

卡利玛斯和显贵大人们上

卡利玛斯　我们已经视察了全城，看了被劫掠的场景，

我们攻进城时臼炮和火炮倾颓的房屋

已得到重新修缮。

我现在看清了形势，

这铁蹄下的岛屿是多么安全——

它屹立于地中海之上，

周围的小岛俨然串成防守的岛链，

面向卡拉布里亚①，西西里岛提供了支撑

（狄奥尼西奥斯②统治着锡拉库扎③），

岛上耸立着两座高高的塔楼俯瞰全城——

我真疑惑怎么就这么轻易被征服了。

---

① 在意大利西南部。

② 狄奥尼西奥斯（前430？—前367），古希腊叙拉古僭主。

③ 意大利西西里岛东南岸港口。

信使上

信使	秉承马耳他总督巴辣巴的旨意,
	我现呈上一封致强大的卡利玛斯的信。
	听说王子殿下行将登船,
	驶回土耳其,那伟大的奥托曼,
	他恳请王子殿下
	能莅临他的卑微的城堡,
	在殿下离岛之前共享宴席之乐。
卡利玛斯	在他的城堡共享宴席之乐?
	我担心,信使,在一个被战争蹂躏的城市,
	大肆宴请我的随从,
	太破费,太麻烦了。
	但我还是非常乐意去拜访巴辣巴,
	巴辣巴值得我们尊敬。
信使	塞利姆,关于这次会晤,总督说:
	在他的收藏中,他拥有一颗珍珠,如此硕大,
	如此珍贵,如此东方,
	它的价值,即使按非常保守的估计,
	也足以以丰盛的筵席宴请
	塞利姆和他所有的士兵一个月。
	他谦卑地恳请王子殿下在他宴请您之后
	再扬帆起航。
卡利玛斯	我不能让我的士兵在马耳他的城墙里赴宴,
	除非他将宴席设在大街上。
信使	你知道,塞利姆,那儿有一座修道院,
	作为马耳他城郊的一个附属建筑。
	他将在那儿宴请士兵们,而在家里宴请您,
	您的显贵大人们和勇敢英武的追随者们。
卡利玛斯	好吧,请告诉总督我接受他的邀请,

我们将在今晚赴约和他一起欢宴。

信使 我会转告的，王子殿下。
信使下

卡利玛斯 现在，勇敢的显贵大人们，让我们进营帐里去吧，
考虑一下我们怎么能显得优雅雍容，
让总督的伟大宴席显得更为庄重。
众下

第四场

富南兹，骑士们和马丁·达尔·布斯科上

富南兹 我的同胞们，请按我的下列指示行动：
请特别注意，没有听见
拿火绳杆点燃长炮开炮，
任何人不得冲杀出来；
听见炮声便奔将出来救我，
我也许将生活在痛苦之中，
但如果一切顺利，你们将摆脱土耳其的奴役。

第一位骑士 如果我们不愿做土耳其人的奴隶，
还有什么不敢担当的呢？

富南兹 那就干吧，开拔。

第一位骑士 再见，可敬的总督。
众人分别下

第五场

> 巴辣巴在舞台上方拿了斧头上[①]，忙碌着，木匠们和
> 他一起工作

巴辣巴　绳子缚牢了吗？这些铰链怎么装的，牢固吗？
　　　　所有的吊机和滑车都可靠吗？

木匠　全部牢固可靠。

巴辣巴　不要有任何疏漏，一切要按我的意图做到至善至美。
　　　　啊，我看出来你确实有一手。
> 他给钱

　　　　木匠师傅们，这金子你们分吧。
　　　　去痛饮萨克葡萄酒和吃圆叶葡萄；
　　　　到地窖去，尝一尝我所有的葡萄酒的醇香。

木匠　我们会去的，大人，谢谢你。
> 木匠们下

巴辣巴　你们愿意的话，喝个够——然后死去；
　　　　只要我活着，但愿所有的人都灭亡。
　　　　现在，塞利姆·卡利玛斯，回我的话吧，
　　　　说你将来赴约，让我感觉心满意足。
> 信使上

　　　　伙计，他会来吗？

信使　他会来，已经命令所有士兵
　　　　上岸，迈步走过马耳他街道，
　　　　参加你在城堡举行的盛宴。
> 信使下

巴辣巴　一切都按我预期的设想实现。

---

① 在舞台上面，观众可以想象巴辣巴在其家的走廊上。

现在什么都不缺，只欠总督的金钱了——
富南兹上，拿着一麻袋金钱向巴辣巴走来
瞧，他把钱拿来了。——总督，多少钱？

富南兹　我估计也有十万镑。

巴辣巴　你是说金镑吗，总督？得了，既然没有再多的了，
我也该满足了；不，还是让它悬着吧，
要是我不坚持原来的要求，他们就不会再相信我了。
总督，请参与我的计谋：
部队已经接受邀请，
他们将开进修道院，在修道院下方
布置了野火炮，
臼炮的炮筒里装满了炸药，
一瞬间就可以摧毁修道院，
彻底击碎所有的石头，
没有一个人可以幸免。
至于卡利玛斯和他的妻妾们，
我在这里建造了一座精美绝伦的游廊，
这根缆绳一割断，游廊的地板便会断裂，
掉坠入深渊，毫无生还的希望。
巴辣巴给富南兹一把斧头
请拿住这把斧头，当你看见他走来，
显贵大人们被欢欢喜喜地安排停当，
塔楼上将发射信号弹，
告诉你什么时候割断缆绳，
点燃埋在房子下面的炸药。你说说看，妙不妙？

富南兹　哦，妙极了！
他送上那袋金钱
打起精神来瞧一瞧，巴辣巴。
我相信你说的话。请接受我答应过你的东西。

巴辣巴　不，总督，我将首先满足你的要求。
　　　　你将过永远不会匮乏任何东西的生活。
　　　　注意，他们来了。
　　　　富南兹隐藏了起来
　　　　啊，难道这不是一场国王之间的交易，
　　　　用叛变购买城池，再用欺骗销售它们？
　　　　请告诉我，观众们，在光天化日之下，
　　　　还有比这做得更虚伪的吗？
　　　　卡利玛斯和显贵大人们走进主舞台

卡利玛斯　来吧，我的随行的显贵大人们，请看，
　　　　巴辣巴在那上面是多么忙碌
　　　　准备在他的游廊里款待我们。
　　　　让我们向他致意。——省点儿劲吧，巴辣巴！

巴辣巴　欢迎，伟大的卡利玛斯。

富南兹　（*旁白*）这无赖是怎样地在嘲弄他！

巴辣巴　伟大的塞利姆·卡利玛斯，请您
　　　　爬上我们家的楼梯吧。

卡利玛斯　是的，巴辣巴。
　　　　来吧，显贵大人们，爬楼吧。

富南兹　（*走上前来*）请等一等，卡利玛斯！
　　　　我将给您显示比巴辣巴给您的
　　　　更加好客的礼仪。

第一位骑士　（*在后台*）请吹冲锋号！
　　　　响起喇叭冲锋号，富南兹割断绳索，舞台上现出一只
　　　　大锅，巴辣巴从一个陷阱门掉入其中。马丁·达尔·布
　　　　斯科和骑士们上

卡利玛斯　这是怎么回事儿？

巴辣巴　救救我，救救我，基督徒们，救救我！

富南兹　看见了吗，卡利玛斯，这本来是为您设计的。

卡利玛斯　叛逆，叛逆，显贵大人们，赶快跑！

富南兹　不，塞利姆，别跑开。
先瞧一瞧他的下场，然后，如果你能够的话，再跑开。

巴辣巴　哦，救救我，塞利姆，救救我，基督徒们！
总督，为什么你们都站在那儿毫无怜悯之心？

富南兹　难道因为同情你的哀诉，或者怜惜你，
你这个可诅咒的巴辣巴，你这个卑鄙的犹太人，
我就要宽容吗？
不，我要见到你的欺骗得到报应。
我真希望你本来不应该这样行事。

巴辣巴　那你不想救我吗？

富南兹　不想，无赖，不想。

巴辣巴　歹徒们，我知道你们现在不会救我。
巴辣巴，说出命运所允许的最后的话吧，
在对你的痛苦折磨的愤怒中设法
下决心终止你的生命。
总督，是我杀死了你的儿子；
我伪造了挑战书，这信唆使两人拔剑相向。
卡利玛斯，你知道我志在推翻你，
如果我逃过了这次奸计，
我就会给你们所有的人带来毁灭[①]，
该死的基督徒们，狗仔们，土耳其异教徒们！
现在大锅越来越热，
无法忍受的痛苦使我备受煎熬。
死亡，生命！飞吧，灵魂！舌头呀，诅咒你的富有，
死去吧！

---

① 原文为 confusion，但在莎士比亚时代的英语中，此词含义要严重得多。

他死亡

卡利玛斯 告诉我，基督徒们，你们这是为了什么？

富南兹 他设了这个陷阱就是想要你的命，
现在，塞利姆，请看看犹太人邪恶的行径吧：
他下定决心要操纵你，
而我决意要拯救你的生命。

卡利玛斯 这就是他为我们准备的宴席吗？
让我们走开吧，谨防再中奸计。

富南兹 不，塞利姆，请等一等，既然你已经来到这里，
我们就不会让你如此突然地离开。
即使我们让你走开，那也没有什么差异，
因为没有人给船装配桅帆，
划桨的奴隶也不可能帮你驶离这里。

卡利玛斯 呸，总督，不用你操那份心。
我的士兵都已上船，
正准备让我登船扬帆远航。

富南兹 啊，难道你没有听见喇叭的冲锋号吗？

卡利玛斯 听见了。那又怎么样呢？

富南兹 啊，那修道院受到炮轰，
被炸掉了，你所有的士兵都被杀死了。

卡利玛斯 哦，多么邪恶的叛逆罪！

富南兹 那就是一个犹太人的礼节；
他用欺骗的方式设计了我们的坠落，
用欺骗的方式将你送到我们手里。
你应该明白，在你的父亲修复你们给
马耳他和我带来的灾难之前，
你不能离开；马耳他将被解放，

塞利姆将永远回不了奥托曼。

卡利玛斯　不，基督徒们，还是让我回土耳其吧，
　　　　　我将为你们的和平亲自斡旋。
　　　　　把我扣留在这儿对你们毫无用处。

富南兹　　放心吧，卡利玛斯，你必须待在这儿，
　　　　　作为俘虏生活在马耳他；因为，即使全世界的人
　　　　　都来拯救你，我们仍将保卫自己，
　　　　　他们不可能征服我们，或者给我们带来伤害，
　　　　　就像他们不可能将海水全喝干一样。
　　　　　迈步走吧，让我们赞颂上苍，
　　　　　而不是命运，也不是财富。
　　　　　众下

在朝廷朗诵的尾声

可敬的君王，我们担心
这戏太拖沓；消磨您的
为王的耐心是怎样的罪愆。如果果然这样，
我们只能谦卑地祈求您宽恕；
如果戏里有什么使你的耳朵和眼睛感到不悦，
我们仅仅只是表演和说出别人写的东西。

舞台上的尾声

在人像雕刻中向皮格马利翁[1]挑战，

---

① 皮格马利翁，希腊神话中的塞浦路斯王，善雕刻，哀怜自己所雕少女像，爱神见其
　感情诚笃，给雕像以生命，使两人结为夫妇。

在绘画中与阿培勒斯①比拼，毫无疑问，

其结果必然是丢尽脸面。我们的演员不屑这样；

他尽力而为，不想好高骛远。

也不相信今天还会颁发什么奖项；

在这儿没有打赌，也没有赌注。

他的勃勃雄心

只是（让我）从你那儿听到这戏还不错。

（全剧终）

①　公元前 4 世纪伟大的画家。

爱德华二世[①]

克里斯托弗·马洛 著

① 根据 Doctor Faustus and Other Plays，Christopher Marlowe，Oxford University Press，2008 译出。

剧中人物

加弗斯顿

三位穷人

国王爱德华二世

兰开斯特伯爵

老莫蒂默

小莫蒂默

肯特伯爵埃德蒙

沃里克伯爵盖伊

扈从们

考文垂主教

坎特伯雷大主教

伊莎贝拉王后

彭布罗克伯爵

卫士们

博芒特，王室总管

小斯彭瑟

贝尔道克

国王的侄女

信使

两位近侍夫人

阿伦德尔伯爵

士兵们

詹姆斯

马童

老斯彭瑟

爱德华王子，后爱德华三世

勒维恩

传令官

埃诺尔特爵士约翰

驿站送信人

赖斯神父霍伟尔

布里斯托尔市长

男修道院院长

僧侣们

刈草者

莱斯特伯爵

温切斯特主教

威廉·特鲁瑟尔爵士

托马斯·伯克利爵士

马特莱维斯

格尼

莱特伯恩

勇士

卿相们

第一幕

第一场

加弗斯顿上，读来自国王的信

加弗斯顿　（读信）"父王驾崩；速来，加弗斯顿，
　　　　　和你的最亲密的朋友分享王国。"
　　　　　啊，这让我充满了欢乐！
　　　　　对于加弗斯顿，
　　　　　还有什么比当国王的宠臣
　　　　　更幸运的呢？
　　　　　亲爱的王子殿下，我会来的；
　　　　　这些、这些充满爱意的字句呀，
　　　　　足以驱使我从法兰西游水过去，
　　　　　像勒安得耳①一样在沙滩上喘息，
　　　　　而你会笑盈盈前来，把我一把拥入怀中。
　　　　　对我这个流亡者来说，
　　　　　伦敦犹如死灵魂心目中的
　　　　　极乐世界——
　　　　　并不是我爱这城和这城的住民，
　　　　　而是因为在这城里居住着我至爱的人——

---

① 希腊传说中的青年，他试图游过赫勒斯蓬特海峡前去与情人会面，在大海中淹死。

国王陛下，当世界处于敌对之中，
我则愿在他的怀抱里沉沦。
北极圈的人们日夜沐浴在太阳底下，
有什么必要去欣赏星光？
再见，无须再对权贵们卑躬屈膝，
我只需向君王下跪。
芸芸众生不过是
从穷困的灰烬中扬起的火星，
够了；我将很快如影随风，
那风儿从我的唇边一掠而过。
但现在，这些是什么人？
　　三个穷人上

穷人们　　我们希望能为阁下效劳。

加弗斯顿　　（对第一个穷人）你能干什么？

第一个穷人　　我会骑马。

加弗斯顿　　但我没有马。——你是干什么的？

第二个穷人　　打工者。

加弗斯顿　　让我想一想，你给我上菜，在吃饭的时候给我说些骗
　　人的鬼话倒是挺好，要是我喜欢上你的胡编，我就雇
　　用你。——你是干什么的？

第三个穷人　　士兵，曾经参加过对苏格兰作战。

加弗斯顿　　有收像你那样的人的医院。
　　我没在进行战争，所以，先生，请走开吧。

第三个穷人　　再见，愿你死在一个士兵的手里，
　　他们将得到一座医院作为报答！
　　　　三个穷人正准备离去

加弗斯顿　　（旁白）是的，是的，他的话儿让我愤怒不已，

仿佛一头鹅扮演豪猪的角色，

张开羽毛，以为可以刺伤我的胸脯。

不过和他们和和气气地说话并不费劲；

要跟他们说好话，让他们生活在希望之中。

（对他们）你们知道我刚离开法兰西，

但还没有见到主公；

如果进展顺利，我将宴请你们。

穷人们　感谢阁下。

加弗斯顿　我正有点儿事儿要办，让我一个人待着吧。

穷人们　我们就在王宫周围等着。

加弗斯顿　好吧。

穷人们下

这些不是我要用的人。

我必须要拥有才情横溢的诗人，

令人愉悦的有智慧的人，

拨动琴弦的音乐家，

可以按我所愿蛊惑多愁善感的国王。

音乐和诗歌是他之所爱；

在夜晚，我可以举办意大利假面舞会，

甜言蜜语的演讲会，演出喜剧和闹剧；

白天，当他在野外散步时，

男侍们将穿戴得像林中精灵；

仆役们像萨梯①在草场上放牧，

用羊蹄跳奇异的乡间舞蹈。

可爱的男孩装扮成月亮女神，

飘逸的细发将河水染成金黄，

裸露的手臂上戴着珍珠手镯，

调皮的手上拿着橄榄枝，

---

① 希腊神话中的森林之神，具人形而有羊的尾、耳、角等，性嗜嬉戏，好色。

遮蔽那些男人喜欢窥探的私处，
在山泉中沐浴，而就在附近
亚克托安①在灌木丛中偷觑，
被愤怒的女神变形，
像一头公鹿一样乱奔乱跳，
被狂吠的狗群撕裂而死。
这些场景最使主上，我的大人
欢愉。国王和贵族们从议会
来了。我还是站到一边去吧。

爱德华国王、兰开斯特、老莫蒂默、小莫蒂默、肯特
伯爵埃德蒙、沃里克的盖伊伯爵和扈从们上

爱德华　兰开斯特！

兰开斯特　陛下？

加弗斯顿　（旁白）我最憎恶兰开斯特伯爵。

爱德华　你们不同意我做这件事吗？（旁白）不管他们，我将
　　　　按我的意志行事，这莫蒂默叔侄这么阻挠我，他们该
　　　　明白我已发怒。

老莫蒂默　（对爱德华）如果你爱我们，陛下，那就请远离加弗
　　　　斯顿吧。

加弗斯顿　（旁白）那个混蛋，莫蒂默！我要他死。

莫蒂默　（对爱德华）我的这位叔父，这位伯爵②和我，
　　　　在你父亲的灵前发过誓，
　　　　绝不能让他回到英格兰；
　　　　你知道，陛下，在我背弃我的誓言之前，
　　　　这把本该去刺杀你的敌人的剑，

---

① 希腊神话中的猎人，因窥月亮女神洗澡，使她愤而将他变成牡鹿，最终被他的狗群
　撕成碎片。

② 指沃里克。

将在多难之秋插进剑鞘，

让任何愿意的人在你的旗帜下去冲锋陷阵，

而莫蒂默将高高挂起他的盔甲。

加弗斯顿　（旁白）天啊！[1]

爱德华　好啊，莫蒂默，我将要你为出言不逊而后悔。

你这么与国王违逆妥当吗？

你皱眉了，雄心勃勃的兰开斯特？

短剑将抚平你眉宇间的皱纹，

砍断你那不愿下跪的膝盖。

我要加弗斯顿，你们应该明白

与国王作对会带来什么危险。

加弗斯顿　（旁白）说得对，奈德[2]！

兰开斯特　陛下，你为什么如此贬责你的卿相们，

要不是因为那卑鄙的无名小辈加弗斯顿，

他们自然会爱戴你、赞誉你的。

除了兰开斯特，我还有四个伯爵领地——

德比、索尔兹伯里、林肯、莱斯特。

在加弗斯顿来到王国之前，

我将卖掉这些领地给士兵发饷。

如果他已来到，干脆将他驱逐出境。

肯特　公侯贵爵们，你们的傲慢让我沉默不语，

但我现在要讲话了，我希望讲得无懈可击。

我记得在我父亲的年代，

北方的帕西勋爵，在激辩中，

敢于当着国王的面与莫博来针锋相对，

要不是主君的爱护，

他是要掉脑袋的；由于他的干预，

---

① 原文为法文的誓词，mort Dieu，死亡的上帝，被钉在十字架上的基督之意。

② 爱德华的昵称。

奋然不顾一切的帕西沉静了下来，

和莫博来重归于好。

你们也竟敢当着国王的面与他作对。

贤兄，报仇吧，将他们的脑袋

戳在木杆儿上，警示人们不要胡说八道。

沃里克　哦，我们的脑袋？

爱德华　是的，你们的脑袋，因此我希望你们能同意。

沃里克　节制你的愤怒吧，高贵的莫蒂默。

莫蒂默　我不能，我也不想；我必须说出来。

弟兄们，我希望我们的手能护卫我们的脑袋，

斩断任何想伤害我们的魔掌。

啊，叔父，让我们离开这昏庸的国王，

用我们赤裸裸的剑说话吧。

老莫蒂默　威尔特郡驻有足够多军队保护我们的脑袋。

沃里克　所有沃里克郡的人都因为我而爱他。

兰开斯特　再往北，加弗斯顿有许多"朋友"。①

再见，陛下，要么你改变主意，

要么你会看到你的宝座

将沉浸在血泊之中，你卑鄙嬖臣奉承的脑袋

将和你淫荡的脑袋扔在一起。

贵族们下。肯特、爱德华国王和加弗斯顿仍然留在舞台上

爱德华　我真受不了这些傲慢的恫吓！

我是国王，难道我还必须被别人管束着吗？

兄弟，去将我的旗帜在田野上升起来；

我将和贵爵们结盟，

和加弗斯顿一起，要么死，要么活。

---

① 讽喻性地说话。往北便是沃里克郡和兰开斯特郡。

加弗斯顿　（走上前去）我和主君已经无法割舍。

　　　　　他跪下，吻国王的手

　爱德华　（将他扶起）啊，加弗斯顿，欢迎！别吻我的手；
　　　　　拥抱我吧，加弗斯顿，我也拥抱你。
　　　　　他们拥抱
　　　　　你为什么要跪下？难道你不知道我是谁吗？
　　　　　你的挚友，你的另一半，另一个加弗斯顿。
　　　　　自从你流放之后，我日夜思念你，
　　　　　犹如赫拉克勒斯思念许拉斯一样炽烈如火。①

加弗斯顿　自从我离开这儿，即使地狱中的鬼魂
　　　　　也没有可怜的加弗斯顿那样心如刀割。

　爱德华　我知道。——兄弟，欢迎回到故里，朋友。——
　　　　　让叛逆的莫蒂默叔侄去搞阴谋吧，
　　　　　再加上那心气甚高的兰开斯特伯爵；
　　　　　我如愿以偿，我看到你感到愉悦，
　　　　　如果有船要把你从这儿载走，
　　　　　那就让海潮将我的山河淹没吧。
　　　　　我敕封你为内侍大臣、
　　　　　国务和王室长官、
　　　　　康沃尔伯爵、人类之王。

加弗斯顿　陛下，所有这些头衔我受之有愧。

　　肯特　贤兄，这些头衔中最次等的就足以
　　　　　匹配比加弗斯顿更为伟大的人物。

　爱德华　请住嘴，贤弟，我受不了这些话语。——
　　　　　你的价值，亲密的朋友，
　　　　　比我所赐予的头衔高出许多；
　　　　　因此，为了与之相称，请接受我的心。

---

① 在希腊神话中，许拉斯是赫拉克勒斯的听差，美男子，被水妖掳走。

如果这些尊荣受到妒忌，
我还将赐予你更多，因为为王的爱德华
太乐于让你安享荣华了。
你担忧你的人身安全吗？你将得到一位卫士。
你想要黄金吗？到我的金库中去拿。
你想得到人们的爱和敬畏吗？请接受我的玉玺，
去救命或者裁决死亡，用我的名义
去做你喜好做的，或者你想象你喜好做的。

加弗斯顿　这足以让我享用你的爱，
有了这爱呀，我就犹如恺撒大帝一样伟大，
在罗马的大街上傲然奔驰，
胜利的囚车里监禁着被俘虏的国王。
考文垂主教上

爱德华　考文垂主教大人如此急匆匆到哪儿去？

考文垂　去主持你父亲的丧葬弥撒。
那卑鄙的加弗斯顿回来了？

爱德华　是的，神父，他要对你报仇，
你是造成他流放的唯一原因。

加弗斯顿　是这样的，为了对得起这神袍，
你在这儿不应该越雷池一步。

考文垂　我只做分内的事，
加弗斯顿，除非你被甄别，
正如我曾经激怒议会一样，
我现在也会激怒你，你应该回法国去。

加弗斯顿　出于对你神职高位的尊敬，我倒要请你宽恕我呢。
他一把抓住他

爱德华　把他的镀金主教冠扔掉，撕破他的法衣，
到英吉利海峡去给他重新施行洗礼。

肯特　　　啊，贤弟，别对他实施暴力，
　　　　　他会对罗马主教去告状。

加弗斯顿　让他去对什么混账主教告状好了，
　　　　　为了我的流放，我要对他复仇。

爱德华　　不，留他一条命，没收他的财产；
　　　　　你就当主教大人，接收他的俸禄，
　　　　　让他当你手下的牧师。
　　　　　我把他交给你，你想怎么用他就怎么用。

加弗斯顿　他得蹲监狱，戴着镣铐去死。

爱德华　　是的，送往伦敦塔，福利特监狱，
　　　　　或者任什么你愿意他去的地方。

考文垂　　为这违逆的行为，你们将受到上帝的谴责。

爱德华　　（呼喊侍从们）谁在那儿？将这神父遣送伦敦塔。

考文垂　　正是，正是。①
　　　　　卫士押解考文垂下

爱德华　　同时，加弗斯顿，去
　　　　　没收他的房子和财产。
　　　　　跟着我，你将在我的护卫下看到
　　　　　一切都已了结，你又重新安全无虞。

加弗斯顿　一个神父要这么漂亮的房子干什么？
　　　　　一座监狱最适合神父阁下。
　　　　　众下

---

①　说话含有讽刺意味。

第二场

莫蒂默叔侄、沃里克和兰开斯特上

沃里克　　是真的，主教确实关在伦敦塔，
　　　　　财产和人身自由都交给了加弗斯顿。

兰开斯特　怎么，难道他们想将教会置于恐怖之中吗？
　　　　　啊，卑鄙的国王！该诅咒的加弗斯顿！
　　　　　这块土地，他们用脚印污染了的山河，
　　　　　要么是他们的，要么是我的永恒的坟墓。

莫蒂默　　得啦，让那乖戾的法国人小心点儿；
　　　　　除非他刀枪不入，否则他得死。

老莫蒂默　怎么，为什么兰开斯特伯爵垂头丧气？

莫蒂默　　为什么沃里克的盖伊伯爵牢骚满腹？

兰开斯特　那混蛋加弗斯顿给封了个伯爵。

老莫蒂默　一个伯爵！

沃里克　　是的，而且还敕封为内侍大臣、
　　　　　国务和王室长官、人类之王。

老莫蒂默　我们可能不会为此受到伤害。

莫蒂默　　为什么不任命我们去征收税款？

兰开斯特　"康沃尔伯爵阁下"如今成了流行语！
　　　　　他眷顾的人，感恩戴德，
　　　　　为了报答屈膝顺从，他脱帽致意，
　　　　　好一个美景。
　　　　　他和国王，手挽手，沆瀣一气；
　　　　　更有甚者，卫士伺候伯爵大人，
　　　　　整个朝廷开始吹捧奉承他。

沃里克	他就这样依偎在国王的肩头， 他向经过的大臣们，或点头，或嘲弄，或微笑。
老莫蒂默	难道就没有人反对这混蛋吗？
兰开斯特	大家都忍了，没人敢说一个不字。
莫蒂默	是的，那暴露了他们的卑鄙低下，兰开斯特。 和我同心同德的公侯贵族们， 应该合力设法把他从国王身边拉开， 将这混蛋吊在宫廷门口； 这家伙，心中充斥勃勃雄心的毒液， 将把王国和我们拖向毁灭的深渊。 坎特伯雷大主教和一侍从上
沃里克	坎特伯雷大主教阁下来了。
兰开斯特	他的脸色表明他很不满意。
坎特伯雷	（对侍从）他①的圣袍被撕破， 对他施以暴力，拳打脚踢， 把他关了起来，没收了他的财产。 这需要报告教皇。快去备马。 侍从下
兰开斯特	（对坎特伯雷）大人，你愿意拿起武器反对国王吗？
坎特伯雷	有什么必要？当教会受到暴力的对待， 上帝就已经拿起武器了。
莫蒂默	你是否愿意参加到贵族行列里来， 驱逐或者杀掉加弗斯顿？
坎特伯雷	还有别的吗，大人们？这与我生命攸关； 他管理的辖区是考文垂。 王后上

---

① 指考文垂主教。

莫蒂默　娘娘，殿下急匆匆到哪儿去？

王后　　到森林里去独自待一会儿，高贵的莫蒂默，
　　　　活着过得这样痛苦，这样伤感，这样不满足，
　　　　国王陛下已然不把我放在心上，
　　　　宠爱上了加弗斯顿。
　　　　他拍打他的脸颊，在他的脖子周围嗅闻，
　　　　在他的面前喜笑颜开，在他的耳际窃窃私语，
　　　　一见我来，他便紧锁眉头，仿佛在说：
　　　　"随你去哪儿，瞧，我拥有了加弗斯顿。"

老莫蒂默　他是如此着魔，难道不奇怪吗？

莫蒂默　娘娘，回到宫廷去，
　　　　我们将流放那法国人，
　　　　要么我们去死；在那天到来之前，
　　　　国王将失去他的王冠，因为我们有力量
　　　　也有勇气彻底地复仇。

坎特伯雷　你最好不要将利剑直指国王。

兰开斯特　不，但我们要把加弗斯顿赶离这儿。

沃里克　战争是手段，要不他就永远待在这儿了。

王后　　那就让他待在这儿好了，与其让陛下
　　　　经受反叛的痛苦，
　　　　还不如让我自己忍受沉郁的生活，
　　　　任凭他去跟那嬖臣鬼混。

坎特伯雷　大人们，为了缓和这一切，请听我说。
　　　　我们都是国王的谋士，
　　　　将聚集在一起开会，获得一致的看法，
　　　　用我们的手和印章裁定他①的流放。

---

① 指加弗斯顿。

兰开斯特　国王将否决我们的决定。

　莫蒂默　我们可以依法反对他。

　沃里克　那么，大人，这会议在什么地方开？

坎特伯雷　在新圣殿①。

　莫蒂默　很好。

坎特伯雷　同时，我想请你们所有的人
　　　　　前往兰姆贝斯，到那儿和我待在一起。

兰开斯特　好吧，让我们离开吧。

　莫蒂默　娘娘，再见。

　　王后　再见，亲密的莫蒂默，看在我的情分上，
　　　　　别对国王动用火器。

　莫蒂默　是的，如果说话算数的话；如果说话不算数，
　　　　　那我是必须要那样做的。
　　　　　众下，王后走一边，其他人走另一边

第三场

加弗斯顿和肯特伯爵上

加弗斯顿　埃德蒙，强大的兰开斯特伯爵，
　　　　　那拥有几块屁股大的领地的亲王，
　　　　　莫蒂默叔侄，这两个了不起的人物，
　　　　　和沃里克的盖伊，那声名显赫的骑士，
　　　　　全去了兰姆贝斯。让他们待在那儿。
　　　　　众下

---

① 在霍尔本的一座建筑物，在 1313 年之前属于圣殿骑士团。

第四场

> 贵族们（兰开斯特、沃里克、彭布罗克、老莫蒂默、小莫蒂默、坎特伯雷大主教）在卫士的护卫下上。一把王座和一把椅子置放在舞台上

兰开斯特　（给坎特伯雷一份文件）这是流放加弗斯顿的文件。
　　　　　请大主教阁下签上你的大名。

坎特伯雷　把文件给我看看。

> 他签上了名。其他人也仿效

兰开斯特　快、快，大人，我都等不及了。

沃里克　我只盼望他赶快被驱逐出这儿。

莫蒂默　莫蒂默的名字将会让国王吓破胆，
　　　　除非他和那卑鄙的混蛋一刀两断。

> 国王和加弗斯顿以及肯特上，国王坐在王座上，加弗斯顿坐在旁边

爱德华　怎么，加弗斯顿坐在这儿，你们不乐意吗？
　　　　那是我们的乐趣；我们愿意这样。

兰开斯特　陛下将他安置在你的身旁再妥帖不过了，
　　　　　因为对这位新封的伯爵来说，没有比这更安全的地方了。

老莫蒂默　对于高贵出身的人来说，怎么能忍受这样的一个场景？
　　　　　他们是多么不相称！①
　　　　　瞧，那混蛋投射出多么蔑视的眼光。

彭布罗克　狮王怎么能对爬行的蚂蚁摇尾乞怜呢？

---

① 原文为拉丁文：Quam male convenient！源自奥维德《变形记》，强大的朱庇特伪装成公牛试图引诱欧罗巴，这一场景引发了一阵感慨：权力和爱情每每并不总是相互融洽的。

沃里克　龌龊的奴才，犹如太阳神之子①，
　　　　企图指使调遣太阳！

莫蒂默　他们的倒台近在咫尺，日薄西山；
　　　　我们不愿这样被欺凌、被藐视。

爱德华　把这谋叛者莫蒂默抓起来！

老莫蒂默　把这谋叛者加弗斯顿抓起来！
　　　　加弗斯顿被抓

肯特　难道这就是你们对国王的职责吗？

沃里克　我们知道我们的职责。让他明白他的贵族们是什么样
　　　　的人。

爱德华　你们要把他抓到哪儿去？放下，要不你们死路一条。

老莫蒂默　我们不是谋叛者，别拿这恫吓我们。

加弗斯顿　（对国王）不，别威胁他们，给他们钱让他们回家。
　　　　要是我是国王的话——

莫蒂默　你这恶棍，你这么一个出身低贱的人，
　　　　竟然还敢侈谈什么"要是我是国王的话——"？

爱德华　即使他是一个下等人，既然成为我的宠臣，
　　　　我就要让你们这些最傲慢的人在他面前卑躬屈膝。

兰开斯特　陛下，你不能如此贬低我们。——
　　　　听我说，押着这令人憎厌的加弗斯顿走吧！

老莫蒂默　同时还押上赞赏加弗斯顿的肯特伯爵。
　　　　肯特和加弗斯顿被卫士押着下

爱德华　不，那就对你们的国王也下毒手吧。
　　　　你，莫蒂默，坐到这爱德华的王座上来；
　　　　沃里克和兰开斯特，戴上我的王冠。

---

① 指法厄同，希腊神话中太阳神之子，驾其父的太阳车狂奔，险使整个世界着火焚烧。

哪一个国王像我这样被人颐指气使若此？

兰开斯特　那你就学着更加英明地统治我们和这个王国。

莫蒂默　我们的良知驱使我们做了我们所做的事。

沃里克　请想一想，你能阻止这升腾的傲气吗？

爱德华　我气得说不出话来。

坎特伯雷　你为什么要这么生气？耐心点儿，陛下，
　　　　　看一看我们，你的谋士们，到底干了什么。

莫蒂默　大人们，让我们下定决心，
　　　　要么实现我们的愿望，要么去死。

爱德华　难道你们，傲慢的目空一切的贵爵们，
　　　　就是为此而聚会的吗？
　　　　如果亲密的加弗斯顿离开我，
　　　　那这英格兰岛就将会在大海上漂流，
　　　　漂到那无人涉足过的西印度群岛。

坎特伯雷　你知道我是教皇的使节。
　　　　　为了表示你对罗马的忠诚，
　　　　　请签名放逐他，
　　　　　正像我们做的一样。
　　　　　文件递给国王，请他签名

莫蒂默　（对坎特伯雷）
　　　　如果他拒绝签字，那就将他逐出教会，我们就能
　　　　推翻他，选举另一个国王。

爱德华　啊，原来如此，我不会应允，
　　　　即使你们把我逐出教会，把我废黜，
　　　　做出你们所能做的最糟糕的事来。

兰开斯特　别犹豫了，我的大人，直接就干吧。

坎特伯雷　还记得主教是怎么被处置的吗？

要么放逐他，这一切问题的缘由，
要么我立即解除这些贵爵
对你的职责和臣服义务。

爱德华　（旁白）这催使我不要威胁；我必须和善地说话。
　　　　那教皇的使节才会顺从。
　　　　　　对坎特伯雷
　　　　大人，你将是王国的大臣，
　　　　你，兰开斯特，将是海军元帅，
　　　　年轻的莫蒂默和叔叔将成为伯爵，
　　　　你，沃里克伯爵，将是北方区主事长官。
　　　　　　对彭布罗克
　　　　你将是威尔士的主事长官。
　　　　如果这还不能让你们满足，
　　　　那就将这个君主国分解为几个小小的王国，
　　　　你们平等地分配，
　　　　这样我就能拥有小小的一隅
　　　　和我的最亲爱的加弗斯顿欢爱。

坎特伯雷　什么也改变不了我们。我们下定了决心。

兰开斯特　来吧，来吧，签名。

莫蒂默　天下都如此恨他，为什么你却如此爱他？

爱德华　因为他比整个天下的人更爱我。
　　　　啊，只有那些粗鲁而野蛮的人
　　　　会要我的加弗斯顿完蛋。
　　　　你们这些高贵出身的人们应该同情他。

沃里克　你们这些诞生于王室的人们应该甩掉他。
　　　　为清除耻辱，签名吧，让这混蛋滚蛋。

老莫蒂默　（对坎特伯雷）催催他，大人。

坎特伯雷　你愿意驱逐他出王国吗？

爱德华　看来我必须这么做了，也可以说愿意吧。

　　　　　我将用眼泪，而不是墨水，来签名。

　　　　　他签名

莫蒂默　国王苦恋着他的宠臣。

爱德华　签好了，现在，把你们那该诅咒的手拿开！

兰开斯特　（拿着文件）将文件给我。我要将它张贴到大街上去。

莫蒂默　看来他的事儿很快解决了。

坎特伯雷　我终于放心了。

沃里克　我也是。

彭布罗克　这对于天下苍生也是一个好消息。

老莫蒂默　不管怎么样，他不能再待在这儿。

　　　　　贵族们下。国王爱德华独自留下

爱德华　他们如此快地要驱逐我之所爱！

　　　　　他们不会谋反，如果对我有利的话。

　　　　　为什么国王要听命于一个区区神父？

　　　　　骄傲的罗马怎么孕育出如此飞扬跋扈的家伙？

　　　　　这些迷信的烛火，

　　　　　在你那反基督的教堂里燃烧，

　　　　　我要焚烧你那破损的教堂，让

　　　　　天主教会的尖塔去亲吻大地，

　　　　　屠杀掉那些神父，让台伯河

　　　　　因浸满鲜血而上涨，

　　　　　堤岸因他们的坟墓而抬高。

　　　　　至于那些贵爵如此支持神父，

　　　　　我要是国王的话，杀得他们一个不剩。

　　　　　加弗斯顿上

加弗斯顿　陛下，我听说到处在窃窃私语，

说我被放逐，必须离开英格兰。

爱德华　真有其事，亲爱的加弗斯顿。
　　　　哦，我多么希望这只是谣传！
　　　　主教的使节坚持要这样，
　　　　要么你离开这儿，要么我被废黜。
　　　　但我要在位对他们报这个仇；
　　　　所以，亲爱的朋友，耐心点儿。
　　　　你先随遇而安，我将给你送去足够的黄金；
　　　　你不会在那儿待太久；要不，
　　　　我就上你那儿去；我的爱永远不会消退。

加弗斯顿　那我所有的希望都化成了痛苦的灰烬？

爱德华　别用你那些刺激的话语来撕裂我的心；
　　　　你被放逐出这片土地，我则被放逐出自我。

加弗斯顿　放逐并不让可怜的加弗斯顿难受，
　　　　让他痛苦的是弃绝了你，在你那仁慈的眼色中
　　　　存留着对加弗斯顿的祝福，
　　　　他在别的地方所不能找到的幸福。

爱德华　不管我愿意与否，你都要离开，
　　　　就是这让我感到撕心裂肺。
　　　　以我的名义去当爱尔兰的总督吧，
　　　　待在那儿，直到命运呼唤你回英格兰。
　　　　拿上我的相片，我也拿上你的。
　　　　*他们交换纪念品盒*①
　　　　哦，要是我能像我保存你在这盒中一样保存你，
　　　　那我就太幸福了，可悲的是我不能。

加弗斯顿　这是作为一个国王最可怜之处。

爱德华　你不要离开这儿；我把你藏起来，加弗斯顿。

----

① 用以珍藏亲人头发或小照片的金质或银质小盒子。

加弗斯顿　我会被发现，那会更让我难堪的。

爱德华　温情的话语更加加深我们的离恨；
　　　　因此，让我们用沉默的拥抱告别吧。
　　　　他们拥抱，加弗斯顿正要离开
　　　　等一等，加弗斯顿，我不能就这么与你分别。

加弗斯顿　每一瞥都要掉一滴泪，陛下；
　　　　既然我必须走，就不要再唤起我的愁肠了。

爱德华　你待的时间不多，
　　　　让我瞧你个够吧。
　　　　来，亲爱的朋友，让我陪你一程路。

加弗斯顿　贵爵们会皱眉头。

爱德华　我才不去理会他们的恼怒。来，让我们走吧。
　　　　哦，我多么希望我们回程，而不是远离！
　　　　伊莎贝拉王后上

王后　陛下到哪儿去？

爱德华　别讨好我，法国婊子；你滚开吧。

王后　我不奉承丈夫，奉承谁？

加弗斯顿　去讨好莫蒂默，风流的王后跟他——
　　　　我不再说了；你自己判断吧，陛下。

王后　你这么说伤害了我，加弗斯顿。
　　　　你蛊惑国君，
　　　　俘获了他的感情，
　　　　这还不够，
　　　　你竟然还要来污损我的名誉？

加弗斯顿　我不是这个意思，请殿下宽恕我。

爱德华　（对王后）你跟那莫蒂默太热络了，
　　　　而且由于你的原因，加弗斯顿被放逐；

我希望你跟贵爵们通融一下，
否则你永远跟我和好不了。

王后　陛下应该知道这不是我的权力所能及。

爱德华　那就走开吧，别碰我。来，加弗斯顿。

王后　（对加弗斯顿）恶棍，是你将君王从我身边掳走。

加弗斯顿　娘娘，是你将陛下从我身边剥夺走。

爱德华　别跟她再啰唆，让她自己去枯萎憔悴吧。

王后　陛下，我怎么配领受这样的话语呢？
瞧一眼伊莎贝拉流淌的眼泪吧，
瞧一眼这颗为你而嗟叹的破碎的心吧，
对于伊莎贝拉，陛下是多么亲。

爱德华　（将她推开）天晓得你对我多么亲。
到别处去哭泣吧，在我的加弗斯顿被召回之前，
劳驾别让我瞧见你。
　　　　爱德华和加弗斯顿下

王后　哦，悲惨而又忧伤的王后！
真希望当我离开甜蜜的法国，登上
英格兰的时候，
赋有魔法的、在波涛上行走的女巫[1]，
将我变形，
或者在新婚燕尔的那天，
那婚神[2]的酒杯盛满毒液，
或者那环绕我脖颈的双手
干脆把我勒死，别让我活着看见
被王上陛下遗弃若此。

---

[1]　指喀耳刻，希腊神话中将人变成牲畜的女巫。

[2]　指希腊和罗马神话中的许门。

    我将如疯狂的天后①，给大地
    灌满令人恐怖的喟叹和呐喊，
    因为天神②对持酒俊童③的爱
    也没有他对那该诅咒的加弗斯顿的爱那么深。
    但那只会加深他的愤懑。
    我必须哀求他，必须跟他和气地说话，
    设法把加弗斯顿召回英格兰；
    但他仍将会一如既往地爱加弗斯顿，
    所以，我将永远凄凄切切，孤眠难耐。
    贵族们（兰开斯特、沃里克、彭布罗克、老莫蒂默、
    小莫蒂默）上，走向王后

兰开斯特 瞧，法国国王的贤妹
    坐在那儿，扭动她的纤手，捶胸顿足。

 沃里克 恐怕国王虐待了她。

彭布罗克 伤害这么一个圣洁的天使，真需要铁石心肠。

 莫蒂默 我知道她早就因为加弗斯顿而哭泣。

老莫蒂默 为什么？他已经走了。

 莫蒂默 （对王后）娘娘，殿下过得怎么样？

  王后 啊，莫蒂默！国王大发雷霆了，
    他说他不爱我。

 莫蒂默 那就报复吧，娘娘，别爱他。

  王后 不，我宁可死一千回。
    不过那也只是徒然；他永远不会爱我。

兰开斯特 别怕，娘娘。他的宠臣已经走了。

---

① 指朱诺，主神之妻，主司婚姻生育等。

② 指朱庇特。

③ 指希腊神话中的伽倪墨得斯。

他任性的痴情很快就会消退。

王后　哦，永远不会，兰开斯特！我受良心谴责，
　　　请求你们把他召回英格兰；
　　　这是陛下的愿望，我必须要担当，
　　　要不我就要从陛下的眼前销声匿迹。

兰开斯特　召他回来，娘娘？他不可能回来，
　　　除非大海将他的沉船尸体漂送回来。

沃里克　要是那样的话，太令人高兴了，
　　　但没人会愿意骑着马去找死的。

莫蒂默　娘娘，你要我们召他回来吗？

王后　是的，莫蒂默，除非他被召回，
　　　否则愤怒的国王要把我逐出宫廷；
　　　既然你爱我，对我充满柔情蜜意，
　　　请以我的名义向贵爵们去游说吧。

莫蒂默　怎么，你要我为加弗斯顿去请求吗？

老莫蒂默　不管谁为他请求，我是下定了决心了。

兰开斯特　我也是，大人。劝说王后别为他说情了吧。

王后　哦，兰开斯特，让他去劝说国王吧，
　　　让他回英格兰毕竟不是我之所愿。

沃里克　那就不要为他说情，让这混蛋滚开吧。

王后　我是为我自己，不是为他。

彭布罗克　说情不可能得逞，还是趁早偃旗息鼓。

莫蒂默　美丽的娘娘，耐着性子钓大鱼吧，
　　　一旦钓到，就足以将他置于死地——
　　　我是说那邪恶的鳀鱼——加弗斯顿，
　　　我希望他正在爱尔兰海上漂流。

王后　亲爱的莫蒂默，坐在我身边一会儿，
　　　我告诉你我心上的纠结，
　　　你很快就会同意再召回他来。

莫蒂默　（坐在她身边）这不可能，但你说说你的心事吧。

王后　除了我们，谁也不能听见。
　　　他们单独谈话

兰开斯特　大人们，即使王后说动了莫蒂默，
　　　你们还会执意和我站在一起吗？

老莫蒂默　我不会违逆侄子的意愿。

彭布罗克　别担心，王后的话不可能改变他。

沃里克　不可能？请注意她是多么热切地在恳求。

兰开斯特　你瞧，他在拒绝她的时候表情是多么冷峻。

沃里克　她嫣然微笑了。我敢担保他改变主意了。

兰开斯特　我宁可失去他的友情也不愿应承。

莫蒂默　（回到大人们身边）得，必须得这样。——
　　　大人们，我痛恨那卑鄙的加弗斯顿，
　　　我希望大人们不要产生误会，
　　　虽然我请求将他召回，
　　　那不是为了他，而是为了我们的利益——
　　　不，为了王国，为了国王。

兰开斯特　呸，莫蒂默，别让自己蒙受耻辱了，
　　　放逐他是对的，
　　　现在要召回他来，又是对的？
　　　这种理由颠倒黑白，混淆是非。

莫蒂默　兰开斯特伯爵大人，请考虑一下特殊情况。

兰开斯特　反对的意见在任何情况下绝不可能是对的。

王后　我的好大人，请倾听他来辩白吧。

沃里克　他说的都是废话，我们主意已定。

莫蒂默　难道你们不希望加弗斯顿死吗？

彭布罗克　我希望他死。

莫蒂默　那为什么，我的大人，不让我把话说清楚呢？

老莫蒂默　贤侄，别再弯弯绕了。

莫蒂默　我这么主张是出于炽烈的愿望，
　　　　希望国王改邪归正，让王国兴旺。
　　　　你们知道吗，加弗斯顿拥有黄金，
　　　　难道他不会在爱尔兰收买一些朋友，
　　　　来跟我们作对吗？
　　　　那样的话，他将活下去，得到他的爱，
　　　　我们再要推翻他就异常困难了。

沃里克　兰开斯特大人，这倒是需要注意的问题。

莫蒂默　要是他在这儿，受到人们的鄙视，
　　　　那我们就可以收买一个嗜血如命的歹徒，
　　　　用匕首刺杀他这个伯爵大人，
　　　　我们将不谴责这歹徒，
　　　　反而对他的英勇行为大加赞扬，
　　　　在编年史中记载他的英名，
　　　　为王国根除了一个毒瘤。

彭布罗克　他说得有道理。

兰开斯特　是的，难道以前没人这样干过吗？

莫蒂默　因为，大人们，以前没人想到过。
　　　　不，更重要的是，当他知道是我们
　　　　放逐他，而又把他召回，
　　　　这会使他放下傲慢的架子，

　　　　　　　　生怕得罪哪怕是最底层的贵族。

老莫蒂默　贤侄，如果他不呢？

　莫蒂默　那我们就可以举旗起义；
　　　　　不管怎么说，
　　　　　揭竿而起反对国王就是谋反。
　　　　　我们必须要让人民站在我们一边，
　　　　　人民看在先王的面上仍然倾向于国王，
　　　　　但也无法容忍一夜之间暴发出来的
　　　　　像康沃尔伯爵阁下那样的暴发户，
　　　　　对我们贵族寄予巨大的期望。
　　　　　当苍生和贵族联手，
　　　　　那国王也无法庇护加弗斯顿了；
　　　　　我们要把他从最坚固的堡垒里拉出来。
　　　　　大人们，如果我有哪怕一点懈怠，
　　　　　请把我看成跟加弗斯顿一样的卑鄙之徒。

兰开斯特　按这样说法，兰开斯特同意。

　沃里克　彭布罗克和我同意。

老莫蒂默　我也同意。

　莫蒂默　这样，我满意极了，
　　　　　莫蒂默将服从你们的调遣。

　　王后　伊莎贝拉一旦把这遗忘，
　　　　　那她就活该生活在孤独和寂寞之中。
　　　　　瞧，也太巧了，
　　　　　国王陛下陪伴康沃尔伯爵一程路，
　　　　　刚回宫来了。这消息将会使他十分高兴，
　　　　　但不会使我得意忘形。我爱他远超
　　　　　他对加弗斯顿的爱。如果他有一半那么爱我，
　　　　　那我就受到加倍的祝福了。

爱德华国王穿着丧服和扈从们，包括皇室总管博芒特上

爱德华　他远走了，

　　　　　为了他的离去，我穿上丧服。

　　　　　由于思念我的亲密的加弗斯顿，

　　　　　我的心还从来没有如此悲伤过，

　　　　　如果我的王冠金冕带来的财富可以让他回来，

　　　　　我心甘情愿将它们奉送他的敌人。

　　　　　而且还觉得物有所值，

　　　　　因为买到了这么一个亲密的朋友。

王后　（对大人们）听，他多么起劲地在吹捧他的宠臣。

爱德华　我的心犹如锤炼痛苦的铁墩，

　　　　　就像独眼巨人的铁锤敲打着它，

　　　　　我的眩晕的脑袋里充斥着喧嚣，

　　　　　让我想加弗斯顿想得发疯。

　　　　　啊，既然我不得不跟我的加弗斯顿分离，

　　　　　但愿冷酷的复仇女神从地狱升起，

　　　　　以象征君权的节杖把我打死吧。

兰开斯特　魔鬼！这算什么激情呢？

王后　（对爱德华）仁慈的陛下，我给你带来消息了。

爱德华　你是说你和莫蒂默勾搭上了？

王后　陛下，加弗斯顿将会被召回英格兰。

爱德华　召回！这消息太甜蜜了，不可能是真的。

王后　如果你发现这是真的，你会爱我吗？

爱德华　如果那是真的，爱德华还有什么不能做的呢？

王后　是爱加弗斯顿，不是爱伊莎贝拉。

爱德华　爱你，美丽的王后，如果你爱加弗斯顿的话。

　　　　　我将要在你的脖子上挂一款金舌首饰，

你的如簧巧舌游说如此成功。

王后 （紧紧握着他的手围绕在身上）除了这围绕的双手，陛下，

再也不需要戴什么首饰了，

除了从这丰富的宝库得到爱之外，

也不需要更多的财富了。

他们接吻

哦，一掬亲吻

使可怜的伊莎贝拉恢复精气神！

爱德华 再握一下我的手，让这成为

你和我之间的第二次婚姻。

王后 但愿第二次婚姻比第一次更幸福美满。

大人们跪下

仁慈的陛下，跟这些王公贵爵说话和善些，

他们期盼着善意的一瞥，

跪着向陛下致意。

爱德华 *将他们扶起来，并拥抱他们*

骁勇的兰开斯特，拥抱你的国王吧，

正如浓雾被阳光驱散，

让仇恨在君王的一笑之间泯灭。

作为伴侣跟我生活在一起吧。

兰开斯特 这一番致意让我满心喜欢。

爱德华 沃里克将成为我主要的谋士；

这些华发将比华丽的丝绸或精美的刺绣

更使我的宫廷生辉。

指责我，沃里克，如果我走错了路。

沃里克 如果我冒犯了你，陛下，请把我杀掉。

爱德华 在庄严的凯旋的典礼和公众的集会上，

彭布罗克可以在国王身边佩剑。

彭布罗克　彭布罗克将拿着这利剑为你而战。

爱德华　为什么年轻的莫蒂默在一边踯躅？
你将是王国舰队的司令，
如果你不喜欢这崇高的职位，
那我就敕命你当王国的元帅。

莫蒂默　主公，我将消灭你的敌人，
让英格兰安宁，国王陛下安全。

爱德华　至于你，丘克勋爵莫蒂默，
任何卑微的职位，或者微不足道的奖励，
都无法匹配你在国外战争中建立的卓越功勋，
你当征兵的将军，
军队正准备攻打苏格兰人。

老莫蒂默　陛下给予了我高度的荣誉，
战争才真正适合我的本性。

王后　现在英格兰国王拥有了公侯贵爵们的爱，
富有而强大。

爱德华　是的，伊莎贝拉，我的心从来没有这样轻快过——
王室总管，发出加弗斯顿
去爱尔兰的令状；博芒特，快跑，
就像爱丽丝①或者朱庇特的信使②一样快。

博芒特　这就去，仁慈的陛下。
博芒特下

爱德华　莫蒂默勋爵，我们离开你，让你去履行你的职责。
让我们进去，赴一场王室的筵席。

_____

① 天后朱诺的信使。

② 指罗马神话中众神的信使墨丘利。

在我的朋友康沃尔伯爵来到之前，

我们将举行一场持矛策马比武大赛，

然后给他举行隆重的婚聘之礼，

你们知道吗，我已经将他和

我的侄女，格洛斯特伯爵的女儿订婚？

兰开斯特　我们有所耳闻，陛下。

爱德华　在那一天，即使不是为了他，看在我，

一名马上挑战者的面上，

请不要吝惜金钱；我将回报你们的爱。

沃里克　在这方面，在任何方面，都听陛下的。

爱德华　谢谢，和善的沃里克。让我们进去尽情欢乐吧。

除了留下的莫蒂默叔侄，全下

老莫蒂默　贤侄，我必须前往苏格兰；你留在这儿。

别再跟国王作对。

你也看到从本性上讲他温和而宁静，

他心中如此宠爱加弗斯顿，

也是不由自主。

最强大的国王们都拥有他们的宠臣：

亚历山大大大帝爱上赫费斯提翁①，

征服一切的大力神②为海拉斯而哭泣，

严肃的阿喀琉斯为普特洛克勒斯③而意气消沉。

不仅是国王们，还有有智慧的人：

罗马的西塞罗④爱上屋大维⑤，

---

① 马其顿贵族，传说中亚历山大大大帝的爱人。

② 即赫拉克勒斯。在希腊神话中，海拉斯是赫拉克勒斯的伙伴。

③ 希腊战士，在特洛伊战争中被杀。

④ 西塞罗（前106—前43）：古罗马政治家、演说家、哲学家。

⑤ 即奥古斯都（前63—前14），罗马帝国第一代皇帝。

一本正经的苏格拉底，放浪的亚西比德①。

年轻气盛的君王，

在他的青春岁月上寄托着我们的希望，

让他随心所欲去享用那虚荣而轻浮的伯爵吧，

随着年岁的流逝，他对这些丧志玩物的兴趣也会消减。

莫蒂默　叔父，并不是他的放浪形骸让我悲哀，

一个出身如此低微的人

仰仗君王的偏袒而变得如此骄横，

用王国国库里的金银沉湎酒色，

我对这一切充满蔑视。

士兵会为军饷匮乏而兵变，

他挥霍一个伯爵的俸禄，

在宫廷里趾高气扬，昂首阔步，

一副点物成金的气概②，

背后尾随着一帮卑下的外国流氓；

他傲慢的穿奇异号服的仆役们，

仿佛多变之神③现世。

我从未见过如此衣冠楚楚的仆人。

穿短意大利式带头套的外衣，

装饰着珍珠，托斯卡纳帽子上

缀着的一颗首饰比王冕还要珍贵。

当我们在底下行走，国王和他

站在高耸的阳台上大笑，

嘲弄我们，讥刺我们的服饰。

叔父，正是这些让我生气。

老莫蒂默　但是，贤侄，你看国王已经改弦易辙了。

---

① 亚西比德（前450？—前404），古希腊雅典政客和将领。

② 希腊神话，古国弗里吉亚国王点一切物都会变成金子，结果他发现他的食物也变成
金子了。

③ 指希腊神话中的普罗透斯，能随心所欲地改变自己的面貌。

莫蒂默　我也已改弦更张，一心为他效劳。

　　　　只要我还有一把剑、一只手、一颗心，

　　　　我就不会容忍这种乖张。

　　　　你了解我的心。啊，叔父，让我们走吧。

　　　　全下

第二幕

第一场

小斯彭瑟和贝尔道克上

贝尔道克　斯彭瑟，
　　　　　既然老爷格洛斯特伯爵仙逝，
　　　　　你准备去侍候哪位贵族老爷？

斯彭瑟　　不是莫蒂默，不是他那边的任何人，
　　　　　因为国王和他势不两立。
　　　　　贝尔道克，学我的乖吧：一个老爷拉帮结派，
　　　　　对他没有好处，对咱们更是糟糕透顶，
　　　　　得到国王袒护的老爷，
　　　　　只须一句话就能提拔咱们。
　　　　　具有自由思想的康沃尔伯爵就是这样的老爷，
　　　　　斯彭瑟的命运之宝押在他身上。

贝尔道克　怎么，你是说，你想成为他的跟班？

斯彭瑟　　不，当他的伴侣，他很爱我，
　　　　　他曾经想把我介绍给国王。

贝尔道克　他被放逐了；宝押在他身上，希望非常渺茫。

斯彭瑟　　是的，会有一阵子。但是，贝尔道克，请注意结局：

> 我有一个朋友私下告诉我，
> 他要被召回，诏书已经发出，
> 一名来自宫廷的信使
> 带来了国王给小姐的信，
> 她一面读信，一面甜然微笑，我猜想
> 那是关于她的情人加弗斯顿的。

贝尔道克　太可能了，自从他被放逐，
　　　　　她不再出外散步，看不见她的人影。
　　　　　我还以为这关系就此断绝，
　　　　　他的流放改变了她的心思。

斯彭瑟　小姐的初恋是不会动摇的。
　　　　我敢拿命跟你担保，她将会嫁给加弗斯顿。

贝尔道克　那我指望通过她能得到宠幸，
　　　　　毕竟她从小就是我辅导的。

斯彭瑟　贝尔道克，你必须丢掉你那学者的臭架子，
　　　　学会像绅士一样当廷臣。
　　　　穿黑外套，戴衬领圈，
　　　　穿镶哗叽边的丝绒斗篷，
　　　　整天嗅闻发散香气的花束，
　　　　手中拿着餐巾，
　　　　在桌子一头沉吟冗长的谢恩祷告，
　　　　对贵族低声下气地作揖，
　　　　眼望地下，闭着眼睛，
　　　　说，"阁下，请"，
　　　　绝对就能得到大人物的宠爱；
　　　　你必须自豪、大胆、讨人欢喜、决断，
　　　　一旦机遇飘然而至，该出手时须出手。

贝尔道克　斯彭瑟，你知道，我憎恨形式上的细枝末节，
　　　　　离本徼末纯粹是虚伪。

> 我的老东家活着时吹毛求疵，
> 他会挑剔我的纽扣，
> 本来纽扣细如针头，
> 他却指责说太大了，
> 结果让我穿得像一个堂区牧师，
> 虽然心里净琢磨着淫乱，
> 敢于去做任何歹行。
> 但我可不是那种书呆子，
> 说三句话不离洋泾浜拉丁文。

斯彭瑟　你是那种说标准拉丁语的人，
　　　　发音优雅而铿锵有力。

贝尔道克　别再搞笑了，小姐来了。
　　　　小姐（国王的侄女）拿着信函上

　侄女　（对自己）他流放所造成的愁肠哀怨
　　　　被归来的喜悦淹没了。
　　　　这封信是我亲密的加弗斯顿写来，
　　　　你有什么必要，亲亲，为自己辩白？
　　　　我知道你不可能来看我。
　　　　她读信
　　　　"我不久就能见到你，想死你了。"
　　　　这表达了我的大人的全身心的爱。
　　　　她读信
　　　　"我如果离弃你，让死亡之神攫住我的心。"
　　　　请在这儿安息吧，在这儿，
　　　　加弗斯顿将甜蜜入睡。
　　　　她将信安放在胸口
　　　　现在读国王陛下的信。
　　　　她看另一封信
　　　　他希望我前往宫殿，
　　　　去见加弗斯顿。我干吗要迟疑呢，

　　　　　　既然他如此热诚地谈到我的婚姻？——

　　　　　　谁在那儿？贝尔道克？

　　　　　　把马车备好；我必须要走了。

贝尔道克　照办，小姐。

　　侄女　在花园围篱那儿等我。

　　　　　　贝尔道克下

　　　　　　斯彭瑟，你留下，陪伴我一会儿，

　　　　　　我有快乐的消息告诉你：

　　　　　　康沃尔伯爵就要回来了，

　　　　　　我们一到宫殿，他也会到。

斯彭瑟　我知道国王又把他召回英格兰了。

　　侄女　如果一切如我所愿，

　　　　　　将要好生考虑你的工作，斯彭瑟。

斯彭瑟　我谦卑地感谢你，小姐。

　　侄女　来吧，前面带路；我真想快点儿到那儿去。

　　　　　　众下

第二场

　　　　　　爱德华、王后、兰开斯特、小莫蒂默、沃里克、彭布
　　　　　　罗克、肯特和扈从们上（贵爵们在他们的盾牌上装饰
　　　　　　着纹章图案）

爱德华　风向是顺风。我纳闷他怎么会来迟呢；

　　　　　　我担心他在海上遇难了。

　　王后　（对兰开斯特）瞧，兰开斯特，他还是那么激情满怀，

　　　　　　心里仍然揣着他的宠臣。

兰开斯特　（对国王）陛下——

爱德华　怎么，有什么消息吗？加弗斯顿到了吗？

莫蒂默　除了"加弗斯顿"，还是"加弗斯顿"！
　　　　陛下是什么意思？
　　　　你有更为紧要的事务要办，
　　　　法国国王已经染指诺曼底。

爱德华　小事一桩。只要我们愿意，就可以把他赶走。
　　　　告诉我，莫蒂默，根据我核准的王国盛典规定，
　　　　你的纹章图案是什么意思？

莫蒂默　一个家族的图案，陛下，不值得渲染。

爱德华　请告诉我。

莫蒂默　既然你这么想知晓，我说：
　　　　一棵高大的杉树，美丽而葳蕤，
　　　　一只雄鹰停栖在树冠上，
　　　　一只尺蠖①沿树皮往上爬，
　　　　抵达了树的顶端。
　　　　座右铭是：等长。②

爱德华　你的纹章图案是什么意思，我的兰开斯特伯爵？

兰开斯特　陛下，我的比莫蒂默的要更含蓄一些。
　　　　普林尼③写道，有一种飞鱼，
　　　　它之所以飞向天空
　　　　因为其他鱼类都恨死了它；
　　　　它一飞出水面，一只飞禽
　　　　一下子抓住了它。
　　　　陛下，我画的就是这样一条飞鱼；

---

① 尺蠖暗指寄生的加弗斯顿。

② 原文为拉丁文：Aeque tandem，意为社会平等。

③ 普林尼，古罗马作家，著有《博物志》。

座右铭是：处处有死亡。[①]

爱德华　傲慢的莫蒂默！粗鲁的兰开斯特！
　　　　难道这就是你们对君主的爱吗？
　　　　难道这就是和解的结果吗？
　　　　你们怎么能口头上说友谊，
　　　　在纹章上却渲染你们内心的想法？
　　　　是什么驱使你们干这种毁谤的行径，
　　　　反对康沃尔伯爵，我的哥们？

　王后　亲爱的丈夫，别生气。他们都是爱你的。

爱德华　如果他们爱我的话，就不应该恨加弗斯顿。
　　　　我就是那棵杉树。别太伤害我。
　　　　对贵爵们
　　　　你们这些雄鹰，你们飞不高，
　　　　我拥有缚系鹰腿的短带，随时可以把你们拉下来。
　　　　而你们称之为尺蠖的人，
　　　　将可以与不列颠最引以为自豪的贵族匹敌。
　　　　对兰开斯特
　　　　你将他比喻为飞鱼，
　　　　不管他是升还是降，都逃不过死亡，
　　　　但那并不是大海中最可怕的魔鬼，
　　　　也不是将吞噬他的最残忍的怪物[②]。

莫蒂默　（对大人们）他不在，他还如此吹捧他，
　　　　要是他在场，他会做出什么来呀？

兰开斯特　等着瞧吧。瞧，伯爵阁下来了。
　　　　加弗斯顿上

爱德华　我的加弗斯顿！

---

①　原文为拉丁文：Undique mors est。

②　指希腊和罗马神话中的哈比，一种脸和身躯似女人，而翼、尾、爪似鸟的怪物，性
　　残忍贪婪。

　　　　　　欢迎来到泰恩默斯城堡，欢迎来到你朋友身边。
　　　　　　你的离去让我痛苦而委顿；
　　　　　　当达那厄①被关闭在黄铜塔楼中，
　　　　　　她的情人们更加想念她，变得暴怒异常，
　　　　　　这就是我现在的情境；看见你，
　　　　　　比你远离而去时
　　　　　　让我的烦恼
　　　　　　减少不少。

加弗斯顿　　亲爱的国王陛下，你的一番话语让我无言以对，
　　　　　　但是我还是有话要表达我的欢愉之情。
　　　　　　经历过凌厉刺骨寒风煎熬的牧人
　　　　　　一旦见到鲜花盛开的春天所感到的快乐
　　　　　　也远远不及我见到主上。

　爱德华　　难道你们中没人向加弗斯顿致意吗？

兰开斯特　　向他致意？欢迎，内侍大臣。

　莫蒂默　　欢迎，好康沃尔伯爵。

　沃里克　　欢迎，马恩岛②总督大人。

彭布罗克　　欢迎，长官大人。

　　肯特　　贤兄，你听见他们了吗？

　爱德华　　这些贵爵就这么对待我吗？

加弗斯顿　　陛下，我受不了这些侮辱。

　　王后　　天啊，可怜的人儿，麻烦来了。

　爱德华　　（对加弗斯顿）回报他们的蔑视吧，我给你撑腰。

————————

① 在希腊神话中，达那厄是阿戈斯国王阿克里希俄斯的女儿，主神宙斯化作金雨与她
　　幽会。
② 位于英格兰和爱尔兰之间的岛屿，是英国皇家属地。

加弗斯顿　卑鄙的无精打采的伯爵们，你们生来就万般荣耀，
　　　　　回家去吧，去吃你们佃户的牛肉，
　　　　　别到这儿来嘲笑加弗斯顿，
　　　　　他的昂扬的思想从来就没有如此低下，
　　　　　不屑于瞧上你们这种人一眼。

兰开斯特　我还真想这么对付你。
　　　　　他拔出剑；在混战中，小莫蒂默和加弗斯顿也拔出剑

爱德华　　叛逆，叛逆！谋反者在哪儿？

彭布罗克　在这儿，在这儿。①

爱德华　　把加弗斯顿护送走！他们会杀死他。

加弗斯顿　（对小莫蒂默）你的命才能洗清对我的侮辱。

莫蒂默　　混蛋，我要你的命，除非这一剑没中。
　　　　　他刺伤了加弗斯顿

王后　　　啊，愤怒的莫蒂默，你干了什么呀？

莫蒂默　　如果他死了，我承担我的过疚。
　　　　　加弗斯顿在照护下下

国王　　　是的，如果他活着，你吃不了兜着走。
　　　　　哎呀，你们两人②要对此乱打乱闹的场面负责。
　　　　　竟然就在我眼前！别走近朝廷！

莫蒂默　　我不能因为加弗斯顿而不来朝廷。

兰开斯特　我们要提拎着他的耳朵到断头台去。

爱德华　　管好你们自己的脑袋吧，他的脑袋安全得很。

沃里克　　管好你的王冠吧，你如此偏袒他。

肯特　　　沃里克，你出此言跟年岁极不相称。

———————————

① 指加弗斯顿。
② 指莫蒂默和兰开斯特。

爱德华　不，他们串通一气要让我为难。
　　　　我活着，我就要踩在他们的脑袋上，
　　　　他们竟然如此不自量力
　　　　想踩在我的脑袋上。
　　　　来，埃德蒙，走，让我们去征召兵员。
　　　　这是一场战争，必须压一压贵爵们的乖戾之气。
　　　　国王、王后和肯特被护卫着下

沃里克　让我们回我们的城堡吧，国王生气了。

莫蒂默　让他生气吧，气死他！

兰开斯特　老兄，跟他已经没法打交道。
　　　　他准备用武力来制服我们；
　　　　让我们联合起来，
　　　　起诉告加弗斯顿死罪。

莫蒂默　天啊，这遭人唾弃的混蛋必须得死。

沃里克　我就要他流血，死也要他流血。

彭布罗克　彭布罗克也起同样的誓言。

兰开斯特　兰开斯特也是。
　　　　派遣我们的传令官去谴责国王，
　　　　让人民起事把他拉下马。
　　　　一驿站送信人上

莫蒂默　信函，哪儿寄来的？

信使　　从苏格兰寄来的，大人。
　　　　莫蒂默接信，读起来

兰开斯特　啊，现在怎么样，老兄，朋友们仗打得怎么样？

莫蒂默　我叔父被苏格兰人俘虏了。

兰开斯特　我们要赎他回来，伙计；别难受。

莫蒂默　他们要五千镑赎金。
　　　　除了国王，还该谁付这赎金？
　　　　他是在他发动的战争中被俘的。
　　　　我要到国王那儿去。

兰开斯特　去吧，老兄，我陪你去。

沃里克　同时，我和彭布罗克大人
　　　　前往纽卡斯尔召集兵员。

莫蒂默　就这样，我们随后就来。

兰开斯特　要决断，要保密。

沃里克　绝对是这样。
　　　　除小莫蒂默和兰开斯特，全下

莫蒂默　老兄，如果他不愿用赎金将他赎出来，
　　　　我要对他咆哮，
　　　　还没有谁对他这么咆哮过。

兰开斯特　别生气。我将起我的作用。哎呀，谁在那儿？
　　　　卫士们上

莫蒂默　啊，天，好呀，来上这么一帮王宫卫士。

兰开斯特　在前面带路。

卫士　大人们到哪儿去？

莫蒂默　除了到国王那儿去，还能到哪儿去？

卫士　陛下愿意一人清净一会儿。

兰开斯特　啊，他当然有这个权利，但我们要跟他说话。

卫士　你不能进去，大人。

莫蒂默　我们不能进去？
　　　　国王和肯特上

爱德华　怎么回事，什么嘈杂声？
　　　　那儿是什么人？是你吗？
　　　　他准备往回走

莫蒂默　不，请留步，陛下，我给你带消息来了：
　　　　我叔父被苏格兰人俘虏了。

爱德华　那就把他赎回来。

兰开斯特　那是为你而战，你应该把他赎回来。

莫蒂默　你是赎他还是不赎。

肯特　　怎么，莫蒂默，你是在威胁他吗？

爱德华　别激动。你将拥有玉玺，
　　　　拿着它到全王国去为他募钱。

兰开斯特　你的宠臣教你这样做的。

莫蒂默　陛下，莫蒂默家族
　　　　并不穷；难道你要他们卖掉土地，
　　　　征召足够的兵员来让你生气吗？
　　　　我们从来不乞求，我们只相信（将手安放在利剑上）
　　　　这个。

爱德华　难道我还要这样被打扰吗？

莫蒂默　不，既然在这儿只有你一人，我要坦诚说出我的想法。

兰开斯特　我也想说，说完后，陛下，就再见。

莫蒂默　华而不实的盛典、化装舞会、挑动情欲的演出，
　　　　以及赐予加弗斯顿的无数奢侈的礼物，
　　　　吸干了你的国库，让你变得疲软不堪，
　　　　超越了怨声载道的苍生所能支付的极限。

兰开斯特　这只会引发反叛，只会引发把你废黜的怒潮。
　　　　你的卫戍部队被赶出了法国，

　　　　　　一瘸一拐，破衣烂衫正躺在大门外呻吟。
　　　　　　疯狂的奥尼尔①，带领一拨拨步兵，
　　　　　　在英格兰人定居区②横行霸道。
　　　　　　苏格兰人已经来到约克城墙下，
　　　　　　没有受到任何抵抗，
　　　　　　运走了大量战利品。

莫蒂默　　目空一切的丹麦人控制着英吉利海峡，
　　　　　　你的在港口的舰队被卸去桅帆和索具。

兰开斯特　有哪个外国的君主给你派大使来？

莫蒂默　　除了一群阿谀奉承之徒外，还有谁爱你？

兰开斯特　高贵的王后，瓦罗亚③国王唯一的妹妹，
　　　　　　抱怨你把她弃置在寂寞冷宫。

莫蒂默　　你的宫廷被剥夺了
　　　　　　那使国王在天下眼中无上荣耀的东西，
　　　　　　光秃秃，毫无生气：
　　　　　　我是指贵爵卿相们，你应该爱他们。
　　　　　　街头巷尾散发着轻慢你的传单；
　　　　　　民谣和打油诗调侃着你的倒台。

兰开斯特　北部边民，兵燹家园，
　　　　　　妻儿被杀，民怨沸腾，
　　　　　　诅咒你的名字和加弗斯顿。

莫蒂默　　你曾几何时出现在战旗招展的沙场？
　　　　　　仅一次而已，士兵列队犹如花花公子，
　　　　　　穿着花哨的袍子，没有披挂盔甲；而你自己，
　　　　　　穿金戴银，骑着马儿跟人谈笑风生，

---

① 在爱德华二世时期，爱尔兰著名的一个反叛的家族。

② 英格兰人在都柏林附近的定居区，受英格兰王国政府保护。

③ 瓦罗亚，中世纪时法国北部一地区。

晃动着你那缀满闪闪发光金属片儿的王冕，

在那王冠上垂挂着女人的欢爱，就像标签一样。

兰开斯特　嘲笑挖苦的苏格兰人为此编了

这么个吉格舞曲调儿，

这真是英格兰莫大的耻辱：

"英格兰少女呀，你们悼念

死在班诺克本①的情人呀，

一声太息，一声嗬嗬！

英格兰国王想打败苏格兰呀，

赢得了什么？

一声隆隆！"

莫蒂默　为了让叔父自由，威格摩尔城堡将卖掉。

兰开斯特　卖掉那座城堡，我们的利剑将赢得更多的城堡。

如果你生气，那就请复仇吧。

下次再见到我们，我们已举起战旗。

贵族（莫蒂默和兰开斯特）下

爱德华　涨满心中的怒气行将冲破而出。

这些贵族总来折磨我，

我又不敢回击，他们权力太大！

难道小公鸡的鸣啼

会让雄狮惧怕吗？爱德华，张开你的利爪，

让他们的鲜血消解你饥渴的愤怒吧，

我一旦变得残暴、独裁，

就让他们罪有应得，独自去懊悔不已吧。

肯特　陛下，我看你对加弗斯顿的爱

将毁灭这个国家和你自己；

愤怒的贵爵们威胁发动战争。

所以，贤兄，永远放逐他吧。

① 爱德华二世 1314 年在班诺克本被苏格兰人大败。

爱德华　难道你也是我的加弗斯顿的敌人？

肯特　是的，偏袒他让我感到痛苦。

爱德华　叛逆之徒，滚开！你去跟莫蒂默一伙惺惺相惜吧。

肯特　我宁可那样，也不跟加弗斯顿在一起。

爱德华　让我别再见到你，别再打扰我了。

肯特　难怪你嘲弄你的公侯贵爵们，
　　　你竟然如此贬损自己的兄弟。

爱德华　滚！
　　　肯特下
　　　可怜的加弗斯顿，除了我之外，你没有朋友。
　　　不管他们做什么，我们还是生活在这泰恩莫斯城堡，
　　　在城墙边漫步，
　　　干吗还要为这些伯爵而烦恼？
　　　她来了，这所有烦恼的源泉。
　　　王后、三位夫人（国王的侄女，两位女侍臣）、加弗
　　　斯顿、贝尔道克、小斯彭瑟上

王后　陛下，听说王侯伯爵们起兵了。

爱德华　是的，而且还听说你同情他[①]。

王后　你还无故怀疑我吗？

侄女　亲爱的叔叔，更温和一些跟王后说话。

加弗斯顿　（对爱德华）陛下，利用她掩盖一下，和她说话和气
　　　一些。

爱德华　（对王后）原谅我，亲亲，我忘乎所以了。

王后　伊莎贝拉即刻就原谅你啦。

爱德华　小莫蒂默现在变得如此大胆，

---

① 指小莫蒂默。

敢于当面用内战来加以威胁。

加弗斯顿　那你为什么不把他关进伦敦塔呢?

爱德华　我不敢,因为人民爱他。

加弗斯顿　那我们可以秘密地把他弄走。

爱德华　兰开斯特和他两人相互祝饮
　　　　一大碗毒液!
　　　　说他们说得够了,告诉我这两位是谁?

侄女　父亲活着时用的两个帮手。
　　　　是否可请陛下接见他们?

爱德华　(对贝尔道克)告诉我,你是在哪儿出生的? 你家的
　　　　盾徽是什么?

贝尔道克　我名叫贝尔道克,我从牛津,
　　　　不是从宗谱纹章,
　　　　获得绅士地位。

爱德华　贝尔道克,这对我更合适。
　　　　侍候我吧,别让我找不到你。

贝尔道克　我谦卑地感谢陛下。

爱德华　(指着小斯彭瑟)你认识他,加弗斯顿?

加弗斯顿　是的,陛下,
　　　　他名叫斯彭瑟;一位盟友。
　　　　看在我的面上,让他服侍陛下吧;
　　　　你不可能再找到比他更贴心的人了。

爱德华　斯彭瑟,你就服侍我吧;看在他的分上,
　　　　我不久就提拔你到更高的职位上去。

斯彭瑟　没有比被陛下怜爱
　　　　更高的职位了。

爱德华 （对侄女）贤侄女，今天将举行你的婚宴。
加弗斯顿，你要知道我是那么爱你
将我的侄女，已逝的格洛斯特伯爵的独生女，
嫁给你。

加弗斯顿 我知道，陛下，许多人将忌恨我，
但我既无视他们的爱，也无视他们的恨。

爱德华 那些桀骜不驯的贵爵阻止不了我；
我偏袒的人将成为王国的栋梁。
啊，让我们走吧，婚礼完毕之后，
让我再来收拾反叛者和他们的同谋。
众下

第三场

兰开斯特、小莫蒂默、沃里克、彭布罗克以及他们的
扈从们、肯特上

肯特 大人们，出于对故土山河的热爱，
我决然来到你们的阵营，离开国王，
在你们的争吵中，以王国的名义，
我将一马当先以命铤而走险。

兰开斯特 我担心你来是出于一个韬略，
用爱来破坏我们的大业。

沃里克 他是你的兄弟，我们完全有理由
怀疑你对造反的忠诚。

肯特 我的荣誉将为我的话担保。
如果那还不够，那就再见，大人们。

莫蒂默 留步，埃德蒙，金雀花王朝

从不说假话，我们信任你。

彭布罗克　你离开他是什么理由？

　　肯特　我跟兰开斯特谈了。

兰开斯特　这就够了。大人们，据知，
　　　　　加弗斯顿已秘密回来，
　　　　　在泰恩默斯城堡正和国王欢爱。
　　　　　让我们带着随从们爬上墙，
　　　　　给他们一个出其不意的突袭。

　莫蒂默　我带头。

　沃里克　我随后跟上。

　莫蒂默　先人这破旧的军旗，
　　　　　曾经横扫死海荒凉的海岸，
　　　　　为此我们名叫莫蒂默①，
　　　　　我将举着它爬上城堡的墙垣。
　　　　　战鼓，击打冲锋的鼓点呀！敲得更响呀，
　　　　　让铿锵的鼓点敲响加弗斯顿的丧钟。

兰开斯特　任何人绝对不准碰国王，
　　　　　但对加弗斯顿和他的朋友们格杀勿论。
　　　　　众下，响起鼓声

第四场

（鼓声）国王上，遇见小斯彭瑟

　爱德华　哦，告诉我，加弗斯顿在哪儿？

　斯彭瑟　仁慈的陛下，恐怕他已被杀。

---

① 莫蒂默（Mortimer）源自拉丁语 de Mortuo Mari，"来自死海"。

爱德华　不，他不就来了？让他们去抢掠和厮杀吧。

　　　　加弗斯顿、王后、国王的侄女和大人们来到他们面前

　　　　快跑，快跑，大人们！伯爵们已经占领城堡。

　　　　乘船走水路到斯卡巴勒去，

　　　　我和斯彭瑟走陆路逃亡。

加弗斯顿　哦，别走，他们不会伤害你。

爱德华　我不相信他们，加弗斯顿。走吧！

加弗斯顿　再见，陛下。

爱德华　贤侄女，再见。

　侄女　再见，亲爱的叔父，后会有期。

爱德华　再见，亲爱的加弗斯顿，再见，贤侄女。

　王后　难道不向可怜的伊莎贝拉，你的王后道别吗？

爱德华　不，不，因为莫蒂默，你的情人的缘故。

　　　　除了伊莎贝拉王后，众下

　王后　上苍可以做证我只爱你一人。——

　　　　然而，他就这么从我的怀抱中挣脱。

　　　　哦，但愿我的双手能拥抱这英格兰岛，

　　　　能随我之所愿把他拉到我身边，

　　　　但愿这些流淌的泪水

　　　　能融化他铁石般的心，

　　　　一旦拥有了他，我们永不分离。

　　　　王侯贵族们（兰开斯特、沃里克、小莫蒂默和其他

　　　　人）上。鼓点

兰开斯特　我琢磨他怎么可能逃脱。

莫蒂默　这是谁，王后？

　王后　是的，莫蒂默，是凄惨的王后，

　　　　太息已经击毁她焦渴的心，

因为不断的哀伤，身体孱弱了。

这双手，因为费力将陛下从

加弗斯顿，那卑鄙的加弗斯顿那儿拽拉过来，

已疲惫不堪，

但一切都徒劳无益，我跟他和气地说话，

他却转过身去，笑嘻嘻冲着他的宠臣奔去。

莫蒂默　别再抱怨不休了，告诉我们国王在哪儿？

王后　你们找国王干吗？你们追的是他吗？

兰开斯特　不是他，娘娘，而是那该诅咒的加弗斯顿。

兰开斯特绝没有

对君王施暴的想法；

我们想做的就是为王国除掉加弗斯顿。

告诉我们他在哪儿，他必须得死。

王后　他从水路逃到斯卡巴勒；

快追杀过去，他不可能逃远。

国王已经离开了他，他的随行人员很少。

沃里克　别耽搁了，亲爱的兰开斯特，让我赶紧去追击吧。

莫蒂默　国王和他怎么会分开呢？

王后　这样可以分散你们的兵力，

每一支兵力会相对弱一些，

而国王则可以尽快聚集部队，

轻易地各个击败你们。快去追吧。

莫蒂默　在河上正有佛来芒人独桅一叶扁舟。

让我们登上船去，全速前进去追他①。

兰开斯特　送他逃离的风将吹满我们的风帆，

来吧，来吧，来上船。只不过一小时的航程。

---

① 指加弗斯顿。

莫蒂默　娘娘，你就待在这城堡里。

王后　　不，莫蒂默，我要到国王陛下那儿去。

莫蒂默　不，那你还不如和我们坐船到斯卡巴勒去。

王后　　你知道国王多疑，
　　　　要是他听说我跟你讲话，
　　　　他就要质疑我的忠诚；
　　　　因此，高贵的莫蒂默，你们走吧。

莫蒂默　娘娘，我不可能再跟你细谈；
　　　　但是，记住莫蒂默的美德吧。
　　　　　除了王后全下

王后　　你太值得称道了，亲爱的莫蒂默，
　　　　要是伊莎贝拉永远跟你在一起那才是天作之合。
　　　　我徒然寻觅爱德华的爱，
　　　　而他的眼睛只停留在加弗斯顿身上。
　　　　我要再一次去哀求他。
　　　　如果他冷然如故，无视我的甜言蜜语，
　　　　我和儿子就回法国去，
　　　　跟我哥哥法国国王去诉说
　　　　加弗斯顿如何抢夺了我的爱；
　　　　我只期盼我的痛苦有一个尽头，
　　　　在这可祝福的一天杀掉加弗斯顿。
　　　　　下

第五场

　　　　　被追逐的加弗斯顿上

加弗斯顿　好啊，精力充沛的贵爵们，我逃离了你们的魔爪，
　　　　　你们的威胁呀，你们的战鼓声呀，你们的紧追不舍呀；

虽然远离爱德华国王的视线，

加弗斯顿岿然不动，

只盼望

与君王再相逢

（尽管那些蓄须的贵爵

收罗反叛者反对国王）。

贵族们（沃里克、兰开斯特、彭布罗克、小莫蒂默）

在士兵和扈从的护卫下上

沃里克　抓住他，士兵们。把他的武器缴下。

莫蒂默　（当士兵们在向加弗斯顿进攻时）

你这骄横的国家和平的扰乱者，

腐蚀国王的人，造成这一切争端的元凶，

卑鄙的佞臣，投降！要不是因为怕亵渎

作为一名士兵的羞耻感和荣誉，

你早就应该倒在我的利剑之下，

在血泊中打滚。

兰开斯特　男人中的恶魔，

犹如那希腊婊子①，诱发

血腥的战争，你这无耻之徒，

使众多的骁勇的骑士，

除了死亡没有任何别的命运。

爱德华国王不在这儿，不可能保护你。

沃里克　兰开斯特，干吗跟这混蛋废话？

去，士兵们，把他带走，

要不我的利剑将要他的头。加弗斯顿，简单的宣判

对你也就足够；为了王国利益，

我们将对你施以

极刑——在绞刑架上吊死。

————————

① 指海伦，特洛伊战争的缘由。

加弗斯顿　陛下！

　沃里克　士兵们，把他带走。——
　　　　　但是，因为你是一位国王的相好，
　　　　　在我们手中，你将得到善意的待遇。①

加弗斯顿　感谢你们大家，大人们。不过我认为
　　　　　杀头是一种刑罚，吊死是另一种，
　　　　　死亡是一样的。
　　　　　　阿伦德尔伯爵上

兰开斯特　怎么啦，阿伦德尔伯爵？

阿伦德尔　大人们，爱德华国王请我转达问候。

　沃里克　阿伦德尔，有什么话说出来吧。

阿伦德尔　陛下听说你们抓了加弗斯顿，
　　　　　通过我请求你们允许他
　　　　　在他死之前见他一面，
　　　　　他知道他将必死无疑；
　　　　　如果你们能应允陛下这点要求，
　　　　　他将永远铭记你们的美意。

　沃里克　怎么办？

加弗斯顿　声名煊赫的爱德华，你的英名
　　　　　拯救了可怜的加弗斯顿！

　沃里克　不，没有必要把国王牵涉进来。
　　　　　阿伦德尔，我们将在其他事务中，
　　　　　取悦于国王；但在这件事上，请原谅我们。
　　　　　士兵们，将他带走。

加弗斯顿　啊，沃里克伯爵，
　　　　　难道我不能期望这些交涉

_____

① 语中含有讥刺，相对于其他死刑，如杀头，吊死算是一种较好的死法。

给我些许希望吗？
我知道，大人们，你们盯住了我这条命；
那就将这条命给予爱德华吧。

莫蒂默　难道要由你来决定
我们给予什么吗？士兵们，把他带走。
为了取悦于国王，
我们将请你把他的脑袋带去。让他
将眼泪洒落在那脑袋上，那是他能从加弗斯顿身上
获得的一切，要不就是他那毫无知觉的躯体。

兰开斯特　别这样，大人，他有可能
花比他一辈子挣的还要多的金钱厚葬他。

阿伦德尔　大人们，这是陛下的请求，
他以国王的荣誉起誓，
他只跟他谈话，然后将他送回。

沃里克　你能说准，什么时候？阿伦德尔，不。
我们知道，他，玩忽王国的事务、
将贵族们逼到绝望境地的他呀，
一旦重新获得加弗斯顿，
将背弃任何诺言。

阿伦德尔　如果你们在拘留的问题上信不过陛下，
大人们，那我愿做人质保证他归来。

莫蒂默　你甘愿做人质，彰显了你高风亮节，
我们知道你是一位高贵的绅士，
我们不愿如此为难你，
让一位真正的人去跟一个乱臣贼子交换。

加弗斯顿　你是多么卑鄙，莫蒂默？说我是乱臣贼子也太过分了。

莫蒂默　滚开吧，卑鄙的家伙，攫取国王声誉的贼寇！
你的同伙和哥们也全是这路货。

彭布罗克　莫蒂默大人，和每一位在场的其他大人，
　　　　　要满足国王的请求，
　　　　　牵涉到将加弗斯顿送回的问题，
　　　　　而陛下如此热切地想在他死前
　　　　　见他一面，
　　　　　我以我的荣誉承诺
　　　　　送他去，并把他带回，
　　　　　如果阿伦德尔伯爵
　　　　　偕同我一起去的话。

　沃里克　彭布罗克，你想要干什么？
　　　　　引发更多的流血吗？难道我们
　　　　　逮住了他不够，现在还要
　　　　　找借口放走他吗？

彭布罗克　大人们，我不会过分为难阁下们，
　　　　　但是，如果你们信得过彭布罗克，
　　　　　我发誓我将送回这手中的囚徒。

阿伦德尔　兰开斯特伯爵，对此你怎么说？

兰开斯特　啊，我主张按彭布罗克说的，让他走。

彭布罗克　你呢，莫蒂默勋爵？

　莫蒂默　你怎么说，沃里克伯爵？

　沃里克　不，你们愿意怎么干就怎么干吧。我知道事实将证明
　　　　　一切。

彭布罗克　那就把他给我吧。

加弗斯顿　亲爱的君王，在我死之前，
　　　　　我将来跟你会面。

　沃里克　（旁白）也许不会这样，
　　　　　如果沃里克的智慧和韬略占上风的话。

莫蒂默　彭布罗克伯爵，我们将他递解到你那儿；
　　　　用你的荣誉担保将他归还。——吹乐，走吧！
　　　　加弗斯顿被递解给彭布罗克看守。喇叭吹响。所有人
　　　　下，除了彭布罗克、阿伦德尔、加弗斯顿、彭布罗克
　　　　的随从们：四名士兵（其中一名为詹姆斯，一名马童）

彭布罗克　（对阿伦德尔）大人，你将和我一起去。
　　　　我的宅邸离这儿不远，有一点
　　　　偏僻，让扈从们继续前行，
　　　　而我们拥有妙龄少女为妻妾的人，
　　　　先生，我们不能
　　　　离家这么近，不去享受一番她们的
　　　　一掬亲吻。

阿伦德尔　说得太客气了，彭布罗克大人，
　　　　阁下的盛情邀请如此富有魅力
　　　　足以让任何一个王子销魂沉醉。

彭布罗克　那就这样吧。——到这儿来，詹姆斯。
　　　　我将加弗斯顿托付给你了。
　　　　今晚你是他的看守，明天早晨
　　　　将解除你看守的职责。去吧。

加弗斯顿　不幸的加弗斯顿，你到哪儿了？
　　　　加弗斯顿和詹姆斯以及彭布罗克的其他扈从们下

　　马童　大人，我们很快就要抵达科巴姆。
　　　　彭布罗克和阿伦德尔下，马童在前面带路

第三幕

第一场

哀号的加弗斯顿以及彭布罗克伯爵的扈从詹姆斯和三个士兵上

加弗斯顿　哦，不守信用的沃里克，如此欺瞒了你的朋友[①]！

詹姆斯　我看这些士兵追逐的是你的命。

加弗斯顿　难道手无寸铁的我必然要倒霉，戴着脚镣手铐死吗？
哦，难道今天就要结束我的生命吗？
我所有祝福寄托之所在！如果你们还是男子汉，
快速奔往国王那儿去。
沃里克和他的随从士兵们上

沃里克　彭布罗克伯爵手下的人们，
不再麻烦你们了；我来照看加弗斯顿。

詹姆斯　伯爵阁下食言，
失信于我们的伯爵，你的高贵的朋友。

沃里克　不，詹姆斯，我奉行的是王国的大业。——

---

① 指彭布罗克。沃里克不愿信守对彭布罗克的诺言，中途埋伏，不让加弗斯顿去面见国王。

去，把那混蛋押来。

加弗斯顿被押来

士兵们，走吧。

我们要速战速决。(对詹姆斯)向你的老爷，

我的朋友，问好，告诉他我会看守得很牢。

(对加弗斯顿)来吧，让你的影子跟爱德华国王交谈

吧。

加弗斯顿　背信弃义的伯爵，我见不到国王了？

沃里克　也许天上的国王，见不到其他国王了。——

走！

沃里克和他的士兵们押着加弗斯顿下。詹姆斯和其他
人留在舞台上

詹姆斯　啊，伙计们，我们不用再操心了。

让我们赶快回去禀告大人。

众下

第二场

爱德华国王、小斯彭瑟和贝尔道克上，鼓笛声

爱德华　我渴望从贵爵们那儿得到关于我的朋友，

我的最亲爱的加弗斯顿的答复。

啊，斯彭瑟，王国的财富

也无法赎回他！啊，他注定要死亡了。

我知道小莫蒂默心怀恶意，

沃里克粗莽无礼，兰开斯特

铁面无情，我将永远见不到

我的可爱的皮尔斯，我的加弗斯顿。[①]

---

① 加弗斯顿的全称为皮尔斯·加弗斯顿。

这些桀骜不驯的贵爵竟然凌驾于我之上。

斯彭瑟　爱德华国王，英格兰的君王，
　　　　优雅的西班牙埃莉诺①的儿子，
　　　　伟大的爱德华长腿王的后嗣，难道能容忍
　　　　这些恶棍，容忍这疯癫，在自己的山河土地上、
　　　　在自己的王国
　　　　受贵爵们毫无节制的挑战？陛下，原谅我直言。
　　　　如果你还有你父亲的宏略大志，
　　　　如果你珍惜你姓氏的荣誉，
　　　　你就不会如此痛苦，陛下，
　　　　遭受贵族们如此播弄。
　　　　割掉他们的脑袋，将他们钉在耻辱柱上。
　　　　毫无疑问，这对其他的人是一个警示，
　　　　人们从他们的下场会获益匪浅，
　　　　学会顺从他们合法的国王。

爱德华　是的，仁慈的斯彭瑟，我对他们太温和了，
　　　　太仁慈心软了，但我现在已经拔剑出鞘，
　　　　如果他们不把加弗斯顿给我送来，
　　　　那我就要直刺他们头盔上的翎毛，
　　　　割掉他们的脑袋。

贝尔道克　这崇高的决心太像陛下了，
　　　　毫不考虑贵爵们的能量，
　　　　看来人主还只是一个学生，
　　　　像一个孩子一样需要调教。
　　　　于·斯彭瑟（一位老人，小斯彭瑟的父亲）拿着他的
　　　　权杖，以及士兵们上

老斯彭瑟　君王万岁，高贵的爱德华，
　　　　在和平时无往而不前，在战时无往而不胜！

――――――――――

① 即卡斯蒂尔的埃莉诺。

爱德华　欢迎，老人家。你来相助爱德华吗？
　　　　告诉本王你从什么地方来，干什么的。

老斯彭瑟　瞧，我带着一队士兵，手持弓箭、长矛、
　　　　戟和盾，四百人之多，
　　　　发誓要保卫爱德华国王的王权，
　　　　前来觐见陛下——
　　　　我，那儿的于·斯彭瑟的父亲，
　　　　永远归属于陛下，
　　　　对他好，也是对我们所有的人好。

爱德华　你的父亲，斯彭瑟？

斯彭瑟　是的，假如陛下喜欢
　　　　他对国王的恩典所倾诉的话，
　　　　他的生命，主公，就拜倒于你皇家的足下。

爱德华　再次热烈欢迎你，老人家。
　　　　斯彭瑟，这对你的国王的爱和仁慈，
　　　　表明了你高贵的心灵和脾性。
　　　　斯彭瑟，我在此册封你为威尔特伯爵，
　　　　这样，你每天都可以体验
　　　　我的宠幸就像阳光照耀在你的身上。
　　　　为了更加明然地彰显我的爱，
　　　　我听说布鲁斯勋爵要卖掉土地，
　　　　莫蒂默叔侄正在跟他讨价还价，
　　　　你依赖我的权威去把他们击败。
　　　　斯彭瑟，别心软，把地买下来。
　　　　士兵们，将付你们额外的薪饷，加倍欢迎所有的人！

斯彭瑟　陛下，王后娘娘来了。
　　　　王后拿着一封信和她的儿子爱德华王子，以及法国人
　　　　勒维恩上

爱德华　夫人，有什么新闻吗？

612 / 文艺复兴时期英国戏剧选 I

王后　耻辱的消息，陛下，令人不快的消息，
　　　我们忠诚而值得信赖的朋友勒维恩，
　　　通过信件和谈话告诉我，
　　　我的哥哥瓦罗亚勋爵，法国国王，
　　　因为陛下在外交礼仪方面拖沓①，
　　　占领了诺曼底。
　　　信函都在这里，这是驿站送信人。
　　　她给他看致爱德华的信

爱德华　欢迎，勒维恩。——呸，老婆，难道就这些吗？
　　　瓦罗亚和我很快又会成为朋友。
　　　但是我的加弗斯顿，难道我将永远看不见、
　　　看不见你了吗？夫人，在这件事上，
　　　我想使用一下你和你的小儿；
　　　你将去跟法国国王交涉。
　　　孩子，瞧你是如此高贵儒雅，
　　　用威严的姿态陈述口信吧。

王子　别往我青春的肩膀
　　　压上比一个年幼的王子
　　　所能承受的更多的压力；
　　　但别担心，父王，
　　　你赋予我的信任将比
　　　天空枕在阿特拉斯②肩膀上的
　　　巨大的横梁更加坚固。

王后　啊，孩子，这么早熟令你母亲担忧
　　　你在这世上的寿数不会太长。

爱德华　夫人，我希望你尽快乘船远走，

---

① 法国国王占领蓬蒂悦和吉耶纳，邀请爱德华国王前往法国参加庆祝，爱德华国王
　未去。
② 希腊神话，阿特拉斯是以肩顶天的巨人。

带上我们的儿子；勒维恩随后就来，
我们也将尽快将他送离这儿。
在廷臣中选择人陪伴你，
平平安安走吧；我们这儿则要打仗。

王后 这真是有悖常理的战争，臣民竟然反叛国王；
上帝啊，让他们永远停止吧！陛下，我走了，
去准备前往法国的行程。

王后和爱德华王子下，阿伦德尔伯爵上

爱德华 怎么，阿伦德尔伯爵，你怎么一个人来了？

阿伦德尔 是的，好陛下，加弗斯顿死了。

爱德华 啊，逆贼！他们把我的朋友处死了？
告诉我，阿伦德尔，在你到达之前死的，
还是你亲眼看见我的朋友被处死？

阿伦德尔 都不是，陛下，他被抓，
周围全是拿着兵器的敌人，
我给他们传达国王的圣旨，
要求他们放人——甚至是哀求了——
我说，以我的姓氏的荣誉，
我负责遣送他去见陛下，
并担保将他归还。

爱德华 告诉我，反叛者全然不顾我的权威？

斯彭瑟 傲慢无礼的叛逆！

爱德华 是的，斯彭瑟，全是逆贼。

阿伦德尔 我一开始就发现他们异常无情。
沃里克伯爵全然没有耐心听我说话；
莫蒂默也很不耐烦；彭布罗克和兰开斯特
说话最少；当他们断然拒绝
接受我为他所做的担保，

彭布罗克伯爵温和地说：
"大人们，鉴于君王要他，
并承诺将他安然归还，
我主张：将他送走，
然后等着将他送回你们的手中。"

爱德华　　好啊，怎么他又不能来了呢？

斯彭瑟　　也许由于叛变，或者什么歹行。

阿伦德尔　沃里克伯爵在中途劫持了他；
因为他已被移交给彭布罗克手下的人，
伯爵以为他的囚犯是安全的，便驱车回家了；
在他回来之前，沃里克埋伏袭击，
把他剥光处死，在一条沟里，
割掉他脑袋，然后迈步回到兵营。

斯彭瑟　　太血腥了，完全违反战争成规。

爱德华　　哦，我将说话，还是就嗟叹长啸而死？

斯彭瑟　　陛下，用你的利剑去
对贵爵们复仇吧；激励起你的士兵们；
别让谋杀你的朋友的人逍遥法外。
将你的战旗，爱德华，高举着上战场，
去追逐他们，直捣他们藏匿的老巢。

爱德华　　（跪着）以我们共同母亲大地的名义，
以苍天、以在天空移动的星球的名义，
以这右手的名义，以我父亲利剑的名义，
以我的王冠和随之而拥有的荣誉的名义，
我要为他去拼杀，
杀掉和我的庄园、城堡、城镇、塔楼一样多的
脑袋和生命。
叛逆的沃里克，叛逆的莫蒂默！

只要我还是英格兰国王，在血流成河中，
我定要追猎你们哪怕没有脑袋的尸体，
你们可以在血河中狂饮，
用血染红我的皇家的旗子，
我的染红的王旗将永远唤起
对复仇的回忆，
诅咒你们叛逆的后代，
你们这些杀死了加弗斯顿的歹徒。
　　他站起
在这荣誉和信任的殿堂，
斯彭瑟，亲爱的斯彭瑟，我接纳你，
出于我的爱，
我敕封你为格洛斯特伯爵和内侍大臣，
无论岁月如何流逝，无论敌人如何干扰。
　　一随从上，在小斯彭瑟耳际细语

斯彭瑟　陛下，这是贵爵们遣送来的信使，
　　　　希望觐见国王。

爱德华　让他到这儿来。
　　　　一随从前往门口。贵爵们的传令官穿着饰有纹章的外
　　　　套上

传令官　爱德华国王万岁，英格兰合法的君王！

爱德华　当然啦，派遣你来这儿的人是不会这么祝颂的。
　　　　你来自莫蒂默和他的同伙那儿。
　　　　一帮臭不可闻的逆贼永远不会。
　　　　得，说说你的口信吧。

传令官　拥兵起事的王侯贵族们命我向
　　　　陛下致福寿齐天之意，
　　　　并要求我向陛下极其简要地陈述，
　　　　如果不流血，

你将不可能缓解、疗治这动乱，

在君王之侧，

请清除斯彭瑟这根腐烂的枝杈，

它致使皇家的藤蔓死亡，

那溃烂的枝杈上金色的树叶，

围绕在你高贵的头颅和王冠周围，

这些暴发户让金冕的光辉黯淡无光，

他们怀着爱意劝谏陛下

珍惜美德和贵族，

敬崇旧部，

剔除那些光溜的欺瞒的谄佞之徒。

假如你能做到这些，他们发誓将

他们的荣誉和生命都奉献给陛下。

斯彭瑟　啊，逆贼们，他们还是如此嚣张吗？

爱德华　滚！没有答复，走吧。

逆贼们，难道要他们来规定君王的

游戏、乐趣和伙伴吗？

在你走之前，我要让你瞧一眼我是怎么

跟斯彭瑟分离的。（拥抱斯彭瑟）

你去跟你的大人们说，为了谋杀加弗斯顿，

我将要讨伐他们。你赶快走吧。

爱德华将提着火把和利剑跟在你后面追去。

传令官下

贤卿们，你们看到这些叛逆者是多么猖狂？

士兵们，好样儿的，保卫你们君王的权力。

现在，就现在，让我们迈步前进去制服他们。

开步走！

众下

第三场

　　　　战鼓声，交战，一场大战，退却。国王、老斯彭瑟、
　　　　小斯彭瑟、站在国王一边的贵族们上

爱德华　为什么打退却的鼓点？向他们冲去，大人们！
　　　　今天我要用利剑发泄复仇之恨，
　　　　对准那些傲慢的拥兵反叛的逆贼刺去，
　　　　凛然面对他们的国王，并宣布他为非法。

斯彭瑟　毫无疑问，陛下，真理将占上风。

老斯彭瑟　别失算了，君王，交战双方
　　　　都需要喘息的机会；我们的士兵
　　　　汗流浃背，浑身尘土，
　　　　几乎透不过气来，一个个中暑而晕倒，
　　　　退却给马匹和士兵一个重整旗鼓的机会。

斯彭瑟　逆贼们来了。
　　　　贵爵们：小莫蒂默、兰开斯特、沃里克、彭布罗克和
　　　　其他人上

莫蒂默　瞧，兰开斯特，
　　　　一群奸佞之徒正簇拥着爱德华。

兰开斯特　随他去吧，
　　　　他将为他的弄臣圈子付出高昂的代价。

沃里克　我要杀掉这些弄臣，否则我的剑白拿了。

爱德华　怎么，逆贼们，你们退缩、打退堂鼓了吗？

莫蒂默　不，爱德华，决不。让你的佞臣们滚蛋。

兰开斯特　他们很快就会遗弃你和他们的随从，
　　　　作为逆贼，他们会背叛你。

斯彭瑟　逆贼，去你的，造反的兰开斯特！

彭布罗克　滚开，卑鄙的新贵。你敢这么蔑视贵族吗？

老斯彭瑟　聚集同谋，起兵
　　　　　反对你们的合法国王，
　　　　　难道是一项高贵、荣耀的举动吗？

爱德华　为了消解受辱的国王的愤怒，
　　　　他们不久将要以他们的脑袋做代价。

莫蒂默　爱德华，你宁可拼杀到底
　　　　不惜让你的剑沉浸在苍生的血泊之中，
　　　　而不驱赶走你的歹毒的弄臣？

爱德华　是的，逆贼们，我宁可这样，
　　　　让英格兰的城镇成一堆断壁残垣，
　　　　让铁犁在王宫的大门口耕作。

沃里克　这是一个绝望、违反情理的决心。
　　　　敲起战鼓！进攻！
　　　　为了圣乔治的英格兰而战！
　　　　为了贵族的权力而战！

爱德华　为了圣乔治的英格兰而战！
　　　　为了爱德华国王的权力而战！
　　　　战鼓。众人分别从两边门出

第四场

爱德华和他的随从们，包括斯彭瑟父子、勒维恩、贝
尔道克和被逮的贵爵们（包括沃里克和兰开斯特）以
及肯特上

爱德华　现在，精力充沛的贵爵们，

不是因为战争的成败，
而是因为争论和王业的正义性，
你们的傲慢之气蔫儿了。
我想吊死你们，
但我还想将你们的脑袋挂在耻辱柱上，逆贼们。
现在是时候了，
为你们所有的侮辱报仇，
为我的最亲密的朋友的被杀报仇，
你们十分清楚
他和我的灵魂紧密相连：
加弗斯顿，我的好皮尔斯，我的亲密的宠臣。
啊，谋叛者们，逆贼们，你们把他杀了！

肯特　贤兄，为了你和你的国家，
他们不是把弄臣从你的王座边清除了吗？

爱德华　好啊，先生，你终于开腔了。走开，不要让我看见你。
肯特下
该诅咒的无耻之徒，难道我不是考虑到我的威望，
派遣信使请求能让他跟我谈一次话，
彭布罗克担保归还他，
而你，桀骜不驯的沃里克，夺走了犯人，
可怜的加弗斯顿，你违反战争成规砍了他的头？
为此，你的脑袋要高高地吊在木桩上，
就像你的气焰比别人更高一筹一样。

沃里克　独裁者，我完全蔑视你的威胁。
你没有几天再可以耀武扬威了。

兰开斯特　大不了一死，与其在这样一个国王手下偷生，
还不如去死而流芳百世。

爱德华　把他们带走，温切斯特伯爵①。

___

① 指老斯彭瑟。

这些最卖力的贼寇，沃里克和兰开斯特，

我特此敕令：拉出去砍头。

走！

沃里克　永别了，虚荣的世界。

兰开斯特　永别了，亲爱的莫蒂默。

由卫士押解的沃里克和兰开斯特跟随在老斯彭瑟后
面下

莫蒂默　英格兰呀，你对你的贵族太严酷了，

为这痛苦而哀叹长啸！等着瞧你将怎么被肢解吧。

爱德华　将那傲慢的莫蒂默关进伦敦塔里去，

到那儿让他得到安宁，其他人

一律尽快执行杀头。

走吧！

莫蒂默　莫蒂默，难道那破旧的石墙

能将你那气贯长虹的美德与世隔绝吗？

不，爱德华，这也许并不是英格兰的灾难；

莫蒂默的希望远远超越他的命运。

卫士押着莫蒂默下

爱德华　敲起鼓，吹起喇叭！朋友们，跟随我走吧。

爱德华今天又一次给自己加冕。

鼓声和吹号声。除小斯彭瑟、勒维恩、贝尔道克外，
全下

斯彭瑟　勒维恩，我们将赋予你一项使命

维系着爱德华国王国土的安谧。

因此请尽快启程，明智而审慎地

将宝物赠予法国的卿相们，

让各方都得到疏通，使他们成为那把守

阻止朱庇特将金雨飘洒在

> 达那厄身上，对伊莎贝拉王后的所有援助
> 全部断绝——她正在法国广泛交友——
> 阻止她和她的年幼的儿子渡过海峡，
> 踏上他父亲统治的土地。

勒维恩　这正是这些贵爵和难以捉摸的王后
　　　　所期望的。

贝尔道克　是的，但是，勒维恩，你看见了
　　　　这些贵爵将脑袋一起搁在垫头木上。
　　　　刽子手一下子就可以了结他们的梦想。

勒维恩　请放心，大人们。我将在法国的卿相中
　　　　用英格兰的黄金秘密行事，
　　　　使伊莎贝拉的图谋破产，
　　　　对她的眼泪，法国将闭上眼睛。

斯彭瑟　赶快去法国吧，勒维恩，走吧！
　　　　去宣扬爱德华的战争和胜利。
　　　　众下

第四幕

第一场

肯特伯爵埃德蒙上

肯特　风啊，向法国吹呀。吹吧，温柔的微风，
　　　为了英格兰的利益，把埃德蒙吹到法国去吧。
　　　自然啊，相帮英格兰的事业吧。
　　　一位兄长，不，一个杀戮我朋友的屠夫，
　　　傲慢的爱德华，你要把我从你面前驱赶走吗？
　　　我要到法国去，去慰藉被冷落的王后，
　　　去告诉人们爱德华的放荡。
　　　不近情理的国王，屠杀贵族，
　　　亲近佞臣！
　　　莫蒂默，我在这儿等待你令人兴奋的越狱；
　　　漆黑的夜色，请相助他的越狱吧！
　　　化装的小莫蒂默上

莫蒂默　嘿！谁在那儿走来走去？是你吗，大人？

肯特　莫蒂默，是我。
　　　难道你的安眠药水这么有效？

莫蒂默　太有效了，大人。狱卒们都睡过去了，

谢天谢地，让我太太平平逃离监狱。
王公殿下搞到去法国的船了吗？

肯特　请放心。
众下

第二场

王后和她的儿子爱德华王子上

王后　啊，孩子，法国朋友都对我们心存芥蒂，
卿相们冷酷无情，而国王也很不友善。
我们怎么办呢？

王子　夫人，回英格兰去吧，
好好赢得我父亲的欢心，别在意
我舅父所有法国朋友的怠慢。
我向你保证，我很快就能让国王跟我们亲近；
他爱我甚于无数个斯彭瑟。

王后　啊，孩子，你受骗了，至少在这一点上，
你以为我们还能和谐相处吗？
不，不，太多的杂音了。无情的瓦罗亚，
不幸的伊莎贝拉！如果法国拒绝了我，
到哪儿，哦，你还能到哪儿去呢？
埃诺尔特的约翰爵士上

约翰爵士　娘娘，怎么啦？

王后　啊，好埃诺尔特爵士约翰，
我从来没有这样萎靡不振，这样痛苦。

约翰爵士　我听说了，亲爱的娘娘，国王对你的无情无义。
但不要一蹶不振，娘娘；高贵的心灵蔑视

绝望。殿下愿意跟随我到埃诺尔特去吗，
在那儿和你的儿子一起等待时机？——
你怎么说，王子殿下，你愿意跟你的朋友们一起走，
把一切时运都抛之脑后吗？

王子　母后，我愿意这样。
英格兰国王和法国朝廷
都不可能让我离开仁慈的母后，
我终有一天会变得强大，
足以去折断长矛，
去要傲慢的斯彭瑟的脑袋。

约翰爵士　说得多么好呀，殿下。

王后　哦，我的心肝儿宝贝，为你受到的委屈，
我是何等样的哀叹唏嘘，
又因你的希望而感到何等样欢欣鼓舞，我的爱。
啊，亲爱的约翰爵士，我们愿意跟随你
到欧洲的边陲之地，顿河的河岸，
更不用说到埃诺尔特。
侯爵是一位高贵的绅士，
我寻思侯爵阁下会欢迎我。
这些人是什么人？
　　肯特的埃德蒙伯爵和小莫蒂默上

肯特　娘娘，祝你健康长寿，
你比在英格兰的朋友们生活得幸福多了。

王后　埃德蒙伯爵和莫蒂默大人都活着？
欢迎到法国来。（对莫蒂默）在这儿的传闻说
你死了，或者说几乎死了。

莫蒂默　娘娘，正是你说的后一种状况，
但是，莫蒂默命该时来运转，
冲破了伦敦塔的监禁。

对爱德华王子
好好活着高举你的王旗，好王子。

王子　我的父王还活着，你这话是何意？
不，莫蒂默大人，我相信不是我。

王后　不是你，儿子？为什么不？我们可能会更加惨淡。
仁慈的大人们，我们在法国举目无亲。

莫蒂默　大亲王，你的一位高贵的朋友，
在我们抵达时告诉了我们：
卿相们是如何刁难，国王原形毕露
是如何无情。但是，夫人，只有武力
才能让权力低头；虽然许多朋友，
如沃里克、兰开斯特等等
我们一派的朋友们牺牲了，
但殿下，我向你保证
我们在英格兰有朋友，
他们看到我们武装起来跟敌人对垒，
会高抛帽子，热烈鼓掌。

肯特　祈望皆大欢喜，
为了英格兰的荣誉、和平和安宁，
爱德华改邪归正！

莫蒂默　王公大人，只有利剑才能做到这一切。
国王永远不会遗弃那些对他奉承、谄媚之徒。

约翰爵士　英格兰的贵爵们，如果无情的法国国王
拒绝给这位痛苦的王后，他的妹妹
提供武器援助，
你们跟她一起到埃诺尔特来吧。请相信
不用多久我们就可以找到
援助、金钱、人员和朋友
挑战爱德华离开他的国内基地。

你怎么看，年幼的王子，你对这场对峙有何想法？

王子　我认为爱德华国王将击败我们所有的人。

王后　不，儿子，并不会这样，你不能让
　　　如此全力相助的朋友们泄气。

肯特　埃诺尔特爵士约翰，请原谅我们。
　　　你所给予悲恸欲绝的王后的帮助，
　　　让我们都怀着仁慈之心站在一起，
　　　我们听从你的调遣。

王后　是的，仁慈的兄长，愿上帝
　　　让你的美好的愿望实现，好约翰爵士！

莫蒂默　这位高贵的绅士，正摩拳擦掌，准备投入战斗，
　　　我看，他生来就是我们抛锚的海底坚石。
　　　埃诺尔特的约翰爵士，
　　　你让处于患难中的英格兰王后和贵族们
　　　得到慰藉，恢复了勇气，
　　　这使你的英名远扬。

约翰爵士　娘娘，还有你，大人，请跟随我，
　　　英格兰的贵爵们将体验埃诺尔特的热忱。
　　　众下

第三场

国王、阿伦德尔、斯彭瑟父子以及其他人上

爱德华　在无数泄愤的战争威胁之后，
　　　英格兰的爱德华和他的朋友们战胜了；
　　　但愿爱德华和他的朋友们旗开得胜，
　　　摆脱敌人们所可能设置的限制。

格洛斯特伯爵，你听说新闻了吗？

斯彭瑟　什么新闻，陛下？

爱德华　啊，老兄，人们说在全王国
　　　　执行了大规模的死刑。阿伦德尔伯爵，
　　　　你有记录，是吗？

阿伦德尔　（拿出一张条子）来自伦敦塔典狱长，陛下。

爱德华　请让我看一下。报告上写些什么？
　　　　读吧，斯彭瑟。
　　　　斯彭瑟读被执行死刑的名单
　　　　原来这样，他们在一个月以前狂吠乱叫；
　　　　现在，他们再也不能狂吠要我的命了。
　　　　先生们，再议议来自法国的消息。格洛斯特，我相信
　　　　法国的卿相们如此热爱英格兰的黄金，
　　　　以至于伊莎贝拉两手空空。
　　　　还有什么事？你公布了没有，贤卿，
　　　　凡抓捕莫蒂默者将得到犒赏？

斯彭瑟　陛下，公布了，如果他在英格兰的话，
　　　　不用多久他就得落网，但我思忖他可能不在。

爱德华　你是说"如果"吗？斯彭瑟，我可以断定，
　　　　他在英格兰境内。我们的口岸官员
　　　　不会对国王的敕令这么玩忽职守。
　　　　一驿站送信人拿着一封信上
　　　　你有什么消息？这些消息是从哪儿来的？

驿站送信人　消息，陛下，来自法国的来信和传闻。
　　　　给你，格洛斯特伯爵，这信来自勒维恩。

爱德华　读信。

斯彭瑟　（读信）鉴于我对阁下的责任，按照你的指示，我接
　　　　触了法国国王和卿相们，了解到王后失意而绝望，已

离开这儿；如果你要问去了哪儿，特禀告，她随埃诺尔特的约翰爵士，侯爵的弟弟，到佛兰德去了。同行的还有埃德蒙伯爵和莫蒂默大人，英格兰潜水员以及其他人；情报称，他们准备在英格兰跟爱德华国王进行一场比他预期要早得多的决战。这些就是要禀告的最重要的消息。

忠诚于阁下的勒维恩

爱德华　啊，歹徒们，莫蒂默逃走了？

埃德蒙跟他串联在一起也走了？

难道埃诺尔特的约翰爵士要领头征伐吗？

欢迎，以上帝的名义，夫人，和你的儿子。

英格兰将欢迎你们，以及所有你们的朋党。

疾奔吧，太阳，穿越过天空，

漆黑的夜色，乘上你那生锈的铁车，

但愿在你们之间缩短时间，

使我能尽快见到那盼望的一天，

我可以在战场上直面逆贼们。

啊，我的小儿被误导去支持他们的歹行，

没有什么比这更让我痛苦。

来吧，朋友们，到布里斯托尔去，

到那儿去把我们武装起来；

啊，风啊，你应该是公平的，

既然你能错误地把他们吹送到法国去，

你也能把他们吹送回来。

众下

第四场

王后、她的儿子爱德华王子、肯特伯爵埃德蒙、小莫蒂默、埃诺尔特爵士约翰上

王后　现在，贵爵们，我的亲爱的朋友们和同胞，
　　　用顺风欢迎你们来到英格兰。
　　　我离开那些最仁慈的比利时朋友
　　　来协调国内的朋友们——一项多么繁杂的工作，
　　　当双方在内战中刀剑相向，纠缠在一起
　　　混战一场，亲人和同胞互相厮杀，
　　　每每会用武器伤害了自己的人。但这有什么办法呢？
　　　不善治理的国王造成了这惨剧，
　　　爱德华，你是他们中的一个，
　　　你的放荡懈怠让你的国家遭殃，
　　　让英吉利海峡流满鲜血。
　　　你理应是你的人民的保护神，
　　　但你——

莫蒂默　不，娘娘，如果你是一名战士的话，
　　　你就不该这么多愁善感。
　　　贵爵们，既然我们按天意
　　　来到英格兰，按王子的权力武装了起来，
　　　我们为了国家的事业
　　　在这里宣誓对他
　　　尽忠、效命、热爱；
　　　然而，为了他对我们、王后、英格兰
　　　所造成的尽人皆知的伤痛和危害，
　　　我们全副武装要用我们的利剑来摧毁它，
　　　这样，英格兰的王后可以平和地重获
　　　她的尊严和荣誉，同时，
　　　我们可以将谄媚者，
　　　这些给英格兰的富有带来灾难的人们，
　　　从君侧清除。

约翰爵士　吹起喇叭，大人，让我们前进吧。
　　　别待在这儿说空话了，要不，

爱德华不会把我们当回事儿。

肯特　我倒愿意这是对爱德华的最好的捧场。

　　　喇叭声。众下

第五场

国王、贝尔道克、小斯彭瑟在舞台上做逃窜状

斯彭瑟　快逃，快逃，陛下！王后太强大了，
　　　她的朋友们增加了许多，而你的却萎缩了，
　　　我们还是前往爱尔兰喘口气吧。

爱德华　怎么，难道我就该逃亡，
　　　让莫蒂默叔侄成为征服者吗？
　　　把我的马给我，去驰援我们的部队，
　　　在这战场上为荣誉而死。

贝尔道克　哦，不，陛下，这为王的决心
　　　在这时并不适合。快走，追兵来了。
　　　众下

第六场

肯特的埃德蒙伯爵拿着剑和盾牌上

肯特　他是从这儿逃亡的，但我来得太迟了。
　　　爱德华，唉，我怜悯你。
　　　傲慢的逆贼莫蒂默，你为什么要拿着利剑
　　　追逐合法的国王，你的君主？
　　　卑鄙的坏蛋，你呀，这最忘恩负义、最无情无义的人，
　　　为什么要拿着武器反对你的哥哥，你的国王？

你，最公正的上帝呀，

让复仇的雨滴降临在我的该诅咒的脑袋上吧，

惩罚这不讲情义的反叛！

爱德华，这个莫蒂默要的是你的命；

哦，那就让他逃亡吧！但是，埃德蒙，平息你的怒气，

掩饰你的内心，否则你就得死，因为莫蒂默

和伊莎贝拉在谋划阴谋时已经亲吻在一起了；

而她还装出一副充满爱意的脸，倒像真的一样。

呸，那爱只会带来死亡和仇恨！

埃德蒙，走开吧。

布里斯托尔已倒向王后，

对长腿王的血裔是不忠诚的。

别让人发现我一个人待着，引起怀疑。

　　王后、小莫蒂默、王子爱德华和埃诺尔特的约翰爵
　　士上

王后　统治万王的上帝让那些为正义而战的、

畏惧他的权威的人们打赢了战斗。

从此感谢上天的伟大建筑师和你，

我们连连捷报频传。

在我们继续追击之前，高贵的大人们，

我在这儿出于爱和操心

拥戴我亲爱的儿子参加王室治理，

为王国的掌礼大臣；既然命运三女神

让他的父亲如此命途多舛，

大臣们，请在此事中①

按你们最适当的智慧

与他打交道，我的亲爱的大臣们。

肯特　娘娘，我想冒昧发问，

你将如何跟失败的爱德华打交道？

---

① 王后故意在爱德华国王失败后对此事说得模棱两可。

王子　告诉我，好叔父，你是指哪一个爱德华？

肯特　贤侄，我指你的父亲；我不敢称他国王。

莫蒂默　肯特伯爵，问这些问题有什么必要？
　　　　这不是她所能控制的事儿，也不是我们，
　　　　如果王国和议会同意，
　　　　那你的哥哥就将被废黜。
　　　　对王后耳语
　　　　我不喜欢埃德蒙这种软弱的态度。
　　　　娘娘，要尽早留神他。

王后　（对小莫蒂默）大人，布里斯托尔市长知晓我们的想法。

莫蒂默　是的，娘娘，他们不可能轻易
　　　　从战场逃逸。

王后　贝尔道克是跟随国王的；
　　　　他的一个好顾问，是不是，大人？

约翰爵士　斯彭瑟父子也都是。

肯特　（旁白）爱德华，这是王国的灾殃呀。[①]
　　　　*赖斯的霍伟尔神父，布里斯托尔市长，以及卫士押解
　　　　下的俘虏老斯彭瑟上*

赖斯　愿上帝保佑伊莎贝拉和她的王子！
　　　　娘娘，布里斯托尔的市长和市民
　　　　怀着爱和责任前来觐见，
　　　　将这俘虏交付给国家：
　　　　斯彭瑟，那个骄横的斯彭瑟的父亲，
　　　　犹如罗马的喀提林[②]，

---

① 在最初的四开本中，原文为：This Edward is the ruin of the realm。这就成了对爱德
　华的指责。而后来的版本中纠正了这一排版的错误，加了两个逗号，改成：This,
　Edward, is the ruin of the realm，这就成了对弄臣的指责了。

② 喀提林（前108？—前62），罗马共和国贵族，策动政变，被镇压。

拿英格兰的财富来寻欢作乐。

王后　感谢你们所有的人。

莫蒂默　你们在这事上所花的心血
　　　值得王室的爱和嘉勉。
　　　国王和那一个斯彭瑟逃到哪儿去了？

赖斯　小斯彭瑟，被命名为格洛斯特伯爵，
　　　和那巧舌如簧的学者贝尔道克
　　　已偕同国王乘船去爱尔兰了。

莫蒂默　但愿旋风将他们吹回来，要不就淹死他们！
　　　我们将把他们从巢穴里赶出来。

王子　那我见不到父王了吗？

肯特　（旁白）不幸的爱德华，被逐出了英格兰国境！

约翰爵士　娘娘，还要在干什么？你是怎么想的？

王后　我同情国王的不幸；但是，唉，
　　　国家的命运驱使我投入这场战争。

莫蒂默　娘娘，你已经谨慎而伤感地进行了这场战争，
　　　国王伤害了你的国家和他自己，
　　　我们必须尽可能设法矫正它。
　　　将这逆贼推去砍头。
　　　　对老斯彭瑟
　　　伯爵阁下你也没特权保你的脑袋了。

老斯彭瑟　"逆贼"是反对国王的人，
　　　为爱德华权力而斗争的人不是逆贼。

莫蒂默　他在胡扯，把他带走。
　　　　老斯彭瑟被带走
　　　你，赖斯的霍伟尔神父，
　　　在你的国家你有很好的声誉，

你跟踪这些反叛的逃亡者，
为王后殿下竭尽效力之能事。
娘娘，我们还需讨论
如何追捕败下阵来的贝尔道克、斯彭瑟和其他同伙，
直至逮住他们。
众下

第七场

男修道院院长、神父们、爱德华国王、小斯彭瑟、化
装穿神袍的贝尔道克上

修道院院长　别狐疑，陛下，别惧怕。
我们会秘密而小心地
保证国王在这儿万无一失，
在这命悬一线的暴风雨时代，
这儿没有怀疑，也不会有
追捕陛下和你的随从的人贸然闯进。

爱德华　　长老，你的脸容不像有任何欺骗。
哦，你要是曾经当过国王，要是你的心
像我的一样被痛苦深深地刺穿，
那你对我的境况就必然会同情不已了。
我曾经尊贵而骄傲，拥有财富、扈从，
威震四海，排场非凡；
但哪一个至高无上的君主，
不是活得和死得凄惨？
来，斯彭瑟，来，贝尔道克，
来坐在我身边；
来讨论一下
你们在知识的摇篮学过的

柏拉图和亚里士多德的哲学。

长老，人生所思考的就是天堂。

哦，我多么希望在这人生中过平静的生活！

但是，我现在则被人追逐，

你们，我的朋友，也是这样；

他们追逐的是你们的生命和我的耻辱。

仁慈的僧侣们，请不要

为了财宝、黄金、金钱，

出卖我和我的随从们。

一位僧侣　陛下，只要你生活在我们中间

　　　　　就请放心。

斯彭瑟　　即使没一个活人知晓我们，

　　　　　我怀疑在下面草场上一个阴郁的家伙知晓。

　　　　　他长时间地监视我们，陛下，

　　　　　我知道，全英格兰都起义了——

　　　　　起义者怀着致命的仇恨追击着我们。

贝尔道克　我们寻求在爱尔兰登岸，可怜啊，

　　　　　却遇到逆风和暴风雨，

　　　　　在这儿搁浅①，极度地惧怕

　　　　　莫蒂默和他的同伙会追杀过来。

爱德华　　莫蒂默！谁在说起莫蒂默？

　　　　　谁在用莫蒂默，那血腥的混蛋的

　　　　　名字伤害我？好长老，在你的膝盖上

　　　　　我搁放我这颗充满忧虑的脑袋。

　　　　　他将脑袋搁在男修道院院长的膝盖上

　　　　　哦，但愿我将永远不要再张开眼睛，

　　　　　永远不要再抬起这颗低垂的头颅，

　　　　　哦，但愿永远不要再振作这颗颓丧的心！

---

① 爱德华一行未能前往爱尔兰，在格拉摩根郡（即现在的威尔士）搁浅。

斯彭瑟　抬起头来瞧，陛下。贝尔道克，这么灰心丧气
　　　　没有好处；我们被出卖了。

　　　　　威尔士士兵、赖斯的霍伟尔神父、一位刈草者和莱斯
　　　　　特伯爵上

刈草者　以我的生命担保，这些就是你要追捕的人。

　赖斯　伙计，够了。——陛下，跟我走吧。
　　　　我们有合法的授权令这么做。

莱斯特　（旁白）王后的授权令，为莫蒂默所怂恿。
　　　　英武的莫蒂默跟王后什么不能干？
　　　　啊，他坐在那儿，希望不被人看见，
　　　　企图逃脱那要剥夺他生命的手掌。
　　　　这说得太好了：在战前的日子，
　　　　瞧他多么威武而豪放，
　　　　然而，在溃败的那天，
　　　　瞧他从战场如何落荒而逃。[①]
　　　　但是，莱斯特，别这么多愁善感了。
　　　　对小斯彭瑟和贝尔道克
　　　　斯彭瑟和贝尔道克，
　　　　我不屑说出你们那些贵族的头衔，
　　　　我以叛国罪逮捕你们，
　　　　别再炫耀你们那些封号了，认罪就擒吧；
　　　　这是以伊莎贝拉王后的名义。——
　　　　陛下，你怎么委顿若此？

　爱德华　哦，日子呀，我在天地之间受祝福的最后一天呀，
　　　　所有不幸的源泉！哦，我的星星呀，
　　　　为什么你要对一个国王如此严酷地皱起眉头？
　　　　莱斯特来了，以伊莎贝拉的名义

---

① 原文为拉丁文：Quem dies vidit veniens superbum, /Hunc dies vidit fugiens incentem。引
　自塞内加《梯厄斯忒斯》。

要我的命，要我的随从们的命？
在这里，伙计，撕裂我的喘息的胸口，
把心掏出来，以拯救我的朋友们吧。

赖斯　　　　　把他们带走。

斯彭瑟　　　　（对莱斯特）劳驾让我们跟
主公道别。

男修道院院长　我的充满同情的心看到这一幕太伤感了——
一个国王要忍受这样的话语和命令。

爱德华　　　　斯彭瑟，啊，亲爱的斯彭瑟，
难道我们就这么离别了吗？

斯彭瑟　　　　我们必须分别，陛下；愤怒的上天这么裁定。

爱德华　　　　不，是地狱和残酷的莫蒂默裁定的。
仁慈的上天跟这毫无干系。

贝尔道克　　　陛下，再伤感或者暴怒都徒然了。
我们谦卑地与陛下告别。
我们的命运已经定了，恐怕你的也是。

爱德华　　　　在天堂我们也许会见面，在现世不会了。
莱斯特，说，你们将拿我们怎么样？

莱斯特　　　　陛下必须去凯尼尔沃思城堡。

爱德华　　　　"必须"！让国王"必须"走，太不可思议了。

莱斯特　　　　这儿为陛下准备了一副担架，
正等待着你去乘，天色不早了。

赖斯　　　　　现在走，还是待一会儿走夜路都可以。

爱德华　　　　你有一副担架？让我躺在一辆灵车中，
送我到地狱的大门口去；
让冥王为我敲响丧钟，

让女妖们在冥河河岸为我的死亡而哭号，
爱德华没有朋友，只有这些，这些①，
而这些②必须死在独裁者的利剑之下。

赖斯　　陛下，走吧。别为这些人操心。
　　　　我们不会让他们的脑袋待很久。

爱德华　得了，必须的事情一定要发生的。我们必须分别了，
　　　　亲爱的斯彭瑟，仁慈的贝尔道克，我们必须分别了。
　　　　他把袍子扔掉
　　　　从此，不再穿伪装！也不再掩饰我的痛苦。
　　　　长老，再见了。莱斯特，你跟随我，
　　　　我必须走了。当我跟朋友们说再见时，
　　　　我必须对生活呀，说再见。
　　　　卫士押解下的爱德华以及莱斯特下

斯彭瑟　哦，他走了？难道高贵的爱德华就这么走了，
　　　　跟我们永远不能再见了？
　　　　撕裂开来吧，你天体呀，火呀，离开你的轨道吧；
　　　　让地球融化成一缕青烟！我的君王走了，
　　　　走了，走了，啊，再也不回来了。

贝尔道克　斯彭瑟，我觉得灵魂在飞离我们；
　　　　我们的生活被剥夺了太阳的光辉。
　　　　走向一个新的生活吧，老兄；将你的眼睛、
　　　　心、手扔向上天的不朽的宝座吧；
　　　　以快乐的容貌偿付自然之债。
　　　　我们汲取的所有教训归于一点：
　　　　我们生下来就要死，亲爱的斯彭瑟，所以我们都活着；
　　　　斯彭瑟，所有的人活着最后还会死，
　　　　就像站起来就会倒下一样。

---

① 指僧侣们和国王个人佞幸的人。
② 指斯彭瑟和贝尔道克。

赖斯　啊，啊，将你那些说教留到刑场上去说吧。你，以及像你一样的人，开发了英格兰的智慧。——阁下们，该走了吧？

刘草者　阁下，我想你会给我赏赐吧？

赖斯　给你赏赐，伙计？放心吧。跟我到城里去。

众下，斯彭瑟和贝尔道克被押解着

第五幕

第一场

戴着王冠的国王、莱斯特、为王冠而来的温切斯特主
教和特鲁瑟尔以及扈从们上

莱斯特　忍耐一点，好陛下；别再抱怨。
　　　　将凯尼尔沃思城堡权当你的朝廷，
　　　　你在这么空旷的地方可以寻欢作乐，
　　　　没有谁来逼迫你，
　　　　你也免除了日常生活的困扰。

爱德华　莱斯特，你总是仁慈而充满爱意，
　　　　如果泛泛的言辞可以给我慰藉，
　　　　你的话语早就抚慰了我的忧伤。
　　　　一般人的痛苦能就此舒缓，
　　　　但国王却不能。林中的驯鹿被击伤，
　　　　跑去舔仙草①，伤口即可痊愈。
　　　　然而，当狮王被刺伤，
　　　　它就会用愤怒的利爪撕裂它的肉，
　　　　为了不让卑微的大地吮吸它的鲜血，
　　　　它前爪蓦地跃起，升腾到空中。

---

① 指希腊克里特岛生长的一种苦牛至草，传说它可以排除伤口内的武器碎片。

我也是这样，野心勃勃的莫蒂默
企图遏制我无所畏惧的心，
而那无情无义的王后，虚伪的伊莎贝拉，
把我关押在监狱里。
这种残忍让我感到痛苦，
我的灵魂要伸开憎恶和蔑视的翅膀，
飞翔到空中去，
对神灵倾诉对他们两人的怨恨；
当我一想到我是国王，
我想我应该为我受到莫蒂默和伊莎贝拉
的虐待复仇。
然而，国王算什么，
当一切都失控，
国王不过是阳光底下的影子？
贵爵们在统治，我只是有一个国王的名义而已；
我戴着这王冠，但受他们，
莫蒂默和变化无常的王后所控制，
王后用其丑行玷污了我的婚床，
而我则被关闭在严密看守的洞穴中，
周围发生的伤心事，
时时刺伤我的心，
我的心在流血呀，为这奇崛的命运的嬗变。
告诉我，我必须交出我的王冠，
让篡权的莫蒂默成为国王吗？

温切斯特　　陛下说错了；为了英格兰
　　　　　　和高贵的爱德华的利益，我们渴望得到这王冠。

爱德华　　不，这是为了莫蒂默，而不是为了爱德华的头颅，
　　　　　　因为他已是狼群包围的羔羊，
　　　　　　随时都可能丧命。
　　　　　　傲慢的莫蒂默一旦戴上这王冠，

> 上天将会让它燃烧，烧起漫天的大火，
> 要不就让愤怒的复仇女神①，
> 用蛇紧紧箍住他的可恨的脑袋！
> 这样，英格兰的青藤将永远不会泯灭，
> 爱德华的英名将流芳百世，虽死犹荣。

莱斯特　大人，干吗这么浪费时间？
　　　　他们在等待着你的答复。你交出你的王冠吗？

爱德华　啊，莱斯特，请想想我有多难，
　　　　毫无理由要丧失我的王冠和国家，
　　　　把我的权力拱手让给莫蒂默，
　　　　他就像一座大山顿然将我的祝福覆灭，
　　　　我的心被谋杀了。
　　　　但我必须顺从上天的旨意。
　　　　　他脱去王冠
　　　　把我的王冠，也是爱德华的生命，拿去吧。
　　　　在英格兰不可能有两个国王统治。
　　　　但请等一等。让我当国王直到夜里吧，
　　　　我可以再看一眼璀璨发光的王冠；
　　　　让我的眼睛看最后一瞥，
　　　　让我的头颅最后享受一番它的荣耀，
　　　　然后交出我所珍惜的权力。
　　　　啊，太阳，你不停地运转吧；
　　　　永远不要让英格兰沉浸在静寂的黑暗中；
　　　　天际标明时间的星星呀，请停下来；
　　　　所有的时间，所有的季节，都静止下来，
　　　　这样，爱德华就可以仍然当美丽的英格兰的国王。
　　　　但日光迅速地流逝，
　　　　我必须交出我所珍惜的王冠了。
　　　　无情的人们，用老虎的乳汁哺育长大的人们，

---

① 指希腊和罗马神话中司复仇的三女神之一的底西福涅，其头发犹如蛇。

你们为什么呆然地坐视你们的君王倒台？
我是说我的王冠，我的无瑕的一生。

他戴上王冠

瞧，魔鬼们，瞧，我重又戴上了王冠。
怎么，难道你们不惧怕你们国王发怒吗？
不幸的爱德华，你被幻觉愚弄了；
他们不再像以前那样惧怕你皱眉，
而是忙于选择一个新的国王，
这使我的心里充满了奇怪的绝望思绪，
绝望思绪又带来无尽的折磨，
在这折磨中
我找不到任何可以慰藉自己的东西，
感觉一下戴在头颅上的王冠聊以自慰，
于是，我就想戴上它，只戴一会儿而已。

特鲁瑟尔　陛下，议会正等待着关于最近进展的讯息，
你说，你是退位还是不退？

国王发怒了

爱德华　我不退位，只要我活着我就是国王。
逆贼们，滚开，去跟莫蒂默厮混在一起吧！
选举、阴谋、安插，随你们去干什么好啦。
他们的和你们的鲜血将是这场叛变的结局。

温切斯特　我们将把你的这个回应带走，那就再见。

温切斯特和特鲁瑟尔正准备离开

莱斯特　（对爱德华）把他们叫回来，陛下，跟他们和气点说话，
他们一走，王子就将丧失他的继位权力。

爱德华　那就把他们叫回来。我已经没有说话的权力了。

莱斯特　（对温切斯特）大人，国王愿意逊位。

温切斯特　是退位还是不退位，让他自己选择。

爱德华　　哦，但愿我还能选择！但，天地合谋
　　　　　要让我痛苦。收下我的王冠吧。

　　　　　他欲给他们王冠

　　　　　收下王冠？不，我的无辜的双手
　　　　　还不能被如此残酷的罪恶所玷污。
　　　　　你们中谁最期望得到我的鲜血，
　　　　　因此而将称之为弑君者，
　　　　　收下这王冠。怎么，你们被感动了？你们可怜我？
　　　　　那你们叫那无情的莫蒂默
　　　　　和伊莎贝拉来，
　　　　　他们的眼睛已冷若冰霜，
　　　　　会冒火，已全然不会落一滴眼泪。
　　　　　请等一等，与其看到他们，
　　　　　还不如我给你们吧，拿去吧，拿去吧。

　　　　　他交出王冠

　　　　　现在，亲爱的天帝，
　　　　　让我蔑视这昙花一现的辉煌，
　　　　　在天上永恒地为王吧！
　　　　　来，死亡，用你的手指合上我的眼睛，
　　　　　如果要让我活，那让我忘记自己。

温切斯特　陛下——

爱德华　　别称呼我陛下。滚开，别让我看见你们！
　　　　　啊，原谅我，痛苦把我逼疯了。
　　　　　不要那个莫蒂默做我儿子的摄政王；
　　　　　老虎的利爪还比他的拥抱安全。把这个给王后，

　　　　　他给一条手帕

　　　　　它被我的眼泪沾湿，而后又被我的太息烤干；
　　　　　如果这还不能感动她，把手帕拿回来，
　　　　　将它沉浸在我的血泊里。
　　　　　请向我的儿子转达问候，希望他

比我统治得更好。我已逾越了规矩了吧?
希望你们多多包容。

特鲁瑟尔　那我们谦卑地告辞了。

爱德华　再见。
温切斯特主教和特鲁瑟尔下
我知道他们再带来的消息
便是我的死亡,那太好了;
对走投无路的人,死亡是最好的解脱。
伯克利上,给莱斯特一封信

莱斯特　又一个送信人。他带来什么消息?
他读信

爱德华　这正是我期望的消息。来,伯克利,来,
将你的消息直刺我裸露的胸膛。

伯克利　陛下,别把事情想得那么邪恶,
像你那样高贵出身的人不应这样想。
为了效劳陛下,
不让你的敌人伤害你,伯克利愿意去死。

莱斯特　陛下,王后谘议委员会命令
我移交我看守的人。

爱德华　那谁来看守我?是你吗,大人?

伯克利　是我,最仁慈的陛下,是这么决定的。
他将信给国王看

爱德华　由莫蒂默决定的,他的名字写在这儿。
但愿我能撕裂他的名字,就像他撕裂我的心!
他撕碎信
这可怜的报复动作稍稍安慰一下我的心。
但愿他的四肢就像这纸一样被撕得粉碎!
听我说,不朽的主神,遂我的愿吧。

伯克利　陛下必须跟随我到伯克利去。

爱德华　随你们的便吧；到哪儿都一样，
　　　　青山无处不是埋骨的地方。

莱斯特　（对伯克利）善待他，大人，尽你的可能。

伯克利　但愿这渗透到我灵魂中去，
　　　　就像我一贯待他一样。

爱德华　我的敌人①对我的处境充满怜悯，
　　　　这就是为什么我要移往他处了。

伯克利　难道陛下认为伯克利会很残酷的吗？

爱德华　我不知道，但我肯定的是：
　　　　死了一了百了，但我只能死一次。
　　　　莱斯特，再见。

莱斯特　还不到再见的时候，陛下。我要一路陪伴你去。
　　　　众下

第二场

小莫蒂默和伊莎贝拉王后上

莫蒂默　美丽的伊莎贝拉，我们实现了我们的愿望：
　　　　那些傲慢的腐蚀昏君的人们
　　　　已经在高高的绞刑架上得到报应，
　　　　而他本人也处于监禁之中。
　　　　听从我的劝告，我们将统治这王国。
　　　　无论如何，要注意多加防范，
　　　　我们抓住了一头老狼的耳朵，
　　　　它一旦挣脱，就会来抓我们，

---

① 指莱斯特，他一直是看守爱德华的人。

抓我们的要害，就像我们抓他一样。

因此，夫人，对于我们最重要的是

尽快立你的儿子为国王，

而我为凌驾于他之上的摄政王。

让国王在我们核准的文件上签名，

我们将拥有更高的权威。

王后　亲爱的莫蒂默，伊莎贝拉的命根子，

请相信，我非常爱你；

因此，只要王子，我的儿子——

我把他视为我的眼睛一样宝贵——安全无虞，

你可以随你的愿望和他的父亲打交道，

我欣然同意你的想法。

莫蒂默　首先我希望听到他被废黜，

然后让我独个儿来处置他。

信使拿着一封信上，温切斯特主教拿着王冠紧随其后

信？从哪儿来的？

信使　（递交信）从凯尼尔沃思城堡送来的，大人。

王后　国王陛下过得怎么样？

信使　身体还好，娘娘，只是整天忧伤不已。

王后　唉，可怜的人儿，但愿我能减轻他的痛苦。——

谢谢，仁慈的温切斯特。（对信使）先生，你走吧。

信使下

温切斯特　国王愿意交出他的王冠。

王后　哦，好消息！快去传王子来。

温切斯特　在这封信密封之前，伯克利爵士来到，

所以他①现在已离开凯尼尔沃思城堡，

---

① 指国王。

听说埃德蒙谋划了一个计策，
要将他哥哥救出；我听说的就这些。
伯克利爵士和原先看管他的
温切斯特一样紧张得可怜巴巴的。

王后　那就让别的什么人看管他好了。

莫蒂默　让我来处置。这是玉玺。

温切斯特主教下。莫蒂默对台后喊道

谁在那儿？把格尼和马特莱维斯叫来。——
为了粉碎笨蛋埃德蒙伯爵的阴谋，
解除伯克利看管的责任，国王移出伯克利城堡，
除我们之外任何人不得知道他在哪儿。

王后　但是，莫蒂默，只要他活着，
我们，还有我儿子，怎么能安全呢？

莫蒂默　照你那么说，是不是要把他迅速处决掉？

王后　我愿意那样，但不是通过我的手。

格尼和马特莱维斯上

莫蒂默　够了。

他说话，但不让王后听见

马特莱维斯，马上以我的名义
写一封信给伯克利爵士，
请他将国王移交给你和格尼，
写好后，我将签上我的名字。

马特莱维斯　我这就写，大人。

马特莱维斯写信

莫蒂默　格尼。

格尼　大人。

莫蒂默　如果你指望依靠

能随心所欲让命运之轮旋转的莫蒂默
升迁，
请设法用一切办法让他消沉颓丧，
不要对他说好话，也不要给他好脸。

格尼　遵命，大人。

莫蒂默　最紧要的是：听说
埃德蒙正在策划解救他，
趁夜晚悄悄变换羁押他的地点，
把他解送到凯尼尔沃思城堡，
然后再把他押送到伯克利城堡；
尽量让他更加忧伤不已，
粗暴地跟他说话，如果他哭泣，无论如何
不要让任何人安慰他，
反而要用更为粗暴的语言激怒他。

马特莱维斯　请放心，大人，我们将按你的命令行事。

莫蒂默　现在请走吧。赶快将那信送走。

王后　（加入进谈话）将这信送到哪儿去？
送到国王陛下那儿去？
请代为向陛下致以谦卑的问候，
告诉他我徒劳无益地设法
减轻他的痛苦，让他获得自由；
请将这带给他以表示我的爱。
她给马特莱维斯一枚戒指

马特莱维斯　我会转交的，娘娘。
马特莱维斯和格尼下。伊莎贝拉和莫蒂默留下。
年幼的王子和肯特伯爵交谈着上。莫蒂默和王后单独
谈话

莫蒂默　装模作样掩盖得好极了。继续这么干吧，亲爱的王后。

年幼的王子和肯特伯爵来了。

王后　他在王子稚嫩的耳际说什么来着。

莫蒂默　如果他能如此接近王子，

　　　　我们的计谋和韬略很快就会完蛋。

王后　友好地对待埃德蒙，仿佛一切如常。

莫蒂默　（对埃德蒙大声地）肯特的埃德蒙伯爵阁下，过得怎

　　　　么样？

肯特　身体无恙，亲爱的莫蒂默。殿下过得怎么样？

王后　挺好，如果你的哥哥陛下能被释放就好了。

肯特　我最近听说他把自己废黜了。

王后　这让我痛苦极了。

莫蒂默　我也是。

肯特　（旁白）啊，他们掩饰得像真的一样。

王后　亲爱的儿子，到这儿来。我必须跟你谈一下。

　　　　　她将爱德华王子引向一边

莫蒂默　（对肯特）你是他的叔父，血缘上是最近的，

　　　　看来你将在王子之上当摄政王。

肯特　不是我，大人。除了给予他生命的她，

　　　　还能是谁来保护他呢？我是指王后。

王子　妈妈，别劝我戴上这王冠。

　　　　让他①当国王吧；要统治这个国家，我太年轻了。

王后　听话，这是陛下的意思。

王子　那让我先见他一面，然后我会戴上它。

肯特　是的，就这么做，贤侄。

————————————

① 指爱德华二世。

王后　贤弟，你知道这是不可能的。

王子　为什么，难道他死了吗?

王后　不，但愿上帝不让这样的事情发生!

肯特　但愿这些话语发自她的内心。

莫蒂默　变化无常的埃德蒙，你还在袒护他，
难道不是因为你他才坐牢的吗?

肯特　我现在有更多的理由来弥补。

莫蒂默　我告诉你，这么一个虚伪的人
竟然摇身一变转向王子，这太荒唐了。
对爱德华王子
殿下，他出卖了他的哥哥国王，
别信赖他。

王子　但他已忏悔，为此而痛苦不已。

王后　来，儿子，跟这位仁慈的大人和我走。

王子　我将跟你走，但不跟莫蒂默走。

莫蒂默　怎么，小家伙，你这么瞧不起莫蒂默吗?
(抓住他)那我要强迫你跟我走。

王子　救命，肯特叔父! 莫蒂默要加害于我。
小莫蒂默和王子下

王后　埃德蒙贤弟，别;我们是他的朋友。
伊莎贝拉跟他的血缘比肯特伯爵的要更近一些。

肯特　贤嫂，保护爱德华是我的职责。去解救他吧。

王后　爱德华是我的儿子，我会保护他。
王后下

肯特　莫蒂默明白他错待了我。
我得赶紧去凯尼尔沃思城堡，

从敌人的手中将老迈的爱德华救出来，
对莫蒂默和你①报仇。

下

第三场

马特莱维斯和格尼、国王和举着火炬的士兵们上

马特莱维斯　陛下，别忧伤；我们是你的朋友。
人注定是要生活在痛苦之中的；
来吧。无所事事会伤身子。

爱德华　朋友们，忧郁的爱德华要到哪儿去？
充满仇恨的莫蒂默还没有让我一了百了？
难道我还必须像所有的飞鸟都讨厌的
猫头鹰一样烦恼不堪吗？
他心中的愤怒什么时候才会消弭？
什么时候他的心才会因流血而得到餍足？
如果要的就是我的鲜血，我马上打开我的胸膛，
把我的心给伊莎贝拉和他；
他们想要的就是它。

格尼　并不是这样，陛下。王后让我们来
保证陛下的安全。
你的愤怒让你的悲伤加深。

爱德华　这样说让我的痛苦更甚。
当我的所有感觉因臭气熏天而窒息，
我还能长存这一息吗？
英格兰国王囚禁在地牢里，
食物匮乏，饥寒交迫；

---

① 显然此处的"你"指王后。

痛彻心肺的哭泣是我日常的膳食，

这几乎撕裂我的心。

老爱德华就是这么活着，没有什么能让他宽慰，

所以，他必须得死，虽然有这么多人同情他。

哦，水，仁慈的朋友们，拿水来解除我的饥渴，

洗涤我身上污秽的粪便！

　　送来阴沟水

马特莱维斯　这是水道水，正如命令所言。

　　　　　坐下吧，我们来为陛下刮脸。

　爱德华　逆贼们，滚！怎么，你们想谋杀我，

　　　　　或者想用泥塘水噎死你们的君王吗？

　　格尼　不，只是给你洗脸，刮胡须，

　　　　　以防你被认出来，让人拯救出去。

马特莱维斯　为什么要这么抵制？一切都是白费劲儿。

　爱德华　鹪鹩抵御雄狮的伟力，

　　　　　只是白费心思，我徒然地试图

　　　　　从一个独裁者的手上寻求宽恕。

　　　　　他们用泥塘水给他洗脸、刮胡须，

　　　　　不朽的神灵呀，你知道那痛苦的忧虑

　　　　　正压迫着我可怜的忧伤的心，

　　　　　哦，请瞧瞧那些胆大妄为的人们，

　　　　　他们欺凌他们的主公和君王，英格兰的国王。

　　　　　哦，加弗斯顿，正是因为你他们才加害于我；

　　　　　为了我，你以及斯彭瑟父子死了，

　　　　　为了你，我愿遭受千倍的痛苦和忧伤。

　　　　　斯彭瑟父子的阴魂，不管他们在哪儿，

　　　　　都向我致以问候。啊，我愿为他们而死。

马特莱维斯　他们的阴魂不会成为你的敌人。

　　　　　啊，啊，走吧。现在把火炬灭了。

我们要摸黑前往凯尼尔沃思城堡。
他们灭了火炬。肯特伯爵埃德蒙上

格尼　谁来了？
他们拔出剑

马特莱维斯　把国王警卫好。是肯特伯爵。

爱德华　哦，侠义的弟弟，来救我了！

马特莱维斯　把他们分开！把国王架走。

肯特　士兵们，让我跟他说一句话。

格尼　伯爵偷袭，抓住他。

肯特　放下武器，逆贼们。把国王交给我。

马特莱维斯　埃德蒙，把你自己交出来吧，否则你就得死。
肯特被抓

肯特　卑鄙的歹徒们，为什么要抓我？

格尼　（对士兵们）把他捆绑起来，送到朝廷去。

肯特　除了这儿，哪儿是朝廷？国王在这儿。
我要觐见他。为什么要阻止我？

马特莱维斯　莫蒂默大人在的地方才是朝廷。
阁下就要到那儿去，再见。
马特莱维斯和格尼带着国王下。肯特的埃德蒙伯爵和
士兵们留在舞台上

肯特　哦，国家之大不幸呀，
贵爵们把持朝廷，而国王被囚禁！

一士兵　我们干吗待在这儿？走，伙计们，到朝廷去。

肯特　既然无法解救我哥，
随你们把我带到哪儿，甚至去死。
卫士押解着肯特下

第四场

小莫蒂默拿着一封信单独上

莫蒂默　国王必须死，否则莫蒂默就要完蛋。
　　　　天下苍生开始同情他了；
　　　　弄死爱德华的人，
　　　　当王子成年，
　　　　他肯定要为此付出代价，
　　　　我必须要狡猾而又两全其美。
　　　　这是我一位朋友撰写的信，
　　　　它包括杀死他，又包括请求赦免他的词汇。
　　　　"Edardum occidere nolite timere, bonum est."
　　　　"别害怕杀死国王，他还是死了好。"
　　　　"Edardum occidere nolite, timere bonum est."
　　　　"别杀死国王，生怕发生最糟糕的事。"
　　　　它模棱两可，太妙了，
　　　　他死后，如果碰巧败露，
　　　　就拿马特莱维斯来抵罪，
　　　　我们可以洗得一干二净。
　　　　信使就关闭在这房间，
　　　　他将传递这信，并执行任务，
　　　　他身带一个秘密的符节，
　　　　干完后将被杀死灭口。
　　　　他开锁，打开一扇门
　　　　莱特伯恩，
　　　　来。
　　　　莱特伯恩上
　　　　你还是那么决心已定吗？

莱特伯恩　还能哪样，大人？没有比这更坚决的了。

莫蒂默　你想过没有，怎么来完成这使命？

莱特伯恩　啊，啊，谁也不可能知道他是怎么死的。

莫蒂默　他的容貌，莱特伯恩，手下留情。

莱特伯恩　手下留情？哈，哈，我一直是太有情了！

莫蒂默　那好，干得干脆，神不知鬼不觉。

莱特伯恩　你无须给予指教；
　　　　这不是我第一次杀人。
　　　　我在那不勒斯就学会了
　　　　怎么毒死人，
　　　　让闻到尸体味儿的人也死，
　　　　用麻布片塞进喉咙里，
　　　　像针头一样的布头刺进气管，掐死他，
　　　　或者，当他睡着，用一根羽毛管，
　　　　将一种粉末吹进耳朵里去，
　　　　再或者，掰开他的嘴，将水银灌进去；
　　　　我还有比这更绝的诡计。

莫蒂默　那是什么？

莱特伯恩　不，请原谅我，没有人能知道我的秘籍。

莫蒂默　我并不关心你的秘籍是什么，只是别透露出去。
　　　　（给信）将此信传递给马特莱维斯和格尼，
　　　　每十英里有一匹驿马等待着你。
　　　　（给他符节）拿上这个。走吧，永远不要到这儿来见我。

莱特伯恩　永远不？

莫蒂默　永远不，
　　　　除非你带来爱德华的死讯。

莱特伯恩　那我很快就能办到。再见，大人。
　　　　莱特伯恩下

莫蒂默　我控制着王子；王后俯首听命于我；
　　　　我走过时，最傲慢的公卿也会
　　　　当场躬身向我致意。
　　　　我盖章，我撤销，我做任何我愿意做的事。
　　　　人们爱我，但更加怕我。让他们惧怕我吧，
　　　　我一皱眉，整个朝廷惊魂失色。
　　　　我以阿里斯塔克斯①的眼光看着王子，
　　　　犹如抽打在男孩屁股上的皮鞭。
　　　　卿相们拥戴我承担起护驾的重任，
　　　　请求我当摄政王——正是我之所愿，
　　　　在谘议委员会上，我一脸严肃，
　　　　就像一个羞涩的清教徒，
　　　　先谦逊一番能力低下，
　　　　说，这是一副重担②，
　　　　我的话被朋友们打断，
　　　　说，我担任过郡政府的职责，
　　　　他们就是这么说的，
　　　　结果我当上了摄政王。
　　　　一切都顺当了。王后和莫蒂默将
　　　　统治这王国和国王，而没有任何人统治我们；
　　　　我要惩治我的敌人，擢升我的朋友，
　　　　我发布的命令，谁敢违抗？
　　　　我太强大了，命运也不敢加害③；
　　　　今天是加冕日，
　　　　这让我和伊莎贝拉王后兴奋异常。
　　　　台后响起喇叭声
　　　　喇叭吹响了。我必须去坐在我的位置上了。

---

① 阿里斯塔克斯（前 217？—前 145？），古希腊文法学家，研究荷马史诗，以对人和
　事评判严厉而著名。
② 原文为拉丁文：onus quam gravissimum。
③ 原文为拉丁文：Maior sum quam cui possit fortune nocere。引自奥维德《变形记》。

年幼的国王、坎特伯雷大主教、勇士①、贵族们、王
后和扈从们上

坎特伯雷　以上帝的名义，爱德华国王，
英格兰国王和爱尔兰之主万岁！

勇士　如果任何基督徒，异教徒，土耳其人，犹太人
胆敢声言爱德华不是合法的国王，
并用他的利剑来实践他的想法，
我就是那跟他拼杀的勇士。

莫蒂默　没有这种人。喇叭，吹奏起来！
喇叭声响

爱德华三世　勇士，这是给你的。②

王后　莫蒂默大人，请将他置于你的羽翼之下吧。
士兵们押解着肯特伯爵上

莫蒂默　用剑和戟押解着的逆贼是谁呀？

一士兵　埃德蒙，肯特伯爵。

爱德华三世　他干了什么？

一士兵　在我们押解着国王去凯尼尔沃思城堡的路上，
他企图用武力将国王抢走。

莫蒂默　你企图解救他吗，埃德蒙？说。

肯特　莫蒂默，是的；他是我们的国王。
是你逼迫王子戴上王冠。

莫蒂默　把他脑袋砍下来！对他施以军法。

肯特　砍我的脑袋？卑鄙的叛徒，我蔑视你。

---

① 英文为 champion，英格兰的一种建制，在新国王加冕礼上与任何企图干扰仪式的人
搏斗的人。

② 在加冕礼上，国王要向勇士敬酒，并送银酒杯或红包。

爱德华三世　（对小莫蒂默）大人，他是我的叔父，让他活着。

　莫蒂默　陛下，他是你的敌人，他该死。
　　　　　士兵们要架走埃德蒙

　　肯特　住手，歹徒们！

爱德华三世　亲爱的妈妈，如果我不能赦免他，
　　　　　请恳求摄政王大人饶他一命。

　　王后　儿子，打住吧。我不敢说一句话。

爱德华三世　我也不敢，但是我想我应该下圣旨，
　　　　　既然我不能，便只好请求他了。——
　　　　　大人，如果你让我叔父活，
　　　　　成年之后，我将加以报答。

　莫蒂默　这是为了陛下和王国的利益。
　　　　　（对士兵）要我说多少次把他架走？

　　肯特　你是国王吗？难道我必须死在你的令旨下？

　莫蒂默　我们的令旨下。——再说一遍，把他带走。

　　肯特　让我待着说几句话；我不会走。
　　　　　我的哥哥和他的儿子是国王，
　　　　　他们谁也不想要埃德蒙的鲜血。
　　　　　士兵们，你们要把我拉到哪儿去？
　　　　　他们把肯特伯爵埃德蒙架走去砍头。当其他人离场
　　　　　时，王后和她儿子在私下谈话

爱德华三世　如果我的叔父被如此谋杀，
　　　　　在他手下我还能有什么安全感呢？

　　王后　别怕，亲爱的孩子，我会保护你免遭敌人戕害。
　　　　　如果埃德蒙活着，他会要你的命。
　　　　　来，儿子，让我们到花园去骑马狩猎。

爱德华三世　埃德蒙叔父会跟我们一起去骑马狩猎吗？

王后　他是一个逆贼。别再去想他。来。

众下

第五场

马特莱维斯和格尼拿着火把上。舞台上摆着一张床。

马特莱维斯　格尼，我琢磨国王是不是死了，

在囚牢里城堡护城河的

水没到膝盖，

湿气弥漫牢房，

任何一个人待着都会丧命——

何况从小养尊处优的国王。

格尼　我也是这么想的，马特莱维斯。昨晚，

我打开牢门扔了一块肉给他，

我简直要被那气味熏死了。

马特莱维斯　看来他的身体足以抵挡

我们所加害于他的苦楚，

让我们来攻心吧。

格尼　那就把他找来，我来气气他。

马特莱维斯　等一等，谁来了？

莱特伯恩上

莱特伯恩　（把信给他们）摄政王大人向你们问好。

马特莱维斯和格尼读信

格尼　（对马特莱维斯）这是什么意思？我不知道怎么理解
这信。

马特莱维斯　（对格尼）格尼，这是故意说得模棱两可的。

"别害怕杀死国王"，

这是他的意思。

莱特伯恩　（给他们看符节）你们知道这符节吗？把国王交给我。

马特莱维斯　啊，请等一等；你马上就会得到答复。
　　　　　　（对格尼）这家伙是派来干掉国王的。

格尼　（对马特莱维斯）我也是这么想的。

马特莱维斯　（对格尼）谋杀干完后，
　　　　　　瞧着吧，看他最后怎么被收拾：
　　　　　　"让这个人死。"[①]把国王给他。
　　　　　　摄政王大人还有什么别的旨令吗？
　　　　　　（对莱特伯恩）钥匙在这儿，这就是下水道。
　　　　　　他指着囚禁爱德华的水牢
　　　　　　大人让你干什么你就干什么吧。

莱特伯恩　我知道我该干什么。你们走开。
　　　　　　但也不要走得太远；我需要你们的帮助。
　　　　　　在隔壁房间里生一堆火，
　　　　　　给我拿一把烤肉叉来，把烤肉叉烧得红红的。

马特莱维斯　好吧。

格尼　其他还需要什么吗？

莱特伯恩　其他东西？一张桌子和一张羽毛褥垫。

格尼　就这些了？

莱特伯恩　啊，啊，是的；当我叫你们，你们就将它们拿来。

马特莱维斯　请放心。

格尼　（给他一把火炬）拿着这火把去水牢。

莱特伯恩　好吧。
　　　　　　马特莱维斯和格尼下

---

① 原文为拉丁文：Pereat iste。

　　　　　　我现在就要来做这件事了。从来没有
　　　　　　像给国王这么精细地做过。
　　　　　　莱特伯恩打开禁闭爱德华的水牢的门或者机关
　　　　　　哎呀，我得说，这真是一个够呛的鬼地儿。
　　　　　　爱德华国王上

爱德华　　谁在那儿？这是什么光？你为什么来？

莱特伯恩　我来安慰你，给你带来快乐的消息。

爱德华　　可怜的爱德华在你的容貌中看不出任何慰藉，
　　　　　　歹徒，你是来谋杀我的吧。

莱特伯恩　谋杀你，最仁慈的陛下？
　　　　　　我心中压根儿没有一点儿想伤害你。
　　　　　　王后派我来瞧瞧你过得怎么样，
　　　　　　她对你遭受的痛苦极不忍心。
　　　　　　看到国王处于如此可怜的境地，
　　　　　　谁能忍住不流泪呢？

爱德华　　你哭泣了？请听我说，
　　　　　　即使你的心像格尼
　　　　　　或者马特莱维斯的心一样硬，
　　　　　　犹如从高加索山里开凿出来的石头一般，
　　　　　　当听完我讲的故事，
　　　　　　也会黯然泪下。
　　　　　　他们关押我的是一条阴沟，
　　　　　　整个城堡的下水都流经这里。

莱特伯恩　哦，恶棍们！

爱德华　　我站在烂泥和污水之中，
　　　　　　在十天的时间里，为了不让我睡觉，
　　　　　　有人不断地打鼓。
　　　　　　他们只给国王面包和水，

由于缺乏睡眠和食物，
我每每暴跳如雷，身子也麻木了，
我都不知道我是否还有四肢。
哦，但愿鲜血从我的血管中流尽，
就像脏水在我的破旧的袍子上晾干！
告诉伊莎贝拉王后我不该饱受这煎熬，
我，为了她，曾经在比武赛场上
骑马持长矛奋勇格斗，
把克莱蒙特公爵从马上挑下地来。

莱特伯恩　哦，别再说了，陛下！这让我伤心！
　　　　　请躺在这床上，休息一会儿。

爱德华　你脸上的横肉只会显示死亡；
　　　　从眉宇间我看到书写在那儿的悲剧。
　　　　等一等；让你的血淋淋的手忍耐一会儿，
　　　　让我看清那倒霉的一击来到之前的情景，
　　　　那样的话，即使我去死，
　　　　我心中对上帝的信念也会更加坚定。

莱特伯恩　陛下对我如此不信任吗？

爱德华　你为什么对我掩盖得如此紧密？

莱特伯恩　这双手从未沾染过无辜人的血，
　　　　　它们也不会濡染一位国王的血。

爱德华　我有这样的想法，请原谅我。
　　　　我还有一颗首饰；请收下。
　　　　他给首饰
　　　　我仍然非常惧怕，我也不知道为什么，
　　　　我给你首饰时，每一个关节都在发颤。
　　　　哦，如果你怀揣谋杀的心思，
　　　　让这份礼物改变你的想法，拯救你的灵魂。
　　　　你知道我是一个国王。哦，一听到这称呼，

　　　　　　　我痛苦极了。我的王冠在哪儿？
　　　　　　　没了，没了，我还活着吗？

莱特伯恩　你缺觉太多，太疲惫了，陛下。躺下休息一会儿吧。
　　　　　　国王躺下

　爱德华　但痛苦让我不能入睡。我应该睡觉，
　　　　　　这十天眼睛还没有合上过；
　　　　　　我说话时，它们合上了，然而一恐惧，
　　　　　　它们又张开了。
　　　　　　莱特伯恩坐在床沿
　　　　　　哦，你为什么坐在这儿？

莱特伯恩　如果你不信任我，我就走，陛下。

　爱德华　不，不，如果你真想谋杀我，
　　　　　　你还是会回来，所以待着吧。

莱特伯恩　他睡着了。

　爱德华　（惊恐地）哦，别让我死！等一等，哦，等一会儿！

莱特伯恩　现在感觉怎么样，陛下？

　爱德华　我耳朵里仍然有嗡嗡的声音，
　　　　　　它告诉我，如果我睡着，我永远就不会醒过来了；
　　　　　　就是这恐惧让我颤抖不已。
　　　　　　请告诉我，你为什么来？

莱特伯恩　要你的命。——马特莱维斯，来！
　　　　　　马特莱维斯和格尼上

　爱德华　我太孱弱，太衰朽了，已无力反抗。
　　　　　　帮助我吧，仁慈的上帝，请接收我的灵魂！

莱特伯恩　快去把桌子拿来。

　爱德华　哦，饶了我吧，要不一刹那间把我了结算了！
　　　　　　马特莱维斯和格尼拿来一张桌子和一根烧红的烤肉叉

莱特伯恩　把桌子压在他身上，在桌子上踩，
　　　　　但不要太重，以免弄破了他的体表。
　　　　　国王被谋杀

马特莱维斯　我担心这一声呐喊惊动整个城，
　　　　　让我们骑上马儿快跑吧。

莱特伯恩　告诉我，伙计们，干得干脆利落吗？

格尼　太绝了。吃我一剑作为报酬。
　　　格尼刺死莱特伯恩
　　　来，让我们把尸体扔进护城河里去，
　　　把国王的尸体抬到摄政王大人莫蒂默那儿去。
　　　走！
　　　众抬着尸体下

第六场

小莫蒂默和马特莱维斯从不同的门上

莫蒂默　干好了，马特莱维斯，那谋杀者也死了？

马特莱维斯　是的，好大人。我倒愿意还没有干好。

莫蒂默　马特莱维斯，你如果现在后悔，
　　　　我就把你变成鬼。你选择
　　　　你对此事保持秘密呢
　　　　还是在莫蒂默的手下死去。

马特莱维斯　大人，格尼已经逃走了，我担心，他
　　　　　将出卖我们；因此，让我逃亡吧。

莫蒂默　逃到野人那儿去吧。

马特莱维斯　我谦卑地感谢大人。
　　　　　马特莱维斯下

莫蒂默　我则伫立着，就像挺拔的橡树；
　　　　跟我相比，其他人只是矮小的灌木；
　　　　所有的人，听到我的名字就要发抖，
　　　　而我，谁都不怕。
　　　　我倒要瞧瞧，谁敢为这死控告我？
　　　　　王后上

王后　啊，莫蒂默，我儿国王听说
　　　他父亲死了，我们谋杀了他。

莫蒂默　如果他死了，又怎么样？国王还只是一个孩子。

王后　是的，是的，但是他揪头发，绞手臂，
　　　发誓要对我们俩复仇。他冲进议事室
　　　寻求他的朋友们的援助和解救。
　　　天啊，瞧他来了，贵族们和他在一起。
　　　莫蒂默，我们的悲剧开始了。
　　　　国王和卿相们以及扈从们上

第一位大人　别怕，陛下。你要知道你是国王。

爱德华三世　（对小莫蒂默）恶棍！

莫蒂默　怎么啦，陛下？

爱德华三世　别以为我怕你。
　　　　　我父亲被你阴谋杀害，
　　　　　你必须得死，在悼念他的灵柩上
　　　　　要放上你的可恨的该诅咒的头颅，
　　　　　让天下都看见由于你的奸计，
　　　　　国王过早地被埋葬。

王后　别哭，亲爱的儿子。

爱德华三世　别阻拦我哭泣。他是我父亲，
　　　　　如果你对他的爱有我对他的爱一半，
　　　　　你也不会如此淡然地对待他的死亡；

恐怕你和莫蒂默沆瀣一气。

第一位大人　（对小莫蒂默）你为什么不跟陛下说话？

莫蒂默　因为我对此嗤之以鼻。
　　　谁敢说我谋杀了他？

爱德华三世　逆贼，我亲爱的父亲对我讲，
　　　他明了地告诉我是你谋杀了他。

莫蒂默　除了这，陛下还有别的证据吗？

爱德华三世　还有，如果这是莫蒂默的笔迹。
　　　他展示信

莫蒂默　（旁白）虚伪的格尼出卖了自己和我。

王后　（旁白）我很害怕。谋杀不可能隐瞒了。

莫蒂默　是我的笔迹。那又怎么样？

爱德华三世　它证明你派遣了一名谋杀者去那儿。

莫蒂默　什么谋杀者？把我派遣的谋杀者叫出来。

爱德华三世　啊，莫蒂默，你知道他已经被杀，
　　　你也将被杀。——为什么还不杀他？
　　　把他送进囚笼去！拖着他在大街上走，
　　　吊死他，将他的躯体分尸挂起来，
　　　把他的首级给我拿来。

王后　看在我的情面上，亲爱的儿子，可怜莫蒂默吧。

莫蒂默　夫人，别哀求。
　　　与其向一个可鄙的小子乞命，
　　　我还不如死。

爱德华三世　把这逆贼，这谋杀者，拉出去！

莫蒂默　卑鄙的命运，我现在看到在你的轮上
　　　有一个点，不少人快接近这个点的时候，

便会兜头栽倒。我终于站到这庙堂之高了，
再没有更高远的地方可爬了，
我干吗要对我的坠落感到悲凉呢？
再见，美丽的王后。别为莫蒂默哭泣，
莫蒂默傲视整个世界，作为一名旅游者，
要去发现未知的国家了。

爱德华三世　（对他的卿相们和扈从们）怎么，难道你们能容忍逆
　　　　　贼这么拖延吗？

　　王后　看在我给予你生命的分上，
　　　　　别让高贵的莫蒂默流血。

爱德华三世　你让我父亲流了血，
　　　　　否则你也不会为莫蒂默哀求了。

　　王后　我让他流血？不。

爱德华三世　是的，母后，你，谣传是这么说的。

　　王后　谣传是不真实的；谣传在可怜的伊莎贝拉身上
　　　　　这么编造出来，是因为我爱你。

爱德华三世　（对他的卿相们）我并不认为她是如此无情。

第二位大人　陛下，恐怕要证实这传说太容易了。

爱德华三世　妈妈，关于他的死，你有疑点，
　　　　　因此我先判你进伦敦塔，
　　　　　直到进一步的审判见分晓。
　　　　　如果你有罪，
　　　　　别指望我会网开一面或者怜悯你，
　　　　　虽然我是你的儿子。

　　王后　不，我准备死，我活得太长了，
　　　　　甚至我儿子都想缩短我的寿数。

爱德华三世　（哭泣）把她带走！她的话语让我流泪不止，

　　　　　　　　要是她再说下去，怜悯之心就要占上风了。

王后　　我能悼念我亲爱的大人，

　　　　和其他人一起给他送葬吗？

第二位大人　夫人，国王要你赶快离开这儿。

王后　　他把我忘却了。等一等，我是他母亲。

第二位大人　这没有用。高贵的夫人，走吧。

王后　　来吧，死亡，让我摆脱这痛苦吧。

　　　　王后被护卫着下。第一位大人上，手中拿着莫蒂默的

　　　　首级

第一位大人　陛下，这是莫蒂默的头颅。

爱德华三世　去把我父亲的灵柩抬来，

　　　　莫蒂默的首级应该放在那儿，

　　　　把我的丧服拿来。该死的脑袋，

　　　　如果我当初像现在那样能控制你，

　　　　你也就不会酝酿这可怕的叛乱了！

　　　　一些人和爱德华二世的灵柩上

　　　　灵柩抬来了。和我一起悼念吧，卿相们。

　　　　亲爱的父亲，我在此向你的被谋杀的阴魂

　　　　祭献上这奸诈的逆贼的首级；

　　　　让从我眼睛里流出来的这淋淋泪水

　　　　见证我的伤痛和无辜！

　　　　众人抬着灵柩下

　　　　　　　　　　　　　　　　　　（全剧终）